SOPHIE LITTLEFIELD

In kalter Nacht

D1574844

GOLDMANN

Lesen erleben

Buch

Die trostlose Stadt Lawton in North Dakota empfängt ihre Besucher nicht gerade warmherzig. Schon gar nicht, wenn jemand wie Colleen Mitchell dort ankommt. Denn sie ist auf der Suche nach der Wahrheit. Etwas, das sich in Lawton nicht so einfach offenbart. Verzweifelt versucht sie herauszufinden, was mit ihrem Sohn geschehen ist. Er hat sich seit einiger Zeit nicht mehr gemeldet, was sehr untypisch für ihn ist. Irgendetwas muss passiert sein. Da Colleen ihn nicht erreichen kann, macht sie sich kurzerhand selbst auf die Suche und landet in Lawton, obwohl sie weder ein Hotelzimmer buchen konnte noch einen Plan für ihr weiteres Vorgehen hat. Am Flughafen kommt sie dann aber ins Gespräch mit einem Flughafenmitarbeiter, der sich für ihre Geschichte interessiert und ihr von einer Frau in einer ähnlichen Situation erzählt. Shay vermisst ihren Sohn Taylor ebenfalls seit einiger Zeit. Kann das ein Zufall sein? Colleen sucht sie gleich auf, und gemeinsam machen sie sich daran, ihre Söhne zu finden. Denn obwohl die Polizei angeblich schon fahndet, scheint nichts zu passieren. Jedes Mal wenn sie versuchen, jemanden zu befragen, schlagen ihnen Schweigen und Misstrauen entgegen. Aber sie geben nicht auf, und sie halten zusammen, denn nur gemeinsam werden sie die Kraft haben, sich der Wahrheit zu stellen ...

Weitere Informationen zu Sophie Littlefield
finden Sie am Ende des Buches.

Sophie Littlefield

In
kalter Nacht

Roman

Deutsch
von Charlotte Breuer
und Norbert Möllemann

GOLDMANN

Die Originalausgabe erschien 2014 unter dem Titel
»The Missing Place« bei Gallery Books,
a division of Simon & Schuster, Inc., New York.

 Dieses Buch ist auch als E-Book erhältlich.

MIX
Papier aus verantwor-
tungsvollen Quellen
FSC® C014496
www.fsc.org

Verlagsgruppe Random House FSC® N001967
Das FSC®-zertifizierte Papier *Pamo House* für dieses Buch
liefert Arctic Paper Mochenwangen GmbH.

1. Auflage
Taschenbuchausgabe Dezember 2015
Copyright © der Originalausgabe 2014 by Sophie Littlefield
Published in agreement with the author
c/o BARBOR INTERNATIONAL, INC., Armonk, New York, U.S.A.
Copyright © der deutschsprachigen Ausgabe 2015
by Wilhelm Goldmann Verlag, München,
in der Verlagsgruppe Random House GmbH
Umschlaggestaltung: UNO Werbeagentur, München
Umschlagmotiv: Lee Avison / Trevillion Images
NG · Herstellung: Str.
Satz: Buch-Werkstatt GmbH, Bad Aibling
Druck und Bindung: GGP Media GmbH, Pößneck
Printed in Germany
ISBN: 978-3-442-48255-9
www.goldmann-verlag.de

Besuchen Sie den Goldmann Verlag im Netz

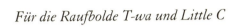

Für die Raufbolde T-wa und Little C

Kapitel 1

Colleen Mitchells Welt war auf die beiden gefalteten Blätter Papier zusammengeschrumpft, die sie mit der linken Hand umklammert hielt. Sie hatte sie nicht mehr losgelassen, seit sie am frühen Morgen um halb fünf in Sudbury aufgebrochen war, weder am Bostoner Flughafen in der Sicherheitssperre noch während des Zwischenaufenthalts in Minneapolis, wo sie wie betäubt im Terminal auf und ab gegangen war. Die beiden Blätter waren inzwischen leicht feucht und zerknittert.

Niemand schrieb mehr richtige Briefe. Vor allem Jugendliche nicht. Colleen hatte Paul während der ganzen Zeit in der Mittelstufe gezwungen, nach seinem Geburtstag und nach Weihnachten Dankesbriefe zu schreiben. Das mit Monogramm versehene Briefpapier musste noch irgendwo auf einem der eingestaubten Regale seines Wandschranks liegen. Mit Beginn der Highschool gab es andere Auseinandersetzungen, und sie hatte den Versuch aufgegeben, ihn zum Briefeschreiben zu bewegen.

Wann hatte sie zum letzten Mal die ungelenke, schiefe Handschrift ihres Sohns gesehen? Es musste Schriftliches in den Schachteln geben, die er aus Syracuse mit nach Hause gebracht hatte – Seminararbeiten, Klausuren –, aber Colleen hatte es nicht über sich gebracht, auch nur eine davon aufzumachen; sie waren ebenfalls im Wandschrank verstaut. Heutzutage schickte Paul nur SMS, und was Colleen in der Hand hielt, war ein Ausdruck all seiner Textnachrichten. Vicki sei Dank – sie hatte herausgefunden, wie sie sich in säuberlichen Spalten formatieren ließen, damit sie auf zwei beidseitig bedruckte Blätter passten; zusätzlich hatte sie ihr die Datei per E-Mail geschickt, »für alle Fälle«.

Colleen hatte sie hundertmal gelesen. Es waren die Nachrichten der letzten vier Monate, seit September. Die gesamte Kommunikation mit ihrem Sohn, seit er weggegangen war – und sie passte auf zwei Blatt Papier. Ein Hinweis mehr darauf, was für eine Mutter sie war, was sie alles falsch oder zu viel oder nicht genug gemacht hatte.

27. September 2010, 14:05 Uhr
Ist angekommen, danke.

Das war die älteste Nachricht. Colleen konnte sich nicht mehr erinnern, wofür Paul sich da bedankt hatte. Wahrscheinlich für eins ihrer Päckchen – sie hatte ihm den ganzen Herbst über welche geschickt, mit selbst gemachten Brownies und Sky-Bar-Schokoriegeln und Taschenbüchern, die er sowieso nicht lesen würde. Aber als Paul zu Thanksgiving nach Hause gekommen war (also eigentlich in der Woche nach Thanksgiving, aber sie und Andy und Andys Bruder Rob und Robs Freundin hatten das Truthahn-Essen so lange hinausgeschoben, bis Paul dabei sein konnte; Andy hatte sogar die Footballspiele im Fernsehen aufgezeichnet und so lange gewartet, damit er sie mit seinem Sohn zusammen ansehen konnte), hatte er ihr deutlich zu verstehen gegeben, dass ihm ihre Päckchen peinlich waren.

Als Nächstes kam eine Reihe Nachrichten von ihr.

28. Oktober 2010, 9:16 Uhr
Hi, mein Lieber, Dad hat genug Vielfliegermeilen übrig, kannst herkommen, falls du freihast.

29. Oktober 2010, 7:44 Uhr
Wann hast du wieder frei?

30. Oktober 2010, 23:50 Uhr
Wäre schön, wenn du hier wärst zu Halloween. Die Flanni-gans haben Kürbislichter in die Bäume gehängt.

Als wäre er *elf*, Herrgott noch mal, und in einem Ferienlager, nicht erwachsen und schon zwanzig.

Ein Schluchzer entfuhr ihr in einem Anflug von Panik, die sie eigentlich ganz gut im Griff hatte. Sie überspielte das Geräusch mit einem Räuspern. In ihrer Handtasche hatte sie ein halb volles Fläschchen mit dem Antidepressivum Paxil, das ihr Dr. Garrity vor über einem Jahr verschrieben hatte. Später hatten sie sich auf die Einnahme von Rotklee-Extrakten und die gelegentliche Verwendung von Zolpidem geeinigt zur Unterstützung beim völlig normalen Übergang in die Menopause, so hatte er ihr versichert, denn das Paxil war ihr überhaupt nicht bekommen. Die Folgen waren Schwindelgefühle und Schweißausbrüche gewesen. Trotzdem hatte sie das Fläschchen nun zusammen mit ihren Schlaftabletten und denen ihres Mannes Andy eingepackt. Sie hatte ihm nichts davon gesagt, was ihr ein schlechtes Gewissen bereitete, aber er konnte sich ja am nächsten Tag neue besorgen. Sie würde nach der Landung eine telefonische Nachricht bei seinem Arzt hinterlassen, dann brauchte er die Tabletten bloß abzuholen.

Colleen faltete die beiden Blätter wieder zusammen, lehnte die Stirn gegen das Fenster und sah hinaus. Sie befanden sich inzwischen im Landeanflug. Die Stewardess hatte durchgesagt, dass sie kurz vor zehn landen würden, die Temperatur betrage minus siebzehn Grad, und die Windstärke war irgendwas. Minus siebzehn Grad waren *kalt*. Aber in Boston war es auch kalt, und es störte Colleen nicht so sehr wie manch andere.

Unter ihnen wurde das ländliche North Dakota vom Mond beschienen, eine weite, wellige Ebene aus silbrigem Schnee, nur ab und zu unterbrochen von felsigen Schneisen, wo Bergkämme aufragten. Colleen überlegte, ob sie je im Norden oder Süden von Dakota gewesen war. Sie konnte sich nicht einmal an die Namen der Hauptstädte erinnern – Pierre? War das eine davon?

Ein orangefarbenes Leuchtfeuer erregte ihre Aufmerksamkeit, ein flackernder heller Schein umgeben von einem gähnenden schwarzen Loch im Schnee. Und noch eins. Und noch mehr! Ein halbes Dutzend weit verteilter Leuchtfeuer, die in dieser öden Landschaft völlig unnatürlich wirkten. Zuerst hielt Colleen es für Waldbrände, aber hier gab es keinen Wald. Vielleicht wurde Müll verbrannt, wie man es manchmal in Mattapan oder Dorchester sehen konnte. Aber das wurde doch nicht nachts erledigt, und außerdem gab es keine Häuser, keine Stadt, nur …

Und dann sah sie eine hohe Turmspitze wie bei einem altmodischen Funkturm, und als sie darüber hinwegflogen, begriff sie, dass sie soeben ihren ersten Bohrturm gesehen hatte. Sie waren noch zu weit entfernt, um Einzelheiten auszumachen; von hier oben wirkte der Turm so klein und zierlich wie ein Kinderspielzeug – ein Playmobil-Bohrturm besetzt mit kleinen Arbeitern aus Plastik.

Die Maschine setzte zum Landeanflug an, die Motoren schalteten herunter, und es kam Bewegung in die übermüdeten, schlecht rasierten Männer, die mit ihr in Minneapolis eingestiegen waren. Sie schalteten ihre iPads aus, zerknüllten die leeren Kaffeebecher und husteten sich den Schlaf aus der Kehle. Colleen schloss die Augen, das Bild des Bohrturms deutlich vor Augen, und dachte, während sie sich Lawton näherten: *Gebt ihn mir zurück, ihr müsst ihn mir zurückgeben.*

Kapitel 2

Der Flughafen von Lawton sah aus, als hätte man ein paar Container zusammengeschweißt, mit billigen Sperrholzplatten verkleidet und auf einem riesigen zugefrorenen Parkplatz abgestellt. Als Colleen an der Stewardess vorbeiging, fragte sie sich flüchtig, ob sie sich deren mitleidigen Blick nur einbildete, und stieg die metallenen Stufen hinunter. Die Kälte stach ihr gnadenlos in Nase, Lunge und Ohren, und sie schlug schnell die Kapuze ihres Daunenmantels hoch. Als sie unten ankam, ließen die Männer ihr den Vortritt, sodass sie in der ersten Reihe der Gruppe stand, die auf ihr Gepäck wartete. Sie standen schweigend da, geduldig, ließen die Arme hängen; keiner trug Handschuhe. Die Hände der Männer waren Colleen schon im Flughafen aufgefallen: wettergegerbt, rau und gerötet. Vielleicht spürten sie die Kälte nicht mehr.

Da vorne kam er, ihr Rollkoffer mit dem pinkfarbenen Gepäckanhänger, den sie im Vorjahr für ihre Hochzeitstagsreise nach Italien gekauft hatte. Colleen nahm ihn vom Transportwagen und machte sich auf den Weg zum Gebäude. Eisige Schneekristalle stachen ihr ins Gesicht, durch den scharfen Wind vom Dach geweht oder vom Boden aufgewirbelt. Ihre Schritte hallten von der Eingangsrampe wider, und dann endlich war sie in einem warmen Raum, in dem ein undefinierbarer chemischer Geruch in der Luft hing.

Der Ticketschalter – der einzige – war geschlossen und dunkel. Ebenso der Schalter für Mietwagen. Der gesamte

Abfertigungsbereich war kleiner als Colleens Wohnzimmer. Ein Mann in einer leuchtenden Warnweste kniete neben dem Eingang und hantierte an der unteren Angel einer der Doppeltüren. Draußen auf dem Parkplatz war die Hälfte der Autos von einer dicken Schneeschicht bedeckt. In der Ferne waren die Lichter der Stadt zu sehen; eine Fernfahrerraststätte ein Stück weit die Straße hinunter warb auf der an einem hohen Mast angebrachten Leuchtreklame, die die Benzinpreise angab, mit heißen Duschen.

»Entschuldigung«, wandte sich Colleen an den Mann, der schwerfällig aufstand, als hätte er Knieprobleme, und sich die Hände an der Hose abwischte.

»Ma'am.« Er hatte einen leichten Südstaatenakzent, was sie im ersten Moment wunderte, obwohl es eins der ersten Dinge gewesen war, die Paul ihr von hier oben erzählt hatte: Die Arbeiter kamen vorwiegend aus Arkansas, Mississippi oder Georgia.

»Ich brauche ein Taxi. Können Sie mir eins empfehlen? Ein Unternehmen?«

»Ein Taxi?«

Er wirkte verblüfft. In der Hand hielt er ein Messer, wie Paul es seit seiner Pfadfinderzeit immer bei sich hatte: eigentlich kein richtiges Taschenmesser, eher eine Sammlung ausklappbarer Werkzeuge an einer Zentralachse. »Hm, wo wollen Sie denn hin?«

Colleen zuckte ungeduldig die Achseln. »Zu einem Hotel. Es soll mich zu einem Hotel bringen.«

»Zu welchem denn?«

»Ich … ich weiß nicht.« Darüber hatte sie eigentlich mit dem Taxifahrer reden wollen, aber dann musste sie wohl mit diesem Mann – der immerhin recht freundlich wirkte – vorliebnehmen. »Ich habe noch kein Zimmer. Ich weiß, dass alles ausgebucht ist, aber ich hatte gehofft … na ja, ich habe reichlich Hotelpunkte. Und Geld spielt keine Rolle.«

»Die Hotels sind voll, Ma'am. Restlos.«

»Das weiß ich. Ich habe angerufen, aber es könnte ja sein, dass jemand storniert oder im letzten Moment abgesagt hat oder einfach nicht erscheint und dass sie dann das Zimmer freigeben, da es doch schon so spät ist.« Es gab *immer* irgendwo ein Zimmer, aber die Bemerkung verkniff sie sich; die teuren Zimmer – die Suiten – fanden oft keinen Abnehmer, und sie war bereit zu zahlen.

Aber als der Mann sie nach wie vor mit höflicher Betroffenheit ansah, musste Colleen sich eingestehen, was sie bisher erfolgreich verdrängt hatte: dass es vielleicht tatsächlich kein freies Zimmer gab. Dasselbe Problem hatte der Privatdetektiv gehabt, den sie hatte anheuern wollen – er hatte ein Zimmer gesucht und ihr erklärt, dass es nur ein einziges gab, mehr als zwei Stunden entfernt von Lawton. Er hatte es von jetzt an für eine Woche gebucht, und Colleen hatte ihm gesagt, er solle die Reservierung aufrechterhalten. Für den Fall, dass – der Gedanke war fast unerträglich – Paul bis dahin nicht aufgetaucht war, wäre dafür gesorgt, dass er ein Zimmer hatte, wenn er nach North Dakota kam.

Andy hatte gemeint, sie sollten noch ein paar Tage warten. Er hatte sogar von »Visionssuche« geredet und Colleen daran erinnert, dass er im Sommer nach seinem ersten Studienjahr nur mit einer Gitarre und einer Garnitur Kleidung zum Wechseln losgezogen war, ohne irgendwem zu sagen, wo er hinwollte. Er habe sich fast einen Monat im Yellowstone-Nationalpark herumgetrieben, sei mit Vollbart und Filzläusen nach Hause gekommen, und seinen Eltern sei noch nicht einmal aufgefallen, dass er weg gewesen war, behauptete er.

Aber das war eine ganz andere Geschichte gewesen. Da-

mals hatte es noch keine Handys gegeben, und Andy war –
zumindest nach eigener Einschätzung – eher der künstleri-
sche Typ gewesen, und das war Paul eindeutig nicht. Und
Andy hatte damals einen Grund gehabt fortzugehen – seine
Eltern steckten mitten in einer chaotischen Scheidung, und
seine Mutter war dabei, tablettenabhängig zu werden –, während Paul immer betont hatte, dass ihm die Arbeit in der Ölfirma Spaß machte, also warum sollte er alles hinschmeißen
und verschwinden? Es ergab einfach keinen Sinn, und jeder
Tag, der verging, barg das Risiko, dass die Spur immer kälter wurde.

Nachdem Colleen ihren Entschluss gefasst hatte, war alles
ganz schnell gegangen. Am Vortag hatte sie sich um die Flüge
und um eine Vertretung in der Schule gekümmert. Als Andy
von der Arbeit kam, sah er zu, wie sie ihren Koffer packte; er
trank ein Bier aus der Flasche und sprach nur wenig. Er versuchte zwar nicht, ihr das Vorhaben auszureden, erbot sich
aber auch nicht, sie zum Flughafen zu fahren. Als das Taxi
früh am nächsten Morgen kam, schlief er noch.

»Schon seit Monaten gibt's hier keine freien Zimmer. Sind
alle belegt, manche sogar mit ganzen Familien.«

Colleen blinzelte und atmete tief durch. Andy hatte sie dasselbe gefragt – was würde sie machen, wenn es kein Zimmer gab? Woraufhin sie geantwortet hatte, er solle sich nicht
lächerlich machen, schlimmstenfalls würde sie im Flughafen schlafen und die Zimmersuche auf den nächsten Morgen
verschieben; sie war keine Sekunde davon ausgegangen, dass
sie genau das tatsächlich würde tun müssen. Aber es war offensichtlich, dass sie hier nicht schlafen würde: Die anderen
Passagiere hatten das Gebäude bereits verlassen, während sie
sich hier unterhielt, und waren in ihren schweren Stiefeln in
den Schnee hinausgestapft. Auf dem Parkplatz wurden die

Pick-ups gestartet; ihre Scheinwerfer beleuchteten schmutzige Schneewehen, und die Auspuffrohre stießen Abgaswolken aus, während die Fahrer das Eis von den Scheiben kratzten.

»Ich kann es trotzdem versuchen.« Sie rang sich ein Lächeln ab. »Ich werde den Taxifahrer bitten, mich herumzufahren. Und wenn es tatsächlich kein Zimmer gibt, dann soll er mich eben zu einem Restaurant fahren, das die ganze Nacht offen hat.«

»Also ...« Der Mann zupfte an seinem Hemdkragen, offenbar hätte er gern noch mehr gesagt. »Rufen Sie Silver Cab an, ich warte, bis er kommt. Sollte nicht allzu lange dauern. Wählen Sie 7-0-1-5-S-I-L-V-E-R. Aber am besten sagen Sie es ihm gleich ... Sie wissen schon.«

Colleen wurde immer ungeduldiger. »Wieso? Je länger er mich herumfährt, desto mehr muss ich ihm zahlen.«

»Na ja ... im Buttercup, das einzige Restaurant außer den Fernfahrerkneipen, das vierundzwanzig Stunden offen hat, lassen sie einen nicht mehr die ganze Nacht verbringen, seit immer mehr Leute versucht haben, dort zu schlafen. Die haben irgendwann durchgegriffen.«

»Also, ich ...« Colleen wollte erklären, dass sie nicht zu diesen Leute gehörte, die das Restaurant ausnutzen wollten. Sie zog das ohnehin nur aus Verzweiflung in Betracht. Sie würde ihnen reichlich Trinkgeld geben, Bezahlung für die Zeit, die sie da verbringen würde, für den Kaffee, die Toilette, all das. »Dann werde ich eben nicht schlafen.«

Sie tippte die Nummer ins Telefon und wartete mit einem gezwungenen Lächeln, während sie den Blick auf das Hemd des Mannes gerichtet hielt. Er trug seine Weste offen, und sie sah, dass über der Brusttasche der Name Dave aufgestickt war.

Das Telefon klingelte und klingelte. Nach dem sechsten

oder siebten Mal gab Colleen es auf und sah Dave in die Augen. Er wirkte inzwischen nicht nur besorgt, sondern zutiefst beunruhigt. Vermutlich befürchtete er, dass er sie nicht mehr loswerden würde.

»Geht keiner ran, oder?« Dave wartete nicht auf ihre Antwort. »Die haben jetzt viel zu tun. Der andere Betrieb auch. Five Star. Kriegen jetzt dauernd Anrufe aus den Kneipen. Bis zur Sperrstunde. Und die ist erst um eins«, fügte er hinzu.

»Verstehe, aber …« Allmählich wurde sie von Panik erfasst. »Wäre es denn möglich … Ich meine, ich würde Sie natürlich dafür bezahlen, und ich warte auch, bis Sie hier fertig sind, aber könnten Sie mich vielleicht zu dem Restaurant fahren, das die ganze Nacht offen hat? Dann warte ich dort, bis ein Taxi frei ist.«

Auf dem Flughafengebäude herrschte bis auf das Surren der Neonröhren gespenstische Stille. Es verstrich eine Weile, und Colleens Finger verkrampften sich um den Griff ihres Koffers.

»Das kann ich gern tun«, erwiderte Dave schließlich, auch wenn es eher klang, als wäre das Gegenteil der Fall, »aber darf ich Sie fragen, was Sie hier eigentlich machen? In Lawton?«

Colleen hatte sich eine Antwort auf die Frage zurechtgelegt, aber gehofft, damit warten zu können, bis sie irgendwo ein Zimmer gefunden hatte. Am nächsten Morgen, wenn sie wieder herkommen würde, um ein Auto zu mieten, würde man sie nach ihrem Fahrtziel fragen. Sie hatte einen Verwandtenbesuch vorgeben wollen, aber inzwischen war es nur zu offensichtlich, dass sie hier keine Verwandten hatte. Wer sollte schon in einer Gegend leben, wo der nächste Außenposten der Zivilisation zwei Stunden weit entfernt lag und wo gerade mal zwei Flugzeuge pro Tag landeten und abflogen?

»Ich bin hergekommen …«, sagte sie und versuchte sich irgendetwas auszudenken. Wenn sie Verwandte erfand, würde Dave darauf bestehen, sie zu denen zu fahren. Wenn sie erklärte, sie habe beruflich hier zu tun, würde er wissen wollen, warum ihre Firma kein Zimmer für sie gebucht hatte – und außerdem, was konnte sie hier überhaupt beruflich zu tun haben? Sie wusste nichts über die Erdölindustrie, bis auf das, was Paul ihr erzählt hatte, und das war herzlich wenig.

Während Dave auf ihre Antwort wartete, knisterten die Neonleuchten, und es roch heftig nach Abgasen. Die ganze Situation war absurd, hier stimmte überhaupt nichts.

»Ich bin hergekommen, um meinen Sohn zu suchen«, platzte es schließlich aus ihr heraus. Ein Schluchzer entrang sich ihrer Kehle, der ihr den Atem raubte. Tränen stiegen ihr in die Augen.

»Hey«, sagte Dave erschrocken. »Hier. Nehmen Sie.« Er nahm eine Schachtel mit Papiertaschentüchern vom Tresen des Mietwagenschalters und hielt sie ihr hin. »Ist Ihr Sohn hier raufgekommen, um Arbeit zu suchen?«

Colleen nickte, zog ein paar Taschentücher aus der Schachtel und tupfte sich die Augen ab, aber die Tränen ließen sich nicht aufhalten. »Im September. Er hat sofort einen Job gefunden, bei Hunter-Cole Energy. Er wohnt in der Black Creek Lodge. Über Weihnachten war er zu Hause. Danach ist er wieder hergeflogen, und seitdem haben wir nichts mehr von ihm gehört, und das sieht ihm überhaupt nicht ähnlich. Vergangene Woche hat mein Mann in der Firma angerufen, und die haben ihm gesagt, dass er nicht zur Arbeit erschienen ist. Aber sie haben uns nicht darüber informiert. Ich bin sicher, dass er unsere Adresse dort hinterlegt hat, zumindest als Notfallkontakt, aber sie haben weder angerufen noch sich sonst irgendwie gemeldet. Bei niemandem. Hätte Andy nicht dort angerufen … Und er war auch nicht in seiner Unterkunft, Andy hat mit jemandem von der Lodge geredet, sein Zimmer ist schon wieder belegt. So etwas würde Paul nie tun. Er würde nicht einfach … verschwinden und niemandem etwas sagen. Angeblich hat die Polizei auch gesagt, dass sie nichts machen kann. Deshalb bin ich hier. Weil ich ihn finden will.«

Der Gesichtsausdruck des Mannes hatte sich verändert. Er kannte die Geschichte schon, das sah sie ihm deutlich an. Also sprachen die Leute hier zumindest darüber. Die Polizei hatte so getan, als würden hier ständig junge Männer verschwinden, aber das stimmte nicht, und Dave wusste das.

Sie legte ihm eine Hand auf den Arm und spürte die Wärme seiner Haut durch den groben Baumwollstoff seines Hemds. »Wissen Sie irgendetwas? Haben Sie etwas gehört?«

»Ich habe etwas gehört, aber ich weiß nicht, ob es mit Ihrem Sohn zu tun hat. Angeblich sind vor Kurzem zwei junge Männer aus der Black Creek Lodge verschwunden. Haben bei Hunter-Cole Energy gearbeitet – einer war noch ein Wurm. Er wurde Wal genannt, und der andere … äh … an dessen Namen kann ich mich nicht mehr erinnern.«

»Paul. Mein Sohn heißt Paul.« Sie wusste nichts von einem anderen jungen Mann. Weder die Polizei noch Hunter-Cole Energy – sie hatte dort so lange angerufen, bis man sie schließlich zum Firmensitz in Texas durchgestellt hatte – hatten davon etwas erwähnt. Sie wusste nicht, was er mit »Wurm« oder mit »Wal« meinte und was es bedeutete, dass es *zwei* waren, die verschwunden waren – das war doch dann noch schlimmer, oder?

»Ich kenne nur die Spitznamen, die hier benutzt werden. Tut mir leid, vielleicht hätte ich nichts sagen sollen, ich weiß ja nicht mal, ob das etwas mit Ihrem Sohn zu tun hat.«

»Seit wann werden die beiden denn vermisst?«

Der Mann blinzelte, als würde die Frage ihm Schmerzen bereiten. »Warten Sie, ich hab's letzte Woche Donnerstag gehört. Am Highway Nine wurde ein Bohrturm in östlicher Richtung verlegt, und da sind die Jungs nicht aufgetaucht. Ich weiß das von einem Freund, der bei der Highway-Polizei ist.«

»Das muss mein Sohn sein! Er ist genau an dem Tag verschwunden. Es war der erste Tag, an dem er nicht in seiner Unterkunft erschienen ist.«

»Hören Sie, da gibt es jemanden, mit dem Sie mal reden sollten.«

»Wissen Sie irgendetwas? Egal, was. Was auch immer es ist, sagen Sie es mir.«

Der Mann holte tief Luft und atmete wieder aus; er schüttelte sich die Weste von den Schultern, faltete sie zur Hälfte und begann, sie zusammenzurollen, vermied jedoch den Blickkontakt mit ihr. »Ich weiß überhaupt nichts. Ich wünschte, es wäre anders. Aber *sie* weiß vielleicht etwas, und ich bringe Sie jetzt zu ihr.«

»Zu wem?«

»Zu der anderen Mutter.«

Kapitel 3

Dave rief seine Frau an, um ihr mitzuteilen, dass er sich verspäten werde. Unterwegs erzählte er Colleen, dass er während des letzten Ölbooms Ende der Siebzigerjahre aus dem südlichen Missouri nach Lawton gekommen sei. Er habe seine Frau hier kennengelernt und sei hiergeblieben. Der Job am Flughafen sei in Ordnung, die Arbeit auf den Ölfeldern reize ihn nicht, ebenso wenig wie die Aussicht, den Job zu verlieren, falls der Boom plötzlich wieder zu Ende sei.

Inzwischen fiel der Schnee so dicht, dass die Scheibenwischer kaum noch für Sicht sorgen konnten. Im Wagen roch es angenehm nach Öl und Tabak. Offenbar waren hier nur Pick-ups auf der Straße – so wie Daves, größer als die in der Gegend von Boston, viele höhergelegt mit gewaltigen Rädern, die meisten mit langen Ladeflächen, manche leer, andere mit Ausrüstung beladen. Der Verkehr floss zäh, sodass Colleen die Möglichkeit hatte, die vorbeiziehende Stadt in Augenschein zu nehmen.

Lawton zog sich entlang eines vierspurigen Highways, der gesäumt war von Tankstellen und Restaurants, Holzlagern und Lagerhäusern. Ein riesiger Wal-Mart kam in Sicht, an dem offenbar trotz der Uhrzeit und des Wetters reger Betrieb herrschte. Sie passierten zwei Motels, an denen Leuchtschilder verkündeten, dass kein Zimmer frei war; alle Parkplätze waren besetzt mit Pick-ups.

Dave kannte die andere Mutter nicht, zu der er Colleen

brachte. Er wusste nur, dass er die Frau in einem Wohnmobil finden konnte, das ihr die Kollegin seiner Schwägerin, die
im selben Krankenhaus arbeitete, vermietet hatte.

»Gott, wie hält sie es bei den Temperaturen in einem
Wohnmobil aus?«

»Generator.« Offenbar hatte er keine große Lust, sich weiter über das Thema auszulassen.

Dave bog am Stadtrand in eine Straße ein, die gesäumt war
von heruntergekommenen Bungalows; die Autos und Pick-
ups in den Einfahrten wirkten alt und ramponiert. Er fuhr
langsam, um die Namen auf den Briefkästen lesen zu können.
In manchen Fenstern flackerten Fernseher.

»Hier muss es sein«, sagte er am Ende der Straße und hielt
vor einem kleinen weiß gestrichenen Haus. In der Einfahrt
stand ein Wohnmobil, auf dem eine dicke Schneedecke lag.

Colleen drehte sich der Magen um. »Könnten Sie vielleicht … Ich meine, Sie haben schon so viel für mich getan,
und ich bestehe natürlich darauf, Sie zu bezahlen …« Sie
kramte in ihrer Handtasche nach dem Portemonnaie. »Aber
dürfte ich Sie bitten, mich zu begleiten? Nur um sicherzuge-
hen, dass sie wirklich da ist?«

»Lassen Sie das Geld stecken«, entgegnete Dave ungehal-
ten. »Natürlich komme ich mit. Warten Sie, ich helfe Ihnen
beim Aussteigen, die Stufe ist ziemlich hoch.«

Colleens Magen knurrte, und ihr wurde bewusst, dass sie
seit Minneapolis nur einen Müsliriegel gegessen hatte, und
das war schon einige Stunden her. Dave kam um den Wagen herum und reichte ihr eine Hand, um ihr aus dem Pick-
up zu helfen.

Er nahm ihren Koffer vom Rücksitz und wartete darauf,
dass sie vorausging. Colleens Schuhe hinterließen deutliche
Abdrücke im frisch gefallenen Schnee. Gegen die bittere Käl-

te band sie sich ihr Tuch enger um den Kopf. Aus dem Wohnmobil waren Stimmen zu hören. Colleen holte tief Luft und klopfte.

Es wurde fast augenblicklich geöffnet. In der Tür stand eine zierliche Frau in einem viel zu großen marineblauen Pullover mit einem Tornado als Logo und der Aufschrift »Fairhaven Cyclones Football«. Das blondierte, gekräuselte Haar war locker auf dem Kopf zusammengebunden; einige Strähnen hatten sich gelöst und fielen ihr auf die Schultern. Die Frau hatte auffallend blaue Augen, die sie mit reichlich schwarzem Eyeliner betonte. Es roch nach Pizza und Marihuana. Der Fernseher lief. Das waren also die Stimmen, die Colleen gehört hatte.

»Brenda hat mich schon informiert«, sagte die Frau. »Sie müssen die Mutter von Wal sein.«

Die Frau, die Shay gegenüber an dem winzigen Tisch Platz nahm, wirkte, als würde sie bei der kleinsten Berührung in Tausende Stücke brechen. Was nicht anders zu erwarten war, nur dass Colleen Mitchell so aussah, als wäre sie schon seit einer Ewigkeit in diesem Zustand, nicht erst seit ihr Sohn verschwunden war. So tiefe Falten zwischen den Augenbrauen und um den Mund herum bekam man nicht in einer einzigen Woche.

»Sie können von Glück reden, dass Sie jemand gefunden haben, der Sie hergebracht hat«, sagte Shay. »Bis zum Morgen sollen noch fünfzehn Zentimeter Schnee fallen.«

»Glück«, wiederholte Colleen, als wäre es ein Wort aus einer fremden Sprache.

Dave verdrückte sich, so schnell es ging, ohne unhöflich zu wirken. Shay kannte das Gegenteil zur Genüge. Die meisten Menschen wollten mit Unglück nichts zu tun haben, so als wäre es ansteckend. Aber hier in Lawton hatten die Männer überraschend altmodische Manieren. In den drei Tagen, die sie hier war, hatten Fremde ihr die Tür aufgehalten, sie in der Schlange im Coffeeshop vorgelassen und ihr sogar angeboten, die Einkäufe zum Auto zu tragen.

»Ich weiß, was Sie brauchen«, sagte sie zu Colleen.

»Nein – nein, auf keinen Fall«, beeilte sich Colleen mit Blick auf die Flasche zu sagen, die auf dem Tisch stand. Shay hatte Whiskey-Cola getrunken, geraucht und gegrübelt, bevor Brenda angerufen hatte, und sie hatte die Flasche nicht weggestellt, ganz einfach weil es keinen Platz gab, wo man sie hätte verstauen können.

»Ach so, aber das meinte ich gar nicht, auch wenn Ihnen ein Drink bestimmt nicht schaden würde. Sie brauchen was zu essen. Ich mach Ihnen schnell was.«

»Nein, vielen Dank, aber ich bin nicht hungrig.«

»Doch, das sind Sie«, sagte Shay geduldig, als würde sie mit Leila reden. »Kommen Sie. Seit wann haben Sie im Flugzeug gesessen, seit heute früh? Ich nehme nicht an, dass Sie zu Mittag gegessen haben?«

»Ich habe etwas gegessen«, erwiderte Colleen kläglich. Ihr Lidschatten hatte sich in den Falten der Augenlider gesammelt. Ihre Lippen waren blass und spröde. Sie dünstete eine Mischung aus Weichspüler und Schweiß aus und sah aus, als würde sie im nächsten Augenblick in Tränen ausbrechen.

»Ein kleiner Happen wird Ihnen guttun. Wie spät ist es eigentlich in Boston? Eine Stunde später als hier, oder? Also schon ein Uhr nachts.«

Shay hielt die Unterhaltung aufrecht, während sie Brot aus dem Minikühlschrank nahm und dazu Schinken, Käse und Senf für ein Sandwich. Colleen antwortete hin und wieder mit monotoner Stimme. Da die einzigen zwei Teller schmutzig waren, servierte Shay das Sandwich auf einer Papierserviette. Sie goss ein Glas Milch ein und stellte es auf den Tisch.

»Na los, essen Sie.«

Colleen nahm das Sandwich, biss einmal ab und kaute mit glasigem Blick. Shay bezweifelte, dass sie irgendetwas schmeckte. Die Frau hatte noch nicht einmal Mantel und Schal abgelegt; aber es war so kalt im Wohnmobil, dass Shay es ihr nicht verübeln konnte. Sie selbst trug lange Unterwäsche und einen Pullover unter Taylors altem Sweatshirt. Und das, obwohl der Generator auf Hochtouren lief. Brenda war nach der Arbeit rübergekommen, um sich schon zum zweiten Mal zu beschweren, dass Shay den Generator voll aufgedreht hatte. Aber da Weather.com Temperaturen von minus zwanzig Grad vorhergesagt hatte, hatte sie beschlossen, ihn wieder hochzufahren; sollte die blöde Kuh sich doch beschweren.

Shay schob das Milchglas ein wenig in Colleens Richtung, die es mechanisch nahm und einen Schluck trank, so als hätte ihr Kummer sie jeden Willens beraubt. Das gefiel Shay überhaupt nicht. Dafür war es noch viel zu früh, und Shay – alterfahrene Krisenbewältigerin seit Kindesbeinen, selbst wenn sie eine solche Situation bisher auch noch nicht erlebt hatte – musste es schließlich wissen.

»Okay«, sagte sie freundlich, aber entschlossen. »Dann wollen wir uns mal einen Überblick verschaffen.«

Colleen legte das Sandwich beiseite. Ein Krümel blieb an ihrer Unterlippe kleben. »Bis heute Abend wusste ich nicht einmal, dass noch ein zweiter junger Mann verschwunden ist. Das ist ja ... Das mit Ihrem Sohn tut mir leid. Und dass ich hier einfach so reingeplatzt bin.«

Shay zuckte die Achseln. »Das Unternehmen will nicht, dass wir es wissen. Warum auch? Es kann nur noch mehr Ärger für sie bedeuten.«

Colleen zog die Brauen zusammen, was die tiefe, senkrechte Falte auf ihrer Stirn noch betonte. »Ich verstehe nicht.«

»Hunter-Cole Energy. Überlegen Sie mal. Von wie vielen Unfällen hier oben haben Sie in den letzten Jahren gehört? Arbeitsunfälle, bei denen die Firma Arbeiter verloren hat?«

»Unfälle?«

»Also hören Sie, Sie benutzen doch auch Google, oder? Sobald es neue Nachrichten über Hunter-Cole gibt, kriege ich eine Mitteilung.« Sie wartete darauf, dass Colleen ihr folgen konnte, denn Leute wie sie konnten sich einfach nicht vorstellen, dass jemand wie Shay sich mit einem Computer auskannte. Zugegeben, bis vor wenigen Jahren hatte sie das auch nicht, bevor sie angefangen hatte, ihre Schachteln online bei Etsy zu verkaufen, aber so war es eben. »Jedes Mal wenn dort ein Arbeitsunfall passiert, ist ein ganzes Team nur damit beschäftigt, die Geschichte zu vertuschen, aber irgendwie erfährt man sie doch, wenn man weiß, wo man suchen muss. Sie ist verborgen, aber sie existiert.«

»Sie meinen wie bei dem Mann, der einen Schlaganfall hatte?«

»Na ja, das auch. Aber das ist ja ausnahmsweise allgemein bekannt.« Im August hatte ein zweiundfünfzigjähriger Großvater einen Schlaganfall erlitten, seinen ersten, und war von einer Plattform gestürzt. Er starb noch im Hubschrauber auf dem Weg nach Minot. Der Unfall wäre vermutlich der öffentlichen Aufmerksamkeit entgangen – Shay hätte ihren Kopf darauf verwettet, dass die Anwälte alles darangesetzt hatten, Schadensbegrenzung zu betreiben –, wenn nicht das *People*-Magazin sich dahintergeklemmt und einen Artikel darüber gebracht hätte. Hübsche Töchter, ein bezauberndes Enkelkind – so was verkaufte sich wie nichts. »Es gab auch andere Unfälle. Mehr als man sich vorstellen kann, wenn man nicht ein Auge darauf hat.«

Colleens Kinn zitterte. »Und Sie glauben, dass unsere Söhne …«

»Na, na, na, das habe ich nicht gesagt.« Zu spät sah Shay die Panik in Colleens Augen und begriff, dass sie einen Fehler gemacht hatte. »Nein, hören Sie, meine Liebe, denken Sie nicht daran. Ich glaube kein bisschen, dass unsere Söhne einen Arbeitsunfall hatten. Für so etwas gibt es schließlich Vorschriften, da müssen sie die nächsten Angehörigen benachrichtigen …«

Sie nahm Colleens Hand, die heftig zitterte. Ihre Finger waren wächsern und kalt, und sie grub ihre polierten Fingernägel scharf in Shays Haut. *Die nächsten Angehörigen*, das hätte sie nicht sagen dürfen.

»Wenn unseren Söhnen bei der Arbeit etwas passiert wäre, würde das Unternehmen längst versuchen, uns zu bestechen. Dann säße hier eine ganze Riege von Anwälten, stattdessen müssen Sie jetzt mit mir vorliebnehmen. Es war kein Unfall. Hier geht es um irgendetwas ganz anderes.«

Shay spürte, wie Colleen sich ein bisschen entspannte. Sie ließ die Schultern sinken und richtete den Blick auf das Sandwich vor ihr.

»Ja, essen Sie was«, sagte Shay sanft. Sie wartete, bis Colleen wenigstens einmal von dem Sandwich abgebissen hatte, bevor sie fortfuhr. »Also, wir müssen uns in das Denken der Firma hineinversetzen. Die Jungs verschwinden. Dafür kann es alle möglichen Gründe geben. Sie halten es hier oben nicht aus, die Arbeit entspricht nicht ihren Vorstellungen, die Kälte geht ihnen auf die Nerven, sie haben Sehnsucht nach ihren Freundinnen zu Hause. Was auch immer. Vermutlich geben zwanzig Prozent von ihnen schon in der ersten Woche auf. Und das ist wahrscheinlich noch niedrig angesetzt.«

Colleens Gesicht hatte wieder ein bisschen Farbe angenommen. »Davon wusste ich nichts«, sagte sie ruhig. »Ich weiß überhaupt gar nichts. Paul hat uns nichts erzählt. Und ich wusste nicht, wo ich anfangen sollte mit der Suche, wen ich fragen konnte. Keine Freunde, keinen seiner Freunde … Wir sind die Einzigen, deren Sohn hierhergekommen ist, um zu arbeiten.«

»Das kann ich von mir nicht behaupten, verdammt«, erwiderte Shay mitfühlend. »Ich kenne ein halbes Dutzend Familien, deren Söhne hier oben arbeiten.«

Eine Zeit lang hätten die Jungs über nichts anderes geredet – über die Ölfelder oder den Militärdienst, die einzigen Zukunftschancen für junge Männer, die in Fairhaven die Schule mit miesen Noten und einer schlechten Gesamtbeurteilung abschlossen. Fairhaven – das sei ein idiotischer Name für eine Stadt in der kalifornischen Pampa, deren Bevölkerung zur Hälfte aus illegalen Einwanderern bestehe, die sich mit der anderen Hälfte um die knappen und dazu schlecht bezahlten Jobs streite. Das Kaff sei weder – wie es der Name suggeriere – ein Zufluchtsort noch fair, aber mehr hätten sie halt nicht. Taylor und ein anderer Junge, Brad Isley, seien am ersten Wochenende nach dem Schulabschluss losgezogen, und bis zum Ende des Sommers seien ihnen drei weitere Jungs gefolgt. Zwei seien schon wieder zurück – krank vor Heimweh und überfordert von der harten Arbeit. »Jedenfalls interessiert das alles die Firma hier nicht. Wer geht, hinterlässt einfach nur ein Loch, das wieder gestopft werden muss. Sie brauchen einen neuen Wurm, also stellen sie einen ein, und weiter geht's.«

»Wurm«, fiel Colleen ihr ins Wort. »Das höre ich heute schon zum zweiten Mal. Was soll das sein?«

»Sie wissen nicht, was das bedeutet?« Und im Stillen dachte Shay: *Was für ein Junge erzählt so was nicht, das Erste, was sie bei diesem Job lernen?* »So nennen sie die Neuen. Die ersten paar Monate auf den Bohrtürmen müssen sie die Drecksarbeit machen, die sonst keiner machen will, da sind sie noch die Würmer. Später werden sie normale Malocher auf den Türmen wie alle anderen auch.«

»Ach so.«

»Jedenfalls heuern die Firmen ihre Arbeiter so schnell an wie irgend möglich. Häufig schauen sie noch nicht einmal richtig in die Bewerbungen, bevor die Jungs mit der Arbeit beginnen. Man lässt sie alle Papiere unterschreiben und schickt sie an die Personalabteilung, und die sitzt in einem anderen Staat. In der Zwischenzeit geht die Arbeit weiter, man setzt den Jungs einen Schutzhelm auf und scheucht sie auf die Plattformen. Und wenn welche verschwinden, ist ihnen das egal, sie haben keine Zeit, sich damit zu beschäftigen. Das Einzige, was sie interessiert, ist, keine schlechte Presse zu kriegen. Also leiten sie solche Fälle direkt an die Schlipsträger weiter, und die machen *ihren* Job und halten die Probleme aus den Nachrichten raus.«

Colleen schien zu überlegen, ob sie mit etwas herausrücken sollte. »Man hat uns angerufen«, sagte sie nach kurzem Zögern. »Jemand von Hunter-Cole. Er hat Andy auf der Arbeit angerufen.«

»Andy – ist das Ihr Mann?«

»Ja. Er ist Partner in einer Anwaltskanzlei, die auch unter seinem Namen firmiert, deshalb war es wohl nicht schwer, ihn zu finden. Jedenfalls hat jemand von der Geschäftsleitung von Hunter-Cole angerufen. Sie haben ihre Unterstützung zugesagt und beteuert, sie würden auf jede erdenkliche Weise behilflich sein.«

Shay schnaubte. »Ja, klar.«

Colleen nickte erschöpft. »Sie hatten keine konkreten Vorschläge. Und als wir dann beschlossen haben, einen Detektiv anzuheuern ...«

»Sie haben einen Detektiv angeheuert? Damit er Ihren Sohn sucht?«

»Ja.« Colleen vermied Shays Blick; sie wirkte verlegen. »Jemanden als Unterstützung für die Bemühungen der Polizei hier oben.«

»Die Polizei hier oben ist noch zu blöd, ihr eigenes Arschloch zu finden. Sorry«, fügte sie hinzu und bedauerte schon ihre Wortwahl. Sie brachte ihre persönlichen Gefühle mit ins Spiel, obwohl sie sich geschworen hatte, das nicht zu tun.

»Ich dachte einfach, dass jemand, der sich um diese eine Aufgabe kümmern kann und nicht noch mit einer Menge anderer Dinge beschäftigt ist ... Jedenfalls habe ich Andy gebeten, den Angestellten von Hunter-Cole zurückzurufen. Um ihm mitzuteilen, dass Steve Gillette, so heißt der Detektiv, ihn anrufen werde. Aber da wurde der Mann von Hunter-Cole auf einmal ausweichend und begann zurückzurudern ...«

»Darin sind die geübt«, sagte Shay. »Vielleicht lernen die das ja an der Uni.«

»Also habe ich *ich* angerufen.« Colleen strich sich die Haare glatt. »Ich habe selbst bei Hunter-Cole angerufen und ihnen dasselbe gesagt, was Andy schon gesagt hatte: dass Steve Gillette Zugang bräuchte zu allen Unterlagen, die sie ihm zeigen könnten – Stempelkarte, Arbeitspapiere, solche Sachen. Und schlagartig änderte sich alles. Sie waren ausgesprochen höflich, aber es war, als würde eine Wand hochgezogen. Sie haben nicht auf meine Fragen geantwortet, sondern gesagt, sie würden der Sache nachgehen, sich bei mir melden. Was weiß ich ...«

Die Wut in ihrer Stimme – das war gut; die würde sie brauchen. »Und deshalb sind Sie hier, richtig?«, fragte Shay. »Weil man Sie zu lange hingehalten hat?«

Colleen sah Shay jetzt direkt in die Augen, das erste Mal, seit sie an ihre Tür geklopft hatte. »Ja. Ja. Andy wollte noch abwarten. Er meinte, wir sollten Paul noch ein paar Tage Zeit geben, dass es wahrscheinlich alles nur ein Missverständnis wäre.«

»Blödsinn«, platzte es aus Shay heraus, bevor sie sich bremsen konnte. »Sie sind seine Mutter. Sie wissen, wann etwas nicht stimmt.«

»Ja. Genau das habe ich versucht, ihm klarzumachen.« Colleen nickte. Ein Moment verstrich, dann legte sie die Hand auf die Whiskeyflasche und drehte sie, um das Etikett lesen zu können. »Ich glaube nicht, dass ich schon mal Jack Daniel's getrunken habe.«

»Wollen Sie einen?«

»Vielleicht. Ja. Bitte.«

Noch lange nachdem Colleen am anderen Ende des Wohnmobils auf der Koje, die durch das Umklappen von Tisch und Stühlen entstanden war, eingeschlafen war und tief und regelmäßig atmete, lag Shay wach und dachte nach. Zum einen, weil sie fror – sie hatte Colleen die meisten Decken überlassen und behauptet, sie käme zurecht in ihren Klamotten und einem zweiten Paar Socken, was jedoch überhaupt nicht reichte, um die Kälte abzuhalten –, und zum anderen, weil sie an Taylor dachte.

Während ihres letzten Gesprächs hatte Taylor etwas von einem Mädchen erzählt. Charity, Chastity, irgendein altmodischer Name – Shay wünschte, sie könnte sich erinnern. Aber es würde sie wahrscheinlich auch nicht weiterbringen; Taylor hatte immer irgendein Mädchen. Er blieb nie lange bei einer;

sie kamen und gingen, freundlich und ohne großes Theater, alles hübsche, lächelnde, fröhliche Mädchen, die ohne Groll gingen und ihn in liebevoller Erinnerung behielten. »Grüßen Sie Taylor von mir«, sagten sie, wenn sie zufällig einer von ihnen im Lebensmittelladen oder in der Bank begegnete, und sie versprach, es ihm auszurichten, auch wenn sie sie nie richtig auseinanderhalten konnte.

Ihr hochgewachsener, breitschultriger, gut aussehender Sohn, stellvertretender Kapitän der Footballmannschaft von Fairhaven, hatte nie einen Mangel an weiblicher Begleitung gehabt. Und als er ihr von seiner neuesten Errungenschaft erzählt hatte, während sie mit dem Auto auf dem Weg zur Arbeit war, das Telefon zwischen Kinn und Schulter geklemmt, und Ausschau hielt nach den Cops, weil sie sich nicht noch einen Strafzettel leisten konnte, hatte sie nicht aufmerksam zugehört. Sie war viel zu unaufmerksam gewesen angesichts der Tatsache, dass es das letzte Gespräch mit ihm vor seinem Verschwinden gewesen war.

Sie konnte sich noch daran erinnern, dass Taylor über ihre Haut gesprochen hatte. Nun ja, hatte nicht jedes zwanzigjährige Mädchen eine schöne Haut? Bei ihr selbst zumindest war es so gewesen – immer wieder war sie von irgendwelchen Leuten gefragt worden, ob sie ein Model sei. Es hatte eine Zeit gegeben, in der Shay solche Bemerkungen für völlig normal gehalten hatte. Und vielleicht war es dieser jungen Frau ja genauso gegangen, die wahrscheinlich zu den letzten Menschen gehörte, die Taylor gesehen hatten.

Was die anderen Dinge in seinem Leben betraf, hatte Taylor gesagt, alles sei in Ordnung, nichts Neues, Job ist Job, die Jungs seien prima. Taylor hatte sich nie beklagt; sein Motto war: »Tu, was du tun musst.« Was verblüffend war, denn sein Vater, möge er in Frieden ruhen, hatte das auch immer gesagt.

Vielleicht lag das ja in den Genen, obwohl Shay die Idee gefiel, auch ihren Teil getan zu haben, dass ihr Sohn sich zu einem jungen Mann entwickelt hatte, der keine harte Arbeit scheute. Sie hatte weiß Gott ihren Anteil daran gehabt.

Nachts wurde Shay regelmäßig von ihren Ängsten eingeholt. Sie lauschte auf Colleens Atem, irgendwo bellte ein Hund. Der Generator schaltete sich ein und wieder aus; aus dem Heizgerät strömte heiße, trockene Luft. Wie gern würde sie aus dieser Sardinenbüchse herauskommen, aber sie hatte keine Ahnung, wohin sie gehen sollte, eine Tatsache, die sie Colleen bisher verschwiegen hatte.

Die andere Mutter. Sie hatte gewusst, dass es eine gab – zumindest hatte sie es vermutet. Es stand sogar auf der Liste, die Shay führte, außen auf dem Aktenordner. »Andere Eltern« – direkt unter »Lawrence anrufen«. Lawrence war der Onkel von Brittanys Mann, ein Anwalt, den Shay auf der Hochzeit kennengelernt hatte. Vielleicht konnte er ja irgendwie helfen.

Aber Shay hatte sich auf ihrer Liste noch nicht bis zu diesem Punkt vorgearbeitet. Am zweiten Tag, als Taylor nicht anrief, wusste sie, dass irgendetwas nicht stimmte. Am dritten Tag war sie in Panik geraten. Am achten Tag hatte sie ihren Job gekündigt, nachdem der Angestellte von Hunter-Cole ihre Anrufe nicht mehr entgegengenommen und der Polizeisergeant, der ihren Fall bearbeitete, ihr kurz angebunden erklärt hatte, er werde sich melden, sobald sie etwas wüssten, und sie solle aufhören anzurufen. Und am Morgen des neunten Tages, bevor die Sonne in Kalifornien aufgegangen war, war sie unterwegs gewesen, hatte in den Fernfahrerraststätten Kaffee getrunken und im Radio Predigern gelauscht.

Zweiundzwanzig Stunden im Auto, nur ein paar Stunden Schlaf auf dem Rücksitz – so eine Fahrt war nichts für schwache Naturen. Shay hatte noch hundertfünfunddreißig Dollar in ihrem Portemonnaie, und am nächsten Tag würde das Geld vom letzten Lohnscheck auf ihrem Konto sein. Es war nicht viel, aber sie war schon oft fast pleite gewesen, was sie, wenn sie ehrlich war, nicht besonders beunruhigte.

Was ihr viel mehr Angst machte, war, dass North Dakota ihren Jungen spurlos verschluckt zu haben schien – ihren Jungen, den sie dazu erzogen hatte, zäh zu sein wie sie selbst, so zäh, dass er das letzte Viertel gegen die Noble Hills trotz einer Augenverletzung gespielt hatte.

Scheiß auf North Dakota! Sie verfluchte die Polizisten und die Ölfirma und jeden und alles, was sich ihr bei dem, was sie jetzt brauchte, in den Weg stellte. Shay würde nicht aufgeben, bis sie ihren Sohn gefunden hatte – oder bei der Suche nach ihm starb.

Kapitel 4

T. L. lauschte auf das Geräusch von Myrons Schlüssel in der Haustür. Es war zwanzig Minuten nach Mitternacht, und T. L. rechnete schnell nach. Zehn Minuten, um den Laden zu schließen, weitere zehn, um ins Griffon's zu gehen, und dann noch mal zehn für den Heimweg – sein Onkel war also nur eine Dreiviertelstunde lang in der Kneipe gewesen.

Wann war ihre Welt aus den Angeln geraten? Wann hatte es angefangen, dass Myron abends immer länger ausblieb und er zu Hause auf ihn wartete wie eine nervöse Hausfrau? T. L. wusste natürlich genau, wann. An dem Tag, der alles verändert hatte. Nur dass es nicht so einfach war, oder? Denn hätte er sie nicht kennengelernt ... Wenn die Baseballmannschaft der Wolves es nicht in die Endrunde der College-Wettkämpfe von North Dakota geschafft hätte, wenn sie nicht in der frostigen Frühjahrsluft mit ihren blauen und silberfarbenen Pompons gewedelt hätte, während er als Schlagmann mit einem Triple das Spiel entschied.

Hätte er nicht das dritte Base erreicht – dann wäre alles anders gekommen. T. L. wusste um seine Stärken und Schwächen. Der Triple war ein reiner Glücksfall gewesen. Er konnte ein Florida-Waldkaninchen so realistisch zeichnen, dass es aussah, als würde es gleich vom Blatt hüpfen; er konnte innerhalb von zehn Minuten drei Dutzend Dreieinhalbkilo-Eisbeutel auspacken und im Gefrierschrank verstauen; er kannte die Namen der Ältesten des indianischen Wirtschaftsrats seit 1997 auswendig, seit dem Jahr, als seine Mutter gestorben war und Myron ihn bei sich aufgenommen hatte. Aber eins konnte er garantiert nicht, zumindest an einem ganz normalen Tag: ein blondes, Pompon schwingendes Mädchen mit blauen Augen von der Lawton Highschool auf sich aufmerksam machen und derart beeindrucken, dass sie ihre Freundinnen bat, ihm ihre Telefonnummer zukommen zu lassen. Der Triple hatte es bewirkt: Es waren mehrere Hundert Leute im Stadion gewesen, mehr als bei jedem anderen Spiel der Saison, die auf den Tribünen gejubelt und mit den Füßen getrampelt hatten. Ungefähr vierzig Leute waren im Bereich für geladene Gäste gewesen, Myron und seine Kumpel und ein paar Mütter seiner Mitspieler, und sie alle hatten »T. L., T. L., T. L.« skandiert. Auf der gegenüberliegenden Tribüne griffen sie es auf, bis sein Name im ganzen Stadion widerhallte und plötzlich alles auf der Welt möglich zu sein schien, zum Beispiel, dass ein Mädchen wie Elizabeth nach dem Spiel quer über den Parkplatz auf ihn zukam.

Ganz genau. Das wäre der richtige Moment gewesen, die Zeit anzuhalten.

T. L. stützte die Ellbogen auf. Weil die Vorhänge das Fenster nicht völlig abdeckten, warfen die Laternen des Parkplatzes einen Streifen gelben Lichts über sein Bett. Dieser Streifen war seit dreizehn seiner neunzehn Jahre da. Früher war er mit seinen Matchbox-Autos darauf herumgefahren, noch lange nachdem ihm Myron gesagt hatte, er solle schlafen gehen.

Er hörte, wie Myrons Schlüsselbund in der Schale auf dem Tisch in der Diele landete, die schweren Stiefel auf dem Linoleum, das Wasserglas, das an der Spüle gefüllt und einige Sekunden später leer auf der Anrichte abgestellt wurde. Die

Wände in diesem Haus waren dünn, die Türen hohl. Myron hatte das Haus nach seiner Rückkehr aus dem Golfkrieg billig erstanden, als der erste Ölboom schon Geschichte gewesen war: ein erbärmlicher Pappkarton am hinteren Ende eines miserabel asphaltierten Parkplatzes, vorn eine Tankstelle mit zwei Zapfsäulen und ein Minimarkt mit Schaufenster zur Straße. Myron hatte jahrelang gekämpft, um sich über Wasser zu halten, aber jetzt war erneut Boomzeit, und die Lage, direkt hinter dem Abzweig zum Reservat, war einfach genial. Viermal pro Tag kamen die Schichtarbeiter auf dem Weg zu den Bohrtürmen oder zurück in die Stadt hier vorbei. Auch wenn sie nicht immer tankten, so kauften sie doch wenigstens Zigaretten, Dosenbier, Dörrfleisch, Tüten mit Cashews, Muffins, Pornoheftchen und Red Bulls.

Myrons Stiefel auf dem Weg zu seinem Zimmer. Gleichmäßig. Langsam. Erschöpft … T.L. konnte es an seinem Gang hören. Er verharrte vor seiner Tür, nur einen kurzen Moment.

Eine Dreiviertelstunde im Griffon's hieß bei Myron ein Bier. Vielleicht hatte er es nicht einmal ausgetrunken. T.L. legte sich wieder hin und schloss die Augen. Er würde jetzt schlafen. Diese neue Wachsamkeit, die ihm so wenig vertraut war wie ein Sonntagsanzug, konnte ihm keinen Schlaf rauben, den er sowieso nicht fand bei all den Schatten und Schreckgespenstern und Ängsten, die ihn fast um den Verstand brachten. Myron war nur ein paarmal betrunken nach Hause gekommen, aber er wurde nie aggressiv, wenn er trank, und ließ sich immer von jemandem nach Hause fahren. Außerdem, wenn sein Onkel es für richtig hielt, sein Geld in der Kneipe zu lassen, was hätte T.L. schon dagegen tun können?

Er hatte keine Ahnung, aber er musste wachsam sein. Irgendjemand musste auf der Hut sein. Damit die verborgenen Dinge in ihrem Versteck blieben und die Gefahren in Schach gehalten wurden. T. L. war jetzt ein Mann, und er hatte vor, sich wie ein Mann zu verhalten.

Kapitel 5

Colleen fuhr aus dem Schlaf. Fetzen eines unruhigen Traums verflüchtigten sich schnell, hinterließen jedoch ein Gefühl diffuser Angst. Und dann die entsetzliche Erkenntnis, dass Paul verschwunden war. Sie überschlug im Geiste, wie viel Zeit seitdem vergangen war, und kam auf neun Tage; seine Abwesenheit riss ein klaffendes Loch in ihr Inneres.

Nach und nach meldeten sich ihre anderen Sinne. Alles war falsch und unvertraut. Sie lag auf einer kalten, harten Pritsche. Es roch unangenehm nach einer Mischung aus ihrem eigenen Schweiß, einer Spur saurer Milch und irgendeinem Putzmittel. Etwas rumpelte und vibrierte, das mechanische Geräusch eines klopfenden Motors.

Ein Generator. Die Erinnerung kam wieder. Als sie die Augen öffnete, erkannte sie das Innere des Wohnmobils, in das das fahle Licht der Morgendämmerung fiel. Unter einen Haufen Kleidung und eine einzige Decke gekauert lag Shay auf ihrem Bett. Schuldbewusst registrierte Colleen, dass sie die meisten Decken hatte. In der Nacht, als ihr der Whiskey so leicht die Kehle hinuntergeflossen war, hatte sie vom chaotischen Bettenmachen nicht viel mitbekommen. Sie war zwar nicht direkt betrunken gewesen, aber auch nicht mehr nüchtern. Ein Müsliriegel, ein halbes Sandwich und ein Glas Milch, das Shay ihr aufgedrängt hatte, danach gleich der Whiskey. Dann war sie aufs Klo gegangen und hatte sich auf der winzigen Toilette die Zähne geputzt. Ihr letzter klarer

Gedanke, während sie die Zahnpastareste aus dem Waschbecken gespült hatte, hatte der Frage gegolten, wohin wohl das Wasser von der Toilette floss.

Nein, Moment. Am Spiegel hatte ein linierter Zettel mit den handschriftlichen Worten geklebt: *Bitte so wenig Wasser als möglich benutzen.* Und als Letztes hatte Colleen einen Gedanken gehabt, der ihr immer kam, wenn ihr bei öffentlichen Aushängen Grammatikfehler auffielen; dann wünschte sie sich, den Fehler verbessern zu können, ohne dass es jemand bemerkte. Wie ein Hans Apfelkern für die Computergeneration würde sie überall grammatikalische Samen aussäen.

Sie setzte sich langsam auf, bemüht, möglichst leise zu sein. Nach der Helligkeit draußen zu urteilen musste es ungefähr acht Uhr sein. Das war – neun Uhr in Boston?

Sie überlegte, wie spät sie schlafen gegangen waren. Es war schon nach elf auf der Uhr an Daves Armaturenbrett gewesen, als sie in den Pick-up gestiegen war, daran konnte sie sich noch erinnern. Sie und Shay waren vielleicht noch eine Stunde aufgeblieben und hatten miteinander geredet. Colleen konnte nicht glauben, dass sie ganze sieben Stunden durchgeschlafen hatte. So viel hatte sie während all der letzten Nächte nicht ansatzweise geschafft. War sie einfach nur erschöpft gewesen? Oder war es die Erleichterung darüber, ihren Kummer mit jemandem teilen zu können? Colleen bekam sofort ein schlechtes Gewissen, dass sie sich nur deshalb nicht allein gefühlt hatte, weil noch ein zweiter Junge vermisst wurde – und eine andere Mutter auch in Panik war.

Und dann bekam sie noch mehr Schuldgefühle, weil sie ja eigentlich nicht einmal allein war, zumindest nicht so allein wie Shay. Sie hatte immerhin Andy, den sie am Vorabend vergessen hatte anzurufen. Jetzt würde er schon seit fast zwei Stunden auf den Beinen sein. Sie schob sich über die Bettkan-

te – eigentlich war es kein Bett, sondern der Tisch im Wohnwagen, den Shay irgendwie umgeklappt hatte, sodass eine Art
Pritsche entstanden war. Augenblicklich kroch ihr die kalte
Luft unter die Ärmel und in die Hosenbeine. Der Fußboden war eiskalt, selbst durch die Socken. Eingekeilt zwischen
Tisch und Küchenzeile stand ihr Koffer. Sie erinnerte sich,
dass sie ihn am Abend zuvor auf der Suche nach ihrem Kulturbeutel durchwühlt hatte. Als sie aus dem Bad gekommen
war, war das Tisch-Bett bereits gemacht gewesen, die Lam-
pen waren aus bis auf ein gedämpftes Nachtlicht an der Decke, und Shay hatte im Schneidersitz auf dem winzigen Bett
gesessen – als wären sie beide in einem Ferienlager. Colleen
hatte erst überlegt, ob sie in ihrem Koffer nach dem Nacht-
hemd suchen sollte, aber dann hätte sie sich vor Shay auszie-
hen müssen, und sie war zu müde gewesen, ihre Verlegenheit
wegen ihres schlaffen Bauchs und der wabbeligen Oberarme
und Schenkel zu überwinden.

Also hatte sie den Koffer offen gelassen, war dankbar unter
die Decken gekrochen und hatte nur noch einen Gutenacht-
gruß gemurmelt. Sie musste auf der Stelle eingeschlafen sein,
denn sie konnte sich danach an nichts mehr erinnern.

Sie warf einen Blick auf die schlafende Shay, während sie
in ihre Stiefel stieg und möglichst geräuschlos die Reißver-
schlüsse hochzog. Sie fragte sich, ob Shay wohl ihren Koffer oder ihre Handtasche durchsucht hatte. Sie selbst hätte
es wohl beim Koffer nicht probiert, einfach weil es schwierig
gewesen wäre, den Inhalt zu inspizieren, ohne Spuren der
Schnüffelei zu hinterlassen. Aber sie hätte sicherlich in der
Handtasche nach irgendwelchen offensichtlichen Hinweisen
gesucht. Schändlich, aber wahr.

Shays Handtasche, wenn sie denn eine besaß, war nirgends
zu sehen. Außer der Whiskeyflasche, den Zigaretten und dem

Porzellanschälchen, das Shay als Aschenbecher diente, entdeckte Colleen nur einen Stapel gefalteter Kleider, einen Laptop, der an die einzig sichtbare Steckdose angeschlossen war, zwei Büchsen Limonade und einige Zeitschriften.

Auf Zehenspitzen schlich sie zu der winzigen Anrichte und kramte ihr Handy aus der Handtasche. Es zeigte drei verpasste Anrufe von Andy an und eine Nachricht in der Mailbox. Nach kurzem Zögern nahm Colleen ihren Mantel vom Fußende des Betts, zog ihn über und wickelte sich ihren Schal um den Hals.

Trotz ihrer Vorsicht quietschte die Tür in den Angeln. Colleen sah nicht zu Shay hinüber; sie hoffte, dass Shay, falls sie sie geweckt hatte, so höflich war, sich schlafend zu stellen, bis Colleen draußen war. Dass sie ihr ein bisschen Privatsphäre gönnen würde, gerade lange genug, um mit Andy zu sprechen.

Als sie die Tür aufdrückte, bemerkte sie etwas, das ihr am Abend zuvor nicht aufgefallen war. Am Fenster klemmte, schon vom Kondenswasser an der Scheibe gewellt, das Foto eines jungen Mannes. Colleen blieb die Luft weg: Shays Sohn sah ausgesprochen gut aus, hatte breite Schultern und ein ausgeprägtes Kinn und dieselben auffallend blauen Augen wie seine Mutter. Sein dunkelblondes Haar war dicht und strubbelig. Er war braun gebrannt, hatte Sommersprossen auf der Nase und ein Grübchen und ein verschmitztes, selbstbewusstes Grinsen. Er war der Typ junger Mann, dem man alles glauben würde, der prädestiniert war für die Rolle des Schulsprechers und der nur mit den hübschesten Mädchen ausging.

Als Colleen aus der Tür trat und sie vorsichtig hinter sich schloss, zog sich ihr Herz zusammen wie schon tausendmal zuvor. *Du bist genauso gut wie er,* flüsterte sie in den Wind, ihrem verschwundenen Sohn zu, und tief in ihrem erschöpften

Herzen tobte ihr ewiger Kampf weiter, dass sie nur fest genug daran glauben musste, damit es auch wahr wurde.

Die Kälte traf sie wie ein Schlag; sie fraß sich in ihre Lunge, biss ihr in die Nase und ließ ihr die Hände gefrieren. Entgegen Shays Prognose hatte es in der Nacht kaum geschneit; ihre Fußabdrücke und die größeren von Dave waren noch deutlich im Schnee zu sehen. Als ein Windstoß den Schnee vom Boden aufwirbelte, brannten ihr die eisigen Kristalle auf den Wangen, und sie hastete um die Ecke des Wohnmobils in den Windschatten. Von hier aus sah sie die Seite des Hauses, während sie ihren Anruf machte.

»Col, was ist passiert?«, fragte Andy, der beim ersten Klingeln abnahm. »Ich habe dich ein halbes Dutzend Mal angerufen.«

»Ja, tut mir leid, mir geht's gut«, sagte Colleen und dachte: *Drei, es waren nur drei Anrufe.* »Ich konnte nicht – es war schon so spät und ...«

»Wo bist du? Hast du ein Zimmer gefunden?«

»Na ja, nicht so richtig. Also, ich meine, ich hatte einen Schlafplatz heute Nacht.« Erst jetzt fiel ihr ein, dass Andy ja nichts von dem anderen Jungen wusste und von der anderen Mutter.

»Du hast dich nicht gemeldet, und als ich heute Morgen aufgestanden bin, war auch keine Nachricht da. Ich wollte schon die Fluggesellschaft anrufen.«

»Ach, Andy.« Irgendetwas zog sich in Colleen zusammen, und sie hätte heulen können. Aber sie konnte es sich nicht schon an ihrem ersten Tag in North Dakota leisten, in Tränen auszubrechen. Sie rieb sich die Augen und konzentrierte sich auf die Kälte, die ihr durch die Stiefel drang und die Ohren und Nase abfrieren ließ. »Es gibt noch einen anderen Jungen. Sie sind gemeinsam verschwunden. Er ist auch zwanzig und heißt Taylor. Er und Paul haben auf demselben Bohrturm gearbeitet, und beide waren in der Black Creek Lodge untergebracht.« Sie erklärte ihm den Rest: dass sie bei ihrer Ankunft feststellen musste, dass der Flughafen nachts geschlossen wurde, dass Dave sie aus Mitleid zum Wohnmobil gefahren hatte und dass Shay Decken und Essen mit ihr geteilt hatte.

Den Whiskey und das Foto von Taylor, das am Fenster klemmte, erwähnte sie nicht.

»Aber Hunter-Cole hat nichts von einem anderen Jungen erwähnt«, sagte Andy, der Colleens strapaziöse Erlebnisse einfach überging. »Das müssten sie doch gewusst haben, wenn sie zu zweit waren.«

»Ich *weiß*, Andy, irgendwas stimmt hier nicht. Shay sagt, dass die Ölfirmen regelmäßig Arbeitsunfälle vertuschen. Als wir zu Hause mit der Firmenleitung gesprochen haben, sind sie uns doch auch nur ausgewichen.«

»Moment, warte mal. Ist Shay Anwältin oder so? Hat sie einen Bezug zu den Firmen?«

»Nein, sie ist …« Colleen versuchte sich zu erinnern, ob Shay erwähnt hatte, welchen Beruf sie ausübte. *Ich habe meinem Chef erklärt, dass irgendwas aufgetaucht ist, und mich gleich auf den Weg gemacht*, hatte sie gesagt, und Colleen – so benommen und erschöpft, wie sie gewesen war – war gar nicht auf die Idee gekommen zu fragen, wo sie überhaupt arbeitete. »Sie hat im Internet recherchiert.«

»Also, ich habe neulich auch die ganze Nacht online verbracht.«

Colleen hatte sich schon gewundert, wie es Shay gelungen war, Dinge in Erfahrung zu bringen, die Andy nicht herausgefunden hatte. Ihre Finger flogen rasend schnell über die

Laptoptastatur; sie schien so schnell zu tippen, wie sie dachte. Sie war voller Widersprüche, aber Colleen hatte nicht die Energie, Andy das alles zu erklären.

Sie blickte die Straße hinunter. Rauch stieg aus den Schornsteinen, aus Küchenfenstern fiel gedämpftes Licht nach außen. Aufgewirbelter Schnee ließ eine romantische Stimmung entstehen, die im Widerspruch zu den tristen Häusern, den abgewrackten Autos und den blattlosen schwarzen Bäumen stand.

»Ich weiß nicht, woher Shay ihre Informationen hat«, sagte sie, zu kraftlos, um auf seine Gefühle Rücksicht zu nehmen. »Aber sie meinte, sie hätte alles über Unfälle und Verstöße gegen die Arbeitsplatzsicherheit gelesen. Dinge, die nicht an die Öffentlichkeit gedrungen sind. Oder für die es irgendeine Art von Entschädigung gab.«

»Also gut«, erwiderte Andy, und die Skepsis, mit der er ihre Idee aufgenommen hatte, überhaupt hierherzufahren, schwang auch jetzt wieder in seiner Stimme mit. »Hör mal. Kannst du das alles aufschreiben und mir per E-Mail schicken? Ich bereite das dann auf für Steve. Er will mich heute anrufen, er wollte aber vorher ein bisschen rumtelefonieren, um die Hotelsituation in den Städten im Umkreis von hundert Meilen zu erkunden. Nicht dass es da sehr viel anzurufen gäbe – im ganzen Staat gibt es überhaupt nur ein Dutzend Städte mit mehr als ein paar Tausend Einwohnern.«

Die Haustür wurde geöffnet, jemand kam heraus und zog sich eine Wollmütze über die Ohren. Die Frau, die ein auffallend flaches Gesicht hatte, kam schneller auf Colleen zugestürmt, als sie es bei den nicht zugeschnürten Stiefeln und dem unförmigen Parka für möglich gehalten hätte. Ihr Gesichtsausdruck war ausgesprochen finster. In den Händen hielt sie einen hölzernen Kochlöffel.

»Ich muss jetzt aufhören«, sagte Colleen. »Ich ruf dich später noch mal an.«

Sie drückte das Gespräch weg und schob ihre eiskalte Hand in die Tasche, als die Frau wütend einen knappen Meter vor ihr stehen blieb und weiße Atemwölkchen schnaubte. In einem Mundwinkel klebte irgendein Essensrest; das blonde, mit grauen Strähnen durchsetzte Haar hatte sie mit einer Plastikhaarklammer festgemacht. Sie war um die sechzig und brauchte dringend eine Feuchtigkeitscreme.

»Wer zum Teufel sind Sie?«

»Ich bin Colleen Mitchell. Ich bin … die andere Mutter.« Sie streckte der Frau ihre Hand hin, die jedoch keine Anstalten machte, sie zu nehmen. »Tut mir leid, ich bin gestern Abend zu spät angekommen, um mich Ihnen vorzustellen.«

»Herrgott noch mal. Ich habe aus dem Fenster geschaut und Sie hier stehen sehen. Sie könnten ja sonst wer sein.« Sie wirkte kaum besänftigt.

»Ich dachte, Sie hätten Shay Bescheid gesagt … Sie sind Brenda, nicht wahr?«

»Ja, ich hab ihr aber nur mitgeteilt, dass Sie in der *Stadt* sind, nachdem Lee mich angerufen hatte. Ich habe nichts davon gesagt, dass Sie *bleiben* können.«

Colleen errötete. Sie hatte Mühe, der Frau zu folgen. Lee – die Schwester von Daves Frau, wenn sie sich recht erinnerte. »Es gibt nirgendwo Zimmer. Ich habe mich bemüht, ich wollte ein Hotelzimmer nehmen und ich … Es tut mir leid, Ihnen Umstände zu bereiten.«

Die Worte kamen ihr selbst unecht vor, denn welche Umstände konnte sie denn schon bereiten?

»Also, es tut mir ja wirklich leid, das mit Ihrem Verlust, aber …«

»Mein *Verlust?*« Das Wort war wie ein Schlag ins Gesicht, und Colleen taumelte nach hinten, als sie es noch einmal aussprach. »Mein Sohn wird vermisst, er ist nicht … er ist nicht …«

Brenda winkte ab. »Okay, tut mir leid. Ich wollte sagen, es tut mir leid, was Sie durchmachen müssen, aber es geht hier um gesetzliche Auflagen. Zwei Personen da drin? Und dann der Strom- und Gasverbrauch!«

»Ich kann mir kaum vorstellen, dass es überhaupt legal ist, auch nur eine Person auf Ihrer Zufahrt wohnen zu lassen, und offenbar haben Sie kein Problem damit, von Shay Geld zu kassieren«, fauchte Colleen, zu überrumpelt von Brendas Bemerkung, um die Überheblichkeit im Zaum zu halten, mit der sie sich schützte, wenn sie sich angegriffen fühlte. »Also geht's hier wohl kaum um gesetzliche Auflagen.«

Brenda verschränkte die Arme vor der Brust und setzte eine noch finsterere Miene auf. Irgendetwas klebte am Holzlöffel, vielleicht Haferflocken. »Sie wollen darüber reden, um was es geht? Dann reden wir doch davon, dass sie da drin raucht, obwohl ich es ihr untersagt habe, dann reden wir von den Zigarettenkippen, die ich gestern hier draußen gefunden habe, dann reden wir davon, dass sie da drin ihren Computer laufen lässt und ihren Föhn benutzt und was weiß ich, was sonst noch.«

»Hören Sie, es tut mir leid. Ich werde mit Shay sprechen. Wenn ich bleiben kann, werde ich gern ein *per diem* drauflegen.«

»Ein per was?«

»Einen Tagesaufschlag auf den Betrag, den Sie von ihr nehmen. Als Ausgleich für den Mehrverbrauch.«

»Also gut, okay. Die Wassertanks müssen nämlich doppelt so oft gefüllt werden, außerdem wird mehr Gas verbraucht. Übrigens hätte ich auch die Polizei holen können. Hätte ich fast gemacht, als ich aus dem Fenster geschaut und eine Fremde auf meinem Grundstück gesehen habe.«

Colleen verkniff sich eine scharfe Erwiderung und rang sich ein steifes Lächeln ab. »Ich bin froh, dass Sie das nicht getan haben. Ich musste meinen Mann anrufen und wollte Shay nicht stören.«

»*Schläft* diese Frau etwa noch?«

»Was geht Sie das an?«

Beide drehten sich zu Shay um, die im selben Moment mit der karierten Decke um die Schultern aus dem Wohnmobil kam, in den Händen Zigaretten und Feuerzeug. Ihr Haar umrahmte das Gesicht wie ein wilder Heiligenschein, und ihr Make-up war verschmiert. »Ich zahle Ihnen nicht die Miete dafür, dass Sie überprüfen, wann ich schlafe, Brenda.«

»Ich habe Ihnen nicht gesagt, dass sie bleiben kann«, schnaubte die Frau. »Außerdem habe ich Ihnen wegen Feuergefahr das Rauchen verboten.«

Shay ging bis zu der Gasse, die hinter dem Haus verlief, und zündete sich gemächlich die Zigarette an. »Keine Sorge, ich rauche nicht auf Ihrem Grundstück. Übrigens funktioniert der Herd in der beschissenen Blechkiste nicht.«

»Wenn sie Ihnen nicht gefällt, dann viel Glück bei der Suche nach was anderem.«

Der Streit hatte die Atmosphäre einer lebenslangen Feindschaft, als wären die beiden Frauen Schwestern und nicht Fremde. »Wir sind dankbar dafür, dass wir hierbleiben dürfen«, beeilte sich Colleen zu sagen. »Wenn Sie mir noch sagen würden, wie hoch das *per diem* …«

»Und sorgen Sie dafür, dass der Generator nicht rund um die Uhr läuft«, fügte Brenda noch hinzu. »Der braucht nicht die ganze Zeit zu laufen. Sie vergeuden bloß Benzin, und es wird trotzdem keinen Deut wärmer da drin.«

»In Ordnung«, erwiderte Colleen. »Vielen Dank.« Sie wartete, bis Brenda im Haus verschwunden war, dann gesellte sie sich zu Shay.

»Scheißkalt hier draußen«, sagte Shay. »Ich würde Ihnen ja gern einen Kaffee anbieten, aber der Herd ...«

»... funktioniert leider nicht«, führte Colleen den Satz mit einem gespielten Lächeln zu Ende. »Äh, ich weiß ja, dass man so was nicht fragt, aber was bezahlen Sie eigentlich dafür, dass Sie hierbleiben dürfen?«

»Na ja, ich habe ihr am Mittwoch zweihundert gegeben und ihr gesagt, dass ich ihr morgen noch mal zweihundert gebe. Das sind dreihundert pro Woche und hundert als Kaution für nächste Woche, damit sie das Wohnmobil nicht an jemand anderen vermietet.«

»*Dreihundert* für eine Woche?« Colleen war perplex.

»Ja. Jetzt verstehen Sie vielleicht, warum ich dieses Miststück nicht leiden kann. Man muss sich mal vorstellen, dass es ihr überhaupt nicht in den Sinn gekommen war, das Ding zu vermieten, bevor ich hier aufgetaucht bin. Aber in dem Moment, wo sie Kohle wittert, langt sie zu.«

»Wie haben Sie sie eigentlich gefunden?«

»Das ist überhaupt das Beste an der Geschichte. Auf dem Weg hierher habe ich angefangen herumzutelefonieren. Taylor hatte mir schon gesagt, dass es hier mit Unterkünften schlecht aussieht, trotzdem hab ich's bei den Motels versucht.«

»Ich auch«, gab Colleen zu.

»Ja. Absolute Fehlanzeige. Dann habe ich bei der Stadtverwaltung angerufen. Ich hab drei Anläufe gebraucht, bis ich jemanden an der Strippe hatte. Die haben mich nur für verrückt erklärt, meinten, ich solle es in Minot probieren. Das liegt zwar gut anderthalb Stunden von hier, aber als ich durch Montana kam, war ich schon so verzweifelt, dass ich es auch in Minot probiert habe. Ich dachte, schlimmstenfalls würde ich tagsüber hier sein und zum Schlafen dorthin fahren.«

»Lassen Sie mich raten – ebenfalls Fehlanzeige?«

»Was sonst. Erst als ich jemanden bei der Handelskammer erwischt habe, wurde mir gesagt, dass ganze Familien im Keller einer Kirche schlafen, und das hat mich auf eine Idee gebracht. Ich habe am erstbesten Café mit WLAN gehalten und habe angefangen, die Kirchen in Lawton anzurufen. Ich bin dann an eine Frau geraten, die ganz freundlich klang. Als würde sie sich wirklich bemühen. Und dann habe ich ihr von Taylor erzählt, und ...«

Sie verstummte, und ihr Blick ging an Colleen vorbei ins Leere. Der Himmel wurde langsam heller, und einige Sonnenstrahlen wurden von Fenstern auf der anderen Straßenseite reflektiert. »Na ja, es fällt mir schwer, über ihn zu reden. Das wissen Sie selbst am besten. Jedenfalls ist die Frau in der Kirche die Schwiegermutter von der jungen Frau, mit der Brenda zusammenarbeitet, und sie wusste von dem Wohnmobil, wahrscheinlich weil Brendas Exmann mit ihrem Freund zur Jagd ging. Deswegen wusste sie auch, dass es einen Generator gibt und so. Mir zuliebe hat sie dann Brenda angerufen. Allerdings bezweifle ich, dass sie eine Ahnung hat, wie viel Brenda mir abknöpft.«

»Hören Sie, ich würde das gern bezahlen«, sagte Colleen entschlossen. »Ich meine, Sie haben sich die Hacken abgerannt und lassen mich hierbleiben.« Ihr kam ein Gedanke, und sie lief rot an. »Tut mir leid – ich weiß nicht einmal, ob das für Sie überhaupt in Ordnung ist, wenn ich bleibe. Ich habe gut geschlafen auf dem, äh, Tisch, und ich werde mehr Decken kaufen heute, und ich kann ...«

»Seien Sie still«, unterbrach Shay sie. »Natürlich können Sie bleiben. Was wollen Sie denn sonst machen? Außerdem müssen wir jetzt zusammenarbeiten. Es hat keinen Sinn, wenn wir jede für sich dieselben Anstrengungen unternehmen, oder? Wenn wir zu zweit sind, ist es schwieriger für die Leute, uns die Tür einfach vor der Nase zuzuschlagen.«

Colleen dachte an ihren diffusen Plan vom Vortag, sich einen Wagen zu mieten und ein Motelzimmer zu ihrem Stützpunkt zu machen. Das alles kam ihr jetzt lächerlich naiv vor. »Haben Sie sich denn schon einen nächsten Schritt überlegt?«

»Wir brauchen jetzt erst mal eine Dusche und ein Frühstück, und dann gehen wir alles durch, was wir bisher haben. Anschließend können wir zu der Unterkunft fahren. Es gibt übrigens jemanden, der vielleicht heute bereit ist, mit uns zu reden – als ich es gestern probiert habe, haben sie mich einfach auflaufen lassen. Irgendwer dort muss doch irgendwas wissen. Die Belegschaft von Hunter-Cole, jemand in der Verwaltung. Und sie haben auch Taylors Sachen, die haben sie für mich eingesammelt. Pauls Sachen müssten ja auch dort sein.«

Colleen zuckte zusammen bei der Vorstellung, die Sachen ihres Sohns abzuholen. Wäre das nicht gleichbedeutend mit dem Eingeständnis, dass er nicht mehr zurückkommen würde? Sie spürte, wie sich langsam Verzweiflung in die Risse in ihrer mühsam aufrechterhaltenen Selbstbeherrschung einschlich. Das durfte nicht passieren. Sie konnte jetzt nicht zusammenbrechen; sie war noch nicht einmal zwölf Stunden in Lawton.

»Eine Dusche klingt gut«, sagte sie schnell. »Ob Brenda uns ihre bei sich im Haus benutzen lässt?«

Shay lachte. Sie hatte ein unerwartet sinnliches Lachen, das im Gegensatz zu ihrer rauchigen, fast heiseren Stimme stand. »Sie hat es nicht angeboten. Aber ich weiß was Besseres. Sie werden mal was ganz Neues erleben.«

Kapitel 6

Shay hatte ihre Toilettenutensilien und Kleider zum Wechseln in einem Kissenbezug verstaut. Colleen benutzte ihren Wäschebeutel, der zu ihrem Reisegepäck passte. Shay gab ihr einen orangefarbenen Waschlappen, den sie im Wal-Mart gekauft hatte, wo man beim Kauf von einem einen weiteren geschenkt bekam.

»Das nenn ich Glück«, sagte Shay. Colleen wusste jedoch nicht so recht, ob es ein Scherz sein sollte oder ernst gemeint war.

Shays Wagen war der alte weiße Explorer, der auf der anderen Straßenseite parkte. Während Shay sich mit einem Eiskratzer, an dem noch das Preisschild hing, an der Windschutzscheibe zu schaffen machte, bemerkte Colleen ein Seitenblech, das nicht richtig passte, und mehrere Dellen, die zwar ausgebessert und grundiert, aber nicht neu lackiert waren.

Sie sah Shay ein paar Minuten zu, bis sie es nicht mehr aushielt. »Soll ich das mal machen?«

Shay drückte ihr den Eiskratzer mit hochgezogenen Brauen in die Hand. Colleen, die wünschte, sie hätte sich dickere Handschuhe gekauft als ihre ledernen Autohandschuhe, begann mit der Spitze des Eiskratzers Gitterlinien ins Eis zu ritzen, dann stieß sie mit kurzen harten Stößen die einzelnen Segmente ab. Dabei blies ihr feiner Eisstaub ins Gesicht, und allmählich wurde ihr warm bei der Arbeit.

»Hut ab«, sagte Shay bewundernd.

»Ich hatte keine Garage für mein Auto, bis ich dreißig war«, erwiderte Colleen mit einem Anflug von Stolz. »Seit meiner Kindheit habe ich das Eis von Windschutzscheiben gekratzt. Mein Vater hat mir immer einen Vierteldollar gegeben, wenn ich sein Auto vom Eis befreit habe, bevor er zur Arbeit fuhr.«

»Wo sind Sie denn aufgewachsen?«

»In Maine. In einer kleinen Stadt auf dem Land, Limerock. Mein Vater war bei der Bahn.«

Im Wagen hielten sie die Hände vor die Heizdüsen, während sie darauf warteten, dass die Scheibenwischer den letzten Schnee wegfegten. Colleen bemühte sich, den Eindruck zu vermeiden, sie wollte das Wageninnere inspizieren. Die Ledersitze waren zerschlissen und rissig, die Nähte waren aufgeplatzt, und der Schaumstoff darunter war sichtbar. Am Rückspiegel schaukelte sanft ein Traumfänger. In der Mittelkonsole lagen eine Handvoll Münzen, eine angebrochene Packung Kaugummi und ein billiges Feuerzeug. Auf dem Becherhalter hatte sich ein Ring aus getrocknetem Kaffee gebildet.

Aber abgesehen von dem Kaffeeflecken war das Auto erstaunlich aufgeräumt. Colleen hatte mit zerknüllten Imbisstüten, dem Gestank nach abgestandenem Kaffee und Schweiß und mit Schmutz in allen Ecken gerechnet. Stattdessen war alles genauso sauber wie in ihrem Lexus zu Hause.

Shay legte den Gang ein und wendete auf der Straße in Richtung Stadt.

»Herrgott noch mal, wie soll man in so einer Scheißsituation noch ordentlich Auto fahren? Ich bin ein nervöses Wrack«, sagte sie und bog auf die 4th Avenue ein, Lawtons vierspurige Hauptstraße. Von hinten rauschte ein Lkw mit offensichtlich überhöhter Geschwindigkeit laut hupend an ihnen vorbei.

»Man gewöhnt sich dran«, sagte Colleen und sah sich die Umgebung an. Bei Tageslicht wirkte die Stadt sauberer, bestäubt mit frischem Schnee, aber auch weniger einladend. Der Autoverkehr konnte nicht über die heruntergekommenen Häuser hinwegtäuschen, Flachbauten aus Betonsteinen und Ziegeln, Geschäfte mit armseliger Beschilderung und matschigen Parkplätzen. Eine riesige Reklametafel auf dem Parkplatz einer Kirche warb für ein Tabakgeschäft. Ein Schulbus kam ihnen entgegen, dessen Scheibenwischer entschlossen den Schnee wegfegten, der wieder eingesetzt hatte.

Shay bog schließlich auf eine große Tankstelle mit zwei Tankspuren ein, eine für Personenwagen, die andere für Lastwagen. Die meisten Pick-ups nahmen die Autospur, aber ein besonders aufgemotztes Modell mit riesigen Rädern rollte träge an eine Zapfsäule auf der Lkw-Spur. Ein Reklameschild, groß genug, dass man es schon vom anderen Ende der Stadt sehen konnte, warb für die »Star Super Plaza – Tanken – Duschen – Essen – Heißer Kaffee – 24 Stunden«. Darunter leuchtete in Neonfarben das Wort »Sauber« auf.

Shay steuerte eine Parkbucht neben dem Restaurant an und schaltete den Motor ab.

»Hier?«, fragte Colleen.

»Ja, was haben Sie denn erwartet?«

»Ich weiß nicht.« Eigentlich hatte sie gehofft, Shay hätte ein Fitnesscenter gefunden, vielleicht sogar ein nettes. »Können da auch Frauen rein? Ich meine, haben die getrennte Bereiche für Männer und Frauen?«

»Nein, da gibt's nur einen riesigen Duschkopf, der in alle Richtungen spritzt und unter den sich alle drängeln. Man muss sich schon durchsetzen können, um ein Plätzchen zu finden.« Als Colleen vor Entsetzen erstarrte, musste Shay breit grinsen, bevor sie die Fahrertür öffnete. »Kommen Sie, natürlich gibt's hier getrennte Bereiche. Jeder hat sein eigenes Bad. Shampoo und Haarspülung inklusive, aber ich habe mein eigenes mitgebracht. Auf jeden Fall brauchen wir ein paar Duschlatschen. Ich glaube kaum, dass sie bei all den Männern hier ausreichend desinfizieren, egal, wie sauber es hier aussieht.«

Im Minimarkt entdeckte Colleen zwischen den Gängen mit Snacks und Softdrinks einen Ständer mit Flip-Flops und Haargummis und stellte sich hinter Shay in die Schlange an der Kasse.

»Die brauchen Sie nicht zu kaufen, davon habe ich reichlich«, sagte Shay mit Blick auf die Haargummis.

»Na ja. Aber ich brauche jetzt eins, um mir die Haare hochzubinden.«

»Wollen Sie sie denn nicht waschen?«

»Äh … eigentlich nicht.« Colleen wusch ihre Haare nur alle paar Tage; ihr Friseur hatte ihr empfohlen, die Haare nur mit kaltem Wasser auszuspülen und nur sulfatfreie Produkte zu benutzen, um die Farbe zu erhalten.

»Dann können Sie auch meins nehmen.« Shay löste ihren Pferdeschwanz aus dem Gummi, an dem noch ein paar lange lockige Strähnen klemmten, und reichte es Colleen.

»Danke«, sagte Colleen und schob sich das Gummi über einen Finger, bemüht, sich ihren Widerwillen nicht anmerken zu lassen.

»Es dauert wahrscheinlich eine halbe Stunde, bis unsere Namen aufgerufen werden. Wir können uns währenddessen einen Kaffee holen.«

»Sie meinen, bis wir duschen können?«

»Ja, viele der Männer hier wohnen in ihrem Auto. Sie kommen nach der Arbeit her, um sich zu waschen.«

»*Nach* der Arbeit.«

»Ja, die Nachtschicht geht bis sieben. Dann fahren sie zurück in die Stadt, kommen her, um zu duschen und was zu essen, dann gehen sie schlafen.«

»Aber sie können doch bei dem Wetter nicht im Auto schlafen!«

Shay lachte. »Ich sage ja nicht, dass ich mich darum reißen würde«, sagte sie, als sie fast das Ende der Schlange erreicht hatten. »Aber notfalls hätte ich's gemacht, wenn Brenda nicht gewesen wäre. Ich habe mit einem Typen gesprochen, er war kaum älter als Taylor. Er schläft schon seit einer Woche im Auto. Er hat gleich am ersten Tag Arbeit gefunden, aber es gab eine Verzögerung mit seiner Unterkunft in der Lodge. Nachts macht er den Motor dreimal an, lässt die Heizung eine Weile laufen und schläft dann weiter. Ich müsste jedes Mal, wenn ich aufwache, pinkeln. Wahrscheinlich würde ich in einen Pappbecher pinkeln, anstatt die Autotür aufzumachen und die Kälte reinzulassen. Ja, zweimal duschen«, sagte sie zu der gestresst wirkenden Kassiererin.

»Ich nehme diese hier noch«, sagte Colleen steif und legte die Flip-Flops samt ihrer Kreditkarte auf den Tresen.

»Das ist nicht nötig«, sagte Shay in einem leicht genervten Tonfall. »Ich habe Bargeld.«

»Äh, ich wollte nicht … ich meine, ich bezahl das gern«, stotterte Colleen, während die Kassiererin wartete. Sie gab der Kreditkarte einen kleinen Schubs zur Kassiererin hin, die sie nach einem quälend langen Zögern in die Hand nahm. »Wir können später abrechnen«, sagte Colleen leise.

Shay murmelte irgendetwas Unverständliches und wandte sich ab. Colleen unterschrieb hastig den Beleg und folgte ihr zum Restaurant, wo eine Kellnerin ihnen laminierte Speisekarten reichte.

»Sucht euch einen Platz«, sagte sie und ging zum Tresen, um Kaffeetassen aufzufüllen. »Ich schick Petey zu euch, um das Geschirr abzuräumen, sobald ich einen Moment Zeit habe.«

Alle Plätze waren besetzt, aber an einem Tisch brachen gerade zwei Männer auf. Colleen atmete tief ein: Es roch nach Kaffee, Speck und nicht unangenehm nach leicht angebrannten Kartoffeln. Und Aftershave – ein männlicher Geruch, der sie an ihren Vater erinnerte. Paul kam nach Andy, beide bestanden darauf, dass sie nur unparfümierte Seife und Deodorant und Rasiercreme kaufte; der längst vergessene Duft traf sie wie ein Schock, und sie blieb einen Moment wie angewurzelt stehen, so präsent erschien ihr auf einmal die Erinnerung an ihren Vater.

Martin Hockemeyer hätte sich hier wie zu Hause gefühlt, dachte Colleen wehmütig. Sie hatte nie ein besonders enges Verhältnis zu ihrem Vater gehabt, und er war gestorben, als Paul in der Grundschule war und sich ihre Besuche in Florida längst auf einen Flug pro Jahr reduziert hatten. Selbst im hohen Alter war Martin noch ein robuster Typ gewesen, der in ihrem Wohnwagenpark mit einem Werkzeuggürtel herumgelaufen war und den Witwen bei allen möglichen Reparaturen geholfen hatte, während ihre Mutter unter ihrem Sonnenhut lächelnd im Garten arbeitete.

»Na los, Beeilung«, sagte Shay und bugsierte sie vorwärts. »Sonst ist der Tisch wieder weg.«

Die wartenden Gäste traten jedoch respektvoll beiseite. »Ma'am«, sagte einer, als sie vorbeigingen, und tippte sich, genau wie es ihr Vater immer getan hatte, an die Mütze, sodass Colleen sich einen Moment lang fragte, ob sie sich den Mann nur eingebildet hatte.

Die beiden Männer, die den Tisch frei machten, trugen unförmige erdfarbene Jacken über Jeans und riesige Stiefel.

Einer von ihnen zog sich eine Mütze über, wie manche Jungs sie auf Pauls Highschool getragen hatten, aus Cord mit einem plüschigen Futter und Ohrenklappen. Für die Jugendlichen zu Hause waren die Mützen ein Style-Statement gewesen, wenn auch ein plumpes. Hier waren sie vermutlich ganz einfach nützlich.

»Wir haben euch ein ziemliches Chaos hinterlassen«, sagte der Mann mit der Mütze reumütig in einem schleppenden Tonfall. Er zog ein paar Servietten aus dem Spender und wischte Toastkrümel und Sirupreste vom Tisch.

»Kein Problem«, sagte Shay, warf die Haare über die Schulter, ließ sich auf einen Stuhl fallen und machte den Reißverschluss ihrer Jacke auf. Colleen war aufgefallen, dass Shay in der Nähe von Männern kokett wurde. Ihre Stimme wurde kehliger und ihr Gang hüftbetonter. »Gute Fahrt.«

Colleen zog die Jacke aus, legte sie über die Stuhllehne und hängte ihre Handtasche darüber. Sie zögerte kurz und stellte dann den Wäschebeutel auf den Boden, weil es keinen anderen Platz gab. Sie vermied den Blick auf die benutzten Teller, die am Rand des Tisches gestapelt waren. Als sie aus dem Augenwinkel verschmiertes Eigelb und Pfannkuchenreste wahrgenommen hatte, hatte sich ihr der Magen umgedreht.

Ein Hilfskellner kam und räumte alles Geschirr und Besteck geräuschvoll in eine Plastikwanne, anschließend wischte eine freundlich lächelnde Kellnerin mit rotem Pferdeschwanz und mindestens einem halben Dutzend Ohrringen auf jeder Seite den Tisch mit einem Lappen ab, der nach Bleichmittel und Glasreiniger roch. Sie hob die Salz- und Pfefferstreuer hoch, um darunter zu wischen, steckte das Trinkgeld ein – einer der Männer hatte einen Zehner, der andere mehrere 1-Dollar-Noten liegen lassen – und zog einen Notizblock aus der Tasche.

»Was darf's für Sie sein?«

»Wir haben uns gerade in die Liste zum Duschen eingetragen«, sagte Shay. »Glauben Sie, wir haben noch Zeit, was
zu essen, bis wir an der Reihe sind?«

Die Kellnerin warf einen Blick zur Küche und auf die
Bestellzettel, die an einer Warmhaltelampe klemmten. »Ja,
müsste klappen. Alles im grünen Bereich.«

»Ich hätte gern ein Bauernfrühstück, die Kartoffeln gut
durch, und dazu Scones. Wäre das machbar?«

»Klar. Und Sie?« Sie sah Colleen erwartungsvoll an.

»Äh ... einen Toast?«

»Weizen, Roggen?«

»Weizen, bitte.«

»Packen Sie zwei Rühreier mit dazu«, sagte Shay. »Sind
Sie sicher, dass Sie nicht auch Scones dazu wollen? Nein?
Und Kartoffeln, gut durch, wie meine. Und haben Sie heute
gute Melonen?«

»Ja, natürlich, Honigmelonen.«

»Davon bitte auch zwei Portionen.«

Die Kellnerin verschwand in der Küche. Shay kramte in
ihrer Handtasche – eigentlich mehr eine Einkaufstasche, ein
großer rechteckiger Beutel aus braunem, mit rosafarbenen
Vögeln bedrucktem Segeltuch – und brachte zuerst einen einfachen grauen Notizblock und dann einen billigen Kugelschreiber zum Vorschein. Sie schlug den Notizblock an einer
leeren Seite auf und strich sie glatt.

Eine andere Kellnerin kam, drehte die Kaffeetassen um
und schenkte ihnen, ohne zu fragen, dampfenden schwarzen
Kaffee ein. »Ich bringe Ihnen gleich noch die Milch, oder Sie
holen sie sich selbst«, sagte sie über die Schulter, während sie
schon zum Nachbartisch unterwegs war.

Shay stand auf und nahm ein metallenes Milchkännchen vom Tresen. Colleen bemerkte, wie die Männer ihren Bewegungen mit glasigen, hungrigen Blicken folgten. Shay trug dieselbe dunkle Jeans wie am Tag zuvor, mit Goldstickerei auf den Gesäßtaschen, die ihren knackigen Hintern betonte. Colleen fühlte sich noch gehemmter in ihrer wollenen Hose und dem Pullover aus Seide und Mohairwolle. Sie trank einen Schluck Kaffee, an dem sie sich beinahe den Mund verbrühte. Sie pustete auf die Tasse und trank noch einen Schluck. Er schmeckte so gut, dass sie hätte weinen können.

»Sie trinken ihn schwarz?«, fragte Shay und goss eine reichliche Portion Sahne in ihren Kaffee, bis er karamellfarben war. »Lassen Sie uns kurz über das Geld reden. Ich behalte gerne den Überblick. Wir können fifty-fifty teilen, was die gemeinsamen Ausgaben betrifft. Sie übernehmen die Duschen, das macht zwölf Dollar – völlig überteuert, ich weiß –, und ich das Frühstück. Aber um ehrlich zu sein, geht mir langsam das Bargeld aus, wenn Sie also die Hälfte der Miete übernehmen würden, das wären … mal sehen, Dienstag bis Dienstag, und Sie sind gestern gekommen …«

Colleen beobachtete Shay mit wachsendem Unbehagen, als sie mit ihrem Stift eine säuberliche Zahlenkolonne aufschrieb. »Vier von sieben Tagen zu dreihundert, das macht für jeden fünfundachtzig und ein paar Zerquetschte. Die Kaution kann ich übernehmen.«

»Shay …«, sagte Colleen. »Ich möchte nicht … Hören Sie, ich kann das alles bezahlen. Ich habe genug Bargeld bei mir.«

Shay schüttelte schon den Kopf, bevor Colleen geendet hatte. Wenn sie so die Stirn runzelte, ließen die Falten um ihren Mund und die feinen Linien über ihrer Oberlippe sie deutlich älter aussehen. »Ich möchte, dass wir das gerecht aufteilen, okay?«

»Ich will einfach nur meinen Sohn finden. Unsere Söhne. Ich will nicht ...«

Shay schlug mit der flachen Hand so hart auf den Tisch, dass die Kaffeetassen hüpften. Colleens Tasse schwappte über, sodass der Kaffee eine kleine Lache bildete.

»Was glauben Sie wohl, was ich will?«, fauchte Shay. Tränen traten ihr in die Augen, aber sie wischte sie wütend mit dem Ärmel ihres Pullovers weg. »Glauben Sie vielleicht, ich könnte an irgendetwas anderes denken? Ich habe ihn ständig im Kopf, ich muss einfach ... einfach nur ...«

Sie betrachtete ihren Zettel, vollendete eine Acht und zog zwei Striche unter die Zahlenkolonne. »Ich muss meinen Kopf beschäftigen. Verstehen Sie das? Wenn ich das nicht tue ... mein Gott, ich weiß es nicht. Ich mache irgendwas, um mich abzulenken. So kann ich das alles, Taylor und all diese kleinen Momente, in denen ich solche Angst habe, dass ich nur schreien könnte, ein bisschen unter Kontrolle halten. Wenn ich das hier tue«, sie klopfte mit dem Kugelschreiber auf ihren Block, »lenkt es mich wenigstens für einen Moment ab. Also tun Sie mir den Gefallen. Lassen Sie mich ein bisschen rechnen.«

Sie hob ihre Kaffeetasse mit beiden Händen an und trank einen großen Schluck; die heiße Flüssigkeit machte ihr offenbar nichts aus.

»Verstehe«, sagte Colleen, obwohl sie es im Grunde nicht verstand. Aber wenn die Zahlen auf dem Notizblock Shay halfen, würde sie kein Wort mehr darüber verlieren.

Die erste Kellnerin kam mit ihrem Essen. »Vorsicht, heiß. Ketchup? Scharfe Soße?«

»Für mich scharfe Soße. Haben Sie Erdbeermarmelade?«, fragte Shay. »Col, wollen Sie noch irgendwas?«

Colleen schüttelte den Kopf. Niemand außer Andy hatte sie seit dem College mehr Col genannt, aber es störte sie nicht.

»Essen Sie«, sagte Shay und streute Salz über die Kartoffeln.

Colleens Magen grummelte. Hunger kam ihr wie Verrat vor. Sie nahm ihre Gabel, stocherte in ihrem Rührei herum und schob einen schmalen Streifen Eiweiß unter das Toastbrot. Sie biss probehalber in eine Kartoffel. Sie schmeckte gut, salzig und heiß und kross, etwas, das sie nie bestellen würde. Ihr Frühstück, wenn sie sich überhaupt eins gönnte, bestand in der Regel aus einem Müsliriegel oder aus Haferflocken, aber sie zog es vor, so lange wie möglich mit dem Essen zu warten. Sie hatte mit Weight Watchers vierzehn Kilo abgenommen, vor drei – oder waren es vier? – Jahren, aber bis auf zweieinhalb Kilo waren alle wieder zurückgekommen, und sie hatte sich vorgenommen, dieses Frühjahr noch einmal einen Versuch zu machen.

Sie aß noch einen Bissen.

»Sie wollten doch heute Morgen zur Polizei gehen, oder?«, fragte Shay. »Die machen um neun auf. Wir können direkt von hier aus dorthin fahren.«

»Ich habe mir gedacht, ein persönliches Erscheinen unterstreicht vielleicht …«

»Ja. Auf jeden Fall. Wir werden nicht lockerlassen. Dann möchte ich noch mal zum Black Creek fahren. Als ich neulich dort war, haben die Frauen am Empfang mich total auflaufen lassen. Dumm wie Bohnenstroh. Heute ist angeblich der Geschäftsführer da, und wir können die Sachen unserer Jungs abholen. Sie haben doch Ihren Ausweis dabei, oder?«

»Duschen für Capp… Capp…«, kam eine weibliche Stimme über den Lautsprecher.

»Capparelli«, sagte Shay. »So schwer ist es auch wieder nicht! Wissen Sie was, gehen Sie als Erste. Aber essen Sie zuerst auf, die können ein paar Minuten warten, so schnell geben sie die Kabine keinem anderen.«

Colleen verschlang die Eier und ein Toastdreieck. Dann nahm sie ihre Sachen und ging zum Tresen, wo die Angestellte den Flur hinunterzeigte. »Nummer vier.«

Im Innern war es viel besser, als sie erwartet hatte. Es war ein Badezimmer wie im Hotel, außer dass alles bis auf die Decke gefliest war. Auf dem Boden lag, an einer Ecke befeuchtet und an einer Fliese festgeklebt, ein rechteckiges Papiervlies mit der Aufschrift »Bademate« in blauen Buchstaben. In der Ecke stand ein blauer Mülleimer mit einer frischen Plastiktüte. Auf einem langen Waschtisch lag ein gefaltetes Handtuch und darauf ein Stück Seife in einer Papierverpackung.

Colleen holte tief Luft und betrachtete sich im Spiegel. Die vergangenen Tage hatten ihren Tribut gefordert. Die Glühbirne auf der Toilette des Wohnmobils verbreitete gnädigerweise nur spärliches Licht, sodass sie ihre dunklen Augenringe und die eingefallenen Wangen auf das schlechte Licht hatte schieben können. Hier im grellen Neonlicht waren jedoch jede Falte und Pore deutlich erkennbar. Das Weiß ihrer Augäpfel war blutunterlaufen, die Lider waren geschwollen, und sie hatte Fältchen in den Augenwinkeln wie ihre Mutter kurz vor ihrem Tod. Ihre Haut sah aus, als wäre sie aus Wachs, gelblich und schlaff. Die Lippen waren farblos und verschwanden in ihrem Gesicht wie bei einer alten Frau.

Sah so Kummer aus? Colleen berührte ihr Spiegelbild mit den Fingern und hinterließ einen schmierigen Flecken. Mit dem Waschlappen, den Shay ihr gegeben hatte, wischte sie das Glas ab. Sie war es gewöhnt, Flecken abzuwischen. Arbeitsflächen zu reinigen. Krümel wegzusaugen. Nur dass es Pauls Fingerabdrücke, seine Marmeladeflecken und die Krümel seiner Pizzaränder waren, deren Beseitigung sie sich so lange Zeit verschrieben hatte. Seit er vor anderthalb Jahren nach Syracuse gezogen war, hatte seine Abwesenheit sie verkümmern lassen, hatte alles weggescheuert, was in ihrem Innern war, und alle Spuren verbliebener Jugendlichkeit in ihrem Äußeren weggespült. Sie war fünfzig gewesen, als er die Highschool abgeschlossen hatte, körperlich fit und verwöhnt, von ihren Freundinnen beneidet, Adressatin – immer noch! – gelegentlicher beschwipster Annäherungsversuche bei Dinnerpartys in ihrem Viertel. Und jetzt war sie … das.

Und wenn er wirklich verschwunden war? Für immer? Was dann?

Colleen rang nach Luft, krümmte sich, stützte die Ellbogen auf dem kalten Waschtisch auf, unfähig zu atmen. Sie schloss die Augen und murmelte: »Nein, nein, nein.« Weil sie nicht *verschwunden* gemeint hatte. Sie hatte gemeint *tot*.

Tot.

Zum ersten Mal erlaubte sie es sich, die Bedeutung dieses Worts auf sich wirken zu lassen. Es hatte ständig über ihr geschwebt, irgendwo am Rand ihres Bewusstseins, seit dem verpassten Anruf am Sonntag. Zuerst nur als schattenhaftes Gespenst, aber je mehr Stunden und Tage vergangen waren, desto mehr war es zu einem hartnäckigen Gedanken geworden, hatte darauf gelauert, dass sie unachtsam war, dass sie sich einen Moment lang vergaß und in unvorsichtigen Schlaf fiel. Aber sie war so vorsichtig gewesen. So vorsichtig! Unter ihren Kleidern waren ihre Schenkel und die Innenseite der Arme übersät mit blauen Flecken, wo sie sich gekniffen hatte. Denn das war es, was sie getan hatte. Jedes Mal wenn dieser verfluchte Gedanke ihr in den Kopf zu kommen drohte – *tot* –, hatte sie sich bestraft, bis der Schmerz ihn zurückgedrängt hatte.

Aber hier, im Spiegel, war der Beweis deutlich sichtbar, dass sie ihrer Angst absolut nicht entkommen war: die Erschöpfung, die Hässlichkeit in ihrem Gesicht. Colleen gab sich einen Ruck und zerrte an ihrer Kleidung. Einer der Knöpfe ihrer Bluse riss ab, als sie sie mit ungelenken Fingern öffnete. Sie zog sich die Unterhose mit der Hose gleichzeitig aus. Sie öffnete ihren BH, riss ihn sich über die Arme und warf ihn von sich; er landete hinter dem Klo. Ihre Socken ebenfalls. So. *Das war sie also!* Nackt und bleich und nutzlos, die Mutter von niemandem, nichts. Es war schon hart genug, ihre Panik zu bekämpfen ohne diesen Lärm im Hintergrund, diesen fürchterlichen Krach, der in dem kleinen Raum widerhallte, und Colleen hielt sich die Ohren zu, um ihn auszublenden. Erst als jemand gegen die Tür pochte, wurde ihr bewusst, dass die Geräusche von ihr selbst kamen. Sie versuchte, ihr Wehklagen zu stoppen, und würgte schluchzend, als jemand – ein Mann – mit gedämpfter Stimme sagte: »Ma'am, Ma'am. Alles in Ordnung, Ma'am?«

Und dann ertönte Shays Stimme, klar und hart. »Colleen, machen Sie die Tür auf. Lassen Sie mich *sofort* rein.« Colleen starrte einige Sekunden auf den Türknauf, bevor sie das Handtuch nahm und vor sich hielt und die Tür einen Spalt weit öffnete.

Shays blaue Augen, der Geruch nach Kaffee, der Geräuschpegel hinter ihr. »Colleen«, wiederholte Shay ruhig. »Lassen Sie mich rein. Okay? Machen Sie die Tür auf. Ich komme jetzt rein.«

Im selben Augenblick drückte sie die Tür so weit auf, dass sie durchschlüpfen konnte, bevor Colleen es sich anders überlegte. Sie schob die Tür bis auf einen Spalt wieder zu und sagte nach außen: »Alles in Ordnung, machen Sie sich keine Sorgen.« Dann schloss sie die Tür und verriegelte sie.

Colleen verschränkte die Arme vor den Brüsten. Das Handtuch war lächerlich, es hing vor ihr, verdeckte einen Teil ihres Bauchs und ihrer Schenkel, aber nicht die Hüften und die schlaffen Speckpolster an den Seiten.

Shay blinzelte noch nicht einmal. Sie streckte auch nicht die Arme nach Colleen aus, was gut war, denn das hätte Colleen ihr nie verziehen, selbst im angezogenen Zustand.

»Hier haben Sie sich also dazu entschlossen zusammenzubrechen?«, herrschte Shay sie mit derselben stahlharten Stimme an. »Vor Publikum? Meine Liebe, das werden die hier nicht vergessen. Sie haben für den Rest der Woche für Gesprächsstoff gesorgt.«

»Ist mir völlig egal«, erwiderte Colleen. Weil es ihr wirklich egal war. Und war das nicht merkwürdig? Dass es ihr egal war, was all diese Fremden dachten? Aber sie hatte sich selbst endlich zugestanden, dass sie nur eine nutzlose Hülle war, eine verbrauchte Frau, und vielleicht war das auch irgendwie befreiend.

»Sie haben es zugelassen, an das Schlimmste zu denken«, fuhr Shay fort. »Das war Ihr Fehler. Wollen Sie wissen, wo ich zusammengebrochen bin? Denn ich habe dasselbe getan, was Sie jetzt machen. Also gut, ich habe meine Kleider anbehalten. Es war irgendwo in Nevada morgens um drei. Ich hatte angehalten, weil ein Highway-Schild ein Arby's ankündigte, vierundzwanzig Stunden geöffnet, und ich hatte den ganzen Tag nichts gegessen. Nur dass der Laden dichtgemacht hatte, alle Schilder weg und alles andere. An der Raststätte gab es absolut nichts, und die nächste war sechzig Kilometer weiter. Hier gab's nur noch eine ranzige Imbissbude und eine Tankstelle, wo irgendein zahnloser, alter Perverser aus dem Fenster glotzte. Ich habe geparkt und einen Stein aus einem Blumenbeet aufgehoben und wollte ihn schon in das Fenster werfen, ich *schwöre* es, ich war drauf und dran, dem Alten das Grinsen aus dem Gesicht zu schlagen. Und dann hab ich den

Stein einfach auf den Boden fallen lassen und angefangen zu schreien. Schlimmer als Sie sogar. Ich schrie und heulte Rotz und Wasser, bis mir die Stimme versagte. Ich musste an Taylor denken und an unser letztes Gespräch, und ich bin auf die Knie gefallen, und als ich keine Tränen mehr hatte, habe ich mich hingelegt. Bäuchlings. Direkt auf den Asphalt. Ich habe mir die Fingernägel auf der Straße blutig gekratzt. Hier. *Hier*, sehen Sie sich das an.« Sie hielt ihre Hand vor Colleens Gesicht, die Nägel waren abgebrochen und die Nagelbetten rot und verschorft. Wie hatte ihr das nicht auffallen können?, fragte sich Colleen.

»Ich hatte Sand und Dreck unter den Fingernägeln, aber es war mir egal. Es gab Graupelschauer oder Regen oder was weiß ich, was vom Himmel runterkam, und ich lag einfach nur da, leer, und dann hatte ich plötzlich Angst, dass der Typ vielleicht die Polizei gerufen hatte. Ich meine, wer würde das nicht tun? Ich hätte es jedenfalls getan. Also bin ich aufgestanden und in mein Auto gestiegen, bin die sechzig Kilometer bis zur nächsten Raststätte gefahren. Da gab es eine Shell-Tankstelle mit Duschen, wo ich mich erst mal waschen konnte. Ich habe einen Kaffee getrunken, und als der Typ mich gefragt hat, wie es mir ginge, habe ich gesagt: Gut. Ich habe gesagt, es ginge mir *gut*, Colleen.«

Nach einer Weile nickte Colleen, weil Shay auf eine Reaktion zu warten schien. Sie zupfte das Handtuch zurecht.

»So, wir hatten also beide unseren Zusammenbruch. Aber jetzt ist Schluss damit. Mehr ist nicht drin. Sie werden mir nicht noch mal zusammenbrechen. Sonst trennen sich unsere Wege, Colleen. Ich schwör's Ihnen.«

Colleen nickte erneut, weil Shays Worte plötzlich für sie einen Sinn ergaben. Trauer war ein Luxus. Eine Schwäche. Sie war achtlos gewesen und hatte sich gehen lassen.

Es half ihr zu wissen, dass Shay dasselbe getan hatte. Selbst wenn es gelogen war. Selbst wenn sie sich die Geschichte nur für Colleen ausgedacht hatte.

»Mir geht's jetzt wieder besser.«

»Ja. Sieht ganz so aus.« Shay verengte die Augen und musterte sie. »Haben Sie Schminkzeug dabei?«

»Nein, ich ... ich hab es im Wohnmobil gelassen. Ich dachte nicht ...«

»Okay. Sie duschen und ziehen sich an. Sie haben nur zwanzig Minuten, und wenn Sie überziehen, müssen Sie noch mal für zwanzig Minuten bezahlen, also beeilen Sie sich. Ich warte so lange. Es ist schon spät am Tag, sodass ein paar Duschen frei sind. Wenn Sie rauskommen, gehe ich rein.«

Shay sah sich im Badezimmer um. Sie bückte sich, hob Colleens Kleider auf und legte sie auf den Waschtisch; kommentarlos stülpte sie die Socken auf rechts und faltete den BH. Dann ging sie zur Tür, die sie nur gerade so weit öffnete, dass sie sich hindurchzwängen und niemand ins Badezimmer sehen konnte. Und Colleen war wieder allein.

Sie drehte die Dusche auf, machte sich jedoch nicht die Mühe, ihr Duschgel aus ihrem Kulturbeutel zu nehmen. Sie wickelte die Seife aus, band sich die Haare mit dem Gummi zusammen, das Shay ihr gegeben hatte, und betrat die Duschkabine. Das Wasser, das an ihr hinunterlief, fühlte sich unglaublich gut an. Sie atmete mit einem tiefen Seufzer aus, schloss die Augen und ließ das Wasser auf ihre Brüste, ihre Schultern und den Hals prasseln. Sie wollte sich dafür bestrafen, dass sie die Hitze und den Wasserstrahl auf ihrer Haut so sehr genoss, aber sie war zu schwach, um dem Gefühl zu widerstehen.

Kapitel 7

Während der Fahrt zum Polizeirevier warf Shay immer wieder prüfende Blicke zu Colleen hinüber, die mit zusammengepressten Lippen den Riemen ihrer Handtasche umklammert hielt und die alte Innenstadt an sich vorüberziehen ließ. Shay fragte sich, wie wohl die Straßen in Colleens Heimat aussehen mochten – wahrscheinlich hatten sie weder irgendeine Ähnlichkeit mit den eisbedeckten, trostlosen Straßen von Lawton noch mit den staubigen braunen Hügeln um Fairhaven. So weit im Osten war sie noch nie gewesen, und ihre Vorstellung von Neuengland hatte sie aus dem Fernsehen – Pferdekutschen, bärbeißige Fischer, Ahornsirup, malerische Kopfsteinpflasterstraßen gesäumt von teuren Boutiquen. Aber irgendwie war Lawton wie Fairhaven mit Schnee und Bodenschätzen; Colleen musste sich hier vorkommen wie auf einem anderen Stern.

Zumindest war Colleen halbwegs gefasst aus der Dusche gekommen und hatte trotz der neugierigen und mitleidigen Blicke der anderen Gäste Haltung bewahrt. Shay fragte sich, ob Colleen klar war, dass alle längst wussten, wer sie waren. Es war das dritte Mal, dass sie dort gefrühstückt hatte, und schon beim ersten Mal hatte sie schnell dafür gesorgt, dass jeder in dem schäbigen Laden wusste, wer sie war und wen sie suchte. Insgeheim hatte sie an jenem ersten Tag gehofft, dass irgendwer ihr helfen könnte, dass vielleicht einer der Gäste oder eine der Kellnerinnen ein Geheimnis kannte oder etwas

Vertrauliches wusste. Dass die Leute, wenn sie das Foto von Taylor neben der Kasse auf den Tresen legte und sie seine großen Augen und das gewinnende Lächeln sahen, verstehen würden, wie dringend sie ihn finden musste, und sagen würden ...

Eine schlimme Geschichte. Nicht zu fassen, dass das so außer Kontrolle geraten ist. Sie müssen ja krank sein vor Sorge. Junge Männer sind so ...

Irgendein krummes Ding, eine falsch eingeschätzte Situation, ein fürchterliches Missverständnis. *Irgendwas.* Shay hatte Colleen nicht alles erzählt; dass sie nach dem Vorfall auf dem Parkplatz des Arby's sechzig Kilometer lang mit Gott verhandelt hatte, während ihre Finger bluteten; dass sie gelobt hatte, Taylor zu vergeben, ganz gleich, was er angestellt hatte, wenn sie ihn nur wohlbehalten fand. Eine Nacht im Gefängnis, das konnte sie akzeptieren. Eine schwangere Freundin, okay. Wenn er sein ganzes Geld an einem einzigen Wochenende im Kasino verspielt, sich ins Koma gesoffen, einen Tripper eingefangen, einen Rivalen krankenhausreif geprügelt hätte – all das würde sie ihm verzeihen. Als sie am nächsten Tag die Grenze nach North Dakota überquerte, hatte sie die Latte noch höher gehängt. Würde sie Taylor auch verzeihen, wenn er in einen Unfall mit Fahrerflucht verwickelt war? In eine Drogengeschichte? In eine Schießerei? Ja, das würde sie, und zum Beweis, dass sie es ernst meinte, hatte sie sein Foto vorgelegt.

Aber sie hatte nichts als leere Blicke geerntet.

Das Polizeirevier war ein moderner Klotz, vielleicht fünfzehn Jahre alt, mehr Glas als Stein. Der gedrungene Bau wirkte völlig fehl am Platz an der Ecke gegenüber von einem stillgelegten Kino und einer Autowerkstatt. Shay fand einen Parkplatz vor dem Revier und kramte Kleingeld aus

der Konsole. Fünfzig Cent die Stunde. Wahrscheinlich würden sie nicht mal eine halbe Stunde brauchen, aber für alle
Fälle warf sie drei Münzen in die Parkuhr.

Vor der Tür zögerte Colleen. »Sie waren schon mal hier,
oder?«

»Ja.«

»Und die haben Sie gegen die Wand laufen lassen.«

»Ja.«

»Also gut.« Colleen nickte und straffte ihre Schultern,
reckte das Kinn vor und drückte die Tür auf. Shay folgte
ihr zum Empfangstresen, doch ehe sie den Mund aufmachen
konnte, knallte Colleen ihre Handschuhe auf den Tresen und
sagte: »Mein Name ist Colleen Mitchell. Ich würde gern den
Polizeichef sprechen.«

Die Frau am Tresen, jung, dunkelhaarig, schwarz getusch-
te Wimpern, Brille mit Plastikgestell, sah sie entgeistert an.
»Er ist sehr beschäftigt. Eigentlich empfängt er nur Leute, die
einen Termin haben.«

»Verstehe«, sagte Colleen ruhig. »Bitte teilen Sie ihm mit,
dass ich extra aus Boston hierhergekommen bin, um mit ihm
zu reden. Über eine persönliche, sehr heikle Angelegenheit«,
fügte sie hinzu, bevor die junge Frau etwas einwenden konnte. »Ich warte hier.«

»Sie können da drüben Platz nehmen.«

»Ich bleibe lieber stehen.«

Als die Frau im Korridor verschwand, hoben die Leute an
den Schreibtischen hinter dem Empfangstresen neugierig die
Köpfe. Shay, die zwei Tage zuvor nur bis zum diensthaben-
den Sergeant vorgedrungen war, musterte Colleen. Sie hatte
ein hübsches Profil, eine teure Frisur und gepflegte Haut. Vor
zwanzig Jahren war sie zweifellos sehr hübsch gewesen, aber
jetzt gehörte sie eher zu der Sorte Geschlechtsgenossinnen,

über die sich Shay normalerweise lustig machte. Frauen, die sich jeden modischen Schick leisten könnten und sich stattdessen in unförmige Altweiberklamotten hüllten. In deren Kosmetiktäschchen sich Abdeckcremes in drei verschiedenen Schattierungen befanden, aber kein einziger Lidschatten.

Aber Colleen hatte etwas. Eine natürliche Eleganz oder einfach nur eine ganz besondere Ausstrahlung. Ungeschminkt, wie sie war, Salzränder an den Schuhen, die Kleider vom Koffer zerknittert, würde sie wahrscheinlich sogar auf der Fifth Avenue bewundernde Blicke auf sich ziehen.

Die Polizistin kehrte zurück. »Chief Weyant sagt, er kann vor seinem nächsten Termin ein paar Minuten erübrigen. Warten Sie bitte da drüben.«

»Wie gesagt, ich bleibe lieber stehen. Danke.«

Shay setzte sich auf einen Stuhl und nahm ein Informationsblatt vom Tisch. »Abgeschleppte, abgestellte und verlassene Fahrzeuge.« Sie überflog es, ohne den Text zu lesen, und legte es wieder zurück. Colleen stand reglos da, den Blick auf die Wand hinter den Schreibtischen geheftet, anscheinend ohne zu registrieren, dass sie von allen Seiten angestarrt wurde. Als der Polizeichef den Korridor entlangkam, nahm sie Handschuhe und Handtasche vom Tresen und streckte ihm ihre Hand hin.

»Mrs Mitchell?«

Chief Weyant sah aus, als wäre er genau der richtige Mann für einen schwierigen Job, dachte Shay, einer, der unerschütterliche Ruhe ausstrahlte, während seine Leute hinter den Kulissen damit beschäftigt waren, den Aufruhr unter Kontrolle zu halten, den der Ölboom mit sich brachte. Anfang vierzig, gut aussehend und durchtrainiert, strahlte Weyant eine Autorität aus, der auch das Uniformhemd aus Polyester keinen Abbruch tat. Er war ungefähr eins fünfundachtzig groß, das

dunkle, dichte Haar trug er nicht ganz militärisch kurz geschnitten, an den Schläfen zeigte sich das erste Grau.

Colleen schenkte ihm ein kaum wahrnehmbares Lächeln
und schüttelte ihm die Hand. »Danke, dass Sie sich bereit erklärt haben, mit mir und Mrs Capparelli zu sprechen.«

Der Chief warf Shay einen Blick zu und grüßte sie mit einem Nicken. Falls er von ihrem früheren Besuch wusste, ließ
er es sich nicht anmerken. »Aber selbstverständlich. Kommen
Sie bitte mit. Möchten die Damen einen Kaffee? Wasser?«

Colleen lehnte dankend ab, dann folgten sie ihm in ein ge-
räumiges Büro an der Ecke des Gebäudes. Die Fenster gaben
den Blick frei auf die Straße, wo sie geparkt hatten, und über
die Innenstadt hinweg auf alte Häuser und Scheunen und
leere Flächen am Stadtrand, hinter dem sich die weiß-brau-
ne Landschaft unter einem grauen Himmel bis zum Horizont erstreckte. Es hatte zwar vorübergehend aufgehört zu
schneien, aber die Wolken schienen sich schon wieder für einen Großangriff zu sammeln.

Colleen und Shay nahmen auf den Besucherstühlen Platz.
Chief Weyant legte die Hände vor sich auf die laminierte
Schreibtischplatte und sah die beiden Frauen ernst an. »Lassen Sie mich mit dem anfangen, was Sergeant Sanders bereits
Mrs Capparelli erklärt hat. Wir sind in Sorge um Ihre Söhne,
und wir tun alles in unserer Macht Stehende, um sie ausfindig
zu machen. Aber wir können die Möglichkeit nicht ausschließen, dass es eine ganz andere Erklärung für ihr Verschwinden gibt als die, dass ihnen etwas zugestoßen ist. Wir erleben
es hier häufig, dass junge Männer sich absetzen, ohne irgendjemanden zu informieren, und dann Wochen oder Monate
später in einem anderen Staat auftauchen. Sie wissen ja, wie
die in dem Alter sind.«

»Nein, eigentlich nicht«, entgegnete Colleen kühl. Sie saß

sehr aufrecht auf ihrem Stuhl. »Bitte erklären Sie uns doch ein bisschen genauer, was Sie damit meinen.«

»Na ja, ich wollte eigentlich nur sagen, dass bei Zwanzigjährigen, vor allem bei jungen Männern, häufig eher die Hormone als der Verstand am Werk sind. Sie glauben gar nicht, wie viele Kneipenschlägereien die Jungs vom Zaun brechen – und zwar *nach* einer 12-Stunden-Schicht, die mich völlig fertigmachen würde … Wenn ich für jedes Mal, wo wir dazwischengehen müssen, fünf Cent bekäme, wäre ich jetzt ein reicher Mann. Dann die Spielkasinos – die sind nur eine Stunde von hier entfernt. Oder – und das passiert leider öfter, als uns lieb ist – die Jungs sind einfach den Frauenmangel hier in der Gegend leid, nehmen ihr Erspartes und ziehen weiter. Sie sehen sich nach einem Mädchen und einem leichteren Job um und haben erst mal was Besseres zu tun, als nach Hause zu schreiben.«

Der Chief zuckte die Achseln. Er wirkte erleichtert, sogar ein bisschen stolz auf sich. Es war eine bessere, geschmeidigere Version des Vortrags, den Shay zwei Tage zuvor von Sanders zu hören bekommen hatte. Weyant hatte sich offenbar vorher ein paar Gedanken gemacht, seinen Text ein bisschen ausgeschmückt, zum Beispiel das mit den langen Schichten – gar nicht übel. Vielleicht ahnte er, was auf ihn zukam, und rechnete damit, diesen kleinen Vortrag öfter halten zu müssen. Verdammt, vielleicht tat er das ja längst.

Colleen sagte kein Wort. Sie sah Weyant erwartungsvoll an, ohne eine Miene zu verziehen. Der Chief schob einen Finger unter seinen Kragen, um ihn zu lockern, und räusperte sich, wartete, ob eine der beiden Frauen etwas sagte. Aber Shay nahm sich ein Beispiel an Colleen und schwieg ebenfalls.

»Also«, sagte Weyant schließlich.

»Mein Sohn hat die Stadt nicht wegen eines *Mädchens* oder

eines *Kasinos* verlassen«, sagte Colleen gepresst. »Er und sein Freund Taylor sind verschwunden. Anstatt mir eine einfallslose Liste möglicher Szenarien aufzutischen, könnten Sie und Ihre Leute sich auf Ihre Aufgabe als Polizisten besinnen und nach ihnen suchen.« Sie hob eine Hand, als Weyant etwas erwidern wollte. »Ich verstehe, dass Ihre Mittel begrenzt sind. Ich kann nur raten, unter welchem Druck Sie stehen. Ich bin keine Polizistin. Aber ich kann verdammt noch mal erwarten, dass Sie das Verschwinden meines Sohnes – *unserer* Söhne – mit derselben Sorgfalt untersuchen wie den Überfall auf einen Getränkeladen oder einen Verkehrsunfall oder einen Fall häuslicher Gewalt. Und bisher haben Sie mit keinem Wort erwähnt, was genau Sie unternommen haben, um die beiden zu finden.«

»Wie ich bereits Mrs Capparelli ...«

»Ich bin an allem interessiert, was Sie zu sagen haben«, fuhr Colleen fort, öffnete ihre Handtasche und kramte nach irgendetwas. Ihr Gesicht war rot vor Wut. Shay kam aus dem Staunen nicht mehr heraus. Nach dem Vorfall in der Raststätte hatte Colleen nicht nur ihre Fassung wiedergewonnen, sondern sich vom Häufchen Elend in eine Furie verwandelt. »Ich werde es mir sogar notieren.«

»Ich übernehme das«, sagte Shay und nahm ihr Notizheft aus ihrer Handtasche. Sie konnte sich später immer noch darüber ärgern, dass Weyant sich von Colleen einschüchtern ließ, während er sie abgewimmelt hatte. Jetzt galt es, die Gunst der Stunde zu nutzen. »Sie reden.«

»Danke.« Colleen stellte ihre Handtasche wieder auf den Boden. »Fangen wir damit an, welche Polizisten mit dem Fall zu tun haben oder dafür eingeteilt wurden oder wie auch immer.«

»Ich bin nicht verpflichtet ...« Weyant wischte sich den

Schweiß von der Stirn und schüttelte den Kopf. »Ich möchte dazu nichts sagen, bevor ich den Dienstplan gesehen habe. Aber Sie können mich als Ihren Ansprechpartner betrachten. Ich möchte nicht, dass Sie meine Leute kontaktieren und sie in ihrer Arbeit behindern. Wenn Sie irgendetwas brauchen, wenden Sie sich an mich.«

Colleen runzelte die Stirn. »Ist notiert.«

»Da hat mir Sanders etwas ganz anderes erzählt«, murmelte Shay.

»Ist schon in Ordnung, Shay«, sagte Colleen und schenkte ihr ein nichtssagendes Lächeln. »Darauf können wir, wenn nötig, später noch zurückkommen. Also, welche Schritte haben Ihre Leute bisher unternommen? Wen haben sie befragt, welche Spuren verfolgen sie?«

»Nachdem Mrs Capparelli uns ihre Befürchtungen mitgeteilt hat, wurden Polizisten zur Black Creek Lodge geschickt ...«

»Aber nicht auf meinen ersten Anruf hin«, unterbrach ihn Shay, während sie schrieb. »Sie haben sich drei Tage Zeit gelassen.«

»Meine Leute haben die Angestellten befragt und erfahren, dass die beiden jungen Männer seit ein paar Tagen nicht mehr dort aufgetaucht waren«, fuhr Weyant fort und überging ihren Einwand. »Sie haben mit ihren Arbeitgebern gesprochen. Ich glaube, sie haben auch auf dem Ölfeld gefragt. Sie werden die Namen der Aufseher notiert haben, mit denen sie gesprochen haben. Aber letzten Endes wusste keiner am Bohrturm irgendetwas. Die Jungs sind schlichtweg nicht zur Arbeit erschienen.«

»Haben die Polizisten mit den Leuten gesprochen, die direkt mit Taylor und Paul zusammengearbeitet haben? Mit ihren Kollegen?«

»Davon gehe ich aus«, erwiderte Weyant, wirkte aber nicht sehr überzeugt.

»Was ist mit anderen Männern, die in der Unterkunft wohnen? Und mit Restaurants oder sonstigen Orten, die sie oft aufgesucht haben?«

»Tja, da sprechen Sie eine Grauzone an. Dafür können wir erst dann mehr Kapazitäten bereitstellen, wenn ein triftiger Grund vorliegt. Irgendetwas, das uns eine Richtung vorgibt.«

»Zum Beispiel, dass Sie immer noch nicht aufgetaucht sind?«, fauchte Shay.

Weyant sah sie mit zornig funkelnden Augen an. »Zum Beispiel ein Hinweis darauf, dass ihnen tatsächlich etwas zugestoßen ist. Das Fahrzeug Ihres Sohns wurde nicht mehr bei der Lodge gesehen seit dem Tag, als Sie ihn als verschwunden gemeldet haben, was für mich bedeutet, dass er durchaus aus eigenem Antrieb weggefahren sein könnte.«

»Ein *Pick-up*. Nicht irgendein Fahrzeug. Mein Sohn fährt einen weißen Chevy Silverado. Und welche Schlüsse ziehen Sie daraus, dass er seine Sachen in seinem Zimmer zurückgelassen hat?«

Weyant zuckte die Achseln. »Ein paar Klamotten und ein bisschen Shampoo? Keine Wertgegenstände. Das kann er sich alles neu gekauft haben. Vielleicht hat er mitgenommen, was ihm wichtig erschien. So oder so würde ich dem Thema keine sonderliche Bedeutung beimessen.«

»Was ist mit den Telefonlisten der beiden?«, fragte Colleen. »Haben Sie überprüft, mit wem sie gesprochen haben? Und ob es Gespräche gegeben hat, seit sie verschwunden sind?«

»Lassen Sie mich raten«, sagte Weyant müde. »Sie sehen sich gern Krimis an. Nein, hören Sie, regen Sie sich bitte nicht auf. Aber die können ihnen gelinde gesagt ein ziemlich unrealistisches Bild davon vermitteln, wie die Dinge tatsächlich gehandhabt werden. Selbst wenn wir die Telefonnummern Ihrer Söhne hätten ...«

»Zu dumm, dass die nicht in den Unterlagen zu finden sind«, fiel Shay ihm sarkastisch ins Wort. »Oder in ihren Arbeitspapieren. Oder in Sergeant Sanders' Notizen, obwohl ich ihm die Nummer gegeben habe.«

»Selbst wenn wir sie hätten«, fuhr Weyant fort, abermals ohne auf den Einwand einzugehen, »sind sie sicherlich bei Netzbetreibern eines anderen Staates registriert, und wir können denen nicht einfach eine Kopie unserer Dienstmarke zufaxen. Das ist alles ein bisschen komplizierter.«

»Also gut, passen Sie auf.« Colleen langte über den Schreibtisch, entnahm einem bronzenen Ständer zwei von Weyants Visitenkarten, reichte Shay eine davon und schrieb auf die Rückseite der anderen eine Telefonnummer und das Wort »Sprint«. Dann fügte sie noch ihren Namen und ihre eigene Telefonnummer hinzu. »Wir geben Ihnen jetzt die Telefonnummern und die Namen der Netzbetreiber, damit hätten wir Ihnen schon zwei Arbeitsschritte abgenommen. Ich habe Ihnen meine Telefonnummer gleich dazugeschrieben, damit Sie mich erreichen können, sobald Sie Neuigkeiten haben. Sie dürfen sie gern an Ihre Leute weitergeben. Wie geht's jetzt weiter?«

Weyant blinzelte, er wirkte verärgert und zugleich müde. »Zunächst danke ich Ihnen für die Informationen, und dann werde ich mich wieder an meine Arbeit machen, die darin besteht, meine begrenzten Personalkapazitäten und finanziellen Mittel bestmöglich einzusetzen. Und ja, ich werde mich um diese Nummern kümmern und den Fall noch einmal auf die Tagesordnung setzen. Aber wollen Sie all diesen Leuten erklären«, er schlug mit der flachen Hand auf einen Stapel Akten, »warum Ihr Fall vorrangig behandelt werden soll? Möchten Sie wissen, womit ich mich sonst noch herumschlage? Hier haben wir eine Frau, die von ihrem Freund so verprügelt wurde, dass er ihren Kiefer gebrochen hat. Oder hier, ein Sechsjähriger, der seit Dienstag vermisst wird, und zwar mitsamt seinem drogensüchtigen Vater, der eine Schusswaffe bei sich hat.«

Schwer atmend beugte er sich so über den Schreibtisch, als würde er am liebsten die Akten auf den Boden fegen. Es war Zeit zu gehen. Sie hatten ihm hart genug zugesetzt – vorerst.

»Bleiben Sie am Ball und halten Sie uns auf dem Laufenden«, sagte Colleen und stand würdevoll auf. »Wir wären Ihnen dankbar. Nur eins noch. Ich kann ganz leicht die Presse in meiner Heimatstadt auf den Plan rufen. Vielleicht interessiert es Sie nicht sonderlich, was in Boston und Umgebung über Lawton und das hiesige Polizeirevier gesagt wird. Aber mein Mann ist ein angesehener Anwalt mit Kontakten im ganzen Land, und er wird nicht zögern, die Medien einzuschalten, sollten wir den Eindruck gewinnen, dass die Polizei dem Verschwinden unseres Sohnes nicht genügend Aufmerksamkeit widmet.«

Sie wandte sich zur Tür. Shay und Weyant standen ebenfalls auf. »Ich mag vielleicht ein Niemand sein«, sagte Shay. »Ich habe weder Geld noch Beziehungen. Aber ich werde mich nicht still und leise geschlagen geben. Mein *Sohn* ist verschwunden. Ich bin seine *Mutter*, und ich habe nichts zu verlieren.«

Sie schloss die Tür hinter sich, lauter als beabsichtigt, und alle in den umliegenden Zimmern bekamen es mit. Shay spürte, wie ihre Wangen glühten, während sie Colleen folgte, ohne irgendjemanden eines Blickes zu würdigen.

Schweigend gingen sie zu ihrem Wagen. Shay setzte sich ans Steuer und steckte den Schlüssel ins Zündschloss, ohne ihn umzudrehen. Colleen schnallte sich an und saß mit verschränkten Armen da, den Blick starr geradeaus gerichtet.

Dann begann sie zu zittern. Shay beobachtete, wie Colleens mühsam aufrechterhaltene Beherrschung zusammenbrach, hin- und hergerissen zwischen Mitgefühl und dem Wissen, dass vorerst alles noch schlimmer werden würde.

»Das haben Sie gut gemacht«, sagte sie leise, während Colleen Tränen über die Wangen liefen.

Colleen nickte, ohne die Tränen wegzuwischen. »Er war einfach so ... ich weiß nicht. Selbstgefällig? Prätentiös?«

»Ich habe keine Ahnung, was prätentiös ist, aber mir gefällt der Typ auch nicht. Das Problem ist nur: Was wir von ihm halten, interessiert kein Schwein. Wir müssen ihn *benutzen*, Col, hören Sie? Ihn und jeden anderen, der uns helfen kann. Nichts anderes zählt. Fahren wir jetzt zur Lodge? Kriegen Sie das hin?«

»Ja«, flüsterte Colleen entschlossen und suchte nach einem Taschentuch. »Ja, das kriege ich hin.«

Kapitel 8

Shay war eine gute Fahrerin, das musste Colleen ihr lassen. Sie hatte sich schnell den Straßenverhältnissen angepasst und machte keinen der Anfängerfehler, die bei ihr zu Hause an der Ostküste so viele Probleme bereiteten. Sie blieb knapp unter der Geschwindigkeitsbegrenzung, hielt genügend Abstand zu den Autos vor ihr und ließ sich immer ein Stück zurückfallen, wenn einer der allgegenwärtigen endlos langen Lastwagen an ihnen vorbeidonnerte.

Sie fuhren durch die inzwischen schon vertraute Szenerie aus Einkaufszentren, Holzhandlungen und Kirchen. Noch ein paar Fahrten, und sie würden die Stadt in- und auswendig kennen. Was hatte Paul noch gesagt, als er das erste Mal nach Hause gekommen war? Man würde sich hier schnell eingewöhnen. Oder so ähnlich. Es hatte ihn geärgert, dass Andy Lawton als Kuhdorf bezeichnet hatte. Andy hatte sich gar nichts weiter dabei gedacht, aber irgendetwas hatte sich bereits zwischen den beiden geändert: Es war, als hätte Paul zum ersten Mal in seinem Leben etwas gefunden, was ihm allein gehörte, und als würde er es eifersüchtig verteidigen.

Sie hatten längst akzeptiert, dass nichts, was sie taten oder sagten, Pauls Entscheidung ändern würde. Die Hoffnung, dass ein paar Wochen Knochenarbeit Paul zur Vernunft bringen würden, war verflogen, als er zum ersten Mal auf Heimaturlaub gekommen war. Seine Begeisterung war eher noch gestiegen. Er war rastlos durchs Haus gelaufen, und er hatte nicht einmal rumgemault, dass er es kaum erwarten konnte, nach Lawton zurückzukehren, weil sie alle noch unter dem Eindruck der heftigen Auseinandersetzungen vor seiner Abreise standen und krampfhaft um ein friedliches Miteinander bemüht waren.

Wie sehr hatte Colleen sich danach gesehnt, ihren Sohn zu berühren. Ihn zu umarmen, seinen Duft einzuatmen, sich zu vergewissern, dass er immer noch zu ihr gehörte. Aber etwas war zerbrochen in ihrer Beziehung. Natürlich wusste sie genau, was zerbrochen war, denn sie war schuld daran. Sie hatte ihn jahrein, jahraus mit Druck und Forderungen drangsaliert, in der Hoffnung, ihn anzuspornen und seinen Charakter zu stärken, überzeugt, dass er irgendwann zur Einsicht kommen würde.

Wenn sie es noch mal zu tun hätte, würde sie es besser machen. Colleen hatte begriffen, dass ein junger Mann von achtzehn, neunzehn Jahren vielleicht noch nicht erwachsen war, sich aber auch nicht vorschreiben ließ, was er zu tun und zu lassen hatte. Ihr Glaube an ihre Autorität kam ihr im Nachhinein lächerlich, regelrecht erbärmlich vor, wie ein Beweis ihrer Gedankenlosigkeit, was sich in den schlimmsten Momenten wie die eigentliche Sünde anfühlte, die ihn von ihr weggetrieben hatte.

Sie hatte seine Nachricht gefunden an jenem Morgen, als Andy ihn wieder nach Syracuse fahren wollte, wo Paul sein zweites Studienjahr beginnen sollte – dass er in Wirklichkeit sein erstes Jahr wiederholen musste, war ein Thema, das sie tunlichst gemieden hatten. Eigentlich hätte Andy die Nachricht finden sollen, denn er war in der Regel als Erster auf den Beinen. Er setzte Kaffee auf und holte die Zeitung herein, solange sie duschte, dann ging er nach oben und duschte, während sie sich die Haare föhnte und sich anzog. In jener

Nacht hatte Colleen jedoch schlecht geschlafen. Sie war um drei Uhr aufgewacht und hatte bis fünf Uhr versucht, wieder einzuschlafen, hatte sich hin und her gewälzt, abwechselnd geschwitzt und, nachdem sie die Decke weggeschoben hatte, gefroren. Andy hatte selig geschlummert, während sie ihre Gedanken nicht abstellen konnte. Sie hatten sich die ganze Woche so fürchterlich gestritten, Paul hatte Andy zur Weißglut getrieben, sie hatten gedroht und gebettelt und sich schließlich in der Praxis des Therapeuten mühsam auf eine Linie geeinigt und Paul das Versprechen abgenommen, weiterhin seine Medikamente gegen Aufmerksamkeitsstörungen und Depressionen zu nehmen.

Um fünf hatte sie es aufgegeben. Sie stapfte barfuß durch den Flur, überlegte kurz, in Pauls Zimmer zu lugen, einen Blick auf ihren schlafenden Sohn zu werfen, bevor sie sich von ihm verabschieden musste, ließ es jedoch bleiben, aus Angst, ihn zu wecken, wenn sie die Tür öffnete. Sie ging nach unten, nahm den Kaffee aus dem Gefrierschrank und einen Filter aus dem Hängeschrank und wollte gerade Wasser aufsetzen, als sie den Zettel neben der Schüssel mit Äpfeln auf der Kücheninsel entdeckte. Pauls Handschrift, ungelenk und kindlich, die Linien schräg abfallend. Noch ehe sie ein Wort gelesen hatte, wusste sie, dass er fort war. Ihre Schuld, ihre Schuld, alles ihre Schuld.

Die Straße aus der Stadt hinaus schien von einer riesigen Maschine bearbeitet worden zu sein, die auf beiden Seiten breite Gräben gefräst hatte, aus Gründen, die sich Colleen nicht erschlossen. Eine falsche Lenkbewegung, und jeder der allgegenwärtigen Laster konnte mit einem Rad in den Graben geraten und umkippen.

Das Land war nicht so flach, wie es aus der Luft ausgesehen hatte; ein langer, allmählicher Anstieg führte sie an Feldern vorbei, wo die Stiele abgeernteter Feldfrüchte aus dem Schnee ragten, und an riesigen Lagerschuppen, die aussahen, als wären sie aus Metallplatten zusammengeflickt. Als sie oben auf dem Hügel angekommen waren, bot sich ihnen überall derselbe Anblick, so weit das Auge reichte: rechtwinklige Felder, geschotterte Auffahrten, die zu Rondells führten und von dort wieder zur Straße, und Ansammlungen von Industriefahrzeugen.

Shay betätigte den Blinker und bog vorsichtig rechts ab. Eine Brücke, asphaltiert, mit Schotterrand, führte über den Graben oder Entwässerungskanal oder was auch immer.

»Das ist es?«, fragte Colleen, als sie neben einer Art Pförtnerhäuschen hielten. Hügelabwärts erstreckte sich ein Parkplatz so groß wie der vor einem Wal-Mart, und dahinter befanden sich rasterförmig angelegte lange, niedrige Bauten, die Colleen an die Hühnerfarm in Vermont erinnerte, die sie als Kind einmal besucht hatte, und an den bestialischen Gestank, der über allem gelegen hatte.

Als Shay jetzt das Fenster herunterfuhr, roch es nur nach Kälte. Ein von Kopf bis Fuß dick eingepackter Mann kam mit einem Klemmbrett in der Hand aus dem Häuschen. Er trug fingerlose Handschuhe und hielt einen Stift in der Hand.

»Ich bin's schon wieder«, sagte Shay. »Shay Capparelli. Ich möchte Martin sprechen.«

»Weiß er, dass Sie kommen?« Der Mann lugte unter einer Kapuze hervor und sprach durch eine Skimaske, die seine untere Gesichtshälfte bedeckte. Offenbar war die Hütte weder beheizt noch isoliert.

»Ja.« Die beiden starrten einander einen Moment lang an, während der Wind den Schnee aufwirbelte und ihn dem Mann in die Augen blies. Schließlich winkte er sie durch und verzog sich wieder in die Hütte.

»Ich hatte gesagt, dass ich wiederkommen würde«, verteidigte sich Shay. »Er müsste es also eigentlich wissen.«

Der Parkplatz war nur zu einem Drittel belegt, aber den vielen schneefreien Buchten nach zu urteilen hatten noch bis vor Kurzem wesentlich mehr Autos hier gestanden. Shay parkte in der Nähe eines der wenigen knorrigen Bäume. Zwischen den riesigen Pick-ups wirkte der Explorer wie ein Kleinwagen. Colleen folgte Shay zu einem zwischen den langen, flachen Gebäuden zentral gelegenen, holzverkleideten Empfangshaus. Die Türen und Geländer waren geschmückt mit vertrockneten Kiefernzweigen, von der hölzernen Veranda und von den Eingangsstufen war der Schnee entfernt worden, und man hatte Salz gestreut.

»Ins Hauptgebäude haben sie immerhin einiges investiert«, sagte Shay zähneknirschend. »Das ist ja ganz ansehnlich. Aber wissen Sie, wie die Unterkünfte aussehen? Das sind Transportcontainer. Wie sie aus China kommen. Sie stellen sie hier ab, schweißen sie zusammen und schneiden Löcher rein, die als Fenster dienen. So entsteht praktisch über Nacht ein neuer Schlafsaal. Martin, der Geschäftsführer, den wir gleich treffen, meint, wenn die Dinger erst mal abgebaut sind, weist nichts mehr darauf hin, dass hier mal was gestanden hat.«

»Paul hat uns gesagt, der Boom würde noch zwanzig Jahre anhalten. Mindestens. Wenn das stimmt, sollte man meinen, dass sie ordentliche Unterkünfte bauen.«

»Ja, Taylor hat erzählt, das hört man oft. Aber erinnern Sie sich noch an den Boom in den Siebzigern? Der war quasi über Nacht vorbei, und plötzlich waren jede Menge Leute arbeitslos«, sagte Shay angewidert. »Ich hatte einen Onkel, bei uns da unten in der Nähe von Galveston. Der kam eines Morgens zur Arbeit, und die Firma war weg. Nicht nur der Bohrturm oder das mobile Büro, die komplette Firma. Und die schuldeten ihm noch einen Monatslohn. Er ist ein ganzes Jahr lang arbeitslos gewesen. Diese Camps sind nur noch provisorisch, die wollen nachher keine festen Gebäude mehr am Hals haben.«

Die Metallgitterstufen schepperten unter ihren Füßen. Sie betraten einen gefliesten Vorraum, eine Art Windfang, der verhinderte, dass die kalte Luft direkt ins Haus strömte. In einer Kiste auf dem Fußboden lagen Dutzende blassblauer Schuhüberzieher aus Stoff, und auf einem handbemalten Schild stand: »Bitte Schuhüberzieher tragen! Das ist Ihr Zuhause – behandeln Sie es entsprechend!«

»Wow«, sagte Colleen und langte in die Kiste. »Wie bei einer Hausbesichtigung.«

»Sie sind nicht gemeint«, feixte Shay. »Die sind für die Arbeiter, wenn die mit Schlamm an den Schuhen reinkommen. Zu denen gehören Sie nicht.«

Colleen unterdrückte ihren Missmut, während sie den Schnee von den Stiefeln stampfte. Sie war es allmählich leid, dass Shay bei jeder Gelegenheit die Kluft zwischen ihnen betonte. Im Empfangsbereich saßen zwei junge Frauen, kaum älter als fünfundzwanzig, auf hohen Hockern hinter einem rustikalen Tresen und lachten über irgendetwas, verstummten jedoch, als sie Shay erkannten. Diejenige, auf deren Namensschildchen »Brit« stand, sprang vom Hocker und machte sich unter dem Tresen zu schaffen. Die andere errötete und betrachtete ihre Fingernägel. Sie hatte eine Menge silbernen Lidschatten aufgelegt, der an den Augenwinkeln drastisch ins Schwarze überging, und ihre Akne mit einer dicken Schicht Make-up überkleistert, das nicht besonders zu ihrem Hauttyp passte. Auf ihrem Namensschild stand »Jennie«.

»Ich soll Ihnen von Martin ausrichten, es tut ihm leid, aber er kann nicht mehr mit Ihnen reden«, verkündete sie ohne Umschweife.

»Ach?« Shay knallte ihre Handtasche auf den Tresen.

»Ja, das hat er gesagt. Äh. Ich gebe nur weiter, was er mir aufgetragen hat. Er meinte, diesmal würde er wenn nötig die Polizei rufen.«

»Also, Sie können ihm bestellen, er …«

Colleen packte Shay am Arm. Shay versuchte sich loszureißen und funkelte sie wütend an, doch Colleen ließ nicht locker. Shay blinzelte einige Male, atmete heftig durch die Nase aus, und dann war die Luft raus. Colleen begriff allmählich den Rhythmus von Shays Wutanfällen. Sie schnappte sich Shays Handtasche vom Tresen und zog Shay von dort weg.

»Die können mir nicht erzählen, dass ich …«, knurrte sie.

»Schluss jetzt«, zischte Colleen. »Kommen Sie.«

Sie schob Shay zurück in den Vorraum und wartete, bis sich die Tür geschlossen hatte. Die Luft fühlte sich frostig an nach der Wärme im Empfangsbereich.

»Was ist passiert, als Sie hier waren?«

»Der Geschäftsführer – Martin – ich weiß nicht. Ich meine, vielleicht bin ich ihn ja ein bisschen zu hart angegangen, aber ich habe nur *geredet*, es war nichts, weswegen er so reagieren müsste. Ich schwöre es.«

»Trotzdem, er würde ja nicht damit drohen, die Polizei zu rufen, wenn nicht irgendetwas vorgefallen wäre. Oder? Ich urteile ja nicht«, log Colleen – in Wahrheit hätte sie Shay am liebsten ihr loses Mundwerk mit Pflaster zugeklebt. »Ich versuche nur, die Lage einzuschätzen.«

»Ach ja?« Shay funkelte sie an, doch dann senkte sie den Blick. »Okay. Also, ich hab mich tierisch aufgeregt, als sie mich Taylors Zimmer nicht sehen lassen wollten. Sie meinten, es wäre schon wieder vermietet.«

»War es wahrscheinlich auch. Bei dem Durchlauf, den die hier haben.«

»Ich wollte einfach nur mal einen Blick hineinwerfen. Ich hatte nicht vor, irgendwas anzufassen. Ich hab Martin sogar angeboten mitzukommen, dann hätte er aufpassen können, dass ich nichts anfasse, aber er hat die ganze Zeit nur von Haftung geredet. Als hätte derjenige, der das Zimmer jetzt bewohnt, überhaupt was davon mitgekriegt. Und wenn doch, wäre es ihm garantiert egal gewesen. Ich meine, diese Typen arbeiten zwölf Stunden am Tag, dann gehen sie in die Gemeinschaftsdusche und hocken sich vor die Glotze. Lebensqualität wird hier bestimmt nicht großgeschrieben, oder?«

Colleen biss sich auf die Lippe und überlegte, wie sie mit der Situation umgehen sollte. Obwohl sie Shay seit nicht einmal vierundzwanzig Stunden kannte, war ihr die Dynamik ihrer Stimmungsschwankungen bereits vertraut. Wahrscheinlich wurden auf ihrer Arbeitsstelle, was für einen schlecht bezahlten Job Shay auch immer haben mochte, Konflikte durch direkte Konfrontation ausgetragen.

Aber mit Wutanfällen würden sie sich jede Sympathie verscherzen. Seit sie angekommen war, hatte Colleen absolut nichts erfahren, was sie irgendwie zu Paul führen könnte, und so wie Shay sich aufführte, konnte auch dieser Ansatz leicht in einer Sackgasse enden. Viel mehr Ideen hatte sie nicht, sie musste hier also irgendwie weiterkommen.

»Lassen Sie es mich versuchen. Ich werde mit den Frauen reden. Und zwar bevor sie auf die Idee kommen, dem Geschäftsführer zu sagen, dass wir hier sind.«

»Die lassen Sie gar nicht erst zu Wort kommen, glauben Sie mir. Sie haben ja keine Ahnung, wie das hier läuft. Die haben die Mädchen aus einem bestimmten Grund hier, und der hat nichts damit zu tun, was sie zwischen den Ohren haben. Das hält die Männer ruhig.«

Colleen presste die Lippen zusammen. »Also gut. Ich hab's kapiert. Darf ich es trotzdem probieren?«

Shay verdrehte die Augen, dann nickte sie knapp. »Meinetwegen. Machen Sie sich ruhig lächerlich. Ich gehe währenddessen raus eine rauchen.«

Sie streckte die Hand nach ihrer Tasche aus, die Colleen ganz vergessen hatte. Dann stampfte sie wortlos hinaus auf die Veranda. Colleen atmete tief durch und überlegte, was sie sagen wollte. Dann setzte sie ein freundliches Lächeln auf und ging wieder hinein.

»Das von eben tut mir leid«, sagte sie, bevor die Frauen protestieren konnten. Aber die beiden sahen sie eher neugierig als misstrauisch an. »Sie müssen das verstehen. Wir sind Mütter, und Mütter werden manchmal etwas emotional.«

Ihr Gesicht fühlte sich spröde an. Sie war sich nicht sicher, wie lange sie die Nerven behalten würde. Aber sie hatte die Technik – Lächeln, bevor man etwas sagte, selbst in einem Streitgespräch – in einem Konfliktlösungsworkshop gelernt, an dem sie während ihrer Zeit im Vorstand des regionalen Elternbeirats teilgenommen hatte, und die half tatsächlich. Es hatte damit zu tun, dem Gehirn etwas vorzugaukeln, spontane Impulse umzulenken. »Kennt eine von Ihnen meinen Sohn Paul? Paul Mitchell?«

Die Frauen sahen einander an. Brit vermied den Blickkontakt mit Colleen. Aber Jennie spielte an ihrem langen blonden Pferdeschwanz und nickte. »Flüchtig. Wir haben uns ab und zu gegrüßt. Er war nett.«

Colleens Herz machte einen Satz – damit hatte sie gar nicht gerechnet. »Hatten Sie wegen der Arbeit Kontakt mit ihm? Oder eher privat?«, fragte sie und wusste im selben Moment, dass es die falsche Frage war, hinter der nur ihr Wunsch steckte, dass Paul beliebt war und Freundschaften geschlossen hatte. Aber der Wunsch war genauso stark wie damals, als sie als Ehrenamtliche in der dritten Klasse ausgeholfen und zugesehen hatte, wie ihr Sohn sich schüchtern dem Tisch genähert hatte, an dem seine großspurigen Klassenkameraden saßen, und sie sich an seiner Stelle danach gesehnt hatte, dass er dazugehören würde.

»Nur von hier. Er war sehr still. Aber total nett. Netter als die meisten anderen.«

»Es tut uns *echt* leid, dass sie verschwunden sind«, sagte Brit. »Aber Mrs Capparelli hat Martin irgendwie bedroht oder so, und jetzt dürfen wir nicht mehr mit ihr reden.«

»Er hat in Alaska angerufen«, sagte Jennie. »Da ist unsere Zentrale. Ich hab gehört, wie er mit jemand gesprochen hat. Die wollen kein Aufsehen.«

Colleen nickte, wohl wissend, dass es nur eine Frage der Zeit war, bis Martin oder sonst jemand sie und Shay bemerkte, und dann wäre dieses kleine Fensterchen sofort wieder zu.

»Hören Sie«, sagte sie, »könnten wir uns irgendwo unter vier Augen unterhalten? Bitte! Ich möchte nicht, dass Sie Schwierigkeiten bekommen. Ich verspreche Ihnen, dass ich niemandem gegenüber erwähnen werde, dass Sie mit mir gesprochen haben. Ich schwöre es. Aber ich habe seit zwei Wochen nichts mehr von meinem Sohn gehört …« Ihre Stimme zitterte, und sie schwieg einen Moment, um ihre Fassung wiederzugewinnen. »Ich mache mir einfach solche Sorgen um ihn.«

»Jennie«, meinte Brit tadelnd. »Das können wir nicht machen.«

Sie tauschten einen Blick aus. »Ich hab noch keine Pause gemacht«, sagte Jennie schließlich. »Komm schon, Brit. Sie ist seine *Mutter*.«

Dagegen konnte Brit nichts mehr vorbringen. Mit einem Schnauben wandte sie sich ab und begann, auf ihre Tastatur einzuhacken.

»Also, hier um die Ecke ist der Aufenthaltsraum, und dahinter gibt es ein kleines Versammlungszimmer, das für Bibelstunden benutzt wird. Da können Sie auf mich warten, okay? Ich bin in ein paar Minuten da. Martin kommt ganz oft hier raus, um sich einen Kaffee zu ziehen. Sie wollen doch bestimmt nicht, dass er Sie sieht. Und passen Sie auf, dass *sie* nicht wieder reinkommt.« Sie zeigte zum Eingang.

»Alles klar. Danke.«

Einige Männer trafen ein, stampften den Schnee von den Schuhen und zogen laut scherzend die Schuhüberzieher an. Während die jungen Frauen ihre Aufmerksamkeit den Männern widmeten, eilte Colleen mit gesenktem Kopf um die Ecke und hoffte, dass sie keine Aufmerksamkeit erregte. Auf den Fluren war es still. Es war bereits nach dreizehn Uhr; die Männer, die um sieben von der Arbeit gekommen waren und am Abend zu den Bohrtürmen zurückfahren würden, schliefen jetzt bestimmt tief und fest.

Der Aufenthaltsraum war groß, mit mehreren Fenstern zum Parkplatz hin. Vor einem holzverkleideten Kamin, in dem ein Gasfeuer brannte, standen Sofas und Sessel sowie niedrige Tische. Auf der anderen Seite des Raums gab es Billardtische, Kicker und Pokertische, dazu Regale voller Brettspiele und Bücher.

Colleen fand das kleine Versammlungszimmer, dessen Tür einen Spalt offen stand. Es war ähnlich ausgestattet, mit tweedbezogenen Sofas, Ruhesesseln und Eichentischen. Auf einem Beistelltisch befanden sich eine Bibel auf einem Ständer, eine Vase mit Kunstblumen – Tulpen und Narzissen, die bei dem winterlichen Wetter besonders fehl am Platz wirkten – und ein Stapel Flugblätter mit dem Aufdruck »JESUS in den Camps«. Und in kleinerer Schrift: »Er möchte von DIR hören!«

Colleen setzte sich in einen Sessel in der Ecke, wo sie vom Aufenthaltsraum aus nicht gesehen werden konnte, und rief Shay auf dem Handy an.

»Hallo?«

»Shay. Eine der beiden jungen Frauen will mit mir reden. Sie können jetzt nicht reinkommen, okay? Sie müssen draußen warten. Wenn man Sie hier sieht, geht alles schief.«

»Haben Sie eine Ahnung, wie kalt es hier draußen ist?«

»Dann setzen Sie sich doch ins Auto und machen die Heizung an.«

»Das verbraucht zu viel Sprit, mein Auto hat keinen ...«

»Vergessen Sie den Sprit. Den bezahl ich Ihnen. Kommen Sie, das ist wichtig.«

»Glauben Sie etwa, ich wüsste nicht, dass das wichtig ist?«

»Ich wollte nicht ...«

»Reden Sie einfach nicht mit mir wie mit einem Kind, okay?«

Colleen holte tief Luft und atmete langsam aus. »Tut mir leid.«

»Und ich kann meinen Sprit selbst bezahlen.«

»Es tut mir *wirklich* leid.« Aber das stimmte gar nicht – im Gegenteil, sie war wütend und voller Angst und aufgebracht und wahrscheinlich noch voller ganz anderer Gefühle, die ihr nicht einmal bewusst waren.

Nach einer Pause sagte Shay: »Okay, denken Sie dran, dass die die Sachen von unseren Jungs haben. Es ist diesem Idioten von Martin rausgerutscht, als ich mit ihm gesprochen habe. Sehen Sie zu, dass er die Sachen rausrückt.«

»Und wie stellen Sie sich das vor?«

»Keine Ahnung, Col, vielleicht können Sie sie ihm abkaufen?«

Sie beendete das Gespräch, und Colleen betrachtete verblüfft ihr Handy. Aber ihr blieb keine Zeit für Gefühle. Und das mit dem Geld war lächerlich. Wenn Geld ihnen helfen könnte, ihre Söhne zu finden, würde Colleen hemmungslos damit um sich werfen, ohne sich zu schämen.

Und vielleicht konnte sie sich ja tatsächlich ein bisschen Hilfe erkaufen. Als Jennie einen Moment später erschien, war Colleen noch mitten in der Überlegung, wie sie ihr Angebot formulieren sollte.

»Ich hab die Schlüssel von einem Zimmer, das gestern geräumt wurde«, sagte Jennie. »Die Zimmerreinigung war noch nicht da, die sind jetzt in der Mittagspause. So haben wir ein bisschen Zeit, wenn das für Sie in Ordnung ist.«

»Ja. Perfekt.«

»Hören Sie, ich glaub nicht, dass irgendjemand versuchen wird, Sie anzusprechen, aber am besten sagen Sie keinem, wer Sie sind. Die von der Zentrale müssen Martin ordentlich zusammengestaucht haben. Die wollen es nicht in den Nachrichten haben, dass die Jungs hier waren, falls ... falls sich rausstellt, dass was Schlimmes passiert ist. Tut mir leid.«

Colleen wusste genau, was sie mit »etwas Schlimmes« meinte. Die Angst zerrte an ihren Nerven, während sie Jennie den Flur entlang folgte, der einen noch längeren kreuzte, von dem wiederum Gänge abzweigten mit Zimmern auf beiden Seiten. Es gab keine Fenster, sondern nur das weiche Licht der Deckenleuchten, die jeweils im Abstand von einigen Metern angebracht waren. Colleen versuchte, die Orientierung zu bewahren und herauszufinden, wo in diesem Zimmerlabyrinth sie gerade waren.

»Wie viele Zimmer gibt's hier eigentlich?«

»Vierhundert, hauptsächlich Einzelzimmer. Es gibt auch ein paar Doppelzimmer, aber die sind nicht begehrt. Die Männer wollen ihre Privatsphäre haben, während sie hier sind, vor allem weil sie ja schon die Toiletten teilen müssen.«

»Paul hat gesagt, dass ihm sein Zimmer gefiel. Er meinte, es sei richtig nett.«

»Ja, Ma'am, wir haben die schönsten Zimmer von allen Camps«, erwiderte Jennie beflissen. »Alle wollen am liebsten zu uns, aber wir sind ausgebucht. Die Firmen haben ganze Kontingente gemietet. So, hier lang.«

Unter Colleens Füßen fühlte sich der mit Teppich ausgelegte Fußboden hohl an, und sie fragte sich, wie viel Isoliermaterial sich zwischen Fußboden und Unterseite des Bauteils befand. Zwischen Stahl und Erde pfiff im Winter ständig der Wind und trieb den Schnee in die Ritzen, aber drinnen war es schon fast zu warm.

Auf beiden Seiten des Flurs waren graue Türen mit Metallziffern gekennzeichnet. An den Toilettentüren hingen Schilder mit der Aufschrift: »Ruhe bitte! Leute schlafen!« Auf einige der Türen waren Comiczeichnungen und Fotos aufgeklebt; an einer hatte jemand mit Klebeband zwei in pornografischer Pose verkeilte Stoffrentiere befestigt. An ungefähr einem Drittel der Türknäufe hingen die Schilder »Bitte nicht stören!«. Colleen stellte sich die Männer vor, die tagsüber bei geschlossenen Jalousien schliefen.

»Da sind wir«, sagte Jennie und schloss eine Tür auf. Sie trat beiseite, damit Colleen zuerst hineingehen konnte.

Im Zimmer roch es schwach, aber unverkennbar nach Männerschweiß. Die Laken lagen verkrumpelt auf dem Bett, Kissen und Decken waren auf den Boden geworfen worden. Aber abgesehen davon fühlte sich Colleen eher an ein Krankenhauszimmer als an ein Hotel erinnert. Der Raum war klein, in eine Ecke war ein Doppelbett ohne Kopfteil geklemmt, und in der anderen standen ein kleiner, resopalbeschichteter Schreibtisch und ein Stuhl. In den beiden anderen Ecken befanden sich schmale Metallspinde, gerade groß genug, um ein bisschen Kleidung und eine Reisetasche zu verstauen. Links und rechts neben der Tür waren Haken für Handtücher und Mäntel angebracht. Durch das einzige Fenster hatte man einen Blick über einen fünf Meter breiten Streifen unberührten Schnees auf das benachbarte Bauteil. Das einzige dekorative Element im Zimmer war ein Fernseher, der unter der Decke befestigt war; seine Position ließ vermuten, dass man den besten Blick vom Bett aus hatte und nicht vom Schreibtischstuhl, was Colleen traurig fand.

Der letzte Gast hatte verschiedene Hinweise darauf hinterlassen, wie er seine Freizeit verbracht hatte. Eine halb volle Tüte mit Tortilla-Chips lag auf dem Schreibtisch neben einer leeren Beef-Jerky-Packung und mehreren leeren Styroporbechern. Auf dem Boden lagen Ausgaben von *Road and Track* und *Penthouse*.

»Entschuldigen Sie die Unordnung«, sagte Jennie. Sie packte die Laken an einem Zipfel und riss sie von der Matratze, bevor sie sich auf das Bett setzte. »Sie können den Stuhl nehmen.«

»Dieses Zimmer …« Colleen legte die Hand auf die Resopalbeschichtung des Schreibtischs. Sie war warm von der Hitze, die aus einem Heißluftschacht in der Decke geblasen wurde. »So habe ich es mir nicht vorgestellt.«

»Sie müssten mal die anderen sehen«, sagte Jennie entschuldigend. »Alles hier war nagelneu, als die hier angefangen haben. Die Zimmer werden zweimal die Woche sauber gemacht, und die Gäste können jederzeit frische Handtücher bekommen. Und hier wird von allen die Ruhe eingehalten.

Wir sind da sehr streng. In den Fluren haben wir Kameras, niemand versucht, gegen die Regeln zu verstoßen.«

»Was sind das für Regeln?« Paul hatte bei seinem Besuch an Thanksgiving nur gesagt, dass keine Partys gefeiert würden. Je mehr Andy ihn damit aufgezogen hatte, desto mehr hatte Paul dichtgemacht und sich geweigert, darüber zu reden, was er mit seiner freien Zeit anfing.

»Kein Alkohol, keine Drogen, keine Frauen auf den Zimmern, keine Glücksspiele und kein Lärm. Na ja, das schließt Partys praktisch aus. Wer gegen die Regeln verstößt, fliegt raus, und dann weiß er nicht, wo er hinsoll.«

»Womit beschäftigen die Männer sich, wenn sie nicht arbeiten?«

»Kommt drauf an, wie weit ihr Weg zur Arbeit ist. Zu manchen Bohrtürmen dauert die Fahrt eine Stunde und mehr, vor allem bei schlechtem Wetter. Hauptsächlich sind es die Jüngeren, die ausgehen, wenn ihr Arbeitsplatz nicht zu weit weg ist. Aber wenn ein großes Spiel ansteht oder so, bleiben sie hier und treffen sich im Aufenthaltsraum und sehen es sich gemeinsam an. Bei besonderen Anlässen und an Feiertagen bietet die Küche auch schon mal was Ausgefallenes an. Zum Beispiel beim Superbowl. Da lassen sie Königskrabben einfliegen.«

»Aber die Jüngeren«, beharrte Colleen. »Wie Paul. Gehen sie in Kneipen?«

»Na ja, die Männer haben 12-Stunden-Schichten, und vor allem die mit Familie wollen nach der Arbeit nur nach Hause. Die Jüngeren, die niemanden haben, die gehen schon aus. Es gibt ein paar Kneipen in der Stadt. Ich selbst gehe nicht aus«, fügte sie hinzu. »Ich bin verlobt.«

»Können Sie mir vielleicht eine Liste der Kneipen geben? Haben Sie zufällig mal mitgekriegt, wo Paul oder Taylor hingehen wollten?«

»Nein, Ma'am, tut mir leid, aber darüber habe ich nicht mit ihnen geredet. Ich kann ihnen aber ein paar Adressen aufschreiben. Ich wünschte, ich könnte Ihnen mehr helfen.«

»Sagen Sie, Jennie, haben Sie irgendeine Idee, eine Ahnung, was mit den beiden passiert sein könnte?«

Jennies Gesichtsausdruck änderte sich, sie wirkte eher traurig als wachsam. Sie spielte an einem Knopf ihres Pullovers und schien zu überlegen, wie sie sich ausdrücken sollte.

»Wir sprechen darüber«, sagte sie schließlich, »wir Frauen. Megan glaubt, dass einer von ihnen verletzt wurde und der andere das vielleicht melden wollte. Und vielleicht ist er der Einzige, der es gesehen hat, und die Aufseher wollten es unter der Decke halten.«

»Verletzt?«, drängte Colleen sie. »Was für eine Verletzung?«

»Na ja, sie waren doch bei Hunter-Cole. Die treiben ihre Arbeiter rücksichtslos an und sind dafür bekannt, dass sie es mit den Sicherheitsbestimmungen nicht so genau nehmen. Im letzten Jahr haben sie drei Leute verloren, das ging sogar durch die Presse. Es gab Inspektionen und so, und dann war die Gewerbeaufsicht hier und hat für ziemlichen Wirbel gesorgt. Sie haben es sich eine Menge kosten lassen, alles abzubügeln. Ich kenne ja keine Einzelheiten, aber die haben ihre Leute in Washington, die die Gerichtsentscheidungen anfechten wollen, und die Geschichte ist noch längst nicht vorbei.«

»Drei Männer sind *gestorben*? Wie das denn?« Colleen hatte einen bitteren Geschmack im Mund – allein schon das Wort auszusprechen kostete sie Mühe.

»Einer ist abgestürzt. Er war nicht gesichert, das war ein absoluter Verstoß gegen die Bestimmungen, und sie mussten dafür tief in die Tasche greifen. Wie hoch die Geldstrafe letztlich war, weiß ich nicht. Bei den anderen beiden haben die

Familien sich außergerichtlich mit der Firma geeinigt, aber sie durften nicht darüber reden, deshalb weiß ich nichts Genaues. Es gibt halt eine Menge Gerüchte, aber die Leute reden ja dauernd einen Haufen verrücktes Zeugs.«

»Sie haben sich geeinigt?«, fragte Colleen entgeistert und dachte: *Wer würde so was tun, einen Pakt mit dem Teufel schließen, der einen geliebten Menschen auf dem Gewissen hat?*

»Das läuft so, Mrs Mitchell: Es gibt eine Autopsie, und wenn in den Leichen irgendwelche Drogen oder Medikamente entdeckt werden, muss die Firma keine Entschädigung zahlen. Das steht so im Arbeitsvertrag. Selbst wenn so was Harmloses wie Ritalin gefunden wird, das einige nur nehmen, um die Schicht durchzuhalten.«

»Aber das würde doch niemals durchgehen! Keine Jury würde eine Firma so einfach davonkommen lassen.« Zumindest nicht, wenn das Opfer attraktiv war. Wenn man ein Foto von einem jungen Mann in seinen besten Lebensjahren brachte – ihre Gedanken wanderten zu dem Foto von Paul an ihrem Kühlschrank zu Hause, ihrem Lieblingsfoto, auf dem er in einem Souvenirladen in Cozumel einen Plastikfisch hochhielt, so als hätte er ihn selbst gefangen.

Sie verscheuchte das Bild.

»Ma'am«, sagte Jennie ruhig. »Es ist einfach so, dass manche Familien kein Geld für Krankenhausrechnungen haben. Und für die Beerdigung. Und wenn die Firma diese Kosten nicht übernimmt, ist das ein schlagkräftiges Argument für die Familie, sich auf einen Handel einzulassen. Ich behaupte ja nicht, dass sie glücklich darüber sind. Ich habe eine alte Schulfreundin, deren Freund sich letztes Jahr bei der Arbeit die Hand zerquetscht hat, und er kann bis heute noch nicht wieder arbeiten. Sie hat ihm geraten, die Firma zu verklagen, aber die Anwälte der Firma haben ihm klipp und klar gesagt, wenn er vor Gericht geht, holen sie das ganze Team aus Minneapolis, um die Klage abzuschmettern, und selbst wenn er gewinnen sollte, würde das Jahre dauern. Noch dazu war meine Freundin schwanger. Also hat er eine Abfindung akzeptiert. Und es war eine Menge Geld, fast zweihunderttausend Dollar. Sie bauen sich jetzt ein Haus am Stadtrand.«

»Aber ...« Colleen überschlug im Geiste – zweihunderttausend Dollar waren kein Ausgleich für all die zukünftigen Jahre, die der junge Mann nicht in der Lage sein würde, Geld zu verdienen. Sie wusste nicht, was sie sagen sollte. Ihr fiel nur ein: »Es tut mir leid für den Freund Ihrer Freundin.« Es kam ihr nicht besonders passend vor.

»Mrs Mitchell, darf ich Sie was fragen?«

»Ja, natürlich.«

Jennie atmete tief ein und senkte den Blick. »Hat Ihr Sohn irgendwelche ... Probleme?«

Colleen erstarrte. Die jahrelang eingeübte Abwehrhaltung war sofort wieder da. *Er ist einfach ein lebhafter Junge, wie alle anderen Jungen auch* – die alte Leier, die sie sich immer wieder wie ein Mantra aufsagte seit der Vorschule. Genau dafür hatten sie all das Geld ausgegeben, damit er als einer durchgehen konnte, der *genau wie jeder andere* war. Geld und eine Heerschar von Privatlehrern und Trainern hatten bewirkt, dass er sich auf das College vorbereiten konnte und – o Wunder – tatsächlich in Syracuse aufgenommen worden war. Sein Erfolg war der Beweis, dass es funktioniert hatte. Kein Lehrer hatte ihnen in den vergangenen Jahren mehr Briefe mit den Namen von Spezialisten geschickt; Paul war nicht mehr verzweifelt über Hänseleien nach Hause gekommen, die er schon seit der Zeit vor der Pubertät hatte ertragen müssen. Aber es war paradox. Je erfolgreicher die List wurde, desto mehr insistierte die innere Stimme: *Bitte lass ihn werden wie alle die anderen Jungs, bitte lass es keinen merken.*

»Können Sie ein bisschen konkreter werden?«, fragte sie zaghaft, um auf Zeit zu spielen, während sie überlegte, was ein größerer Verrat war – sein Geheimnis preiszugeben oder sich auch nur den geringsten Hinweis durch die Finger schlüpfen zu lassen.

»Tut mir leid, ich habe gar nichts Besonderes damit gemeint, aber hat er was für Glücksspiel übrig? Ist er vielleicht spielsüchtig?«

»Was? Gott, nein«, sagte Colleen, und ihre Erleichterung war so groß, dass sie ihre Selbstbeherrschung verlor. »Ich meine, er hat nie gespielt, soweit ich weiß. Vielleicht mal an einem Automaten im Flughafen von Las Vegas.«

»Ach so. Ich frage nur deshalb, weil es im Reservat ein Kasino gibt, und da hängen manche Männer dauernd rum. Es klingt verrückt, aber sie fahren immer wieder hin, verspielen ihr ganzes Geld und fahren trotzdem wieder hin. Ich dachte, na ja, ich weiß auch nicht. Ob er vielleicht auf die Weise Ärger bekommen hat. Er oder Fliege.«

»Fliege?«

»Ich meine Taylor. Tut mir leid. Die geben sich gegenseitig Spitznamen.« Sie lächelte verlegen und zuckte die Achseln.

»Sagen Sie mal, Jennie, warum wurde mein Sohn Wal genannt?«

»Na ja, wegen dieser T-Shirts«, sagte Jennie in einem Tonfall, aus dem Zuneigung sprach. »Mit dem kleinen Wal darauf. Niemand hatte solche T-Shirts schon mal gesehen. Eins war ganz besonders. Gelb und blau, glaube ich.«

Jetzt verstand Colleen. Die Shirts, die sie in der teuren Boutique im Zentrum gekauft hatte, die bei den Jugendlichen vor Ort so begehrt gewesen waren. Sie waren völlig überteuert, fünfundsiebzig Dollar für ein Poloshirt, aber Colleen hatte immer das Gefühl gehabt, dass es sich lohnte, Paul die angesagten Statussymbole zu kaufen, damit er dazugehörte. Das gelb-blaue Shirt – sie konnte sich lebhaft vorstellen, dass das hier nicht besonders gut ankam, knallige Farben, mit aufgestelltem Kragen, wie von einer Ralph-Lauren-Reklame. Aber Paul hatte sich nie um Kleidung geschert – er trug, was Colleen ihm kaufte, und in jener Nacht, als er nach North Dakota aufgebrochen war, hatte er einfach mitgenommen, was für Syracuse gepackt war, und den Koffer voll mit teurer Kleidung.

»Hat er die Sachen immer noch getragen?«, fragte sie leise.

»Nein, Ma'am, ganz bestimmt nicht. Schon nach den ersten Wochen nicht mehr.«

Ach Paul. Colleen bereute ihren Fehler und hätte am liebsten die Zeit zurückgedreht, um diesmal alles richtig zu machen. Hätte sie gewusst, dass sie ihn nicht davon abhalten konnte, nach Lawton zu gehen, dann hätte sie herausgefunden, was ihr Sohn hier brauchen würde, um dazuzugehören, und hätte es ihm gekauft. Plötzlich begriff sie, warum Paul Andys Angebot abgelehnt hatte, ihm den Cayenne zu überlassen, weil er sich einen neuen Wagen kaufen wollte. Paul hatte sich in den Kopf gesetzt, einen Pick-up zu kaufen, sobald er wieder in Lawton war. Einen Pick-up! Es war ihr so absurd vorgekommen, dass er ein Auto ablehnte, das wintertauglich war, mit dem er gleich hätte losfahren können.

Aber jetzt verstand sie es. Hier fuhren alle einen Pick-up. Also wollte Paul auch einen.

Jennie kramte ihr Handy aus der Tasche und sah nach der Uhrzeit. »Entschuldigung, ich will rechtzeitig zurück sein, damit niemand fragt, wo ich bleibe. Aber wir haben noch ein paar Minuten.«

»Hören Sie, Jennie. Mrs Capparelli hat mir erzählt, dass die Sachen der Jungs hier aufbewahrt werden. Die Sachen aus den Zimmern.«

»Ich habe gehört, die Polizei würde die Sachen von F... äh ... Taylor abholen, außer dass bis jetzt noch keiner danach gefragt hat. Aber im Zimmer Ihres Sohns, da war nichts, Ma'am.«

Sie wandte sich ab, als sie das sagte, aus Verlegenheit oder weil sie befürchtete, Colleens Kummer noch zu vergrößern.

»Was meinen Sie damit, da war nichts?«

»So als hätte er alles gepackt und mitgenommen. Ich hab das Zimmer nicht gesehen, aber ich hab mit Marie gesprochen, die hat an dem Freitag nach dem Verschwinden der Jungs da geputzt. Die Zimmer werden dienstags und freitags geputzt. Und sie hat gesagt, dass Pauls Zimmer ordentlich aufgeräumt und sein Bett gemacht war, dass er sogar die Handtücher aufgehängt hat. Es war nichts mehr in dem Zimmer, nicht mal im Mülleimer.«

»Oh«, entfuhr es Colleen. Diese Information schien ihr wesentlich zu sein, aber welche Bedeutung hatte sie? Irgendwie gab sie ihr Hoffnung: Ihr Sohn hatte seine Sachen gepackt und mitgenommen. Er hatte *geplant* aufzubrechen, obwohl sein Arbeitsverhältnis noch bestand. Aber warum? Und warum waren Taylors Sachen noch da?

Eine ganz spezifische Angst drehte ihr den Magen um, und sie versuchte, den Gedanken weit von sich zu schieben. Nein. Nein, sie würde sich nicht erlauben, abstruse Schlüsse zu ziehen und sich Szenarien auszudenken, wozu kein Grund bestand angesichts der spärlichen Informationen, die sie hatte.

Sie musste sich auf das konzentrieren, was sie hier und jetzt tun konnte. Ein Schritt nach dem anderen. Die Vergangenheit war vorbei, und die Zukunft, wenn sie überhaupt einen

Einfluss darauf haben sollte, würde ihre gesamte Aufmerksamkeit erfordern.

»Hören Sie«, sagte sie. »Ich weiß nicht, wie ich das jetzt sagen soll, Jennie. Ich weiß, dass wir uns gerade erst kennengelernt haben und Sie keinen Grund haben, mir zu vertrauen. Aber ich möchte Sie um einen Gefallen bitten, und ich kann einfach nur auf Ihr Verständnis hoffen, dass ich Sie als *Mutter* darum bitte. Sie sind – Sie sind ja auch jemandes Tochter, und ich hoffe, dass Ihre Mutter Sie liebt und alles für Sie tun würde. Also, ich weiß, dass das gegen die Regeln verstößt, gegen eine Menge Regeln, und dass es Sie einem Risiko aussetzt – aber könnten Sie mir Taylors Sachen geben?«

Jennie machte Anstalten, etwas zu entgegnen.

»Warten Sie, sagen Sie nicht sofort Nein. Hören Sie mich erst an. Wir kommen gerade von der Polizei. Chief Weyant hat mir praktisch erklärt, dass sie nicht die Mittel haben, um sich um diesen Fall zu kümmern. Sie sind bestimmt nicht wild darauf zu ermitteln, ob vielleicht jemand bei Hunter-Cole Sicherheitsprobleme vertuscht. Wahrscheinlich fällt das nicht mal in die Zuständigkeit der örtlichen Polizei, eher der Bundespolizei oder der Aufsichtsbehörde oder von sonst wem, keine Ahnung, aber wenn die Jungs in irgendetwas verwickelt waren, wird uns die Polizei hier vor Ort nicht die geringste Hilfe sein. Aber Shay – sie *kennt* ihren Sohn. Kennt ihn, wie es nur eine Mutter kann.«

Sie schwieg einen Moment und versuchte einzuschätzen, welche Wirkung ihre Worte hatten; sie konnte nur hoffen, dass Jennies Mutter nicht zu den Frauen gehörte, die ihre fast erwachsenen Kinder gleichgültig in die Welt entließen, nachdem sie sie lustlos aufgezogen hatten. »Falls sich unter Taylors Sachen irgendetwas befindet, was nur den geringsten Hinweis geben könnte, würde es Mrs Capparelli sofort auffallen, verstehen Sie? Falls irgendetwas Ungewöhnliches dabei ist, etwas, das darauf hindeutet, dass er von seinen Gewohnheiten abgewichen ist oder in irgendetwas hineingeraten ist – falls es Namen in seinem Handy gibt, die sie nicht kennt –, so etwas.«

»Aber …« Jennie vermied es, sie anzusehen. »Es könnte DNS-Spuren geben, alles Mögliche an Beweisen. Ich glaube, Sie dürfen die Sachen nicht mal ohne Handschuhe anfassen, ich weiß nicht. Die müssen *untersucht* werden.«

Colleen nickte; sie wand sich innerlich, weil die junge Frau nicht ganz unrecht hatte. Vielleicht beging sie hier einen Fehler und riskierte es, Hinweise zu zerstören, die zur Wahrheit führen konnten.

Aber Weyant war sehr deutlich geworden: Niemand würde sich ernsthaft mit Taylors Habseligkeiten beschäftigen. Selbst wenn sie ein geeignetes Labor hätten mit allem Drum und Dran, würden sie sich nicht die Mühe machen, einen Haufen dreckiger Wäsche auf Hinweise zu untersuchen. Es sei denn, das Undenkbare würde eintreten … Und dann, welche Rolle würde es dann noch spielen?

Und das andere, meldete sich diese fürchterliche, nervende, innere kleine Stimme zu Wort. Der andere Grund. Derjenige, dem sie auf gar keinen Fall auch nur die geringste Beachtung schenken durfte, an den sie keine Sekunde denken durfte, denn es würde bedeuten, dass sie den Glauben an ihren Sohn verloren hätte, und zwar so gründlich, dass sie sich wahrscheinlich nie wieder davon erholen würde.

»Hören Sie, so läuft das nur im Fernsehen«, sagte Colleen mit zitternder Stimme. Und dann tischte sie Jennie eine Lüge auf, die ihr mit solcher Leichtigkeit über die Lippen kam, dass sie selbst überrascht war, denn es war normalerweise für sie eine Frage der Ehre, so nah wie möglich an der Wahrheit zu bleiben – ein Familienkodex sozusagen. »Ich habe eine

Dokumentation gesehen, in der gesagt wurde, dass achtzig Prozent dessen, was wir in Fernsehkrimis sehen, entweder unmöglich ist oder die Polizei es gar nicht leisten kann, weil sie dafür nicht ausgerüstet ist. In den meisten Fällen landen Beweismittel in irgendwelchen Schubladen und werden nie wieder in die Hand genommen, es sei denn, ein Fall kommt tatsächlich vor Gericht, und selbst dann gehen sie öfter, als man glaubt, verloren oder werden beschädigt. Und ich kann einfach nicht ... also, Taylors Mutter und ich können einfach nicht das Risiko eingehen, dass das passiert. Das verstehen Sie doch bestimmt, oder?«

Jennie biss sich auf Lippe, wandte aber den Blick nicht ab.

»Da ist noch etwas«, fuhr Colleen fort und griff nach ihrer Handtasche. »Jetzt weiß ich, dass Sie Nein sagen werden, weil ich sehe, dass Sie so erzogen wurden, wie ich meinen Sohn erzogen habe. Sie wollen einfach nur aus Anstand helfen, aber ich weiß auch, dass Sie eine junge Frau sind, die das Leben noch vor sich hat, und das Leben ist heutzutage ziemlich hart, nicht wahr? Ich werde Ihnen das jetzt geben, egal, ob Sie sich nun entscheiden, mir dabei zu helfen, Taylors Sachen zu bekommen, oder nicht. Wissen Sie, es bedeutet mir sehr viel, wahrscheinlich mehr, als Sie sich vorstellen können, dass Sie sich an Paul erinnern und dass Sie ...«

Ihr versagte die Stimme, und plötzlich verschwamm die Grenze zwischen Lüge und Wahrheit, und ihre Worte sprachen ihr mehr aus der Seele, als sie beabsichtigt hatte. »Dass Sie gesagt haben, dass er ein netter Junge ist«, führte sie den Satz heiser zu Ende. Sie nahm Jennies Hand und schob ihr die gefalteten Geldscheine in die Handfläche und schloss ihre Finger darüber. Es waren dreihundert Dollar, alles, was sie am Geldautomaten abgehoben hatte.

»Aber, Ma'am ... ich kann nicht«, sagte Jennie.

»Doch. Das können Sie, meine Liebe. Tun Sie mir den Gefallen. Ich möchte mich gern erkenntlich zeigen, es wird *mir* helfen, verstehen Sie? Ich muss ... ich muss heute irgendjemandem etwas Gutes tun. Um etwas zu bewirken, und wenn es nur ein bisschen ist. Wenn Sie wollen, kaufen Sie dem Kind Ihrer Freundin ein Geschenk davon«, fügte sie lächelnd hinzu.

Einen Moment lang blieben ihre Hände umschlungen, und Colleen dachte: *Das – das ist genug*, dieses Wissen, dass sie die Bedürfnisse eines Kindes erfüllen konnte.

Aber die junge Frau, die die Geldscheine in ihrer Jeans verstaute, ohne überhaupt hinzusehen, wie viel es war, die entschlossen aufstand, während sie die Schlüssel aus der Tasche nahm, die ihre Hand kurz auf dem Türknopf ruhen ließ und sich noch einmal kurz umdrehte, um Colleen zuzunicken, war absolut kein Kind mehr.

»Warten Sie hier«, sagte sie. »Ich besorge Ihnen, was Sie brauchen.«

Kapitel 9

Shay hatte es geschafft, keine zweite Zigarette zu rauchen. Nun gut, keine dritte, wenn man die eine am frühen Morgen mitrechnete. Nur zwei, obwohl es schon fast Mittag war. Der Tag war schon halb um. Zwei an einem halben Tag, vier an einem ganzen; wenn sie das hinkriegte, wäre es okay. Zwar nicht perfekt, noch längst nicht, aber immerhin unter Kontrolle.

Sie zuckte zusammen, als Colleen ans Fenster der Beifahrertür klopfte. Sie schaltete die Zündung ein und beugte sich über den Sitz, um die Tür zu entriegeln; der automatische Mechanismus tat es schon seit einem Jahr nicht mehr.

Colleen stieg ein. In der Hand hielt sie eine große Einkaufstüte von Wal-Mart.

»Sind das die Sachen der Jungs?«

»Ja«, sagte Colleen angespannt. »Aber können wir losfahren? Ich will das nicht hier auspacken.«

Shay lenkte den Wagen auf die Straße und fuhr zurück in die Stadt. Sie konzentrierte sich darauf, unterhalb der Geschwindigkeitsbegrenzung zu bleiben. Auf halber Strecke sagte Colleen: »Es sind nur die Sachen von Taylor. In Pauls Zimmer waren keine mehr.«

»Hat er alles mitgenommen? Oder hat jemand seine Sachen weggeworfen?«

»Keine Ahnung, sie waren nicht da, mehr weiß ich auch nicht. Ob er sie mitgenommen hat … oder was auch immer.«

Shay hörte die Angst in Colleens Stimme. Sie überlegte, was das zu bedeuten haben konnte. Die Jungs waren am selben Tag verschwunden, soweit das überhaupt jemand wusste, aber das Zimmermädchen war erst am Freitag gekommen. Vielleicht war Paul ja aus irgendeinem Grund noch geblieben? Oder – auch wenn das sehr unwahrscheinlich schien – vielleicht hatte auch eins gar nichts mit dem anderen zu tun, und aus irgendeinem verrückten Zufall hatten beide Jungs getrennt voneinander – jeder aus einem anderen Grund – beschlossen zu verschwinden? Und beide hatten womöglich gar nichts von der Entscheidung des anderen gewusst.

Aber das wäre ja völlig verrückt, oder? Was hätte Sherlock Holmes gesagt? Dass man das Unmögliche ausschließen musste und dass das, was dann übrig blieb, die Wahrheit war? Zwei Jungs, gute Freunde, beschließen, ohne ein Wort darüber zu verlieren, am selben Tag unabhängig voneinander zu verschwinden – das war eigentlich unmöglich.

Dennoch. Die Dinge wiesen in zwei verschiedene Richtungen. Unterschiede tauchten auf. Zwei junge Männer. Zwei Individuen. Vielleicht hatten sie ja unterschiedliche Entscheidungen getroffen. Und auch wenn Shay auf der Suche nach der Wahrheit keinen Schritt weitergekommen war, musste sie sehr aufmerksam sein und durfte nie vergessen, dass das Offensichtliche eine Täuschung sein konnte.

»Ich traue diesem Miststück nicht«, sagte Shay und ließ die zerknautschte Minijalousie am Seitenfenster des Wohnmobils herunter. Brendas Auto stand in der Einfahrt. Bisher hatte sie jeden Tag von drei bis elf gearbeitet, und vermutlich hatte sie heute dieselbe Schicht. Aber wenn es ihr freier Tag war, dann war damit zu rechnen, dass sie sie den ganzen Abend durchs Fenster beobachtete.

Colleen legte die Wal-Mart-Tüte auf den Tisch. Shay setzte sich ihr gegenüber, nahm den Beutel und schüttete den Inhalt auf den Tisch. »Okay.« Kleidungsstücke – zerknüllt und mit dem schwachen Geruch nach Schweiß und Deo – kamen zum Vorschein, eine Taschenbuchausgabe von *Die Herren von Winterfell*, die jedoch ungelesen wirkte. Ein Plastiktütchen mit zwei Klumpen Marihuana sowie eine kleine gläserne Pfeife. Shay erkannte die Pfeife – sie hatte sie an Weihnachten entdeckt und ihm gedroht, sie wegzuwerfen, woraufhin Taylor nur gekontert hatte: »Wirklich, Mom?«, und ihr mit seinem typischen amüsierten, trägen Lächeln zu verstehen gegeben hatte, dass sie sich selbst zu ernst nahm. Außerdem hatte Taylor erst vor wenigen Jahren auf der Suche nach einer Kopfschmerztablette ihr eigenes kleines Versteck gefunden. Daraufhin hatten sie ein ernstes Gespräch geführt über das Erwachsensein und den Respekt vor den Entscheidungen des anderen, und außerdem rauchte sie es ja nur ab und zu mal, bla, bla, bla.

Shay betrachtete Colleen, um ihre Reaktion einzuschätzen. »Ist das …?«, fragte Colleen und wurde rot. »Ich will ja nicht urteilen. Ich bin mir nur nicht … ich weiß, dass …«

»Ja, es ist genau das, was Sie denken: Marihuana. Ich wusste, dass er welches dabeihatte.« Sie legte es beiseite und griff nach einer kleinen Tüte mit mehreren harten Gegenständen, die gegeneinander klapperten; die Tüte war fest zugeknotet. Mit einigem Unbehagen riss sie sie auf, aber sie enthielt nur Dinge, mit denen zu rechnen war – eine Zahnbürste, Zahnpasta, Schuppenshampoo, Duschgel, Deodorant, Lippenfettstift, Kondome. Sie legte die Sachen in eine Reihe nebeneinander und betrachtete sie.

»Paul benutzt dasselbe Duschgel«, sagte Colleen. »Von Axe. Ich fand immer, dass es gut riecht. Ich war überrascht, dass etwas aus dem Supermarkt so gut riechen kann.«

»Wirklich?« Shay schob die Finger in die Ecken der Einkaufstüte und drehte das Innere nach außen. Nichts, nicht einmal ausgelaufene Seife. »Kaufen Sie denn die Seife für Ihren Mann nicht im Supermarkt?«

»Doch, natürlich, aber von Kiehl's gibt es eine richtig gute ...«

»Was fehlt?«, fiel Shay ihr ins Wort, ein bisschen schärfer als nötig. »Seine Brieftasche. Seine Schlüssel. Die Sonnenbrille, obwohl, ich glaube, die hatte er immer in seinem Pick-up. Was noch? Was sonst tragen Jungs immer mit sich herum?«

Sie schwiegen beide einen Moment lang. »Paul hat eine Schlüsselkette mit Flaschenöffner«, sagte Colleen. »Die hat er zum Studienbeginn geschenkt bekommen. Aber da wären auch seine Schlüssel dran.«

»Taylor hat Flip-Flops mit Flaschenöffner in der Sohle. Aber die hat er zu Hause gelassen, wie all seine Sommersachen. Und sein Zimmer habe ich nicht angerührt. Er ist ziemlich ordentlich, und er würde es mir übel nehmen, wenn ich in seinen Sachen herumkrame.«

»Wow, da ist Paul ganz anders. Er geht völlig achtlos mit allem um. Ich wünschte ... Ich hätte ihn mehr dazu anhalten sollen, pfleglich mit seinen Sachen umzugehen. Aber wir hatten ja immer eine Putzfrau, und es hat mir nie etwas ausgemacht, die Wäsche zu waschen. Ich habe es sogar gern gemacht.« Sie wirkte plötzlich so verloren, dass Shay ihr die Bemerkung mit der Putzfrau verzieh. »Vielleicht weil er ein Einzelkind ist. In jeder Phase, bei jedem Geburtstag musste ich daran denken, dass der Zeitpunkt näher rückt, wo er weggehen wird.«

Shay musste schallend lachen. »Gott, ich nicht. Ich habe Brittany beigebracht, ihre Wäsche zu waschen, als sie acht war. Da war Taylor gerade mal vier, und er hat ihr geholfen.

Ich hatte damals zwei Jobs, und Frank, Taylors Vater, hat sich nicht oft blicken lassen.«

»Na ja«, sagte Colleen. »Das war doch gut so. Sie haben es gelernt, weil sie es lernen mussten. Ich hatte nie Gelegenheit, Paul so etwas beizubringen, diese Art von Selbstständigkeit. Für ihn ist immer alles gemacht worden, er hat nie gelernt, für sich selbst zu sorgen.«

»So schwer war das gar nicht«, erwiderte Shay. »Wenn sie was essen wollten, mussten sie herausfinden, wie man Makkaroni mit Käse macht. Glauben Sie etwa, ich wäre nicht viel lieber zu Hause geblieben und hätte das alles für sie getan?« Sie schüttelte den Kopf. »Nach Taylors Geburt hätten mir eigentlich sechs Wochen Mutterschaftsurlaub zugestanden, aber mein Boss hat mich schon nach drei Wochen angerufen und mir den anderthalbfachen Lohn geboten, wenn ich eher zurückkäme. So ein Angebot konnte ich damals unmöglich ausschlagen.« Sie wandte sich wieder Taylors Sachen zu. »Ach, sein Lieblings-T-Shirt«, rief sie aus und hielt es hoch. Es war ganz weich vom vielen Waschen, ein ausgebleichtes grünes Baumwollshirt, das Taylor während seiner Arbeit beim Y-Sportclub bekommen hatte. Auf dem Rücken stand sein Name, Capparelli, in Großbuchstaben.

Shay ging die Sachen weiter durch. Der Gürtel, den Brittany ihm zu Weihnachten geschenkt hatte. Shorts. Socken paarweise zusammengedreht, worüber sie lächeln musste – zu Hause warf er sie einfach nur in die Schublade, aber hier, in der Fremde, hatte er sich ihre Angewohnheiten zu eigen gemacht.

Dann entdeckte sie ein Hemd, das sie nicht kannte, seidig, marineblau mit einem blassgrünen Streifen. Sie hielt es sich ans Gesicht, aber es roch nur nach Waschmittel. Ob er es gekauft hatte, um auszugehen? Um sich für ein Mädchen schick zu machen? Sie schloss die Augen und hielt sich den weichen Stoff an die Wange und versuchte, sich das Mädchen vorzustellen, das seine Aufmerksamkeit erregt hatte und besonders genug war, einen solchen Kauf zu rechtfertigen.

Sie legte es auf die anderen Sachen und verstaute alles wieder in der Einkaufstüte. »Nichts. Nichts Außergewöhnliches jedenfalls. War wohl ein Flop.«

»Ich weiß nicht.« Colleen faltete die Hände und stützte das Kinn darauf. »Vielleicht im Moment. Sie sollten die Sachen erst mal beiseitelegen, möglicherweise erschließt sich später doch noch etwas. Lassen Sie es ein bisschen sacken, im Unterbewusstsein arbeiten, irgendwann kommt Ihnen vielleicht eine Idee.«

»So. Jetzt wissen Sie alles, was ich weiß«, sagte Shay. »Sie haben die Polizisten kennengelernt und die Unterkünfte gesehen. Ich hatte mir eigentlich vorgenommen, zu dem Bohrturm zu fahren, wo die Jungs gearbeitet haben, aber bei Hunter-Cole kriege ich keine Auskunft darüber, welcher es ist. Auf der Website des Ministeriums für Bodenschätze steht, dass Hunter-Cole im Ramsey County neun der siebenundzwanzig aktiven Bohrtürme betreibt. Wir könnten natürlich zu jedem einzelnen hinfahren, aber das dauert.«

»Wenn wir mit den Leuten von der Crew reden wollen, müssen wir die so bald wie möglich finden«, erwiderte Colleen. »Als Paul hergefahren ist, hat er gesagt, sie würden bis zum Sechsundzwanzigsten durcharbeiten. Ich hab's mir im Kalender notiert. Heute ist der Zweiundzwanzigste. Uns bleiben also nur vier Tage, danach sind die Arbeiter für die nächsten Wochen in alle Himmelsrichtungen verstreut.«

»Also müssen wir überlegen, wie wir sie finden. Mit den Vorgesetzten zu reden hat nichts gebracht. Wir müssen an die Kollegen rankommen. Wenn man mit denen unter vier Augen redet, sind die meisten ganz umgänglich.«

»Hat Taylor irgendwelche Namen genannt? Von Freunden? Von anderen Arbeitern, die ihn vielleicht näher gekannt haben könnten?«

»Ja, aber das Problem ist, dass die sich untereinander nur mit Spitznamen anreden. Dukey und Tailbone, was weiß ich. Ich habe ihn nie nach Familiennamen gefragt. Warum auch?«

»Hören Sie, Shay.« Colleen hob ein T-Shirt von Taylor auf, das auf den Boden gefallen war, und begann, es mit raschen, geschickten Bewegungen zu falten. »Ich habe nachgedacht. Sie haben doch dieses Wohnmobil hier gefunden, obwohl es hieß, hier gäbe es nichts.«

»Na ja, aber nur deshalb, weil diese dumme Kuh von Brenda nie auf die Idee gekommen ist, das Wohnmobil zu vermieten. Abgesehen davon, dass es sowieso nicht legal ist und die Kiste total beschissen ist. Ich wette, dass sie ein Schild raushängt und das Doppelte verlangt, sobald wir weg sind.«

»Was ich sagen will, ist, wenn es eine solche ... Lösung gibt, müsste es auch noch andere geben. Richtig?«

»Worauf wollen Sie hinaus, Col?«

»Also, ich will den Detektiv herholen, den mein Mann und ich angeheuert haben. Der kommt mit dem nächsten Flugzeug, wenn ich ihm garantieren kann, dass er eine Unterkunft hat. Und er würde nach unseren *beiden* Jungs suchen, Shay, nicht nur nach Paul.«

Shay sah sie argwöhnisch an. »Moment mal. Wollen Sie mich etwa bitten, ihm das Wohnmobil zu überlassen? Ich denk ja nicht dran.«

»Nein, nein, das sag ich doch gar nicht. Aber es ist jetzt vier Uhr, und wenn ich jetzt anfange herumzutelefonieren ... Ich will es noch mal bei allen Motels versuchen, und während ich das probiere, könnten Sie doch – Sie haben schließlich auch dieses Wohnmobil aufgetrieben. Vielleicht könnten Sie versuchen herauszufinden, ob es vielleicht doch noch was anderes gibt. Reden Sie mit den Leuten an der Fernfahrerraststätte, Sie können besser mit denen als ich. Wenn wir ein Zimmer finden, könnte Steve in vierundzwanzig Stunden hier sein.«

»Was soll das heißen, ich kann *besser mit denen*?«, fauchte Shay. »Sie halten mich wohl für den letzten Dreck? Soll ich da vielleicht mit den Titten wackeln, oder was?«

»Das habe ich doch nicht gemeint«, sagte Colleen entgeistert.

»Tut mir leid«, murmelte Shay. Sie fragte sich, was mit ihr los war und warum sie auf alles, was Colleen sagte, so heftig reagierte.

»Ich meinte doch nur, weil Sie so gut aussehen und so kontaktfreudig sind.«

»Klar«, erwiderte Shay mit einer wegwerfenden Handbewegung. »Aber angenommen, wir holen ihn morgen her, was dann? Was genau glauben Sie, dass der Mann – wie hieß er noch?«

»Gillette. Steve Gillette.«

»Also gut, Steve. Sie holen ihn her, und was macht er? Geht zur Polizei, zur Lodge – wo Sie Beweismittel gestohlen haben, wenn ich Sie daran erinnern darf –, dann sitzt er genauso dumm rum wie Sie und ich und zerbricht sich den Kopf, was er als Nächstes tun soll, nur dass inzwischen schon wieder ein paar Tage vergangen sind. Was wäre daran besser?«

»Er ist Profi.« Colleens Tonfall wurde flehend, aber in ihrem Blick lag noch etwas Schlimmeres. Panik. Angst. Zwei Gefühle, die den Schwung, den sie im Moment hatten, in sich zusammenfallen lassen konnten.

»Ich werde mich auf keinen Fall raushalten«, sagte Shay. »Ich bleib doch nicht auf meinem Arsch sitzen und schau, wie so ein kleiner Wichser von Detektiv sich auf unsere Kosten einen Lenz macht.«

Colleen zuckte zusammen, und Shay bereute ihre Wortwahl. Sie wurde eben schnell ausfallend, wenn sie wütend war, und darauf war sie wirklich nicht besonders stolz, aber zwischen ihr und Taylor war das nie ein Problem gewesen, weil er wusste, wie er mit ihr umgehen musste. Dieses lässige Grinsen, dieses »Im Ernst, Mom?«. Er hatte begriffen, dass sie zwar laut bellte, aber nicht biss. Wenn er doch bloß hier wäre ...

»Er ist Expolizist«, sagte Colleen ruhig. »Elf Jahre Dienst in Boston.«

»Meinetwegen Exelitesoldat. Es ist nicht sein Sohn, der verschwunden ist, verdammt noch mal, und deswegen wird er sich auch niemals so da reinhängen wie wir.«

»Shay, bitte.« Als Shay sah, dass Colleen drauf und dran war, in Tränen auszubrechen, presste sie die Lippen zusammen und ließ sie ausreden. »Ich behaupte doch nicht, dass er das ersetzen kann, was wir hier tun, oder dass wir uns zurückziehen sollen. Er könnte uns aber unterstützen und die Suche ein bisschen strukturieren. Wir könnten von seinem Insiderwissen und seiner Erfahrung profitieren, und er könnte vielleicht einen Plan entwickeln. Natürlich in Abstimmung mit uns. Und ich bezahle das alles. Regen Sie sich nicht schon wieder auf«, fügte sie hastig hinzu. »Ich will hier nicht mit Geld um mich werfen. Aber es ist einfach ein Hilfsmittel, etwas, das wir benutzen können. Lassen Sie mich das tun, okay? Es ist wenigstens etwas, was ich tun kann, nehmen Sie mir das nicht. Bitte.«

Shay verkniff sich eine bissige Erwiderung. Colleen hatte das erste T-Shirt gefaltet und zog jetzt die anderen aus der Tüte, die sie ebenfalls zu perfekten Rechtecken faltete, so präzise, wie Shay es nie hinbekommen hatte, als sie sich noch um die Wäsche all der Leute gekümmert hatte, die über die Jahre in ihr Leben getreten und schließlich wieder verschwunden waren.

»Okay«, sagte sie. »Vorschlag zur Güte: Sie machen Ihre Anrufe. Von mir aus rufen Sie jedes Hotel im County an, wenn Sie wollen. Ich lege mich derweil hin. Wenn Sie fertig sind, fahren wir in die Stadt, gehen was essen und reden mit den Leuten. Ich habe schon eine Idee, wo wir anfangen. Wenn – *falls* – wir kriegen, was wir brauchen, nämlich die Information, auf welchem Bohrturm die Jungs gearbeitet haben, dann können wir uns den Rest des Abends damit beschäftigen, eine Bleibe für Ihren Cop zu finden.«

»Er ist nicht mein Cop«, entgegnete Colleen. »Aber danke. Die Telefonnummern habe ich alle ausgedruckt, sehr lange werde ich nicht dafür brauchen.«

»Hier.« Shay holte ihr iPad aus der Tasche, gab einen Suchbefehl ein und drehte ihn dann zu Colleen hin. »Für den Fall, dass Ihnen eine entgangen ist.«

Sie nahm Taylors gefaltete Sachen und schob sie zurück in die Plastiktüte, bis auf das grüne Shirt mit Taylors aufgedrucktem Namen, das sie mit ihrem Körper verdeckte. Sie legte sich mit dem Handy auf ihre Pritsche, schob sich die Stöpsel in die Ohren und wählte ihre Verzweiflungs-Playlist, die sie für die schlimmsten Zeiten gespeichert hatte. Lucinda Williams sang *Those Three Days*. Shay machte die Musik so laut, dass sie Colleens Stimme übertönte und ihre eigenen Gedanken verdrängte, dann rollte sie sich auf den Bauch und schob ihr Gesicht tief in die Kissen, bis sie von völliger Dunkelheit umgeben war.

Sie drückte sich das T-Shirt an die Nase und atmete den Geruch der fadenscheinigen Baumwolle ein; sie sehnte sich nach einer Spur von ihm, nach einem schwachen Überrest seines Geruchs, der sie zu ihm führen könnte. Aber Taylor hatte seine Wäsche mit einem Waschmittel gewaschen, das Shay nicht benutzte, und auch wenn sie es sich noch so sehr wünschte, roch das Shirt doch nur nach dem Sohn irgendeiner anderen Mutter.

Kapitel 10

Die Barsche hingen schwer an der Leine, an den Schuppen schmolzen die Eisflocken. T. L. hatte sie auf dem zugefrorenen See gleich neben dem Loch ausgenommen, das er mit Myrons Handbohrer freigelegt hatte. Die Eingeweide schimmerten im Blut, das langsam ins Eis sickerte. Die Sonne ließ die blutigen Schuppen wie Edelsteine glitzern. Wenn er in einer Woche wieder herkäme, wäre das Gedärm längst von Aasfressern vertilgt und die Blutflecken überfroren.

T. L. warf die Fische auf den Stahltresen des Swann's. Vier fette Exemplare hatte der Chefkoch bestellt, genug für das Tagesgericht. Also hatte T. L. zwei übrig, die er mit nach Hause nehmen konnte, einen fürs Abendessen und einen zum Einfrieren. Der Geschäftsführer, ein hagerer, blinzelnder Mann namens Cory, nahm drei nagelneue Zwanziger aus der Schublade. »Gut gemacht«, sagte er. »Vielleicht brauchen wir nächste Woche noch einen mehr, mal sehen, wie gut sie jetzt gehen.«

T. L. nickte, während er zu der Durchreiche spähte, wo die Kellnerinnen die Teller entgegennahmen. Er hielt Ausschau nach Kristine.

Nachdem er Corys Beschwerden über den Tellerwäscher, der die ganze Woche unpünktlich erschienen war, über sich hatte ergehen lassen und die Hände im Spülbecken gewaschen hatte, gab er es auf. »Ist Kristine heute da?«, fragte er so beiläufig wie möglich.

»Ja. Im Moment ist noch nicht viel los, geh ruhig rein und sag hallo, wenn du willst«, antwortete Cory, der schon wieder unterwegs in sein Büro war. Der Koch, dessen Namen T. L. sich nicht merken konnte, der mit dem Tattoo am Hals, das aussah wie eine extra Reihe Zähne, hatte sich die Fische vom Tresen genommen, den ersten bereits mit seiner vernarbten, fleischigen Hand geöffnet und aufgeklappt und überlegte, wie er sie am besten in zwei Portionen zerteilte. Mit einer Kruste aus Parmesan und Knoblauch kostete Barschfilet dreißig Dollar. T. L. konnte es nur recht sein. Für ihn bedeutete es sechzig Dollar für einen Nachmittag auf dem Eis, einen Samstagnachmittag, an dem er sowieso nichts anderes zu tun hatte.

T. L. holte tief Luft und trocknete sich die Hände an seiner Jeans ab, die er sich beim Ausnehmen der Fische an den Knien schmutzig gemacht hatte. Er trug seine alte Jacke, die wärmer war als der North-Face-Parka, den Myron ihm zu Weihnachten geschenkt hatte; die Ärmel waren zu kurz, das Futter war eingerissen, aber das speckige Sämischleder hielt ihn wärmer als der neue Parka. Es war nicht zu übersehen, dass T. L. gerade vom Eisfischen kam, und dieses Restaurant war der einzige Ort in der Stadt, wo selbst die Arbeiter von den Bohrtürmen ihre guten Sachen trugen. Nicht dass es viele waren: Hierher kamen vorwiegend Manager aus den Firmenzentralen in Texas und Kalifornien.

T. L. konnte nichts daran ändern, wie er aussah. Als er die Schwingtüren aufstieß, sah er sie mit einer dunkelhaarigen jungen Frau bei der Kaffeemaschine. Kristine kniete vor einem Regal, nahm Filter aus einer Plastikverpackung und reichte sie der anderen Kellnerin, die sie auseinanderpflückte und dabei laut zählte.

»Kristine.« T. L. blieb erwartungsvoll in einiger Entfernung stehen, die Hände in den Taschen. Die Dunkelhaarige schenkte ihm ein Lächeln und schob sich eine Strähne hinters Ohr. Kristine ließ sich Zeit damit, den nächsten Packen Filter aus dem Plastik zu lösen, bevor sie aufstand.

Sie war auf ihn vorbereitet. Sie sah ihn weder lächelnd noch fragend an, sondern mit einem gleichgültigen Gesichtsausdruck, der ihm sagte: *Vergiss es.* Bei ihrem Aussehen kassierte sie in so einem teuren Restaurant garantiert eine Menge Trinkgeld, dachte T. L., vor allem wenn sie einem Gast den zweiten oder dritten Drink servierte.

»Hättest du irgendwann mal Zeit?«, fragte er erschöpft, so als hätte er sie das schon tausendmal gefragt. In Wirklichkeit war es nur ein einziges Mal gewesen. »Wann ich mal rüberkommen kann.«

»Ich muss mich um die Gäste kümmern«, erwiderte sie, obwohl im Moment nur drei Tische besetzt waren. In einer Stunde würde der Laden rappelvoll sein, und daran würde sich bis Feierabend nichts ändern.

»Ich könnte dich anrufen.«

»Klar«, sagte sie, aber beide wussten, dass sie das nur sagte, weil die andere Kellnerin in Hörweite war. Sollte er anrufen, würde sie nicht ans Telefon gehen. Egal, wie oft er es versuchte.

»Also dann«, sagte T. L. und wandte sich zum Gehen.

»Ich bin echt neidisch«, sagte die dunkelhaarige Kellnerin, und die beiden drehten sich verwundert um. Sie war auf eine Art hübsch, die sich vielleicht noch zehn Jahre halten würde, bevor ihr Haar seinen Glanz verlieren und sie an Hals, Armen und Taille zulegen würde. Sie sprach auf eine merkwürdige Weise vorsichtig, um ihre schiefen Zähne zu verbergen.

»Wegen L. A.!«, fügte sie hinzu und lief rot an. »Ich bin noch nie über Colorado rausgekommen.«

»Ach so«, sagte T. L. Das meinte sie. Er hatte geglaubt, alle wüssten Bescheid. Sein Blick fiel auf die Kaffeekanne, die mit dem Griff nach außen auf der Heizplatte stand; wenn jemand zufällig dagegenstieß, würde sich der heiße Kaffee überall verteilen. »Ich bleibe hier. Hab's mir anders überlegt.«

»Ich werd verrückt!« Sie sah ihn mit großen Augen an. »Ich dachte, du kriegst ein Stipendium für das Kunststudium? Für Minderheiten? Ich hab deine Sachen gesehen, als die Ausstellung in der Bibliothek war. Du bist richtig gut.«

»Tja ...« Noch ein verlegenes Achselzucken, während er einen Schritt rückwärts in Richtung Schwingtüren machte. »Vielleicht nächstes Jahr. Ich mach im Herbst ein paar Kurse in Minot. Ich kann im Moment nicht hier weg. Muss meinem Onkel helfen.«

Er schob die Türen mit der Hüfte auf. Bevor er ging, suchte er noch einmal Kristines Blick, der kalt und hart war. Aber es war doch alles nicht seine Schuld gewesen. Wieso konnte sie das denn nicht verstehen?

Kapitel 11

Während Colleen ihre Anrufe erledigte, schlief Shay tief und fest. Sie wirkte so friedlich, wie sie eingerollt auf dem Bett lag, das Gesicht zur Wand. Colleen dagegen wurde mit jedem Anruf deprimierter. In einem der Motels meldete sich niemand. Beim nächsten verkündete der Anrufbeantworter: »Wir sind zurzeit ausgebucht, und vor dem siebzehnten Januar ist nicht mit freien Zimmern zu rechnen.« Wenn Colleen überhaupt jemanden an der Strippe hatte, bekam sie immer das Gleiche zu hören: Auf absehbare Zeit kein freies Zimmer; alles war längst im Voraus von Firmen oder Einzelpersonen gebucht worden.

Sie war immer noch dabei, die Liste abzuarbeiten – Shay hatte die Nummern von Motels im Umkreis von achtzig Kilometern zusammengetragen –, als Shay wach wurde und sich umzog. Oder vielmehr ihr T-Shirt wechselte und den weichen Pulli mit Wasserfallausschnitt gegen ein goldgesprenkeltes, tief ausgeschnittenes, schulterfreies Top tauschte. Anschließend verschwand sie mit ihrer Kosmetiktasche im Bad und blieb dort so lange, dass Colleen Zeit hatte, Andy anzurufen. Sie erzählte ihm von ihrem Tag und erfuhr, dass es bei ihm nichts Neues gab. Als Shay wieder herauskam, war sie von einer Parfümwolke umgeben, hatte reichlich Lidschatten und klebrig wirkenden dunkelrosafarbenen Lipgloss aufgelegt und ihr lockiges Haar zu einer wilden Mähne geföhnt, die ihr um die Schultern fiel.

Colleen wagte erst gar nicht zu fragen, warum Shay sich fein gemacht hatte. Besser gesagt aufgedonnert wie ein Flittchen, aber vielleicht war das ja Mode in Kalifornien. Sie hatte das Gefühl, im Moment konnte sie sagen, was sie wollte, Shay würde in jedem Fall an die Decke gehen, selbst wenn es neutral gemeint war. Gut, sie war in Shays Leben eingedrungen, in ihre verzweifelte Suche nach Taylor. Es war mehr als großzügig, dass Shay sie bei sich aufgenommen hatte. Und es wirkte irgendwie unbeholfen, dass sie diese Großzügigkeit mit der einzigen Währung zu vergelten suchte, über die sie verfügte, nämlich mit Geld. Trotzdem würde sie es weiterhin versuchen, schließlich waren sie aufeinander angewiesen.

Anstatt sich also über Shays Kriegsbemalung und das freizügige Top auszulassen, schnappte sich Colleen ihr eigenes Kosmetiktäschchen und trug Lippenstift, Lidstrich und Wimperntusche auf. Unzufrieden mit dem Ergebnis nahm sie ihren Abdeckstift und bemühte sich nach Kräften, ihre dunklen Augenringe zu verbergen.

Beim Zurücksetzen zeigte Shay der Vermieterin, die nicht zu sehen war, den Stinkefinger und eröffnete Colleen, sie würden zum Wal-Mart fahren.

»Ich hatte befürchtet, dass Sie sich weigern würden mitzukommen«, fügte sie hinzu. Colleen war nicht klar, ob Shay sich über sie lustig machte.

»Ich habe schon unzählige Male bei Wal-Mart eingekauft«, protestierte sie. »Wir haben einen in Salem. Auf dem Weg zum Strand gehen wir dort immer hin.«

»Na ja, der in Lawton ist ein bisschen anders. Angeblich ist in keinem Wal-Mart so viel los wie in diesem hier. Jeder, und ich meine *jeder* in diesem verdammten Kaff, scheint da hinzugehen. Die Männer, die um sieben von der Schicht kommen, fahren alle auf dem Heimweg da vorbei.«

»Aber wie sollen wir denn mit denen reden?«

»Also, Hunter-Cole ist derzeit einer der größten Arbeitge-
ber in der Stadt. Kann eigentlich nicht so schwer sein, einen
zu finden, der da arbeitet.«

»Das beantwortet aber noch nicht meine Frage, wie wir
mit ihnen *reden* werden.«

Shay warf Colleen einen amüsierten Blick zu. »Haben Sie
noch nie ein Gespräch in der Gartenabteilung angefangen?
Auf diese Weise habe ich einen Typen kennengelernt, wir waren sechs Monate zusammen. Ich hab ihn gefragt, ob er mir
helfen kann, ein Stück Abflussrohr auszusuchen.«

»Das ist nicht Ihr Ernst!«

»Aber sicher. Ich hätte gar keine Hilfe gebraucht, aber das
Rohr war schon beeindruckend, wenn Sie verstehen, was ich
meine.«

Colleen spürte, wie sie rot anlief und ihr ganz heiß wurde.

»Tut mir leid«, sagte Shay nach einer Weile. »Ich wollte Sie
nicht in Verlegenheit bringen. Darf ich fragen, wie lange Sie
schon verheiratet sind?«

»Zweiundzwanzig Jahre. Unser Hochzeitstag war im letzten Oktober.«

»Wow! Alle Achtung.«

»Und Sie … waren Sie lange verheiratet?«

»Nein, wir haben es nur ein paar Jahre geschafft. Wir waren noch schrecklich jung … und, na ja, ich brauchte einen
Vater für mein Kind.«

»Ach – waren Sie schwanger?«

»Nein, ich meine, für mein erstes Kind. Meine Tochter
Brittany. Ich hab sie mit siebzehn gekriegt. Sie ist jetzt dreiundzwanzig. Ihr Vater hat nie wirklich eine Rolle gespielt.
Ich habe bei meiner Mutter gelebt, als sie ein Baby war, aber
als sie zwei war, hab ich schließlich meinen Highschool-Ab-

schluss gemacht und einen Job gefunden. Ich wollte nicht den Rest meines Lebens bei meiner Mutter wohnen, und als Frank mir dann einen Heiratsantrag gemacht hat, hatte ich das Gefühl, dass alles stimmte. Gott hab ihn selig«, sagte sie mit einem liebevollen Lächeln.

»Sie sind also mit ihm befreundet geblieben?«

»Ja, bis er gestorben ist. Da war Taylor zwei und ich dreiundzwanzig. Wir waren schon geschieden. Und es war ein verdammtes Pech, weil ich nämlich Anspruch auf eine Witwenrente gehabt hätte, aber der Trottel musste unbedingt im Heimaturlaub sterben, betrunken auf dem Motorrad anstatt im Krieg im Irak. Hätte, wäre, so war mein Leben damals. Aber ich hab ihn immer noch geliebt, und wir hatten schon drüber geredet, wieder zusammenzukommen.«

»Gott, das tut mir leid«, sagte Colleen und dachte: *Zwei Kinder von zwei Männern, als sie gerade mal einundzwanzig war, praktisch selbst noch ein Kind.* Andy und sie hatten Paul bekommen, als sie dreiunddreißig war, und dann auch erst nach zwei Anläufen mit künstlicher Befruchtung. »Sind Sie ... gibt es ... ich meine, es geht mich eigentlich ja gar nichts an.«

»Ob ich einen Freund hab? Eigentlich nicht. Was wohl so viel heißt, nur wenn ich zu viel getrunken hab.« Shay lachte, aber Colleen hatte das Gefühl, dass auch eine Spur Traurigkeit mitschwang. »Also nicht, dass Sie mich falsch verstehen, ich schleppe keine Männer aus Kneipen ab oder so was. Wenn ich mich einsam fühle, dann weiß ich, wen ich anrufen kann. Alles alte Freunde. Aber die meiste Zeit bin ich allein, eigentlich seit der Trennung von Taylors Vater. Ich bin schon hin und wieder mit Männern ausgegangen, aber es ist nie was Ernstes draus geworden, vor allem weil ich keinen den Kindern vorstellen wollte, solange es keine richtige Beziehung war. Ich hab mir immer gesagt, wenn Taylor erst mal aus dem Haus ist, kann ich mich immer noch nach dem Richtigen umsehen. Vielleicht übers Internet, machen offenbar ja viele. Ich hab Freundinnen, die haben auf diesem Weg einen kennengelernt und sogar geheiratet.« Als sie einen Moment schwieg, überlegte Colleen, was sie sagen konnte, aber bevor ihr irgendetwas einfiel, fuhr Shay fort: »Vielleicht bin ich auch schon zu lange unabhängig, vielleicht ist es einfach schon zu spät, noch mal mit einem Mann zusammenzuleben. Ich bin zu sehr daran gewöhnt, meine eigenen vier Wände zu haben und meine eigenen Entscheidungen zu treffen. Ach, was weiß ich.«

»Ich habe Andy an der Uni kennengelernt«, sagte Colleen spontan. »Ich war einundzwanzig. Er war mein erster fester Freund. Ich war zwar schon mit einigen ausgegangen, aber das war nie etwas Festes.«

»Lieben Sie ihn?«

Es war nicht die Unverblümtheit der Frage, die Colleen innerlich erstarren ließ – es war eher ihr winziges Zögern, bevor sie sagte: »Natürlich.« In diesem Bruchteil einer Sekunde wurde ihr bewusst, dass sie keine Ahnung hatte, ob sie Andy noch liebte oder nicht. Sie sagte jeden Tag: »Ich liebe dich.« Das war ihr seit ihrer Hochzeit immer wichtig gewesen, aber die Worte kamen ihr nun leer vor, wie eine beiläufige Geste, so wie man einen Putzlappen auswringt, bevor man ihn aufhängt, oder so wie Andy zweimal die Schuhe auf der Kokosmatte vor der Tür abstreifte, bevor er ins Haus trat. Gewohnheit. Ritual. Beides wichtig für die Menschen, vielleicht vor allem für Colleen, die auf einen regelmäßigen Lebensrhythmus angewiesen war, um gelassen bleiben zu können – aber war es Liebe? Vor allem im letzten Jahr, als sich die Distanz zwischen ihnen zu einem Abgrund ausgewachsen hatte, was Colleen auf die Spannungen mit Paul geschoben hatte. Waren sie inzwischen schon so weit voneinander entfernt, dass sie den Weg zurück nicht mehr finden konnten?

»Doch, ich liebe ihn«, sagte sie mit Nachdruck. »Er ist ein wunderbarer Ehemann. Und Vater. Er ist … gut zu Paul.«

»Dann hat Paul ja Glück. Okay, da wären wir.«

Völlig versunken in das Gespräch hatte Colleen nicht registriert, dass sie beim Wal-Mart angekommen waren. Es hatte wieder zu schneien begonnen, und dicke, flauschige Schneeflocken pappten immer wieder auf der Windschutzscheibe. Unter dem neuen Schnee war der Parkplatz eisglatt; Colleen sah einen Mann auf dem Weg zum Laden ausrutschen und beinahe stürzen.

»Wir können es nicht riskieren, dass Sie sich verletzen. Sie brauchen ein Paar neue Stiefel.«

Colleen lachte, merkte aber dann, dass Shay es ernst meinte. »Die hier sind okay. Die sind wirklich bequem.«

»Das Salz wird das Leder zerfressen. Außerdem spielt es gar keine Rolle, wie bequem sie sind, wenn sie kein Profil haben und nicht packen. Wir können es uns einfach nicht leisten, dass Sie sich ein Bein brechen.«

»Wieso kennen Sie sich eigentlich so gut mit Schnee aus?«

»Fairhaven liegt nur anderthalb Stunden von Tahoe entfernt. Ich bin im Winter immer mit den Kindern da raufgefahren.«

»Zum Skifahren?«

»Nein, zu teuer. Da oben konnte man neben dem Highway parken, da hatten sie am Abhang eine Rodelbahn eingerichtet. Wir haben uns Brote eingepackt, und die Kinder sind den ganzen Tag Schlitten gefahren, und wenn uns kalt war, haben wir uns im Auto aufgewärmt. Ich hatte immer extra Handschuhe mit, falls sie nass wurden. Aber irgendwann waren die Schneehosen völlig durchnässt, dann war Schluss, und wir sind nach Hause gefahren. Sie haben dann auf dem ganzen Rückweg geschlafen … Diese Heimfahrten mit den schlafenden Kindern auf dem Rücksitz waren das Beste.« Sie musste bei der Erinnerung lächeln. »Also gut, Stiefel. Ich wette, Sie haben auch keine dicken Socken dabei, stimmt's? Und dann brauchen wir Lebensmittel, damit wir uns im Wohnmobil mal was zu essen machen können. Vielleicht auch Bier. Was noch?«

»Ich … ich glaube, ich brauche nichts.«

»Wenn wir zu den Bohrtürmen rausfahren, brauchen Sie bessere Handschuhe und eine Mütze.«

»Mein Mantel hat eine Kapuze«, sagte Colleen.

»Das Ding da? Die sieht mir nicht so aus, als würde sie überhaupt oben bleiben.«

»Aber wir werden uns doch nicht draußen aufhalten, oder?«

»Die Bohrtürme sind nicht gerade luxuriös. Die Männer, die da draußen arbeiten, sind dem Wetter ausgesetzt. Taylor hat mir Geschichten erzählt von Männern, die erfroren sind, als sie zu einem der Materialschuppen rausgegangen sind und nicht mehr zum Bohrturm zurückgefunden haben. Drinnen gibt's wohl irgendeine Art Heizgerät, aber er hat gesagt, dass es trotzdem eiskalt ist. Außerdem rechne ich nicht gerade mit einem freundlichen Empfang. Wir müssen uns darauf einstellen, wenn nötig draußen zu warten.«

»Okay.« Colleen nickte. Das würde sie schaffen. Es war ja nur ein Paar Stiefel.

Langsam und mit eingezogenem Kopf, um sich gegen den Wind und das Schneetreiben zu schützen, stapften sie über den Parkplatz. Zweimal rutschte Colleen aus und wäre beinahe gestürzt, und sie suchte Halt an den Ladeflächen und den großen metallenen Stoßstangen der Pick-ups.

»Wieso parken die dahinten?«, fragte sie und zeigte zum Ende des Parkplatzes, wo ein Dutzend Pick-ups nebeneinander standen.

»Das sind die, die im Auto schlafen, weil sie kein Zimmer haben. Die Frau in der Kirche hat mir erzählt, dass es im Herbst so viele waren, dass Wal-Mart die meisten weggeschickt hat, um die Parkplätze für die Kunden frei zu halten.«

»Das ist doch bestimmt nicht legal?«

»Natürlich nicht, aber Wal-Mart erlaubt es normalerweise im ganzen Land. Frank und ich hatten für die Flitterwochen einen Wohnwagen gemietet, den wir mit seinem Jeep bis nach Mexiko gezogen haben. Unterwegs haben wir immer auf Wal-Mart-Parkplätzen Rast gemacht. Und in Mexiko konnten wir direkt am Strand bleiben ... wunderschön. Hier, wir brauchen einen Einkaufswagen.«

Sie übernahmen einen Einkaufswagen von einem Mann, der gerade seine Einkäufe ins Auto geladen hatte. Als sie den Eingang erreichten, verstand Colleen, warum: In den vorgesehenen Buchten gab es keine mehr. Vor dem Eingang hatte sich eine Schlange gebildet. Es waren fast alles Männer, wie überall sonst, wo sie bisher gewesen waren.

Als sie eintraten, schlug ihnen heiße Luft entgegen. Dieser Wal-Mart war erheblich größer als der in Salem; die komplette rechte Seite des Ladens wurde von einer riesigen Lebensmittelabteilung eingenommen. Ganz vorn standen Behälter mit Fanartikeln: T-Shirts mit dem Logo der Minot-Muskies-Hockeymannschaft, achtlos übereinandergestapelt, unabhängig von der Größe. Und ein Spezialständer mit Jalapeño-Doritos.

»Gehen Sie weiter«, sagte Shay und schob sie am Arm vorwärts zur Gemüseabteilung. Ein Mann stellte sich ihnen in den Weg und sagte: »'n Abend, die Damen.« Doch Shay umkurvte ihn, ohne ihn zu beachten. Colleen beeilte sich hinterherzukommen.

Sie schafften es bis zu den Milchprodukten, als ein anderer Mann – untersetzt, rothaarig, um die vierzig mit einem Dreitagebart und mit Haar, das ihm von einer Mütze am Kopf klebte – ihren Wagen mit der Hand anhielt und sich davorstellte. »Gott, was für schöne Augen«, sagte er zu keiner der beiden Frauen im Besonderen.

»Ach ja? Verpiss dich.« Shay zog den Wagen ein Stück zurück und rammte ihn gegen die Schienbeine des Mannes, der fluchend einen Satz zur Seite machte. Aber selbst jetzt noch rief er hinter ihnen her: »Ach! Auch noch heißblütig! Kommt mit! Ich geb einen aus.«

»Als ich neulich hier war, hat mich die Kassiererin gewarnt«, sagte Shay und nahm eine Tüte Milch. »Sie meinte, die meisten Frauen kommen abends gar nicht erst her. Auf dem Parkplatz sind schon Frauen vergewaltigt worden. Heißt es zumindest. Angeblich sogar Männer.«

»Wie bitte?« Colleen war entsetzt.

»Männer von Männern. Die sind eben verzweifelt, wissen Sie.«

»O Gott! O nein!« Colleen war ganz schwindlig. »Warum arbeitet sie denn dann hier? Die Kassiererin?«

»Na ja, erstens ist sie über siebzig und hat Haut wie Leder, da lassen sie sie ja vielleicht in Ruhe. Und zweitens zahlen sie hier doppelt so viel wie in allen anderen Wal-Marts, dazu noch ein Antrittsgeld, wenn man sich für drei Monate verpflichtet.«

Kopfschüttelnd versuchte Colleen, all diese Informationen zu verdauen. Vor sich lenkte ein gedrungener Mann den Einkaufswagen in den Gang für Bürobedarf und nahm eine Packung Briefumschläge aus dem Regal. Colleen war wie

elektrisiert. Es war seine Mütze, die ihre Aufmerksamkeit erregte – oder vielmehr das Logo, das vorn aufgenäht war: eine
stilisierte Palme über einem geschwungenen Schnörkelmuster.

Das Logo von Hunter-Cole Energy.

Sie rannte hinter ihm her, bevor sie es sich anders überlegen konnte, und ließ Shay mit dem Einkaufswagen stehen.
Bis sie ihn einholte, war er bereits am Ende des Gangs um
eine Ecke gebogen. Er stand nachdenklich vor einem Regal
mit Knabberzeugs, Hunderten von Tüten mit Nüssen, Bre-
zeln und Chips in allen Formen und Geschmacksrichtungen.

»Entschuldigung.«

Der Mann blickte sich überrascht um. Er war kräftig, etwa
Ende dreißig, schätzte Colleen. Seinen unförmigen Anorak
und die Handschuhe hatte er ausgezogen und in den Einkaufswagen gelegt. Auf dem Anorak lagen die Briefumschläge, ein Päckchen billige Kugelschreiber, ein Sixpack mit
Energy-Drinks, eine Packung Minisalamis – und eine Stoff-
puppe mit weichen Stoffturnschuhen.

»Meinen Sie mich?«, fragte er und sah sich um. Außer ihnen beiden befand sich niemand in dem Gang. »Kann ich Ihnen behilflich sein?«

»Sie arbeiten bei Hunter-Cole, ist das richtig?« Colleen
zeigte auf seine Mütze, und der Mann fasste sich verlegen an
den Kopf.

»Ja, stimmt.«

»Haben Sie die jungen Männer gekannt, die verschwunden sind? Paul Mitchell und Taylor Capparelli? Fliege und
Wal?«

Seine Augen wurden schmal, und er wich einen Schritt zurück. »Sind Sie von der Presse?«

»Wie bitte? Nein, nein. Ich bin seine Mutter. Pauls Mutter.«

Der Mann blieb stehen, und plötzlich lag Mitgefühl in seinem Blick. »Ach so. Also, die ganze Sache tut mir sehr leid.«

Shay kam gerade mit dem Einkaufswagen um die Ecke. Der Mann sah zu ihr hin. »Ist das ...?«

»Taylors Mutter. Hören Sie, können wir mit Ihnen reden?«

»Worüber? Ich hatte nicht direkt mit den beiden zu tun. Ich war auf einem anderen Bohrturm. Letzten Herbst habe ich mal kurz mit Taylor zusammengearbeitet, aber dann starb mein Vater, und als ich zurückkam, wurde ich einer anderen Mannschaft zugeteilt.«

»Aber Sie arbeiten doch immer noch bei Hunter-Cole, oder? Bitte, können wir mit Ihnen sprechen? Nur ein paar Fragen?«

»Ich weiß nicht, ob ich Ihnen irgendwas sagen kann. Ich habe ihn seitdem kaum gesehen.«

»Nur ein paar allgemeine Fragen. Ich habe schon verstanden, dass Sie die beiden nicht gut kennen. Aber irgendwo müssen wir ja anfangen.«

»Hören Sie, Ma'am. Wir unterschreiben hier alle eine Verschwiegenheitsvereinbarung. Ich könnte meinen Job verlieren, wenn ich mit Ihnen rede.«

»Wir werden niemandem davon erzählen, das verspreche ich.« Colleen spürte, wie ihr vor Verzweiflung die Tränen kamen. »Mit jedem Tag – jeder Minute, die vergeht – wird die Spur kälter, verstehen Sie das? Bitte. Haben Sie Kinder, Mr ...?«

»Himmel, nennen Sie mich Roland, okay? Einfach Roland. Ja, okay, ich habe eine Tochter, sie ist vier. Sie lebt mit meiner Exfrau in Idaho. Ich sehe sie überhaupt nicht, solange mein Vertrag hier läuft, aber sie sind abhängig von dem Geld, das ich ihnen schicke. Tut mir echt leid für Sie. Aber der letzte Kollege, der mit der Presse über Sicherheitsprobleme auf dem Bohrturm geredet hat, wurde entlassen, und dann hat man ihm auch noch mit einer Klage gedroht. Die haben den echt fertiggemacht und dafür gesorgt, dass ihn hier keiner mehr eingestellt hat. So was kann ich mir nicht leisten, verstehen Sie?«

»Wir können uns irgendwo treffen.« Shay kam näher und ließ ihren Einkaufswagen stehen. »Sagen Sie uns einfach, wo.«

»Ich hab nicht viel zu erzählen ... Ich weiß doch gar nichts über Ihre Söhne. Ich meine, falls das Ihr Eindruck ist, kann ich Sie nur enttäuschen. Keiner von uns weiß irgendwas. Aber alle reden natürlich darüber. Wenn es also Gerüchte gegeben hätte, wüsste ich das. Ich könnte Ihnen höchstens erzählen, was anderen passiert ist ... was ihnen *angeblich* passiert ist.«

»Mehr verlangen wir ja auch nicht«, drängte Colleen, die ihm am liebsten die Hand auf den Arm gelegt hätte, um eine Verbundenheit herzustellen. »Das wäre schon eine Menge. Es wäre immerhin ein Anfang.«

»Lassen Sie mir eine Stunde Zeit. Ich will das nicht in aller Öffentlichkeit machen. Ich muss das erst mit einer Freundin klären. Wenn sie einverstanden ist, können wir uns bei ihr treffen. Sie ist vertrauenswürdig. Ich schicke Ihnen die Adresse per SMS, okay?«, sagte er, während er einen Schritt rückwärtstrat und sich nach zwei Männern umdrehte, die gerade riesige Chipstüten in ihren Einkaufswagen packten. Einer von ihnen schaute neugierig in Richtung der Frauen, und Roland sah aus, als würde er gleich die Flucht ergreifen. Shay kramte einen Stift aus ihrer Handtasche, fummelte ein Preisschild aus seiner Plastikhülle an einem der Regale und kritzelte ihre Handynummer auf die Rückseite. Roland nahm den Zettel entgegen, steckte ihn ein und eilte davon.

Shay schob ihren Einkaufswagen in die entgegengesetzte Richtung. »So, und jetzt suchen wir ein Paar Stiefel für Sie«, sagte sie laut.

»Der war ja richtig ängstlich«, sagte Colleen, sobald sie außer Hörweite der anderen Kunden waren. »Ich kann einfach nicht glauben, dass es so gefährlich ist, einfach nur mit uns zu *reden*.«

»Mit Hunter-Cole ist nicht zu spaßen. Überlegen Sie doch mal, wie die uns behandeln. Sie haben selbst gesagt, dass die sofort dichtgemacht haben, als Sie erklärt haben, was Sie wollen.«

»Aber mit Andy haben sie gesprochen …«, sagte Colleen unsicher. »Ich muss den Namen von dem Mann herausfinden. Er hat gesagt, Andy könnte sich mit Fragen an ihn wenden, er würde als Kontaktperson in Bezug auf die firmeninterne Ermittlung fungieren.«

»Klar«, schnaubte Shay. »Eine Ermittlung, die sie erst einleiten wollten, *nachdem* Sie mit denen geredet haben, stimmt's? Und Ihr Mann hat denen auch gesagt, dass er Anwalt ist?«

»Ja, sicher, obwohl sein Fachgebiet eigentlich Urheberrecht ist, was gar nichts … Aber woher sollen die das wissen?«

Shay verdrehte die Augen. »Sie müssen endlich kapieren, dass wir es nicht mit einer Klitsche zu tun haben, die von ein paar Hinterwäldlern betrieben wird. Klar, die Arbeiter fahren in Pick-ups rum und kauen Tabak, aber die Typen, die für die Kalkulationen und die Schadensbegrenzung zuständig sind, das sind knallharte Manager und Anwälte. Wissen Sie, was ich über Hunter-Cole rausgefunden habe?«

»Nein.«

»In den letzten zwei Jahren haben die siebenundzwanzig Mal die Gewerbeaufsicht am Hals gehabt, und in den letzten vierzehn Monaten hat es sechs Todesfälle gegeben. Die Informationen sind öffentlich zugänglich, aber wie viel davon hat es in die Nachrichten geschafft? Fast nichts, weil sie die teuersten Anwälte beschäftigen und den Familien der Opfer Schweigegeld zahlen. Die lassen sich das richtig was kosten. Okay? Und glauben Sie bloß nicht, dass die uns nicht längst durchleuchtet haben. Wenn die Sie für eine Gefahr halten, dann wissen die längst alles über Sie, angefangen von Ihrer Körbchengröße bis hin zur Marke der Waffeln, die Sie kaufen. Und weil sie wissen, dass ich hier bin, haben sie auch über mich längst alles ausgegraben. Damit müssen wir uns abfinden.«

»Über mich gibt es nichts Wissenswertes herauszufinden«, entgegnete Colleen. Sie hatte nicht viel Ahnung von Computern und wusste erst recht nicht, was es alles online zu entdecken gab. »Nichts, was irgendwen interessieren könnte.«

»Tja, so ist die Kultur heute eben, also gehen Sie lieber auf Nummer sicher. Sehen Sie mal, was für einen Dreck wir alles über das Privatleben berühmter Leute wissen. Kein Wunder, dass dieser Roland Angst hat. Wir können nur hoffen, dass er uns anruft. Also gut. Sehen Sie mal da, genau, was wir brauchen. Empfohlen bis minus vierzig Grad für siebenundzwanzig Dollar, das dürfte wohl reichen. Größe?«

Shay hatte sie zu den Schuhregalen im hinteren Teil des Ladens geführt. Am Ende der Reihe standen Schneestiefel mit Gummisohle und Kunstpelzbesatz.

Bis vor ein paar Tagen wäre Colleen lieber gestorben, als solche Dinger anzuziehen. »Achteinhalb«, sagte sie.

»Es gibt nur ganze Größen. Also neun.« Shay wühlte in dem Stapel Schachteln, von denen viele aufgerissen waren, bis sie ein passendes Paar fand. »Was für Socken haben Sie an?«

Colleen zog ihren rechten Stiefel aus. »Äh, nur diese mit Wollmischung.«

»Warten Sie. Ich bin gleich wieder da.«

Colleen hielt sich am Einkaufswagen fest, während sie auf einem Fuß balancierte. Der Boden wirkte jedoch sauber, und nach einer Weile stellte sie ihren schuhlosen Fuß ab. Es roch intensiv nach synthetischem Leder.

In der Nähe zwängte eine Frau einen Fuß eines kleinen Jungen in einen Stiefel, auf dem irgendein Comic-Krieger abgebildet war. Der Junge fing an zu weinen und strampelte, während seine Mutter sich mit dem Stiefel abmühte. Offenbar war der Klettverschluss steif und ließ nicht genug Platz, damit der Junge leicht in den Stiefel schlüpfen konnte. Je ungeduldiger die Mutter es probierte, desto heftiger widersetzte sich der Kleine.

Plötzlich riss die Frau dem Jungen den Stiefel vom Fuß und schleuderte ihn auf das Regal, wo er gegen eine Schachtel traf, die hinunterfiel. »Okay, okay, *okay*!«, schrie sie, woraufhin ihr Sohn vor Schreck verstummte. Als er gleich darauf erst richtig losheulte, nahm sie ihn in die Arme und sagte: »Tut mir leid, ach verdammt, es tut mir so leid.« Mit ihrem Sohn auf dem Arm eilte sie davon und ließ Schuhe und Schachteln stehen und liegen, wo sie waren.

Colleen tat die Frau leid. Wie gut sie das kannte. Sie war zwar in der Öffentlichkeit nie laut geworden und hatte auch nichts durch die Gegend geworfen. Aber als Paul klein war, hatte sie ihn zu Hause, im Schutz der eigenen vier Wände, oft angeschrien. Hatte ihre Finger so fest in seinen Arm gedrückt, dass ihre Nägel kleine Halbmonde auf der Haut hinterlassen hatten. Hatte sich für Sekundenbruchteile gewünscht, ihn nie bekommen zu haben, und dann anschließend schreckliche Schuldgefühle gehabt.

Lange bevor bei Paul ADHS und zusätzlich – weil nichts den Diagnosekriterien entsprach und vermutlich weil sie viel Geld für eine Unzahl von Tests ausgegeben hatten und sich nicht ohne Diagnose abspeisen lassen würden – eine Aufsässigkeits-Trotz-Störung diagnostiziert wurde, also schon lange bevor sie akzeptiert hatte, dass das bei Paul keine wilde Trotzphase war, aus der er herauswachsen würde, hatte sie sich eingestanden, dass weder sie die Mutter war, die sie hatte sein wollen, noch ihr Sohn das Kind war, das sie sich vorgestellt hatte. Nachdem sie einige Jahre vergeblich versucht hatten, noch ein Kind zu bekommen, hatten Andy und sie sich geeinigt – in einem kurzen Gespräch, bei dem wohl keiner seine wahren Gründe offengelegt hatte –, sich mit einem Einzelkind zufriedenzugeben. Falls Andy ahnte, was sie zu der Entscheidung bewogen hatte, nämlich die Gewissheit, dass sie noch ein Kind wie Paul und Jahre der schlaflosen Nächte und endlosen Wutanfälle nicht verkraften würde, hatte er sie jedenfalls nicht dafür verurteilt. Wahrscheinlich hatte er dasselbe empfunden.

Aber jetzt. Jetzt. Könnte sie doch nur die Zeit zurückdrehen zu der Phase, als Paul so alt gewesen war wie dieser kleine Junge – drei, vielleicht vier –, und mitnehmen, was sie inzwischen wusste. Heute würde sie alles ganz anders machen. Denn alle ihre Bemühungen hatten nichts gefruchtet, oder? Auch wenn sie alles versucht und jeden Spezialisten bezahlt hatte, jeden Arzt konsultiert, jedes Medikament und jedes Spezialcamp ausprobiert und jeden Erziehungsexperten zurate gezogen hatte – sie hatte Pauls Zulassung für Syracuse praktisch mithilfe eines unverschämt teuren »Zulassungsberaters« erkauft, der letztlich den Aufsatz für Paul geschrieben hatte.

Hätte sie die Möglichkeit, noch einmal von vorn anzufangen, würde sie alles Zerbrechliche aus dem Haus schaffen – ihre Kristallgläser und ihr Porzellan sowie die Kunstgegenstände und die guten Möbel und all den Nippes – und stattdessen die Wände polstern und aus Sicherheitsgründen ein zusätzliches Schloss an der Tür anbringen lassen, und sie würde ihn toben lassen, wie er es brauchte, und sich nie beklagen. Sie würde sich zu ihm setzen und lernen, dieses Zombie-Videospiel mit ihm zu spielen, sie würde ihn Lacrosse spielen lassen trotz der Verletzungsgefahren, und sie würde den ganzen Tag mit ihm Steine in den Ententeich werfen, trotz der Verbotsschilder. Sie würde in ein ganz anderes Viertel ziehen – in so eins, aus dem Shay kam vielleicht –, wo niemand erwartete, dass die Kinder still saßen und Mandarin lernten, sich in Debattierclubs profilierten und Spitzenleistungen bei standardisierten Tests erzielten. Sie würde zulassen, dass Paul sich ein paar Knochen brach, ein Auto demolierte und sich prügelte, sobald er in die Grundschule kam, bevor jahrelange Einschränkungen durch die Verbote seiner überfürsorglichen Eltern dazu führten, dass er etwas so viel Schlimmeres anstellte.

»Alles okay?« Shay stand vor ihr und wedelte mit der Hand vor ihren Augen. »Sind Sie weggetreten oder was?«

»Entschuldigung.« Colleen rang sich ein Lächeln ab und schaltete ihren Kopf ab, was sie sich angewöhnt hatte, wenn ihre Gedanken sie so aufwühlten, dass es nicht auszuhalten war.

Shay hielt ein Paar Socken hoch, dick, grau, mit einem rosafarbenen Streifen. »Hier. Probieren Sie die mal an.«

»Sie meinen, jetzt gleich? Vor dem Bezahlen?«

»Klar, wen interessiert das schon?« Shay riss die Papierbanderole ab und warf sie in den Einkaufswagen.

Colleen zog sich die Socken und die Stiefel an. Die Stiefel

waren steif, ein bisschen niedrig am Spann, aber ansonsten gut. Sie spürte schon, wie ihre Füße wärmer wurden.

»Am besten, Sie behalten sie gleich an«, sagte Shay. »Auf dem Parkplatz sieht es jetzt bestimmt noch schlimmer aus als vorhin.«

Colleen zögerte nur einen kurzen Moment. Sie rollte ihre alten Socken zusammen, schob sie in ihre Lederstiefel und packte alles in den Schuhkarton. Ihre Hosenbeine, die sich unschön stauchten, stopfte sie kurzerhand in die Stiefel. Sah wahrscheinlich ziemlich bescheuert aus, dachte sie.

Mit Shays Hilfe fand sie ein Paar dick gefütterte, dunkelrosafarbene Nylonhandschuhe und einen Synthetikschal und eine Strickmütze, die farblich dazu passten und erstaunlich weich waren. In der Schlange an der Kasse packte Shay noch ein paar Klatschzeitschriften, Kaugummis und Pfefferminze in den Wagen. Colleen schlüpfte vor den Einkaufswagen, gab der Kassiererin ihre Kreditkarte und schob Shays Handvoll Geldscheine weg. »Das ist alles mein Zeug«, sagte sie.

»Aber nicht die Zeitschriften und ...« Shays Handy klingelte, sie nahm es aus der Tasche und trat aus der Schlange heraus. »Hallo? Ja. Vielen Dank ... Okay ... Nein, aber ich kann es mir merken ... Ja, in Ordnung. Und vielen Dank noch mal.«

»Ma'am?«, sagte die Kassiererin. Das Band lief, der Kunde vor ihr war schon mit seinem Einkaufswagen unterwegs zum Ausgang, ohne dass Colleen es registriert hatte.

»Tut mir leid.« Sie lud ihre Einkäufe aufs Band, erklärte das mit den Socken und den Stiefeln; die Kassiererin akzeptierte den Schuhkarton und die Banderole kommentarlos.

»Roland hat mir eine Adresse genannt«, sagte Shay. »Hier, ich simse sie Ihnen zu, damit ich sie nicht vergesse. Er sagt, er ist um neun da. Wir haben also noch fast eine Stunde. Gehen wir nach nebenan.«

»Nach nebenan?«, fragte Colleen und unterschrieb den Kreditkartenbon.

»Ist Ihnen das nicht aufgefallen, als wir gekommen sind? Die Spirituosenabteilung hat einen eigenen Eingang.«

Nein, das war Colleen nicht aufgefallen, und ihr war überhaupt nicht danach, sich noch einmal den lüsternen Blicken einsamer, sexuell ausgehungerter Männer auszusetzen. Aber vielleicht war es in der Spirituosenabteilung weniger schlimm. Vielleicht machte es die Männer ja verlegen, im Schnapsladen gesehen zu werden, und sie würden sich beschämt abwenden wie Kinder, die in der Sonntagsschule beim Lesen von Comics erwischt wurden.

Die Spirituosenabteilung des Wal-Mart war etwa so groß wie der Tip-Top Liquor Store bei ihr zu Hause in Sudbury, aber anstelle von Holzkisten, künstlichen Weinranken, handschriftlichen Kärtchen mit den Bewertungen des *Wine Spectator* und Schildern mit der Aufschrift »Keine Selbstbedienung« gab es hier nur Metallregale, die voll waren mit überdimensionalen Schnapsflaschen und Bierkästen. An einer Wand standen riesige Kühlschränke, die fast nur Bier enthielten. Das Weinangebot beschränkte sich auf eine dürftige Auswahl billiger kalifornischer Weine.

Shay nahm einen Zwölferpack Coors Light aus dem Regal. »Und Sie? Wollen Sie auch was?«

Colleen rang mit sich. »Vielleicht eine Flasche Wein.«

Sie trat an einen Kühlschrank und ließ den Blick über die Etiketten wandern. Die einzigen, die sie kannte, waren von billigen Tafelweinen, ein Glen Ellen Chardonnay und ein Beringer Chenin Blanc.

»Was für eine angenehme Abwechslung«, bemerkte ein

Mann neben ihr. »Eine Frau mit Stil. Ein seltener Anblick hier oben.«

Colleen war schon drauf und dran, sich auf dem Absatz umzudrehen und auf den Wein zu verzichten, als ihr auffiel, dass der Mann nichts gemein hatte mit den anderen Männern im Laden. Er war nicht nur frisch rasiert und hatte einen akkuraten Haarschnitt, sondern trug auch einen Anzug und einen Kaschmirmantel. Das Einzige, was aus dem Rahmen fiel, waren die robusten Schuhe mit dicken Sohlen.

»Entschuldigung«, fügte der Mann sogleich hinzu. »Verzeihen Sie mir. Kaum ist man ein paar Tage hier, vergisst man schon seine Manieren. Ich komme mir vor wie ein Idiot. Sie sehen einfach nicht aus wie … na ja, wie jemand aus Lawton.«

»Kein Problem«, murmelte Colleen und trat höflich zur Seite, damit er sich den Inhalt des Kühlschranks ansehen konnte. Sie hatte sich schon fast zum Gehen gewandt, als ihr ein Gedanke kam.

Ein Mann im Anzug. Eindeutig nicht von hier. Wer trug Anzüge in Lawton? Manager, wer sonst. Manager von Ölfirmen. Und Sicherheitsbeauftragte. Und Anwälte.

Wut und Abscheu raubten ihr fast den Atem. Doch dann kam ihr eine Idee, so verwegen und so untypisch für sie, dass sie sie umsetzte, ehe sie Zeit hatte, es sich anders zu überlegen.

Mit einem zuckersüßen Lächeln wandte sie sich dem Mann zu. »Allen … richtig?«

Er sah sie verwirrt an. »Nein. Ich bin Scott. Scott Cohen, White Norris.«

»Oh, entschuldigen Sie!« Colleen lachte gespielt verlegen. »Ich dachte … aber nein. Jetzt sehe ich's. Kein bisschen Ähnlichkeit. Es war ein langer Tag. Ich bin Vicki. Vicki Wilson, Slocum Systems.«

Sofort bereute sie es, den Namen ihrer besten Freundin benutzt zu haben, und hatte das Gefühl, Vicki in etwas Schäbiges hineinzuziehen. Aber etwas Besseres war ihr auf die Schnelle nicht eingefallen. Colleen hatte tatsächlich einmal für Slocum Systems gearbeitet, als Betriebspraktikantin während des Studiums. Sie streckte ihm die Hand hin. Scott hatte einen angenehmen Händedruck, fest, aber nicht schmerzhaft.

»Freut mich, Sie kennenzulernen. Selbst unter diesen etwas fragwürdigen Umständen.« Lächelnd ließ er einen Finger kreisen, um die Musikberieselung, die Heißluft aus dem Gebläse unter der Decke, die triste Beleuchtung und die Industrieregale anzudeuten.

»Ich weiß, was Sie meinen. Ich würde nicht im Traum auf die Idee kommen, hier einzukaufen, aber in meinem Hotel gibt es nichts Brauchbares.«

Scott lachte. »Was für ein Zufall. Ich bin im Hyatt – das beste Hotel am Ort, und das Beste, was die Bar zu bieten hat, ist eine Flasche Cutty Sark. Ich muss noch ein paar Tage hierbleiben. Und wie viel schlechten Pinot kann man trinken?«

Colleen lächelte, langte an ihm vorbei in die Vitrine und nahm die teuerste Flasche heraus, die sie fand. Ihre Gedanken rasten, während sie überlegte, wie sie das Gespräch in die Länge ziehen konnte, ohne dass es auffiel.

»Was hat Sie denn nach Lawton verschlagen?«, fragte Scott.

Colleen warf einen Blick auf seine linke Hand – aha, Ehering.

»Die Black Creek Lodge ist einer unserer Kunden. Slocum liefert ihnen die Lebensmittel.«

»Einige unserer Jungs sind dort untergebracht, glaube ich. Ein paar Bohrmannschaften. Ich arbeite in der Zentrale, deshalb bin ich nicht besonders vertraut mit dem, was an der Peripherie passiert.«

»Ach, dann haben Sie doch bestimmt von den verschwundenen Jungs gehört?«

Scotts Gesichtsausdruck wurde argwöhnisch, und Colleen befürchtete schon, dass sie zu weit gegangen war. »Ich habe einen Sohn in dem Alter, deswegen beschäftigt mich das«, beeilte sie sich hinzuzufügen. »Er ist an der Cornell University.«

»Furchtbare Sache, das.« Scott schien sich zu entspannen. »Jungs in dem Alter, nur dummes Zeug im Kopf, wahrscheinlich sind die unterwegs nach Vegas. Also, Vicki, gibt's irgendeine Möglichkeit, dass Sie dieses Fläschchen«, er griff in dasselbe Fach, aus dem Colleen ihre Flasche genommen hatte, »Navarro Pinot Grigio mit mir teilen? Im Hyatt gibt's eine nette Lounge. Netter jedenfalls als in allen anderen Hotels hier in der Gegend.«

Colleen spürte, wie sich ihr Lächeln anspannte. Es war mindestens zehn Jahre her, dass jemand versucht hatte, sie anzubaggern – direkt oder indirekt. Eher zwanzig. Aber es hatte wohl etwas mit der Atmosphäre in dieser Stadt zu tun, einer Mischung aus Verzweiflung und Leichtsinn, zu der das scheußliche Wetter das Seine beitrug. Scott wirkte nicht einmal verlegen.

Aber Colleens Kehle war plötzlich wie zugeschnürt. Was tat sie hier? Was war los mit ihr? Seit Tagen hatte sie mit ihrem Mann nicht mehr als ein paar knappe Worte gewechselt; ihr Sohn wurde seit mehr als einer Woche vermisst. Seit fast einem Monat hatte sie keinen Sex mehr gehabt, und das letzte Mal nur deshalb, weil sie auf einem Weihnachtsfest zu viel getrunken hatte. Nicht dass sie das geringste Interesse an einer Affäre oder auch nur an einem Flirt mit einem Fremden hatte. Aber genau darum ging es jetzt, oder? Sie war bis hierher gekommen, und sie hatte sich geschworen, alles für Paul zu tun – war es dann nicht der logische nächste Schritt? Etwas mit dem Fremden zu trinken, ihn zappeln zu lassen, jedes mögliche Detail aus ihm herauszukitzeln – um dann rechtzeitig den Abend zu beenden. Das war schließlich kein Verbrechen. Er würde ihr nicht vorwerfen können, Spielchen mit ihm zu treiben; selbst wenn es bei einem kleinen Flirt blieb, musste es spannender für ihn sein als Pay-TV und Zimmerservice.

»Tut mir wirklich leid, aber ich bin schon seit vier Uhr auf den Beinen«, hörte sie sich sagen. »Und morgen früh haben wir eine Besprechung.«

»An einem Sonntag?«

Mist. Verdammter Mist. Colleen hatte völlig den Überblick verloren, welcher Wochentag war. Sie rang sich ein Lächeln ab. »Mit meinem Team. Einige sind extra von der Westküste hergekommen, und wir haben nur morgen Zeit, bevor wir uns mit einem neuen Kunden treffen.«

»Ach ja? Welcher denn?«

»Das ist … nun ja, das darf ich leider nicht sagen. Es ist alles noch im Vorfeld.«

»Tut mir leid, ich hätte nicht fragen sollen«, sagte Scott. »Wir unterliegen auch einer restriktiven Verschwiegenheitspflicht. Aber eins sag ich Ihnen: Das hier ist Boomtown, und davon wird Ihre Firma auch profitieren. Wie lange sind Sie denn noch hier?«

»Noch die ganze Woche. Wir haben hier … mehrere Kunden.«

»Na dann.« Scott klemmte sich die Flasche unter den Arm, nahm ein Lederetui aus der Innentasche seines Mantels und reichte ihr eine Visitenkarte. »Meine Kontaktdaten stehen hier drauf. E-Mail-Adresse. Und diese Telefonnummer leitet Sie weiter auf mein Handy. Rufen Sie mich doch an, wenn Sie einen Abend Zeit haben. Wir wollen hier doch nicht vor Langeweile umkommen, oder?«

Sein schiefes, doch selbstbewusstes Lächeln verlieh ihm einen gewissen Charme. Colleen ließ das Kärtchen in ihrer Handtasche verschwinden und bedankte sich. »Ich tu, was ich kann. Erst mal sehen, wie die Präsentation läuft.«

»Wissen Sie was – tun wir so, als hätte ich Ihnen einen ausgegeben.« Er nahm Colleen die Flasche aus der Hand und ging zur Kasse. Die Kassiererin betrachtete die beiden leicht interessiert, während sie den Bon ausdruckte.

»Bitte einzeln einpacken«, sagte er.

Die Kassiererin ließ jede Flasche in eine Papiertüte gleiten, die sie über dem Flaschenhals zusammendrehte, und verstaute sie anschließend in zwei der allgegenwärtigen Wal-Mart-Plastiktüten.

»Also dann«, sagte Scott und hielt ihr die Tüte hin, als wäre es ein Strauß langstieliger Rosen. »Kann ich Sie noch zu Ihrem Wagen begleiten?«

Colleen sah sich nach Shay um, aber sie war verschwunden. Draußen vor den Glastüren standen nur Männer in Arbeitskleidung.

»Danke, aber ich brauche noch ein paar Sachen von nebenan«, sagte Colleen.

»Also gut. Ich freue mich darauf, von Ihnen zu hören. Viel Glück mit der Präsentation.«

»Danke für den Wein.« Colleen stapfte hinaus in die Kälte und steuerte auf den Haupteingang zu, ohne sich noch einmal umzudrehen. Drinnen ging sie nach rechts, zu dem im Dunkeln liegenden Tresen von Subway, wo sie vor Blicken geschützt war. Während sie wartete, beruhigte sich ihr Puls allmählich.

Ihr Handy klingelte. Shay.

»Hallo?«

»Was haben Sie vor?«

»Ich erklär's Ihnen. Äh, können Sie mich am Haupteingang abholen?«

»Ja, ich habe gesehen, wie Sie eben da reingegangen sind.
Nachdem ich Sie lange genug mit dem Typen beobachtet hat-
te, um zu kapieren, dass ich besser nicht störe. Bin in zwei
Minuten da.«

Kapitel 12

»White Norris«, sagte Shay nachdenklich. »Wie viele Bohr-türme betreiben die im Ramsey County?«

»Das habe ich ihn nicht gefragt«, antwortete Colleen ge-reizt. »Vielleicht hätten Sie ihn ja dazu gebracht, all seine Fir-mengeheimnisse preiszugeben, aber ich bin es nicht gewöhnt, in Spirituosenläden mit fremden Männern zu plaudern.«

Shay verkniff es sich, die Augen zu verdrehen, aber Col-leen entschuldigte sich auch schon. »Tut mir leid, ich bin ein-fach ein bisschen angespannt, und ... danke, dass Sie mich hier abgeholt haben.«

»Kein Problem.«

Shay konzentrierte sich aufs Fahren. Während sie im Wal-Mart gewesen waren, hatte es noch heftiger zu schneien be-gonnen, sodass die Rücklichter des Pick-ups vor ihr nur ver-schwommen zu erkennen waren.

Die Adresse, die Roland per SMS geschickt hatte, führte sie zu einem Doppelhaus in einer Straße, die selbst unter der Schneedecke genauso heruntergekommen wirkte wie die, in der Brenda wohnte. Da in der Einfahrt schon drei Autos stan-den, mussten sie am Straßenrand parken, und Colleen ver-sank beim Aussteigen im Schnee, der von der Fahrbahn auf den Gehweg geschoben worden war. Wahrscheinlich war sie jetzt froh über ihre neuen Stiefel, dachte Shay.

Als sie die Stufen hochstiegen, wurde die rechte Tür des Doppelhauses geöffnet, noch ehe sie anklopfen konnten.

Roland erwartete sie schon, er trug einen Pullover mit dem Logo der Pittsburgh Steelers und eine Jogginghose.

»Kommen Sie, es zieht zu viel Kälte rein«, sagte er und bugsierte die Frauen ins Haus. Sie stampften den Schnee auf einer mit einem Handtuch abgedeckten Fußmatte ab und legten ihre Stiefel zu anderen Schuhen in eine Plastikwanne neben der Fußmatte. Im Haus roch es nach frischem Popcorn. Als sie die Mäntel abgelegt hatten, kam eine Frau mit einer großen Brille und einem Pferdeschwanz, in den Händen ein Tablett mit Tassen.

»Hallo«, sagte sie. »Ich bin Nora. Meine Tochter schläft im Zimmer hinten. Ich hoffe, Sie haben nichts dagegen, sich hier vorn zu unterhalten. Ich hab Kaffee für alle gemacht.«

»Danke«, sagte Shay.

»Es tut mir leid, dass wir einfach so hier reinplatzen«, sagte Colleen. »Wir sind Ihnen und Roland ausgesprochen dankbar.«

»Ach, ist schon in Ordnung. Wenn meiner Tochter so was passieren würde … Ich wüsste nicht, was ich täte. Also, sollten Sie irgendwas brauchen, rufen Sie einfach. Ich bin im Arbeitszimmer.« Roland nahm ihr das Tablett ab, und sie legte ihm eine Hand auf die Schulter und drückte sie leicht. Sie tauschten einen Blick aus.

»Sie unterrichtet an der Highschool«, erklärte Roland brummig. »Sie muss Klassenarbeiten korrigieren. Kommen Sie, setzen Sie sich.«

Er stellte das Tablett auf den abgenutzten eichenen Couchtisch; die beiden Frauen nahmen auf dem Sofa Platz, und er zog sich einen Sessel heran.

»Wissen Sie irgendetwas über das Fort-Mercer-Reservat?«, fragte er ohne Umschweife.

»Sie meinen das Indianerreservat?«, fragte Shay.

»Ja, das sind etwas mehr als zweitausend Quadratkilometer Land eine Stunde östlich von hier, wo vor allem Oyate-Indianer leben. Es gibt ein Kasino, ein paar Käffer und viele unglückliche Menschen, die in Wohnwagen hausen. Ach ja, und natürlich jede Menge Öl unter den Weiden und Alfalfafeldern, das ungenutzt da rumliegt.«

»Warum verkaufen sie es nicht?«

»Ja, das ist die große Frage. Am Ende einer Kette von unfassbaren Fehlentscheidungen, die zum Teil auf ihr eigenes Konto gehen, haben sie die Schürfrechte auf ihrem Land für einen Bruchteil des tatsächlichen Werts abgetreten. In einigen Fällen für weniger als ein Hundertstel ihres Werts, wenn man die Prämien und Nutzungsgebühren mit einrechnet.«

»Wie kann das sein?«, wollte Shay wissen.

»Also, der Stammesrat ist eigentlich verpflichtet, zugunsten seiner Mitglieder zu verhandeln und die Einnahmen aus den Pachtverträgen an sie zu verteilen. Aber das ist nicht passiert, und jetzt ist alles außer Kontrolle geraten.«

»Entschuldigung, aber ich verstehe nichts«, sagte Colleen. »Was für Pachtverträge? Und was für Prämien und Nutzungsgebühren?«

»Es geht um Schürfrechte. Sie wissen doch, was es damit auf sich hat, oder?«

»Nein, ich …« Colleen errötete.

Shay bemühte sich, ihre Ungeduld zu zügeln. Das meiste, was sie darüber wusste, hatte sie schließlich von Taylor; aber Paul hatte seinen Eltern offenbar überhaupt nichts über den Job erzählt. Sie konnte sich nur wundern, dass Colleen sich nicht aus Neugier selbst informiert hatte. Die Ölförderung in North Dakota war immer öfter Thema in den landesweiten Nachrichten, und eine einzige Google-Suche erbrachte Tausende Resultate.

Vielleicht hatte Colleen ja versucht, das Thema zu ignorieren, in der Hoffnung, es würde sich in Wohlgefallen auflösen. Vielleicht glaubte sie ja, wenn sie die Augen vor dem Ölboom verschloss, der Paul von dem geordneten kleinen Leben weggelockt hatte, das sie und ihr Mann für ihn geplant hatten, dass er schließlich aufgeben und wieder nach Hause kommen würde.

Aber das hatte nicht funktioniert.

»Es ist so: Wenn man die Oberflächenrechte an einem Stück Land besitzt, besitzt man nicht notwendigerweise auch die Schürfrechte daran«, erklärte Roland. »Also, wenn Ihnen ein Haus gehört, gehören Ihnen auch das Grundstück und die Wasser- und Stromleitungen darin. Aber Ihnen gehört nicht notwendigerweise, was darunter liegt, einschließlich des Öls. Die Landeigentümer hier verpachten die Schürfrechte an die Ölfirmen, die dann ihre Bohrtürme errichten. Auf diese Weise lässt sich eine Menge Geld verdienen. Die großen Ölfirmen besitzen fast nie das Land, sie pachten die Schürfrechte, und dann zahlen sie Nutzungsgebühren an den Eigner der Rechte und eine Prämie, sobald die Ölförderung beginnt. Eine Bohrung kann eine Nutzungsdauer von zwanzig, fünfundzwanzig Jahren haben, da kommt schon was zusammen. Und da die meisten Leute nicht die zehn Millionen Dollar haben, die man braucht, um eine Bohrung abzuteufen, müssen sie das den Firmen überlassen. Was dort im Reservat passiert ist, war eine einzige Sauerei – mit Verlaub. Der Stamm besitzt nach wie vor die Rechte auf eine ganze Menge Land da draußen, es gibt einen Stammesrat, der im besten Interesse seiner Mitglieder verhandeln und die Einnahmen verteilen soll. Nur dass bis jetzt noch niemand auch nur einen Cent gesehen hat. Der Rat hat das Land vor ein paar Jahren zu für den Stamm unglaublich ungünstigen

Bedingungen an mehrere einzelne Spekulanten verpachtet, alles Strohmänner von Hunter-Cole, und jetzt besitzt Hunter-Cole die Schürfrechte für ein Viertel des Landes mit Ölvorkommen da oben. Ein Mitglied des Rats hat sich bei dem Deal eine goldene Nase verdient, und wenn Sie mich fragen, ist das das eigentliche Verbrechen, denn er war es, der zu Anfang grünes Licht für die Verträge gegeben hat. Hunter-Cole hatte ihn gekauft. Aber weil das Land im Reservat von der US-Regierung treuhänderisch verwaltet wird, sind einige Stammesmitglieder der Meinung, die Regierung hätte eingreifen müssen, damit das Ganze nicht den Bach runtergeht. Um die Indianer vor sich selbst zu schützen, sozusagen. Und jetzt sind drei oder vier Gerichtsverfahren anhängig, in denen diese Verträge angefochten werden.«

»Aber ich verstehe nicht, was das mit unseren Jungs zu tun haben könnte. Oder mit irgendwem, der auf den Bohrtürmen arbeitet. Ich meine, von denen hat doch keiner irgendwas mit diesen Deals zu tun.«

»Okay, passen Sie auf. Diese Pachtverträge haben üblicherweise eine dreijährige Laufzeit, und die ist bald vorbei. Wenn aber eine Bohrung einmal in Betrieb ist und das Öl sprudelt, hat die Firma das Recht, es so lange zu fördern, bis die Quelle versiegt – vorausgesetzt, sie zahlt die Nutzungsgebühren. Aber solange die Brunnen noch nicht in Betrieb sind, hat der Stamm das Recht, den Pachtvertrag auslaufen zu lassen und ihn dann erneut anzubieten.«

»Verdammt«, murmelte Shay. Plötzlich ergab alles einen Sinn. »Darf ich raten, was Hunter-Cole in die Quere gekommen ist?«

»Verstöße gegen die Sicherheitsvorschriften?«, flüsterte Colleen und erbleichte.

»Ermittlungen der Gewerbeaufsicht?«, mutmaßte Shay.

»Bohrturmbrände in den Nachrichten? Bildmaterial von schlimmen Unfällen?«

»Die Gewerbeaufsicht? Pah«, sagte Roland verbittert. »Die meisten Leute wissen das nicht, aber die Gewerbeaufsicht kann nur Geldstrafen verhängen. Die können keinen Bohrturm stilllegen. Wir haben hier einen Bohrturm von Nabors, auf dem hat es innerhalb von elf Monaten drei tödliche Unfälle gegeben, und das Ding ist immer noch in Betrieb.«

»Das heißt also – man muss selber klagen?«, fragte Shay.

»Genau. Bisher hat Hunter-Cole alles ziemlich gut unter Kontrolle, aber damit wäre es vorbei, wenn auch nur ein Mann – oder seine Angehörigen – bereit wäre, Hunter-Coles Anwälten klarzumachen, dass sie sich ihre mickrigen Entschädigungszahlungen in den Hintern schieben können, und ihnen androht, an die Öffentlichkeit zu gehen. Es würde zwar nicht zur Stilllegung von in Betrieb befindlichen Bohrtürmen führen, aber sollte es zu einem richtig großen Prozess kommen, mit schwerwiegenden Enthüllungen und Vertuschungsvorwürfen, dann könnte das neue Bohrungen verhindern. Insofern können die Indianer nur hoffen, dass einer verletzt wird und den Mumm hat, auf den Putz zu hauen.«

»Mein Mann ist Anwalt«, sagte Colleen. »Was wäre denn, wenn er damit drohen würde, Verletzungen von Sicherheitsbestimmungen genauer unter die Lupe zu nehmen, wenn sie uns nicht bei der Suche nach den Jungs unterstützen?«

»Ich weiß nicht«, sagte Roland skeptisch. »Solange Ihre Söhne verschwunden bleiben, stellen sie für Hunter-Cole keine Gefahr dar. Es müsste schon jemand sein, der beweisen kann, dass ihm tatsächlich etwas zugestoßen ist.«

»Und der kein Problem hat, Krankenhausrechnungen selbst zu bezahlen«, flüsterte Colleen.

»Hören Sie, das sind alles Spekulationen«, sagte Roland. »Belegen kann ich nichts davon.«

»Welches Interesse haben Sie eigentlich an dem Thema?«, fragte Shay. »Wieso wissen Sie so viel darüber?«

»Wissen Sie, was ich zu Hause in Ohio gemacht habe?«

»Nein«, sagte Shay. Sie hatte das Gefühl, dass die Antwort nicht besonders angenehm sein würde.

»Ich habe an der Highschool Staatsbürgerkunde unterrichtet. Als meine Tochter zur Welt kam, hatte sie eine seltene Knochenkrankheit, die im Lauf der Jahre ein Dutzend Operationen notwendig gemacht hat. Wir dachten, zum Glück haben wir eine sehr gute Krankenversicherung. Doch dann begann der Schulbezirk, Kosten zu senken, und meine Frau und meine Tochter waren plötzlich nicht mehr über mich versichert. Bis zum ersten Geburtstag meiner Tochter hatten wir schon Rechnungen in Höhe von fünfzigtausend Dollar am Hals.« Seine Miene verfinsterte sich. »Bis zum zweiten Geburtstag waren wir geschieden. Als sie drei wurde, war ich schon hier oben, um die Schulden nach und nach abbezahlen zu können. Ich komme zwar voller Bohrschlamm nach Hause, aber darunter bin ich immer noch ein Nachrichten-Junkie.«

Roland trank einen Schluck Kaffee. Colleen hielt ihre Tasse umklammert, aber trank nicht. Shay ließ sich alles durch den Kopf gehen, was er gesagt hatte.

»Im Wal-Mart wollten Sie nicht darüber reden.«

»Na ja, was glauben Sie denn. Ich habe jede Menge Schulden, meine Freundin ist hierhergezogen und arbeitet hier an der Highschool. Was passiert wohl, wenn ich meinen Job verliere? Dann bin ich am Arsch. Und wenn mir was passiert, dann sind alle, die mir etwas bedeuten, ebenfalls am Arsch.«

»Was meinen Sie damit? Was sollte Ihnen denn passieren?«

»Ich kannte einen Typen, Ölarbeiter bei meinem ersten Job. Ein Freund von ihm ist tödlich verunglückt, als die Handbremse bei einem Sicherheitslift versagt hat. Er hat einen Riesenaufstand gemacht, weil die routinemäßigen Sicherheitschecks nicht durchgeführt worden wären. Ein paar Wochen später ist er bei einem Schneemobilunfall im Reservat ums Leben gekommen.«

»Sie meinen … War denn irgendwas verdächtig an dem Unfall?«

»Ich kann Ihnen nur sagen, was ich gehört habe, denn die Sache wurde ganz schnell unter den Teppich gekehrt. Angeblich wurde er am Fuß eines Hügels aufgefunden, und sein Schneemobil lag kopfüber ein paar Meter entfernt. Er ist aber an einer Verletzung am *Hinterkopf* gestorben. Angeblich war sogar Hirnmasse ausgetreten. Und so eine Verletzung zieht man sich nicht zu, wenn man gegen einen Baum fährt. Was hatte er überhaupt im Reservat zu suchen? Das ist schließlich kein Wintersportgebiet. Es sei denn, er wollte eine Nachricht ins Reservat bringen …«

»Hat die Polizei denn nicht ermittelt?«

»Die Polizei von *Lawton*?« Roland schnaubte verächtlich. »Soll das ein Scherz sein? Die schimpfen dauernd über zu wenig Mittel und Personal, aber wenn an den Bohrtürmen irgendwas passiert, lassen die sich nicht blicken.«

»Aber die haben doch im Reservat eine eigene Polizei, oder?«

»Ha, das ist noch mal ein ganz anderes Problem. Die Reservatspolizei ist ein Witz. Die können nicht viel mehr tun, als ihren eigenen Leuten auf die Finger zu klopfen. Und wenn jemand von außerhalb beteiligt ist, liegt das automatisch nicht mehr in ihrer Zuständigkeit, dann müssen sie die lokale oder die staatliche Polizei informieren. Deswegen verfolgen sie so gut wie gar nichts. Ich bin kein großer Indianerfan, aber was so geredet wird, dass sie da oben die Frauen vergewaltigen oder Jungs aus dem Auto zerren und sie halb totprügeln – in der Regel ist das Gegenteil davon wahr, denn wenn die Straftat von einem Weißen begangen wird, sind der Reservatspolizei die Hände gebunden.«

»Soll das heißen, es hat überhaupt keine Ermittlungen gegeben?«, empörte sich Shay.

»Könnten wir denn nicht andere Behörden einschalten?«, sagte Colleen zu Shay gewandt. »Wir lassen die Polizei in Lawton außen vor und sehen zu, dass wir jemand anderes finden, der sich des Falls annimmt, da möglicherweise die Indianer darin verwickelt sind. Ich meine, wir könnten doch vielleicht sogar das FBI dafür gewinnen, oder?«

»Verflucht, ich weiß es nicht«, sagte Shay. »Ganz schön weit hergeholt, oder? Unabhängig davon, was unsere Jungs im Sinn hatten, wieso sollten sie irgendeine Verbindung zum Reservat haben?«

»Keine Ahnung. Aber vielleicht kann uns dort jemand mehr darüber erzählen, was mit Leuten passiert, die offen ihre Meinung zu Sicherheitsthemen aussprechen.«

»Seien Sie bloß vorsichtig«, warnte Roland. »Die bei Hunter-Cole dürfen auf keinen Fall den Verdacht schöpfen, Sie könnten irgendwas im Schilde führen, denn die schrecken vor nichts zurück, alles aus dem Weg zu räumen, was ihnen in die Quere kommen könnte. Es gibt das Gerücht, dass sie eine Zweigstelle ihrer Zentrale hier in der Stadt einrichten wollen, damit ihre Leute nicht mehr aus Houston hier einfliegen müssen.«

»Sie haben anfangs erwähnt, dass die Crew, in der die Jungs gearbeitet haben, noch vor Ort ist. Können Sie uns sagen, wie wir da hinkommen?«

»Ja, ich kann Ihnen die Koordinaten geben. Ich schick sie Ihnen per SMS. Aber man wird Sie nicht an den Bohrturm heranlassen. Und wenn die Wind davon kriegen, dass Sie da in der Nähe sind, werden sie Sie aufs Korn nehmen.«

Shay sah Colleen an. »Vielleicht sollten wir damit noch warten.«

»Nein, wir müssen alles versuchen. Es sind jetzt schon acht Tage vergangen.«

»Ich meine nur, dass wir ja inzwischen dank Roland noch andere Ansatzpunkte haben. Die Sache mit dem Reservat. Und vielleicht können wir uns auch noch von der Seite her anschleichen – mithilfe Ihres Freundes.«

»Sie haben einen Freund im Management?«, fragte Roland verblüfft.

»Nein, nein, sie übertreibt. Ich habe im Wal-Mart einen Mann kennengelernt. Anwalt von White Norris. Ich habe ihm vorgeschwindelt, ich hätte geschäftlich hier in der Stadt zu tun.«

»Wir werden noch alle richtig gute Lügner«, murmelte Shay.

Roland nickte. »Wenn Sie nur lange genug warten, lernen Sie sie alle im Wal-Mart kennen. Würde mich nicht wundern, wenn der Teufel persönlich da reinmarschiert käme.«

Colleen und Shay bedankten sich bei Roland und versprachen, alles für sich zu behalten, was er ihnen anvertraut hatte. Colleen schrieb ihm ihre Handynummer auf, ebenso Brendas Adresse, und sagte, er könne sie oder Shay jederzeit kontaktieren.

»Wenn Sie uns sprechen wollen, schicken Sie mir eine SMS. Aber sollten wir uns zufällig irgendwo begegnen, kennen wir uns nicht, okay?«

Rolands Freundin kam, als sie ihre Mäntel anzogen.

»Konnte Roland Ihnen ein bisschen helfen?«, fragte sie erschöpft, schob sich die Brille auf die Stirn und rieb sich die Augen. »Wir werden für Sie beten.«

»Ich würde Sie gern etwas fragen«, sagte Shay, als sie an der Tür stand. »Sie sind doch Lehrerin, richtig? Ich vermute mal, dass die Lehrergehälter hier nicht verdoppelt wurden, bloß weil die Imbissläden in der Stadt fünfzehn Dollar die Stunde zahlen, oder?«

Nora lachte kurz auf. »Schön wär's. Es wurde vorgeschlagen, unsere Gehälter zu erhöhen, aber so was geht heutzutage im Schneckentempo vorwärts, seit sie nicht mehr wissen, wohin mit den Steuermehreinnahmen.«

»Und warum bleiben Sie dabei? Wenn Sie woanders viel mehr verdienen könnten?«

Nora warf einen Blick über die Schulter in den Flur hinter ihr. »Der Grund dafür schläft im Zimmer da. Als Lehrerin habe ich Zeit, meine Tochter von der Vorschule abzuholen, und ich habe lange Sommerferien. Ich möchte für sie da sein.«

Shay konnte sie gut verstehen. Sie selbst hatte mehr als eine Beförderung sausen lassen – einmal in einer Bank und einmal in einem Fitnessstudio –, weil die längeren Arbeitszeiten auf Kosten ihrer Kinder gegangen wären. Deshalb glich ihre berufliche Laufbahn auch eher einem Flickenteppich. Und deshalb hatte sie auch nur noch ein paar Hundert Dollar auf dem Konto, während ihr Rentenplan eher einem Glücksspiel gleichkam.

Roland legte Nora einen Arm um die Schultern. »Fahren Sie vorsichtig und passen Sie auf sich auf«, sagte er. »Lassen Sie es mich wissen, falls Sie irgendetwas brauchen.«

Kapitel 13

Zurück im Wohnmobil warf Colleen einen Blick auf ihr Handy. »Andy hat angerufen«, stellte sie überrascht fest. »Bei ihm ist es jetzt schon nach Mitternacht. Könnte es sein ...«

Paul. Jemand hatte was herausgefunden. Oder Paul hatte sich bei Andy gemeldet. »O Gott«, flüsterte sie und wählte Andys Nummer. Als er abnahm, ließ sie ihn gar nicht erst zu Wort kommen.

»Andy! Sag mir ...«

»Es ist nichts passiert«, unterbrach er sie hastig. »Und ich habe auch nichts Neues zu berichten.«

Sie schwankte zwischen Angst und Erleichterung. Keine schlechten Nachrichten, Gott sei Dank. Aber was würde sie nicht für gute Nachrichten geben!

Hatte sie etwa gehofft, Andy könnte sagen: *Rate mal, wer gerade an der Tür geklingelt hat, ungewaschen und mit Bart?* Dass alles nur ein fürchterliches Missverständnis gewesen war, dass Paul mit Taylor Ski fahren oder zelten gewesen war oder vielleicht jemanden besucht hatte, den er letztes Jahr in Syracuse kennengelernt hatte, und jetzt zurück war, kleinlaut und schlecht gelaunt, aber bereit, sein Leben wieder in den Griff zu kriegen.

»Was gibt's denn?«, flüsterte sie kraftlos.

»Mir waren ein paar Leute was schuldig.« Andy klang geschäftsmäßig. »Zwei Dinge. Ich habe ab Mittwoch ein Hotelzimmer für dich gebucht, für unbegrenzte Zeit. Dann kann ich da wohnen, wenn ich raufkomme, oder, wenn ich's mir recht überlege, du ziehst mit Shay dort ein. Oder Steve kann es haben, falls du willst, dass er raufkommt.«

»Ja. Steve.«

An der Pause, die folgte, und an der vorsichtigen Art, wie er weitersprach, merkte sie, wie frustriert er war. »Ich kann dich verstehen. Du willst so viel Hilfe wie möglich bei der Suche. Aber ich frage mich nach wie vor, ob es wirklich so ein kluger Schachzug ist, Steve einzubeziehen. Die Polizei vor Ort könnte ihn bei ihrer Ermittlung als Störfaktor betrachten.«

»Es gibt keine Ermittlung. Kapierst du das nicht? Sie tun rein gar nichts.«

»Hör mal, Col.« Sie hörte ihn seufzen, und es klang so herablassend, dass sich ihr die Nackenhaare sträubten. »Du solltest denen ein bisschen mehr vertrauen. Wenn der Chief dir nur kurz und knapp berichtet hat, wollte er bestimmt einfach nur Zeit sparen, und vielleicht wollte er auch zwei hysterische Mütter nicht mehr als nötig aufregen. Er wollte nicht ...«

»Warst du etwa dabei?«, konterte Colleen und umklammerte wütend ihr Handy.

»Nein, aber ich habe mit ihm persönlich gesprochen. Ungefähr vor einer Stunde.«

»*Wie bitte?*«

»Nun reg dich doch nicht gleich auf, Col, ich wollte mich einfach mal bei denen melden, um unsere Position zu stärken. Und er hat mir versichert ...«

»Ich kann jetzt nicht mit dir darüber sprechen«, sagte Colleen, die plötzlich das Gefühl hatte, keine Luft mehr zu bekommen. Sie spürte die Wut wie Stiche hinter den Augen und ballte die freie Hand zur Faust. »Du hast kein Recht zu ... zu ...«

Andererseits, was hatte er denn eigentlich getan? Eine Stimme mehr, die von der Polizei verlangte, sich intensiver mit dem Fall zu beschäftigen. Andy war Anwalt, er war ein Mann. Er besaß Autorität. Alles nützliche Eigenschaften, vor allem gegenüber jemandem wie Chief Weyant. Also, was machte sie so wütend?

»Ich habe genauso viel Recht wie du«, fauchte Andy. »Versuch nicht, mich außen vor zu halten. Paul ist auch mein Sohn. Ich reiß mir hier den Arsch auf, genau wie Vicki. Sie ist hier, seit du weg bist, sie hat die Facebook-Seite eingerichtet und telefoniert überall herum. Es war ihre Idee, Klipsinger anzurufen – und er hat sich gerade bei mir gemeldet. Willst du deiner besten Freundin etwa auch jedes Recht absprechen?«

Plötzlich schämte sich Colleen für ihre Wut. John Klipsinger hatte zusammen mit Vickis Exmann Jura studiert und war jetzt Kongressabgeordneter von Massachusetts.

»Vicki hat mit Klipsinger geredet?«

»Mit einem seiner Berater zumindest, und der will mit jemandem aus dem Justizministerium von North Dakota sprechen.« Andy klang ebenfalls reumütig. Der unglaubliche Stress der letzten Tage brachte sie dazu, aufeinander loszugehen, obwohl sie doch gerade jetzt mehr denn je zusammenhalten mussten. »Ich meine, es ist nur eine Gefälligkeit. Wenn sie etwas tun, dann ist das ein Entgegenkommen. Aber es ist immerhin ein Anfang. Klipsingers Berater meint, man kann zumindest erreichen, dass die Polizei mehr Leute für die Ermittlungen abstellt und zum Schutz für dich und Shay, falls ihr euch bedroht fühlt. Und falls wir noch mehr Druck machen müssen, wäre das auch drin.«

»Bestell …« Colleen fuhr sich mit der Zunge über die trockenen Lippen. »Bestell Vicki meinen Dank.«

»Vielleicht solltest du ihr das lieber selbst sagen«, antwortete Andy knapp. »Sie ackert hier bis zur Erschöpfung, geht höchstens mal zum Duschen nach Hause.«

»Mach ich.« Irgendwo in Colleens Kopf klingelten Alarmglocken, aber jetzt war weder der Zeitpunkt noch der Ort, sich damit zu beschäftigen. »Ich rufe sie an, sobald ein bisschen Ruhe einkehrt. Ich muss mich jetzt unbedingt hinlegen. Ich bin total erschöpft.«

»Okay.« Es trat eine verlegene Stille ein. »Ach ja, das hätte ich beinahe vergessen. Vicki bastelt an einem Flugblatt. Kannst du mir ein Foto von Taylor schicken? Sie hat einen Laden in Lawton ausfindig gemacht, der die Flugblätter noch heute Nacht drucken kann. Du kannst sie morgen früh um zehn abholen.«

»Shay«, sagte Colleen. Shay blickte von ihrem iPad auf. »Können Sie Andy ein Foto von Taylor zumailen? Meine Freundin Vicki entwirft ein Flugblatt.«

»Seine E-Mail-Adresse?«

Ihre Finger flogen über die Tastatur, während Colleen sie ihr nannte. »Ist gleich da«, sagte sie.

»Vicki hat sogar jemanden gefunden, der die Flugblätter in der Stadt verteilen kann, jemand, den ihr der Eigentümer des Kopierladens empfohlen hat«, fuhr Andy fort. »Sie hat eintausend Stück bestellt. Wahrscheinlich sind das zu viele, aber besser zu viele als zu wenig. Und heute Abend will sie das Flugblatt auch online posten – sie hat alle möglichen Seiten gefunden. Blogs und Facebook, Seiten, die von den Wohncamps dort oben betrieben werden. Und noch was, Col, NBC Boston schickt morgen einen Reporter zu mir. Ich habe mich bereit erklärt, mit ihm zu reden. Alles, um Aufmerksamkeit zu erregen, oder?«

»Sicher«, erwiderte sie. »Ich kann mir nur nicht vorstellen,

dass man von euch aus viel tun kann. Alle unsere Spuren –
oder wie man es sonst nennen soll –, das Reservat, die Probleme mit der Arbeitssicherheit, all das ist hier in Lawton.«

»Also gut, dann lass ich dich jetzt weitermachen«, sagte
Andy erschöpft. »Lass uns morgen noch mal telefonieren.«

Sie tauschten knappe Liebesbezeugungen und Abschieds-
worte aus. Als Colleen auflegte, versuchte sie, nicht daran zu
denken, in welchem Aufzug Vicki den Ausdruck der Textnachrichten von Pauls Handy vorbeigebracht hatte. Glänzende Yogahose, hautenge Jacke, perfekt geschminkt, obwohl sie
angeblich unterwegs zum Fitnessstudio war. Oder wie häufig
sie in den letzten Monaten immer dann zu Besuch gekommen war, wenn Andy zu Hause war, etwa um am Wochenende ein Glas Marmelade vorbeizubringen, das sie auf dem
Bauernmarkt gekauft hatte, oder um sich die kleine Trittleiter auszuleihen, damit sie die Lampe in ihrem Flur austauschen konnte. »Die Probleme geschiedener Frauen«, hatte
sie gescherzt.

Und Andy hatte gelacht.

»Ich habe ihm drei Fotos geschickt«, sagte Shay und holte Colleen damit zurück in die Gegenwart. »Ein Porträt und
zwei andere. So, und jetzt zu morgen. Am besten fahren wir
als Erstes zum Bohrturm. Mithilfe der Koordinaten, die Roland mir geschickt hat, habe ich bei Google Maps eine Weg-
beschreibung gefunden. Der kann mir erzählen, was er will,
ich will diesen Bohrturm sehen. Außerdem liegt er mehr oder
weniger auf dem Weg zum Reservat. Vielleicht eine halbe
Stunde Fahrt mehr.«

»Okay, alles klar.«

»Sie sehen aus, als wenn Sie gleich aus den Latschen kippen. Sie können jetzt nichts mehr tun, also sehen Sie zu, dass
Sie ein bisschen Schlaf kriegen, Colleen.«

»Und Sie?«

»Gleich. Ich muss noch ein paar Sachen überprüfen. Ich habe jede Menge Blogs gelesen, und auf Facebook hab ich sechs Leute gefunden, die entweder für Hunter-Cole arbeiten oder gearbeitet haben. Auf deren Seiten kann ich natürlich nur stöbern, wenn sie meine Freundschaftsanfrage bestätigen, aber es ist immerhin ein Anfang. Jetzt will ich mir noch die Webseite des Reservats ansehen.«

»Meine beste Freundin macht gerade dasselbe. Andy sagt, sie versucht, die Geschichte publik zu machen.«

»Wie heißt sie? Ich schick ihr eine Freundschaftsanfrage. Mit vereinten Kräften können wir vielleicht mehr erreichen.«

»Vicki – also eigentlich Victoria. Victoria Wilson.«

»Victoria Wilson, Sudbury, Massachusetts? Okay. Gut, hab sie.«

Colleen stellte ihren Handywecker auf sechs Uhr früh, obwohl sie wusste, dass sie schon eher wach sein würde. Kaum war sie unter die Decke geschlüpft, fielen ihr die Augen zu.

Victoria Wilson entsprach etwa dem, was Shay erwartet hatte – eine etwas auffälligere Version von Colleen: akkurater Haarschnitt, dezente Ohrringe, modische Brille.

Offenbar war sie eine Nachteule, zumindest in dieser Woche. Innerhalb von Sekunden hatte sie Shays Freundschaftsanfrage bestätigt. Shay wollte gerade antworten und erklären, wer sie war, zögerte jedoch aus irgendeinem Grund. Stattdessen scrollte sie runter und warf einen Blick auf Vickis Statusupdates und die Pinnwandeinträge anderer Leute. Anscheinend hatte Vicki sich ins Zeug gelegt, sobald Colleen Boston verlassen hatte. Sie hatte auf Webseiten und in Blogs sämtlicher Schulen gepostet, die Paul je besucht hatte. Auf Schwarzen Brettern der Gemeinde. Nachbarn, Freunde, ehemalige Lehrer – alle hinterließen ihre besten Wünsche und Gebete auf Vickis Pinnwand.

Eine Frau namens Laura Schmidt-mit-DT hatte eigens einen Blog eingerichtet, um für Andys leibliches Wohl zu sorgen. Seine Vorlieben – hatte Laura die gekannt, oder hatte sie die Freunde der Mitchells zurate gezogen? – waren für alle sichtbar aufgelistet: »Bitte kein Lamm und keine Meeresfrüchte. Nach Möglichkeit kalorienarm. Kein weißes Mehl. Schokolade immer!« Es hatten sich bereits genug Spender für »gesunde Mahlzeiten und Snacks« eingetragen, dass Andy in den kommenden drei Wochen jedenfalls nicht verhungern würde.

Vicki war nicht faul. Sie hatte fast dieselben Quellen gefunden wie Shay und sogar einige, die ihr entgangen waren. Natürlich war sie im Vorteil – sie hatte den ganzen Tag nichts anderes zu tun und saß bestimmt in einer *Schöner-Wohnen*-Küche, während das Kindermädchen sich um die Sprösslinge kümmerte.

»Hör auf damit«, flüsterte Shay. Sie konnte manchmal so ein Miststück sein. Sie sollte froh sein, Vicki auf ihrer Seite zu haben, auch wenn ihre Suche natürlich in erster Linie Paul galt. Sie hatte jedoch genug Beiträge gelesen, um zu sehen, dass Vicki in fast jedem Post über Paul auch Taylor erwähnte. Es tauchten bereits die ersten Fotos der Jungs auf, zusammen mit Dutzenden von Gebeten und Kommentaren von Fremden mit »Wir denken an Euch«.

Shay blinzelte und trank einen Schluck Bier. Sie sollte wirklich langsam schlafen gehen. Ein Blick auf ihr Etsy-Benutzerkonto zeigte ihr, dass in den letzten Tagen ein halbes Dutzend neuer Bestellungen eingegangen waren. Sie hatte die Seite auf Autoresponder eingestellt, der potenziellen Kunden von CaliGirl Designs mitteilte, dass aufgrund persönlicher Umstände Bestellungen derzeit nicht bearbeitet werden konnten. Was ganz schlecht fürs Geschäft war. Aber es ließ sich nicht ändern. Bis Taylor wieder da war, musste all das eben warten, selbst wenn sie dann wieder ganz von vorne anfangen musste.

»Mir gefällt die Medium Box mit den geschwungenen Schubkastenfronten«, schrieb eine Frau namens MitzyD. »Könnten Sie mir ein Sondermodell für meine Tochter anfertigen? Sie ist bald mit der achten Klasse fertig. Könnten Sie in die Mitte des Dekors ein S einbauen und ein paar rubinrote Steine, denn Rubin ist ihr Geburtsstein. Außerdem liebt sie Pferde, Flöten und Tanz.«

Shay grübelte eine Weile und versuchte, sich das Mädchen vorzustellen. Sonderanfertigungen waren nicht billig; Swarovski-Steine waren selbst im Großhandel teuer. Außerdem hatte Shay ihre Preise erhöht, als ihr Kundenstamm gewachsen war. Für eins der mittelgroßen Schmuckkästchen mit einem Foto, das entweder der Kunde schickte oder das Shay auswählte, berechnete sie zweihundert Dollar. Es war viel Arbeit, jeder Schritt vom Farbauftrag bis zur Découpagetechnik brauchte ausreichend Zeit zum Trocknen, und Shay legte Wert auf Sorgfalt – sie sparte nicht am Schliff, sorgte dafür, dass alle Teile sicher zusammenpassten, und bemalte jedes einzelne Stück individuell.

Trotzdem blieben ihr hundertsiebzig Dollar als Verdienst, Geld, das sie wirklich gebrauchen konnte, selbst wenn Colleen weiterhin alle Rechnungen übernahm. Aber es war nicht nur das Geld, warum die Nachricht Shay beschäftigte. MitzyDs winziges quadratisches Profilfoto gab nicht viel preis – eine Comicpose mit riesiger Brille und pinkfarbener Perücke. Anscheinend eine coole Mom – die sich gern vergnügte, die die Meilensteine ihrer Tochter feierte und ihr das Gefühl gab, etwas Besonderes zu sein. Das gefiel Shay.

Sie fischte ihre Zigaretten aus ihrer Handtasche und schob sich eine zwischen die Lippen. Nicht um zu rauchen. Wenn Colleen nicht gewesen wäre, dann vielleicht. Aber das Miststück Brenda passte auf wie ein Luchs. Shay war sich sicher, dass sie sich schon ausrechnete, was sie dem nächsten Mieter für das Wohnmobil abknöpfen konnte. Zum Glück wusste sie nicht, dass Colleen jeden Preis zahlen würde. Und von Shay würde sie es auch nicht erfahren.

Sie rollte die Zigarette zwischen den Lippen hin und her und atmete den Geruch des Tabaks ein. Man sollte ein Parfüm daraus machen. Tabak und Whiskey und ein bisschen Vanille oder so, um den Duft abzurunden. Nein – lieber noch ein bisschen Polo Explorer. Der Gedanke an Macks Aftershave durchfuhr sie trotz der Müdigkeit, und plötzlich fehlte er ihr so sehr, dass die Erinnerung an ihn realer war als dieser Moment hier im Wohnmobil und das Foto auf dem Bildschirm vor ihr. Aftershave benutzte Mack nur an Tagen, an denen er eine Krawatte tragen und rauf nach Sacramento ins Büro fahren musste. Aber das waren gute Tage, weil Caroline ihn dann nie zum Abendessen erwartete, sodass er auf dem Rückweg bei Shay haltmachen konnte. Manchmal stahl er sich auch an Wochenenden davon, dann kam er und roch nach Holzfeuer und frisch gemähtem Gras und Schweiß, und Shay sog diesen Geruch ein, inhalierte ihn, wollte möglichst lange davon haben.

Morgen würde er ihr wieder eine E-Mail schicken. Er schrieb ihr jeden Tag. Aber sie würde jetzt nicht schwach werden, sie würde seine Nachrichten nicht immer und immer wieder lesen, um Trost zu suchen. Nicht solange das hier nicht erledigt war. Sie waren schließlich erwachsen. Gott, wie oft hatten sie sich schon gegenseitig daran erinnert? Sie waren doch keine Teenager mehr. Er würde im Frühjahr fünfzig werden; Caroline plante eine Riesenparty für ihn, wenn die Jungs im Sommer vom College nach Hause kamen. Das war auch gut so. Mack, dachte Shay, war Teil ihres Lebens, den sie verdammt noch mal verdient hatte, und sie würde deswegen keine Schuldgefühle bekommen, aber sie würde aus ihm auch nicht mehr machen, als er war. Er war nicht der Mann, der da war und sie festhielt, wenn sie nicht mehr konnte – schon allein deshalb, weil Shay nicht vorhatte, jemals an diesen Punkt zu gelangen.

»Mist«, flüsterte sie. Schnell tippte sie eine Antwort für MitzyD ein. Sie könne derzeit keine Sonderaufträge annehmen, werde sich jedoch melden, sobald sie dazu in der Lage sei. Falls MitzyD dann immer noch interessiert sei, könne sie ihr für ihre Geduld einen Preisnachlass von zwanzig Prozent anbieten.

»Richten Sie Ihrer Tochter meinen Glückwunsch aus«, fügte sie noch hinzu, und als sie schlucken musste und ihr die Tränen in die Augen traten, drückte sie heftiger als notwendig auf die Senden-Taste und zog an ihrer nicht angezündeten Zigarette.

Das Facebook-Fenster war immer noch geöffnet. Seit sie das letzte Mal nachgesehen hatte, waren drei neue Kommentare erschienen. Zwei weitere Gott-sei-mit-Euch-Wünsche.

Und einer in Großbuchstaben, der lautete: »NA, WIE FÜHLT SICH DAS AN, COLLEEN?«

Kapitel 14

Shay warf einen Blick hinüber zu Colleen, die friedlich schlief, die Hand neben der Wange auf dem Kissen. Ein schöner Anblick – als würde sie für eine Matratzenreklame posieren.

Ihr Herz pochte, als sie Nan Terrys Profil anklickte. Es war nicht privat; Shay konnte Nans Fotos ansehen (zwei Alben mit zweiundzwanzig Fotos, Profilbilder und andere wahllos durcheinander), ebenso wie alle von ihr geposteten Beiträge (sporadisch; sie spielte Bubble Safari und Candy Crush und teilte gern Fotos mit inspirierenden Sprüchen) und ihre einhundertvierundzwanzig Freunde. Nan war verheiratet mit Gerald Terry, dessen Profil sogar noch dürftiger war. Sie war die Mutter von Caryssa Terry, siebzehn Jahre alt und Junior an der Sudbury Highschool, und von Darren Terry, zwanzig Jahre alt und Student am Massasoit Community College.

Shay vergrößerte Darrens Profilbild so weit wie möglich. Ein hübscher Junge mit rötlichem Haar, das mit dem Alter ins Kastanienbraune übergehen würde, Sommersprossen und einem breiten, selbstbewussten Lächeln.

Und einer Narbe, die sich von einer Schläfe über die Wange bis kurz oberhalb seines Kinns zog. Sie war kaum zu sehen, aber auf einigen seiner anderen Fotos, auf denen er im Profil abgebildet war, war die Narbe deutlicher erkennbar.

Shay warf einen Blick auf die Uhr: fast zwei. Zeit, sich ernsthaft auf die Suche zu konzentrieren.

Im Wohnmobil war es absolut still bis auf Colleens gelegentliche Seufzer und den Wind, der an den Fenstern rüttelte. Es hatte aufgehört zu schneien, und Shay konnte ein paar Sterne am Himmel sehen. Die Kälte kroch durch den Boden in ihre Füße, und immer wieder musste sie die Decken enger um sich wickeln.

Nach einer halben Stunde voller Irrwege und Sackgassen wurde sie schließlich fündig. Was sie gesucht hatte, steckte nicht in irgendwelchen Nachrichten oder Community-Beiträgen, sondern in einem Facebook-Beitrag eines Jungen, dessen Schule offenbar mit der Sudbury Highschool rivalisierte, wo sowohl Paul Mitchell als auch Darren Terry während ihres ersten Schuljahrs Mitglieder des Football-teams gewesen waren. Darren war mitten in der Saison in die erste Mannschaft aufgestiegen; und Paul, der nach diesem Jahr nicht mehr Football gespielt hatte, war auf keinem der Fotos zu sehen, die Darren zeigten. Die beiden waren auch nicht auf Facebook befreundet, mussten sich jedoch gekannt haben.

Zwei Jahre später, in der vorletzten Klasse, hatte ein Schüler der Medfield Highschool einen langen Beitrag über ein bevorstehendes Spiel zwischen den Sudbury Panthers und den Medfield Warriors geschrieben, der von Dutzenden Schülern beider Highschools kommentiert worden war.

»Der Verteidiger von den Panthers hat doch ausgeschissen. Wisst ihr noch, wie dieser Vollidiot ihn damals fast platt gemacht hat? Auf dem Spielfeld hätte der gegen Darren nie eine Chance gehabt. Paul Mitchell, du bist mein Held, auch wenn du ein Schwachkopf bist. Und sagt euren Leuten, sie sollen sich warm anziehen, weil die WARRIORS kommen und ihr dann gefickt werdet. Aber verprügelt DARREN nicht noch mal, den will ich mir selbst vorknöpfen.«

Das Adrenalin schoss Shay durch die Adern. Sie grenzte

ihre Suche auf die Monate ein, in denen die Jungs wahrscheinlich zusammen Football gespielt hatten, und gab verschiedene Suchbegriffe ein. Nichts. Deshalb probierte sie es auf den Personen-Suchmaschinen.

Es war fast drei Uhr, als sie in ihre Jacke schlüpfte und nach draußen ging. Zuerst rauchte sie die Zigarette, deren Filter längst nass und durchgeweicht war, weil sie die ganze Zeit darauf herumgekaut hatte. Sie warf die Kippe auf den Boden und schob mit der Fußspitze Schnee darüber. Ein mit Stahlrohren beladener Lastwagen rollte langsam vorbei. Shay nahm die Kälte in ihrem Gesicht kaum wahr.

Sie wählte.

»Hallo?«

»Mrs Terry?«

»Wer sind Sie? Es ist fast vier Uhr nachts.«

»Es tut mir wirklich leid, dass ich Sie um diese Uhrzeit belästige. Ich möchte auch nicht zu aufdringlich sein. Aber es ist sehr wichtig. Bitte legen Sie nicht auf.«

Schweigen. Shay stellte sich die Frau in ihrem eleganten Haus in Neuengland vor, wie sie ihren Morgenmantel enger um sich zog, wie ihr Herz klopfte, weil mitten in der Nacht das Telefon geklingelt hatte. Sie holte tief Luft. Sie würde lügen müssen. Aber ihr Sohn war jetzt seit neun Tagen verschwunden, also nahm sie das in Kauf. Sie hatte schon Schlimmeres getan.

»Mein Name ist Anne Hutchins. Mein Sohn Ben arbeitet zusammen mit Paul Mitchell in Lawton, North Dakota.« Sie konnte nur hoffen, dass Nan Terry die Gebietsvorwahl von Kalifornien nicht kannte. Dass sie es nicht übers Herz bringen würde aufzulegen, wenn sie hörte, was Shay zu sagen hatte. Als ihr fast die Stimme versagte, war es nicht einmal gespielt.

»Ben ist im Krankenhaus. Er ist übel zusammengeschlagen

worden, Mrs Terry. Mein Mann und ich … wir wollen einfach wissen, was passiert ist.«

»O mein Gott. Also hat er es wieder getan. O Gott, ich wusste, dass es so kommen würde.«

»Was getan?«

»Ich … darf nicht darüber sprechen. Hören Sie, dieser Junge ist gefährlich, das ist alles, was ich sagen kann. Es ist mir per Gerichtsbeschluss untersagt, darüber zu sprechen.«

Ein eiskalter Schauer lief Shay über den Rücken. »Bitte, ich werde niemandem ein Sterbenswörtchen sagen, ich schwöre es. Ich versuche nur zu verstehen, was vorgefallen ist. Ich werde Ihren Namen nicht erwähnen, und ich werde auch nicht …«

»Ich rede mit Ihnen, wenn Sie mir garantieren, dass das absolut unter uns bleibt, verstehen Sie? Wenn sich irgendwer bei mir meldet, wenn Sie zu einem Anwalt gehen, werde ich leugnen, jemals mit Ihnen gesprochen zu haben.«

Die Angst der Frau war deutlich spürbar, selbst über mehr als dreitausend Kilometer hinweg. »Selbstverständlich. Bitte, erzählen Sie mir, was Sie wissen.«

»In seinem ersten Jahr auf der Highschool hat mein Sohn nach einem Footballtraining in der Umkleide irgendwas zu Paul Mitchell gesagt. Sie waren zu dritt, und der andere Junge hat damit angefangen. Er hat sich über Paul lustig gemacht wegen seiner Legasthenie und ihn als Schwachkopf beschimpft, und als Darren auch noch seinen Senf dazugegeben hat, ist Paul ausgerastet. Was Darren gesagt hat, war dumm, aber Sie wissen ja, wie Jungs in dem Alter sind. Ich meine, Herrgott, sie waren gerade mal fünfzehn. Darren ist kein Rüpel, und der andere Junge hatte angefangen, aber Paul ist mit beiden Fäusten auf Darren losgegangen und hat auch noch zugeschlagen, als er schon auf dem Boden lag. Und dann hat er angefangen, ihn zu treten. Alles war voller Blut, ich habe die Fotos gesehen. Als der andere Junge Paul endlich wegzerren konnte, war Darren schon bewusstlos. Er hatte drei Zähne verloren, sein Kiefer war gebrochen, die Augenhöhle war verletzt, sein ganzes Gesicht war – o Gott, wenn es zum Prozess gekommen wäre und die Geschworenen diese Fotos gesehen hätten, sie hätten Paul garantiert weggesperrt. Wenn er achtzehn gewesen wäre ...«

Shay brachte kein Wort heraus. Paul Mitchell, mit dem sich ihr Sohn angefreundet hatte, den er seinen *besten* Freund genannt hatte, war nicht nur der nette, schüchterne Junge auf dem Foto, das seine Mutter bei sich trug. Er hatte eine gewalttätige Ader, und er hatte schon einmal die Beherrschung verloren.

»Die Anwälte haben es uns erklärt. Weil Paul noch minderjährig war, hätten wir keine Chance, zumal die Schule kurz davor eine riesige Anti-Mobbing-Kampagne gestartet hatte und eine ganze Reihe Mitschüler und Lehrer bezeugen konnten, dass Darren und der andere Junge, der viel schlimmer war, Paul häufig gehänselt hatten. Und die Mitchells hatten sofort ihre Anwälte zur Stelle, glauben Sie mir. Die haben keine Kosten gescheut. Der Vater des anderen Jungen war arbeitslos, die Familie konnte sich keinen Anwalt leisten, und unsere Krankenversicherung weigerte sich, die medizinische Behandlung zu bezahlen, die Darren brauchte. Mein Mann ... Der Anwalt der Mitchells hat schließlich angeboten, für alles aufzukommen, für die ganze Behandlung. Außerdem würde Paul eine Aggressionstherapie machen und aus dem Footballteam ausscheiden. Schließlich hat die Schule dafür gesorgt, dass sie in Klassen kamen, die nicht mal im selben Flügel Unterricht hatten.«

»Mein Gott«, sagte Shay leise. »Hat er denn noch mal jemanden zusammengeschlagen?«

»Nicht dass ich wüsste, aber wer weiß? Seine Mutter hat ihn von da an mit Argusaugen beobachtet. Also, ich sage ja nicht, also ... ich meine, es ist ihr Sohn, was sollte sie tun? Aber sie hat nie Kontakt zu uns aufgenommen, es gab nie eine Entschuldigung. Mein Mann hat gemeint, wir sollten die Sache auf sich beruhen lassen, weil die sowieso die besseren Anwälte haben. Aber als ich ihr neulich im Safeway begegnet bin, hat sie sich einfach mit ihrem Einkaufswagen umgedreht und ist weggegangen. Sie hat mich nicht mal angesehen. Zuerst prügelt ihr Sohn unseren Darren halb tot, und jetzt ist es auch noch *meine* Schuld?«

»Ich ... danke Ihnen, dass Sie mir das alles erzählt haben. Ich werde Ihren Namen nicht erwähnen.«

»Danke. Aber dürfte ich fragen, was diesmal passiert ist?«

Shay überlegte krampfhaft. Sie konnte es sich nicht leisten, Verdacht zu erregen. »Mein Sohn war mit einem Jungen namens Taylor befreundet. Die beiden waren auf dem Bohrturm sehr beliebt, so eine Art Anführer. Ich nehme an, sie haben Paul einen harmlosen Streich gespielt, und er ist ausgeflippt.«

»Ja, das kommt mir bekannt vor«, antwortete Nan verbittert. »Hören Sie, mir tun ja die Jungs leid, die nirgendwo richtig dazugehören. Aber dafür können die anderen ja nichts, oder?«

Kapitel 15

Um halb acht überlegte Colleen, ob es wohl noch zu früh war, Shay zu wecken. Sie hatte das Bett schon gemacht und ihre Tasche zum Duschengehen gepackt und versucht, in ihrem Buch zu lesen, aber in anderthalb Stunden war sie nur ein paar Absätze weit gekommen.

Es klopfte leise. Colleen sprang von der Sitzbank auf, ihr Herz raste. Vorsichtig öffnete sie die Tür. Draußen stand Rolands Freundin. Ihr Atem bildete Wölkchen in der trüben Morgenluft.

»Nora, richtig?«, sagte Colleen. »Um Himmels willen, kommen Sie rein, es ist eisig kalt.«

»Tut mir leid, dass ich hier so unangemeldet aufkreuze. Oh ... ich wusste nicht ...«

Colleen folgte ihrem Blick. Shay stützte sich auf den Ellbogen und rieb sich den Schlaf aus den Augen.

»Nein, nein, das ist schon okay. Shay, Nora ist hier, Rolands Freundin.«

»Ah ja«, krächzte Shay schlaftrunken.

Colleen schloss die Tür hinter Nora, und sie setzten sich an das Tischchen. Colleen war froh, schon aufgeräumt zu haben, aber in dem engen Raum roch es nach Schlaf und muffigem Atem, und Shays Kleider lagen noch genau da, wo sie sie am Abend zuvor hatte fallen lassen.

»Ich will Sie nicht lange aufhalten. Aber es gibt etwas, das Sie wissen sollten. Ich habe fast kein Auge zugetan heute Nacht, weil ich darüber nachgedacht habe, wie ich's Ihnen sagen soll.«

»Wenn Sie uns helfen, können Sie meinetwegen hier einziehen.« Shay zog sich die Decken über die Schultern, wobei sich ihre Haare statisch aufluden und in alle Richtungen abstanden.

»Roland weiß nicht, dass ich hier bin.« Sie holte tief Luft und atmete langsam aus. »Eigentlich gibt es einiges, was er nicht weiß.«

»Was meinen Sie damit?«

»Also, bevor ich es Ihnen erkläre und Sie mich dann für einen Unmenschen halten, möchte ich ein paar Dinge vorwegschicken. Mein Ex ist arbeitslos, und Roland schickt jeden Penny, den er erübrigen kann, nach Hause zu *seiner* Ex. Sie wissen ja, dass ich als Lehrerin nicht viel verdiene. Und ich kann keinen anderen Job annehmen, zumindest nicht, wenn ich für Ellie da sein will. Vor einiger Zeit, als sich meine Miete plötzlich fast verdoppelte, hat mir eine befreundete Kollegin erzählt, wie man an Geld kommen kann.«

Sie senkte den Blick und hielt die Hände im Schoß verschränkt. »Ihr Mann arbeitet auch auf einem Bohrturm. Und irgendwie wurde er in eine Sache mit reingezogen, als einer der Männer der Ölfirma mit Klage gedroht hat wegen eines Unfalls, der durch mangelhafte Sicherheitsausrüstung verursacht wurde. Der Mann meiner Freundin hat aber zu Protokoll gegeben, dass das gar nicht stimmte. Er wollte wirklich nur die Wahrheit sagen. Aber dann ist jemand zu ihm nach Hause gekommen und hat ihm einen Umschlag gegeben. Die Firma schätze seine Ehrlichkeit und wolle sich bei ihm bedanken, und er solle der Firma gern mitteilen, auf welche Weise man den Bedürfnissen der Arbeiter entgegenkommen könne. Verstehen Sie? Der Typ hat ziemlich nebulöses Zeug geredet.

Aber in dem Umschlag waren fünftausend Dollar in *bar*. Und der Mann meiner Freundin ist nicht auf den Kopf gefallen. Er hat sofort kapiert, worauf die hinauswollten. Er hat ein paar Namen genannt, ein paar Einzelheiten.«

»Soll das heißen, er hat seine Kollegen verpfiffen, die mit Klage gedroht haben?«

»Nicht unbedingt. Er hat ihnen die Namen von Leuten genannt, die möglicherweise ein Problem darstellen könnten, entweder weil sie sich auf der Arbeit beklagten oder davon redeten, Beschwerde einzureichen, einen Anwalt einzuschalten oder sich an die Medien zu wenden. Also eigentlich alles. Sie wollten wissen, wer die ›Querulanten‹ sind.« Sie malte Anführungsstriche in die Luft. »Und dann haben sie kurzen Prozess gemacht. Meine Freundin sagt, die Männer, die ihr Mann verpfiffen hat, sind kurz darauf entlassen worden. Sie haben dann auf anderen Bohrtürmen angeheuert, aber das konnte der Firma egal sein, denn sie waren ja nicht mehr *ihr* Problem.«

»Sie wollen also sagen, dass Roland …«

»Nicht Roland«, entgegnete Nora heftig. »*Ich*. Ich habe bei denen angerufen. Ich habe mich mit dem Typen in Minot in einem Starbucks getroffen, und alles, was ich zu tun hatte, war, ein paar Namen fallen zu lassen, die Roland mir gegenüber erwähnt hatte. Der Mann hat mir versichert, dass sie keinen Vermerk in ihre Arbeitspapiere bekommen würden, dass es alle möglichen Kündigungsgründe gäbe und dass sie spätestens nach einer Woche wieder woanders Arbeit hätten. Auf diese Weise habe ich an einem Nachmittag siebentausend Dollar verdient. Das hat für Weihnachtsgeschenke und meine Mietrückstände gereicht. Ich konnte sogar meiner Mutter einen Flug hierher spendieren«, sagte sie trotzig.

Colleen rechnete schon mit einem Tobsuchtsanfall von

Shay, aber die drehte nur eine Haarsträhne um ihren Finger, während sie Nora musterte.

»Hören Sie, ich hätte das nie gemacht, wenn ich damit gerechnet hätte, dass jemandem was passiert. Und ehrlich gesagt traue ich der Firma keine üblen Machenschaften zu. Ich kann mir einfach nicht vorstellen, dass die einem ihrer Arbeiter etwas zuleide tun würden. Aber ich dachte, Sie sollten das alles vielleicht wissen, okay?«

Sie war schon aufgestanden und hatte sich die Handtasche über die Schulter gehängt.

»Danke, dass Sie hergekommen sind«, sagte Colleen.

»Sie werden Roland doch nichts sagen, oder?«

»Nein, natürlich nicht.«

»Gut. Danke. Und ich … ich werde für Sie beten.«

Als sich die Tür hinter ihr schloss, legte Shay sich wieder aufs Bett und zog sich die Decken über die Ohren: »Erstaunlich, wie leicht es heutzutage ist, Leute zu kaufen.«

Shay war sehr wortkarg auf dem Weg zur Fernfahrerraststätte, beim Frühstück und während sie auf die Duschen warteten. Colleen sagte sich, dass sie natürlich beide das Recht hatten zu schweigen, wenn ihnen nicht nach Reden war, aber als sie schließlich weiter zum Bohrturm fuhren, hielt sie es nicht mehr aus.

»Gibt es irgendetwas, das ich tun kann? Wollen Sie darüber reden?«

Shay starrte nur schweigend auf die Straße. Der Himmel war strahlend blau, die winterliche Landschaft lag gleißend im Sonnenlicht. Trotz der Temperaturen von minus zehn Grad Celsius ließ die Sonne die oberste Schneeschicht schmelzen. Shay hatte die Lippen zusammengepresst, ihr Gesicht wirkte besonders angespannt. Als Colleen ihre Frage gerade wiederholen wollte, lenkte Shay den Wagen auf den Standstreifen und brachte ihn langsam zum Stehen. Die Landschaft war in alle Richtungen gespenstisch gleichförmig: endlose weiße Felder, aus denen nur hier und dort die Stoppeln herausragten, am Straßenrand verharschter Schnee mit Schotter vermischt.

Colleen kramte in ihrer Handtasche nach Papiertaschentüchern, für den Fall, dass sie Trost spenden musste, als Shay kühl sagte: »Ich weiß über Darren Terry Bescheid.«

Darren Terry. Der Name ließ Colleen erstarren. Sie hatte sich so sehr bemüht, den Namen zu vergessen, dass er jetzt wie ein Felsbrocken in ein Glashaus einschlug und einen Scherbenregen auf sie niederprasseln ließ. Weder sie noch Andy hatten den Namen jemals wieder ausgesprochen, seit sie vor vier Jahren in der Anwaltskanzlei die Vereinbarung unterschrieben hatten.

Sie hatten darüber gesprochen, von Sudbury wegzuziehen, und manchmal, wenn Colleen Nan Terry erblickte, wie sie in ihrem kleinen BMW durch die Stadt fuhr oder den Blue-Hills-Wanderweg entlangjoggte, fragte sie sich immer noch, ob das nicht wirklich die bessere Lösung gewesen wäre. Aber dann hätte Paul sein zweites Highschool-Jahr an einer anderen Schule beginnen müssen, und sie hätten neue Therapeuten und einen neuen Psychiater finden müssen, obwohl er sich doch gerade erst an die jetzigen gewöhnt hatte. Außerdem wusste niemand außer den Mitchells, den Terrys, den Anwälten und der Schulverwaltung über die ganze Sache Bescheid.

Niemand wusste etwas darüber. Aber Shay, die sie erst vor achtundvierzig Stunden kennengelernt hatte, wusste es und betrachtete sie jetzt mit einer Mischung aus Abscheu und Angst, genau wie Nan Terry sie letzten Herbst im Safeway angesehen hatte, als Colleen ein einziges Mal gegen ihre selbst auferlegte Regel verstoßen hatte und nicht wie sonst sicherheitshalber zum Einkaufen nach Norfolk gefahren war.

»Wie …?«

»Scheiß auf wie«, fauchte Shay. »Erzählen Sie mir *haargenau*, was Paul getan hat und warum.«

»Er …« Colleens Lippen bewegten sich zwar, aber es kam kein Wort heraus. Wie oft hatte sie dieses Gespräch schon mit sich selbst geführt? Wie oft hatte sie sich diese Geschichte schon erzählt in der Hoffnung, einen anderen Blickwinkel zu finden, sie abzuschwächen, sie zu beschönigen – um sich selbst zu beruhigen?

»Paul ist Legastheniker, und er hat ADHS. Und außerdem hatte er eine Aufsässigkeits-Trotz-Störung.«

»Eine *was*?«

Aus diesem einen Wort sprach die ganze Skepsis, die Colleen selbst immer empfunden hatte, jedes bisschen von Andys Widerstand, jede Unterhaltung mit Pauls Lehrern über die Jahre, wenn sie um mehr Verständnis, eine zweite Chance, einen erneuten Versuch gebettelt hatte.

»Ich weiß, das klingt an den Haaren herbeigezogen, aber es ist eine offizielle Diagnose. Diese Störung geht oft einher mit Legasthenie und ADHS. Für Jungs wie Paul kann schon ein normaler Schulbesuch extrem frustrierend sein. Vor allem in der Pubertät. Jeden Tag sind Dinge, die für uns völlig selbstverständlich sind, total kompliziert für …«

»Viele Jugendliche sind frustriert«, sagte Shay scharf. »Viele Jugendliche finden die Schule zum Kotzen. Die meisten von denen können nur träumen von dem, was Sie Ihrem Jungen bieten konnten, aber sie schlagen ihre Klassenkameraden trotzdem nicht krankenhausreif.«

»Sie verstehen das nicht«, erwiderte Colleen. Das Atmen fiel ihr schwer, ihr Magen verkrampfte sich. »Sie haben ihn gehänselt. Seit der Vorschule wurde er Tag für Tag von irgendwem drangsaliert. Seit sie angefangen haben, schreiben zu lernen, und Paul gemerkt hat, dass er anders war. Und das ist während der gesamten Schulzeit so weitergegangen. In unserem Stadtteil herrscht ein extremer Konkurrenzdruck, die Kinder wachsen mit hohen Erwartungen auf ...«

»*Mein* Kind wurde auch gehänselt. *Alle* Kinder werden gehänselt. Während der ganzen vierten Klasse wurde Taylor immer nur Shrek genannt, weil er so groß war und abstehende Ohren hatte. Dann sagt man ihnen eben, dass sie damit klarkommen müssen, und basta.«

»Es ... es ist angeboren«, fuhr Colleen hartnäckig fort. »Er war ... er hat Taylor nichts getan. Das ist es doch, was Sie denken, oder? Dass er ihm etwas angetan hat?«

Tränen traten ihr in die Augen und trübten ihre Sicht. Sie suchte die Papiertaschentücher in ihrer Handtasche, zog schließlich eine ganze Handvoll heraus und drückte sie an ihr Gesicht.

»Woher wollen Sie wissen, dass er es nicht getan hat? Nachdem er diesen Jungen halb totgeprügelt hat? Bloß weil die ihn ein bisschen gehänselt haben?«

Colleen drehte sich auf dem Beifahrersitz, sodass sie Shay direkt in die Augen sehen konnte. »Die haben ihn nicht nur *ein bisschen* gehänselt! Die haben jedes Mal auf ihm herumgehackt beim Footballtraining, permanent. Sie haben ihn als Schwachkopf beschimpft. Als *Affe*. Darren und der andere Junge, dieser Tanner, der war noch schlimmer. Aber in dem Moment ging es gar nicht um die Legasthenie, sondern um ein Mädchen, an dem Tanner interessiert war, ein Mädchen, das Paul zum Homecoming-Ball eingeladen hatte. Tanner kannte Paul schon seit der Grundschule, als Paul in der zweiten Klasse von einem Spezialisten betreut wurde. Ich meine, das war schon fast *zehn Jahre* her gewesen, aber Tanner war wütend wegen des Mädchens und hat deshalb diese Geschichte von damals wieder ausgepackt, und Paul hat reagiert.«

Natürlich durchschaute Shay ihre Ausflüchte, ihr verzweifeltes Abstreiten. »Außerdem sind Paul und Taylor *Freunde*. Das haben Sie doch selbst gesagt. Dass Taylor Ihnen von Paul erzählt hat. Dass sie – dass sie sich nahestehen.«

»Aber Paul hat Ihnen nichts von Taylor erzählt. Richtig?«

Colleen saß da mit offenem Mund, während sie überlegte, was sie sagen sollte. Hatte er von Taylor erzählt? Hatte sie das irgendwie nicht mitbekommen, hatte er vielleicht, ohne Taylors Namen zu nennen, irgendetwas gesagt oder angedeutet, was ihr entgangen war? Vielleicht hatte er ja mit Andy gesprochen und nicht mit ihr; wie oft waren die beiden losgegangen, um Kaminholz zu besorgen oder Hähnchenflügel oder etwas vom Chinesen. Und waren sie manchmal nicht viel länger als nötig unterwegs gewesen, und Colleen hatte nicht nachgefragt, weil sie vermutete, dass Andy seinem minderjährigen Sohn im Hub ein Bier spendiert hatte?

»Vielleicht hat Taylor ja nur *geglaubt*, sie wären Freunde«, sagte Shay, »und die ganze Zeit hat Paul was ganz anderes im Sinn. Und es nagt an ihm, gärt in ihm ...«

»Hören Sie auf«, flehte Colleen. »Bitte. Wir sind doch jetzt unterwegs zum Bohrturm. Wir suchen nach Leuten, die die beiden kennen. Wir fragen herum. Bitte, urteilen Sie nicht, bevor wir Gewissheit haben.«

»Und Ihr Detektiv? Weiß der Bescheid? Haben Sie es ihm erzählt?«

»Steve?« Colleen versuchte Zeit zu gewinnen, aber sie kam da nicht raus, sie musste Farbe bekennen. Shay mit ihrem Gegoogle, die alles herausfand und alle Geheimnisse aufstöberte; irgendwie ließ sich nichts lange vor Shay verborgen halten. »Es ist noch nicht zur Sprache gekommen, aber sollte es einen guten Grund geben, es zu erwähnen ...«

»Es gibt einen *verdammt* guten Grund, wenn Sie mich fragen. Nämlich meinen *Sohn*. Der Ihrem Sohn vertraut hat, sich mit ihm angefreundet hat, ohne irgendetwas über seine Vergangenheit zu wissen, darüber, was er getan hat. Nein, sagen Sie nichts.« Sie hielt abwehrend die Hand hoch. »Ich sage Ihnen, wie das hier läuft. Wenn wir die beiden bis morgen Nachmittag nicht gefunden haben und immer noch nicht mehr wissen, erklären Sie es der Polizei, oder ich tue es. Und Sie werden Steve darüber ins Bild setzen, bevor Sie ihn herholen. Andernfalls trennen sich unsere Wege, und Sie können zusehen, wie Sie ohne Auto und ohne Bleibe zurechtkommen.«

Colleen nickte benommen. Wie waren sie überhaupt an diesen Punkt gekommen, wie hatte es so schiefgehen können? Der Motor lief nach wie vor im Leerlauf, nur ab und zu ruckelte er oder gab ein ploppendes Geräusch von sich.

Sie war auf Shay angewiesen. Allein wäre sie hoffnungslos verloren in dieser gottverlassenen Gegend mit den namenlosen Straßen, auf der Suche nach Bohrtürmen. Sie würde nicht wissen, wo sie im Reservat anfangen sollte, mit wem sie reden und wohin sie sich wenden sollte. Solange sie Shay hatte, war noch nicht alles verloren. Sie war auf eine Weise unerschrocken, von der Colleen nur träumen konnte.

»Es muss irgendwas mit Hunter-Cole zu tun haben«, murmelte sie. »Verstöße gegen die Sicherheitsbestimmungen. Oder irgendetwas, woran wir bisher überhaupt noch nicht gedacht haben.«

»Wollen Sie mir ernsthaft erzählen, dass das bessere Erklärungen sind? Ist es das, wofür Sie beten, wenn Sie nachts die Augen zumachen?« Shay lenkte den Wagen zurück auf die Straße. »Unsere Jungs sind immer noch verschwunden. Das Einzige, was mich interessiert, ist, sie zu finden. So wie ich das sehe, könnte Paul selbst ein weiterer Grund sein. Um ihrer beider willen kann ich nur hoffen, dass er Taylor nichts angetan hat. Und Ihre Gefühle interessieren mich im Moment einen Scheißdreck, also behelligen Sie mich nicht damit.«

Colleen nickte wieder. Die Karten waren neu gemischt worden. Und ein neues Schreckgespenst war aufgetaucht.

Denn das Einzige, was noch schlimmer war, als dass ihr Sohn und Taylor verschwunden waren, war die Möglichkeit, dass es Pauls Schuld war. Dass er trotz der jahrelangen Therapien und Medikamente, trotz des Achtsamkeitstrainings, trotz all seiner Fortschritte in besinnungslose Raserei geraten war, die ihn vergessen ließ, dass er schon einmal mit Blut an den Händen dagestanden hatte.

Sie hielten an der Stelle, wo eine neue Zufahrt ins Land gefräst worden war. Schwere Reifen hatten Schnee und Schlamm aufgewühlt. Alte Stoppeln zwischen den Reifenspuren zeugten davon, dass dieses Land noch vor nicht allzu langer Zeit unberührt gewesen war. Nicht einmal hundert Meter von der Straße entfernt ragte ein Bohrturm in den Himmel, bunt wie ein Kinderspielzeug. Der Turm trug ein weißes Gittermuster auf leuchtend gelbem Hintergrund, die Maschinerie um die Basis herum war gelb und rot. Sein Schatten schien endlos lang. Vier kobaltblaue Abwassertanks waren aufgereiht wie Perlen an einer Halskette. Der Boden der neu angelegten Umfahrungsstraße war uneben und kreuz und quer von Reifenspuren durchzogen. Ein halbes Dutzend Lastwagen stand willkürlich geparkt. Einige Männer bewegten sich zwischen den Fahrzeugen und den Anlagen; niemand schien einen Blick zur Straße zu werfen.

Colleen starrte mit glasigen Augen aus dem Fenster, ihr Kummer war so groß, dass ihr ganzer Körper zu beben schien. Aber Shay konnte sich jetzt kein Mitgefühl leisten. Sie stellte sich vor, dass eine Panzerglasscheibe sie beide trennte. Colleen war zwar nicht der Feind – aber sie konnte ihr weitaus gefährlicher werden. Denn wenn Shay Mitleid oder auch nur Mitgefühl zuließe, würde das ihr Denken trüben.

Also wandte sie ihre Aufmerksamkeit wieder dem Bohrturm zu. Einige der Männer stapften in ihre Richtung. Oder bildete sie sich das nur ein? Versuchten sie, durch die Windschutzscheibe zu spähen, schrieben sie sich ihr Kennzeichen auf? Hatte man die Sicherheitsleute angewiesen, Ausschau nach ihr und Colleen zu halten, seit sie mit ihrer Suche nach den Jungs begonnen hatten?

Shay war im Zwiespalt. Wenn sie nichts taten, würden sie nichts herausfinden, außer vielleicht dass die Bohrtürme aus der Nähe viel größer waren, als sie es sich vorgestellt hatte. Wenn sie ausstiegen, riskierten sie, dass man sie wegen unbefugten Betretens des Geländes belangte und dass sie die Geschäftsführung vollends gegen sich aufbrachten. Andererseits hatten sie ja ihre Absichten bereits deutlich gemacht, als sie bei Hunter-Cole angerufen hatten.

Während sie die Alternativen abwog, setzte sich ein schwarzer Pick-up in Bewegung und rollte gemächlich auf der Zufahrtsstraße in ihre Richtung. Die Frauen warteten schweigend ab. Als der Pick-up einige Meter vor ihnen zum Stehen kam, bemühte sich Shay, einen Blick auf den Fahrer zu erhaschen, aber mehr als eine gebogene Sonnenbrille und eine Baseballmütze ließ sich durch die Scheibe nicht ausmachen. Kurz darauf zog der Pick-up ein Stück vor, sodass sich die Fahrertüren auf gleicher Höhe befanden; der Fahrer rollte das Fenster herunter und gab ihr zu verstehen, sie solle es ihm nachtun.

Eisige Luft strömte ins Wageninnere. Jetzt konnte sie das Gesicht des Mannes sehen: faltige, wettergegerbte Haut, blutleere Lippen und aschbrauner Bart.

»Haben die Damen sich verfahren?«

»Nein. Ich weiß genau, wo ich bin. Ich stehe vor einem Bohrturm, wo ein Haufen Männer, die mit meinem Sohn zusammengearbeitet haben, eine Menge Geld für Hunter-Cole scheffelt.« Trotz ihres demonstrativ selbstbewussten Auftretens hatte Shay gewaltiges Herzklopfen.

Der Mann nahm langsam die Sonnenbrille ab. Als er gegen die Helligkeit die Augen zusammenkniff, wurden seine Krähenfüße deutlich sichtbar. Der Mann war es gewöhnt, an der frischen Luft zu sein, und nach seiner abgetragenen Wildlederjacke zu urteilen, arbeitete er hart für sein Geld. »Wer sind Sie?«

»Ich glaube, Sie wissen, wer ich bin. Und wenn nicht, dann müssen Sie dumm wie Bohnenstroh sein. Wer sind *Sie?*«

Jetzt lächelte der Mann, ein kaltes, verschlagenes Lächeln. »Sie verletzen meine Gefühle«, sagte er ruhig. »Ich bin der Sicherheitsinspekteur. Ich gehöre zu den *Guten.*«

»Zeigen Sie uns Ihren Ausweis!«, sagte Colleen vom Beifahrersitz aus. Shay warf ihr einen Blick zu, überrascht, dass sie wieder von den Toten auferstanden war.

Der Mann lachte in sich hinein. »Wir sind hier nicht bei *Law and Order*. Wir haben keine Dienstmarken. Aber Sie fangen an, meinen Chefs auf die Nerven zu gehen. Und da das offenbar nicht reicht, damit Sie die Fliege machen, sage ich Ihnen noch was, worüber Sie nachdenken sollten. Sie sind auf dem falschen Dampfer. Nichts ist Ihren Jungs bei der Arbeit passiert. Darauf gebe ich Ihnen mein Wort.«

»Tatsächlich? Sind Sie an allen Arbeitsplätzen zu jeder Tages- und Nachtzeit präsent?«, wollte Shay wissen. »Waren Sie letzten Herbst hier, als das Kabel eines Flaschenzugs einem Ihrer Arbeiter den Bauch aufgeschlitzt hat? Oder als zwei Männer innerhalb eines Monats von derselben Plattform abgestürzt sind, weil Hunter-Cole kein Sicherheitsgeländer angebracht hatte? Waren Sie dabei, als die Firmenanwälte die Familienangehörigen bestochen haben?«

Sein Augenlid zuckte fast unmerklich. »Sie haben einen Orden verdient«, knurrte er. »Sie kennen sich mit Google aus. Aber Sie haben noch viel Arbeit vor sich, denn wenn Sie alles über das Thema gelesen hätten, dann wüssten sie, dass wir uns geeinigt haben. Nicht weil wir schuldig gewesen wären. Sondern um die Sache aus der Welt zu schaffen.«

Er wedelte mit der Hand, so als würde er eine lästige Fliege verscheuchen. »So was macht Hunter-Cole, verstehen Sie? Wenn Nörgler anfangen, die Produktivität zu gefährden, wird sich geeinigt. Aber Sie beide wirken auf mich nicht sehr gefährlich. Zwei Damen in einem schicken Mädchen-SUV – aber solange Sie nicht aussteigen und oben ohne rumlaufen, sind Sie nicht mal besonders unterhaltsam.«

Während Shay noch nach einer schlagfertigen Entgegnung suchte, löste Colleen ihren Sicherheitsgurt und öffnete die Beifahrertür. Blitzschnell war sie draußen und stapfte durch den kniehohen Schnee um den Wagen herum. Auf dem Weg, wo der Schnee platt gefahren war, kam sie jedoch schneller voran und marschierte in Richtung Bohrturm.

Fluchend setzte der Mann zurück, die durchdrehenden Reifen schleuderten Schnee auf. Er brauchte drei Anläufe zum Wenden, dann heftete er sich Colleen so dicht an die Fersen, dass seine Stoßstange fast ihren Hintern berührte. Sie kümmerte sich nicht darum.

»Der fährt sie noch über den Haufen«, sagte Shay laut, sprang aus dem Wagen und wollte loslaufen, kam jedoch im tiefen Schnee nur stolpernd vorwärts. Als sie den Pick-up eingeholt hatte, schlug sie mit der Faust gegen das Blech, was sie jedoch auf der Stelle bereute, als ihr der Schmerz ins Handgelenk und in den Arm fuhr.

»Machen Sie ein Video, wenn er mich überfährt!«, schrie Colleen. »Stellen Sie es ins Netz.«

Eine gute Idee. Aber Shay benutzte ihre Energie lieber dafür, Colleen einzuholen. Als sie den planierten Bereich um den Bohrturm herum erreichten, hatte sich bereits eine Handvoll Männer versammelt, die sie beobachteten.

Ein bärtiger Mann mit einer orangefarbenen Leuchtweste über einem braunen Overall stieg ohne Eile die Treppe herunter. Mit verschränkten Armen blickte er der seltsamen Prozession entgegen. Als Shay und Colleen nur noch einige Meter von der kleinen Gruppe Männer entfernt waren, hielt ihr Verfolger an, sprang aus dem Wagen und rannte schwer atmend hinter ihnen her.

»So hältst du sie also unter Kontrolle, Pardee?«, spottete der Bärtige. Zu Shay und Colleen gewandt sagte er: »Ich muss Sie bitten, das Gelände zu verlassen. Dies ist ein Gefahrenort, für den Sie weder passend gekleidet noch ausgebildet sind.«

»Das Risiko gehen wir ein«, sagte Colleen. »Einige von Ihnen haben mit unseren Söhnen zusammengearbeitet. Kennt einer von Ihnen Paul und Taylor?«

Ein Raunen ging durch die Versammelten; der Mann mit der Weste drehte sich um und bellte: »Zurück an die Arbeit. Wir sind hier nicht beim Kaffeekränzchen.«

»Hey!«, schrie Shay, als sich die Gruppe zu zerstreuen begann. »Ich bin die Mutter von Taylor Capparelli. Die Mutter von *Fliege*. Und das ist Colleen. Ihr Sohn ist Paul Mitchell, sein Spitzname ist *Wal*. Wenn Sie irgendwas darüber wissen, wo die beiden sind oder was mit ihnen passiert ist, müssen Sie es uns sagen. Bitte, tun Sie das Richtige und reden Sie mit uns!«

»Das reicht jetzt, Ma'am, Sie machen sich lächerlich.« Der Mann mit der Weste fasste sie am Arm. Ermutigt davon trat der Fahrer des schwarzen Pick-ups vor und packte Colleen ebenfalls am Arm. »Wir begleiten Sie jetzt zurück zu Ihrem Wagen, damit Sie sich nicht verletzen. Und widersetzen Sie sich lieber nicht, das würde nur böse enden.«

»Sie alle haben eine Mutter!«, rief Colleen und versuchte, sich aus dem Griff zu befreien. »Eine Ehefrau, Töchter oder Söhne. Menschen, die Sie lieben. Wenn Sie verschwinden würden, würden die auch wissen wollen, was mit Ihnen passiert ist!«

Shay kam ein Gedanke. »369-648-2278! Rufen Sie mich an, bitte! Egal, wann. Wenn Sie irgendwas wissen, rufen Sie an!«

»471-216-9669!«, brüllte Colleen, und dann riefen beide abwechselnd ihre Telefonnummern, während die Männer sie zu ihrem Wagen zerrten. Shay ließ sich hängen. Sie wog kaum mehr als fünfzig Kilo, aber in der dicken Daunenjacke war sie ein unförmiges Bündel, und der Mann fluchte noch lauter, und trotz der Kälte bildeten sich Schweißperlen auf seiner Stirn. Als Colleen das mitbekam, machte sie sich ebenfalls schwer, und ununterbrochen riefen beide ihre Telefonnummern, während die Arbeiter sich zerstreuten und im Bohrturm verschwanden.

Am Wagen schüttelte Shay die Hand des Mannes ab, öffnete die Fahrertür und tat so, als wollte sie einsteigen. Im letzten Moment jedoch drehte sie sich und rammte die Tür mit voller Wucht gegen den Mann, sodass die Kante gegen seinen Ellbogen krachte.

»Verdammt! Sind Sie verrückt geworden?« Er hüpfte von einem Fuß auf den anderen und massierte seinen Ellbogen. Dann packte er sie erneut am Arm und schubste sie mit dem Rücken gegen die Tür. Shay wusste, was jetzt passieren würde; vom Bohrturm aus waren sie nicht mehr zu sehen. Sie sammelte Speichel im Mund, und kurz bevor sein Schlag sie traf und ihr Kopf gegen die Scheibe prallte, spuckte sie ihm mitten ins Gesicht.

Sie schmeckte Blut, als sie auf dem Boden landete, aber sie lachte nur laut und rappelte sich schnell wieder auf. Sie fuhr sich mit der Zunge durch den Mund: Die Zähne waren alle noch da. Wahrscheinlich nur eine Platzwunde. Colleen schrie irgendetwas und kam um den Pick-up gerannt, um ihr zu helfen, aber Shay schob sie weg.

»Meine Nummer kennen Sie ja jetzt!«, schrie sie, richtete sich auf und klopfte sich den Dreck von der Kleidung, während der Mann angewidert zum Bohrturm zurückkehrte. »Lassen Sie von sich hören!«

Kapitel 16

»Lassen Sie uns wenigstens ein Krankenhaus suchen«, sagte Colleen besorgt, als sie zur Reservatsgrenze kamen. »Es muss hier doch irgendwo eins geben.«

»Brauch ich nicht«, sagte Shay schon zum zweiten Mal. »Es ist nur ein kleiner Schnitt. Er hat wohlweislich nicht so heftig zugelangt – wenn er mir die Nase gebrochen oder ein blaues Auge verpasst hätte, könnte ich beweisen, dass er mich tätlich angegriffen hat.«

»Aber Sie haben einen Beweis! Ich habe alles gesehen!«

Shay lachte. »Als ob die Ihnen auf dem Polizeirevier überhaupt zuhören! Nachdem sie uns gesagt haben, wir sollen uns da raushalten. Außerdem gehe ich jede Wette ein, dass einer von denen bei Hunter-Cole auf der Gehaltsliste steht. Würde mich nicht wundern, wenn wir uns als Nächstes mit einem Polizisten anlegen müssen.«

An vereinzelten Häusern vorbei – meist Fertighäuser mit ein paar ramponierten Schuppen und hin und wieder Häuser aus Betonstein – führte ihr Weg sie in ein kleines Gewerbegebiet mit einer Hauptstraße, zwei Kreuzungen und einem Stoppschild. Im Schaufenster eines Minimarkts warben mehrere Leuchtreklamen für Getränke, daneben lagen ein Futtermittelladen, eine Eisenwarenhandlung und ein Gebrauchtwarenladen. Das ansehnlichste Gebäude war ein Haus mit grauer Verkleidung und einem grünen Dach. Auf einem an der Seite angebrachten Schild stand: »Indianische Angelegenheiten«.

»Niemand zu sehen«, bemerkte Shay und ließ sich Zeit mit der Parkplatzsuche. Sie fuhr bis ans Ende des Gebäudeblocks, wendete und parkte schließlich vor dem Büro für Indianische Angelegenheiten. »Vielleicht haben die wegen der Kälte geschlossen.«

»Mit wem wollen Sie reden?«

»Ich dachte, ich lass das erst mal mit dem Reden«, sagte Shay und berührte vorsichtig ihren Mund; die Oberlippe war dick geschwollen. Mit der Zunge konnte sie fühlen, wo sie sich in die Wange gebissen hatte. »Ist sowieso nicht meine Stärke, oder?«

»Okay, aber was wollen wir hier überhaupt erreichen? Wie wollen wir irgendjemanden dazu bewegen, mit uns zu sprechen, wenn hier wirklich so viel Feindseligkeit herrscht, wie Roland gesagt hat?«

Shay antwortete nicht. Die Kopfschmerzen, die nach dem Schlag eingesetzt hatten, waren halbwegs erträglich, aber wegen des Schlafmangels und der Ängste, die die neuesten Informationen aus dem Internet ausgelöst hatten, war sie auch ohne Brummschädel schon gereizt gewesen, und sie konnte sich nur mit Mühe eine sarkastische Bemerkung verkneifen. Außerdem, warum musste sie immer die Ideen haben?

Colleen schien zu demselben Schluss gekommen zu sein, denn sie stapfte schon durch den Schnee auf den Eingang zu. Ein Glöckchen an der inneren Klinke bimmelte, als sie die Tür öffnete.

An einem Schreibtisch saß eine Frau, die in einer Hand einen Stapel Papiere hielt und in der anderen eine Tasse. Ihr gegenüber, an die Schreibtischkante gelehnt, stand ein Mann in Winterkleidung und unterhielt sich mit ihr. Sein einziges Zugeständnis an die Wärme im Raum war der offene Reißverschluss an seinem Parka. Beide verstummten, als die Frauen eintraten.

»Hallo«, sagte Colleen vernehmlich. »Mein Name ist Colleen Mitchell. Mein Sohn ist verschwunden. Er hat bis vor neun Tagen auf einem Bohrturm von Hunter-Cole gearbeitet, und seitdem hat niemand etwas von ihm gesehen oder gehört. Sein Freund wird auch vermisst. Dies ist seine Mutter, Shay. Unsere Söhne sind zwanzig Jahre alt. Wir haben gehört, dass man hier oben auf Hunter-Cole nicht sehr gut zu sprechen ist, und ich habe nicht die Zeit, mich für alles zu entschuldigen, das in Ihrer Welt falsch läuft, aber könnten Sie mir vielleicht sagen, wo ich hier jemanden finde, der etwas über unsere Söhne wissen könnte?«

Shay war überrascht und beeindruckt, auch wenn Colleens Rede zum Schluss etwas wackelig wurde. Der Mann nahm seinen Hintern vom Schreibtisch und musterte die beiden Fremden wortlos. Die Frau räusperte sich nur und bewegte ihre Maus hin und her.

»Irgendein Arschloch von Hunter-Cole hat mich geschlagen«, sagte Shay. »Falls Sie also mit denen ein Hühnchen zu rupfen haben, würden wir Ihnen gern dabei helfen.«

»Mit denen speziell habe ich keine Probleme«, sagte die Frau mit grimmiger Miene. Sie schien um die fünfzig zu sein, ihr praktischer Haarschnitt ließ sie jedoch älter wirken. Eine weite, geblümte Bluse über einem Rollkragenpullover kaschierte ihre Extrapfunde. »Aber ich weiß nichts über Ihre Söhne.«

»Aber kennen Sie vielleicht jemanden, der etwas wissen könnte?«

»Wir wär's mit Fuck-off-Punkt-com?«, fuhr der Mann sie an, der vor Wut rot angelaufen war. Mit seinem kurz geschorenen grauen Haar sah er aus wie ein ehemaliger Soldat. »Sie glauben wohl, wenn Ihre Jungs in Schwierigkeiten geraten sind, dann muss ihnen jemand dabei geholfen haben? Und weil Sie sich nicht vorstellen können, dass die das ganz allein geschafft haben, meinen Sie, Sie können hierherkommen und mit dem Finger auf uns zeigen, was?«

»Das ist ganz und gar nicht meine Absicht«, erwiderte Colleen. »Ich versuche nur, jeder denkbaren Spur nachzugehen. Sehen Sie, ich bin aus Boston. In den vergangenen zweiundsiebzig Stunden habe ich in einer Fernfahrerraststätte geduscht, in einem Wohnmobil geschlafen und mehr frittiertes Zeug gegessen als sonst in einem ganzen Jahr. Jetzt befinde ich mich in einem Indianerreservat. All das sind neue Erfahrungen für mich, und wäre mein Sohn nicht verschwunden, hätte ich sie wahrscheinlich nie gemacht. Aber allmählich gehen mir die Ideen aus. Seit neun Tagen suche ich vergeblich nach meinem Sohn, und ich weiß nicht, mit wem ich noch reden soll. Einer der Männer vom Bohrturm hat etwas von Gerüchten erwähnt, nach denen Arbeiter nach einem Arbeitsunfall bestochen werden und diejenigen, die sich beschweren, Probleme bekommen, und all das nur, weil Hunter-Cole die Pachtverträge für Ihr Land unter keinen Umständen aufgeben will. Dieser Mann hat auch angedeutet, dass die Tatsache, dass Außenstehende sich an etwas bereichern, das rechtmäßig Ihrem Stamm gehört, großen Unmut verursacht. Vielleicht ist mein Sohn in irgendetwas hineingeraten und hat jemanden sehr wütend gemacht. Falls dem so war, war es bestimmt keine Absicht.«

Die beiden tauschten einen Blick aus. »Der Stadtrat tagt einmal die Woche. Die Sitzungen sind öffentlich. Wenn Sie mehr über all das erfahren wollen, sollten Sie dahin gehen.«

»Und wann findet die nächste Sitzung statt?«

»Freitagmorgen um zehn. Sie dauert meist bis Mittag.«

»Heute ist *Sonntag*«, sagte Shay. »Sie schlagen uns ernsthaft vor, in *fünf Tagen* wiederzukommen?«

»Hören Sie, ich weiß nicht, was ich Ihnen sonst sagen soll. Sie können auch von Tür zu Tür gehen. Aber man wird Ihnen überall dasselbe sagen.«

»Könnten Sie uns denn wenigstens jemanden nennen, der dafür bekannt ist, dass er sich nicht alles gefallen lässt?«, fragte Colleen. »Jemanden, der keine Ruhe gibt.«

»Ja«, sagte der Mann. »*Ich*. Zumindest früher. Ich bin jetzt achtundvierzig, und als vor fünfundzwanzig, dreißig Jahren das letzte Mal welche versucht haben, sich das Land unter den Nagel zu reißen, habe ich die Proteste angeführt, bis die Sache gegessen war. Aber damals ging es nicht darum, uns um unsere Rechte zu bringen.«

»Wovon reden Sie?«

»Vor hundertfünfzig Jahren besaßen wir noch knapp fünf Millionen Hektar Land. Dreißig Jahre später hatte uns die Regierung alles bis auf vierhunderttausend Hektar weggenommen, und es dauerte nicht lange, bis uns weiße Farmer davon auch noch die Hälfte gestohlen haben, während die Regierung untätig zugesehen hat. In den 1950er-Jahren hat man uns dann noch mal ein Drittel von dem, was noch übrig war, abgenommen, um den Staudamm zu bauen.«

»Klingt alles ziemlich übel«, sagte Shay. »Aber ich verstehe nicht, was das mit Öl zu tun hat.«

Der Mann musterte sie ungerührt. »Als der erste Ölboom in den Siebzigern ausbrach, haben Spekulanten versucht, billig an die Schürfrechte zu kommen. Eine Menge Familien hier wussten gar nicht, was es damit auf sich hatte, die haben die Rechte praktisch verschenkt. Natürlich kann man sagen, wir waren selbst schuld, weil wir so ein Haufen dämlicher Prärienigger waren, aber so wie manche Leute es hier oben sehen, waren wir schon immer die Angeschissenen …«

»Hey«, sagte die Frau am Schreibtisch. »Es reicht.«

»Sorry.« Der Mann stieß einen frustrierten Seufzer aus. »Wenn man immer wieder alles verliert, ist irgendwann der Ofen aus. Die Leute sind wütend, aber wir haben Verräter in unseren Reihen, und wir haben noch jede Menge anderer Probleme, mit denen wir uns herumschlagen müssen. Wenn Jungs wie die Ihren hierherkommen, um im Kasino auf die Kacke zu hauen, da kann es schon mal Ärger geben. Aber solange sie unter sich bleiben, kriegt hier niemand etwas davon mit, wenn sie in Schwierigkeiten geraten.«

Colleen nahm ihr Notizheft mit dem opulenten Blumenmuster aus ihrer Handtasche hervor und riss sorgfältig ein Blatt heraus. »Ich schreibe Ihnen all unsere Kontaktdaten auf. Sie würden uns einen großen Gefallen tun, wenn Sie an uns denken, falls Ihnen noch irgendetwas einfällt, was uns weiterhelfen könnte. Und wenn Sie weitererzählen würden, dass wir versuchen herauszufinden, was passiert ist, und dass wir keine Freunde von Hunter-Cole sind. Nur darum möchten wir Sie bitten.«

»In Ordnung«, sagte die Frau müde und rieb sich die Tränensäcke. »Ich kann Ihnen nichts versprechen. Aber das können wir tun.«

Ein grimmiger Pessimismus lag in der Luft, während Colleen schrieb.

Sie waren schon fast wieder in Lawton, als Shays Handy klingelte. Blinzelnd warf sie einen Blick aufs Display. »Keine Ahnung, wer das ist, die Vorwahl kenn ich auch nicht. Können Sie rangehen? Ich will nicht in einer Schneewehe landen.«

Colleen nahm das Handy. »Hallo?«

»Spreche ich mit einer der Damen, die heute am Bohr-turm waren?« Eine männliche Stimme, starker Südstaaten-akzent, höflich.

Colleens Finger krampften sich um das Handy. »Hier spricht Colleen Mitchell. Pauls Mutter. Die Mutter von Wal.«

»Oh, Entschuldigung.« Er klang enttäuscht. »Ich wollte mit der anderen sprechen. Mit der Mutter von Fliege.«

»Bitte legen Sie nicht auf. Sie sitzt grade am Steuer, die Sicht ist schlecht, und wir können hier nicht anhalten. Aber Sie können auch mit mir reden, wir sind ein Team.« Colleen blinzelte; es war das erste Mal, dass sie es laut aussprach, das erste Mal, dass sie es geltend machte. »Wie heißen Sie?«

»Nein, Ma'am, keine Namen«, sagte er hastig. »Ich habe schon genug Probleme am Hals. Mein Chef behält mich im Auge, ich könnte meinen Job verlieren, weil ich letzten Mo-nat einen Verstoß gemeldet habe. Ich rufe Sie vom Scheißhaus aus an, deshalb muss ich mich beeilen.«

Colleen errötete. »Ich … ich weiß Ihre Offenheit zu schät-zen. Sie kennen Taylor?«

»Ja. Ich habe im letzten Sommer mit ihm zusammenge-arbeitet, danach wurden wir auf unterschiedliche Schichten verteilt. Wal habe ich nur einmal getroffen. Er schien ein net-ter Kerl zu sein, Mrs Mitchell. Aber was ich Ihnen erzählen will – an dem Tag, als die beiden verschwunden sind, war ich eigentlich mit Fliege zum Angeln verabredet. Aber er hat ab-gesagt, weil ihm irgendetwas dazwischengekommen war. Ich dachte, das hätte er nur vorgeschoben, weil er wusste, worü-ber ich mit ihm reden wollte. Ich wollte ihn überreden, mit mir zu den Behörden zu gehen. Wissen Sie, es hatte einen Monat davor diesen Unfall gegeben, als der Kronenblock des Bohrturms zerstört wurde. Einer aus unserem Trupp hat eine Bohrstange an den Kopf gekriegt, der hat jetzt einen bleibenden Gehirnschaden. Taylor hat das alles gesehen. Er hat mir erzählt, wie es passiert ist, aber er wollte nichts sagen, weil die Bosse auf so einer Versammlung versichert haben, sie würden sich um Morty kümmern. Er ist jetzt wieder in Alabama, wo er herkommt, die haben einen Fonds gegründet für seine medizinische Behandlung und für seine Kinder. Das haben sie jedenfalls behauptet. Bei der Versammlung haben sie gesagt, es wäre passiert, weil der Driller unkonzentriert war und dadurch die Kloben des Flaschenzugs in den Kronenblock schlagen konnten. Aber Taylor meinte, es hätte schon vorher ein Problem mit dem Kronenblockschutz gegeben, das sogar gemeldet worden war, aber sie hätten nichts deswegen unternommen, sie hätten es nicht einmal zu Beginn der Schicht überprüft. Deshalb habe ich zu Taylor gesagt, dass so ein Scheiß so lange passieren wird, wie diese Typen in Berichte schreiben können, was sie wollen. Die Sicherheitsinspektoren sind seit November nicht mehr da draußen gewesen, das ist doch ein Witz.«

»Und Sie wollten also die Behörden informieren, und Taylor sollte mitkommen?«

»Ja. Ich hab ihm gesagt, dass man denen von Hunter-Cole nicht trauen kann. Und meine Idee war, uns direkt ans Justizministerium zu wenden. Ich hatte sogar vorher angerufen, ohne meinen Namen zu nennen, und gefragt, ob wir eine telefonische Konferenzschaltung haben könnten, damit unsere Identität geschützt bleibt. Taylor hat aber darauf bestanden, dass wir es ohne irgendeine Garantie nicht machen könnten, denn sie hätten schließlich schon Leute rausgeworfen, nur weil die sich beschwert hatten. Ich hab deswegen auch schon eine Abmahnung bekommen.«

»Das können die machen? Sie können einen disziplinieren, nur weil man einen Verstoß meldet?«

»Na, das schreiben die natürlich nicht da rein, Mrs Mitchell«, sagte der junge Mann. »Ich hab meine Abmahnung gekriegt, weil ich angeblich zu spät zur Arbeit gekommen war. Ich hatte ein paarmal vergessen, die Stechuhr zu bedienen. Ich war aber pünktlich, mein Vorarbeiter wusste das, alle wussten es. Aber wenn ich jetzt noch eine Abmahnung kriege, können sie mich rauswerfen. Wenn die einem was wollen, dann finden die was.«

»Und Taylor?«

»Er hat eben manchmal eine große Klappe, das wissen Sie wahrscheinlich. Er hat eine ernsthafte Abmahnung gekriegt, im letzten Herbst, als er sich mit diesem Arschloch – Entschuldigung, Ma'am, diesem Typen angelegt hat, mit dem wir zusammengearbeitet haben. Also stand das jetzt in seinen Papieren, und er hatte echt Angst, seinen Job zu verlieren. Ich dachte, wenn wir angeln gehen würden, hätten wir ein bisschen Zeit, uns das alles in Ruhe zu überlegen. Dann hätte ich ihn vielleicht doch überreden können.«

Shay bedeutete Colleen, das Handy näher zu ihr hinzuhalten, damit sie mithören konnte. »Hören Sie, ich muss jetzt Schluss machen«, sagte der junge Mann. »Es wartet jemand vor der Tür, und ich bin jetzt schon ziemlich lange hier drin. Außerdem sind alle total angespannt, seit Sie hier aufgekreuzt sind.«

»Können wir Sie zurückrufen? Wenn nötig?«, beeilte sich Colleen zu sagen.

»Mir wäre es wirklich lieber, wenn nicht. Tut mir leid.« Und damit legte er auf.

»Was zum Teufel?«, sagte Shay.

Colleen gab das Gespräch so ausführlich wie möglich wieder.

»Und er hat nicht gesagt, wie er heißt?«

»Nein, aber wir haben ja jetzt seine Nummer. Wenn nötig können wir ihn zurückrufen. Es sollte nicht zu schwierig sein herauszufinden, wer da verletzt wurde, wenn wir gezielt danach suchen.«

»Taylor hat mir davon erzählt«, sagte Shay. »Ich wusste, dass er es heruntergespielt hat, damit ich mir keine Sorgen mache. Ich habe es aber nachgeforscht. Eine Zerstörung des Kronenblocks ist ziemlich übel, aber es passiert immer wieder, weil die ganze schwere Maschinerie ständig in Bewegung ist und das Öl von unten drückt. Taylor hat so getan, als wäre der Typ selbst schuld gewesen, aber die Plattform ist nicht sehr groß. Man kann dem Ding gar nicht ausweichen, wenn man im falschen Moment am falschen Platz steht.«

Sie fuhren eine Weile schweigend, jede in die eigenen Gedanken versunken.

»Wir haben jetzt eine Menge Hörensagen über die Sicherheitsprobleme«, meinte Colleen schließlich. »Aber wenn wir einen Blick auf die Pachtverträge werfen könnten, das wäre etwas Konkretes. Wenn wir sehen könnten, was genau Hunter-Cole vorgeworfen wird.«

»Also, das sollte nicht allzu schwierig sein. Diese Unterlagen sind ja öffentlich zugänglich.«

»Tatsächlich?« Colleen hätte Shay am liebsten gefragt, woher sie das wusste. Irgendwie befürchtete sie, dass das eine weitere Einzelheit war, die Taylor seiner Mutter mitgeteilt und die Paul seinen Eltern verschwiegen hatte. Ein weiterer Beweis für die Kluft zwischen ihnen.

»Ja. Vielleicht kann uns jemand in der Bibliothek dabei helfen.«

»Meinen Sie, die haben jetzt geöffnet? Bei uns zu Hause reicht das Budget gar nicht, da schließt die Bibliothek nachmittags um vier.«

»In einem Staat mit drei Prozent Arbeitslosigkeit? Verdammt, die müssten hier noch geöffnet haben – der Staat weiß
doch gar nicht, wohin mit dem Geld.«

Kapitel 17

Die Bibliothek, ein freundlicher Bau aus den Siebzigerjahren, der mit seiner völlig überdimensionierten Spielecke eher an eine Kindertagesstätte erinnerte, hatte tatsächlich bis neunzehn Uhr geöffnet. Colleen blieb noch kurz draußen, um zu telefonieren, während Shay hineinging.

Vor diesem Anruf fürchtete sie sich schon die ganze Zeit – nicht weil sie nicht mit Andy reden wollte, sondern weil sie Angst vor dem hatte, was er sagen könnte. Aber jedes Mal wenn sie Shay ansah, erinnerte sie sich an deren Gesichtsausdruck, mit dem sie Darren Terry zur Sprache gebracht hatte.

Colleen fand eine windgeschützte Nische an der Seite des Gebäudes. Der Boden war von Kippen übersät, offenbar hatte sie die Raucherecke entdeckt. Hoffentlich würde keiner kommen, während sie mit Andy redete. Es war fast halb sieben in Sudbury; er würde zu Hause sein und mit dem, was er im Kühlschrank fand, ein Abendessen improvisieren. Oder vielleicht hatte auch Lauras Hilfsbrigade ihm etwas zu essen vorbeigebracht. Vielleicht hatte Helen ihre berühmte Lasagne gemacht, oder Vicki ...

Sie ist hier, seit du weg bist. Das hatte Andy doch gesagt, oder? Dass sie im Internet recherchierte, das Flugblatt entworfen hatte, herumtelefonierte. Dass sie ihm Gesellschaft leistete, ihm Trost spendete, ihn beruhigte ...

»Colleen.« Andy klang außer Atem. »Zum Glück habe ich das Telefon gehört. Ich bin gerade dabei, die Auffahrt freizuschaufeln. Und heute Abend sollen schon wieder sieben Zentimeter Schnee fallen. Wie geht es dir?«

Furchtbar, hätte sie am liebsten gesagt. Sie schob die Gedanken an Vicki beiseite, aber sie konnte unmöglich behaupten, nennenswerte Fortschritte gemacht zu haben. Sie war ihrem Ziel, Paul zu finden, kein bisschen näher gekommen, außer dass sie auf Möglichkeiten gestoßen war, die alles nur noch schlimmer machen konnten.

Sie musste ihm sagen, dass Shay über Darren Bescheid wusste. Außerdem brauchte sie jetzt jemanden. Andy war Pauls *Vater*. Sie mussten jetzt füreinander da sein, sich gegenseitig beruhigen und unterstützen, miteinander reden und einander zuhören. Selbst wenn ihre Beziehung in letzter Zeit alles andere als perfekt war, war Andy besser als Shay: praktisch eine Fremde, die feindselig und misstrauisch war und mit der sie sich ein eiskaltes Wohnmobil ohne Dusche teilen musste.

»Ich muss dich etwas fragen«, sagte sie. Besser, sie sprach es direkt an, bevor sie der Mut verließ.

»Schieß los.«

»An dem Mittwoch im letzten August, bevor Paul weggefahren ist …«

»Ach Gott«, stöhnte Andy, und Colleen wusste, dass die Erinnerung daran ihn genauso schmerzte wie sie.

Sie hatten zu dritt gefrühstückt und sich schon wieder gestritten. Es war immer derselbe zermürbende Streit, seit Paul im Frühjahr mit so schlechten Noten aus Syracuse nach Hause gekommen war, dass er das zweite Semester gar nicht erst antreten wollte, da er bei mehreren Kursen nicht würde mithalten können. Andy hatte an jenem Morgen sinngemäß zu Paul gesagt: »Ich habe gerade zwölftausend Dollar an Syracuse überwiesen, also wirst du verdammt noch mal dahin fahren.«

Paul war vom Frühstückstisch aufgestanden, und einen

Moment lang hatte Colleen fürchterliche Angst gehabt, er würde Andy schlagen. Er war so wütend gewesen, hatte beide Hände zu Fäusten geballt. Aber dann hatte er nur hervorgepresst: »Warum willst du, dass ich da noch mal hinfahre, wenn ich dich jetzt schon so enttäuscht habe?«

Und Colleen hatte angefangen, ihm zu widersprechen und ihn daran zu erinnern, dass er aus den schlimmsten Kursen hatte ausscheiden können, sodass er immer noch eine passable Note und keinen negativen Eintrag in sein Studienbuch bekommen hatte, und wenn er Algebra noch einmal wiederholen und sich mit dem Tutor zusammensetzen würde, worum sie ihn gebeten hatten …

Aber weder Andy noch Paul beachteten sie. Als Andy ebenfalls aufstand und Paul von oben bis unten musterte, fiel Colleen auf, dass Paul seinen Vater inzwischen um ein paar Zentimeter überragte. Durch den Job im Gartencenter, den er vermutlich nur angenommen hatte, um seinen Eltern eins auszuwischen, hatte er ganz schöne Muskeln bekommen. Wenn es tatsächlich zu einer Prügelei kam, hätte Andy keine Chance – doch im selben Moment bekam sie ein schlechtes Gewissen, dass sie so etwas überhaupt dachte. Das war beiden gegenüber illoyal.

»Bitte«, flehte sie, aber sie ignorierten sie.

»Du hast nicht *mich* enttäuscht«, antwortete Andy in seinem typischen herablassenden Tonfall. »Du hast *dich selbst* enttäuscht. Und du enttäuschst dich selbst jedes Mal, wenn du nicht lernst, jedes Mal, wenn du aufgibst, weil es zu hart ist, jedes Mal, wenn du nicht zu den Sprechstunden gehst oder deinen Betreuer anrufst. Das sind *Entscheidungen*, Paul, und ich würde mir wünschen, dass du es endlich in deinen Dickschädel bekommst: Es hängt von deinen Entscheidungen ab, was du erreichst und was nicht.«

»Ich bin nicht du, Dad«, erwiderte Paul. »Ich kann so was nicht. Ich kann nicht so sein, wie du mich haben willst.«

»Schön«, entgegnete Andy angewidert. »Weißt du was? Diese Diskussion hängt mir zum Hals raus. Du hast gewonnen. Du hast recht. Anstrengung lohnt sich einfach nicht. Du bist dazu verdammt zu versagen. Unsere Vorschläge sind alle einen Scheißdreck wert.« Er knallte seine Tasse so hart auf den Tisch, dass der Kaffee überschwappte. »Ich bin spät dran. Irgendwer muss ja hier das Geld dafür verdienen, dass du da rauffährst und deine Kurse verschläfst.«

Andy stürmte zur Tür hinaus, und als Colleen nach draußen lief, saß er bereits im Wagen und fuhr aus der Einfahrt. Sie wollte jetzt nicht mit Paul allein sein, nicht in dieser Stimmung, also fuhr sie auf direktem Wege zur Schule, wo sie die nächsten sechs Stunden im Büro verbrachte, um die Fragebögen für die Austauschschüler vorzubereiten, die aus dem Ausland zurückkehrten.

Als sie nach Hause zurückkehrte, war sie darauf eingestellt, noch einmal auf diese schreckliche Auseinandersetzung vom Morgen zurückzukommen, um ein Wort für Andy einzulegen und sich bei ihrem Sohn für das Verhalten seines Vaters zu entschuldigen. Aber Paul kniete auf dem Küchenboden, vor sich einen Eimer mit Seifenlauge, und war dabei, mit einem Putzlappen den Boden aufzuwischen. Als er aufsah, waren seine Augen völlig verheult.

Er gestand ihr, dass er, nachdem Colleen und Andy gegangen waren, das gesamte Geschirr vom Küchentisch gefegt, den Saft und die Milch ausgekippt und den Krug mit dem Ahornsirup zerschmettert hatte. Als es nichts mehr zu zertrümmern gab, war er auf den Boden gesunken und, so vermutete Colleen, dort sitzen geblieben und hatte sich mit Selbstvorwürfen zerfleischt. Dann hatte er sich ausgezogen, seine Kleider in der Küche gelassen, geduscht und sich frische Sachen angezogen. Anschließend war er losgefahren, um alle kaputten Sachen mit seinem gerade verdienten Geld durch neue zu ersetzen, und war zurückgekehrt, um sauber zu machen.

Weinend hatte sie ihn in die Arme genommen und ihm versichert, dass sie ihn liebte und dass sie sich alle noch mehr anstrengen würden, und hatte im Stillen Gott gedankt, dass er zumindest seinen ganzen Frust endlich losgeworden war.

Aber sie hatte sich geirrt.

»Hattest du es kommen sehen?«, fragte sie Andy jetzt. »Ich nämlich nicht. Ich hatte gedacht, es würde alles gut werden.«

Andy schwieg einen Moment. »Du *musstest* das glauben«, sagte er verbittert. »Du bist seine Mutter. Du musst einfach immer an ihn glauben. Du bist die selbst ernannte Hüterin der Hoffnung.«

Colleen weinte lautlos; sie wollte nicht, dass Andy es merkte. »Aber du hast es gewusst. Du hast gewusst, dass das nicht alles gewesen war, du hast gewusst, dass die nächste Katastrophe unweigerlich kommen würde.«

Er widersprach ihr nicht.

»Was ich jetzt wissen muss – bitte, Andy, sag mir die Wahrheit, denn ich kann meinen eigenen Gefühlen nicht mehr trauen. Glaubst du, wenn du wirklich ehrlich zu dir bist, dass es vielleicht noch einmal passiert sein könnte? Dass er einen seiner Anfälle gekriegt hat? Vielleicht jemandem etwas angetan hat ... vielleicht Taylor etwas getan hat?«

Diesmal war die Pause noch länger. Als Andy schließlich antwortete, brachte er nur noch ein Flüstern zustande.

»Ich weiß es nicht ... Gott steh mir bei. Ich weiß es einfach nicht.«

Colleen blieb draußen, bis sie es nicht mehr aushielt. Sie wollte nicht, dass Shay ihre verquollenen Augen sah. Außerdem fand sie die Aussicht nicht verlockend, untätig herumzusitzen, während Shay ihr mal wieder demonstrierte, wie man komplizierte Situationen meisterte, und sie selbst sich fragte, ob die zwanzig Jahre, seit sie ihren Beruf aufgegeben hatte, vergeudete Zeit gewesen waren. Bei ihrer ehrenamtlichen Tätigkeit in der Schule schrieb sie zwar den Newsletter, aber jemand anderes stellte ihn ins Netz. Sie legte die Abrechnungen und die Finanzplanung vor, aber jemand anderes übertrug die Zahlen in eine Excel-Tabelle. Ihre technischen Fähigkeiten beschränkten sich im Grunde auf das Schreiben von E-Mails und das Lesen von Nachrichten. Und aufs Shoppen – sie bestellte dauernd Sachen übers Internet.

Schließlich betrat sie die Bibliothek. Und natürlich saß Shay an einem der Tische, vor sich einen Stapel Bücher und ihren Laptop, und hackte wie wild in die Tasten.

»Die haben hier einen Drucker«, sagte sie, ohne aufzublicken. »Fünf Cent die Seite. Ich hab eine Datenbank gefunden, die eine Zeitung aus Bismarck online gestellt hat. Das Material ist zwar nicht vollständig, aber ich habe schon einige Pachtverträge entdeckt, die mit dem Reservat zu tun haben. Die werden gerade ausgedruckt.«

»Oh«, sagte Colleen. Sie kam sich merkwürdig steif vor, wie sie dastand und Shay über die Schulter sah, die Handtasche vor der Brust umklammert. »Danke, dass Sie das tun.«

»Noch was. Ich habe einen Blog gefunden, in dem über Arbeitsunfälle berichtet wird. Ich weiß nicht, von wem das Zeug stammt, eine Menge davon ist bestimmt erfunden. Hier, sehen Sie mal. Einiges davon sieht echt übel aus.«

Ihre Finger verharrten über der Tastatur, und schließlich sah sie Colleen direkt an. In ihrem Blick lagen Zweifel. Sie

schien nicht davon überzeugt zu sein, dass Colleen den Anblick verkraften würde.

Dieses Ungleichgewicht in ihrer Beziehung gefiel Colleen
nicht. Und das lag nicht nur daran, dass Shay Paul verdäch-
tigte. Es war ein Ungleichgewicht in ihren Fähigkeiten. Shay
erledigte alles. Sie hatte ihre Bleibe gefunden, sie wusste, wo
man duschen konnte. Sie plante, wohin sie fahren und mit
wem sie reden mussten. Und sie wusste, wie man erfolgreich
recherchierte.

Colleens Beitrag hatte bisher lediglich darin bestanden, in
der Lodge die Wogen zu glätten, nachdem Shay die junge
Frau dort beleidigt hatte, und Chief Weyant zu einem Treffen zu bewegen. Also die Bestnote für ihr tadelloses Finger-
spitzengefühl. Das war das Einzige, was ihr die letzten zwanzig Jahre gebracht hatten – nein, im Grunde sogar die letzten
vierzig Jahre. Seit ihre Mutter, bitter enttäuscht darüber, dass
Colleen leichtsinnigerweise unter ihrem Stand geheiratet hatte, sie Richtung Junior League und Bryn Mawr College ge-
lenkt hatte, mit dem Argument, es sei ja schön und gut, eine
Karriere zu planen, aber jetzt müsse sie sich auf ein Familien-
leben vorbereiten. Und so war Colleen dann auch gewesen –
sie hatte die Familie gewollt, sie hatte, nachdem der Kampf
gegen die Unfruchtbarkeit endlich gewonnen war, ihre An-
nehmlichkeiten genossen und sich in ihrem sicheren Schoß
bequem eingerichtet.

Und sie hatte ihre Rolle doch richtig gut ausgefüllt, selbst
mit so einem schwierigen Kind wie Paul, selbst mit den Mü-
hen, die es gekostet hatte, ihm den Weg zu ebnen, ihm einen
Platz in der Gemeinde und später in Syracuse zu schaffen. Es
war die meiste Zeit extrem anstrengend gewesen, und doch
hatte sie sich bewundernswert geschlagen. Ihre Freundinnen
hatten gesagt, sie sei unerschütterlich wie ein Fels, hatten

gefragt, wie sie das alles schaffe. Manchmal hatte sie es sogar selbst geglaubt – wie an jenem Tag, als ihr Sohn bei der Abschlussfeier der Highschool sein gutes Zeugnis entgegengenommen hatte, für das sie sich alle abgeplagt hatten.

Und was hatte sie jetzt von ihren dürftigen Fähigkeiten? Was nützten sie ihr bei ihrer Suche nach ihrem Sohn? Absolut nichts – das war die traurige Wahrheit. Ihre Redegewandtheit, die teure Kleidung, die Fähigkeit, mit Menschen in Autoritätspositionen zu reden, ihr tadelloses Gespür beim Social Commerce – nichts davon half ihr jetzt weiter.

Und hier saß Shay in einer Jacke mit pinkfarbenem Kunstpelzbesatz und mit Fingernägeln, von denen der Glitzerlack absplitterte, am Computer einer öffentlichen Bibliothek mitten im Niemandsland und hatte innerhalb einer halben Stunde harte Fakten ausgegraben.

»Lassen Sie mal sehen«, sagte Colleen durch die zusammengebissenen Zähne. Sie riss sich ihre Jacke heftiger als nötig vom Körper, warf sie über den Tisch, zog sich einen Stuhl heran und setzte sich.

»Sind Sie sicher? Ich meine …«

»Ich bin mir sicher.«

Shay versuchte, den Bildschirm mit ihrem Körper zu verdecken, während sie tippte. »Ich will nur noch schnell …«

Aber Colleen hatte bereits einen Blick darauf erhascht, auf einen Arm, an dem das Blut herunterlief und von den Fingern tropfte. »Nein. Gehen Sie zurück zu dem Bild, das Sie sich gerade angesehen haben. Ich vertrag das schon. Ich muss es sehen.«

Einen Moment rührte Shay sich nicht, dann bewegte sie den Cursor widerwillig auf die Zurücktaste und klickte.

Es war ein Arm, aber er war nicht mit einem Körper verbunden. Er war am Unterarm abgetrennt und hing an einigen

Hautresten und Sehnen in einer Maschinerie fest. Lange Metallplatten waren mit einer Art Seilzüge verbunden, der ganze Apparat war größer als ein Mann und nicht vollständig auf dem Foto zu sehen. Blut tropfte auf den Boden. Im Hintergrund sah man einen Mann, von der Kamera abgewandt, der mit seinem sauberen Hemd ziemlich fehl am Platz wirkte.

Colleen drehte sich der Magen um. Sie hielt sich die Hand vor den Mund, wandte jedoch den Blick nicht ab. *Hier*. Das hier war die Wirklichkeit. Tollkühn und töricht war sie einfach hierhergekommen, wegen eines Versprechens gegenüber ihrem Sohn, das sie nie laut ausgesprochen hatte: dass sie ihn finden würde. Sie würde ihn jetzt nicht enttäuschen, nur weil sie gezwungen war, sich etwas anzuschauen, was sie nicht sehen wollte.

Sie schluckte die Galle herunter, die ihr in den Hals stieg. Sie schluckte noch einmal, um ihre Scham und ihre Angst zu bezwingen. Sie hatte einen widerlichen Geschmack im Mund. Sie ballte die Hände zu Fäusten, bis sich ihre Fingernägel schmerzhaft in die Handflächen gruben. »Also gut«, sagte sie betont forsch, merkte jedoch selbst, wie lächerlich gewollt das klang. »Und was war das für ein Unfall?«

»Ins Getriebe geraten«, antwortete Shay. Immerhin klang auch sie etwas zittrig.

»Hm. Und das nächste?«

Shay klickte auf den Pfeil. Dieses Foto zeigte einen fensterlosen Raum voller undefinierbarer Maschinen, Rohre, Leitern und irgendwelcher Teile, die über den Boden verstreut lagen. Alles war bedeckt von einem bräunlichen Schlamm. Erst nach einigen Augenblicken begriff Colleen, dass inmitten der Trümmer zwei Leichen auf dem Boden lagen, nur erkennbar an zwei gelben Flecken im Schlamm, ihren Schutzhelmen.

Explosion eines Bohrflüssigkeitsbehälters, besagte die Unterschrift. *Bohrflüssigkeit fängt Feuer*. »Klicken Sie da drauf«, sagte Colleen. »Bitte.«

Der Link führte zu einer Seite mit einem Glossar. Colleen las: *Bohrflüssigkeit – hochverdichtete Flüssigkeit, die für das Schmieren des Bohrers sorgt und durch ihr Gewicht für einen Gegendruck auf das Reservoir sorgt, um das Austreten von Gas oder Öl (Blowout) zu verhindern.*

Shay klickte zurück auf das Foto.

»Das ist im Innern des Bohrturms, oder?«, fragte Colleen. »Ich meine, da haben unsere Jungs gearbeitet, oder?«

»Ja.«

Sie klickten sich durch die Fotos. Es gab auch einige unscharfe Videos, erschreckende Clips von Explosionen, reißenden Ketten, herunterstürzender Ausrüstung. Männer, die von brennenden Türmen sprangen oder von Plattformen abrutschten.

»Nichts beweist, dass das alles bei Hunter-Cole passiert ist«, meinte Shay schließlich. »Ich glaube es eigentlich nicht. Der Blogger bleibt anonym. Er behauptet, er hätte für Hunter-Cole gearbeitet, aber wer weiß, ob das stimmt. Also, ich kann mir das nicht länger anschauen.«

»Wir haben genug gesehen«, sagte Colleen. »Ich meine, wir haben genug gesehen, um zu wissen, dass es eine Menge Unfälle gegeben hat. Und wahrscheinlich immer noch gibt. Wir wissen nur nicht, wie viele davon wegen Nachlässigkeit in der Arbeitssicherheit passieren.«

»Muss nicht mal sein«, sagte Shay und schloss das Browserfenster. »Vielleicht will die Firma diese Bilder einfach nur aus den Nachrichten raushalten. Selbst wenn die Unfälle nicht auf ihr Konto gehen, oder?« Sie massierte sich die Schläfen. »Gott, ich brauche einen Drink. Kommen Sie. Wir gehen irgendwo was essen.«

»Hören Sie«, sagte Colleen langsam. »Was halten Sie davon, wenn ich Scott anrufe? Den Mann, den ich gestern Abend kennengelernt habe. Ich könnte ihm sagen, wir wollen essen gehen, und ihn fragen, ob er dazukommen will. Ich könnte ... ich könnte versuchen, mehr aus ihm herauszubekommen, wie die Firmen mit Sicherheitsproblemen umgehen.«

Shay war schon aufgestanden und zog sich die Jacke an. »Was haben Sie ihm erzählt, was Sie beruflich machen?«

»Dass ich für einen Lebensmittellieferanten arbeite. Bevor Paul zur Welt kam, habe ich eine Zeit lang für Slocum Systems gearbeitet. Das ist mir als Erstes in den Sinn gekommen.«

»Ich wüsste nicht, wie Sie da zum Thema Sicherheit kommen wollen.«

»Mir wird schon was einfallen«, erwiderte Colleen gereizt. Es ärgerte sie, dass Shay Zweifel an ihrem Einfallsreichtum hatte. »Ich schicke ihm eine SMS.«

Sie setzte sich noch einmal an den Computer und rief Yelp auf. Sie suchte nach Kneipen und Gasthäusern, wo es etwas zu essen gab, und entschied sich für das Lokal mit der besten Bewertung. Shay war losgegangen, um die Ausdrucke zu holen, und stellte sich zum Bezahlen in die Schlange. Währenddessen schrieb Colleen eine SMS: *Scott – Hatte heute einen langen Arbeitstag! Lust auf einen Drink? Bin jetzt mit Kollegen im Oak Door Tavern. Vielleicht später Abendessen?*

Sie las den Text zweimal, dann schickte sie ihn ab. Und sofort stellte sich Reue ein. Nein, *Angst*. Dabei hatte sie der Angst doch abgeschworen, zumindest solange sie ihre Mission nicht erfüllt hatte.

Shay war inzwischen vorn in der Schlange. Colleen griff instinktiv in ihre Handtasche, um ihr Portemonnaie zum

Bezahlen herauszuholen. Dann schob sie es jedoch langsam wieder zurück.

Sie könnte Tausende von Kopien bezahlen und würde die Auswirkung auf ihr Bankkonto nicht einmal bemerken. Shay hingegen war knapp bei Kasse.

Aber Shay hatte Paul verdächtigt. Sie hatte deutlich gemacht, dass sie nicht unbedingt weiterhin an einem Strick zogen.

Und das machte aus ihr vielleicht keine Gegnerin, aber auch keine Verbündete.

Sollte sie ihre blöden Kopien doch selbst bezahlen.

Kapitel 18

T. L. war schon fast an der Tür, als er stehen blieb und noch einmal hinsah: Myrons Pick-up stand in der Einfahrt, obwohl Sonntag war. Der *dritte* Sonntag.

Am dritten Sonntag im Monat gab es immer Football, wenn ein sehenswertes Spiel anstand, wenn nicht, wurde drüben bei Wally Stommar Poker gespielt. Myron war in den vergangenen sechs Jahren immer dabei gewesen, seit er beschlossen hatte, dass T. L. alt genug war, um allein zu Hause zu bleiben. Myron, Wally und die anderen Männer kannten einander schon seit ihrer Kindheit im Reservat. Kaum vorstellbar, dass diese grauhaarigen alten Säcke mit ihren fetten Wampen mal Kinder gewesen waren; aber Myron kam nach diesen Abenden immer gut gelaunt nach Hause.

Wenn er nicht zum Poker ging, musste etwas Wichtiges vorgefallen sein. T. L. steckte den Schlüssel besonders vorsichtig ins Schloss, um möglichst kein Geräusch zu machen. Wenn er leise genug war, hatte er vielleicht noch ein bisschen Zeit zu überlegen, was alles geschehen sein konnte und was noch schiefgehen konnte. Wie Myron es vielleicht herausgefunden haben konnte. Deshalb hatte er mit Kristine reden wollen. Um sich zu vergewissern, dass das, was begraben war, auch begraben blieb.

»T. L.?«

»Ja, ich bin wieder da.«

T. L. folgte der Stimme seines Onkels ins Wohnzimmer.

Das Zimmer war quadratisch, und die alten, kistenförmigen Möbel waren im Karree zueinander angeordnet. Das karierte Sofa, der Lehnstuhl und in der Mitte der Couchtisch aus Eichenholz. Ein Bücherregal samt Fernseher, einem vorsintflutlichen Monstrum – das Myron schon lange gegen ein Gerät austauschen wollte, das man an der Wand befestigen konnte; er wartete nur darauf, dass die Preise runtergingen. Daran glaubte Myron felsenfest – dass man nur lange genug warten musste, dann würden alle elektronischen Geräte besser und billiger.

Myron saß auf dem Sofa. Er trug seine Kakihose, ein Hemd und den Pullover mit V-Ausschnitt, den T.L. ihm vor einigen Jahren zum Vatertag geschenkt hatte – seine Kleidung für besondere Gelegenheiten. Ausnahmsweise war der Fernseher ausgeschaltet. Neben Myron lag eine Zeitschrift – die *Autoweek*, soweit T.L. es erkennen konnte, und auf einem Korkuntersetzer stand eine Tasse Tee.

»Du bist ja gar nicht bei Wally.« T.L. hatte ein schlechtes Gewissen, so als wäre er bei einer Prüfung durchgefallen und versuchte, es seinem Onkel zu verheimlichen. Aber er hatte doch immer nur das Richtige tun wollen. Er hatte Verantwortung übernehmen und ein Mann sein wollen. Es war schließlich nicht seine Schuld, dass sie ihn belogen hatte. Nichts von dem, was geschehen war, war seine Schuld gewesen, und er war derjenige, der gelitten hatte, und er wehrte sich gegen diese Schuldgefühle, selbst als sie unter Myrons Blick langsam in Angst umschlugen.

»Hör mal«, sagte Myron. »Darrel hat mich aus der Verwaltung angerufen. Er wollte mit mir über die Sitzung der Handelskammer reden, aber bei der Gelegenheit hat er mir auch erzählt, dass sie heute Besuch hatten. Von diesen beiden Frauen, den Müttern der verschwundenen Jungs.«

T. L. setzte vorsichtshalber einen neutralen Gesichtsausdruck auf und vermied Myrons Blick. Er griff nach dem erstbesten Gegenstand in seiner Nähe, einem leeren Glas, das auf dem alten Fernseher stand und auf dessen Boden ein eingetrockneter Rest Saft klebte. Das Glas war garantiert von ihm, Myron würde nie sein schmutziges Geschirr herumstehen lassen. Aber er meckerte auch nie, sondern räumte das Chaos auf und legte ihm seine Sachen ins Zimmer – den Rucksack, den T. L. regelmäßig auf dem Küchentisch liegen ließ, die Schuhe, die er immer im Wohnzimmer abschüttelte.

Myron hatte sich immer nur aufgeopfert und war im Laufe der Jahre immer stiller und träger geworden. T. L. hatte den Verdacht, dass er im Golfkrieg mehr gelitten hatte, als er zugeben wollte, nur um anschließend nach Hause zu kommen und sich um den Schlamassel zu kümmern, den seine Schwester bei ihrem Tod hinterlassen hatte, wobei T. L. den größten Anteil an dem Schlamassel darstellte. Myron beklagte sich nie, aber wären die Dinge anders gelaufen, hätte er vielleicht eine Frau finden und eine Familie gründen können. Vielleicht würde er dann jetzt ganz woanders wohnen und hätte einen besseren Job. Stattdessen hatte er T. L. und den Laden, sonntags die Pokerrunden und alle paar Monate eine Nacht in Minot, wo er wahrscheinlich zu einer Nutte ging.

Wegen all dem hatte T. L. gelogen. Nicht um sich selbst zu schützen, denn es war T. L. egal, was mit ihm passierte. Er könnte vor Gericht kommen, in den Knast wandern, und es wäre nicht so viel anders als das Leben, das er inzwischen führte, wo er ständig damit rechnete, dass die Wahrheit ans Licht kam – das war auch eine Art Gefängnis. Er hatte schon seit Monaten nicht mehr gemalt, genau genommen seit Elizabeth Schluss gemacht hatte. Es war ihm egal, wie das Essen schmeckte oder wie der Schnee auf der Windschutzscheibe aussah oder was irgendjemand in der Schule sagte.

Die Wahrheit war ihm wichtig, aber T. L. war Realist. Er bezweifelte, dass er irgendwen von seiner Version der Ereignisse würde überzeugen können. Er hatte gedacht, er könnte die Menschen verstehen, aber das Gegenteil war der Fall – er hatte geglaubt, Elizabeth gehörte zu ihm, aber er hatte sie überhaupt nicht gekannt. Trotzdem glaubte er fest daran, dass es in dieser Welt ein System gab, gegen das man nicht ankam. Dass es feststand, wie Dinge in den Medien und online verbreitet wurden und wie sie sich in die Gespräche einschlichen, die die Leute in der Warteschlange in der Cafeteria führten. Dass es feststand, wem man glauben konnte und wer schuldig war, bevor man überhaupt den Mund aufmachte.

Auf der Glaubwürdigkeitsskala standen hübsche weiße Mädchen ziemlich weit oben. Polizeichefs – na ja, die waren fast nicht zu überbieten. Aber jemand wie er konnte vielleicht in L. A. oder New York herumlaufen, ohne groß aufzufallen, aber hier glaubten die Leute immer schon auf den ersten Blick zu wissen, wer er war, und das würden sie ihn nie vergessen lassen. Sie würden ihm nicht trauen, egal, was er sagte oder tat.

Aber Myron würde ihm glauben. T. L. musste jetzt eine Entscheidung treffen, denn ganz gleich, was er nun sagte, Myron würde es akzeptieren. So war es immer gewesen.

»Du hattest an dem Tag Dreck an der Hose«, sagte Myron mit träger, schwerer Stimme, in der kein Vorwurf lag, eher überhaupt kein Gefühl. »Deine Schuhe waren pitschnass. Und auf deiner Jacke war Blut.«

»Du hast es also gesehen.« T. L. fror. Er hatte die Sachen in seinem Wandschrank verstaut und wollte sie eigentlich selbst waschen, aber Myron war ihm zuvorgekommen. T. L. hatte die Jacke tropfnass in der Waschküche hängen sehen und sich eingeredet, dass die Flecken auf dem dunklen Stoff wahrscheinlich nicht aufgefallen waren.

»Es war nicht viel. Fast hätte ich es übersehen. Zuerst hab ich mir nichts dabei gedacht, nur dass es dir vielleicht beim Ausnehmen der Fische passiert war. Aber beim Waschen ist mir eingefallen, dass du gar keine Fische mit nach Hause gebracht hattest. Und du hattest auch nichts davon gesagt, dass du im Swann's gewesen wärst. Ich dachte ... Ich weiß auch nicht, was ich dachte. Doch, ich musste an dieses Mädchen denken.« *Dieses* Mädchen – er hatte ihren Namen nicht mehr ausgesprochen, seit ihm T. L. mit zitternder Stimme erzählt hatte, dass es vorbei war. Das war im Herbst gewesen.

»Hast du gedacht, ich hätte ihr was *angetan*?«

»Natürlich nicht.« Myron tat die Frage mit einer unwirschen Handbewegung ab. »Nicht einen Moment lang. Aber ich war ja auch mal in deinem Alter. Ich bin auch in Schwierigkeiten geraten. Einmal hab ich einen so windelweich geprügelt, dass meine Knöchel geblutet haben. Ich dachte, du musstest dich vielleicht mal abreagieren oder irgendeine Sache regeln. Ich dachte, wenn es eine schlimme Sache war, dann musstest du eben ...«

Er ballte die rechte Hand zur Faust und schlug sie mit Wucht in die linke. Die Geste war deutlich. Wenn T. L. jemanden verprügelt hatte, dann musste er einen guten Grund dafür gehabt haben.

T. L. stellte das Saftglas behutsam auf dem Fernseher ab und sah, dass seine Hand zitterte. »Myron.« Er hatte einen schalen Geschmack im Mund. Er taumelte zwei Schritte vorwärts und sank vor dem Couchtisch auf die Knie. Mit beiden Händen stützte er sich auf das zerkratzte Eichenholz und starrte abwesend auf die Keramikschale, die er in der zweiten

217

Klasse getöpfert hatte und die seitdem auf dem Tisch stand. Am Boden hatte er Myrons Namen in den feuchten Ton gekratzt, bevor die Schüssel in den Brennofen gekommen war.

»Es ist schlimmer, als du denkst«, flüsterte er. Dann zwang er sich, seinem Onkel ins Gesicht zu sehen, und erzählte ihm die ganze Geschichte.

Myrons Hände ruhten auf den Sofakissen, während er mit grimmiger Miene zuhörte. Als T. L. fertig war, wartete er – auf Verdammung, auf Anteilnahme, darauf, dass ihm endlich jemand sagte, was er jetzt tun sollte. Als T. L. mit sechs Jahren vor der Tür dieses Hauses gestanden hatte, all seine Kleider in den schmutzigen roten Koffer seiner Mutter gestopft, hatte er nicht damit gerechnet, getröstet zu werden. Das Leben mit seiner Mutter hatte ihn gelehrt, sich nicht zu viel zu erhoffen.

»Ach, mein Sohn«, sagte Myron schließlich mit tieftrauriger Stimme. »Komm, setz dich zu mir.«

Myron breitete die Arme aus und machte T. L. Platz, der ihm sein Gesicht in den Pullover drückte, um seine Tränen zu verbergen. Myron hielt ihn fest, flüsterte besänftigend und wiegte ihn wie ein Baby, wie T. L. es noch nie erlebt hatte. Irgendwie erreichte die Wärme den Ort in seinem Innern, wo er all seinen Kummer und Schmerz vergraben hatte. Wie flatternde Vögel wollten sie jetzt heraus und drückten gegen seine Lunge, dass ihm die Luft wegblieb. Er presste seine Knöchel gegen die Augen, um die Tränen zu stoppen, aber Myron hielt ihn fest, bis er schließlich seinen Gefühlen freien Lauf ließ. Schluchzend klammerte er sich an seinen Onkel und durchnässte dessen Pullover mit seinen Tränen und seinem Rotz.

»Es ist vorbei«, sagte Myron nach einer Weile sanft. Aber er hielt ihn immer noch in den Armen.

Kapitel 19

Colleen dirigierte Shay zu der Gaststätte. Es wurde bereits dunkel, viele Arbeiter waren auf dem Weg zur Nachtschicht auf den Bohrtürmen, und sie kamen nur langsam vorwärts in dem dichten Verkehr. Sie hatten ihr Ziel fast erreicht, als Colleen einen Blick aus dem Fenster warf und Paul sie von einer Straßenlaterne aus anschaute.

»O mein Gott!«, rief sie erschrocken, woraufhin Shay ruckartig auf die Bremse trat. Hinter ihnen wurde wütend gehupt.

»Was ist los?«

Inzwischen hatte Colleen begriffen, was sie da gesehen hatte: das Flugblatt, das Vicki entworfen und von dem sie tausend Stück bestellt und über die ganze Stadt hatte verteilen lassen.

»Fahren Sie mal rechts ran«, sagte Colleen, die Hand schon auf dem Türgriff.

»Das geht nicht. Ich kann hier nicht parken!«

Aber Colleen war schon ausgestiegen und schlug die Tür zu. Sie lief die wenigen Meter zum Laternenmast und riss das Flugblatt ab. Beide Jungs waren darauf zu sehen, Taylor lächelnd in seinem leuchtend grünen Footballtrikot zuunterst, mit seinen breiten Schultern und dem selbstbewussten Lächeln. Im Gegensatz dazu wirkte Paul fast schüchtern, hatte den Blick leicht abgewandt, und seine Miene drückte eine Mischung aus Trotz und Ratlosigkeit aus. Selbst sein Hemd aus zerknitterter Baumwolle, das Colleen wegen des schönen graublauen Farbtons gekauft hatte, verblasste neben Taylors Footballtrikot.

HABEN SIE UNS GESEHEN?, lautete der Text in großen Druckbuchstaben. Darunter deutlich sichtbar Andys Telefonnummer und die Nummer des Polizeireviers in Lawton. *Vermisst seit dem 18. Januar*, stand in Kursivschrift ganz unten.

Shay hatte mittlerweile auf einem Behindertenparkplatz am Ende des Blocks gehalten. Colleen ließ sich Zeit auf dem Weg zum Auto. Sie war nicht sonderlich erpicht darauf, Shay das Flugblatt zu zeigen, aber als sie in den Explorer einstieg, beugte sich Shay zu ihr hinüber und nahm es ihr aus der Hand. Stirnrunzelnd betrachtete sie es ziemlich lange.

Dann legte sie es vorsichtig auf dem Armaturenbrett ab. Keine der beiden Frauen sagte etwas. Um sie herum hielten die Fußgänger die Köpfe gegen den Wind und das Schneetreiben gesenkt und hatten Mühe, auf dem glatten Boden nicht auszurutschen. Hier gab es kein Stadtzentrum wie in den wohlhabenden Bostoner Stadtteilen Waban und Newton, wo teure Küchengeschäfte, Boutiquen, Kurzwarenläden und gehobene Spezialitätengeschäfte zum Flanieren einluden und wo in alten, restaurierten Kinos künstlerisch wertvolle Filme gezeigt wurden. In Lawton bestand das Stadtzentrum aus einer Straße, in der sich schlichte Restaurants und Bekleidungsgeschäfte mit leer stehenden, teils mit Brettern vernagelten Ladenlokalen abwechselten, und ein paar Nebenstraßen, in denen kleine Läden ein trauriges Dasein fristeten.

»Ihr Mann hat das gut hingekriegt«, sagte Shay schließlich. Sie räusperte sich. »Paul sieht nett aus.«

»Das hat Vicki gemacht. Andy hat nur …« *Bezahlt*, wollte sie schon sagen, aber das stimmte natürlich nicht. Andy tat das, womit er sich auskannte. Er aktivierte alle Ressourcen in seiner Reichweite und delegierte Aufgaben möglichst effizient. Genau deshalb war Vicki involviert, oder? Um ihre Fähigkeiten optimal einzusetzen.

Ihr Handy vibrierte. *Was trinken gehen klingt super, versuche, möglichst bald loszukommen. Hänge noch in einer Sitzung fest, Gruß, Scott.*

»Ich glaube, das ist unser Stichwort«, sagte Colleen mit zittriger Stimme, aber Shay hatte bereits Gas gegeben.

Auf dem Weg zum Restaurant entdeckten sie noch ein halbes Dutzend weiterer Flugblätter. Besonders aufwühlend waren die sechs mit Paketklebeband befestigten Flugblätter, die die Eingangstür des Restaurants umrahmten. Irgendjemand hatte gelbe Schleifchen aus billigem Band gebastelt und sie aufgeklebt.

»Menschenskind«, murmelte Shay. Sie berührte zärtlich das Foto ihres Sohns mit den Fingerspitzen, bevor sie das Lokal betrat. Die Geste erinnerte Colleen daran, wie ihre Mutter früher jeden Sonntag beim Betreten der Kirche die Fingerspitzen in Weihwasser getaucht hatte, bis die alten Marmorbecken den Renovierungsmaßnahmen zum Opfer gefallen waren.

Sie wartete, bis Shay hineingegangen und die Tür fast hinter ihr zugefallen war. Mit dem Daumen zeichnete sie ein Kreuz auf Pauls Stirn und bekreuzigte sich selbst schnell und heimlich, obwohl sie sich, nachdem sie mit neunzehn erklärt hatte, Agnostikerin zu sein, geschworen hatte, das nie wieder zu tun. »Lieber Gott«, flüsterte sie. Hinter ihr auf dem Parkplatz diskutierten zwei Männer lautstark über zu begleichende Wettschulden. Der Schnee rieselte ihr in den Nacken, weil sie sich nicht die Mühe gemacht hatte, sich die Kapuze überzuziehen. Im Restaurant wartete ihre nächste große Hoffnung, und die schien von vornherein sehr wenig zu versprechen. »Lieber Gott«, flüsterte sie noch einmal. »Ich brauche dich. Diesmal wirklich.«

Dann holte sie tief Luft und betrat das Restaurant.

Shay war gerade dabei, ihren Anorak an einem der Haken neben dem Eingang aufzuhängen. Colleen hängte ihren Mantel daneben.

»Guten Abend«, begrüßte sie die Empfangskellnerin. Sie war der Typ Frau, den Colleen inzwischen mit Lawton identifizierte: jung und anders als ihre Pendants von der Ostküste, auffallend frisch geschrubbt, die Kleidung pastellfarben, viel Haarspray. »Wollen Sie zu Abend essen?«

»Nein danke, wir möchten nur zur Bar«, erwiderte Shay.

»Hatten Sie nicht was von Hunger gesagt?«, wandte Colleen ein.

»Die Bar reicht, kommen Sie.« Shay nahm ihren Arm und bugsierte sie zum Barbereich, der Colleen an einen T.G.I. Friday's mit leicht veränderter Deko erinnerte – an den Wänden hingen Schutzhelme und alte verrostete Metallgegenstände neben Baseballmützen und Nummernschildern. Die Plätze am Tresen waren alle besetzt, und je mehr Männer eintrafen, desto voller wurden auch die Tischplätze. Shay schnappte sich einen der letzten freien Tische und griff nach der gefalteten Getränkekarte, auf der eine Reihe von Cocktails und frittierte Häppchen angeboten wurden.

»Hören Sie, Shay. Ich habe überlegt, wenn Scott kommt … Ich hatte ihm gesagt, dass ich mit Kollegen hier bin.«

»Hm. Okay.« Shay warf Colleen einen kurzen Blick zu. Sie wirkte angespannt. In diesem Moment kam der Kellner an ihren Tisch, und sie murmelte, ohne aufzublicken: »Bourbon und Soda, jede Menge Eis.«

Colleen bestellte ein Glas Wein und wartete, bis er gegangen war.

»Haben Sie Hunger?«, fragte sie. »Vorhin meinten Sie das doch noch … Wollen Sie etwas bestellen, vielleicht Calamari?«

»Habe ich Sie eben richtig verstanden?«, fragte Shay knapp. »Nur um das klarzustellen. Sie befürchten, dass ich nicht so aussehe, als könnte ich Ihre Kollegin sein. In einem Job, wo man … viel mit dem Flugzeug unterwegs ist.«

»Na ja, Sie wissen schon.« Colleen wusste nicht, was sie sagen sollte. Sie fasste sich an den Hals. Sie trug einen mit Schleifchen verzierten Pullover mit rundem Ausschnitt über einer weißen Baumwollbluse mit Kragen. Nicht gerade Businesskleidung, aber jedenfalls formeller als die Kleidung der anderen Gäste in der Bar.

Shay dagegen trug ein schwarzes Baumwolltop mit V-Ausschnitt und einem Einsatz aus feiner Spitze, durch die ihr BH zu sehen war. An ihren Ohrringen baumelten Amethyst-Tropfen fast bis auf die Schultern, und ihr nicht zu bändigendes helles Haar löste sich aus der Spange, was offenbar beabsichtigt war, denn Colleen hatte es bisher noch nicht anders gesehen. Shays Lidstrich war verschmiert, schon seit sie bei der Auseinandersetzung am Bohrturm geschlagen worden war. Erstaunlicherweise hatte sie weder ein Veilchen noch irgendwelche Kratzer. Sie sah bestens aus für eine Frau in den Vierzigern, das konnte Colleen nicht leugnen, aber trotzdem eher wie eine Kellnerin als eine Geschäftsfrau.

»Sie können mich ja als Ihre Sekretärin vorstellen. Oder Ihre Assistentin oder was auch immer. Und wenn er auftaucht, entschuldige ich mich und verschwinde. Ich werde einfach sagen, dass ich noch bis morgen einen Haufen Arbeit zu erledigen habe.«

»Es ist mir total peinlich …«

»Was, zu lügen?« Shay blitzte sie wütend an. »Warum,

weil Sie ja *tatsächlich* Managerin in einem Konzern sind? Das ist doch eh alles egal. Wir tun das für die *Jungs*.«

Der Kellner kam mit ihren Getränken. Colleens Gesicht glühte vor Verlegenheit. »Wir nehmen Calamari«, sagte sie. »Und Bruschetta, das reicht erst mal.«

»Ja, Ma'am. Ihre Getränke gehen auf die Jungs da drüben.«

Verblüfft blickte Colleen in die Richtung, in die er zeigte; am Ende des Tresens hoben zwei Männer mittleren Alters in Arbeitskleidung ihre Biergläser und prosteten ihnen zu. Shay winkte knapp zurück. Ihr wurden wahrscheinlich ständig Drinks ausgegeben, dachte Colleen und starrte in ihr Glas.

»Nun stellen Sie sich nicht so an«, sagte Shay, nachdem der Kellner gegangen war und sie einen Schluck getrunken hatte. »Sie sind denen nichts schuldig.«

»Ich weiß.« Colleen nippte an ihrem Wein. Angeblich ein Chardonnay, aber er schmeckte dünn und schal. »Ich *weiß*«, wiederholte sie und stellte das Glas ab.

»Ich meine nur, Sie sollten sich ein bisschen entspannen, wenn Sie überzeugend wirken wollen.«

Eine Weile schwiegen sie. Irgendjemand dimmte das Licht herunter und drehte die Musik lauter. Zumindest war es bei den wummernden Bässen weniger peinlich, stumm dazusitzen; ein Gespräch wäre bei dem Lärm schwierig gewesen.

Inzwischen waren noch mehr Männer in die Bar geströmt, und es gab keinen einzigen freien Platz mehr. Shay würde also gar nichts anderes übrig bleiben, als zu gehen. Natürlich würde Colleen dann eine andere Möglichkeit finden müssen, nach Hause zu kommen. Oder Shay anrufen, damit sie sie abholte.

Oder zulassen, dass Scott sie nach Hause brachte.

Ihre Gedanken überschlugen sich. Die Aussicht darauf,

mit ihm zu reden, machte sie nervös. Als eine zweite Runde von Getränken kam, die sie nicht bestellt hatten, und der Barmann wieder in Richtung ihrer Gönner zeigte, schenkte sie ihnen nicht einmal mehr einen Blick, sondern trank hastig.

»Ich muss mir ein paar Notizen machen«, verkündete sie abrupt. Aber als sie aufblickte, war Shay nicht mehr da. Vielleicht war sie ja zur Toilette gegangen.

Colleen kramte in ihrer Handtasche nach dem kleinen Notizbuch. Die gefalteten Blätter mit Pauls SMS-Nachrichten fielen heraus, und auf einmal fühlte sie sich verloren, ertappt. Sie drückte sich die Blätter flüchtig an die Wange und dachte: *Ich liebe dich, mein Junge, ich tu das hier für dich.* Dann verstaute sie sie in einem der Reißverschlussfächer ihrer Handtasche.

Anschließend begann sie zu schreiben. Nach jeder Zeile hielt sie inne, um nachzudenken.

Pachtverträge der Indianer, mit welchen Firmen?
Gerichtsverfahren? Anhängige? Eingestellt?
Bestechung?
Polizeibeteiligung, FBI?
Arbeitsunfälle, bei welcher Firma besonders?
Tödliche Unfälle, dito

Colleen betrachtete ihre Liste. Als sie die Worte *Tödliche Unfälle* las, stockte ihr der Atem. Tod. Ein Unfall, ein Moment der Unachtsamkeit, eine kleine Nachlässigkeit, die eine Lawine auslöste – und schon kam ein junger Mann oder ein Familienvater nicht mehr zurück nach Hause. Zu seiner Familie. Zu seiner Frau. Zu seinen Kindern. Zu seiner *Mutter.* Sie tastete auf dem Tisch nach ihrem Glas, unfähig, den Blick von den Wörtern zu lösen. Zu ihrer Überraschung war das Glas schon wieder voll. Sie musste so in ihre Liste versunken gewesen sein, dass der Kellner darauf verzichtet hatte, sich bemerkbar zu machen. Ein neues Glas mit Bourbon und Soda stand ebenfalls auf dem Tisch, aber Shay war noch nicht wieder da.

»Entschuldigen Sie«, sagte eine männliche Stimme.

Colleen wappnete sich für die Begegnung mit Scott, zwang sich zu einem Lächeln, bevor sie sich umdrehte. Aber es war nicht Scott. Es war ein Mann mit einem typischen Bikerbart, ergrautem Pferdeschwanz und ausgeprägten Lachfalten um die Augen.

»Ich bin mit jemandem verabredet«, sagte sie hastig, und ihr Lächeln verschwand.

»So ein Pech aber auch, aber es wundert mich überhaupt nicht, bei so einer schönen Frau wie Ihnen«, erwiderte er mit einer Verbeugung und verzog sich.

Als er weg war, warf Colleen einen Blick auf ihr Handy: einundzwanzig Uhr vierzehn. Keine SMS. Er hatte sie versetzt. Sie rückte mit ihrem Stuhl vom Tisch weg. Offenbar waren alle ihre Getränke bereits bezahlt worden, aber vorsichtshalber legte sie zwei 20-Dollar-Scheine auf den Tisch.

Die Barbesucher begaben sich nach und nach ins Restaurant. Die Musik war zu Country gewechselt, und ein offenbar angetrunkenes Pärchen torkelte in einer Ecke im Kreis herum. Mittlerweile waren drei Barmänner an der Theke, und so flink, wie sie zwischen den Flaschen und Zapfhähnen und Gästen hin und her eilten, hatten sie alle Mühe, mit den Bestellungen nachzukommen. Es roch nach Zigarettenqualm, obwohl Colleen niemanden bemerkte, der rauchte. Plötzlich wollte sie nur noch nach draußen, weg von hier.

Aber sie konnte Shay nirgendwo entdecken. Die wenigen anwesenden Frauen – ein halbes Dutzend, höchstens zehn – waren alle jünger, die Haare zum Pferdeschwanz zusammengebunden, und mindestens die Hälfte trug die gleiche Arbeitskleidung wie die Männer. Colleen beschloss, auf der Toilette nachzusehen, aber als sie an dem Pärchen vorbeikam, das in der Ecke tanzte, bewegte sich die Frau gerade unter einem der Strahler, und Colleen erkannte das leuchtend blonde Haar.

Es war Shay. Sie hatte ihr Top ausgezogen und trug jetzt nur noch eine Korsage. Die Arme hatte sie um den Hals eines mindestens zehn Jahre jüngeren Mannes geschlungen. Er versuchte, ihr irgendetwas zu sagen, und es sah aus, als würde er ihr direkt ins Ohr schreien, aber sie bewegte sich nur träge lächelnd und mit geschlossenen Augen zur Musik.

Colleen schob sich durch die Menge, ohne darauf zu achten, ob sie jemanden anrempelte. Sie packte Shay am Arm und zog sie von dem Mann weg.

»Hey!«, rief der eher überrascht als wütend.

»Oh, hi«, sagte Shay, und ihr Lächeln verschwand. »Ist Scott aufgetaucht? Ist er hier?«

»Nein, er hat sich gar nicht blicken lassen.« Colleen merkte, dass sie geschrien hatte. Zu spät wurde ihr bewusst, dass sie wütend war. »Ich möchte gehen.«

Shay hob die Brauen und legte dem Mann eine Hand auf die Schulter. »Das ist McCall. Mit Vornamen. Ziemlich cool, oder? Wie war noch mal dein Nachname?«

»Whittaker.« Er sah Colleen an wie ein Junge, dem sein Eis am Stiel in den Gully gefallen war. Er und Shay wirkten beide, als hätte man ihnen etwas weggenommen.

»Ach ja, stimmt ja. McCall Whittaker. Er kommt aus South Bend, Indiana.«

»Es ist mir völlig egal, wo er herkommt.« Der Wein war Colleen plötzlich zu Kopf gestiegen, und ihr wurde fürchterlich heiß und schwindlig. »Tut mir leid. So habe ich das nicht gemeint. Aber, Shay, wir haben morgen, äh, diese Sitzung, die Sie vorbereiten sollten ...«

»Sie ist meine Chefin«, erklärte Shay. »Sie hat recht. Ich habe bis morgen früh noch einen Haufen Arbeit zu erledigen. Aber es war nett, dich kennenzulernen.«

Colleen hatte sich schon abgewandt, um sich den Weg durch die Menge zum Eingang am anderen Ende des Restaurants zu bahnen. Es gab keinen einzigen Mann im Anzug hier. Sie fragte sich, ob Scott überhaupt vorgehabt hatte, sie zu treffen, oder ob er nur ein bisschen mit ihr gespielt hatte. Oder hatte er womöglich ihre wahren Absichten durchschaut und ihr den Wahnsinn an der Miene abgelesen, das Einzige, was einer verzweifelten Mutter geblieben war?

Als sie schließlich draußen war, bildete ihr Atem weiße Wölkchen in der kalten Luft. Der Parkplatz war fast komplett gefüllt. Welcher Wochentag war eigentlich? Colleen musste kurz überlegen, bis ihr dämmerte, dass immer noch Sonntag war. Aber es spielte auch keine große Rolle. Sie wäre jede Wette eingegangen, dass diese Männer auf ihren 20-Tage-Einsätzen ohne einen freien Tag und ohne Wochenenden ebenfalls das Gefühl dafür verloren, welcher Wochentag gerade war. Anstatt von Montag bis Freitag dauerte ihre Woche wahrscheinlich von Tag eins bis zu dem Tag, an dem sie ins Flugzeug nach Hause stiegen. Eine 20-Tage-Woche, sodass Tag siebzehn wie Donnerstagabend war, wenn die Freiheit schon so nah war, dass man sie beinahe schmecken konnte.

Shay ließ sich Zeit. Colleen stampfte mit den Füßen und wartete ungeduldig. Sie tat doch wirklich alles, was ihr einfiel, aber es war einfach nicht genug.

Kapitel 20

Die Frage war, wie viel Alkohol Shay intus hatte, als sie Brendas Vorgarten verwüstete.

Als sie zum Wohnmobil zurückkamen, hing ein neues Vorhängeschloss an der Tür, ihre Koffer lagen in der Einfahrt, und darauf waren ein halbes Dutzend vollgestopfter Müllbeutel gestapelt. Über den Sachen lag eine dünne Schneedecke, die dem Ganzen den Effekt einer gespenstischen Skulptur verlieh. An der Tür des Wohnmobils hing ein Zettel. Die Schrift war etwas verlaufen: »Habe Ihr Marihuana gefunden. Ich will hier keine Drogensüchtigen. Sie sind zwangsgeräumt.«

Sie waren ausgestiegen, um die Notiz zu lesen, und standen einen Moment lang sprachlos da.

»Dieses verdammte Miststück!«, schrie Shay schließlich und trat so heftig gegen die Tür, dass eine Beule im Metall zurückblieb. Sie drehte sich zu Colleen um. »Wie kommt die dazu, unsere Sachen zu durchwühlen. Ich fass es nicht, dass sie da reingegangen ist. Sie hat bestimmt am Fenster gestanden und gewartet, bis wir wegfahren. Verfluchter Mist! Die kann uns doch nicht einfach rauswerfen.«

Colleen erinnerte sich noch an den ersten Abend, an den leicht ranzigen Geruch. Sie schluckte ihre Ungeduld hinunter; sie würde niemandem nutzen. »Ich rede mit ihr.«

»Und was wollen Sie ihr sagen? Die Alte will uns hier nicht haben, das ist doch klar. Die macht das bloß, weil sie genau weiß, dass sie mehr Miete kriegen kann.«

»Dann zahle ich eben mehr! Kommen Sie, Shay, überlegen Sie doch mal. Wenn wir hier rausmüssen, stehen wir auf der Straße.« Colleen holte tief Luft. Jetzt blieb ihr nichts anderes übrig, als Shay von dem Zimmer zu erzählen, das Andy gefunden hatte, aber sie hatte das Gefühl, ihren einzigen Trumpf aus der Hand zu geben. Denn Andy würde nicht herkommen können, wenn das bedeutete, dass Shay kein Dach über dem Kopf hatte. »Ich hätte es Ihnen vielleicht schon früher sagen sollen. Andy hat uns ab Mittwoch ein Zimmer besorgt. Also müssen wir nur noch drei Tage hier aushalten, dann können wir in ein Hotel gehen.«

Shay starrte sie an. »Sie wollten mir das eigentlich gar nicht sagen! Was hatten Sie denn vor? Einfach auszuziehen? Hätten Sie mir wenigstens einen Zettel dagelassen?«

»Hören Sie, Shay, ich hatte mir noch gar nicht überlegt, was ich tun würde. Andy meinte, er wollte vielleicht herkommen. Aber ich habe ihm gesagt, ich würde wahrscheinlich noch mit Ihnen zusammenbleiben, wenn … falls wir mit der Suche vorankommen …«

Wenn wir überhaupt noch miteinander reden würden, dachte sie, behielt es jedoch für sich. Wenn sie lernen würde, mit Shays vorwurfsvollen Blicken zu leben. Wenn sie Shay davon überzeugen konnte – erst jetzt begriff sie, dass es das war, was sie sich erhoffte –, dass ihr Sohn *in Ordnung* war, dass er Taylors Freundschaft verdient hatte und die Mitgliedschaft in diesem Ölarbeiterverein, für den er sich gegen ihren und Andys Willen entschieden hatte. Dass sein Wunsch nach einem eigenen Leben kein Reinfall gewesen war.

Sie hätte Zeit gebraucht, Shay das verständlich zu machen. Aber wie hätte sie das anstellen sollen? Hätten ein paar Tage mehr ihr dabei geholfen?

»Ich brauche Sie nicht«, murmelte Shay und ließ Colleen

stehen. Sie stapfte durch den verschneiten Vorgarten zur Haustür. Sie hielt sich gar nicht erst mit der Klingel auf, sondern hämmerte mit der Faust gegen die Tür.

»Sie ist nicht zu Hause!«, rief Colleen. »Es brennt doch gar kein Licht, und ihr Auto ist nicht da. Sie ist auf der Arbeit, Shay.«

»Dann fahre ich jetzt dahin.«

»Shay, hören Sie auf! Wir können ihr keinen Ärger machen. Wir können es uns nicht leisten, dass sie die Polizei ruft, dann werden die uns noch weniger helfen. Wenn Sie schon nicht wollen, dass ich mit ihr rede, dann müssen wir uns darum kümmern, eine andere Bleibe zu finden.«

Shay antwortete nicht. Sie ging zum Explorer, öffnete die Heckklappe und begann, die Müllbeutel hineinzuwerfen; sie machte sich gar nicht erst die Mühe, den Schnee vorher abzuklopfen. Colleen half ihr; sie hörte, wie ihre Sachen in den Beuteln klapperten. Die leeren Koffer packte Shay obenauf. Dann warf sie die Heckklappe zu und ging zur Fahrertür. »Kommen Sie?«

Kaum war Colleen eingestiegen, ließ Shay den Motor aufheulen und fuhr auf den Rasen. Während Colleen hastig die Tür zuschlug und sich anschnallte, setzte Shay zurück und fuhr wieder auf den Rasen. Die Räder drehten auf dem vereisten Gras durch. Auf der Veranda des Nachbarhauses gingen die Lichter an, aber niemand kam heraus.

»Shay, hören Sie auf! Sie machen alles nur noch schlimmer!«

»Was könnte denn noch schlimmer werden?« Shay kurvte über die Blumenbeete, und der Wagen schlingerte, als sie den Zierzaun niederwalzte. Sie pflügte durch die Sträucher, setzte zurück und wiederholte das Manöver. Die Zweige kratzten an der Seite des Explorer, aber sie machte weiter, bis alle Büsche platt gewalzt waren.

Colleen klammerte sich stumm und starr vor Schreck am Armaturenbrett fest. Jetzt nahm Shay sich den Rasen gründlich vor und fräste tiefe Furchen hinein, sodass gefrorene Klumpen Gras und Erde nur so hochspritzten. Sie riss das Lenkrad herum, Colleen sah es kommen und kniff die Augen zu, als Shay auch schon den Briefkasten rammte. Als sie zurücksetzte, berührte der Kasten fast den Boden, die Stange war umgebogen, und der Betonklotz am Ende war halb aus der Erde gerissen.

Shay umkurvte die Briefkastenruine, lenkte den Wagen auf die Straße und fuhr mit der erlaubten Höchstgeschwindigkeit in Richtung Stadt.

»Ich fasse es nicht, dass Sie das getan haben.«

»Und ich fasse es nicht, dass Sie der Alten auch noch Geld in den Rachen werfen wollten! Lösen Sie jedes Problem in Ihrem Leben auf diese Weise? Scheiß drauf. Ich kenn die Antwort ja schon.«

Colleen hielt die Luft an, dann platzte ihr der Kragen. »Was zum Teufel soll das heißen?«

»Ich kann Ihnen genau sagen, was das heißen soll: Anstatt Ihrem Sohn eine Mutter zu sein, waren Sie so sehr darum besorgt, was die Leute denken könnten, dass Sie ihm immer und überall den Weg freigekauft haben, um sich bloß nicht mit seinen Problemen auseinandersetzen zu müssen. In Fairhaven haben wir auch solche Mütter wie Sie. Wenn deren Kinder nicht beliebt sind, kaufen sie Happy Meals für die ganze Klasse, laden alle ins Kinderparadies ein und geben mehr Geld für Wundertüten aus als ich jemals für Taylors Geburtstag! Wie viel mussten Sie hinlegen, damit er aufs College konnte? Hä? Und wie viel, um zu vertuschen, dass er einen anderen Jungen halb totgeprügelt hat?«

»*Schluss jetzt!*«, schrie Colleen. »Hören Sie endlich auf,

Herrgott noch mal, lassen Sie mich raus! Lassen Sie mich sofort raus!« Sie löste ihren Sicherheitsgurt und öffnete die Tür. Der Asphalt rauschte unter ihren Füßen vorbei, und als sie gerade aus dem Wagen sprang, machte Shay eine Vollbremsung, die Colleen stolpern und stürzen ließ. Ein heftiger Schmerz fuhr ihr in die Hüfte, und der Inhalt ihrer Handtasche verteilte sich auf der Straße.

»Sind Sie völlig *übergeschnappt?*«, schrie Shay. »Sind Sie lebensmüde, oder was?«

»Lassen Sie mich in Ruhe!« Colleen sammelte ihre Brieftasche, ihr Kosmetiktäschchen und ihre Schlüssel von der Straße auf und stopfte alles wieder in die Handtasche. »Sie haben überhaupt keine Ahnung, wie meine Beziehung zu meinem Sohn ist.«

»Ich weiß nur, dass mein Sohn mir erzählt hat, er hätte sich nur aus Mitleid mit Paul abgegeben, weil niemand sonst Lust dazu hatte!«

»Das ist eine Lüge!« Colleen kroch immer noch auf allen vieren herum, um einen Lippenstift aufzuheben, der ein Stück weggerollt war. Als sie aufstehen wollte, rutschte sie aus und fiel abermals hin. Der Schmerz in ihrem Knie raubte ihr den Atem. »Paul hatte immer massenhaft Freunde!«

»Vielleicht zu Hause an der Ostküste. Und die haben Sie bestimmt auch gekauft. Aber so funktioniert das hier nicht. Sehen Sie sich doch mal um, Colleen. Glauben Sie etwa, hier kriegt irgendwer Geld dafür, dass er eine hübsche Nase hat? Hier oben muss man sich alles verdienen. Wenn Sie Paul in Ruhe gelassen hätten, hätte er sich vielleicht endlich zu einem Mann entwickeln können. Vielleicht ist er ja deswegen verschwunden, weil er nicht mal hier oben vor Ihnen sicher war!«

Colleen ließ den Lippenstift liegen, wo er war, rappelte sich auf und stolperte auf den Gehweg. An einem hohen Zaun, der den Parkplatz eines Lagerhauses sicherte, hangelte sie sich entlang. Sie wollte nur noch weg.

»Sind Sie noch bei Trost? Steigen Sie wieder ein!«, rief Shay hinter ihr her.

Aber Colleen ging tränenüberströmt weiter. Sie schluchzte so heftig, dass sie kaum Luft bekam. Sie war nicht weit gekommen, als sie hörte, wie Shay Gas gab und mit quietschenden Reifen davonfuhr.

Wahrscheinlich würde Shay sowieso gleich kehrtmachen, um sie weiter zu beschimpfen. Um noch mehr Salz in die Wunde zu streuen. Was sie über Paul gesagt hatte … Colleen konnte es nicht ertragen. Sie hielt sich die Ohren zu und schrie ihren Schmerz heraus, um diese Gedanken zu vertreiben, aber es nützte nichts.

In einiger Entfernung entdeckte sie die Fernfahrerraststätte, in der sie geduscht und gefrühstückt hatten. Die Leuchtreklame blinkte nach wie vor. Ein halbes Dutzend Lastwagen und mehrere Autos standen auf dem Parkplatz; bis auf eine waren alle Zapfsäulen besetzt. Selbst die Waschanlage war in Betrieb, Dampf stieg in die Nacht auf von dem heißen Wasser, das den Schnee, den Schmutz und das Salz von den Wagen löste.

Colleen mied das grelle Licht und folgte weiter dem Zaun, der den Parkplatz begrenzte. Unter dem Schnee waren die Umrisse von abgestorbenen Pflanzen zu sehen. Im Sommer wuchsen hier wahrscheinlich Geranien, Ringelblumen und Begonien. Robuste Gewächse, die man billig im Baumarkt kaufen konnte.

Neben einem Pflanzkübel, der überquoll von Kippen, stand eine Bank. Colleen fegte den Schnee weg, setzte sich und hoffte, dass niemand sie bemerkte.

Nach einer Weile ließ das Schluchzen nach. Ihre Papiertaschentücher waren mit dem Lippenstift aus der Handtasche gefallen, und so musste sie sich die Nase am Ärmel und an der Rückseite der Handschuhe abwischen. Die Haare klebten ihr im Gesicht. Die Kälte kroch ihr in die Knochen, aber das war ihr nur recht, sie wollte, dass sich der Schmerz bis in die Zehen und Fingerspitzen ausbreitete. Sie wollte den Schmerz überall spüren. Vielleicht würde sie ja hier erfrieren. Dann würde man ihre Leiche an der Bank festgefroren finden. Mit ihrem langen Mantel und der Kapuze auf dem Kopf würde sie aussehen wie die Jungfrau Maria beim Gebet. Das würde ihre Pietà sein, das letzte Zeichen der Hingabe an Paul. Denn letztendlich verteidigte sie ihn ganz allein, egal, wie sehr Andy ihn liebte, egal, wie sehr Paul mit seinen Dämonen rang. Ein Junge wächst zu einem Mann heran und verlässt seinen Vater, um ihm ebenbürtig entgegenzutreten. Aber eine Mutter bleibt immer die Mutter.

Sie musste daran denken, wie sie Paul als Baby in den Armen gewiegt hatte, seine flauschigen braunen Haare an ihrer Haut, fasziniert, wie wunderbar er war, wie perfekt. Aber von Anfang an war er wild und unruhig gewesen; und wenn sie ehrlich war, hatte sie schon damals gewusst, dass er irgendwie anders war. Aber sie konnte den Blick nie von ihm abwenden, so wunderbar war er!

Ja. Hier und jetzt mit diesem Bild vor ihrem geistigen Auge sterben, das wäre nicht so schlimm. Gott würde es ihr verzeihen. Sie hatte ihr Bestes gegeben, Gott würde sie nicht verurteilen. Für Andy würde das Leben irgendwann weitergehen. Jeder würde ihm verzeihen. Männern wurde immer verziehen. Er würde eine andere Frau finden, die ihn verehrte, die ihm immer versichern würde, dass es nicht seine Schuld gewesen war, dass nichts jemals seine Schuld war. Sie würde vielleicht noch etwas Mitgefühl für Colleen empfinden; sie würde vielleicht sogar Colleens Foto auf dem Kaminsims dulden. Aber tief in ihrem Innern würde sie wissen, was jeder wusste: An allem war immer die Mutter schuld.

Denn was Shay gesagt hatte, bevor sie weggefahren war, stimmte. Sie hatte Paul tatsächlich den Weg ins Leben erkauft. All die Privatlehrer, die persönlichen Betreuer, der Therapeut, die Sportcamps im Sommer, die Psychiater und Studienberater – von dem Geld, das sie all diesen Leuten gezahlt hatten, hätten sie sich ein Sommerhaus auf Cape Cod leisten können. Wenn es einen Hebel gegeben hätte, mit dem sie die Zukunft eines anderen Kindes hätte wegspülen können, um Paul den Weg zum Erfolg freizuräumen, hätte sie keine Sekunde gezögert, diesen umzulegen.

Aber letztendlich hatte sie sich ihr Versagen eingestehen müssen. Pauls Gesichtsausdruck an jenem Morgen, als er den Boden geschrubbt hatte, um die Beweise für seinen Tobsuchtsanfall verschwinden zu lassen: Schuldgefühle, Scham, Angst und Verzweiflung.

Colleen hatte so viel Schuld auf sich geladen, dass sie sich selbst nur noch anwiderte. Wie sehr Shay sie auch verabscheuen mochte, sie verabscheute sich selbst noch viel mehr. Und irgendwie, trotz ihres Versagens, hatte sie ihrem Sohn doch eins gründlich beigebracht: sich ebenfalls abgrundtief zu verachten.

Hol mich, flüsterte Colleen und hoffte inständig, dass der Wind ihr Flehen an Gottes Ohren trug.

Kapitel 21

Sex war nicht gerade die beste Methode zu vergessen, aber es würde ausreichen. Vor allem da von dem Schwips, den Shay sich am frühen Abend angetrunken hatte, nur noch die ernüchternden Nachwirkungen übrig geblieben waren. Aus der Zeit, in der sie viel und heftig getrunken hatte, wusste sie, dass man durchaus eine zweite Runde einläuten und sich richtig volllaufen lassen konnte, selbst wenn man ein paar Stunden lang nichts nachgelegt hatte. Doch das war dann schon ein Stück Arbeit, und meist wollte man dann auch an einem Ort bleiben, aber sie war eigentlich weder zu dem einen noch zu dem anderen in der Stimmung.

Als sie ins Oak Door Tavern zurückkehrte, war es halb zwölf und der Laden immer noch voll. Sie fand einen Parkplatz zwischen zwei riesigen Pick-ups und drängelte sich durch eine lärmende Menge von Zechern, die den Eingang versperrten, hinein. Zuallererst steuerte sie die Toiletten an; sie musste schon, seit sie am Wohnmobil gewesen waren.

Bei dem Gedanken an das Wohnmobil packte sie erneut die Wut. Sie hatte schon jede Menge scheinheilige Frauen wie Brenda gekannt. Sonntags gingen sie in die Kirche, und während der Woche zerrissen sie sich über alles und jeden das Maul. Aber Shay war es gewöhnt, verurteilt zu werden, schon seit ihrer Kindheit, als ihre Mutter, ein Hippiemädchen mit Haaren, die ihr bis an den Hintern reichten, sie in gebatikte, baumwollene Indianerkleidchen gesteckt hatte. Jetzt hatte sie das Gefühl, erheblich besser klarzukommen als die meisten Frauen, die sie kannte. Ab und zu kaufte sie ein bisschen Marihuana von dem jungen Mann, der ihr früher den Rasen gemäht hatte; und wenn sie einen Mann im Bett brauchte, hatte sie Mack. Sie hatte ein bildhübsches Enkelkind, und ihre Tochter und ihr Schwiegersohn kamen jedes Wochenende' vorbei, weil sie es *wollten* und nicht weil sie sich dazu verpflichtet fühlten oder mal wieder Kleingeld brauchten.

Und sie verstand sich blendend mit Taylor, was kaum eins von all diesen verklemmten Weibern über die Beziehung zu ihren Kindern sagen konnte. Wobei sie wieder an Colleen denken musste.

Daran, was sie zu ihr gesagt hatte. Gott, was hatte sie Colleen alles an den Kopf geworfen.

Nachdem sie sich die Hände abgetrocknet hatte, zog sie das zusammengefaltete Flugblatt aus ihrer Hosentasche. Paul sah wirklich nett aus. Er wirkte schüchtern, so wie er in die Kamera schaute oder eben nicht hineinschaute.

Taylor hatte Paul unter seine Fittiche genommen, wie es seine Art war. Er war eine richtige Glucke, hielt immer Ausschau nach den Mauerblümchen, den Schüchternen und bezog sie in seinen schillernden Freundeskreis ein. Über Paul hatte er in Wirklichkeit gesagt, es falle ihm schwer, Freunde zu finden, weil er *konfus* sei. Nicht unbeliebt, wie sie es Colleen gegenüber behauptet hatte. »Es ist so, als hätte er Leute wie uns noch nie gesehen, Mom.« Lachend hatte Taylor ihr von einem Streich erzählt, bei dem er Paul dazu angestiftet hatte, den Pick-up des Vorarbeiters ihrer Schicht auf einen Tieflader zu fahren. Shay hatte die Geschichte nicht richtig kapiert, aber sie hatte begriffen, was Taylors Absicht dabei gewesen war, wenn auch unbewusst – er brachte Paul bei, wie so was lief, zeigte ihm, wie man es schaffte dazuzugehören.

Genauso wie er in der sechsten Klasse Javed Suleman vor einem Testspiel mit viel Geduld hinter dem Haus die Regeln des American Football erklärt hatte. Und dann Pauls Spitzname, Wal. Es war Taylor gewesen, der ihn so genannt hatte, und so hatte er Paul auf seine sanfte Art klargemacht, wie er sich anpassen konnte und dass seine modischen, teuren Klamotten ihm im Camp dabei nicht halfen.

Was Shay Colleen nicht erzählt hatte, war, dass seit der Sache mit dem Streich jeder zweite Satz mit »Paul und ich« und »Paul hat mir das und das erzählt« angefangen hatte und nie mehr die Rede davon war, dass Paul nicht dazugehörte.

Als eine junge Frau telefonierend in die Toilette kam, verstaute Shay das Flugblatt hastig wieder in ihrer Hosentasche und stürzte sich ins Gewühl. Sie drehte eine Runde durch das überfüllte Lokal, konnte McCall Whittaker aus South Bend jedoch nirgends entdecken. Na ja, ihn anzubaggern wäre wahrscheinlich sowieso keine gute Idee gewesen, selbst wenn ihr das ein warmes Plätzchen für die Nacht und ein paar Stunden Entspannung beschert hätte. Morgen war auch noch ein Tag, und Taylor wurde immer noch vermisst. Sie würde einen kühlen Kopf brauchen, um sich zu überlegen, wie sie weiter vorgehen und was sie mit Colleen machen sollte.

Im Grunde sollte sie jetzt sofort zurückfahren und Colleen suchen und sich vergewissern, dass es ihr gut ging. Shay seufzte und fragte sich, wann sie es endlich lernen würde, den Kopf einzuschalten, bevor sie den Mund aufmachte. Auch wenn es ganz so aussah, als würden sie und Colleen keine gemeinsame Linie finden, konnte Shay sie nicht einfach irgendwo da draußen zurücklassen, wo sie genauso verletzlich sein würde wie ihr Sohn, als er hier aufgetaucht war, hilflos wie ein Fisch an Land.

Sie war schon unterwegs zur Tür, als ihr plötzlich ein Gesicht bekannt vorkam. Es dauerte einen Moment, bis es ihr einfiel: Es war der Mann aus dem Wal-Mart, mit dem Colleen hier verabredet gewesen war. Er schien sich unwohl zu fühlen, wie er am Ende des Tresens stand und auf sein Handy schaute. Er war der einzige Gast in Schlips und Kragen, auch wenn er die Krawatte schon gelockert hatte, und er war der einzige Gast, vor dem ein Weinglas stand.

Shay zögerte unentschlossen. Aber sie konnte diese Gelegenheit nicht verstreichen lassen. Sie nahm ihr Handy heraus und rief Colleen an, erreichte sie jedoch nicht – aber in dem allgemeinen Lärm hätte sie sowieso kein Wort verstanden.

Sie steckte das Handy wieder ein, überlegte kurz und ging hinaus zu ihrem Auto. Zwischen den Beuteln hinten im Explorer fand sie, was sie suchte. Sie machte sich nicht einmal die Mühe, die Toilette aufzusuchen, um sich umzuziehen, sondern warf ihren Anorak in den Wagen und zog sich Colleens weiten Kaschmirpullover über. Sie band ihre Haare im Nacken zu einem Knoten zusammen und wischte sich mit einem Papiertaschentuch die Schminke vom Gesicht – überlegte es sich dann jedoch anders und zog den Lippenstift noch einmal nach.

Anschließend ging sie zurück in die Bar. Jetzt oder nie.

Colleen wartete auf den Zustand, von dem sie bei Jack London gelesen hatte, wo man einfach nur noch schlafen wollte, wo der Schmerz nachließ und man sanft abdriftete. Aber sie fror immer mehr, ihr Zittern wurde unkontrollierbar, und die Schmerzen in ihren steifen Fingern und Zehen wurden unerträglich.

Aber das war nicht der Grund, warum Colleen schließlich von der Bank aufstand, was sie große Mühe kostete, weil ihr Mantel an dem Metall festgefroren war.

Sie stand wieder auf, weil es keinen Beweis dafür gab, dass Paul tot war. Und solange er nicht tot war, musste sie ihre Pflicht erfüllen. Es spielte keine Rolle, was er getan hatte. Es spielte keine Rolle, ob er falsche Entscheidungen getroffen hatte. Niemand würde ihr die Pflicht abnehmen, und deshalb stand sie auf.

Ihr Gesicht brannte, und wahrscheinlich sah sie entsetzlich aus. Sie zog die Kapuze enger. Sie würde sich frisch machen und einen Kaffee trinken und dann überlegen, was als Nächstes zu tun war.

Zwei weitere Flugblätter klebten an der Glastür der Raststätte. Colleen betrachtete Pauls Foto. Würde es jetzt immer so sein? Würde sie von nun an jeder Tür, durch die sie ging, mit diesem Bild konfrontiert werden, das für sie jetzt ruiniert war, nach allem, was Shay gesagt hatte? Warum hatte Andy dieses Foto ausgesucht, warum hatte er nicht das genommen, das vor zwei Jahren am Cape Cod aufgenommen worden war, auf dem Paul lachte und braun gebrannt war und einen Krebs an seiner Schere in die Kamera hielt?

Weil niemand einen Beweis brauchte, dass Paul auch einmal glücklich gewesen war, beantwortete Colleen sich ihre Frage selbst. Nur *sie* brauchte das.

Sie öffnete die Tür und trat ein. Es duftete nach Kaffee und Speck. Die Musik war leise, irgendein Countrysong, der ihr vage bekannt vorkam.

Außer der Kellnerin waren nur Männer anwesend. Sie saßen jeder für sich allein am Tresen oder an Tischen. Die digitale Anzeige verkündete, dass nur zwei Duschen in Betrieb waren. Keine Wartezeit. Außer der Musik waren lediglich die Klappergeräusche vom Grill und das gedämpfte Absetzen einer Kaffeetasse zu hören.

Alle starrten sie an. Colleen fuhr sich mit der Hand übers

Gesicht – anscheinend sah sie noch schlimmer aus, als sie gedacht hatte. Aber um zur Toilette zu gelangen, musste sie an allen Gästen vorbei. Sie schaute an sich herunter auf ihre Hose – sie war verdreckt von ihrem Sturz und am Knie eingerissen und blutig. Sie hatte nicht einmal gemerkt, dass sie geblutet hatte.

»Alles in Ordnung, Ma'am?«

Es war die Kellnerin, eine junge Frau, kaum älter als Paul. Sie stand hinter einer Reihe Ketchup-Flaschen. Auf einigen balancierten andere fast leere Ketchup-Flaschen, deren Restinhalt in die neuen Flaschen darunter tropfte.

»Ich …«

Die Worte wollten ihr nicht über die Lippen kommen. *Es geht gleich wieder. Ich muss nur mal kurz auf die Toilette. Ach, und könnte ich bitte eine Tasse Kaffee bekommen? Schwarz bitte. Sie retten mir das Leben. Ich bin gleich wieder da.*

»Ich … ich brauche …«

Sie sah von Gesicht zu Gesicht; vorwiegend ältere Männer, tiefe Sorgenfalten, massige Körper, denen man die jahrelange harte Arbeit ansah. Vielleicht war das ja der einzige Ort, an dem man dem Lärm in den Kneipen, der Partystimmung, dem Gedränge entgehen konnte. Vielleicht war das hier ein Ort, an dem man Frieden fand.

»Ich bin Colleen Mitchell.« Sie wusste nicht genau, warum sie das sagte. Ihre Stimme klang gebrochen. Ihre Finger und Zehen, die langsam wieder warm wurden, schmerzten fürchterlich. »Mein Sohn ist einer der beiden Vermissten. Paul Mitchell. Wir haben diese Flugblätter aufgehängt … also mein Mann hat sie aufhängen lassen. Ich weiß nicht, was ich sonst noch tun kann. Ich weiß nicht, wo ich noch suchen soll. Ich weiß nicht, wohin.«

Niemand rührte sich. Der Gesichtsausdruck der Männer

änderte sich nicht. Sie hatten schon viel gesehen. Dinge, die ihnen selbst zugestoßen waren. Sie waren nicht mehr jung; sie waren bedächtig. Das war in Ordnung. Sie wollte ihr Mitleid nicht oder auch nur ihr Mitgefühl.

»Mrs Mitchell, ich habe Ihren Sohn kennengelernt«, sagte die Kellnerin ruhig. »Ich denke, Sie sollten sich lieber setzen.«

Die Kellnerin hieß Emily. Sie sagte Colleen, wenn sie von der Toilette zurückkäme, würden eine Tasse Kaffee und ein Putensandwich für sie bereitstehen.

Colleen war erst vor fünfzehn Stunden hier gewesen, um zu duschen und zu frühstücken. Das erste Mal, als sie in einen Spiegel in der Fernfahrerraststätte geschaut hatte, war sie über ihren Anblick schockiert gewesen, darüber, wie sehr sie gealtert war, seit diese Tortur begonnen hatte. Als sie jetzt in den Spiegel sah, war sie kein bisschen schockiert. Sie begriff, auf welchen Handel sie sich eingelassen hatte: ihr Leben für Pauls Leben. Und wenn der Teufel, oder wer auch immer geschickt worden war, um die Schuld einzufordern, ihr die Falten um den Mund, die violetten Augenränder, die schlaffe Haut verpasst hatte, dann gehörte das zu dem Handel.

Aber das bedeutete ja nicht, dass sie sich nicht wehren konnte. Sie spritzte sich Wasser ins Gesicht und nahm ihr Schminkzeug aus der Handtasche. Stellte wieder her, was möglich war, und kämmte sich das Haar. Feuchtete eine Handvoll Papierhandtücher an und wischte den Dreck von ihrer Kleidung. Zog das Hosenbein hoch und inspizierte den blauen Fleck und die Schürfwunde. Das heiße Seifenwasser brannte, als sie die Wunde vorsichtig abtupfte, aber sie begrüßte den Schmerz.

Am Tresen stand tatsächlich das Sandwich bereit, in vier perfekte Dreiecke geschnitten, mit einem winzigen Zweig

Petersilie obenauf und einer Zitronenscheibe am Rand. Die Männer hatten ihre Beschäftigungen wieder aufgenommen – lasen Zeitung oder verfolgten ein Footballspiel im stumm geschalteten Fernseher, der unter der Decke hing – und warfen nicht einmal einen Blick in ihre Richtung. Emily sah zu, wie Colleen einen Bissen herunterwürgte und mit einem Schluck Wasser nachspülte.

»Es tut mir sehr leid, was Sie durchmachen müssen«, sagte Emily.

»Sie kennen Paul?« Colleen fühlte sich schon ein bisschen besser. Sie hatte mehr Hunger gehabt, als ihr bewusst gewesen war.

»Nur ein bisschen. Die Mitbewohnerin meiner Freundin ist mit ihm zusammen. Ich bin ihm einmal auf einer Party begegnet.«

»Paul hat eine Freundin?«

Emilys Miene drückte Mitgefühl aus. »Haben Sie das nicht gewusst?«

»Davon … hat er nichts erzählt.«

»Na, dann wird das, was ich Ihnen sagen muss, wahrscheinlich ein Schock für Sie sein. Normalerweise würde ich es für mich behalten, es geht mich ja im Grunde nichts an, aber Sie haben ein Recht, es zu erfahren, vor allem wegen dem, na ja, was auch immer passiert ist.« Sie holte tief Luft und sagte: »Paul und Kristine sind seit letztem Herbst zusammen, und na ja, sie ist schwanger.«

»Wie bitte?«

Schwanger. Das Wort wirbelte in ihrem Kopf herum, es brachte alles ins Schwanken, was sie bisher für unmöglich gehalten hatte. Paul hatte nie eine Freundin gehabt, zumindest nie länger als ein paar Wochen; er hatte zwar nie ein Problem damit gehabt, ein Date für einen Ball zu finden, und

Colleen hatte immer das Gefühl gehabt, dass diese Mädchen vielleicht sogar an mehr interessiert waren, aber aus irgendeinem Grund hatte Paul die Beziehungen nie weiter vertieft. Während seiner Zeit auf dem College schien es einige Mädchen gegeben zu haben, aber er hatte nie darüber gesprochen.

Und seit er nach Lawton gegangen war, hatte Colleen überhaupt nicht mehr darüber nachgedacht. Das zahlenmäßige Verhältnis von Männern und Frauen hier oben – *das* war ihr schon bewusst gewesen, schließlich wurde es in jedem Artikel über diese Gegend erwähnt. Sie hätte angenommen, dass die jungen Frauen eher ein Auge auf die kontaktfreudigeren Jungs warfen, auf solche, die sich in dieser Umgebung gut auskannten, die selbstbewusster und charismatischer waren.

Aber Paul hatte jemanden gefunden. Während Colleen noch versuchte, die Nachricht zu verdauen, flackerte eine kleine Flamme der Hoffnung in ihr auf, Erleichterung, dass er offenbar glücklich gewesen war.

Sie hatten ein Kind gezeugt. Und auch wenn Paul verschwunden war und seine Spur immer kälter wurde, hatte er etwas Lebendiges in Lawton hinterlassen. Sein Kind.

»Wie weit ist es denn?«, fragte sie zaghaft.

»Das weiß ich nicht, Mrs Mitchell. Ich dürfte eigentlich gar nichts davon wissen. Sie haben es keinem erzählt. Ich hab es nur deshalb mitgekriegt, weil Paul mit ein paar Freunden was getrunken hat, und da hat er denen erzählt, er hätte sie geschwängert, und einer von den Jungs hat es meiner Freundin Chastity weitergesagt. Als sie Kristine darauf angesprochen hat, ist sie total ausgeflippt und hat sie angefleht, es bloß keinem zu erzählen. Und Chastity hat es nur mir verraten, und ich hab's bisher für mich behalten. Ich will keine Gerüchte verbreiten. Aber ich dachte, Sie sollten es wissen.«

»Ich … ich kann es noch gar nicht fassen.« Colleen starrte

auf ihr Essen. Sie würde keinen Bissen mehr herunterbekommen. »Könnten Sie mir Kristines Telefonnummer geben?«

»Die habe ich nicht, aber ich kann Ihnen sagen, wo Sie sie finden können. Sie arbeitet im Swann's. Zusammen mit Chastity. Chastity hat ihr den Job besorgt.«

»Was ist das Swann's?«

»Ein Restaurant, das beste hier in der Gegend. Steaks und Meeresfrüchte und all so was. Die machen richtig Umsatz, da gehen all die Anzugträger hin.«

»Wie lange haben die geöffnet, wissen Sie das?«

Ein Schatten huschte über Emilys Gesicht, bevor sie antwortete, und Colleen konnte sich denken, was in der Kellnerin vorging. Colleen war nicht gerade in bester Verfassung, vor allem nicht, um die junge Frau kennenzulernen, die ihr Enkelkind erwartete.

»Ich glaube, normalerweise bis elf«, sagte Emily. »Soll ich mal für Sie da anrufen?«

Colleen überlegte: Würde diese junge Frau, Pauls Freundin, sie kennenlernen wollen? Wenn sie Paul liebte – und Gott, Colleen wünschte sich so sehr, dass dieses Mädchen Paul liebte –, dann musste sie außer sich vor Sorge sein. Aber sie hatte weder sie noch Andy zu kontaktieren versucht, obwohl Paul ihr wahrscheinlich gesagt hatte, woher er kam. Auch wenn Mitchell kein seltener Name war … Aber sie konnte es sich nicht leisten, Kristine abzuschrecken. »Nein, ich glaube, es ist besser, wenn ich nicht … wenn sie nicht … ähm …«

»Das muss ein ganz schöner Schock für Sie sein«, sagte Emily. »Aber wenn es Ihnen hilft – ich glaube, Kristine ist echt in Ordnung. Ich kenne sie nicht besonders gut, aber sie ist immer sehr nett zu mir.«

»Danke«, sagte Colleen leise. Ihr fiel auf, dass Emily ihr nicht ausreden wollte, unangemeldet im Swann's aufzutauchen. Aber welche junge Frau würde die Mutter ihres Freunds unter solchen Umständen kennenlernen wollen, die zukünftige Großmutter ihres Kindes ... wenn sie das Kind überhaupt behalten wollte? O Gott, daran hatte sie ja noch gar nicht gedacht. Vor allem jetzt, da Paul verschwunden war, würde sie es vielleicht abtreiben wollen. Vielleicht hatte sie es ja sogar schon getan. Colleen war überrascht, dass sie plötzlich das Gefühl eines Verlusts empfand bei dem Gedanken – dass ein Kind, von dessen Existenz sie bis vor wenigen Augenblicken noch nichts gewusst hatte, urplötzlich eine Bedeutung für sie bekam, als eine Verbindung zu Paul, ein Kind ihres Kindes.

»Soll ich Ihnen erklären, wie Sie da hinkommen?«, fragte Emily.

»Ich finde den Weg schon«, sagte sie. »Es ist nur ... ich habe kein Auto.«

»Hat jemand Sie hier abgesetzt?«

»Ich ...« Wie sollte sie das erklären? Dass sie es nach achtundvierzig Stunden mit Shay und ihrer gemeinsamen Suche geschafft hatte, diese Beziehung zu zerstören und ihre Bleibe samt ihrer Habseligkeiten zu verlieren?

»Doch, aber diese Person kann ich nicht bitten, mich irgendwo hinzufahren.«

»Und wo wohnen Sie?«

»Ich ... ich habe im Moment keine Unterkunft.« Emily musste sie für verrückt halten angesichts ihres Erscheinungsbilds und der Tatsache, dass sie nicht einmal eine Tasche bei sich hatte. »Es gab ein Missverständnis wegen der Unterkunft«, rang sie sich ab, weil ihr eine Lüge leichter fiel als die Wahrheit. »Und mein ganzes Gepäck ist weg. Ich muss mir überlegen, wie es weitergeht, aber ich muss mit dieser jungen Frau sprechen. Jeder Tag, der vergeht ...«

Ihr versagte die Stimme, und zu ihrer Überraschung langte Emily über den Tresen und nahm ihre Hand. »Es tut mir so leid, Mrs Mitchell. In meiner Kirche beten wir alle für die Jungs und ihre Angehörigen. Aber tief in meinem Herzen spüre ich, dass Sie sie finden werden.«

»Danke«, flüsterte Colleen.

»Wissen Sie was, ich rufe Kristine an. Ich frage Chastity nach ihrer Nummer.« Sie nahm ihr Handy aus der Tasche und schrieb eine SMS. »Hören Sie, ich würde Sie ja zu mir nach Hause einladen, aber ich wohne bei meinen Eltern, und meine Mutter ist krank. Sie schläft nachts ganz schlecht und …«

»Ich würde nicht im Traum daran denken, Ihnen zur Last zu fallen«, sagte Colleen. »Bitte, ich habe verschiedene Alternativen, ich muss sie einfach nur durchgehen.«

Emily sagte, sie müsse sich um ihre Gäste kümmern, und Colleen zwang sich dazu, das Sandwich aufzuessen und den Kaffee und das Wasser zu trinken. Sie hatte das Gefühl, Blei herunterzuwürgen, aber sie hatte den ganzen Tag kaum etwas gegessen und konnte es sich nicht erlauben, vor Hunger schlappzumachen.

Emily kam zurück, die Kaffeekanne in der Hand. »Chastity hat schon geantwortet. Ich hab ihr nicht gesagt, warum ich Kristines Nummer haben wollte, aber sie hat auch nicht gefragt, von daher sollte es okay sein.«

Colleen gab die Nummer in ihr Handy ein. Emily ging hinter den Tresen und beschäftigte sich mit einer Bestellung, die sie gerade aufgenommen hatte. Colleen wusste, dass sie sie in Ruhe telefonieren lassen wollte, aber sie selbst hatte Paul jahrelang eingebläut, nicht in der Öffentlichkeit zu telefonieren, daher stand sie auf und ging in die Eingangshalle.

Sie drückte den Wählknopf, bevor sie zu lange darüber

nachdenken konnte. Trotzdem zitterte sie, als die junge Frau sich meldete.

»Hallo?«

»Spreche ich mit Kristine?«

»Ja.«

»Kristine, verzeihen Sie, dass ich Sie so spät am Abend noch belästige. Hier spricht Colleen Mitchell, Pauls Mutter.«

Kristine atmete hörbar ein. »Mrs Mitchell ...«, sagte sie leise. »Ich habe in ein paar Minuten Feierabend. Ich muss nur noch ein paar Rechnungen erledigen. Wollen wir uns irgendwo treffen?«

»Ja, sehr gern. Ich ... ich bin in der Fernfahrerraststätte neben den Lagerhäusern. Ich hoffe, es ist in Ordnung, dass Emily mir Ihre Nummer gegeben hat.«

»Das ist völlig in Ordnung. Ich komme, sobald ich kann. Ungefähr in einer halben Stunde.«

Kapitel 22

Scott entfernte fachmännisch das Aluminium von der Flasche, bevor er sie öffnete. Der Korken machte ein sattes Geräusch. Sie waren nach dem Lärm und Trubel in dem überheizten Club im Hotel angekommen, und die Schweißflecken in seinem gestärkten Hemd waren inzwischen fast trocken und kaum noch zu sehen.

Die Suite war gemütlich; das Hotel war höchstens ein Jahr alt, das neueste einer Reihe von Hotels, die wie Pilze aus dem Boden schossen, seit der Ölboom begonnen hatte. Es gab sogar einen kleinen Kühlschrank, in dem er den Wein gekühlt hatte. Den Wein, den er mit Colleen hatte trinken wollen, dachte Shay, während sie Scott kokett anlächelte. Er hatte sich schnell darüber hinwegtrösten lassen, dass er versetzt worden war, erst recht, als sie ihm sagte, wie satt sie all die ungewaschenen und ungepflegten Männer in Lawton hatte, mit denen sie sich als Physiotherapeutin abgeben musste. Sie hatte nicht viel Ahnung von Physiotherapie, aber sie wusste, dass Männer am liebsten über sich selbst redeten, also spielte das keine große Rolle. In der Bar hatte er gar nicht mehr aufhören können, ihr von seinem Job, seiner Golfleidenschaft und einer Reise zu den Florida Keys zu erzählen, die er mit einem Freund plante.

Sie hatte die aufmerksame Zuhörerin gemimt, an den richtigen Stellen gelacht und ab und zu seine Hand berührt. Sie hatte sich sogar bemüht, Colleens steife Körperhaltung zu imitieren: Vielleicht standen Typen wie er ja darauf, Eisprinzessinnen zu erobern. Als er schließlich etwas von ihrem Leben wissen wollte, hatte sie angedeutet, sie habe gerade eine Trennung hinter sich, und sich dabei wie zufällig gegen ihn gelehnt, was angesichts des Gedränges in der Bar nicht schwierig gewesen war.

Es war eindeutig viel zu einfach, vor allem da sie Colleens formlosen Pullover trug und sich so unnahbar gab wie sie. Entweder war der Mann völlig verzweifelt, oder der gehemmte Hausfrauentyp war genau nach seinem Geschmack. *Jedem Tierchen sein Pläsierchen*, dachte Shay. Aber vielleicht sollte sie ein bisschen Mitgefühl haben: Es war garantiert kein großes Vergnügen, hier oben festzuhängen, weit weg von Familie und Freunden, und das jede Woche. Wahrscheinlich war er einsam und langweilte sich zu Tode. Er trug einen Ehering, und in der Bar hatte sein Handy andauernd geklingelt; allerdings hatte er immer nur kurz aufs Display gesehen und das Handy, als sie im Hotelzimmer waren, ganz ausgeschaltet und auf den Schreibtisch gelegt.

Genau wie Mack, dachte Shay grimmig. Aber nein. Ganz anders als Mack, der zu ihr kam, wenn Caroline sich von ihm abwandte, der in Tränen ausbrach vor Schuldgefühlen und Sehnsucht, wenn sie nachher ineinander verschlungen dalagen. Der sie schon seit Jahren liebte, länger als viele Ehen hielten. Zumindest war das die Version, an die sich Shay klammerte, und sie würde die Beziehung jetzt nicht verraten wegen eines Typen im Anzug, der ihren falschen Namen wahrscheinlich sowieso längst wieder vergessen hatte.

»Ich hoffe, Sie finden das nicht unanständig, dass ich Sie hierher eingeladen habe«, sagte Scott und reichte ihr ein Glas Wein. Sie saß in einem Sessel im Wohnzimmer der Suite, er hatte es sich auf dem Sofa bequem gemacht. Er rückte so dicht an sie heran, dass sich ihre Knie berührten. »In dem Club konnte man ja sein eigenes Wort nicht verstehen, und das Gesöff, das sie dort ausschenken, brennt einem nur ein Loch in den Magen. Der Wein hier ist übrigens ein ganz brauchbarer Pinot. Neuseeland, 2008.«

Shay nickte anerkennend und trank einen Schluck.

»Also«, sagte Scott, stellte sein Glas ab und rückte noch näher, sodass sich ihre Knie ineinander verkeilten. »In der Bar meinten Sie, dass Sie mich etwas fragen wollten. Aber ich sage Ihnen gleich, dass meine Arbeit nicht halb so interessant ist wie das, was Sie wahrscheinlich jeden Tag in der Reha-Klinik zu sehen bekommen.«

»Ach, ich weiß nicht. Gerissene Achillessehnen sehen alle gleich aus.«

Scott lachte, als hätte sie etwas Lustiges gesagt. Nach Shays Schätzung hatte er bisher mindestens drei Glas Wein intus – eins anfangs in der Bar und anschließend noch zwei. Vielleicht waren es auch noch mehr gewesen, je nachdem, wann er dort eingetroffen war. Ihr Gin Tonic war ziemlich schlapp gewesen, und sie hatte ihn zur Hälfte stehen lassen.

»Na ja, als Sie mir erzählt haben, dass Sie Anwalt bei White Norris sind, da dachte ich, ich könnte Sie vielleicht etwas fragen. Es hat auch bestimmt nichts mit Ihrer Firma zu tun. Und meine Freundin Rose kriegt einfach keine Informationen.«

»Hat sie ein rechtliches Problem?«

»Sie nicht, aber ihr Sohn. Er ist zwanzig. Im letzten Dezember hatte er einen Arbeitsunfall auf einem der Bohrtürme von Hunter-Cole. Eine Kette ist gerissen und hat ihm dabei zwei Finger zerfetzt.« Shay zitierte aus dem anonymen Blog, so gut sie sich erinnern konnte. Das Foto, das zu dem Blog ins Netz gestellt war, aufgenommen im Krankenhaus, – blutige Fingerstummel – ging ihr nicht mehr aus dem Kopf.

»Ein Angestellter von Hunter-Cole war bei ihm im Krankenhaus und hat gesagt, die Firma würde die Krankenhauskosten übernehmen und auf das, was die Arbeitsunfähigkeitsversicherung ihm zahlt, zehntausend Dollar drauflegen.«

Scott nickte. »Hört sich korrekt an. Die haben in der Regel Sonderfonds für solche Fälle, um Leute zu unterstützen, die eine Zeit lang nicht arbeiten können.«

»Ja, genau das ist das Problem. Ricky wird nicht mehr als Ölarbeiter arbeiten können, und er wird nirgendwo auch nur annähernd so viel verdienen wie bei Hunter-Cole. Es wird Jahre dauern, bis er seine Hand wieder richtig gebrauchen kann, glauben Sie mir. Aber ein paar Freunde von ihm sind bereit auszusagen, dass es eine Menge Verstöße gegen die Sicherheitsvorschriften gegeben hat. Die Kette war offenbar nicht geölt und voller Dreck, deswegen ist sie wohl gerissen.«

Scott schüttelte zweifelnd den Kopf. Shay hatte die Einzelheiten wahrscheinlich nicht sehr realistisch dargestellt, aber das würde er ihrer Unwissenheit zuschreiben. Sie legte schnell nach, bevor er sie unterbrechen konnte. »Einer seiner Freunde hat mit seinem Handy die Logbuchseiten mit den Terminen fotografiert, wann geölt wird, und da war seit Wochen nichts passiert. Aber alles war vom Sicherheitstechniker abgezeichnet. Also fragt sich meine Freundin, ob sie die Firma verklagen kann? Ob sie sich einen Anwalt suchen soll?«

»Hören Sie«, sagte Scott. »Eigentlich dürfte ich gar nicht mit Ihnen darüber reden. Abgesehen davon, dass ich meinem Boss gegenüber rechenschaftspflichtig bin, habe ich so viele Geheimhaltungsvereinbarungen unterschrieben, dass man damit dieses Zimmer tapezieren könnte. Ihre Freundin wird in diesem Staat keinen einzigen Anwalt finden, der sie auch nur zu Ende anhört.«

Sie spürte, dass sein Interesse an ihr nachließ; sein Gesichtsausdruck war argwöhnisch und sein Körper angespannt. Er warf einen Blick auf die Uhr.

»Das weiß ich«, sagte sie hastig. »Ich weiß, dass es ein Kampf gegen Windmühlen ist, aber sie macht sich solche Sorgen. Ricky und seine Frau haben sich ein Haus gekauft, sie sind kurz vor dem Unfall da eingezogen, und sie erwartet ihr zweites Kind.« Sie senkte den Blick. »Die beiden sind völlig verzweifelt«, fügte sie mit zitternder Stimme hinzu und wischte sich eine imaginäre Träne ab.

»Ach herrje, nicht doch«, sagte Scott. »Hören Sie. Die Arbeit auf den Bohrtürmen ist nicht ungefährlich, das liegt in der Natur des Jobs. Dann kommt alle paar Monate die Gewerbeaufsicht und ändert die Vorschriften, denen wir oft gar nicht entsprechen können, weil wir nicht so schnell mit den Änderungen hinterherkommen. Ich weiß, es wird immer gern mit dem Finger auf die großen bösen Firmen gezeigt, aber die Wahrheit ist, und das wird Ihnen jeder bestätigen, der sich halbwegs auskennt, dass bei neunzig Prozent aller Arbeitsunfälle auf den Bohrtürmen menschliches Versagen die Ursache ist. Die Leute sind unkonzentriert oder in Eile oder was auch immer, dann halten sie sich nicht an die Vorschriften, und schon passiert's. Der Fall des jungen Mannes, den Sie mir geschildert haben, ist ein typisches Beispiel. Ich sage nicht, dass es nicht an der Technik gelegen hat, dass der Unfall passiert ist, denn das lässt sich unmöglich feststellen, aber nehmen wir mal an, es hat tatsächlich Wartungsmängel gegeben. Wessen Schuld ist das dann? Ist es etwa die Aufgabe des Firmenchefs, da rauszufahren und das verdammte Ding eigenhändig zu ölen?«

»Na ja, also ich meine …«

»Nein, ist es nicht. Auch hier will ich nicht verallgemeinern, aber viele der jungen Burschen behelfen sich mit ein bisschen Chemie, um die 12-Stunden-Schichten durchzustehen, während die erfahreneren Männer wissen, wie sie sich ihre Kraft einteilen müssen, verstehen Sie, was ich meine? Ich behaupte nicht, dass der Sohn Ihrer Freundin Aufputschmittel genommen hat, aber Sie würden sich wundern, wie viele von denen das tun, und so passieren dann die Unfälle. Wenn die Leute fahrig werden.« Er zuckte die Achseln, als wäre der Fall damit für ihn erledigt.

»Ich glaube nicht, dass Ricky der Typ war, Aufputschmittel zu nehmen«, sagte Shay zweifelnd. »Aber ich bin Ihnen sehr dankbar, dass Sie mit mir darüber reden und mir sagen, wie ihre Chancen stehen. Allemal besser, als wenn sie irgendeinem Anwalt dreihundert Dollar die Stunde zahlt, der ihr auch nichts anderes sagt.«

»Und genau das wird nämlich passieren, vorausgesetzt, sie findet einen, der seriös ist. Viele Anwälte, die auf Personenschäden spezialisiert sind, sind windige Figuren. Die schaffen es vielleicht, Hunter-Cole noch ein paar Tausend Dollar aus den Rippen zu leiern, vor allem wenn die Betroffenen eine Vereinbarung unterschreiben, dass sie auf eine Klage verzichten, aber was glauben Sie wohl, wo das Geld landet. In der Tasche des Anwalts. Im Ernst, ich würde Ihrer Freundin raten, sich das Geld zu sparen.«

Shay nahm ihr Weinglas, wartete jedoch, bis Scott es auch tat, bevor sie trank. Sie musste ihn noch ein bisschen bearbeiten, war sich aber nicht sicher, wie lange er noch mitmachen würde. Während sie zögerte, legte er eine Hand auf ihr Knie und ließ seine Finger langsam um ihre Kniescheibe kreisen.

Sie sagte sich, dass sie nichts mehr zu verlieren hatte, und gab sich einen Ruck. »Ich weiß, dass das ziemlich verrückt klingt, aber Rose hat mir erzählt, jemand war bei ihr und hat verlangt, dass sie die Sache fallen lässt. Sie sagt, er hat sie bedroht. Wenn Rickys Freunde ihre Behauptung nicht zurücknähmen, würden sie es bereuen. Als sie gefragt hat, ob sie etwa ihren Job verlieren könnten, bloß weil sie die Wartungsmängel gemeldet hätten, hat er gesagt, nicht nur ihren Job. So als könnte ihr *Leben* in Gefahr sein.«

Scotts Finger verharrten auf ihrem Knie.

»Na ja, Rose hat schon immer gern ein bisschen übertrieben«, sagte Shay und tat so, als würde sie die Hand nicht spüren. »Also, ich weiß auch nicht, was ich davon halten soll. Klingt doch schon irgendwie verrückt, oder?«

»Ich würde sagen, wir haben für heute genug über die Arbeit geredet«, erwiderte Scott steif. »Sie fragen mich Sachen, von denen ich gar keine Ahnung habe. Und ehrlich gesagt wundere ich mich auch ein bisschen.«

»Ja, Sie haben recht. Gott, es tut mir leid. Ich komme mir richtig idiotisch vor. Ich glaube nicht, dass Rose Geld aus der Sache schlagen will, aber na ja, sie hat sich da wohl in etwas hineingesteigert.« Sie lächelte ihn reumütig an und legte ihre Hand auf seine, die auf ihrem Knie ruhte.

»Ich finde, Sie sollten sich lieber aus der Sache raushalten«, sagte Scott. Seine Finger wanderten an ihrem Schenkel hoch. »Die Gegend hier wird ja nicht umsonst der Wilde Westen genannt. Hunter-Cole steht in dem Ruf, mit harten Bandagen zu kämpfen. Das kann man von White Norris nicht unbedingt behaupten. Aber das heißt trotzdem nichts, und glauben Sie mir, diese Dinge ändern sich nur langsam, wenn überhaupt. Niemand, egal, auf welcher Seite er steht, ist ein Fan der Gewerbeaufsicht. Aber jetzt sollten wir uns für den Rest des Abends doch lieber angenehmeren Dingen widmen.«

»Hm«, erwiderte Shay und schenkte ihm ein gewinnendes Lächeln. Er beugte sich vor, legte die Hände um ihre Taille und zog sie auf seinen Schoß. Sie konnte seine Erektion durch seine Hose spüren. Sein Gesicht war auf Höhe ihrer Brüste, und er begann, an ihrem Dekolleté zu schnüffeln.

»Entschuldigen Sie mich einen Moment«, sagte Shay, befreite sich sanft aus seiner Umarmung und stieg von seinen Beinen, wobei sie ihm zärtlich über das Gesicht streichelte. »Wenn ich jetzt nicht für kleine Mädchen gehe, dann bin ich nachher zu ... abgelenkt.«

Scott lehnte sich mit einem leicht verklärten Grinsen zurück.

»Vielleicht können wir ja mal das Schlafzimmer ausprobieren, wenn ich wiederkomme«, sagte Shay und begann, ihre Bluse aufzuknöpfen, sodass er einen Blick auf ihren BH und die weiße Haut ihres Bauchs werfen konnte. Dann nahm sie ihre Handtasche vom Couchtisch und ging ins Bad.

Sie verschwand im Bad und sah sich schnell um. Sie hatte Glück: Neben dem Waschbecken lag eine Kulturtasche mit Monogramm. Sie nahm ihr Handy aus der Handtasche. Sie hatte zwei verpasste Anrufe und eine Nachricht von Colleen: *Bitte rufen Sie mich an. Ich brauche Ihre Hilfe. Bitte.*

Shay bekam sofort Gewissensbisse, aber Colleen musste jetzt warten. Sie hielt die Kulturtasche vor sich und machte ein Foto von sich im Spiegel, wobei sie mit den Haaren ihr Gesicht verdeckte, aber dafür sorgte, dass ihre aufgeknöpfte Bluse ebenso wie das Monogramm *STC* zu sehen waren.

Als sie aus dem Bad kam, war Scott schon ins Schlafzimmer gegangen. Er saß nackt auf dem Bett, eine Hand hinter dem Kopf und die andere im Schritt. Shay ging nahe genug an ihn heran, um eine Detailaufnahme machen zu können, bevor sie das zweite Foto schoss.

Dann verstaute sie ihr Handy in der Handtasche und knöpfte ihre Bluse zu.

»Was ist denn jetzt los?«, fragte Scott entgeistert und zog sich die Bettdecke über den bleichen, schwabbeligen Bauch.

»Beruhigen Sie sich«, sagte Shay ruhig. »Wir müssen miteinander reden. Ich bin nicht hier, um Ihnen Ärger zu machen. Ich will nur Ihr Zimmer.«

»Mein ... *was?*«

»Dieses Zimmer. Ich brauche es. Sie müssen bei der Rezeption anrufen und es bis zum Wochenende im Voraus bezahlen. Sie erklären, dass Ihre Angestellte hierbleiben wird. Und erzählen Sie mir nicht, dass die sich nicht darauf einlassen werden; ich mache das nicht zum ersten Mal.«

Das war gelogen, aber Mack hatte es so gemacht, als sie sich mit ihm in Sacramento getroffen hatte, wo er auf einer Konferenz gewesen war. Er hatte früher abreisen müssen, weil seine Tochter mit dem Fahrrad gestürzt war und sich ein Bein gebrochen hatte, aber er hatte dafür gesorgt, dass sie für den Rest der Woche bleiben konnte, für den Fall, dass er wieder zurückkommen konnte.

»Und wo zum Teufel soll *ich* dann bleiben?«

Shay zuckte die Achseln. »Das ist nun wirklich nicht mein Problem, oder? Sie haben mir doch erzählt, dass Sie hier ein ganzes Team unter sich haben, dass Sie weisungsbefugt sind. Schicken Sie einen von denen nach Hause und nehmen Sie sein Zimmer. Also, es ist jetzt fast eins. Sie können bis morgen früh in der Lobby schlafen. Oder bei einem von Ihren Leuten oder was auch immer, mir ist das ziemlich schnuppe.«

»Sie sind doch nicht ganz bei Trost. Wer sind Sie überhaupt?«

»Ziehen Sie sich an, dann erklär ich's Ihnen. Und vergessen Sie Ihre Sachen im Bad nicht. Ich habe ein Foto von mir und Ihrem kleinen Kulturbeutel mit den hübschen Initialen gemacht. Ein Geschenk von Ihrer Frau?«

Scott wurde kreidebleich. Er stand vom Bett auf, das Laken um sich gewickelt. Während er sich abmühte, sich die Unterhose anzuziehen, ohne das Laken fallen zu lassen, näherte sich Shay langsam der Tür. Scott mit seinen weichen Händen und den eleganten Visitenkarten wirkte eigentlich nicht wie ein gewalttätiger Typ, aber sicher war sicher.

»Ich werde Ihnen jetzt die Wahrheit anvertrauen. Vielleicht sind Sie dann weniger wütend auf mich. Ich bin die Mutter eines der verschwundenen jungen Männer.«

Scott, der gerade dabei war, seine Hose anzuziehen, hielt in der Bewegung inne und starrte sie an. »Die beiden, die bei Hunter-Cole waren?«

»Ja. Ich suche meinen Sohn. Ich habe herausgefunden, dass es Verstöße gegen die Sicherheitsvorschriften gegeben hat und dass einige der Jungs das melden wollten. Ein Freund meines Sohns hat gesagt, dass er bedroht wurde. Ich will wissen, ob mein Sohn sich mit Hunter-Cole angelegt hat.«

Scott schluckte, dann zog er sich weiter an. Er sagte nichts, bis er sein Hemd zugeknöpft und den Gürtel angelegt hatte.

»Wenn Ihr Sohn nur halb so verrückt ist wie Sie und wenn er auf dem Bohrturm Ärger gemacht hat ... Hören Sie, ich glaube nicht, dass die sich an irgendjemandem vergreifen würden, nicht mal Hunter-Cole. Aber vielleicht eine Abfindung, damit sie die Stadt verlassen und sich bedeckt halten, bis Gras über die Sache gewachsen ist? Möglich. Ich sage nicht, dass es so war oder dass ich so was schon mal erlebt hätte, aber es würde mich nicht wundern.«

Er holte den Kulturbeutel aus dem Bad und warf ihn in seinen Koffer. Er nahm die Hemden und die Anzugjacke aus dem Schrank und verstaute sie ebenfalls im Koffer, ohne sich die Mühe zu machen, irgendetwas zu falten. Er schob sein

Handy in die Tasche, dann griff er nach seinem Mantel, den er auf der Sessellehne abgelegt hatte.

»Also«, sagte er, während Shay einige Schritte zurücktrat, um ihn zur Tür durchzulassen. »Himmel Herrgott. Warum haben Sie mich denn nicht direkt danach gefragt? Was sollte dieses ganze …« Er zeigte auf den Wein, die halb leeren Gläser, das Sofakissen, das auf den Boden gefallen war.

»Klar. Sie hätten mir bestimmt alles freimütig erzählt.« Shay schüttelte den Kopf. »Mein *Sohn* ist verschwunden. Seit neun Tagen. Seine Chancen stehen beschissen. Glauben Sie vielleicht, ich wüsste das nicht? Ich habe nichts mehr zu verlieren. Und sollte ich Ihre Gefühle verletzt haben, würde es mir leidtun, wenn ich dafür die Zeit hätte. Und jetzt verschwinden Sie. In einer Viertelstunde ruf ich den Zimmerservice an, dann werde ich ja erfahren, ob Sie sich schön um alles gekümmert haben. Wenn ja, werden Sie nie wieder von mir hören. Wenn nicht, na ja, ich verstehe was von Computern, und dann sind diese Fotos morgen Nachmittag bei Ihnen zu Hause. Buchen Sie das Zimmer auf Capparelli«, fügte sie noch hinzu. Dann buchstabierte sie den Namen zweimal. »Und nur für den Fall, dass es Sie interessiert, mein Sohn heißt Taylor. Und wenn Sie nichts dagegen haben, würde ich jetzt gern allein sein.«

Kapitel 23

Kristine traf nach einer Viertelstunde ein. In der Tür des Restaurants nahm sie den Schal ab und machte den Reißverschluss ihres Mantels auf. Sie entdeckte Colleen sofort.

Colleen sprang auf. »Ich bin Colleen Mitchell.« Sie hielt ihr die Hand hin, die die junge Frau mit ihren kalten Fingern zögerlich ergriff. »Bitte, setzen Sie sich doch.«

Emily brachte ihnen unaufgefordert zwei Tassen Kaffee an den Tisch. »Hey, Kristine«, sagte sie.

»Danke, Emily.«

»Ich weiß gar nicht, womit ich anfangen soll«, sagte Colleen, nachdem Emily gegangen war. »Also, ich meine, vielleicht ... ach, irgendwie bin ich im Moment gar nicht ich selbst.« Sie fasste sich verlegen ans Gesicht. »Ich schlafe in einem Wohnmobil, obwohl man das kaum schlafen nennen kann, und werde verrückt vor Sorgen und – ach, ich frage Sie einfach ganz direkt. Haben Sie eine Beziehung mit Paul?«

»Ja«, antwortete die junge Frau vorsichtig. Sie wirkte verängstigt. »Seit ... Halloween.«

Colleen hätte sie am liebsten umarmt, um ihre Haut zu spüren, die Hände, die ihren Sohn berührt hatten. »Ich bin – also sein Dad und ich –, Sie ahnen ja gar nicht ... Wir wollen nur ... Sagen Sie mir einfach alles, was Sie wissen. Ganz egal, was.«

»Ich habe ihn an dem Tag gar nicht gesehen. Ehrlich, Mrs

Mitchell, ich wünschte, ich könnte Ihnen sagen, wo er hinwollte. Ich würde alles dafür geben …« Sie wirkte gequält.

Colleen hatte das Gefühl, dass die Enttäuschung ihr alle Kraft raubte. Gott, war sie erschöpft. Sie hatte sich so viel von dem Treffen versprochen, und jetzt löste sich alle Hoffnung in Luft auf. Aber was hatte sie denn erwartet? Dass Kristine all ihre Befürchtungen zerstreuen und sie direkt zu Paul führen würde?

»Kristine …«, sagte sie vorsichtig. Sie konnte es sich nicht leisten, die junge Frau zu verschrecken. »Erzählen Sie mir doch ein bisschen über sich. Sind Sie von hier?«

»Ja, Ma'am, ich bin hier aufgewachsen, aber meine Eltern sind weggezogen, als ich im letzten Schuljahr war. Aber weil ich die Highschool zu Ende machen wollte, bin ich bei Verwandten geblieben. Danach war ich dann ein Jahr lang auf dem Mayville State College, doch das war nichts für mich. Letztes Jahr bin ich zum Arbeiten wieder hierhergekommen. Hier verdient man gut. Ich würde gern wieder studieren, aber ich weiß noch nicht, ob das klappt.«

Studieren, obwohl sie schwanger war?, dachte Colleen beunruhigt. Aber Kristine konnte ja nicht ahnen, dass Colleen von der Schwangerschaft wusste. »Wie haben Sie und Paul sich eigentlich kennengelernt? Ich hoffe, die Frage ist nicht zu persönlich.«

Kristine lächelte schmallippig. »Letzten Herbst war ich mit Chastity, meiner Mitbewohnerin, auf einer Halloween-Party. Sie war eine Zeit lang mit Taylor zusammen gewesen, also mit dem anderen …« Sie beendete den Satz nicht. Wahrscheinlich wollte sie das Wort *Verschwundenen* nicht benutzen, dachte Colleen. »Jedenfalls war Paul auch da. Er war höflicher als die anderen. Die Jungs sind alle nett, verstehen Sie mich nicht falsch, aber Paul war irgendwie schüchterner, er hat für die Mädchen Stühle besorgt und Getränke geholt. Er …« Sie schüttelte den Kopf und räusperte sich. »Es tut mir leid. Es tut mir so leid.«

»Nein, nein, bitte nicht.« Colleen griff instinktiv nach ihren Papiertaschentüchern, aber dann fiel ihr wieder ein, dass sie ihr bei ihrem Sturz aus der Handtasche gefallen waren. »Sie ahnen gar nicht, wie viele Tränen ich in der letzten Woche vergossen habe.«

Kristine zog ein paar Servietten aus dem Spender und betupfte sich die Augen. »Was ich sagen wollte, ich weiß nicht, ob Sie überhaupt was damit anfangen können. Wir haben eine Freundin, die auch bei uns arbeitet. Sie ist nett, aber extrem gehemmt. Ich glaube, sie hat Asperger oder so. Manche Leute verstehen das nicht und sie … ich weiß auch nicht. Außerdem ist sie … ziemlich dick. Aber als das mit dem Tanzen losging, hat Paul sie als Erste aufgefordert. Sie hätten sie mal sehen sollen. Sie war ganz aus dem Häuschen.«

Colleen musste plötzlich an Squaredance denken. Paul hatte dafür absolut nichts übriggehabt, und sie hatten sich deswegen gestritten. Andy fand, sie sollten Paul damit verschonen, aber Colleen hatte darauf bestanden, ihren Sohn gesellschaftsfähig zu machen. Inzwischen begriff sie, wie lächerlich ihr Ansinnen gewesen war. Irgendwie hatte sie die absurde Vorstellung gehabt, Paul würde auf eine Eliteuniversität gehen, dort eine Tochter aus gutem Hause kennenlernen und zur besseren Gesellschaft gehören. Als hätten Andy und sie jemals in diesen Kreisen verkehrt. Im Nachhinein schämte sie sich für diese hirnrissige Fantasie, eingeimpft von ihrer Mutter. Paul hatte einfach so gut ausgesehen in dem marineblauen Jackett, das sie ihm extra für die Abschlussfeier der achten Klasse hatten maßschneidern lassen …

… und Andy hatte Paul vor dem Ball beiseitegenommen

und ihm gezeigt, wie er seine Krawatte binden musste, und ihm gesagt, er wolle nie hören, dass sein Sohn einem Mädchen einen Tanz verweigerte. Und damit nicht genug, er hatte Paul auch noch darauf hingewiesen, dass ein Gentleman immer dafür sorgte, dass beim Tanz kein Mädchen sitzen blieb. Colleen, die das Gespräch von der Küche aus hörte, hatte sich das Geschirrtuch an die Wange gedrückt und ihren Mann in diesem Moment geliebt wie schon lange nicht mehr.

Kristines Worte hatten Colleen Tränen in die Augen getrieben. »Danke«, flüsterte sie.

»Ach, Mrs Mitchell, das macht mich alles fix und fertig«, sagte die junge Frau traurig.

»Kristine, es fällt mir schwer, Sie das zu fragen, da wir uns ja gerade erst kennengelernt haben. Es ist etwas sehr Persönliches, und ich hoffe, Sie werden mir vergeben, aber … nach allem, was passiert ist … Ich …« Das Herz schlug ihr bis zum Hals, und sie holte tief Luft. »Ich habe gehört, dass Sie und Paul vielleicht ein Kind erwarten.«

Kristine erstarrte und sah Colleen mit großen Augen an. Langsam nahm sie ihre Handtasche vom Tisch und drückte sie an sich. »Tut mir leid«, flüsterte sie und stand auf. »Tut mir wirklich leid, aber ich muss jetzt gehen.«

»Nein, bitte«, flehte Colleen und wollte sie aufhalten. »Bitte gehen Sie nicht, ich hätte es nicht sagen dürfen, ich …«

»Es tut mir leid«, wiederholte Kristine und eilte zur Tür.

Emily rief ihr nach, doch sie drehte sich nicht mehr um.

Colleen stand auf und sah hinter ihr her; ihr Hals war wie zugeschnürt.

»Alles in Ordnung, Mrs Mitchell?« Emily, die an der Kasse die Rechnung für einen Gast vorbereitete, unterbrach ihre Tätigkeit und kam um den Tresen herum. »Kann ich Ihnen helfen?«

»Nein … nein, es geht schon.« Colleen straffte sich und langte nach ihrer Handtasche. »Sehr freundlich von Ihnen, aber ich sehe, dass Sie alle Hände voll zu tun haben.« Sie vermied Emilys Blick, während sie in der Handtasche nach ihrem Handy kramte.

Widerstrebend ging Emily wieder an ihre Arbeit. Colleen las die Textnachrichten. Eine SMS von Shay: *Rufen Sie sofort zurück.*

Bevor sie Shay anrief, schickte sie Kristine noch eine SMS, die sie möglichst vorsichtig formulierte. *Bitte verzeihen Sie, dass ich ein Thema angeschnitten habe, über das Sie vielleicht gar nicht reden wollen. Könnten wir uns trotzdem noch einmal unterhalten?*

Dann rief sie Shay an.

Wieder einmal war Shay ihr einziger Rettungsanker.

Shay brauchte weniger als zehn Minuten. Sie hielt vor dem Eingang, beugte sich über den Beifahrersitz und öffnete die Tür. »Hören Sie«, sagte sie, bevor Colleen den Mund aufmachen konnte, »es ist schon spät, und ich bin zu müde, um Ihnen alles zu erklären. Steigen Sie einfach ein, und wir reden, wenn wir ausgeschlafen sind.«

»Hat Brenda es sich anders überlegt?« Colleen glitt dankbar auf den Sitz. Plötzlich hatte sie das Gefühl, im nächsten Moment vor Erschöpfung ohnmächtig zu werden. Die Uhr am Armaturenbrett zeigte zwei Uhr zweiundvierzig.

»Eigentlich nicht. Ich erzähle Ihnen die ganze Geschichte morgen früh. Ich habe uns ein Hotelzimmer besorgt. Bis Donnerstag.«

»Sie … Wie haben Sie das denn gemacht?«

»Hören Sie mir nicht zu, verdammt? Tut mir leid. Eine lange Geschichte.«

Den Rest der Fahrt legten sie schweigend zurück. Shays Reizbarkeit bedrückte Colleen, andererseits hatte auch sie ein Geheimnis. Sie würde es Shay am Morgen offenbaren müssen, aber bis dahin gehörte es ihr ganz allein, ein bisschen kostbare Hoffnung in all ihrer Verzweiflung.

Colleen hatte das Hyatt beim Landeanflug gesehen, es war das größte und neueste Hotel in der Stadt. Es war hell erleuchtet, der Parkplatz war bis auf den letzten Platz besetzt. Shay fuhr direkt auf die kreisförmige Auffahrt, wo ein müde wirkender Page sich beeilte, ihr die Tür zu öffnen.

Sie übergab ihm die Autoschlüssel. »Col, haben Sie zufällig ein paar Dollar Trinkgeld?«

Kapitel 24

Colleen wachte um halb zehn vom Weckgeräusch ihres Handys auf. Die Sonne fiel in das Hotelzimmer. Zu müde, um die Vorhänge zuzuziehen oder das Schlafsofa aufzuklappen, waren sie am Abend nur noch aufs Bett gefallen und in ihren Kleidern eingeschlafen.

Obwohl das Doppelbett riesig war, schlief Shay genauso fest eingerollt wie im Wohnmobil. Sie schnarchte ganz leise beim Ausatmen, aber Colleen beneidete sie um ihren friedlichen Schlaf. Sie selbst war einige Male aus Albträumen aufgeschreckt, die sie, obwohl sie sie hatte verscheuchen können, in einen Zustand der Unruhe versetzt hatten.

Colleen schloss die Augen und murmelte das Gebet, das sie jetzt jeden Morgen sprach: *Bitte, lieber Gott, bitte*. Es war mehr als dürftig, und sie schalt sich dafür, aber mehr Worte brachte sie einfach nicht zustande. Diesmal rief sie sich beim Beten Pauls Gesicht in Erinnerung und – wenn auch nur einen Moment lang – das von Kristine, die Pauls Kind unter dem Herzen trug.

Ein Wort schlich sich in ihren Kopf, vorbei an ihren misstrauischen, unpassenden Vorbehalten. *Großmutter*. Sie war jetzt Großmutter, zumindest in diesem Moment. Und von dort wanderten die Gedanken unaufhaltsam zu dem Kind selbst, das wahrscheinlich noch nicht größer war als eine Erbse oder vielleicht eine Bohne. Kristine hatte helle Haut, die bei jungen Mädchen wunderschön war, aber schnell alterte:

Ihr strohblondes Haar war dünn, und um die Augen herum hatte sie bereits kleine Fältchen. Sie hatte einen herzförmigen Mund, und beim Lächeln bildeten sich Grübchen. Sie war auf eine altmodische, unschuldige Weise hübsch.

Aber bei Pauls brauner Haut und seinem athletischen Körperbau konnte das Kind eigentlich nur schön werden. Junge oder Mädchen? Paul hatte als Baby Locken gehabt, und sie hatte es nicht übers Herz gebracht, sie schon vor seinem ersten Geburtstag zu schneiden. Unzählige Male hatte sie die Löckchen im Nacken um ihren Finger gewickelt, nur um vergnügt zuzusehen, wie sie sich von selbst wieder lösten. Wie gern würde sie das wieder tun – vielleicht war es ja ein Mädchen mit den blauen Augen der Mutter?

»Schluss damit«, flüsterte Colleen vor sich hin. Sie war ganz atemlos von der Vorstellung: ein gefährliches Gedankenspiel, ein flüchtiger Traum, gefolgt von einem schmerzhaften Erwachen. Wenn Kristine das Kind nicht behalten wollte, musste Colleen das möglichst bald wissen, damit sie bei der Suche nach Paul nicht dauernd an ein Enkelkind dachte.

Sie sah auf ihrem Handy nach. Nichts. Bevor sie es sich anders überlegen konnte, schrieb sie Kristine noch eine SMS: *BITTE. Ich will nur helfen.*

Als sie im Hyatt beim Frühstück saßen, kam endlich eine Antwort von Kristine. Colleen hatte geduscht und sich angezogen, bevor sie Shay weckte, und es war fast zehn Uhr dreißig.

Können Sie um 12:20 in meine Wohnung kommen? Es muss ganz pünktlich sein, tut mir leid. Erkläre ich dort.

»Was Wichtiges?«, fragte Shay.

»Ich … ich weiß nicht.« Sie war noch nicht bereit, Shay von dem Kind zu erzählen. Vielleicht wollte Kristine ihr ja eröffnen, dass sie sich entschlossen hatte, es nicht zu behalten. Colleen würde es nicht ertragen, erneut über einen Verlust reden zu müssen; sie würde es Shay erst sagen, wenn sie Klarheit hatte. Vielleicht hatte Kristine am Vormittag Schule und nur wenig Zeit vor ihrer Arbeit; das konnte eine Erklärung für den genauen Zeitpunkt sein.

Während Colleen antwortete, nach der Adresse fragte und versprach, möglichst pünktlich zu sein, kam ein junger Mann in einem Wollmantel herein und stellte seinen Rollkoffer am Kellnertresen ab. »Könnten Sie mir bitte einen Kaffee zum Mitnehmen machen?«

»Selbstverständlich, Sir«, sagte die junge Frau. »Reisen Sie ab?«

»Ja, ich habe den letzten Platz auf dem Mittagsflug nach Minneapolis erwischt.«

»Da haben Sie aber Glück gehabt.«

»Das können Sie laut sagen. Ich dachte, ich müsste die ganze Woche hierbleiben, aber heute Morgen hat man mich zurückbeordert. Ich will Ihnen ja nicht zu nahe treten, aber ich weiß nicht, wie man es hier aushalten kann.«

»Ich hole Ihnen eben den Kaffee«, sagte die Frau, ohne auf die Bemerkung einzugehen.

»Das ist der Typ«, sagte Shay belustigt, »den Scott weggeschickt hat, damit er sein Zimmer übernehmen kann. Wahrscheinlich war der sowieso nur hier, um Scott den Arsch abzuwischen, und jetzt muss der arme Scott das selber machen.«

Shay hatte ihr nach dem Aufstehen die ganze Geschichte erzählt. Colleen war beeindruckt gewesen und hatte sich gleich wieder minderwertig gefühlt. Sie würde nie dazu fähig sein, sich so eine Dreistigkeit zu erlauben. Andererseits hätte sie im Austausch für Informationen, die sie hätten zu Paul führen können, wahrscheinlich alles getan, was Scott von ihr verlangt hätte – mit dem Unterschied, dass sie garantiert nicht so cool die Fäden in der Hand behalten hätte wie Shay.

»Danke«, sagte sie steif. »Dass Sie mich abgeholt haben und uns das Zimmer organisiert haben.«

Shay sagte eine Weile nichts. Sie legte ihre Gabel weg und ließ den Blick durch das Fenster über den Parkplatz zum Flughafen schweifen. Beiseitegeräumter Schnee glitzerte in der Morgensonne, und ein kleines Flugzeug wie das, in dem Colleen gekommen war, wartete vor dem Terminal.

»Hat Andy eigentlich das Zimmer gebucht, von dem Sie mir erzählt haben?«, fragte Shay schließlich.

»Ja.«

»Sie sind mir jetzt was schuldig. Das Zimmer will ich zur Hälfte. So lange, wie wir hier sind, so lange es nötig ist«, sagte sie mit grimmiger Miene.

»Natürlich.«

»Und das ist kein Almosen. Und auch keine Gefälligkeit. Damit das klar ist.«

»Ich habe nie gesagt …«

»Lassen Sie mich ausreden. Ich möchte nur sichergehen, dass wir uns richtig verstehen. Ich habe gestern Abend mein Teil beigetragen. Wahrscheinlich glauben Sie, dass mir das leichtgefallen ist, mich von diesem Typen begrapschen zu lassen, weil Sie mich für eine halten, die sowieso mit jedem ins Bett geht.«

Colleen wollte schon widersprechen, beherrschte sich jedoch und ballte stumm die Hände zu Fäusten.

»Hören Sie, es gibt durchaus Männer in meinem Leben. Ich pfeife drauf, was die Leute denken, wir sind schließlich Erwachsene und können tun, was uns gefällt. Aber gestern Abend? *So was* mach ich nicht. Nicht mit so einem Typen. Mit einem, der glaubt, er kriegt mich ins Bett, obwohl er sich nicht mal an meinen Namen erinnern kann? Der mir an den Hintern packt, während sein Handy summt, weil seine Frau ihn schon das dritte Mal anzurufen versucht? Der Typ hat mich angekotzt«, sagte sie mit leicht zitternder Stimme. »Es ist mir alles andere als leichtgefallen. Ich habe es aus demselben Grund getan, aus dem Sie das Mädchen gebeten haben, sich mit Ihnen zu treffen, weil wir beide *alles* tun müssen, was wir tun können.«

Ein Augenblick verstrich. »Das war's«, sagte Shay, deren Stimme schon fast wieder normal klang. »Mehr habe ich dazu nicht zu sagen.«

»Verstehe.« Colleen schob ihren Teller von sich weg, sie hatte keinen Hunger mehr. »Ich halte es nicht für ... selbstverständlich. Ich halte nichts für selbstverständlich, was Sie tun.«

Die Rechnung kam, und während Shay das Frühstück auf ihr Zimmer buchen ließ, fiel Colleen noch etwas ein, was sie vielleicht beisteuern konnte.

»Wir müssen dafür sorgen, dass die Medien mehr berichten. Nicht nur die Presse, sondern auch das Fernsehen.«

Shay schnaubte. »Na klar. Sie haben doch gehört, was Chief Weyant gesagt hat. Hier machen sich dauernd junge Leute aus dem Staub. Wie wollen Sie die davon überzeugen, dass das bei unseren Söhnen was anderes ist?«

»Es wird Ihnen bestimmt nicht gefallen, Shay, aber hören Sie mich wenigstens an. Es ist deshalb anders, weil es um weiße junge Männer mit Geld geht. Was glauben Sie wohl, über wen in Boston berichtet wird? Oder in Chicago? Oder in jeder anderen großen Stadt? Und bei Ihnen an der Westküste? In Sacramento? Wenn die Kinder aus reichen Familien stammen, wird darüber berichtet.«

»Aber Taylor kommt nicht ...«

Colleen unterbrach sie mit einem Kopfschütteln. »Die beiden sind zusammen verschwunden«, sagte sie entschlossen. »So sieht's aus. Ich bin es langsam leid, mich immer wieder zu erklären, aber es gibt Dinge auf dieser Welt, die kann man kaufen. Lassen Sie uns zum örtlichen Fernsehsender gehen. Ich werde Andy bitten, sich an die großen Sendeanstalten zu wenden.«

Shay nickte langsam. »Okay, haben Sie eine Ahnung, wo wir den Sender finden?«

»Ja, ich habe nachgesehen, während Sie geduscht haben.« Sie lächelte triumphierend. »Mit meinem *Handy*. Sehen Sie, ich bin vielleicht doch kein hoffnungsloser Fall.«

Unterwegs rissen sie ein Flugblatt mit den Konterfeis ihrer Söhne vom Fenster eines Lebensmittelladens und steckten es ein. Das Gebäude lag einige Kilometer außerhalb der Stadt auf einem flachen, schneebedeckten Grundstück und war an dem Sendemast zu erkennen, der in den grauen Himmel ragte. Auf dem Parkplatz standen nur wenige Autos. Drinnen saß eine Frau allein an einem Schreibtisch, die ihre Brille putzte, während sie den Blick auf ihren Computerbildschirm gerichtet hielt.

»Kann ich Ihnen helfen?«, fragte sie.

Colleen hatte im Auto ihren Lippenstift nachgezogen, ihr Halstuch sorgfältig drapiert und sich genau überlegt, was sie sagen würde. Jetzt reckte sie das Kinn vor und atmete tief ein.

»Mein Name ist Colleen Mitchell, und das ist Shay Capparelli. Wir sind die Mütter der jungen Männer, die von ihrem Arbeitsplatz bei Hunter-Cole verschwunden sind, wo offenbar schockierende Sicherheitsmängel herrschen. Die örtliche Polizei ist nicht gewillt zu ermitteln, und es geht sogar das Gerücht, dass ein Mitarbeiter der Polizei dafür bezahlt wird, die Ermittlungen zu blockieren. Wir wollen unsere Söhne wiederhaben und sind bereit, vor laufender Kamera über den Fall zu sprechen.«

Sie zitterte, als sie ihren Satz beendet hatte. Die Frau setzte ihre Brille ab und runzelte die Stirn. »Sie glauben ernsthaft, dass die Polizei etwas vertuscht?«

»Wir können es nicht beweisen, aber wir hoffen, dass Ihr Sender bereit ist, selbst Nachforschungen anzustellen«, fuhr Colleen fort, deren Selbstsicherheit zu bröckeln begann. »Wir haben uns auch an Sendeanstalten in Boston und Sacramento gewandt, woher die jungen Männer stammen, und ebenfalls in Bismarck.« Mit etwas Glück würde das vielleicht bald sogar der Wahrheit entsprechen.

»Wow, da wünsche ich Ihnen viel Glück. Ich sehe mal, ob ich jemanden finde, der Sie heute Nachmittag anruft«, entgegnete die Frau und griff nach einem Stift.

»Ist denn niemand hier, mit dem wir jetzt gleich sprechen können?«

Die Frau deutete auf die geschlossene Tür zu ihrer Rechten. »Meine Liebe, außer mir gibt es hier nur noch drei Leute. Lester am Nachmittag und Anna für die Wettervorhersage sowie einen Ingenieur.«

»Mit so wenig Personal stellen Sie die Nachrichten zusammen?«, fragte Shay. »Wo sind denn die Reporter? Und die Tontechniker und Kameraleute?«

»Heutzutage ist das alles automatisiert.« Die Frau zuckte die Achseln. »Vor zehn Jahren waren hier noch mehr als ein Dutzend Leute mit den Sendungen beschäftigt. Jetzt haben wir Kameras, die selbst denken. Soll ich drinnen mal fragen, ob Sie dabei sein und zusehen dürfen?«

»Nein danke, aber dafür haben wir leider keine Zeit«, erwiderte Colleen entmutigt. »Es würde mich freuen, wenn

Sie jemanden finden könnten, der uns anruft. Wir haben ein Flugblatt mit den Fotos der beiden Jungen mitgebracht.«

Sie schrieb ihre Namen und Handynummern auf einen Zettel. Die Frau wünschte ihnen Glück, als sie sich verabschiedeten.

Wieder im Auto ließ Shay nicht sofort den Motor an. Sie blickte auf den tristen Horizont. Ein paar vereinzelte Schneeflocken trieben ziellos im eiskalten Wind. »Das haben Sie gut gemacht«, sagte sie leise. »Sie wussten, wie Sie mit ihr zu reden hatten.«

»Ich glaube nicht, dass es etwas gebracht hat. Ich muss irgendwie herausfinden, wie ich an den Programmdirektor herankomme, oder wie auch immer der sich nennt.« Colleen hatte schon ihr Handy bereit und tippte irgendetwas ein.

»Wem schreiben Sie?«

»Niemandem. Ich habe heute Morgen eine App mit einem Notizblockprogramm gefunden. Ich schreibe mir die Namen der Moderatoren auf.« Sie blickte auf. »Nun sehen Sie mich nicht so an, Shay. Sie sind diejenige, die mich dazu inspiriert hat, so etwas herauszufinden.«

Als Colleen am Morgen nach dem Duschen aus dem Bad gekommen war, das flauschige weiße Handtuch um den Kopf gewickelt und nach der teuren Hotelseife duftend, hatte sie zwar nicht entspannt, aber immerhin erleichtert gewirkt. Als fühlte sie sich endlich wieder wohl in ihrer Haut. Sie hatte jemanden angerufen, damit er ihre Wäsche abholte – Shay hatte nicht einmal gewusst, dass das möglich war –, hatte ihm den Riss in ihrer Hose gezeigt und ihm erklärt, sie bezahle gern extra für die Reparatur, und ihm einen 10-Dollar-Schein in die Hand gedrückt.

Shay, die am Schreibtisch saß und Mack eine E-Mail

schrieb, hatte so getan, als würde sie nichts davon mitbekommen. Aber sie hatte ihre Sachen mit in den Wäschebeutel gepackt und sich gefragt, wie es wohl sein mochte, so zu leben. Ein angenehmer Komfort, aber es bestand die Gefahr,
dass man unselbstständig wurde, wenn er einem genommen
wurde.

Sie begann zu ahnen, wie viel tiefer Colleen gestürzt war.

Und das nicht nur, weil sie quasi zwei Nächte lang auf einem Tisch hatte schlafen oder schmutzige Unterwäsche hatte tragen müssen. Colleen in ihrem vertrauten Umfeld zu erleben – und das Hyatt war wahrscheinlich der einzige Ort
in Lawton, der dem halbwegs entsprach – vermittelte Shay
einen kleinen Eindruck davon, wie Colleens Leben aussah,
das Leben, das sie mit ihrem Mann teilte und eben auch mit
Paul. Wenn Taylor nach Hause kam, häufig mit Freunden
vom Sport oder mit seiner Spanisch-Arbeitsgruppe, verlangte Shay weder, dass sie sich an der Tür die Schuhe auszogen,
noch, dass sie sie »Mrs Capparelli« nannten. Sie bedienten sich
selbst aus dem Kühlschrank, störten sich nicht daran, dass die
Esszimmerstühle nicht zusammenpassten, und wenn die Pizza kam, legten sie alle zusammen – außer Shay hatte gerade
ihren Lohn bekommen, dann schickte sie einen der Jungs los
zum Freshway am Ende des Blocks mit Geld für Cola und
einen Salat vom Imbiss und gab dem Pizzalieferanten noch
dazu ein saftiges Trinkgeld.

Bei den Mitchells gab es bestimmt flauschige Teppiche
und Essen aus dem Feinkostladen und eine Putzfrau, aber
der Preis für all den Luxus bestand wahrscheinlich darin, dass
man sich immer gesittet benehmen musste, dass man niemals
den Couchtisch vollkrümelte, den Klositz oben ließ oder he-
rumgrölte, wenn im Fernsehen ein Footballspiel lief.

Dass sie aus ihrer gewohnten Umgebung herausgerissen

worden war, hatte Colleen offenbar vollkommen aus dem Gleichgewicht gebracht. Aber Paul hatte vielleicht zum ersten Mal Freiheitsluft geschnuppert. Taylor hatte ihr erzählt, wie glücklich Paul in der Lodge gewesen war. Er hatte unter der Dusche schmutzige Lieder gesungen und die anderen dazu animiert mitzusingen. Er hatte es genossen, wenn sich alle um den großen Fernseher versammelten, um sich die Footballspiele anzusehen, auch wenn die Hälfte sich auf den Boden fläzen musste, weil es nicht genug Stühle für alle gab, und auch wenn es beinahe zu Prügeleien gekommen war, wenn Alabama gegen Louisiana antrat. Er hatte gefeixt, wenn die jungen Frauen am Empfangstresen sich aufregten, dass sie mit ihren verdreckten Schuhen ins Haus kamen, und sie zurückschickten, damit sie sich die Überschuhe anzogen.

»Ich muss Ihnen etwas sagen«, setzte Shay an, als Colleen ihr Handy wieder in der Handtasche verstaute.

»Aber bitte nichts Technisches, noch mehr Neues verkrafte ich heute nämlich nicht mehr.« Colleen ließ ihr selbstironisches Halblächeln aufblitzen, was ihr offenbar immer dann gelang, wenn sie etwas selbstbewusster war.

Shay betrachtete Colleens sorgfältig nachgezogene Augenbrauen und die mit Haarspray perfekt in Form gebrachte Frisur. Colleen hatte vermutlich das Gefühl, endlich wieder anständig auszusehen, aber Shay erinnerte sie allzu sehr an die Mütter, die nie mit ihr geredet hatten, wenn sie vor der Schule auf ihre Kinder gewartet hatten, die sie angestarrt hatten, wenn sie mit Leila in den Park gekommen war, nicht weil Shay zu alt für ein zweijähriges Kind war, sondern weil Leila ein Mischlingskind war.

Sie vermisste die Frau, die am ersten Abend ins Wohnmobil gestolpert war, die Schminke tränenverschmiert und das Haar zerzaust. Das war nicht die Colleen, die jetzt bei ihr im Wagen saß, und bei dieser Colleen hatte sie etwas gutzumachen.

»Was ich neulich über Paul gesagt habe. Also, was Taylor mir erzählt hat. Das stimmte. Anfangs hatte er wirklich Probleme, sich zurechtzufinden. Aber nicht so, wie ich es dargestellt habe.«

Sie beobachtete Colleen aus dem Augenwinkel. Ihr Gesicht war wie eine Maske; sie war total angespannt. *Atmen*, hätte Shay am liebsten gesagt. *Keine Angst, es wird alles gut.*

»Die anderen wussten einfach nicht so richtig, was sie mit ihm anfangen sollten, sonst nichts. Er war ziemlich schüchtern, und wenn ihn mal einer wegen irgendwas aufgezogen hat, ist er ganz verlegen auf sein Zimmer gegangen. Es waren nur so Kleinigkeiten; er hat wohl einen Gürtel, der rundherum mit Ankern verziert ist, und so was hatten die anderen noch nie gesehen. Sie wissen ja, wie Jungs sein können.«

Colleens Lippen zitterten, und sie würde gleich in Tränen ausbrechen, wenn Shay nicht die richtigen Worte fand.

»Wissen Sie, wer ihm den Spitznamen Wal gegeben hat? Das war Taylor. Aber nicht um sich über ihn lustig zu machen, sondern um ihm einen Halt zu geben. Und das war nur in der ersten Woche. Taylor hat gesagt, als Paul gemerkt hat, dass die anderen ihn gut leiden konnten, war er wie ausgewechselt. Er ist zum Wal-Mart gefahren, hat sich neue Sachen gekauft und sie so zerknittert angezogen, wie sie aus der Verpackung kamen. Er hat angefangen, mit den Mädchen am Empfang herumzuflachsen. Er hat Poker gespielt ... Taylor sagt, er hat fast immer gewonnen. Also, was ich sagen will: Er war richtig *beliebt*.«

Colleen weinte still vor sich hin. Sie nahm eines der neuen Taschentücher aus der Handtasche und tupfte sich die Augen ab. »Man weiß es nicht«, flüsterte sie. »Man kann es einfach nicht wissen.«

»Nicht weinen«, sagte Shay, und sie wollte wirklich, dass Colleen sich beruhigte, denn es gab immer noch diesen anderen Teil, der die Freundschaft ihrer Söhne überschattete.

Der Junge mit dem eingeschlagenen Schädel. Der Junge in der Umkleidekabine. Ein Vorfall, der den Trost, den Colleen gerade durch Shays Worte erfahren hatte, letztlich wertlos machte.

Aber Shay gönnte Colleen ihren Trost und wollte ihn ihr nicht gleich wieder nehmen. Denn sollte Paul erneut durchgedreht sein, würde sie noch reichlich Zeit haben zu bezahlen. Dann würde sie nämlich für den Rest ihres Lebens bezahlen.

»Okay«, sagte Shay. »Wir fahren jetzt besser wieder zurück in die Stadt.«

»Nein, warten Sie. Vorher muss ich Ihnen noch etwas erklären. Kristine … sie ist schwanger. Von Paul.«

»*Wie* bitte? Woher wissen Sie das?«

»Ich habe es Ihnen bisher nicht gesagt, weil … weil es mir peinlich war. Die Kellnerin in der Raststätte hat es mir erzählt, und sie hat mir auch Kristines Nummer gegeben. Als Kristine dann gekommen ist und ich sie danach gefragt habe, hat sie es nicht abgestritten. Wissen Sie, was das heißt? Wenn Paul wusste, dass seine Freundin schwanger ist, würde er doch nichts tun, womit er seinen Job gefährdet.«

Vielleicht, dachte Shay düster. Sie selbst hatte auch einmal einen Mann damit konfrontiert, dass sie von ihm schwanger war. Seine Reaktion hatte ihr wenig Vertrauen in die Fähigkeit von Männern eingeflößt, mit dieser Art von Neuigkeiten klarzukommen. »Und wie geht es Ihnen damit?«, fragte sie vorsichtig.

»Ich weiß nicht – es sind ganz verschiedene Gefühle. Ich

glaube, zuerst war es ein Schock. Und natürlich Sorge. Und dann ... Ach, ich weiß nicht, darüber zerbreche ich mir den Kopf, wenn wir das hier hinter uns haben. Das ist ja alles noch ziemlich frisch, sie kann noch nicht sehr weit sein, sie haben sich erst an Halloween kennengelernt.«

»Dann könnte sie schon im dritten Monat sein.«

»Hm ...« Colleen runzelte die Stirn. »Je nachdem, wann es passiert ist ...«

Shay sagte nichts, sie ließ Colleen ihre eigenen Schlüsse ziehen, falls sie das nicht längst getan hatte. Je nachdem, wie viel Zeit vergangen war, konnte sie das Kind immer noch abtreiben.

»Vielleicht möchte sie ja genau darüber reden.« Sie berichtete Shay, dass Kristine sie um Punkt zwölf Uhr zwanzig treffen wollte. »Wir haben noch eine Menge Zeit bis dahin.«

»Ist es okay, wenn ich mitkomme?«

»Natürlich. Vier Ohren hören mehr als zwei, wenn wir mit ihr reden.«

»Noch etwas. Es kann bestimmt nicht schaden, wenn wir jemandem mitteilen, wo wir hinfahren.«

»Sie meinen, jemandem wie Andy?«

»Zum Beispiel. Egal, was wir unternehmen, wir sollten immer jemanden über unsere Schritte informieren, entweder Andy oder Brittany oder Robert, sodass immer jemand Bescheid weiß. Ich will keine Paranoia verbreiten, aber wir wirbeln derzeit eine Menge Staub auf. Was wäre denn gewesen, wenn der Typ an dem Bohrturm Sie einfach überfahren hätte?«

»Tja, dann hätten Sie eben ein bisschen schneller laufen müssen.« Colleens Versuch, witzig zu sein, klang ziemlich gezwungen.

»Ja. Wie auch immer, zumindest erstellen wir auf diese

Weise ein Protokoll, das man schon mal Ihrem Detektiv geben kann oder der Polizei, falls die sich irgendwann entschließt zu ermitteln. Oder der Gewerbeaufsicht oder der Bundespolizei. Sie geben Ihrem Mann Namen und Telefonnummern von allen, mit denen wir zu tun haben, und sagen ihm, er soll die Informationen nur benutzen, wenn … na ja, Sie wissen schon. Falls uns was zustößt.«

Colleen schwieg einen Moment lang. »Das ist doch wahnsinnig«, meinte sie schließlich. »Ich bin hierhergekommen, um meinen Sohn zu suchen. Ich wollte ihn nur finden und nicht in eine gewaltige Schweinerei verwickelt werden. Und jetzt versuche ich, Spuren zu hinterlassen für den Fall, dass uns auch etwas zustößt.«

»Wir haben uns das alles nicht ausgesucht, Col«, sagte Shay. »Jetzt haben wir den Salat.«

Kapitel 25

Colleen rief Andy auf dem Weg zurück in die Stadt an. »Ich erkläre dir heute Abend mehr dazu«, sagte sie. »Kannst du dir jetzt vielleicht einfach nur ein paar Dinge notieren?«

»Was zum Teufel ist da oben los, Colleen? Ich habe heute einen Anruf von Hunter-Cole bekommen. Vom *Chef* von Hunter-Cole. Er hat mir gesagt, Shay hätte gestern auf einem Firmengelände einen Angestellten angegriffen.«

»*Wie* bitte?« Colleen hatte ihm in der SMS vom Vorabend nicht die ganze Geschichte berichtet, nur dass man ihnen einen kühlen Empfang bereitet hatte.

»Er sagt, sie hätten ihre eigenen Nachforschungen intensiviert, aber sie wollen die Garantie, dass ihr euch von ihrem Gelände fernhaltet. Colleen, diese Frau ist eine Gefahr. Hast du dir inzwischen Gedanken darüber gemacht, wenn ich raufkomme?«

»Es ist ... kompliziert. Aber um noch mal darauf zurückzukommen, was der Mann dir am Telefon gesagt hat. Ich war dabei, Shay hat überhaupt nichts gemacht, jedenfalls nicht bevor der Mann *sie* geschlagen hat.«

»Hör zu, Colleen«, erwiderte er gereizt. »Ich verstehe ja, dass du dich ihr verbunden fühlst, dass ihr gemeinsam etwas sehr Emotionales durchmacht. Aber ich komme am Donnerstag. Vicki kümmert sich um die Flüge. Sie hilft mir dabei, die Anrufe durchzugehen, die hier reinkommen. Und ich habe mit Steve gesprochen – er kommt nach. Hunter-Cole ist bereit, mit Steve zusammenzuarbeiten und ihm die Ergebnisse ihrer Nachforschungen zur Verfügung zu stellen. Außerdem arbeiten sie eng mit der Polizei in Lawton zusammen.«

Er wartete auf Colleens Antwort, doch ihre Gedanken waren bei dem, was er vorher gesagt hatte: *Vicki kümmert sich um die Flüge*. Es war nicht so sehr seine Wortwahl als vielmehr die *Art*, wie er es gesagt hatte. Es war dieser vertraute, unbefangene Ton. In diesen Ton verfiel er sonst nur bei seiner Sekretärin ... und bei ihr.

Bei den Frauen, mit denen er ins Bett ging.

Colleen sog scharf die Luft ein. Hatte sie das soeben wirklich gedacht? Von ihrem Mann und ihrer besten Freundin? Sie hatte nicht einmal einen Beweis, dass er damals überhaupt etwas mit der Sekretärin gehabt hatte – sie war schon längst nicht mehr in der Kanzlei, sondern zurück an die Uni gegangen –, aber *dennoch*.

»Hör mal, Colleen, ich glaube, das geht dir alles viel zu sehr unter die Haut«, drängte Andy sie. »Du stehst unter Stress. Vielleicht solltest du ein bisschen kürzertreten. Komm schon. Sei vernünftig.«

Colleen hatte nichts gesagt, als sie vor ein paar Jahren die Nachrichten seiner Sekretärin auf Andys Handy gefunden hatte. Und da Vicki offenbar fast ihre ganze Freizeit dafür opferte, Andy bei der Suche nach Paul zu helfen, sollte sie halt ihretwegen in den Pausen mal eben mit Andy ins Bett gehen. Außerdem musste sie zugeben, dass Andy bei den Behörden sicherlich mehr erreichen würde, als ihr das je gelingen konnte.

Aber das war jetzt das letzte Mal, dass sie sich von ihm sagen lassen würde, sie solle vernünftig sein.

»Kannst du dir jetzt die Namen notieren?«, fragte sie kühl. »Sonst lege ich nämlich jetzt auf und schick sie dir per SMS.«

»Colleen, ich bitte dich.«

»Ich habe jetzt wirklich keine Zeit.«

»Also gut.«

Nachdem sie aufgelegt hatte, warf Shay ihr einen Blick zu. Sie hatten die Stadt schon fast erreicht, kamen aber auf den vereisten Straßen nur langsam voran. »Alles in Ordnung?«

»Ja«, sagte Colleen verärgert. »Ich bin gar nicht dazu gekommen, ihm von Kristine und dem Kind zu erzählen, weil er unbedingt über gestern reden wollte. Das muss man sich mal vorstellen, der Typ, der Sie geschlagen hat, will Sie wegen Körperverletzung anzeigen.«

»War doch klar.« Shay verdrehte die Augen.

»Außerdem habe ich das Gefühl, dass er sich für meine Sicht der Dinge überhaupt nicht interessiert. Kennen Sie das Gefühl, dass alle Sie für unfähig halten?«

»Pah! Ich kenne überhaupt nichts anderes. Aber da scheiß ich drauf. Das dürfen Sie überhaupt nicht an sich ranlassen, Col. Ich sag Ihnen was. Bei Kristine überlass ich Ihnen das Reden. Aber denken Sie immer daran – scheiß drauf.«

»Fahren Sie mal langsamer«, bat Colleen. »Was ist denn da los?«

An der Kreuzung vor ihnen bogen Polizei- und Feuerwehrfahrzeuge rechts ab, mit Blaulicht und Sirenen.

»Die sind unterwegs zum Hunter-Cole-Bohrturm«, sagte Shay.

»Nicht unbedingt, die können sonst wohin unterwegs sein.«

»Aber da draußen ist doch nichts. Auf dem Weg zum Bohrturm habe ich kein einziges Haus gesehen.«

»Darum können wir uns aber im Moment nicht kümmern«, sagte Colleen. »Wir müssen zu Kristine.«

»Kristine läuft uns nicht weg. Vielleicht ist das da jetzt

wichtiger? Wenn es einen Arbeitsunfall gegeben hat, dann herrscht da jetzt Chaos, und keiner kümmert sich um uns. Vielleicht können wir ja was rausfinden.«

»Nein«, fauchte Colleen. Sie konnte unmöglich die Gelegenheit verpassen, die Wahrheit zu erfahren. »Von mir aus können wir dahin fahren, sobald ich mit Kristine gesprochen habe. Wenn es tatsächlich ein größerer Unfall war, wird der Bohrturm für Stunden dichtgemacht.«

Shay zögerte einen Moment, dann fuhr sie zähneknirschend weiter. »Ich lass Sie da raus und komm später nach.«

»Okay.«

Kurz darauf erreichten sie den Appartementblock, einen dreistöckigen Siebzigerjahre-Bau aus Ziegelstein.

»Lassen Sie mich raus«, sagte Colleen ungeduldig und öffnete schon die Tür, bevor der Wagen zum Stehen kam. Die Uhr am Armaturenbrett zeigte zwölf Uhr einundzwanzig. »Holen Sie mich ab, wenn Sie fertig sind.«

»Viel Glück«, rief Shay ihr nach, wendete und fuhr zurück in die Richtung, aus der sie gekommen war.

Vor der Eingangstür des unscheinbaren Gebäudes richtete Colleen ihr Halstuch, fuhr sich mit der Hand durchs Haar und dachte, dass sie ihr Make-up im Auto hätte auffrischen sollen.

Das Appartement 102 lag genau in der Mitte des Hauses, der Blick auf die Wohnungstür war von der Außentreppe verdeckt. Dünne Gardinen hingen an den Fenstern. Bevor Colleen klopfen konnte, machte Kristine die Tür auf. Sie trug einen schwarzen Rock und eine smaragdgrüne Bluse, dazu eine schwarze Strumpfhose und völlig unpassende flauschige blaue Pantoffeln. Sie hatte das Haar im Nacken zu einem festen Knoten gebunden, und ihre Augen wurden betont durch den sorgfältig gezogenen Lidstrich und dick aufgetragene Wimperntusche.

»Kommen Sie rein, Mrs Mitchell.« Sie wirkte nervös, als sie zur Seite trat und hastig die Tür schloss.

Die Wohnung war winzig. Durch die angelehnte Schlafzimmertür sah Colleen ein ordentlich gemachtes Bett, auf dem ein Stapel Kissen in verschiedenen Pastelltönen lag; eins war bestickt mit den Worten »Leben Lieben Lachen«. Das Mobiliar im Wohnzimmer war sauber und staubfrei, aber anscheinend auf dem Trödel gekauft, die Sofakissen waren formlos und fadenscheinig. Auf einem mit einer großen Zierdecke abgedeckten niedrigen Tisch stand ein alter Fernseher.

»Ich habe Tee gemacht«, sagte Kristine. »Oder wollen Sie Mineralwasser?«

Bevor Colleen antworten konnte, kam ein Mädchen aus dem Schlafzimmer. Sie sah aus wie sechzehn und war umwerfend hübsch, mit großen blauen Augen und blondem Haar, das ihr in Locken über die Schultern fiel. »Hi«, sagte sie schüchtern, ohne Colleen direkt anzusehen.

»Okay.« Kristine verschränkte die Hände und holte tief Luft. »Mrs Mitchell, das ist meine Cousine Elizabeth. Sie hat gerade große Pause in der Schule.«

»Hallo«, sagte Colleen verwirrt.

Das Mädchen brach in Tränen aus. »O Gott. Es tut mir alles so leid. Ich bin so bescheuert. Ich glaube, ich gehe lieber.«

»Du bleibst hier«, entgegnete Kristine scharf. »Setz dich.«

Das Mädchen setzte sich auf die Kante des Zweiersofas und rang die Hände im Schoß. Colleen nahm eine Schachtel mit Papiertaschentüchern und reichte sie ihr. Elizabeth bediente sich dankbar und wischte sich die Tränen ab.

Kristine setzte sich in einen Sessel und überließ Colleen den Platz zwischen sich und Elizabeth.

»Ich muss mich bei Ihnen entschuldigen«, sagte Kristine. »Mrs Mitchell ...«

»Bitte nennen Sie mich Colleen.«

»Sie hätten allen Grund, wütend zu sein. Bei allem, womit Sie sich herumschlagen müssen. Die Sache ist die, dass ich eigentlich gar nicht Pauls Freundin bin. Ich bin für Elizabeth eingesprungen.«

Colleens Blick wanderte von einer zur anderen. Elizabeth sah bemitleidenswert aus; sie drückte sich das Zierkissen vom Sofa gegen den Bauch.

»Eingesprungen … Wie soll ich das verstehen? Sind *Sie* etwa Pauls Freundin?«, fragte sie, zu Elizabeth gewandt. »Sie sind doch aber erst …«

»Ich bin fast achtzehn«, sagte Elizabeth hastig.

»Aber erst im Juni«, warf Kristine ein. »Es war Elizabeth, die Paul auf der Halloween-Party kennengelernt hat. Sie hat ihm erzählt, sie wäre schon neunzehn und sie würde im selben Restaurant kellnern wie wir. Als wir mitgekriegt haben, dass sie seine Freundin ist, waren die beiden schon seit einem Monat zusammen.«

»Ich hab es ihm gleich gesagt.« Elizabeths Stimme war kaum zu hören. »Als ich ihn nach der Party wiedergetroffen habe, konnte ich ihn nicht mehr anlügen. Aber auf der Party wollte ich einfach … unbedingt mit ihm reden. Und das hätte er bestimmt nicht gemacht, wenn er gewusst hätte, dass ich noch Schülerin bin.«

»Moment«, sagte Colleen und stützte sich mit den Händen auf dem Sofa ab. »Jetzt mal der Reihe nach. Sie sind also seine Freundin? Obwohl er gewusst hat, wie alt Sie sind? Sind Sie … sind Sie schwanger?«

»Ich wünschte, ich hätte Sie unter anderen Umständen kennengelernt, Mrs Mitchell«, erwiderte Elizabeth, der die Tränen über die Wangen liefen. »Ich hab mir so oft vorgestellt, wie es sein würde. Paul und ich wollten in den Frühjahrsferien zu Ihnen kommen und es Ihnen sagen. Und jetzt ... jetzt ...«

Sie musste so heftig schluchzen, dass sie nicht weitersprechen konnte. Colleen tätschelte ihr verlegen das Knie, während Kristine mit versteinerter Miene zusah.

»Warum ... warum haben Sie gelogen?«

Die beiden jungen Frauen setzten gleichzeitig an zu reden, doch dann presste Kristine die Lippen zusammen und verdrehte nur die Augen. Elizabeth putzte sich die Nase.

»Mein Dad hätte mich umgebracht, wenn er es erfahren hätte. Er passt auf mich auf wie ein Luchs. Meine Eltern sind sehr streng und sehr religiös. Ich war erst einmal mit einem Jungen befreundet, und den hat mein Vater richtig gehasst. Seitdem hat er mir verboten, einen Freund zu haben. Als das zwischen Paul und mir angefangen hat, hab ich es Kristine erzählt, weil sie für mich wie eine große Schwester ist. Paul und ich durften uns nach der Schule hier in ihrer Wohnung treffen, wenn sie bei der Arbeit war. Und wenn Paul Nachtschicht hatte, ist er hergekommen, bevor er zur Arbeit musste. Und wenn er tagsüber Schicht hatte, hab ich nach dem Abendessen zu Hause gesagt, ich würde zum Lernen zu Kristine gehen.«

»Ich hatte Ihnen doch erzählt, dass ich das College abgebrochen hatte und hier bei Verwandten gewohnt habe?«, sagte Kristine zu Colleen. »Das waren die Weyants, mein Onkel, meine Tante und meine Cousinen. Elizabeth und ich haben uns ein Zimmer geteilt.«

»Ich war immer so froh, dass sie da war, wenn meine Eltern ...«

»Moment«, unterbrach Colleen sie. »*Chief* Weyant? Der Polizeichef ist Ihr Vater?«

Elizabeth nickte. »Er würde ausrasten, wenn er wüsste, dass ich schwanger bin.«

»Das muss ja nicht so bleiben«, sagte Kristine knapp. »Tut mir leid, Mrs Mitchell. Ich habe zwar kein Recht dazu, aber ich versuche Elizabeth schon die ganze Zeit klarzumachen, dass sie verschiedene Optionen hat. Ich kann sie nicht ewig decken. Ich will nicht mehr lügen.«

»Es sollte doch bloß sein, bis ich die Schule hinter mir habe«, sagte Elizabeth ernst. »Dann bin ich achtzehn und volljährig. Wir wollten uns eine Wohnung suchen und heiraten. Paul hat mir einen Heiratsantrag gemacht.«

»O Gott.« Colleen schlug die Hände vors Gesicht. Das war zu viel auf einmal. Ihr Sohn hatte sich nicht nur mit einem Mädchen zusammengetan; er hatte seine erste Freundin auch gleich geschwängert und wollte sie bald heiraten. »Sie sind noch minderjährig. Wenn das jemand herausgefunden hätte ...«

»Sobald ich achtzehn bin, kann uns nichts mehr passieren«, beeilte Elizabeth sich zu sagen. »Ich hab im Internet recherchiert. Es könnte uns zwar immer noch jemand anzeigen, aber nicht wenn wir heiraten. Sie glauben gar nicht, wie sehr ich Paul vermisse, Mrs Mitchell.«

»Haben Sie eine Ahnung, wo er und Taylor sein könnten? Was mit ihnen passiert ist?«

Elizabeth schwieg einen Moment lang und drehte das winzige Kreuz hin und her, das sie an einer goldenen Halskette trug. Dann schüttelte sie den Kopf, wich jedoch Colleens Blicken aus.

»Das Baby bedeutet mir alles.« Sie legte die Hände auf ihren flachen Bauch. »Mrs Mitchell, Paul fehlt mir so. Immer wenn ich an ihn denke, bleibt mir die Luft weg, und dann stelle ich mir vor, dass er die ganze Zeit bei mir ist, hier in meinem Bauch, in unserem Baby ... So überstehe ich die Tage, auch wenn ich mich wie benommen fühle.«

»*Elizabeth*«, sagte Kristine ungeduldig. »Danach hat sie dich doch gar nicht gefragt. Fällt dir gar nichts ein, was Mrs Mitchell und Taylors Mutter weiterhelfen könnte? Irgendwas Auffälliges, als ihr euch das letzte Mal gesehen habt? Das ist wichtig. Denk nach.«

Elizabeth wandte sich ihrer Cousine zu. »Ich bin es immer wieder im Kopf durchgegangen, jede Minute, die wir zusammen waren, seit er nach Weihnachten zurückgekommen ist. Er war am achten Januar wieder da und ist am Abend zu mir gekommen. Ich hab meinen Eltern erzählt, dass ich mit einer Freundin ins Kino gehen würde, und weil Freitag war, fanden sie das okay. Bevor er weggefahren ist, hab ich ihm gesagt, dass ich schwanger bin, und … an dem Abend, als er wiedergekommen ist, hat er mir einen Heiratsantrag gemacht.« Sie lief rot an und nestelte an einer ihrer dünnen Halsketten.

Ein Ring blitzte am Ende der Kette auf. Als Colleen ihn wiedererkannte, blieb ihr fast das Herz stehen. »O mein Gott. Das ist … das ist der Ring meiner Mutter.«

Elizabeth öffnete den Verschluss und ließ den Ring in ihre Handfläche gleiten. Der Diamant auf dem alten Platinring glitzerte zwischen zwei winzigen Saphiren. Sie hielt ihn Colleen hin.

»Ich möchte ihn lieber nicht behalten, Mrs Mitchell. Meine Eltern dürfen ihn doch nicht sehen, und ich weiß nicht, wo ich ihn lassen soll, aber Paul wollte ihn mir unbedingt geben. Er hat gesagt, dass ich ihn tragen soll, wenn ich achtzehn bin und wir zu Ihnen fahren … Ich hab ihn bisher in einer kleinen Schachtel in meiner Kommode versteckt, aber ich hab solche Angst, dass meine Mutter ihn findet. Könnten Sie ihn so lange für mich aufbewahren … bis Paul …«

Zitternd reichte sie Colleen den Ring.

Colleen nahm ihn an sich. Sie überlegte fieberhaft, was bei

Pauls letztem Besuch zu Hause gewesen war. Er hatte gesagt, er bräuchte seinen Pass für die Arbeitspapiere. Colleen hatte sich gewundert, dass das der Firma jetzt erst einfiel, nachdem er schon mehrere Monate dort arbeitete, aber er hatte gemeint, es gäbe einen Rückstau bei der Ausstellung der Arbeitspapiere. Er hatte angeboten, Abendessen vom Thai-Restaurant zu besorgen, das sich in der Nähe der Bank mit dem Schließfach befand. Sie war so froh gewesen, ihn verändert zu erleben: dass er jetzt Verantwortung übernahm, sich um Sachen kümmerte und sich hilfsbereit zeigte.

Und natürlich war sie seitdem nicht mehr am Bankschließfach gewesen. Und selbst wenn, warum hätte sie nachsehen sollen, ob der Ring ihrer Mutter sich noch in der violetten Schachtel befand?

»Ich hatte so eine Angst davor, was mein Vater tun würde, wenn er dahinterkommt.«

»Elizabeth«, sagte Kristine, »dein Vater liebt dich. Deine beiden Eltern lieben dich.«

»Woher willst du das wissen?« Elizabeth wirkte gequält. »Du hast keine Ahnung, wie sie sein können.«

»Ich habe fast ein Jahr bei euch gewohnt«, gab Kristine genervt zurück. »Sie sind streng, aber sie sind doch nicht gemein.«

Elizabeth schüttelte den Kopf. »Sie machen *allen* was vor. Als mein Vater damals mitgekriegt hat, dass ich einen Freund hatte, hätte er mich fast umgebracht.«

»Das stimmt nicht.«

»Er lässt mich fast nie aus den Augen. Deshalb haben wir ja so aufgepasst. Paul hat immer einen Block weiter geparkt und ist über den Parkplatz hinter dem Haus gekommen, dann hab ich ihn durch die Schiebetür reingelassen.«

Es klopfte an der Tür. Kristine sprang auf, um zu öffnen.

»Sie müssen Kristine sein«, hörte Colleen Shay sagen. »Tut mir leid, dass ich hier so reinplatze, aber ist Colleen noch hier? Ah, da sind Sie ja, Gott sei Dank.«

Sie schob sich an Kristine vorbei ins Zimmer. »Hi. Tut mir leid, ich will nicht stören. Colleen, ein Arbeiter ist vom Bohrturm gestürzt. Er ist tot.«

Kapitel 26

»Es *könnte* ein Unfall gewesen sein«, sagte Colleen.

»Ein bisschen viel Zufall, meinen Sie nicht?«

»Keine Ahnung. Was weiß ich. Ich blicke überhaupt nicht mehr durch. Ich weiß nicht mehr, was Ursache und Wirkung ist. Wo es angefangen hat und wo es hinführt. *Gott*.«

Sie waren wieder in ihrem warmen Hotelzimmer, tranken Tee, den der Zimmerservice gebracht hatte, während dichte Wolken die Sonne verdeckten und der Himmel grau wurde.

»Also gut, wollen wir mal sehen.« Shay lag bequem auf dem Sofa und tippte auf ihrem iPad. »Wir wissen inzwischen vieles, was wir vor ein paar Tagen noch nicht wussten. Und das Ganze wird allmählich ziemlich unübersichtlich. Wir müssen das, was wir wissen, von dem trennen, was wir nur vermuten. Vielleicht können wir uns dann ein klareres Bild machen.«

Colleen nahm einen Notizblock und Stifte mit dem Hotellogo vom Schreibtisch. »Ich muss mir das aufschreiben«, sagte sie. »Ich kann nicht denken, wenn ich es nicht vor mir habe.« Sie zog einen Stuhl an den Couchtisch und riss einen Zettel von dem Notizblock ab.

»Okay. Fangen wir mit dem an, was wir wissen. Es gab Verstöße gegen die Arbeitssicherheit, von denen unsere Söhne etwas wussten.« Sie schrieb auf: *Hunter-Cole, Arbeitssicherheit*.

Shay legte ihr iPad beiseite, setzte sich auf und sah Colleen an. »Was dagegen, wenn ich mir auch Notizen mache?«

»Im Gegenteil.« Colleen reichte ihr einen Stift.

Shay riss zwei Zettel vom Notizblock ab. Den ersten überschrieb sie mit *Fakten*, den zweiten mit einem Fragezeichen, dann legte sie die beiden Zettel auf den Couchtisch. Den Zettel mit *Hunter-Cole, Arbeitssicherheit* schob sie auf die Seite mit *Fakten*. »Wir wissen, dass heute ein Arbeiter bei einem Unfall ums Leben gekommen ist. Und dass es eine Menge anderer Unfälle auf den Bohrtürmen von Hunter-Cole gegeben hat. Wir wissen auch, dass der Vorarbeiter oder wer auch immer bereit war, Gewalt anzuwenden, um uns von dem Bohrturm fernzuhalten.« Sie schrieb *tödlicher Unfall* und *Vertuschung* und legte sie zu dem Fragezeichen.

Sie schwiegen einen Moment. »Also …«, sagte Shay langsam, »gehen wir mal davon aus, dass Weyant das mit Paul herausgefunden hat. Angenommen, es stimmt, was Elizabeth sagt, dass er verrückt ist, was wäre, wenn … er Paul was angetan hätte?«

»Sprechen Sie es ruhig aus«, sagte Colleen heiser. »Wenn wir uns schon die Mühe machen, müssen wir alle Möglichkeiten in Betracht ziehen. Wenn er Paul etwas angetan hat …«

»Und dann ist Taylor ihm in die Quere gekommen oder so. Weyant flippt aus und tötet beide.«

»Nur um Paul von seiner Tochter fernzuhalten? Das scheint mir …«

»Das sind doch nur Gedankenspiele, Col. Kommen Sie. Die Jungs hat er also beseitigt. Jetzt tauchen wir hier auf und wühlen den Sumpf auf. Natürlich wird er den Teufel tun, uns zu helfen.«

Shay nahm sich einen neuen Zettel und schrieb *Elizabeth/ schwanger* und legte ihn zu den Fragezeichen.

»Das kann doch zu den Fakten«, wandte Colleen ein.

»Nein. Wir haben keinerlei Beweis. Gestern dachten Sie

noch, es wäre das andere Mädchen. Vielleicht lügen sie alle beide.«

»Und warum sollten sie das tun?«

»Ich weiß nicht. Aber es ist erst eine Tatsache, wenn sie auf das Stäbchen pinkelt und es sich verfärbt.« Sie schrieb *Pauls Freundin* auf denselben Zettel.

Colleen nickte langsam. Sie nahm den Zettel ebenfalls und schrieb *gewalttätiger/beschützender Vater* darunter. »Stimmt, wir wissen überhaupt nichts über sie.«

»Außer das mit dem Ring.«

Colleen schrieb *Mutters Ring* auf einen leeren Zettel und packte ihn auf die Fakten-Seite.

»Jetzt das mit den Indianern.« Auf den nächsten Zettel schrieb sie *Reservat, Schürfrechte/Pachtverträge.*

»In Wirklichkeit gehört das hierhin«, sagte Colleen und tippte auf den Zettel, auf dem *Hunter-Cole* stand. »Hunter-Cole läuft nur dann Gefahr, die Schürfrechte zu verlieren, wenn ihre Verstöße gegen die Arbeitssicherheit publik werden. Wir haben bisher nicht den geringsten Beweis dafür, dass unsere Söhne irgendwas mit dem Reservat zu tun haben.«

»Okay, mal angenommen«, sagte Shay. »Einfach drauflosgedacht. Kristine wollte, dass Sie Punkt zwanzig nach zwölf kommen ...«

»Als Elizabeth Pause hatte, da konnte sie sich aus der Schule stehlen, ohne dass sie jemand vermisste.«

»Und was wäre, wenn wir uns über das falsche Mädchen Gedanken machen?«

»Inwiefern?«

»Wenn die ganze Geschichte mit *Taylor* angefangen hat? Ich habe Ihnen doch erzählt, dass er Weihnachten zu Hause von einem Mädchen gesprochen hat. Er meinte, sie wäre was ganz Besonderes – so eine hätte er noch nie kennengelernt. Sie sähe aus wie Dakota Fanning.«

»Meinen Sie Kristine?«

»Nein, ihre Mitbewohnerin. Chastity. Ihr Name kam mir irgendwie bekannt vor. Sie geht auf eine Party, wo sie Taylor und Paul kennenlernt. Später stellt sie die beiden ihrer Freundin Kristine vor. Kristine und Elizabeth stehen sich sehr nah, oder? So nah, dass eine der anderen Rückendeckung gibt. Kristine hat Elizabeth zuliebe so getan, als würde sie mit Paul gehen. Aber heute haben Sie mir erzählt, dass sie ziemlich unwirsch reagiert hat, als Elizabeth die Geschichte erzählt hat. Was wäre denn, wenn sie sauer war, weil Elizabeth es vermasselt hat?«

»Kapier ich nicht.«

»Elizabeth hat es vermasselt, indem sie sich in Paul verliebt hat. Das war nicht vorgesehen. Die hatten gedacht, Elizabeth würde sich leicht manipulieren lassen, weil sie jung war, und Paul war – Entschuldigung – naiv. Es wundert mich nicht, dass Kristine die beiden zusammengebracht hat.«

»Ich verstehe immer weniger, Shay.«

Shay riss einen weiteren Zettel vom Block ab. »Okay, betrachten wir das alles aus einem anderen Blickwinkel. Denken Sie an Nora. Sie trifft sich mit einem Typen von der Ölgesellschaft auf einen Kaffee, erzählt ihm nebenbei, welche Arbeiter sich gegenüber Roland in der Pause beklagen, und er gibt ihr dafür einen Umschlag mit Bargeld. Was glauben Sie wohl, wie viel die Firma für Informationen über etwas, das ihnen noch viel gefährlicher werden könnte, zahlen würde? Für Informationen über Leute, die intelligent genug und vor allem entschlossen genug sind, um ihnen wirklich Ärger zu machen?«

»Sie wollen also sagen ... Kristine macht dasselbe? Sie verkauft Informationen, die sie von den Männern bekommt, mit denen sie ausgeht?«

»Noch schlimmer. Was wäre denn, wenn sie nicht die Einzige ist? Wenn sie und Chastity sich gezielt an Männer heranmachen, von denen sie sich Informationen erhoffen?«

Colleen schwieg einen Moment. »Sie meinen, diese Frauen sind Betrügerinnen, die Arbeiter ausspionieren und Informationen verkaufen.« Sie dachte eine Weile darüber nach, alles schien zusammenzupassen. »Hunter-Cole hat ein Problem – es gibt Sicherheitsmängel, die die Pachtverträge in Gefahr bringen. Sie könnten ihren Einfluss im Reservat verlieren. Die nächste Ratssitzung steht vor der Tür. Sie wissen, dass es unter ihren Arbeitern Querulanten gibt, die bereit sind, den Mund aufzumachen, und sie versuchen, sie auf ganz altmodische Weise mundtot zu machen. Wie Roland. Er beschwert sich, und kurz darauf kriegt er eine Abmahnung. Die wissen, dass das Ganze eine Zeitbombe ist. Aber wie sie das Problem gelöst haben, war das Dümmste, was sie machen konnten, denn jetzt wissen die Arbeiter, dass es nicht ratsam ist, sich an die Geschäftsführung zu wenden, wenn etwas schiefläuft. Sie geben die Informationen also nicht mehr an die für die Sicherheit Zuständigen weiter, die die Dinge unter Kontrolle halten könnten …«

»Sondern an Leute, die Hunter-Cole nicht kontrollieren kann. Genau wie Scott gesagt hat. Ihre größte Angst ist, dass jemand die Medien einschaltet, CNN oder die Sendeanstalt in Bismarck, die sich so eine Geschichte natürlich nicht entgehen lassen würden.«

»Aber sie wissen auch, dass es nur eine Frage der Zeit ist, bis jemand aufkreuzt, dessen Gewissen stärker ist als die Angst, seinen Job zu verlieren. Oder eben jemand, der das Geld nicht so dringend braucht.«

Die Frauen sahen einander an.

»Taylor hat den Angelausflug nicht deshalb abgeblasen, weil er keinen Ärger haben wollte«, sagte Shay langsam. »Er hat es getan, weil er nicht wollte, dass sein *Freund* Ärger bekam. Also hat er Paul mitgenommen. Weil er wusste, dass Paul nicht am Hungertuch nagen würde, wenn er seinen Job verlor.«

Colleen presste die Hand an die Brust und spürte, wie heftig ihr Herz klopfte. »Und jetzt nützt Elizabeth Kristine nichts mehr, weil sie sich in Paul verliebt hat, aber zumindest erzählt Elizabeth ihr alles. Weil sie jung ist und naiv und verliebt. Also gibt sie Kristine unbeabsichtigt die Informationen, die sie haben will. Sie weiß, was die Jungs vorhaben, und sie weiß, wann sie es tun werden.«

»Und als Kristine Hunter-Cole darüber informiert, dass die Jungs auspacken wollen, sorgt jemand dafür, dass sie nicht mehr dazu kommen.«

»O Gott«, stöhnte Colleen. Sie fühlte sich, als hätte ihr jemand einen Schlag in die Magengrube versetzt. »Wie wollen Sie Kristine denn dazu kriegen, das alles zuzugeben?«

»Nicht sie. Denken Sie doch mal nach. Wir brauchen das schwächste Glied. Wir brauchen Elizabeth.«

»Sie wird nie mit uns reden. Sie wird sich nicht gegen Kristine stellen. Sie ist ihre *Cousine*. Sie ist mit ihr verwandt.«

»Das sind Sie doch auch, Colleen. Vergessen Sie nicht, dass sie sich nicht auf ihre Eltern verlassen kann. Sie hat Angst vor ihnen. Sie ist in Paul verliebt. Und jetzt sind Sie der einzige Mensch, der sie und dieses Kind beschützen kann. Sie *braucht* Sie.«

Es war genauso leicht, wie Shay es vorhergesagt hatte. Elizabeth brach sofort in Tränen aus, als Colleen sie nach der Schule anrief. Colleen stellte ihr Fragen, bis deutlich war, dass sie das

Mädchen überforderte: Nein, sie wusste nicht, dass sie prä-
natale Vitamine nehmen sollte; nein, es gab keinen Arzt im
ganzen County, dem sie vertrauen konnte; nein, sie hatte keine
Ahnung, wovon sie leben sollte, sobald ihre Schwangerschaft
sichtbar wurde; ihre Eltern würden sie garantiert aus dem
Haus werfen, allein schon wegen ihrer jüngeren Schwestern.

Als Colleen vorschlug, sich darüber zu unterhalten, dass sie
einen sicheren Ort für sie finden sollten, wo sie in Ruhe ihr
Kind austragen könne, hatte sie nicht vor, Boston ins Spiel zu
bringen. Sie wollte das Mädchen nicht einschüchtern. Aber
als sie offen damit herauskam, dass Andy und sie sich um sie
kümmern würden, griff Elizabeth sofort nach dem Strohhalm. »Ich habe solche Angst, Mrs Mitchell«, flüsterte Elizabeth in ihr Handy. »Ich weiß nicht, wie lange ich es noch geheim halten kann.«

»Ich lasse dich nicht im Stich«, sagte Colleen. Ihr Mann
werde in drei Tagen kommen, dann würden sie gemeinsam
eine Lösung suchen. »Könnten wir uns vielleicht heute Abend
treffen und weiterreden?«

»Nein, das ist unmöglich. Meine Mutter ist sowieso schon
sauer, weil ich nach der Mittagspause zu spät in den Unterricht gekommen bin und deswegen einen Verweis bekommen
habe. Ich habe ihr erzählt, ich wäre mit ein paar Freundinnen
bei Taco Bell gewesen, aber das hat sie mir nicht geglaubt.«

Colleen bemühte sich, ihre Bestürzung zu verbergen. Sie
musste dieses neue Band weiterknüpfen, damit Elizabeth
Vertrauen zu ihr fasste, bevor Kristine sie einschüchterte und
zum Schweigen brachte. »Gibt es denn gar keine Möglichkeit,
uns zu treffen?«

»Morgen in der Mittagspause würde gehen«, sagte Elizabeth. »Aber diesmal muss ich wirklich pünktlich zurück
sein.«

Ideal war das nicht; Colleen gefiel die Idee nicht, sich auf die kurze Mittagspause beschränken zu müssen. Bestimmt hatte Elizabeth keine Ahnung, in welche Gefahr Kristine die Arbeiter brachte, die sie bei Hunter-Cole anschwärzte, aber es war ein heikles Thema. Wenn das Mädchen das Gefühl hatte, dass Shay und Colleen Kristine bedrohten, würde sie vielleicht überhaupt nicht mehr mit ihnen sprechen.

»Es gefällt mir nicht, dass sie heute Abend allein ist«, sagte Shay. »Jetzt, da wir Kristine nervös gemacht haben, wird sie ein wachsames Auge auf Elizabeth haben. Sie könnte sie problemlos unter irgendeinem Vorwand zu Hause besuchen. Als Elizabeth mit Ihnen geredet hat, konnte sie nur an Paul denken. Aber was ist, wenn es Kristine gelingt, Elizabeth davon zu überzeugen, dass ihre Loyalität *ihr* zu gelten hat?«

»Aber wenn Elizabeth glaubt, dass Paul tatsächlich verschwunden ist …«

»Das wird Kristine schon verhindern. Das Einzige, was Elizabeth davon abhält, über Kristines kleine Machenschaften zu reden, ist, dass sie nicht weiß, wem sie es sagen soll, weil ihr Vater der Polizeichef ist. Also wird Kristine wahrscheinlich alles daransetzen, ihr das Gefühl zu geben, dass es Paul gut geht, dass er nur nervös geworden ist und sich verdrückt hat. Und damit hat sie einen zusätzlichen Grund, Elizabeth auszureden, dass sie uns noch mehr sagt – indem sie ihr klarmacht, dass es Paul in Gefahr bringen würde.«

»Tja, da wir heute Abend sowieso nichts Besseres vorhaben«, sagte Colleen, »schlage ich vor, wir fahren zum Appartementhaus und behalten Kristine im Auge.«

»Nein. Besser das Haus der Weyants. So kriegen wir mit, ob irgendwer Elizabeth *oder* den Polizeichef besucht – jemand von Hunter-Cole, Kristine, wer auch immer. Wenn wir das Gefühl haben, dass es für Elizabeth gefährlich wird, sind wir zur Stelle.«

»Eine *Observierung*? Bei einem *Polizisten*? Wir beide? Zwei Frauen im mittleren Alter, die von so etwas keinen Schimmer haben?«

»Genau deshalb wird es funktionieren. Kein Mensch käme auf die Idee, dass wir so blöd sein könnten.«

Kapitel 27

Der Verkehr von und zu den Bohrtürmen änderte sich nie: Ob Wochentag, Wochenende oder Feiertag, es war immer dasselbe. Arbeitsverträge liefen aus, neue Crews kamen, und die Lastwagen rollten tagein, tagaus.

Nicht viele Leute aus dem Reservat kauften in Myrons Laden ein, denn im Lucky Six auf der Central Street, nur einen halben Block hinter dem Altersheim, bekam man dasselbe wie hier, nur billiger. Und die meisten Leute sorgten sowieso vor und kauften ihre Rum- und Wodkavorräte und ihre Bier- und Colakästen im Costco-Supermarkt in Minot. Zu dieser Stunde, während wieder eine kalte Nacht anbrach, saßen die meisten beim Abendessen oder bereits vor der Glotze und tranken sich ihrem allabendlichen Rausch entgegen.

T.L. stand an der Kasse und versuchte, zwischendurch seine Physikhausaufgaben zu erledigen, gab es aber nach einer Weile auf und blätterte stattdessen in den Tattoo-Heften und Videospiel-Magazinen, die Myron auch verkaufte. Gegen halb acht betraten zwei Männer in ölschlammverschmierten Overalls den Laden, die nach ihrer 12-Stunden-Schicht auf dem Heimweg waren. Dem Älteren klebten die struppigen Haare am Kopf, wo der Schutzhelm gesessen hatte, der Jüngere hatte einen braunen Rauschebart. Sie unterbrachen ihr Gespräch, als der Ältere einen Geldschein auf den Tresen knallte und sagte: »Eine Packung Newports. Gibt's Paracetamol? Einzeln verpackt, nicht im Röhrchen?«

»Der eine ist angeblich aus Massachusetts«, führte der andere das Gespräch fort, während T. L. die Sachen aus den Regalen nahm. »Hab noch nie gehört, dass welche von so weit aus dem Osten sich hierher verirren.«

»Den anderen kenne ich«, sagte der Mann mit den Strubbelhaaren, der vom Alter her gut der Vater des anderen hätte sein können. »Der war auch bei Hunter-Cole. Kalifornier, guter Kumpel.«

»Weiß der Teufel, wo die abgeblieben sind. Na ja, jeder kommt schon mal auf die Idee, einfach alles hinzuschmeißen. Wenn man einfach keinen hat auf der Welt.«

T. L. umklammerte die Zigarettenschachtel so fest, dass er sie verbeulte. Er zwang sich, seine Finger zu entspannen, und glättete die Schachtel, während sein Herz wie verrückt klopfte.

»Jeder hat irgendwo jemanden«, sagte der Ältere. »Irgendwann merkt es jemand, wenn einer nicht mehr nach Hause kommt.«

»Und was glaubst du, was passiert ist?«

Seine Stimme zitterte, und – Bart hin oder her – er wirkte plötzlich viel jünger, eigentlich viel zu jung, um so weit weg von zu Hause zu sein. T. L. schob die Zigaretten über den Tresen und tippte den Preis ein. Er nahm das Wechselgeld aus der Kasse, ohne die Männer anzusehen.

Der Ältere zuckte die Achseln. »Vielleicht haben sie sich im Job mit den falschen Leuten angelegt«, sagte er und zählte die Möglichkeiten an den Fingern ab. »Oder sie wollen den Frühling in Mexiko verbringen. Oder vielleicht sind sie auch ein paar Radieschen über den Weg gelaufen, die ihnen den Skalp abgezogen haben.«

T. L. erstarrte, das Wechselgeld in der ausgestreckten Hand. »Radieschen« – außen rot, innen weiß – war so ziemlich die übelste Beleidigung für einen Indianer. Der Mann wandte den Blick ab, dann sah er T.L. wieder an. »Hey«, sagte er. »Ist ja gut.«

T.L. ließ die Münzen in die Hand des Mannes fallen und legte zwei Dollarnoten obenauf.

»War nicht so gemeint.« Sein junger Begleiter lachte in sich hinein und wandte sich zur Tür. Aber sein älterer Freund räusperte sich und betrachtete das Wechselgeld, als wollte er es zurückgeben.

T.L. zuckte die Achseln. Er spürte die Hitze in seinem Gesicht und traute sich nicht, etwas zu sagen. Ganz plötzlich fiel ihm etwas ein: Der Größere der beiden hatte etwas um den Hals getragen, das in der Sonne aufgeblitzt war.

»Tut mir echt leid«, beharrte der Mann. »War dumm von mir.«

»Schon in Ordnung«, murmelte T.L.

»Ich wollte nur sagen, dass ich nichts gegen Ihre Leute habe. Einer der Jungs auf meinem Bohrturm, vielleicht kennen Sie ihn. David Youngbird. Er stammt von hier, glaube ich. Ein guter Junge.«

»Ist okay, danke.« T.L. wollte den Mann endlich loswerden. Er würde sich den Klappstuhl holen, der im Hinterzimmer stand für den Fall, dass Myron der Rücken wehtat, und sich hinsetzen, bis der nächste Kunde kam. Vielleicht könnte er sich ja was in dem kleinen Fernseher anschauen, den Myron unter dem Tresen aufbewahrte. Oder zumindest so tun, als würde er sich was anschauen.

Der Mann drehte sich um und folgte seinem Kumpel nach draußen. Er hinkte, trat mit einem Fuß richtig auf und fiel schwer auf den anderen. Kurz darauf leuchtete das Scheinwerferlicht des Pick-ups in den Laden, als der Wagen wendete.

Eine silberne Kette mit Anhänger, wie eine Erkennungsmarke, die Soldaten trugen.

T. L. hatte das Gefühl, den Verstand zu verlieren. Zumindest wusste Myron es jetzt. Nicht länger damit allein zu sein – das war schon ein Trost.

Aber es gab zumindest noch einen Menschen, der Bescheid wusste. Deshalb hatte er unbedingt mit Kristine sprechen wollen. Weil es keine andere Möglichkeit für ihn gab, an Elizabeth ranzukommen. Nachdem Chief Weyant herausgefunden hatte, dass T. L. mit seiner Tochter zusammen war, hatte er ihr das Handy weggenommen und ihr verboten auszugehen. Eine Zeit lang hielten sie Kontakt über einen Hotmail-Account, den sie in der Schule eingerichtet hatte, sodass sie sich wenigstens bei Footballspielen und bei Ausflügen mit ihren Freundinnen sehen konnten. Und dann die vier Male, als sie zu Hause gesagt hatte, sie würde bei einer Freundin schlafen, während sie in Wirklichkeit in seinem Pick-up in der Gegend herumgefahren waren.

Um Halloween herum war Elizabeth auf einmal ganz anders gewesen, zu beschäftigt, um sich mit ihm treffen zu können. Nicht mal auf seine E-Mails hatte sie geantwortet. Und dann, kurz vor den Winterferien, bekam er die Nachricht, dass er ein Stipendium erhalten würde. Ein Vollstipendium an der UCLA – eine Chance für sie beide, zusammen zu sein, weit weg von North Dakota, weit weg von ihrer Familie und den kleinkarierten Vorschriften ihrer Eltern. Davon hatte sie immer geträumt – woanders zu sein. North Dakota im Rückspiegel zu sehen auf dem Weg zur Küste, egal zu welcher. Und ausgerechnet Kalifornien! Als sie erfahren hatte, dass er sich beworben hatte, war sie so aufgeregt gewesen, dass er es kaum übers Herz gebracht hatte, ihr zu erklären, wie unwahrscheinlich es war, dass er angenommen würde, dass die UCLA nichts als ein schöner Traum war.

Aber der Traum war irgendwie Wirklichkeit geworden, und sie war die Erste gewesen, der er eine SMS geschickt hatte. Am selben Abend hatte sie sich aus dem Haus gestohlen und ihn mit ihren eigenen neuen Neuigkeiten überrascht: Sie sei schwanger – deshalb habe sie sich so rargemacht. Sie habe erst Gewissheit haben wollen, hatte sie gesagt, ohne ihn anzusehen.

Sie hatten gemeinsam geweint; so hatten sie das nicht geplant. Aber unter Tränen hatte Elizabeth ihm versprochen, dass alles gut werden würde. Sie würden sich eine kleine Wohnung in der Nähe des Campus suchen und sich abwechselnd um das Kind kümmern. Er würde studieren, sie würde sich eine Arbeit suchen, und am Wochenende würden sie alle zusammen ans Meer gehen. Der Strand war schließlich kostenlos und Welten entfernt von den endlosen Hügeln, diesem kalten Nichts, in dem sie aufgewachsen war.

T. L. war wie vor den Kopf gestoßen. Wie sollten sie unter diesen Umständen ein Kind großziehen? Ein Kind brauchte eine Familie, Stabilität, Traditionen – all das, was seine Mutter ihm verweigert hatte und was er bei Myron gefunden hatte. Es kam gar nicht infrage, dass er weit weg von zu Hause eine Familie gründen würde. Er hatte sowieso nicht nach Kalifornien gewollt – Myron zuliebe wäre er hingegangen, aber nach dem Studium wollte er unbedingt zurückkommen. T. L. wollte zeichnen und malen, viel arbeiten und die Familie gründen, in der er selbst gern aufgewachsen wäre, und das wollte er nicht fernab von dem weiten Himmel tun, unter dem er aufgewachsen war.

Es war ein schmerzlicher Abschied gewesen. Sie hatte ihm das Versprechen abgenommen, dass er darüber nachdenken würde. Dass er L. A. in Betracht ziehen würde. In Fort Mercer könne sie nie und nimmer glücklich werden, vor allem weil ihre Schwangerschaft die Beziehung mit ihren Eltern endgültig zerstören würde. Sie hatte vorher schon angedeutet, dass ihr Vater Rassist war, aber inzwischen war es zu einem ehernen Glaubenssatz geworden: *Er wird dich nie akzeptieren. Er wird mich und unser Kind nicht mal in die Nähe des Reservats lassen.*

T. L. hatte sich seine Argumente gut überlegt. Er hatte exakt geplant, wie er sie überzeugen würde. Aber dazu war er gar nicht mehr gekommen, weil sie ihm in der nächsten E-Mail erklärt hatte, sie würde sich von ihm trennen.

Er schrieb ihr immer verzweifeltere E-Mails. Sie könne ihm das nicht antun. Er werde niemals ein Kind im Stich lassen, das er gezeugt hatte.

Er konnte Elizabeth nicht dazu zwingen, ihn zu lieben, aber er konnte das gemeinsame Sorgerecht durchsetzen. Das hatte er im Internet recherchiert und ihr die entsprechenden Links geschickt. Das Familienministerium hatte ein Programm, das Männer bei der Anerkennung ihrer Vaterschaft unterstützte – notfalls würde er sie dazu zwingen, einen Test durchführen zu lassen. Er flehte sie an, ihn wenigstens anzuhören. Er versprach ihr sogar, sich die Sache mit dem Stipendium in Kalifornien noch einmal zu überlegen. Aber er bekam keine Antwort.

Bis er ihr mitteilte, dass ihm keine andere Wahl mehr blieb, als mit ihrem Vater zu reden. Dass er sich notfalls einen Anwalt nehmen würde. Natürlich war das ein Bluff, aber das konnte sie ja nicht wissen – doch immerhin rief sie ihn von einem geliehenen Handy aus an. Er flehte sie an, sich mit ihm zu treffen. Erklärte ihr, wann er Zeit hatte: wenn er im Laden arbeitete, am Samstag beim Angeln und am Sonntag zu

Hause, wo er für die Matheprüfung büffeln müsste. Sie sagte, sie werde sehen, was sich machen ließ, und sich bei ihm
melden.

Als er jetzt in dem leeren Laden saß und auf den stumm
geschalteten Fernseher starrte, in dem das Footballspiel lief,
dachte T. L., was für ein Idiot er doch gewesen war. Er war
blind in die Falle getappt, und noch heute wusste er genauso wenig wie vor anderthalb Wochen, was eigentlich passiert
war. Er konnte Elizabeth nicht erreichen, Kristine wollte ihm
nicht helfen, und Myron hatte ihm geraten, kein Wort zu sagen.

Kapitel 28

Als sie im Dunkeln über den Parkplatz gingen, drückte Shay Colleen die Autoschlüssel in die Hand. »Sie fahren«, sagte sie. »Dieser Schnee bringt mich um.«

Colleen fuhr langsam durch die Stadt, wo gerade das allabendliche Defilee der Pick-ups stattfand, die von den Bohrtürmen zurückkehrten oder in die Nacht hinausrollten. Die Weyants wohnten in einem dreistöckigen Haus im besten Teil der Stadt, einer hügeligen Siedlung in der Nähe eines 9-Loch-Golfplatzes. Colleen parkte in einer Parallelstraße oberhalb der Straße, in der die Weyants wohnten, von wo aus sie einen ungehinderten Blick auf die Einfahrt hatten, die zu ihrem Glück von hellen Scheinwerfern erleuchtet war.

Durch die Fenster im hinteren Teil des Hauses war die Familie zu sehen, die gerade beim Abendessen saß. »Eins, zwei, drei, vier, fünf«, zählte Shay. »Mutter, Vater und die drei Kinder.«

»Trautes Heim.«

Das Abendessen dauerte weniger als eine halbe Stunde. Die Kinder stellten das Geschirr in die Spüle; im Wohnzimmer ging ein Licht an, gefolgt vom typisch bläulichen Schimmern eines Fernsehers. Irgendjemand war noch in der Küche und spülte.

Um sieben Uhr öffnete sich das Garagentor. Colleen hätte es fast nicht bemerkt. Immer wenn es zu kalt wurde, ließ sie den Motor an, um für eine Weile die Heizung einzuschalten, und betätigte die Scheibenwischer, um den Schnee zu entfernen, was jedoch die Sicht beeinträchtigte.

Scheinwerfer wurden eingeschaltet, und ein Toyota RAV4 fuhr langsam aus der Garage.

»Können Sie erkennen, wer es ist?«, fragte Shay.

»Nach den langen Haaren zu urteilen, müsste es entweder Elizabeth sein oder ihre Mutter.«

»Vielleicht die Mutter, die einkaufen fährt. Oder Freunde besuchen.«

»Dann wollen wir mal sehen.«

Colleens Herz klopfte heftig, als sie den Motor anließ, langsam den Hügel hinunterfuhr und so viel Abstand hielt wie möglich. Der Toyota bog rechts ab.

Stadtauswärts.

Er blieb konstant unterhalb der Geschwindigkeitsbegrenzung bei achtzig Kilometern pro Stunde, was angesichts der Wetterverhältnisse vernünftig erschien.

»Wo zum Teufel will die hin?«, murmelte Shay, nachdem sie bereits eine ganze Weile gefahren waren. Nach einer Viertelstunde blinkte der Toyota rechts und bog auf eine Landstraße ein. Colleen folgte, ließ sich jedoch noch weiter zurückfallen, bis kurz hinter ihr Scheinwerfer auftauchten.

»Ich hätte gar nicht gedacht, dass hier noch jemand langfährt«, sagte sie und gab Gas.

Shay drehte sich um. »Der hat irgendwas geladen. Wahrscheinlich hat er es eilig.«

Danach achtete Colleen nicht mehr so sehr darauf, den Abstand aufrechtzuerhalten. Wenn es um diese Tageszeit hier Verkehr gab, noch dazu bei dem Wetter, würde die Fahrerin des Toyota einem Auto hinter sich keine Beachtung schenken.

Nach einigen Kilometern bog der Toyota in eine schmale

Straße ein, die so eng war, dass Colleen sie gar nicht bemerkt hätte, wenn keine Reifenspuren da gewesen wären.

»Sie trifft sich mit jemandem«, vermutete Shay.

»Hier draußen? Wo sind wir eigentlich?«

Etwas weiter weg zu ihrer Linken war das orangefarbene Leuchten eines Bohrturms zu sehen. Zu ihrer Rechten sahen sie in den Hügeln noch mehr ähnliche Lichter. Colleen hielt am Straßenrand. »Und jetzt?«

»Versuchen Sie's ohne Licht. Der Mond ist hell genug.«

Der Toyota verschwand weit voraus hinter einer Hügelkuppe. Colleen schaltete die Scheinwerfer aus. Die Szenerie vor ihnen wirkte unwirklich in dem silbrigen Mondlicht. Vorsichtig fuhr Colleen an.

Keine sagte ein Wort. Colleen orientierte sich an den Reifenspuren. Rechts und links markierten leuchtend gelbe Schneestangen den Rand der Straße.

Mehrmals hatte sie das Gefühl, den Wagen vor sich aus den Augen verloren zu haben, aber jedes Mal tauchte er hinter einer Hügelkuppe wieder auf. Als sie einen langen Abhang hinunterrollten, wurde Colleen klar, dass die Ebene, die sich in einiger Entfernung zu ihrer Rechten bis zum Fuß der Hügel erstreckte, kein Land, sondern ein See war.

Der Toyota fuhr langsam auf einen kleinen kastenförmigen Schuppen zu.

»Ein Unterstand für Jäger«, meinte Shay. »Oder eine Anglerhütte. Darauf würde ich wetten.«

Der Toyota wendete gemächlich. Jetzt strahlten die Scheinwerfer die Hütte an. Und eine Gestalt in einem unförmigen Parka. Hinter der Hütte stand ein Pick-up.

»Aha, der geheimnisvolle Unbekannte«, murmelte Shay. »Was zum Teufel …«

Colleen fuhr im Schneckentempo weiter und fragte sich,

ob sie schon bemerkt worden waren. In einer kleinen Senke verloren sie die Hütte einen Moment lang aus den Augen. Dann waren sie auf der Hügelkuppe. *Es war schier unmöglich, dass man sie immer noch nicht bemerkt hatte,* dachte Colleen. Sie konnte nur hoffte, dass die Fahrerin des anderen Wagens sich jetzt nicht umdrehte.

Shay sog hörbar die Luft ein. Als Colleen sich ihr verwundert zuwandte, saß Shay mit vor Schreck offenem Mund da. »O Gott!«, rief sie und stieß die Beifahrertür auf. »Das ist ja Taylors Pick-up. Mein Gott, ich fasse es nicht, das ist Taylors Pick-up.«

Sie sprang aus dem Wagen und wollte loslaufen, versank jedoch bis zu den Knien im Schnee. Colleen stieg ebenfalls aus und folgte ihr. Als sie die Reifenspuren erreichten, kamen sie schneller voran. Colleen versuchte, die Gestalt vor der Hütte zu erkennen, die sich jetzt umgedreht hatte und Richtung Hügel blickte. Ein Mann. Irgendetwas stimmte da nicht; er schien zu taumeln und Schwierigkeiten zu haben, sein Gleichgewicht zu halten. Das grelle Scheinwerferlicht blendete ihn, und er hatte schützend eine Hand über die Augen gelegt.

Er trat aus dem Licht und schien einen Moment zu zögern, als er die beiden Frauen sah, die durch den Schnee auf ihn zustapften.

Dann taumelte er vorwärts. »Mom!«, schrie er, stolperte drei Schritte vorwärts und fiel dann vornüber in den Schnee.

Kapitel 29

Elizabeth rannte, die Füße versanken im verharschten Schnee, nur die Verzweiflung verhinderte, dass sie stürzte.

Dann sah sie Paul fallen. Das Knallen der Autotüren hinter ihr klang wie Gewehrschüsse. Sie wäre nie auf die Idee gekommen, dass ihr jemand folgen könnte, nachdem sie ihrer Familie entwischt war und endlich am Steuer des Wagens ihrer Mutter saß. Alles in ihrem Leben strebte vorwärts, zu Paul hin, zu ihrer Zukunft. Paul war immer noch gefangen im Netz der Vergangenheit, aber Elizabeth würde genug Kraft für sie beide haben, für sie beide und für ihr Kind. Alles war schiefgegangen, und sie war schuld daran, und sie war überzeugt davon, dass sie später dafür würde bezahlen müssen, wenn es auf dieser Welt eine Gerechtigkeit gab. Aber jetzt war nicht der Zeitpunkt zurückzublicken, jetzt ging es nicht mehr nur um sie selbst: Jetzt würde sie für ein Kind sorgen müssen, für eine Familie.

Sie lief, so schnell sie konnte. Aber Shay war schneller, wild wie ein Hund, der Witterung aufgenommen hatte, den Kopf gesenkt, nur ein Ziel im Sinn. Elizabeth war Augenzeugin, als Shay begriff, dass der Mann auf dem Boden nicht ihr Sohn war. Zu klein, zu breit, die falschen Klamotten – hätte ihre verzweifelte Mutterliebe sie nicht geblendet, wäre es ihr eher aufgefallen.

Sie wankte, und Colleen, die dicht hinter ihr war, prallte gegen sie. Sie stieß Shay beiseite, als wäre sie nichts, ein Kleiderständer oder ein Einkaufswagen; Shay schlug sich entsetzt die Hand vor den Mund, und Colleen warf sich neben ihren Sohn auf den Boden.

Im selben Augenblick war auch Elizabeth bei Paul. Sie sank auf der anderen Seite neben ihn zu Boden, als wäre Paul der im Sterben liegende Jesus, und die beiden Frauen wären seine Mutter und Maria Magdalena, die in vereinter Trauer seinen Tod beklagten und sich die Haare rauften. Nur dass Paul nicht tot war; es konnte nicht sein. Elizabeth zog hastig den Reißverschluss seiner Daunenjacke auf. Dann öffnete sie etwas vorsichtiger die Knöpfe seines weichen Baumwollhemds, das mit dem steifen braunen Fleck, der ihr so vertraut war.

Die Scheinwerfer des Toyota tauchten die Szenerie in grelles, unnatürlich weißes Licht, das Pauls Gesicht konturlos erscheinen ließ. Elizabeth ging behutsam vor, aus Angst, ihm wehzutun.

»Ist er tot?«, rief Colleen verzweifelt. »O Gott, er darf nicht tot sein.«

»Er ist verletzt, Mrs Mitchell. Können Sie den Notarzt anrufen?«

Colleen suchte panisch in den Manteltaschen, konnte aber ihr Handy nicht finden. »Es ist in der Handtasche im Auto. O Gott, o Gott, o Gott.«

Elizabeth wollte ihr gerade sagen, sie solle zum Auto rennen und anrufen, doch dann zögerte sie. Pauls Haut war heiß, viel zu heiß, sie glühte in der eisigen Luft. Er hatte hohes Fieber. Auf seinen ausgetrockneten, rissigen Lippen hatte sich eine weiße Kruste gebildet, und er dünstete einen süßlichen, unangenehmen Geruch aus.

Es ging ihm viel schlechter, als er die ganze Zeit zugegeben hatte. Aber sie würde das wieder hinbiegen.

»Mrs Mitchell, bleiben Sie bei ihm. Bitte. Er hat eine Bauchverletzung. Die Wunde hat sich bestimmt entzündet. Ich gehe Hilfe holen.«

Sie wartete nicht auf eine Antwort. Sie lief zu Shays Wagen und trat in ihre Fußstapfen im Schnee, um schneller voranzukommen. Shay hatte sich aufgerappelt und wankte auf die Hütte zu. Sie suchte ihren Sohn. Sie würde ihn nicht finden. Gewissensbisse, Scham und Angst stürzten auf Elizabeth ein, doch sie schob all diese Gefühle entschlossen beiseite.

Die Tür von Shays Wagen stand offen, und Elizabeth kletterte auf den Fahrersitz. Vor dem Beifahrersitz lagen zwei Handtaschen auf dem Boden. Sie hob die Tasche aus schwarzem Leder auf und suchte Colleens Handy, das in einer rosafarbenen Hülle mit einem verschnörkelten Blumenmuster steckte. Gott sei Dank brauchte sie keine PIN. Aber nur ein Balken. Sie wählte die Nummer: nichts.

Sie tastete nach den Schlüsseln, die zum Glück im Zündschloss steckten. Sie knallte die Tür zu, und sofort setzte das Warnsignal für den Sicherheitsgurt ein, aber sie ignorierte es. Anschnallen war jetzt nicht wichtig. Sie drückte das Gaspedal durch, wendete in einer weiten Kurve und musste aufpassen, nicht in einer Schneewehe zu landen. Die Räder drehten durch, doch dann griffen sie wundersamerweise. Sie nahm den Fuß vom Gas, biss die Zähne zusammen und lenkte den Wagen vorsichtig in die Reifenspuren, die sie beim Herfahren hinterlassen hatten. Langsam quälte sie sich den Hügel hoch, fuhr noch ein Stück und trat auf die Bremse. Sie nahm das Handy und probierte den Notruf.

Als am anderen Ende abgenommen wurde, umklammerte sie das Handy fester.

»Wie lautet die Adresse?«

»Ein Mann ist verletzt. Er ist, also ich glaub nicht, dass er

bewusstlos ist. Er hat eine Stichwunde. Wir sind auf der Südwestseite des Lake Kimimina. Da steht eine Anglerhütte. Es
ist die einzige auf dieser Seite des Sees.«

»Ich brauche die Adresse.«

»Hier gibt's keine Schilder. Es ist ein Feldweg. Der geht
vielleicht anderthalb bis zwei Kilometer hinter der Aberna-
thy Road ab.« Sie hörte, wie schnell auf eine Tastatur getippt
wurde.

»Das Opfer hat eine Stichwunde?«

»Von einem Messer. Einem Fischmesser.« Ihre Gedanken
überschlugen sich. »Ich glaube aber nicht, dass er lebensge-
fährlich verletzt ist.«

»Wer hat ihm die Verletzung zugefügt?«

»Nein, nein. Der ist nicht hier. Es ist nicht heute passiert.
Schon vor Tagen. Genau vor elf Tagen. Die Wunde ist stark
entzündet.«

»Sind Sie sicher, dass der Verdächtige nicht da ist?«, unterbrach sie der Dispatcher.

»Ja, ganz sicher.«

»Es kommt jemand so schnell wie möglich. Ich werde Ihnen jetzt einige medizinische Tipps geben, okay?«

»Nein, nein … äh … das geht jetzt nicht«, sagte Elizabeth
und drückte das Gespräch weg. Sie musste wieder zu Paul.
Außerdem würde ihm jetzt nichts von dem helfen, was der
Dispatcher ihr erklären würde.

Sie brauchte jetzt einen kühlen Kopf, um alles richtig zu
machen, für Paul. Sie musste nachdenken, und zwar schnell.

Als sie vor einigen Wochen gemerkt hatte, dass sie schwanger war, war sie in Panik geraten. Ihr ganzes Leben lang hatte Elizabeth nur eins gewollt: weg. Aber jetzt war es richtig
ernst. Vor allem mit ihrem Kind musste sie weg von hier.
Sie würde alles dafür tun, dass ihr Kind nicht so aufwachsen

musste wie sie selbst: gefangen, verängstigt, nur von dem Willen beseelt, aus diesem trostlosen Kaff zu verschwinden.

Sie hatte die erste Chance ergriffen, die sich ihr bot. Wie konnte sie nur so dumm gewesen sein! Selbst nachdem Paul ihr seine Liebe gestanden hatte, nachdem sie *beide* sich ineinander verliebt hatten. Gott hatte ihre Gebete erhört und ihr Paul geschenkt, aber anstatt zuversichtlich zu bleiben, als es am meisten darauf ankam, hatte sie sich abgewandt und Unheil über sie alle gebracht. Und eins war völlig klar: Sie wusste, dass sie schuldig war, und sie wusste auch, dass sie verdient hatte zu leiden.

Aber Paul doch nicht. Nicht Paul, ihr Paul. Ihre große Liebe.

Bei laufendem Motor wählte sie noch eine andere Nummer. Schon beim zweiten Klingeln war ihr Vater am Apparat.

»Papa.«

»Elizabeth? Wo bist du?«

Er klang eher verwirrt als verärgert. Elizabeth holte tief Luft. »Ich bin an der Anglerhütte am Ende von dem Feldweg am Lake Kimimina, auf der Südwestseite. Weißt du, welche ich meine?«

»Du bist ... Was ist überhaupt los?«

»Weißt du, wo ich meine?«, drängte sie ihn weiter.

»Ja, aber ...«

»Ich hab einen Krankenwagen gerufen. Paul Mitchell ist hier. Der Junge, der verschwunden ist. Seine Mutter ist hier und die andere Mutter auch. Paul ist schwer verletzt.«

»Moment, Moment, immer der Reihe nach. Du bist da draußen bei Paul Mitchell? Bist du in Sicherheit?«

»Ja, ich bin in Sicherheit, Dad. Alle sind in Sicherheit. Aber Paul ist schwer verletzt und ... und es wird immer ... es wird immer ... Dad, es gibt einiges, was ich dir erklären muss. Es ist alles schiefgegangen.«

Schweigen am anderen Ende – zwar nur kurz, aber Elizabeth konnte sich genau ausmalen, welches Gesicht er machte, dasselbe, was er immer machte, wenn er zu einem Tatort
gerufen wurde. Sie hatte es unzählige Male gesehen, wie er
jeden anderen Gedanken ausschaltete, sich voll auf das Telefon in seiner Hand und auf die vor ihm liegende Aufgabe
konzentrierte.

»Sprich mit niemandem«, sagte er in einem abgehackten
Tonfall, der ganz anders klang als das, was sie erwartet hatte.
»Ich komme, so schnell es geht.«

»Aber Papa ...«

»Ich meine es ernst, Elizabeth. *Sprich. Mit. Niemandem.*
Egal, wer da aufkreuzt, egal, ob es ein Bekannter ist oder
nicht.«

»*Papa*«, flehte sie zaghaft, überrascht, dass ihr eine Träne über die Wange und das Kinn lief. »Es gibt noch was. Du
musst dafür sorgen, dass es Paul gut geht. Nicht nur im Krankenhaus, sondern auch danach. Wenn du mit ihm sprichst,
musst du ihn beschützen. Lass nicht zu, dass ihm irgendetwas
zustößt. Versprich es mir.«

»Wovon redest du? Elizabeth, du redest wirres Zeugs, du
bist ...«

»Ich kriege ein *Kind*, Papa. Ich bin schwanger. Von Paul.«

Sie hörte, wie er scharf die Luft einatmete und dann fluchte. »Sprich mit niemandem«, wiederholte er und legte auf.

Elizabeth verharrte noch einige Sekunden reglos auf dem
Sitz, bevor sie das Handy zurück in die schwarze Handtasche
schob. Ihr Herz raste, aber sie hatte es getan. Endlich hatte
sie es ihm gesagt. Jetzt musste sie sich um Paul kümmern. Sie
wendete und fuhr den Hügel wieder hinunter. Die Spurrillen
waren inzwischen tief; sie konnte teilweise die dunkle Erde
durch den Schnee sehen. Eine dünne Wolke hatte sich vor

den Mond geschoben und warf flackernde Schatten auf den Schnee. Von oben betrachtete sie die Szenerie an der Hütte. Colleen hatte sich über Paul gebeugt; ihre Hände wanderten über seinen Körper, während sie anscheinend zu ihm sprach. Shay stolperte in Richtung des weißen Pick-ups, der Taylor gehörte. Selbst durch die geschlossenen Fenster und über die Entfernung hörte sie Shays Schreie.

Elizabeth spürte das Schreckliche, das sie getan hatte, in jeder Zelle ihres Körpers. Sie hatte längst akzeptiert, dass sie auf eine Weise dafür würde bezahlen müssen, die sie noch gar nicht begriff. Wenn die Hölle auf sie wartete, würde sie freiwillig hineingehen – aber erst nachdem sie ihr Kind aufgezogen und ihr Leben mit Paul verbracht hatte. Sie würde bezahlen, wenn die Rechnung fällig war, doch nicht einen Moment früher.

Aber als sie jetzt Shay sah, die durch den Schnee taumelte, vor Verzweiflung die Hände öffnete und schloss, begriff Elizabeth zum ersten Mal, dass sie auch das Leben einer Mutter zerstört hatte. Sie presste sich eine Hand auf den flachen Bauch, stellte sich den winzigen Embryo vor, der in ihr heranwuchs und träge im warmen Fruchtwasser schwamm, noch blind und ohne jede Ahnung davon, dass es Farben und Geräusche auf der Welt gab und zwei Eltern, die ihn lieben würden. Elizabeth machte ihrem Kind ein stilles Versprechen, bevor sie wieder den Hügel hinunterfuhr.

Etwas Tiefes verband sie mit diesen beiden Frauen, dachte sie. Sie alle drei waren Mütter, auch wenn ihr eigenes Kind noch geschützt und unbeschädigt war. Aber irgendwann würde auch ihr Kind in die Welt hinausgehen, und es würden Dinge geschehen, erfreuliche Dinge, aber auch schreckliche Dinge, und Dinge, von denen es sich nie mehr erholen würde, und wieder andere, die wie eine Offenbarung waren.

Sie stellte den Wagen ab, wo er zuvor gestanden hatte, und schaltete den Motor aus. Sie ließ die Schlüssel stecken, stieg aus und machte die Tür leise zu. Sie stapfte durch den Schnee und sah vor sich die eine Mutter, die glücklich war, und die andere, die Höllenqualen litt. Die Erkenntnis, dass es letztlich nicht die Liebe zu Paul war, die sie verändert hatte, machte sie ganz benommen. Sie liebte ihn und würde ihn morgen noch mehr lieben und am Tag danach immer noch mehr, aber es war die Schwangerschaft, die etwas Neues aus ihr gemacht hatte.

»Sie kommen!«, rief sie. »Hilfe ist unterwegs.«

Colleen nickte nur, unfähig, den Blick von Paul abzuwenden. Sein Mund stand halb offen, und er atmete schnell und flach, die Augen waren in den Höhlen nach oben verdreht, sodass nur das Weiße zu sehen war.

Elizabeth wollte unbedingt zu ihm, aber es gab eine letzte Sache, die sie vorher erledigen musste. Sie ging zu Shay, die im Wind zitterte, die Arme vor der Brust verschränkt. Elizabeth stellte sich direkt vor sie, war sich aber nicht sicher, ob Shay sie überhaupt wahrnahm. Das helle Haar wehte ihr um die Schultern, verfilzt und zottelig. Ihre Augen waren vor Entsetzen geweitet. Ihre Augenlider waren rot geädert.

»Mrs Capparelli«, sagte Elizabeth. Als die Frau ihr den leeren Blick zuwandte, legte sie ihr die Hand auf den Arm. »Mrs Capparelli.«

»Wo ist er?«, keuchte Shay mit rauer Stimme.

Elizabeth schluckte und zwang sich, Shay in die Augen zu blicken. »Es tut mir so leid.«

»Sagen Sie mir, dass er lebt. Sagen Sie mir einfach nur, dass er lebt.«

Aber Elizabeth konnte nichts tun, als ständig zu wiederholen: »Es tut mir leid, es tut mir so leid.«

Kapitel 30

Die Sanitäter umrundeten Paul und forderten Colleen auf beiseitezutreten. Sie tat es zwar, aber es war nur ihre körperliche Hülle, die sich entfernte. Wie in jenem Fernsehfilm, in dem ein Engel kam, um die Toten in den Himmel zu begleiten, und ein geisterhafter Schatten der Person aus dem leblosen Körper im Krankenhausbett oder am Unfallort kletterte.

Nur dass bei Colleen das Gegenteil der Fall war. Ihre Seele, ihr Wesen blieb bei Paul, betete und versprach, ihn in Zukunft immer zu lieben, während ihr armer erschöpfter Körper weitermachte. Sie würde nicht zulassen, dass Paul hier starb. Vorbei an den hellen Scheinwerfern, den Polizisten und Sanitätern, die im Schnee herumstapften, ließ sie den Blick wandern, so als könnte der Tod in einer Verkleidung auftauchen, mit der sie nicht rechnete, und sich mit seinen gierigen Fingern an Paul vergreifen. Sie musste die Augen offen halten für Dinge, die andere nicht sehen konnten, die schrecklichsten Dinge, die dann kamen, wenn man sie am wenigsten erwartete, wenn man dachte, es wäre ein ganz gewöhnlicher Tag und man hätte eine ganz normale Familie.

Kein Tag war sicher, und kein Opfer war groß genug. Wenn das Leben Colleen sonst nichts gelehrt hatte, das hatte sie begriffen. Obwohl sie geglaubt hatte, sie sei immer genug auf der Hut gewesen, war es ihr nicht gelungen, ihren Sohn vor den Gefahren zu beschützen, die überall lauerten. Mehr als ihre totale Hingabe, ihre völlige Selbstaufgabe konnte sie jedoch nicht geben.

Aber vielleicht war ja ihre Selbstlosigkeit eine viel stärkere Waffe, als ihr bewusst war. Sie hatte sie immerhin hier an diesen Ort geführt. Und sie hatte es ihr ermöglicht, die Schreie der im Schnee knienden Shay zu ertragen. Einer der Sanitäter wollte sich um Shay kümmern, mit ihr reden, sie dazu bewegen aufzustehen, wurde dann aber zu Paul gerufen. Er ließ sie im Schnee knien, während sie mit nackten, geröteten Händen Schnee aufklaubte und zurück auf den Boden warf, wie ein Kleinkind, dem es nicht gelingt, seine Sandburg zu bauen. Strähnen hatten sich aus ihrer Haarspange gelöst und klebten ihr im Gesicht. Der Lidschatten war verschmiert, und ihr Anorak war hochgerutscht, sodass ein schmaler Streifen ihres Rückens zu sehen war. Vom vielen Schreien war sie ganz heiser.

Irgendjemand sollte zu ihr gehen und sie beruhigen, dachte Colleen. Sie sah zu den Sanitätern und Polizisten hinüber. Sie zählte sechs, sieben, acht insgesamt, zwei Krankenwagen und zwei Streifenwagen. Elizabeth stand zwischen den beiden Streifenwagen und sprach mit einem Mann in Parka und Strickmütze. Alle anderen drängelten sich um Paul. Sie waren gerade dabei, ihn auf eine Trage zu legen, seinen Kopf zu stützen und ihn irgendwie zu befestigen.

Als Colleen Pauls Gesicht berührt hatte, war es glühend heiß gewesen. Seit elf Tagen war er jetzt schon verletzt, aber immer noch wusste sie nicht, was eigentlich geschehen war. Wer hatte ihm das angetan? Wohin war der Täter verschwunden? Wer hatte sich anschließend um ihn gekümmert? Hatte er Angst gehabt?

Und was war mit Taylor passiert? Hatte Paul …?

Nein, nein, nein.

Colleen biss sich so fest auf die Unterlippe, dass sie Blut schmeckte. Sie sah, wie Paul auf der Trage in den Krankenwagen gehoben wurde. Der Mann, der mit Elizabeth gesprochen hatte, unterhielt sich jetzt mit den Sanitätern.

Colleen eilte zu ihr. »Elizabeth.«

Das Mädchen wandte sich Colleen zu, sie hatte geweint. Sie betupfte die Augen mit einem zerknüllten Taschentuch. »Ach … Mrs Mitchell.«

»Hat er es getan?«

Die Frage hing zwischen ihnen, und Colleen wusste, dass sie der Antwort nicht würde ausweichen können. Wenn Paul etwas getan hatte, wenn er … sich wieder vergessen hatte, wenn die Wut ihn einmal mehr übermannt hatte, was dann? Es war schon so lange her, dass Paul ausgerastet war, und Colleen hatte geglaubt, dass er das längst hinter sich gelassen hatte, weil sie das hatte glauben wollen, es glauben müssen. Ein Teufel war besiegt, ein Problem gelöst worden.

Sie musste daran denken, wie Paul, am Tag bevor er nach North Dakota aufgebrochen war, auf dem Küchenboden gekniet und die Scherben aufgesammelt hatte, die Augen verquollen vom Weinen. Sie hatte sich eingeredet, dass es dabei geblieben war. Er hatte einen schlechten Moment erwischt, aber der Schaden war gering gewesen – ein paar zerbrochene Teller –, und er hatte sich schnell wieder im Griff gehabt. Und er hatte sein Verhalten zutiefst bereut, das war offensichtlich gewesen.

Die Vorstellung, dass die Dämonen zurückgekehrt waren und sich wieder seiner bemächtigt hatten, brachte Colleen fast um den Verstand, aber diesmal würde sie ihn nicht im Stich lassen. Sie würde ihr eigenes schwaches Ich überwinden und die Kraft finden, sich der Zukunft zu stellen, und sich für die Aufgabe rüsten, ihn zu retten.

Aber in diesem kurzen Moment der Ungewissheit zwischen dem Aussprechen der Frage und dem Akzeptieren der Antwort war sie vollkommen schutzlos.

Bitte, lieber Gott.

Elizabeth stand zitternd und blinzelnd vor ihr, die Arme um sich geschlungen, in ihrem viel zu dünnen Mantel. »Was soll er getan haben, Mrs Mitchell? Reden Sie von Paul?«

»Hat. Er. Was. Schlimmes. Getan.« Colleen schloss fest die Augen, ballte die Fäuste und stieß die Worte durch die zusammengebissenen Zähne aus.

»Um Gottes willen, nein!« Mit entsetzt geweiteten Augen griff Elizabeth nach Colleens Hand und drückte sie durch die pinkfarbenen Fausthandschuhe. »Es war ein Unfall. Ich schwöre es, Mrs Mitchell, Paul hat nichts getan, es war alles meine Schuld. Ich hatte ihn gefragt … Paul wollte mir helfen. Uns. Er hat es für uns getan, für unser Kind. Taylor … er ist einfach hineingefallen. Niemand war schuld daran. Paul hat versucht, ihn zu retten. Er lag auf dem Eis … Es krachte schon die ganze Zeit unter ihm, aber Paul ist liegen geblieben, bis Taylor untergegangen war, bis es keine Hoffnung mehr gab. Mrs Mitchell, ich schwöre es Ihnen, Paul war ein …«

Sie blinzelte. Colleen dachte, sie wollte sagen *Held*. Stattdessen schüttelte Elizabeth nur den Kopf.

»Er ist hineingefallen?« Colleen spürte die Kanten von etwas Scharfem, das ihrem Herzen zusetzte. Wie Freude, aber schmerzhafter. »Taylor ist ins Wasser gefallen? Er ist ertrunken?«

»Ja, im See, er ist im Eis eingebrochen.«

»Haben sie sich geprügelt?«

»Taylor und Paul? Nein, überhaupt nicht. Sie waren beste Freunde, Mrs Mitchell. Es war T. L.«

»Aber das ist ja …« Es schien eine komplizierte Geschichte

zu sein, es gab so vieles, was sie nicht verstand, aber Paul war nicht schuld an Taylors Tod. Colleen drehte sich um. Sie wollte ihren Sohn unbedingt sehen, nach dem, was sie gerade erfahren hatte.

»Es war meine Schuld«, flüsterte Elizabeth, als Colleen sie stehen ließ.

Kapitel 31

T. L. saß schon seit einer Stunde und zehn Minuten im Vernehmungszimmer. Immer wieder hatte er auf sein Handy gesehen und an seinem Kragen gezupft, wenn es ihm erneut zu warm wurde, als Weyant endlich hereinkam.

Der Polizeichef blieb in der Tür stehen, legte die Hände an den Rahmen, als müsste er sich abstützen. Er sah fürchterlich aus, das Haar wirr, das Hemd zerknittert und teilweise aus dem Hosenbund gerutscht. Die Bartstoppeln ließen sein Gesicht bleich und wächsern erscheinen, als könnte man mit dem Daumen einen Abdruck darin hinterlassen. Seine Augen waren rot geädert, und sein Blick war unkoordiniert wie bei einem Betrunkenen, aber T. L. wusste, dass Weyant nicht trank.

»Meine Tochter ist schwanger«, sagte er heiser. »Ich bin gerade aus dem Krankenhaus gekommen. Die haben es bestätigt. Sie sagt, du bist nicht der Vater. Stimmt das?«

T. L. wurde ganz still, seine Hände lagen auf den Oberschenkeln. Er trug die Jeans, die er auch am Tag zuvor getragen hatte, die er auf den Boden fallen gelassen hatte, als er, nachdem er den Laden abgeschlossen hatte, erschöpft ins Bett gegangen war. Sie waren abgetragen und an den Säumen eingerissen. Er zupfte an losen Fäden, während er versuchte, Weyant in die Augen zu blicken.

»Das hat sie mir gesagt.« *Sir*, fügte er im Geiste automatisch hinzu, aber dem Mann würde er diese Genugtuung nicht verschaffen. Nicht jetzt. Zu viel war geschehen, man hatte ihn einmal zu oft beschuldigt. Alles, was er getan hatte, war rechtmäßig gewesen, voll und ganz.

Anfangs hatte Elizabeth behauptet, das Kind sei von ihm. Erst als er sich geweigert hatte, mit ihr und dem Kind nach L. A. zu ziehen, hatte sie etwas anderes gesagt. Er hätte ihr in dem Moment glauben sollen. Und sich von ihr zurückziehen. Aber seit er mit Myron zusammenlebte, kannte T. L. nur eine Richtung: vorwärts. Sich vorwärtsbewegen, denn das, was hinter ihm lag, war nichts, wohin er zurückwollte.

»Und was meinst *du*?« Weyant beugte sich vor, so als würde eine Schranke ihn davon abhalten, ins Zimmer zu kommen. Seine Kleider rochen nach gebratenen Zwiebeln, nicht unangenehm, vermutlich vom Abendessen, das Elizabeths Mutter vor Stunden gemacht hatte.

T. L. spürte, wie ihn sein Kampfgeist verließ, so wie Luft, die aus einem kaputten Schlauch entwich. Er hatte geglaubt, er wäre Weyant gewachsen, er würde von seiner Jugend und allem anderen profitieren können, um den Angriff des Mannes abzuschwächen. Jetzt war er nur noch erschöpft.

»Sie können mich hier nicht festhalten«, sagte er. »Ich hab nichts getan.«

»Dann steh auf und verschwinde.«

Die Worte des Polizeichefs waren wie ein Schock. Er war puritanisch bis auf die Knochen, die Sorte Mann, der sich einen akkuraten Scheitel zog und seine Schuhe auf Hochglanz polierte. Sie maßen einander mit Blicken, und dann schien der Chief es sich anders zu überlegen. »Dein Onkel sitzt da draußen in meinem Wartezimmer.«

»Ja, ich weiß. Er ist dem Streifenwagen gefolgt, als man mich abgeholt hat. Das ist ja nicht verboten.«

»Wir leben in einem freien Land.« Der Chief rieb sich den Nasenrücken mit seinen fleischigen Händen. »Weißt du eigentlich, dass er mir mal die Nase gebrochen hat? Hat er dir das mal erzählt?«

»Was?«

Weyant musterte ihn ausgiebig. »Du weißt doch, dass wir mal miteinander zu tun hatten. In den Neunzigern.«

»Sie haben sich mal geprügelt«, erwiderte T. L. zaghaft; es war etwas, das Myron ihm erzählt hatte, als er anfangs mit Elizabeth zusammen gewesen war. *Nimm dich in Acht vor ihm*, hatte Myron ihn gewarnt. *Er kämpft nicht fair*. »Sie sind zur Army gegangen, als er noch auf der Highschool war.«

»Ja. Aber was ich von dir wissen will, ist, ob du gewusst hast, dass dein Onkel und ich eine Geschichte haben?«

T. L. schüttelte verwirrt den Kopf.

Weyant ließ eine Weile verstreichen. »Also gut. Spielt auch keine Rolle. Ich will eine Aussage von dir. Ich will wissen, was an dem Tag mit dem Jungen passiert ist. Taylor Capparelli.«

»Darf ich ...« T. L. hatte einen Kloß im Hals. Er räusperte sich und setzte sich aufrecht hin. »Ich möchte, dass Myron herkommt. Ich erzähle Ihnen alles, aber er soll dabei sein.«

»Dein Onkel hat den Reservatsanwalt aus dem Bett geklingelt. Er ist schon unterwegs hierher. Wir können gern auf ihn warten.« Er fuhr sich mit der Hand durchs Haar und brachte seinen Scheitel durcheinander. »Dann machen wir halt 'ne Party draus, Herrgott noch mal.«

Der Anwalt, Jack Cook, hatte T. L. das Fliegenbinden fürs Angeln beigebracht. Sie hatten sich zu fünf oder sechs achtjährigen Wölflingen um den Tisch im Aufenthaltsraum des Pfadfinderheims versammelt. Die Pfadfinderführer Mr Cook und Mr Whitecalf hatten ihre braunen Klufthemden über

327

ihre Arbeitskleidung gezogen, Nyltest-Hemden mit fleckigen Krawatten. Mr Whitecalf war Versicherungsvertreter, und die beiden Männer waren die einzigen Väter, die T. L. kannte, die bei der Arbeit Krawatten trugen.

Mr Cooks Sohn war damals schon in der Highschool gewesen und hatte bei seiner Mutter im Süden des Staats gewohnt. Soweit T. L. wusste, hatten die Eltern sich nicht wieder versöhnt, und Mr Cook hatte auch nicht wieder geheiratet. Vor einigen Jahren hatte er einen Schlaganfall gehabt; er war jetzt nur noch schwer zu verstehen und konnte seine linke Hand nicht mehr benutzen. Er fuhr zwar noch Auto und ging auch angeln, aber sein schlaffer Arm verstärkte den allgemeinen Eindruck von Verwahrlosung, und einen kurzen Moment wünschte sich T. L., dass jemand anderes käme, einer, der Weyant zurechtstutzen könnte.

Sie waren in ein größeres Zimmer gegangen, wo alle vier Platz hatten. Es roch nach verbranntem Popcorn und Raumspray. In einer Ecke stand in eine Mülltüte gewickelt ein künstlicher Weihnachtsbaum, dessen steife Zweige durch das Plastik stachen.

Mr Cook hatte eine Tasse Kaffee akzeptiert – eine schlechte Strategie, wie T. L. fand. Außerdem hatte er tatsächlich einen gelben Schreibblock dabei. Ein besserer Anwalt würde wahrscheinlich seinen Laptop aufklappen, vermutete T. L. Myron saß mit verschränkten Armen da und betrachtete Weyant, als wäre er auf einer Viehauktion und der Chief würde ein unterernährtes Kalb nach dem anderen präsentieren. Es war fast vier Uhr morgens.

»Ich war beim Angeln und hatte einen Barsch gefangen, aber der war zu klein, und ich hab ihn wieder ins Wasser geworfen«, begann T. L., während er sich auf einen Kratzer in der Tischplatte konzentrierte. »An der Stelle hatte ich schon mal Glück gehabt, aber es war noch früh am Nachmittag, und ich hatte noch kaum was gefangen.«

Er war an dem Tag weiter aufs Eis hinausgegangen, als klug war, aber er hatte seine Eispickel dabeigehabt, die er für alle Fälle an den Ärmeln festgebunden hatte und mit denen er sich schnell aus dem Wasser würde ziehen können. Wie man sich auf Eis verhält, das hatte er auch bei den Pfadfindern gelernt. Der Vater seines Freundes Alan hatte ihnen, weil die Eisdecke auf dem See noch zu dünn gewesen war, auf einer Wiese demonstriert, wie man sich, wenn das Eis begann, unter einem nachzugeben, bäuchlings hinlegte, um das Körpergewicht zu verteilen. Sie hatten sich, eine Horde Zehnjähriger in schmutzigen Jeans und steifen Hemden mit den von ihren Müttern aufgenähten Abzeichen – nur das Abzeichen von T. L. war von Myron aufgeklebt worden, weshalb das Hemd nie gewaschen werden konnte –, mit Begeisterung auf den Boden geworfen. Sie hatten sich ins kratzige Gras gepresst und gekichert, als Alans dickbäuchiger, glatzköpfiger Vater schrie: »Das ist blutiger Ernst, Jungs, es geht um Leben und Tod!«

T. L. hatte keine Todessehnsucht, aber er war an dem Tag in einer düsteren Stimmung gewesen. Es war eiskalt, und die nachweihnachtliche Langeweile lag drückend über der Stadt. Plastikgirlanden hingen verknotet und schlaff an Laternenmasten, und der Parkplatz am Wal-Mart war voll gewesen, weil alle gekommen waren, um ihre Weihnachtsgeschenke umzutauschen. Er hatte Elizabeth am Tag zuvor zweimal eine SMS geschickt, aber sie hatte wieder nicht darauf reagiert.

Er war gegen eins auf dem Eis gewesen, nachdem er am Vormittag Myron dabei geholfen hatte, die Reste der Weihnachtsware neu auszupreisen, all das Zeug, das sich nicht einmal zum halben Preis hatte losschlagen lassen. Jetzt waren die Sachen schon achtzig Prozent billiger, und nun würden die Kinder aus dem Reservat kommen und sie kaufen. T. L. hatte auf dem Weg zum See bei Subway ein Sandwich gekauft und es auf dem Eis gegessen, nachdem er die Leine ins Angelloch gelassen hatte. Die Krümel hatte er ins Wasser geworfen und zugesehen, wie die dusseligen Bitterfische an die Oberfläche kamen und mit ihren winzigen Mäulern Jagd darauf machten, sich drehten und wanden und gegeneinander stießen.

Es war fast zwei Uhr gewesen, als der weiße Pick-up die Straße zum öffentlichen Strand herunterrollte und in einiger Entfernung von seinem eigenen Wagen parkte. Zwei Männer waren ausgestiegen; aus der Entfernung ließ sich nicht mehr erkennen, als dass der eine groß gewachsen und der andere mittelgroß war. Der Pick-up war neu, glänzend und riesig. *Wahrscheinlich mit Ölgeld bezahlt,* hatte T. L. gedacht.

Beide Männer zogen sich Strickmützen über. Es waren solche Mützen mit Löchern für die Augen, die billigen orangefarbenen, die man für sechs Dollar bei Wal-Mart bekam. Sie gingen zum See hinunter, stapften über dichte Grasbüschel und harschigen, schmutzigen Schnee, dann kamen sie über das Eis in seine Richtung.

Der Kleinere hatte einen Baseballschläger in der Hand.

T. L. hatte Angst bekommen. Er wäre am liebsten abgehauen, aber er konnte nicht weiter auf den See hinaus. Hinter ihm war das Eis noch zu dünn und uneben. Zweihundert Meter weiter konnte er das Wasser in der Sonne glitzern sehen.

Ihm blieb nur ein Fluchtweg. Wenn er nicht auf die Männer zugehen wollte, musste er sich nach rechts halten, aber dort fiel das Ufer ab, und er würde noch einmal fünfzig Meter auf Eis zurücklegen müssen. Ein Mann an Land konnte ihn da leicht einholen. Und zwei Männer konnten ihn abfangen und ihm den Weg abschneiden.

Also blieb T. L., wo er war, die Hand vorsichtshalber auf dem Ködermesser in der ledernen Scheide, das seinem Großvater gehört hatte. Sein Blick wanderte zu dem Bohrer, der auf dem Eis lag, und er überlegte, ob er sich danach bücken sollte.

Er wog seine Möglichkeiten ab. Höchstwahrscheinlich waren die beiden Drogensüchtige – von denen gab es neuerdings immer mehr, Typen, die keine Schicht ohne Meth und Amphetamine durchhielten. Nach Feierabend soffen sie und gingen zugedröhnter wieder zur Arbeit, als sie weggefahren waren. Bei zwei Einbrüchen in der Apotheke waren verschreibungspflichtige Aufputschmittel gestohlen worden; Männer wurden auf dem Heimweg von Kneipen oder Nachtclubs überfallen und ausgeraubt.

Vielleicht hatten die beiden es ja auf seinen Pick-up abgesehen. Er war nicht mehr als dreitausend wert, vielleicht dreitausendvierhundert, andererseits waren sie in einem nagelneuen Silverado da. Aber die Verzweiflung ließ die Leute manchmal Blödsinn machen. In seinem Portemonnaie hatte er dreißig Dollar und ein Foto von Elizabeth, das er eigentlich schon längst wegwerfen wollte.

»T. L. Collier«, sagte der Kleinere, während er den Baseballschläger von einer Hand in die andere wandern ließ und damit die Gedankenspiele von T. L. beendete. Sie kannten ihn, aber er sie nicht.

»Ja?« Er stand da, ließ die Hände hängen, die Füße ein wenig auseinander für einen stabilen Stand. Er hatte im Herbst Football gespielt, zwar eine trostlose Saison, aber immerhin eine willkommene Ablenkung nach der Trennung, und er fühlte sich stark. In einem fairen Kampf würde er es mit jedem der beiden aufnehmen. Aber wenn sie zusammen auf ihn losgingen – noch dazu mit dem Baseballschläger –, hatte er nicht den Hauch einer Chance. »Sagt mir, was ihr wollt, und ihr könnt wieder verschwinden. Ich nehme jetzt meine Schlüssel aus der Tasche. Die Autoschlüssel. Okay? Wollt ihr die?«

Seine Hand zögerte über der Tasche, er könnte nach dem Messer greifen. Aber wenn der Typ mit dem Baseballschläger ausholte, würde er es ihm aus der Hand schlagen, auch wenn er ihn nicht voll traf.

»Ich weiß, was du Elizabeth angetan hast«, sagte der Kleinere. »Ich habe es *gesehen*.«

T. L. blinzelte. Eine völlig neue Situation. Er sah Elizabeths Gesicht vor sich – das letzte Mal, als er sie gesehen hatte, vor der Kostümprobe für das herbstliche Chorkonzert. Es war ein Halloween-Kostüm gewesen, und sie hatte eine glitzernde Maske getragen, die sie auf die Stirn geschoben hatte. Damit hatte sie sich die Haare aus dem Gesicht gehalten, und immer wenn sie im Profil zu sehen war, schien sie ein juwelenbesetztes Diadem zu tragen wie ein Filmstar von früher, wie Grace Kelly. Und da hatte sie ihm erklärt, dass sie sich nicht mehr mit ihm treffen wollte.

»Ich hab sie schon seit Monaten nicht mehr gesehen«, sagte er. Und dann log er. »Sie bedeutet mir überhaupt nichts.«

»Und deswegen bist du auf sie losgegangen, Mann? Deswegen hast du sie grün und blau geprügelt? Du bist ein verdammter Feigling, tust ihr da weh, wo niemand es sehen kann!«

Der Größere sagte irgendetwas, das T. L. nicht hören konnte, leise und ruhig.

»Du lässt sie in Ruhe, kapiert?« Der Große trat so nah an ihn heran, dass T. L. Strähnen hellbraunen Haars sehen konnte, die unter der Mütze hervorlugten. Seine Augen waren zu Schlitzen verengt und sahen ihn durchdringend an. »Verstanden? Du redest nicht mit ihr, du rufst sie nicht an, du schreibst keine SMS, du denkst nicht mal an sie.«

»Ja, sicher, in Ordnung«, erwiderte T. L. Er hatte keine Ahnung, was er überhaupt getan haben sollte. *Verprügelt?* Das letzte Mal, dass er Elizabeth berührt hatte, hatte er mit den Fingern in ihrem seidigen Haar gespielt, sie zärtlich an sich gezogen, ihren Duft eingeatmet, und sie hatte leise gestöhnt – und das bestimmt nicht vor Schmerzen. Ihr Körper, blass und beinahe schimmernd im fahlen Licht der untergehenden Sonne, ausgestreckt auf der Rückbank seines Pick-ups, mitten in einem Alfalfa-Feld Anfang Oktober, war perfekt gewesen. Makellos.

Vielleicht hatte ihr jemand anderes etwas angetan? Aber wer? Er hatte diese beiden Typen noch nie gesehen, und außerdem, wo würde Elizabeth jemanden kennenlernen, der auf dem Bohrturm arbeitete? Während er noch über eine Erklärung nachsann, bemerkte er aus dem Augenwinkel, dass der Kleinere den Baseballschläger mit zwei Händen packte und ausholte.

T. L. versuchte auszuweichen, war aber zu langsam, und der Schlag traf ihn an der Hüfte. Er hörte das Holz auf seinen Knochen krachen, bevor er den Schlag spürte. Er stürzte aufs Eis, es tat höllisch weh. Der Typ hob den Schläger, und T. L. war sicher, dass er diesmal versuchen würde, seinen Kopf zu treffen. Sein Freund wollte ihn aufhalten und griff nach dem Schläger, aber er lenkte den Schlag nur ab, sodass T. L. stattdessen in der Leiste getroffen wurde und das Holz von seinem Oberschenkel abglitt. T. L. hatte Todesangst und bekam kaum Luft. Er rollte auf die Seite und übergab sich auf dem Eis.

»Hör auf! Paul, um Himmels willen!« Der Größere entwand ihm den Schläger. T. L. rollte sich auf die Knie. Sein Bauch hatte die meiste Wucht des Schlags absorbiert. Offenbar war der Hüftknochen nicht gebrochen. Vielleicht eine Rippe oder zwei. Auf allen vieren kroch er ein Stück weit weg. Er spürte das Krachen tief im Eis mehr, als er es hörte.

Die beiden mussten es auch gespürt haben, denn sie hielten inne, lange genug, dass T. L. nach seinem Messer greifen konnte, das ihm beinahe hingefallen wäre, bevor er es richtig zu packen bekam.

Jetzt hatte der Größere den Baseballschläger in der Hand und warf ihn Richtung Ufer; das schlitternde Geräusch auf dem Eis erinnerte T. L. an Eishockey mit Freunden auf einem See, wo sie nur einen kaputten Puck und Äste als Schläger hatten. »Paul!«, schrie der Typ noch einmal und hielt seinen Freund am Ärmel fest. »Es reicht!«

»Es reicht erst, wenn ich weiß, dass er sie in Ruhe lässt«, sagte Paul und trat nach T. L., der versuchte seitwärts wegzukriechen. Als Paul abermals zutrat, packte T. L. den Fuß des Mannes und hielt ihn fest. Der Typ rutschte aus und fiel, sodass sein Freund ihn nicht mehr halten konnte, und landete auf T. L., dem ein höllischer Schmerz in die Hüfte fuhr. Als T. L. sich krümmte, griff der Typ nach seinem Hals und drückte ihn aufs Eis. T. L. versuchte, ihn abzuschütteln, aber der Typ presste ihm das Knie in den Bauch und hielt ihn unten.

Es passierte instinktiv – T. L. bekam sein Handgelenk frei und schlug dem Mann in die Seite, in die gebauschte orangefarbene Daunenjacke. Erst als er das Messer nicht mehr bewegen konnte, wurde ihm bewusst, was er getan hatte. Er ließ es sofort los, sah den Griff nur einen kurzen Moment lang aus der Jacke ragen, dann ließ der andere von ihm ab, kam unbeholfen auf die Füße, taumelte ein paar Schritte und fiel aufs Eis. Ein roter Fleck breitete sich auf dem zerfetzten Stoff der Jacke aus.

T. L. hatte keine Ahnung, wie schlimm er den Mann getroffen hatte, aber der ging schon wieder auf ihn los, trotz seiner Verletzung, also konnte es ja nicht so schlimm sein. Wie ein Krebs kroch T. L. auf Händen und Knien weg, ohne auf seine Schmerzen zu achten. Als das Eis wieder ächzte und krachte, bemerkte er, dass er sich in die falsche Richtung bewegte.

»Vorsicht!«, schrie er, denn wenn sie nicht von dem brechenden Eis wegkamen, würden sie alle sterben. Der Verletzte blieb stehen, legte den Kopf in den Nacken und lauschte. Er musste es auch gehört haben. Das Eis brach und splitterte, unsichtbare Risse bildeten sich unter der milchigen Oberfläche. Darunter lauerte das schwarze Wasser.

Der Verletzte warf sich flach auf den Bauch, die Arme und Beine von sich gestreckt wie ein Kind, das einen Schneeengel macht, und da wusste T. L., dass der Typ dasselbe gelernt hatte wie er, wo auch immer er herkam. Wie man überlebte, wenn das Eis unter einem nachgab.

Der andere hatte es nicht gelernt.

Er starrte auf seine Füße, völlig verdutzt, als sich der erste riesige Riss im Eis bildete und das Wasser seine Stiefel umspülte. Anfangs war das Wasser nur einige Zentimeter hoch. T. L. kroch rückwärts, den Körper flach aufs Eis gedrückt, Arme und Beine diagonal von sich weggestreckt, um sein Gewicht so gut wie möglich zu verteilen. Der Verletzte lag ebenfalls auf dem Bauch, aber er bewegte sich nicht. Er schrie und versuchte, nach seinem Freund zu greifen.

»Hinlegen! Hinlegen!«, schrie T. L.

Aber er legte sich nicht hin. Und dann verschluckte ihn der See.

»Beinahe hätte er es nicht geschafft«, sagte T. L. Irgendwer hatte ihm einen Plastikbecher mit Wasser hingestellt. Er hatte Durst, ihm tat der Hals weh, und seine Lippen waren trocken und rissig. Aber er nahm das Wasser nicht.

»Wer? Paul?« Weyant hatte die ganze Zeit kaum eine Reaktion gezeigt, sondern T. L. nur mit seinem durchdringenden Blick fixiert. Jack Cook schien sich nur mit Mühe wach halten zu können, seine Augenlider waren noch schwerer als sonst. Nur Myron wirkte aufgewühlt, hatte die Hand flach auf die Brust gelegt und schluckte schwer.

»Paul. Ja. Als Taylor ins Eis eingebrochen ist, war Paul einen knappen Meter von der Kante weg, wo das Loch entstanden ist. Er hat sich ein Stückchen vorwärtsbewegt und ich auch. Ich dachte … ich weiß nicht, ich glaub, ich wollte sehen, ob ich ihn noch an den Stiefeln zu packen kriege und ihn vielleicht rausziehen kann. Aber …«

»So ein Wahnsinn!«, platzte es aus Myron heraus; er konnte sich nicht länger beherrschen. »Es wäre verrückt gewesen, ihm zu helfen, dabei hättet ihr beide draufgehen können.«

T. L. sah seinem Onkel nicht in die Augen. Er presste die Zähne zusammen, bis ihm der Schädel schmerzte. »Er hat versucht, Taylor zu fassen zu kriegen, aber Taylor hat wie wild mit den Armen gerudert. Das Falscheste, was er tun konnte.«

Niemand sagte etwas, aber alle im Zimmer konnten sich genau vorstellen, was passiert war. Eineinhalb Minuten im Wasser – und man hatte keine Chance mehr, sich zu retten.

»Was hast du danach gemacht, Theodore?«

Die Stimme des Chiefs klang hart. Der Name ließ ihn zusammenzucken; niemand hatte ihn mehr seit seiner Kindheit bei seinem richtigen Vornamen genannt. Selbst in seinem Ausweis stand T. L., das wusste Weyant. Als Elizabeth ihn zum Abendessen mitgebracht hatte, hatte er ihm die Hand geschüttelt, ihn verächtlich angefunkelt und »T.L.« gezischt, als wäre das ein Fluch.

»Ich ... bin zu meinem Auto gegangen.«

»Als du gegangen bist, hast du geglaubt, dass Taylor tot und Paul verletzt war.«

»Hey«, schaltete Myron sich ein und legte die Hände flach auf den Tisch. Wie eine Warnung. »Diese Typen haben versucht, ihn *umzubringen*.«

»Das wissen wir nicht.« Irgendeine Feindseligkeit verband die beiden Männer. »Also, Theodore hat um sein Leben gefürchtet, aber vielleicht wollten Paul und Taylor ihm nur einen Schuss vor den Bug geben. Einen Denkzettel verpassen.«

»Er hat ausgesagt, dass der eine den Baseballschläger mit zwei Händen gehoben hat, um ihm damit den Schädel zu zertrümmern. Wollen Sie mir etwa erzählen, dass das kein versuchter Mord war?«

»Es ist okay«, sagte T.L. »Es ist in Ordnung, Myron.« Er wandte sich wieder dem Chief zu. »Zuallererst musste ich runter vom Eis. Das hab ich gelernt. Wenn es einmal anfängt zu brechen, weiß man nicht, wann es einen erreicht. Ich bin auf allen vieren ans Ufer gekrochen. Dann bin ich aufgestanden und zu meinem Wagen gerannt.«

Er war gekrochen und geschlittert und hatte den wütenden Trommelwirbel im Eis, der auf den Höhepunkt zusteuerte, durch seinen ganzen Körper gespürt. Er hatte Eis im Mund gehabt, Eis hatte sein Gesicht zerkratzt, und Eisklumpen hatten an seinen Kleidern geklebt, und Paul hatte irgendetwas geschrien, das T.L. nicht verstehen konnte. Er hatte nur die Panik und das Entsetzen in seiner Stimme gehört.

T.L. hatte noch nie einen Menschen im Eis sterben sehen, aber in einem Winter hatten sie zu dritt, er, Mark und Keith, vom Ufer aus beobachtet, wie ein Hirsch im Eis versunken war. Sie hatten an einem Lagerfeuer gekifft, und der Joint war wie nichts runtergebrannt, während sie völlig fasziniert zugesehen hatten, wie das Tier verzweifelt um sich getreten hatte und wie still es wurde, als es schließlich aufgab und im Wasser versank, ein Bild, das er nie vergessen würde.

Als er endlich auf den Beinen gewesen und zu seinem Pickup gelaufen war, hatte er sich nicht noch einmal umgedreht. Er war ausgerutscht und hingefallen, als er das steile Ufer hochgeklettert war. Mit tauben Fingern hatte er die Autoschlüssel aus seiner Tasche gefischt. Er hatte beim Wegfahren nicht mehr zurückgeblickt. Als der Wagen nach dem zweiten Starten angesprungen war, hatte er die Heizung hochgedreht, damit das Gebläse alles übertönte, und hatte nur noch auf die verschneite Straße vor sich gestarrt.

»So, das war's. Er hat Ihnen alles erzählt.«

»Du hast niemandem erzählt, was passiert ist.« Weyant ignorierte Myron und beobachtete T. L.

T. L. schüttelte den Kopf. »Keiner Menschenseele.«

»Obwohl ein junger Mann *gestorben* war.«

»Sir.« T. L. hielt dem Blick des Chiefs stand. »Ich weiß, was Sie für mich empfinden. Seit ich mit Ihrer Tochter gegangen bin, hassen Sie mich. Wenn ich hierhergekommen wäre und gesagt hätte, ich war in eine Schlägerei verwickelt und einer der Typen ist tot, hätten Sie mir meine Version geglaubt?«

Er atmete schwer. Das Aufnahmegerät surrte leise, aber ansonsten war es völlig still im Raum.

Weyant beugte sich vor und schaltete das Aufnahmegerät ab. Er schob seinen Stuhl vom Tisch weg.

»Du irrst dich«, sagte er tonlos. »Ich hasse dich nicht, seit du mit meiner Tochter gegangen bist. Ich hasse dich seit dem Tag, an dem du geboren wurdest.«

Kapitel 32

Als Colleen aufwachte, fiel Licht durch die Fenster. Endlich Morgen. Sie hatte auf einer Plastikcouch im Krankenhauswartezimmer geschlafen. Vorher, als sie sich unruhig hin und her geworfen hatte, waren noch andere Leute hier gewesen. Eine alte Frau, einen Schal mehrmals um sich gewickelt, hatte reglos dagesessen, mit Strickzeug im Schoß. Später war ein fetter Kerl hereingekommen in einem T-Shirt, das nicht einmal seine Wampe bedeckte, mit Ohrstöpseln, aus denen Musik drang. Wütende kakofonische Musik, die so laut gedreht war, dass Colleen sie quer durch den Raum hören konnte.

Die beiden waren jetzt weg. Sie setzte sich auf. Ihre Hüften schmerzten, und sie hatte einen schalen Geschmack im Mund. Ihr Handy hatte sie in Reichweite auf dem Beistelltisch abgelegt für den Fall, dass jemand anrief. Aber sie hatte nur eine SMS von Andy: *Komme an Lawton 16:58. Hab einen Wagen bestellt. Ruf an, wenn du das liest.*

Sie wählte und sah sich im Wartezimmer um. Die Krankenschwester am Schreibtisch saß von ihr abgewandt. Es war eine andere als vorher.

»Andy«, sagte sie, sobald er abnahm.

»Wie geht es dir?«

»Mir ... mir geht's gut. Bin ein bisschen steif von dem Sofa, auf dem ich geschlafen habe.«

»Haben sie dir kein Bett gegeben? Oder wenigstens einen Schlafsessel?«

»Ich durfte nicht in seinem Zimmer bleiben. Es wird …
Ein Polizist sitzt davor.« Auf einem Stuhl mit gerader Rü-
ckenlehne, Wampe, Funkgerät – wie im Film.

»Hast du denn mit ihm reden können?«

»Nur ein paar Minuten.« Bei der Erinnerung schloss sie
kurz die Augen. »Er war ziemlich benommen. Er hat nur
gesagt …«

Man hatte ihm eine Infusion gelegt, aus der langsam eine
Lösung in die Vene tropfte, und an Geräte angeschlossen, die
in dem abgedunkelten Zimmer leuchteten. Seine Augen waren geschwollen und die Lider schwer. Als er sie angesehen
hatte, brauchte er einen Augenblick, um den Blick zu fokus-
sieren. Das Erste, was er sagte, war: »Ich werde sie heiraten.
Sobald ich hier raus bin.«

»Er glaubt, dass er ins Gefängnis muss«, sagte sie leise.

Sie hatte versucht, Andy mitten in dem Chaos bei der Anglerhütte anzurufen, nachdem Paul in den Krankenwagen geladen worden war, aber sie hatte keinen Empfang gehabt. Die
Polizei ließ sie Shays Wagen wegfahren, nachdem sie sich bereit erklärt hatte, dem Krankenwagen nicht zu folgen. Den
Blick auf die Straße und den Tacho geheftet hatte sie immer
wieder gebetet: *Danke dir, Gott. Danke, danke*. Auf dem Kran-
kenhausparkplatz hatte sie noch einmal versucht, Andy zu
erreichen. Er hatte sofort abgenommen, weil er schon wach
war und gleich ins Büro wollte, und sie hatte nur gesagt: »Paul
lebt. Es geht ihm gut.« Und dann hatten beide gleichzeitig geredet und geweint.

Es war ein Augenblick purer Freude gewesen, aber die Erinnerung daran war schon wieder verblasst, vor der mit Zwei-
feln und Ängsten überschatteten Realität. Die Dankbarkeit
darüber, dass ihr Sohn lebte, war schnell verdrängt worden
von der Angst vor dem, was jetzt kommen würde.

»Colleen, ich gehe heute nicht zur Arbeit. Ich breche gegen Mittag zum Flughafen auf und komme nach der Landung sofort ins Hotel. Das Homewood Suites. Kannst du schon hinfahren und uns einchecken?«

Sie brauchte einen Moment, um ihm zu folgen, und dann fiel es ihr wieder ein. Das Zimmer, das Vicki gefunden hatte, erst vor einigen Tagen, als alles noch ganz anders gewesen war.

Ihre Sachen waren noch in dem Zimmer, das Shay besorgt hatte. Shay, die dort jetzt allein war. Zumindest nahm Colleen an, dass sie noch dort war; die Polizisten hatten sie in der Nacht hingefahren. Ob jemand bei ihr geblieben war und sich um sie gekümmert hatte?

Was sagte es über sie selbst, dass sie sich während der ganzen Nacht, als sie auf dem Sofa gelegen hatte, nicht ein einziges Mal gefragt hatte, wie es Shay gehen mochte in ihren ersten Stunden als Mutter eines toten Kindes?

»Andy, du musst noch etwas erledigen, bevor du fliegst.«

»Was denn?«

»Sorg dafür, dass Shays Tochter herkommen kann. Und ihr Schwiegersohn und ihre Enkelin. Kannst du das übernehmen?«

Es folgte eine Pause. »Colleen … heute Nacht hast du gesagt … nach allem, was passiert ist, und jetzt, da die Polizei ermittelt …«

»Taylor ist *tot*.« Sie war gereizt, auch wenn sie wusste, dass es unberechtigt war. »Aber es war nicht Pauls Schuld.«

»Colleen …«

Colleen umklammerte ihr Handy und krümmte sich. Die Krankenschwester sprach jetzt mit jemand anderem und beachtete sie nicht. Vom Flur her duftete es nach Kaffee.

In der Nacht war alles nur so aus ihr herausgesprudelt, sodass Andy Mühe gehabt hatte, ihr zu folgen, und sie gebeten hatte, sich auf die Tatsachen zu beschränken. *Die Tatsachen.* Welche Rolle hatten sie in dem Moment schon gespielt? Ihr Sohn war *am Leben.* Taylor war tot, und mehr wusste sie nicht.

In den paar Minuten in Pauls Krankenzimmer hatte sie nur wenig in Erfahrung bringen können. Sie hatte sein Gesicht berührt, seine Stirn geküsst, ihm die Haare aus dem Gesicht gestrichen. Er hatte um Wasser gebeten, und sie hatte ihm den Strohhalm zum Mund geführt. Er wirkte nicht sonderlich erfreut, sie zu sehen. Sie dachte erst, dass er wieder eingeschlafen war, aber dann hatten seine Augenlider geflattert, und er hatte sie angesehen und gesagt: »Es ist alles meine Schuld.« Aber das konnte nicht sein. Schließlich hatte Elizabeth gesagt, es sei alles *ihre* Schuld. *Er hat es für uns getan, für unser Kind.*

Taylor war ertrunken, und es war noch ein anderer Junge dort gewesen. Warum hatte sie Elizabeth nicht nach dem Rest gefragt? Was konnte an jenem Abend passiert sein? Und das Schlimmste, wie kam Paul darauf zu glauben, dass es seine Schuld war?

Der andere Junge. Der weggelaufen war. Er war zumindest mitschuldig. Paul war dabei gewesen, als die Tragödie passierte, und er empfand deswegen Schuldgefühle und Scham. Wahrscheinlich dachte er, dass er seine Eltern schon wieder enttäuscht, dass er schon wieder versagt hatte. Und er war so sensibel. Niemand verstand, dass er sich immer alles viel mehr zu Herzen nahm als die meisten anderen Menschen. Deswegen, selbst wenn es nicht seine Schuld war, dass Taylor gestorben war, machte er sich jetzt Vorwürfe. Es würde sich alles aufklären, vielleicht trugen sie alle irgendeine Verantwortung, aber irgendwann würde Paul einsehen, dass es nicht allein an ihm gelegen hatte, was geschehen war.

Plötzlich sah sie Darren Terrys Gesicht vor sich, das Gesicht, an das sie sich nie zu denken erlaubte. Sein Foto in dem Jahrbuch, das aufgenommen worden war, bevor es passierte. Alle taten, als hätte es dabei nur Schwarz und Weiß gegeben, aber das stimmte nicht. Es hatte Grauschattierungen gegeben. Darren, und er war nicht der Einzige gewesen, hatte Paul gequält, ihn immer und immer wieder provoziert, bis das Fass übergelaufen war.

Aber das jetzt war etwas anderes. Paul hatte jetzt Freunde. Er hatte einen *besten* Freund. Was auch immer sie auf dem See gewollt hatten, um was es auch immer bei dem Konflikt gegangen sein mochte, es war ja nicht nur Paul gewesen. Sie waren alle drei beteiligt. Taylor war tot, und das war unfassbar tragisch, es brach ihr das Herz, daran zu denken, aber er war schließlich auch dort gewesen, er war auch ein Teil davon gewesen.

»Sorg einfach dafür, dass sie herkommen, okay, Andy?«

Also wiederholte er noch einmal ihre Namen, Brittany und Robert und Leila Litton aus Fairhaven in Kalifornien. Er versprach, ihr so bald wie möglich die Flugdaten zu übermitteln.

»Du musst Shay anrufen und es ihr sagen.«

Colleen schwieg und biss sich auf die Unterlippe. Sie musste sowieso ins Hotel gehen. Ihre Sachen waren noch dort. Shay war dort. Allein.

»In Ordnung«, erwiderte sie leise und legte auf, ohne sich zu verabschieden.

Ich werde sie heiraten. Die ersten Worte, die Paul in der Nacht gesagt hatte, aber das hatte sie Andy verschwiegen. Sie wäre am liebsten wieder in das Krankenzimmer gegangen, um ihren Sohn in den Armen zu halten, sich selbst um ihn zu kümmern, aber irgendetwas daran, wie er sie in der Nacht angesehen hatte, ließ sie zögern.

Das Zweite, was er gesagt hatte: *Es ist alles meine Schuld.*

Und schließlich, als sie protestiert und ihn angefleht hatte, jetzt nicht daran zu denken – *Sprich nicht, tu nur, was die Ärzte dir sagen. Daddy wird bald hier sein* –, war sein Blick plötzlich ganz klar gewesen, und er hatte ihre Hand mit den Worten weggestoßen: »Lass mich in Ruhe. Ich will dich nicht hier haben.«

Es hätte gar keine Rolle gespielt. Die Tür zu Pauls Zimmer war geschlossen. Der Polizist brachte seinen Stuhl weg. »Der Chief ist jetzt bei ihm«, sagte er über die Schulter. »Bestimmt können Sie ihn danach besuchen. Der Chief hat die Bewachung aufgehoben. Ich gehe jetzt nach Hause.«

Plötzlich fühlte Colleen sich nur noch erschöpft. Sie musste zu Shay gehen, und dann brauchte sie Schlaf. Wenn Andy am Abend kam, würden sie zusammen ins Krankenhaus gehen. Sie würden Paul gemeinsam besuchen. Sie würde Andy nichts davon sagen, dass Paul sie nicht hatte sehen wollen; bis zum Abend würde alles schon wieder anders aussehen, für alle. Paul würde es wieder besser gehen. Es würde ihm leidtun, wie er mit ihr gesprochen hatte – das war immer so. Sie würde es nicht mehr erwähnen, und sie würden noch einmal von vorn anfangen.

Aber vorher musste sie noch etwas anderes erledigen.

Elizabeth war hier gewesen, im Krankenhaus. Colleen hatte sie gesehen in der Nacht, als sie sich vor Sorge ständig hin und her gewälzt hatte. Sie war den Flur entlanggegangen mit einer dünnen blonden Frau, wahrscheinlich ihre Mutter. Erst jetzt kam es ihr in den Sinn, dass das Mädchen ja auch einen Schock erlitten haben musste. Und wenn es zu viel für sie gewesen war? Und wenn ihr Kind …?

»Sind Sie sicher, dass sie nicht eingeliefert wurde?«, fragte sie. Die Krankenschwester funkelte sie genervt an. Sie verstand das nicht, und wie auch? *Sie hat mein Enkelkind im Bauch*, hätte Colleen am liebsten gesagt. Bedeutete das etwa nichts? Gab ihr das nicht Rechte?

Kapitel 33

Während Colleen durch den grauen Wintermorgen zum Hyatt fuhr, dachte sie über Elizabeth nach, über diese junge Frau, die in der vergangenen Nacht mit um sich geschlungenen Armen dagestanden und zugesehen hatte, wie Shay laut schreiend auf den Boden gesunken war. Was hatte sie empfunden? Was wusste sie?

Die Hotellobby war leer, im Hintergrund plätscherte leise klassische Musik. Aus einem der Flure kam das gedämpfte Geräusch eines Staubsaugers. Hinter der Glasscheibe eines künstlichen Kamins brannte ein Gasfeuer. Das Arrangement aus Seidenblumen, die Sofas, der gemusterte Teppich, alles war noch genauso wie vor zwei Tagen, als Shay sie hierhergebracht hatte. Es war erst zwei Nächte her, seit sie und Shay im selben Bett schliefen, verbunden durch ihre Verzweiflung und ihre Hoffnung.

»Kann ich Ihnen helfen?«

Colleen stützte sich mit einer Hand auf eine Sofalehne. Sie hatte plötzlich das Gefühl, unsicher auf den Beinen zu sein. Essen ... Wann hatte sie das letzte Mal etwas gegessen? Ihre Gesichtshaut war schlaff und wächsern. Sie nahm ihren eigenen Geruch wahr, vermischt mit dem schwachen Duft ihres Haarsprays.

»Ach«, sie rang sich ein Lächeln ab, »es geht schon wieder.«

Das benommene Gefühl legte sich. Colleen zog ihren Mantelkragen fester um den Hals trotz der aufgeheizten Luft in der Lobby.

Shay hatte weder auf Colleens Anrufe noch auf ihre Nachrichten reagiert.

»Ich … habe meinen Schlüssel verloren«, sagte Colleen zu der Frau an der Rezeption, während sie ihre Brieftasche suchte. Sie zeigte der Frau ihren Ausweis. »Das Zimmer ist auf den Namen meiner Freundin gebucht, Shay Capparelli.«

Während die junge Frau den Namen eintippte, behielt sie ihr freundliches Lächeln bei. Allen jungen Frauen in Lawton schien dieses sympathische Verhalten gemein zu sein, dieselbe angenehme Zuvorkommenheit.

»Hier, bitte schön.« Sie holte eine Schlüsselkarte unter dem Tresen hervor und schob sie in einen Umschlag.

»Danke.« Colleen fiel plötzlich ein, dass sie die Zimmernummer gar nicht wusste. »Äh … das war … dreihundertfünfzehn, oder?«, sagte sie auf gut Glück. »Tut mir leid, es ist nur …«

Die junge Frau betrachtete sie neugierig, und Colleen errötete. Was würde sie von ihr denken? Dass sie gerade von einem Stelldichein kam?

»Da war ein Unfall.« Sie rang sich ein müdes Lächeln ab. Lügen kamen ihr inzwischen immer leichter über die Lippen. »Ich war Zeugin und musste aufs Polizeirevier, um eine Aussage zu machen, und jetzt bin ich völlig erledigt.«

»O nein«, sagte die junge Frau. »Es ist doch hoffentlich nichts Schlimmes passiert? Ach, was für eine dumme Frage, sonst hätten Sie ja gar nicht aufs Revier gemusst.«

»Nein, nein, nichts Schlimmes, nur ein paar Kratzer. Die Autos hatten allerdings einen Totalschaden, beide.«

»Gott sei Dank«, sagte die junge Frau. Ihre Erleichterung wirkte echt. Wie kam es, dass die Menschen hier in dieser gottverlassenen Gegend so bereitwillig für Fremde beteten, sich ihres Kummers annahmen? »Jedenfalls ist es Zimmer dreihundertdreizehn. Kann ich sonst noch etwas für Sie tun, Mrs Mitchell? Ich kann dem Zimmermädchen sagen, dass sie erst am Nachmittag aufräumen soll, damit Sie sich ein bisschen ausruhen können ...«

Colleen bedankte sich und ging zu den Aufzügen. Sie blieb einen Moment vor der Zimmertür stehen, die in einem kräftigen Orangeton lackiert war, was ihr in der Nacht zuvor gar nicht aufgefallen war. Sie musste jetzt nur klopfen. Es war an der Zeit, es war der nächste Schritt.

Aber sie hatte solche Angst. Dass Shay ihr die Tür vor der Nase zuknallen würde – wobei das noch harmlos wäre. Aber was, wenn sie auf Colleen losging? Wenn sie versuchte, sie zu töten? Auge um Auge?

Als sie im Schnee kniete, hatte Shay nicht aufhören können zu schreien. Sobald jemand in ihre Nähe gekommen war, hatte sie wild um sich geschlagen, als wollte sie ihn mit zu sich auf den Boden zerren. Colleen hatte sich nur um Paul gekümmert; sie hatte Shay den Rücken zugewandt und versucht, die Schreie auszublenden. Nachdem man Paul in den Krankenwagen verfrachtet hatte, hatte sie sich nach Shay umgesehen, die sich gerade völlig erschöpft von einem Polizisten zu einem Streifenwagen mehr tragen als führen ließ.

Das war gegen drei Uhr am Morgen gewesen. Sechs Stunden waren inzwischen vergangen. Was hatte Shay seitdem gemacht? Hatte der Polizist sie wenigstens bis zu ihrem Zimmer begleitet? Hatte sie geschlafen? War sie aufgewacht, hatte sich erinnert und wieder angefangen zu schreien?

Alles war still. Colleen klopfte. Sie wartete lange, aber nichts geschah, und aus dem Zimmer war nichts zu hören. Sie versuchte es noch einmal, aber immer noch rührte sich nichts.

Schließlich öffnete sie die Tür mit der Schlüsselkarte.

Im Zimmer war es dunkel, die Vorhänge waren bis auf einen winzigen Spalt zugezogen. Colleen brauchte einen Moment, bis sie Shay entdeckte. Sie lag zusammengerollt auf dem Boden neben dem Fenster, immer noch in ihrem Mantel. Die Kapuze diente als Kissenersatz. Sie lag mit dem Rücken zu Colleen. Vielleicht schaute sie durch den Spalt im Vorhang nach draußen. Vielleicht schlief sie aber auch.

Oder …

»Shay!« Colleen stürzte zu ihr, packte sie am Arm und drehte sie zu sich. Was, wenn sie zu dem Schluss gekommen war, dass sie nichts mehr hatte, wofür es sich zu leben lohnte? Colleen hatte Schlaftabletten in ihrer Kulturtasche, ihre eigenen und auch die von Andy – jedenfalls genug, wenn Shay sie alle genommen hatte.

Shays Augenlider flatterten, dann sah sie Colleen an. Sie war so leicht wie ein Kind, ihre dünnen Glieder waren völlig schlaff.

»Alles in Ordnung?«, fragte Colleen. »Sie haben doch keine Dummheiten gemacht, oder?«

Shay machte ein krächzendes Geräusch, so als wollte sie lachen. Sie stützte sich auf einen Ellbogen auf und seufzte. »Sie wollen wissen, ob ich versucht habe, mich umzubringen?«

Colleen begriff, dass das lächerlich war. Shay würde nie den einfachen Ausweg wählen – das war eher etwas für Frauen wie Colleen. Ihr brannte das Gesicht vor Scham.

»Ich weiß nicht.« Shay setzte sich auf und lehnte sich gegen die Balkontür. Ihre Stimme war heiser. Ihre Haare waren verfilzt; sie auszukämmen würde einige Zeit in Anspruch nehmen. Die Wimperntusche war völlig verlaufen. »Vielleicht sollte ich es tun. So weit hatte ich gar nicht gedacht. Können Sie mir mal meine Handtasche geben?«

Colleen entdeckte sie neben der Tür, wo Shay sie fallen gelassen haben musste. Mit zitternden Händen nahm Shay Zigaretten und Feuerzeug heraus. »Können Sie die mal aufmachen?« Sie zeigte mit dem Kinn auf die Schiebetür. »Der gute alte Scott soll ja nicht die Strafe dafür bezahlen müssen, wenn sie mitkriegen, dass ich hier drin rauche.«

Colleen schob die Tür ein Stück auf. Der Plastiktisch und die Stühle auf dem Balkon waren mit einer Eisschicht überzogen. Kalte Luft strömte ins Zimmer. Shay zündete sich die Zigarette an, sog den Rauch mit geschlossenen Augen tief ein und schien gar nicht mehr ausatmen zu wollen. Dann beugte sie sich vor und pustete den Rauch durch den Spalt der Schiebetür.

Colleen setzte sich im Schneidersitz neben Colleen und sah ihr beim Rauchen zu. Es sah attraktiv aus, wie sie das machte. Ihr zierliches Handgelenk und ihre schmalen Finger waren lässig eingedreht, als sie die Zigarette zwischen den Fingerspitzen hielt. Bei Shay wirkte Rauchen wie das Natürlichste auf der Welt, wie bei den jungen Französinnen, die Colleen in ihrem Austauschjahr auf der Highschool so beneidet hatte. Sie hatte erst gar nicht versucht, sie zu imitieren, weil es ihr sowieso nie gelungen wäre.

Als die Zigarette aufgeraucht war, drückte Shay die Kippe durch den Spalt auf dem Balkonboden aus. Dann schloss sie die Schiebetür und lehnte sich dagegen.

»Shay«, begann Colleen zögernd. Was konnte sie schon sagen? Was zum Teufel sollte sie jetzt sagen?

Shay sah sie an. Sie kratzte sich am Kinn. »Wie geht's Paul?«, fragte sie tonlos, so als würde sie sich nach der Abfahrtszeit für den Bus erkundigen. »Muss er noch im Krankenhaus bleiben?«

»Er ...« *Wird leben. Wird seinen einundzwanzigsten Geburts-*

tag feiern. Hat die Chance zu heiraten, einen Job zu finden, alt zu werden. »Shay, Andy kümmert sich um Flüge für Brittany und Robert, damit sie so schnell wie möglich herkommen können. Wenn möglich, noch heute Abend. Leila auch.«

»Ich weiß. Brittany hat mich angerufen.« Shay zündete sich die nächste Zigarette an. »Ich musste es ihr sagen. Sie musste es von mir erfahren, dass ihr Bruder tot ist.«

Colleen stöhnte leise. Eigentlich wollte sie das nicht, aber es passierte ihr einfach. Ihre mühsam erzwungene Selbstbeherrschung begann zu bröckeln. »Shay. Shay.«

Eine andere Frau hätte gewusst, was zu tun war. Eine andere Frau würde Shay in die Arme nehmen und sie an ihrer Brust weinen lassen. Sie würde alles geben, um Shay zu helfen. Alles. Aber sie, was konnte sie ihr schon geben?

Als die Sache damals mit Darren Terry passiert war, hatte sich die Nachricht blitzschnell in der Schule herumgesprochen. Einige Tage später, nachdem Paul für zwei Wochen vom Unterricht suspendiert worden war, war Colleen zur Schule gegangen, um seine Hausaufgaben abzuholen. Nachdem die Schule aus war, hatte sie noch eine halbe Stunde gewartet, in der Hoffnung, niemandem zu begegnen. Mit gesenktem Kopf hatte sie das Gebäude durch den Hintereingang betreten, und dennoch war sie einer Gruppe von Müttern in die Arme gelaufen. Was auch immer sie dort zu suchen hatten – die Versammlung eines akademischen Fördervereins, Vorbereitungen für den Lehrer-Dank-Tag, eine Spendenveranstaltung für eine Partnerschule, es konnten Tausend verschiedene Anlässe oder Aktivitäten sein, an denen Colleen selbst auch immer teilgenommen hatte.

Einige Frauen traten zur Seite, um sie durchzulassen. Sie kannte sie fast alle. Eine oder zwei murmelten einen Gruß, die anderen hielten den Blick gesenkt oder auf die Wände gerichtet oder taten so, als müssten sie etwas auf dem Handy nachschauen. Alles, nur damit sie ihr nicht in die Augen sehen mussten.

Und dann hatte sich ihr ausgerechnet Sandy Prescott in den Weg gestellt. Sie hatte Sandy nie leiden können. Niemand konnte sie leiden. Sie gehörte nicht dazu, und schlimmer noch, sie merkte es nicht einmal. Sie hatte Spuren eines New-Jersey-Akzents, kaute Kaugummi mit offenem Mund, und alle verdrehten nur die Augen, wenn sie in Versammlungen das Wort ergriff.

»Colleen«, sagte sie und nahm ihre Hände. »Ich muss immerzu an Sie denken, seit ich davon gehört habe. Es tut mir ja so leid, dass Ihre Familie eine derart schwere Zeit durchmacht.« Und dann nahm sie sie unbeholfen in die Arme, tätschelte ihr den Rücken und gab ihr zu allem Überfluss noch einen Kuss auf die Stirn, bevor sie von ihr abließ. »Wenn Sie irgendetwas brauchen, wenn Sie reden möchten, oder ich weiß nicht, einfach nur mal eine Stunde auf andere Gedanken kommen ... ich weiß ja nicht mal, was helfen würde. In so einer Situation. Aber wenn Sie was brauchen, lassen Sie es mich wissen, okay?«

Die Gruppe zerstreute sich, und Colleen hatte noch eine Weile mit dem gespenstischen Gefühl von Sandys Umarmung im Flur gestanden.

Jetzt streckte Colleen zögernd eine Hand aus. Shay hatte die Stiefel ausgezogen und trug graue Leggings und rosafarbene Socken mit gelben Sternen. Beide kannten die Kleidung der anderen, nachdem sie die letzten paar Tage miteinander verbracht hatten. Colleen legte ihr die Hand auf die dünne Wade. Shay rührte sich nicht, und nach einem Moment nahm Colleen die Hand weg.

»Danke«, sagte Shay mit derselben tonlosen Stimme. »Ich

muss mich bei Ihnen und Andy bedanken. Für die Flugtickets. Sie wissen ja, dass ich das nicht zurückzahlen kann.«

»Das … ist doch völlig in Ordnung.« Getroffen von Shays Worten zuckte Colleen zusammen. »Wir haben das gern getan. Es ist das Mindeste, was wir tun können.«

Shay verengte ihre Augen zu Schlitzen und presste die Lippen zusammen. Sie würde Colleen jetzt nicht entgegenkommen. Vielleicht wollte sie sie ja ein bisschen verletzen. Oder auch mehr als nur ein bisschen.

Colleen würde es ertragen. Ihr blieb keine Wahl. Sie atmete tief ein. »Andys Sekretärin versucht, ein Hotelzimmer für Robert und Brittany zu finden, und dieses hier geht ab jetzt auf unsere Rechnung. So lange Sie es brauchen. Andy hat für sich und mich ein Zimmer in den Homewood Suites gebucht. Das hat alles geklappt. Und dann …«

»Da Sie ja jetzt ein anderes Zimmer haben«, fiel Shay ihr ins Wort und zog die nächste Zigarette aus der Schachtel, »könnten Sie jetzt gehen? Ihre Sachen nehmen und verschwinden?«

Während Colleen ihre Toilettenartikel einsammelte und sie mitsamt der gereinigten und gefalteten Kleidung in ihrem Koffer verstaute, blieb Shay rauchend auf dem Boden sitzen. Colleen spürte, wie sie beobachtet wurde, während sie ihre Sachen packte. Als sie fertig war, blieb sie mitten im Zimmer stehen, ihre Jacke über dem Arm, die Hand auf dem Griff des Rollkoffers, und startete einen letzten Versuch.

»Wenn Sie wollen, dass ich herkomme – das Hotel ist nur ein paar Straßen weiter. Ich kann ganz schnell hier sein. Ich werde versuchen, ein bisschen zu schlafen, bevor Andy kommt, aber mein Handy lasse ich für alle Fälle eingeschaltet.«

Shay hob eine Braue. »In Ordnung. Danke.«

Es kam Colleen vor wie ein Fluch.

Colleen hatte Shays Autoschlüssel auf den Nachttisch gelegt. Sie beschloss, zu Fuß zu ihrem Hotel zu gehen, aber es war weiter, als sie gedacht hatte. Der befestigte Gehweg ging irgendwann in einen mit Kies bedeckten Randstreifen über. Sie schleppte sich an einem Dollar Store, einer Tankstelle, einem Arby's vorbei. Die Autos spritzten ihr schmutzigen Schneematsch auf Hose und Jacke.

Bis sie das Hotel erreicht hatte, war sie jenseits von Gut und Böse. »Ich glaube, ich habe ein Zimmer reserviert«, hauchte sie. »Auf den Namen Mitchell.«

Das Tippen auf der Tastatur, die junge Frau mit frischem Gesicht, das freundliche Lächeln – dasselbe Bild wie überall. »Es tut mir leid, Mrs Mitchell, aber das Zimmer ist erst ab drei Uhr frei.« Ihr Bedauern wirkte echt. »Ab dann können Sie einchecken.«

»Oh.« Colleen sah auf die Uhr. Es war gerade einmal Mittag. »Kann ich … einfach hier warten, in der Lobby? Ich weiß nicht, wohin ich sonst soll.«

»Selbstverständlich, Mrs Mitchell. Oder wenn Sie noch irgendwo hinwollen, kann ich Sie auch anrufen, sobald das Zimmer fertig ist. Man weiß ja nie, manchmal arbeiten sie ein bisschen schneller.« Sie klang jedoch nicht sehr optimistisch. »Oder wollen Sie zu Mittag essen?«

Mittagessen. Ja. Sie sollte etwas essen. »Wo?«, fragte sie und schwankte erneut. Sie griff nach der Kante des Tresens, um sich festzuhalten, aber ihr fehlte die Kraft, und sie sank zu Boden.

Kapitel 34

Nachdem Colleen gegangen war, stellte Shay ihren Handywecker auf sechzehn Uhr und kroch ins Bett, aber plötzlich
war sie wieder hellwach, und ihre Gedanken rasten in Tausende Richtungen gleichzeitig. Sie zog die Decken vom Bett,
wickelte sie um sich, setzte sich wieder auf den Boden und
sah aus dem Fenster. Die Aussicht war nicht besonders interessant, nur der Parkplatz und die gedrungene Ladenzeile
nebenan, ein paar Häuser, und dann begann schon die offene
Landschaft, sanfte Hügel bis zum Horizont. Sie konnte keinen See sehen, aber irgendwo da draußen war der See, und
in ihm Taylor, gefangen im schwarzen Wasser unter dem Eis.

Das war alles, was sie bisher wusste. Sie hätte Paul mehr
Fragen stellen sollen. Während er auf dem Boden lag, hatte
Colleen auf das Mädchen eingeredet und hätte sie am liebs-
ten geschüttelt, um herauszufinden, was ihr kostbarer kleiner
Liebling schon wieder angestellt hatte, damit sie wie immer
das Chaos beseitigen konnte, das er hinterließ.

»Wie?«, hatte sie ihn schließlich gefragt, nachdem die erste Welle der Trauer sie gefühllos gemacht hatte, nachdem der
Schnee durch die Knie ihrer Hose gedrungen und ihre Kehle
wund war vom Schreien. Sie war zu ihm hingekrochen und
hatte von ihm wissen wollen, was passiert war, aber in diesem Moment trafen die Krankenwagen oben auf dem Hügel
ein, deren Scheinwerfer über den verschneiten See huschten.

Er hatte mit letzter Kraft berichtet, hastig, bevor seine

Mutter wieder zurückkam. Er hatte es ihr sagen wollen. Hatte gewollt, dass sie alles erfuhr. Sie hatte es in seinen Augen gesehen, dass es ihm leidtat, das hielt sie ihm zugute, wenigstens schien er kein Ungeheuer zu sein. Aber er lebte und Taylor nicht, und das war der entscheidende Unterschied.

»Er ist ertrunken«, sagte Paul. »Es war ein Unfall.«

Dann kamen die Sanitäter angerannt, Colleen schrie irgendetwas, und er verlor das Bewusstsein. Mehr war in dem Moment nicht in Erfahrung zu bringen.

Aber jetzt lag Paul in einem Krankenhausbett, es würde noch dauern, bis Britt und Robert eintrafen, und Colleen war erst einmal anderweitig beschäftigt. Das war Shays Chance.

Sie zog sich aus und ließ alles auf den Boden fallen. Sie drehte die Dusche auf und band sich das Haar zu einem Knoten zusammen, während sie darauf wartete, dass das Wasser heiß wurde.

Sie hielt ihr Gesicht in den Wasserstrahl. Das Wasser war so heiß, dass es schmerzte, es brannte ihr in den Augen, im Mund und auf der Haut, als es ihr über den Körper, den Bauch, die Schulterblätter und an den Beinen hinunterlief. Sie konnte nur eins denken: Taylor. *Taylor.*

Am liebsten wäre sie ewig unter der Dusche geblieben und hätte gewartet, bis die Hitze ihr in die Knochen drang, um den Gedanken daran wegzubrennen, wie er in dem fürchterlichen, brackigen See erfroren war. Vor langer Zeit war Taylor in den kristallblauen Tiefen des Lake Tahoe geschwommen. Sie und ihre Freundin Marian hatten am Ufer gesessen und Gin Tonic aus der Thermosflasche getrunken, während die Jungs, damals acht oder neun, sich im Wasser getummelt hatten wie junge Seehunde, bis ihre Lippen blau waren, und anschließend in der Sonne bibberten. Taylor hatte damals schon einen athletischen Körperbau gehabt, mit langen sonnengebräunten Gliedmaßen. »Der wird die Welt mal im Sturm erobern«, hatte Marian gesagt, während ihr Jüngster ihr die Füße im Sand verbuddelte.

Shay traf sich immer noch manchmal mit Marian; sie war schon zum dritten Mal verheiratet, und der Kleine war längst erwachsen und leichtsinnig, hatte einen Motorradunfall gehabt und saß jetzt im Rollstuhl.

Wie es wohl gewesen wäre, wenn Marian vergangene Woche hier gewesen wäre anstatt Colleen? Einen Moment lang verharrte Shay, das feuchte Handtuch haltend, mit dem sie sich abgetrocknet hatte. Wenn Marian lachte, hörte sich das an wie das Wiehern eines Esels. Als sie mal einen neuen Teppichboden gebraucht hatte, hatte sie eine ganze Büchse Red Bull im Wohnzimmer ausgeschüttet und dem Versicherungsfritzen erklärt, ihr Neffe hätte es getan. Ihren dritten Ehemann hatte sie bei einem Schuldnerberatungsseminar kennengelernt. Aber sich auf Marian zu verlassen, wenn es hart auf hart kam, hätte garantiert in einer Katastrophe geendet.

Andererseits war Colleen zurückgekommen. Sie hatte sich alle Mühe gegeben, mit ihr zu reden. Shay hatte sie aber nicht an sich herangelassen. Sie hatte Colleens Hand auf ihrem Bein betrachtet und nur den riesigen Diamanten gesehen und die Überreste der französischen Maniküre und sich in dem Moment gewünscht, dass nicht nur Paul statt Taylor gestorben wäre, sondern Colleen und Andy und ihre ganzen reichen, langweiligen Freunde in Boston gleich mit. Alle zusammen.

Sie hatte sich gewünscht, dass sie nie geboren worden wären, dass sie von der Geschichte ausgelöscht würden. Alles, um den Lauf des Schicksals umzukehren. Aber an diesem Punkt war sie schon einmal gewesen.

Als Frank gestorben war, hatte sie es in dem Moment gewusst, als der Polizist vor ihrer Tür gestanden hatte. Sie hatte sich eher gewundert, dass es nicht schon früher passiert war, nämlich als er sich zum Kriegsdienst gemeldet und in den Irak gegangen war. Frank war ein Draufgänger gewesen und hatte gar nicht gewusst, wie man Angst überhaupt schrieb. Schon lange bevor es dann tatsächlich passierte, hatte sie ihre Kinder darauf vorbereitet, dass sie ihren Vater irgendwann verlieren könnten, aber trotzdem hatte es sie getroffen wie ein Schlag mit der Abrissbirne. Als sein Sarg ins Grab gelassen wurde und Brittany in ihrem rosafarbenen Kleidchen Rosenblüten obendrauf gestreut hatte, hatte sie sich gewünscht, sie hätte Frank nie kennengelernt, sodass sie ihn nicht hätte verlieren können. Dass der Fahrer des Wagens, der ihn angefahren hatte, stattdessen an dem Morgen einen Herzinfarkt oder dass sie am Frühstückstisch einen Nervenzusammenbruch erlitten hätte.

Aber tief in ihrem Herzen hatte Shay natürlich gewusst, dass das Leben so nicht funktionierte. Man konnte nicht aus einem Angebot aus Tragödien und Sterbefällen auswählen, man bekam nicht die Möglichkeit, sich zu überlegen, was man überleben und was einen fertigmachen würde. Das Schicksal präsentierte einem die Katastrophen, und das war's; entweder man nahm die Karten auf, die es einem zuteilte, oder man stieg aus.

Shay legte das Handtuch vorsichtig über die Stange des Duschvorhangs. Irgendjemand würde das Bad putzen müssen, und sie wollte demjenigen die Arbeit nicht unnötig erschweren. Sie zog sich frische Sachen an und bürstete sich das verfilzte Haar aus, eine mühsame Angelegenheit, die sie einige Haare kostete.

Wenn Brittany und Robert kamen, wollte sie bereit sein. Sie würde ihre Tochter in den Armen halten, während sie sich die Seele aus dem Leib heulte, und sie würde ihr sagen, dass alles wieder gut würde. Sie würde auch das überleben.

Aber vorher hatte sie noch etwas zu erledigen.

Als sie das Hotel verließ, war es bereits dunkel. Der Explorer muckte und spuckte, als sie den Zündschlüssel drehte. »Komm schon«, feuerte Shay ihn an, während sie das Gaspedal durchdrückte, »komm schon, du alter Hurenbock, reiß dich zusammen.«

Endlich hatte er sich ausgehustet und sprang an. Shay ließ den Motor eine Weile im Leerlauf warm werden. Es war die Zeit des Schichtwechsels auf den Bohrtürmen – es war Viertel vor sechs, und die Männer, die am weitesten zu fahren hatten, stiegen in ihre Pick-ups, um die Nachtschicht anzutreten. Sie hatten Henkelmänner und Kühltaschen dabei, und die Hälfte trug keine Kopfbedeckung. Einige hatten sich nicht einmal die Steppjacken zugemacht.

Mit dieser Art Angeberei hatte sie kein Problem. Diese Männer riskierten ihr Leben auf den Bohrtürmen, und zwar ohne viel Aufhebens darum zu machen. Shay hatte in ihrem Leben jedoch jede Menge Männer kennengelernt, die einen Hang zu idiotischen Mutproben hatten. Sie nahmen mit dem Motorrad eine Kurve zu eng, nur um ihre Freundin auf dem Sozius zu beeindrucken; oder sie warfen einem Kollegen einen Schraubenschlüssel so zu, dass er fast dessen Auge traf; oder sie stiegen aufs Dach und trommelten sich auf die Brust wie Tarzan, nur um einen Dreijährigen zum Lachen zu bringen. Sie setzten ihr Leben aufs Spiel wie beim russischen Roulette.

Sie fuhr zum Krankenhaus, fragte am Empfang nach Paul und ging zu seinem Zimmer. So einfach. Zu einfach. Kapierten sie es etwa nicht?

Sie waren zu dem Schluss gekommen, dass er unschuldig war. Es würde keine Verhaftung geben und keine Anklage. Das wunderte Shay eigentlich nicht. Er war ein Goldjunge. Bald würde sein Vater angerauscht kommen, flankiert von seinen Anwälten, und er würde gemeinsam mit Colleen einen Schutzwall um Paul errichten, so wie sie es immer getan hatten. Bis morgen würde die Geschichte – wie auch immer sie sich wirklich abgespielt haben mochte – frisiert und geglättet sein, unerklärliche Details würden umgeschrieben sein, kurz, es würde eine ganz neue Geschichte sein. Es würde keine Gerechtigkeit geben. Und Shay würde mit all dem leben müssen. Denn nichts konnte ihr Taylor wieder zurückbringen.

Aber jetzt, in dem kleinen Zeitfenster, solange die Wagenburg noch nicht stand, war sie hier, und Paul war allein und schutzlos.

Shay schlüpfte in sein Zimmer.

Das Licht war gedimmt. Paul schlief, von zwei Kissen gestützt, eine blaue Decke reichte ihm bis unters Kinn. Seine Lippen waren leicht geöffnet, aber es gab kein Anzeichen dafür, dass er atmete. Sie sah schwache blaue Adern in seinen Augenlidern, und er hatte tiefe Augenränder. Aber seine Wimpern waren immer noch hübsch, schwarz wie Kohle.

Als sie gegen einen Stuhl stieß, zuckte er und wachte auf. »Nein, ich kann nicht«, sagte er – oder etwas Ähnliches –, als seine Lider sich flatternd öffneten. Seine Faust krallte sich in die dünne Decke und entspannte sich wieder. Er sah sich im Zimmer um und leckte sich die Lippen. Er hob den Kopf vom Kissen, dann ließ er ihn wieder sinken, offenbar strengte ihn das zu sehr an.

Jetzt hatte er sie bemerkt, brauchte jedoch einen Augenblick, um sie zu erkennen. In der vergangenen Nacht war ihr Gesicht von Schminke verschmiert und vor Trauer verzerrt gewesen. Jetzt war sie ruhig. Sie war überrascht, dass er sie überhaupt erkannte.

»Mrs Capparelli«, sagte er. »Sie kommen mich besuchen?«

Was hatte sie sich vorgestellt? Dass er sich ängstlich zusammenrollte oder weinte oder versuchte, sich zu rechtfertigen? Er hatte eine schöne Stimme. Genau wie Taylor. Sie musste daran denken, wie er manchmal in die Küche gekommen war und sie hochgehoben hatte, wie sie gelacht und sich gewehrt hatte, während er sie herumwirbelte und mit seiner kräftigen Baritonstimme das Lied mitsang, das gerade im Radio lief.

»Ich will alles wissen«, sagte sie. »Das bist du mir schuldig.«

Er nickte. »Ich kann nicht glauben, dass er nicht mehr da ist«, erwiderte er. »Wenn ich morgens aufwache, dauert es eine Weile, bis es mir wieder einfällt. Das sind die besten Minuten am Tag, die einzigen Momente, in denen ich etwas empfinde – den Rest des Tages ...«

Ihm schienen die Worte zu fehlen. Entschlossen, sich nicht von ihrem Kurs abbringen zu lassen, verschränkte Shay die Arme vor der Brust.

»Wenn er dich nicht kennengelernt hätte, wäre er noch am Leben, stimmt's? Was auch immer passiert ist, du hast ihn da mit reingezogen.«

Paul schluckte, was ihm anscheinend Schmerzen bereitete. »Nachdem es passiert war, habe ich daran gedacht, mich umzubringen. Ich denke jeden Tag daran.«

»Und warum *tust* du es dann nicht?« Das kam wie aus der Pistole geschossen. Shay schlug sich entsetzt die Hand vor den Mund. Wie konnte sie so etwas nur sagen?

Sie wich vom Bett zurück, stieß dabei gegen denselben Stuhl wie vorhin und fiel beinahe hin. Nach Atem ringend stolperte sie aus dem Zimmer. Der Korridor war leer. Sie lehnte sich gegen die Wand, beugte sich vornüber und würgte. *Gott.* War es tatsächlich das, was sie wollte? Dass Paul starb? Wenn sie beide tot wären, wäre dann der Gerechtigkeit Genüge getan?

Sie wollte ihn hassen können. Ach was, sie *hasste* ihn. Er hatte ihr das Kostbarste genommen, und sie würde ihn eigenhändig töten, sie würde mit einem Messer auf ihn einstechen, immer und immer wieder, bis er tot wäre …

Außer dass er es gar nicht war, das war nicht Paul. Nicht der Paul, den sie erwartet hatte. Der Junge in dem Krankenhausbett sah genauso aus wie auf den Fotos, die Colleen ihr gezeigt hatte, lange Wimpern, schüchtern, dichtes schwarzes Haar. Er war nicht skrupellos und auch nicht wahnsinnig. Sein Blick war nicht leer. In diesen Augen lag keine Tücke, sondern nur bodenlose Traurigkeit.

»Mrs Capparelli …« Aus dem Krankenzimmer drang Geklapper. Shay ging, ohne nachzudenken, hinein. Paul war es gelungen, sich aufzusetzen, und er versuchte, aus dem Bett zu kommen. Er hatte den Seitenholm abgenommen und die Decken zurückgeschlagen, und sie sah, dass sich in seinem Hüftverband ein dunkelroter Fleck ausgebreitet hatte.

»Was machst du denn da?«, herrschte sie ihn an, legte ihm die Hände auf die Schultern und drückte ihn wieder zurück aufs Bett. »Ich rufe die Krankenschwester.«

»Nein, warten Sie. *Bitte.*«

Sie erstarrte. Sie stand an seinem Bett, wie sie am Bett ihrer Kinder gestanden hatte, wenn sie mal wieder krank waren und nicht zur Schule konnten, wenn sie Fieber und Grippe und Windpocken hatten, und hätte ihn am liebsten wieder ordentlich zugedeckt.

»Wenn Sie wollen, dass ich mich umbringe, dann tu ich es«, sagte er hastig. »Aber bitte, lassen Sie Ihre Wut nicht an meinen Eltern aus. Sie ... Ich habe ihnen schon genug Kummer bereitet.«

»Oh«, sagte sie. Eine Welle der Erschöpfung übermannte sie, und sie setzte sich auf die Bettkante.

»Ich habe Taylor gerngehabt«, fuhr er fort. »Das habe ich ihm nie gesagt. Er war mein bester Freund. Ich hatte Angst – weil, na ja, wissen Sie, ich hatte schon mal Freunde, die am Ende gar keine waren, die mich im Stich gelassen haben, wenn es darauf ankam. Aber Taylor war anders. Alle hatten ihn gern, Mrs Capparelli.« Er schluckte. »Alle wollten so sein wie er. Er war lustig. Er hat jeden zum Lachen gebracht. Wenn er da war, gab's immer was zu lachen. Manchmal haben wir alle nur gelangweilt herumgesessen, und wenn er dann reingekommen ist, war plötzlich Stimmung in der Bude ...«

Er wischte sich mit den Händen über die Augen. »Ich konnte es erst gar nicht glauben, dass er mein Freund sein wollte«, fügte er mit belegter Stimme hinzu. »Und Elizabeth ... Als ich herausgefunden habe, dass sie erst siebzehn ist, und nicht wusste, was ich tun sollte, hat Taylor nur gefragt: *Liebst du sie?* Er hat mir immer wieder gesagt, wenn ich sie liebte, würde alles gut werden, dass Liebe das Einzige wäre, worauf es ankäme. Und das war, bevor ich überhaupt wusste, dass sie schwanger ist. Und dann ... habe ich solche Angst gehabt, was meine Eltern dazu sagen würden und was wir machen sollten, wie wir das alles hinkriegen sollten, mit einem Kind. Und da hat er mir von Ihnen erzählt.«

»Von *mir?*«, fragte Shay. »Was denn?«

»Er hat mir erzählt, dass Sie mit seiner Schwester ungewollt schwanger waren, dass Sie sich durchgeschlagen haben und dass Sie einen Mann gefunden haben, der Sie geliebt hat. Dass Sie eine gute Familie waren, auch wenn nicht alles perfekt war. Er hat mir erzählt, dass er seinen Vater verloren hat und Sie nie viel Geld hatten und dass ihm trotzdem nie was gefehlt hat. Er hat mir das Gefühl gegeben, dass alles gut werden könnte.«

Shays Augen füllten sich mit Tränen. Sie nahm die Schachtel mit den Papiertaschentüchern vom Nachttisch. »Er war ein ganz besonderer Mensch«, sagte sie und betupfte ihre Augen. »Er war so erwachsen. Ich kann es immer noch nicht glauben. Ich dachte … er würde wieder nach Kalifornien zurückkommen, wenn er keine Lust mehr hätte, hier zu arbeiten. Ich dachte … er wollte Geld sparen für einen Neuanfang bei uns in der Nähe.«

Sie war hergekommen mit dem Vorsatz, Paul zum Reden zu bringen und sich dann zu überlegen, wie sie ihm und seiner Familie alles auf die schlimmstmögliche Weise heimzahlen konnte, doch dieser Plan hatte sich längst aufgelöst.

»Ich hole jetzt die Krankenschwester, die soll nach dir sehen«, sagte sie. »Ich will einfach nur wissen, was passiert ist. Warum ihr an dem Tag dort wart und weswegen ihr euch gestritten habt.«

Paul blinzelte. »Es war nicht ihre Schuld. Sie hatte einfach nur Angst.«

»Wessen Schuld? Elizabeths?«

»Ja. Sie war ziemlich übel zugerichtet, sie hat mir die Fotos gezeigt. Sie hat sich solche Sorgen wegen dem Kind gemacht. Sie hat mir gesagt, T. L. hätte ihr das angetan. Er dachte nämlich, das Kind wäre von ihm. Aber das stimmt nicht. Elizabeth wusste nicht, was sie tun sollte, und sie meinte, ich sollte ihn zur Vernunft bringen, ihm ein bisschen Angst einjagen, damit er sie in Ruhe lässt. Und mehr wollte ich gar nicht machen«, sagte er mit einem flehenden Blick. »Er sollte es ein für alle Mal kapieren. Dass sie jetzt mit mir zusammen war.

Dass wir das Kind bekommen würden und dass er uns in Ruhe lassen sollte.«

»Moment mal, eins nach dem anderen«, bat Shay. »*Wer* hat sie so übel zugerichtet?«

»T. L.« Paul atmete wieder gleichmäßig, aber dieser Fleck, der sich auf seinem Bauch immer noch ausbreitete, der konnte nichts Gutes bedeuten. »Sie waren mal zusammen. Er hat sie immer noch geliebt, sie ihn aber nicht mehr. Sie ist jetzt mit *mir* zusammen. Aber der Zeitpunkt ...« Sein Gesicht lief rot an, ob aus Verlegenheit oder aus Wut, konnte sie nicht sagen. »Er hat geglaubt, sie wäre von ihm schwanger. Stimmt aber nicht. Elizabeth hat ihm gesagt, dass sie jetzt mit mir zusammen ist, aber er hat sie einfach nicht in Ruhe gelassen. Er ist ihr nachgelaufen und hat ihr immer wieder gesagt, sie soll zu ihm zurückkommen. Eines Tages hat er sie nach der Schule abgefangen, und sie ist mit ihm gegangen, nur um mit ihm zu reden. Und dann haben sie sich in die Wolle gekriegt, und er hat sie geschlagen. Sie hatte überall blaue Flecken, hier und auch hier.« Er zeigte auf seinen Oberarm, seinen Brustkorb.

»Er war schlau, er hat es so gemacht, dass keiner es sehen konnte. Aber sie hat mir die Fotos per MMS geschickt. Am Ende hätte das Kind in ihrem Bauch noch was abbekommen. Ich musste irgendwas unternehmen.«

Shay versuchte fieberhaft, sich einen Reim auf das alles zu machen. Die Geschichte war ihr entglitten, was sie wusste oder was sie zu wissen glaubte, erschien jetzt in einem ganz anderen Licht. Sie war völlig ratlos. »Hast du diese Fotos noch?«

»Nein. Ich habe das Handy nicht mehr. Ich habe es zerstört und mir ein Prepaidhandy gekauft. Ich konnte nicht mehr klar denken, nachdem ... ich da weg bin.«

»Aber Elizabeth hat sie vielleicht noch.«

»Warum? Ich finde, er hat schon genug bezahlt. Er hat sie seitdem nicht mehr belästigt, nicht ein einziges Mal. Das war alles, was wir wollten. Dass er sie einfach in Ruhe lässt. Und jetzt liegt es an mir, alles wiedergutzumachen. Für Taylor.«

Shay stand verwirrt auf, ging ein paar Schritte und setzte sich dann auf den Stuhl neben dem Bett. Das Metall war kalt und scharfkantig. Diese Stühle waren der letzte Mist – man sollte glauben, sie würden ein bisschen was Besseres in ein Krankenhauszimmer stellen, wo die Leute zusehen mussten, wie ihre Liebsten litten. Wo sie beteten und sich Vorwürfe machten und sich wünschten, noch mal von vorn anfangen zu können und noch eine Chance zu bekommen.

»Das Gericht würde es vielleicht nicht so sehen«, flüsterte sie, es fiel ihr schwer, die Worte auszusprechen. »Wenn er ihr etwas angetan hat … das würde den Geschworenen schon zu denken geben.«

In Wirklichkeit war sie sich da gar nicht so sicher. Die Geschichte wurde ihr allmählich zu kompliziert. Hier ging es nicht mehr nur um Schwarz oder Weiß. Für sie war die Schuldfrage bis jetzt ganz klar gewesen, ein harter, glühender Kern, der so wirklich gewesen war wie ihr eigenes Fleisch. Aber jetzt war die Gewissheit zersplittert wie die Glasstückchen in einem Kaleidoskop, die in allen Farben glitzerten und gespiegelt wurden und sie zum Narren hielten.

»Wenn sie um ihr Leben oder das des Kindes gefürchtet hat. Und du sie beschützen wolltest.« Die Worte lagen ihr schwer im Mund. »Und Taylor mitgegangen ist, um dir beizustehen …«

»Ich wollte eigentlich ein Gewehr mitnehmen«, gestand Paul. »Taylor hatte eins von seinem Vater.«

»Lieber Himmel«, sagte Shay. Wie hatte er nur so etwas Dummes tun können? Das Ding war eingeschlossen gewesen in dem Kasten, den Frank extra dafür gebaut hatte, eine Holzkiste, die er an die Garagenwand geschraubt hatte. Sie hatte schon seit Jahren nicht mehr nachgesehen. Sie wusste natürlich, wo der Schlüssel war, weil man mit so einem Ding nicht herumfuchtelte, wenn Kinder im Haus waren.

Offenbar hatte Taylor auch gewusst, wo der Schlüssel war.

»Wir wollten es eigentlich für die Jagd benutzen«, erklärte Paul hastig. »Unser Freund Luther – der wollte auf Entenjagd gehen und hat uns eingeladen mitzukommen. Ich könnte das gar nicht, ich meine, ich hab noch nie auf was Lebendiges geschossen.«

»Taylor hat mir gar nichts davon erzählt«, sagte Shay kopfschüttelnd. »Ich hätte das Ding schon vor Jahren verkaufen sollen. Na ja, es gab nicht so viel, was seinem Vater gehört hat, und ich weiß nicht, irgendwie habe ich wohl gedacht, er oder Brittany würden es vielleicht irgendwann haben wollen. Verdammter Mist.«

»Er hat immer diese Erkennungsmarke von seinem Vater um den Hals getragen.« Paul fingerte an einer imaginären Halskette. »Jedenfalls hatte ich ihm gesagt, er soll das Gewehr mitbringen, aber er meinte, auf keinen Fall. Wenn er es mitgebracht hätte, dann hätte ich ihn wahrscheinlich erschossen. Nur ...« Seine Stimme war belegt. »Jetzt ist Taylor tot, und es wäre wirklich besser gewesen, ich hätte T. L. erschossen und wäre wegen Mord ins Gefängnis gekommen. Dann würde Taylor noch leben. Aber wer denkt denn an so was?«

Shay seufzte. Was war das für eine Rechnung? Ein Junge gegen einen anderen. Ein Leben gegen ein anderes. Es war zu viel, um darüber nachzudenken, zu gewaltig. Sie rückte etwas näher mit dem Stuhl und legte eine Hand auf die Matratze, die Laken waren dünn und kühl. Dann berührte sie seinen Arm. Pauls Haut war heiß, heißer, als sie sein sollte. Sie musste unbedingt der Krankenschwester Bescheid geben. »Das geht nicht«, flüsterte sie. »So was kann nur Gott zurechtrücken. Wenn du jetzt auch sterben würdest, wem sollte das helfen. Man kann nicht ein Leben gegen ein anderes aufrechnen. Lassen wir es einfach gut sein und uns überlegen, wie es weitergeht.«

»Aber ich werde es nie wiedergutmachen können«, entgegnete Paul. »Es wird nie genug sein.«

»Das kannst du nicht wissen«, sagte Shay. »Du hast noch dein ganzes Leben vor dir. Versuch, das Beste draus zu machen.«

Shay wühlte gerade in ihrer Handtasche nach den Autoschlüsseln, als die Aufzugtür sich öffnete. Und dann stand Colleen vor ihr. Ihre Blicke begegneten sich, und einen Moment lang vergaß Shay alles. Colleen sah entsetzlich aus, die Augen lagen tief in den Höhlen, die Haare hingen fettig und strähnig herunter. Hinter ihr stand ein hochgewachsener Mann mit grauem Haar und runden Brillengläsern. Andy – genau so hatte sie sich ihn vorgestellt.

»Was machen Sie denn hier?«, fragte Colleen.

Dann ergab plötzlich wieder alles einen Sinn, die schreckliche Wahrheit. Die Dinge, die nicht rückgängig gemacht werden konnten.

Colleen ging auf sie zu, sie stolperte beinahe wie ein Zombie. Sie griff nach Shay, aber Shay riss ihren Arm weg.

»Waren Sie da etwa drin? Bei Paul?«, kreischte sie. Speichel sammelte sich in ihren Mundwinkeln. Andy wollte sie wegziehen, aber sie schüttelte seine Hand ab. »Wer hat Sie da reingelassen?«

»Sie können ihn nicht kontrollieren«, schoss sie zurück.

»Und mich auch nicht. Sie können nichts und niemanden kontrollieren.«

Sie schob sich an den beiden vorbei, bevor sich die Aufzugtür schloss. Sie schlug auf den Knopf und schaute Colleen nach, die den Korridor entlangstolperte, die Handtasche am dünnen Arm baumelnd. Einer ihrer Stiefel von Wal-Mart war bereits eingerissen, und ein Stück Kunstpelz flatterte lose. Ein Hosenbein war aus dem Stiefel gerutscht und schleifte über den Boden, der Saum war verschmutzt und eingerissen.

Nicht mehr viel erinnerte an die Frau, die erst vor wenigen Tagen in Lawton eingetroffen war. Aller Glanz und alles Vornehme waren von ihr abgefallen.

Und was ist mit mir?, dachte Shay, als der Aufzug nach unten fuhr. *Wer bin ich jetzt?*

Kapitel 35

»Ich gehe hin, ob du mitkommst oder nicht«, sagte T. L. schließlich, weil ihm nichts anderes einfiel, um die Diskussion zu beenden.

Myron war davon überzeugt, dass das Treffen nur zu Ärger führen konnte. Eine Weile hatte er darauf bestanden, dass Jack Cook dabei sein müsse, sonst werde er nicht mitkommen. Aber als T. L. sich an dem Morgen für die Schule fertig machte und seine Thermosflasche mit Kaffee auffüllte, kam Myron in die Küche und hatte seinen guten Pullover und die Kakihose an.

»Wir sehen uns dann in dem Laden«, sagte er. Der Name des Restaurants, Ricky's, würde ihm nicht über die Lippen kommen. In seinen Augen war es ein lächerlicher Ort für ein Treffen, mit all den aufgereihten Fernsehern mit Großbildschirm, den Schüsseln mit pappigen Chickenwings und Bierbechern so groß wie Orangensaftkartons.

Aber T. L. hatte es aus gutem Grund ausgesucht. Als er um Viertel vor vier, fünfzehn Minuten vor dem Termin, um den Andy Mitchell gebeten hatte, mit seinem Wagen eintraf, war der Parkplatz fast leer. Um Viertel vor acht würde er rappelvoll sein, und der vor der Kirche mindestens halb voll. Aber jetzt um diese Zeit arbeiteten oder schliefen die meisten Stammgäste des Ricky's.

Als T. L. noch klein war, war das Restaurant eine familienfreundliche Pizzeria gewesen. Normalerweise hatten die Geburtstagspartys im Reservat bei den Leuten zu Hause stattgefunden. Aber einmal hatte ihn ein Junge aus einem Fußballcamp hierher eingeladen; die Mutter hatte an der Tür gestanden und die Eltern und Kinder begrüßt, die zur Party kamen. Myron hatte seine Schuhe gründlich an der Fußmatte neben der Tür abgetreten und das ungeschickt verpackte Geschenk überreicht, ein buntes Plastik-Dartset, das er im Supermarkt gekauft hatte, und dann hatte er dagestanden und anscheinend nicht richtig gewusst, was als Nächstes passieren würde. Die Mutter hatte Myron schmallippig angelächelt und ihn eingeladen zu bleiben, es seien genug Bowle und Kuchen da. T. L. hatte sich nichts sehnlicher gewünscht, als dass Myron wieder gehen würde.

Jetzt stand er im Restaurant und wartete darauf, dass seine Augen sich nach dem grellen Sonnenlicht an das Dämmerlicht gewöhnten. Myron saß in einer Ecknische, die Hände auf einer gefalteten Zeitung und die Lesebrille auf die Stirn geschoben. Wahrscheinlich saß er schon seit einer halben Stunde da und schwitzte in seinem Acrylpullover, dachte T. L.

Er schien Angst zu haben.

T. L. setzte sich Myron gegenüber. »Myron, hör mal. Es wird nichts Schlimmes passieren.«

»Ach nein?« Myrons Gesicht war von tiefen Falten zerfurcht. Er war stark gealtert in den vergangenen sechs Wochen. »Andy Mitchell hatte schon drei Anwälte herbeordert, bevor sein Sohn überhaupt aus dem Krankenhaus war. Er hat dem Polizeirevier mit *Klage* gedroht. Und du willst mir erzählen, dass dir keiner was kann?«

Angst war das Einzige, was Myron wütend machen konnte; das hatte T. L. erst richtig verstanden, als er auf die Highschool gekommen war. Er bemühte sich nach Kräften, Myrons Angst zu ignorieren. »Ich dachte, du wärst froh, wenn Chief Weyant mal eins aufs Dach kriegt.«

371

Myron hob ruckartig den Kopf. Sein Blick war so sorgenschwer, wie T. L. es noch nie bei ihm erlebt hatte. »Wie kommst du darauf?«

»Was verheimlichst du mir?«, fragte T. L. zurück. Nachdem er verhört und wieder laufen gelassen worden war, hatte er Myron gefragt, was Weyant eigentlich gegen ihn hatte. Aber Myron hatte lediglich geantwortet, Weyant und er hätten sich nach dem Tod von T. L.s Mutter verfeindet.

Myron seufzte. »Also gut, wenn's sein muss. Deine Mutter und Weyant hatten was miteinander.«

»So was hatte ich mir schon gedacht. Hat sie ihn sitzen lassen?«

»Du ... also, du kannst nicht verstehen, wie das damals war. Wenn heutzutage ein Junge wie du mit einem Mädchen von der Lawton Highschool geht, kräht kein Hahn danach. Damals war das etwas ganz anderes. Als Weyant anfing, bei uns vorbeizukommen, haben die Leute geredet. Dein Großvater war davon überzeugt, dass das für deine Mutter böse enden würde. Er hat sie gewarnt, dass es für Weyant nur der Reiz des Verbotenen war, mit einem Mädchen aus Fort Mercer anzubändeln.«

»Wie ernst war das denn?«, fragte T. L. vorsichtig.

»Na ja, ernster, als wir alle gedacht hatten. Wenn Weyant sie nur zum Abschlussball mitgenommen und ein bisschen mit ihr rumgeknutscht und ein paar Flaschen billigen Fusel getrunken und das Ganze wieder vergessen hätte, als er nach Bismarck ging ... Nein, er und deine Mutter ...« Er wischte sich den Schweiß von der Stirn. Er schwitzte in der Nachmittagssonne, die durch die Fenster schien. »Sie waren so viel zusammen, wie sie konnten. Sie war ein Jahr jünger als er. Während ihres letzten Schuljahrs ist er immer vorbeigekommen, wenn er in den Semesterferien zu Hause war. Sogar noch, als er schon mit einem Mädchen verlobt war, das er am College kennengelernt hatte. Deine Mutter war nicht zu bremsen. Dein Großvater hat sie angebrüllt …«

Myron sprach nie über seine Eltern, die beide schon tot waren, als T. L. geboren wurde. Er sprach überhaupt nie über die Vergangenheit, über die schweren Zeiten, die T. L.s Mutter durchgemacht hatte, ihren Abstieg in die Drogen und ihren Zusammenstoß mit einem Lastwagen, der Schotter transportierte; an dem Nachmittag hatte sie T. L. bei einem Nachbarn abgeliefert und war mit einer Freundin zur Happy Hour in die Stadt gefahren. T. L.s einzige Erinnerung an seine Mutter waren Parfüm und Zigarettenrauch und eine Waffelsorte, die sie gern mochte.

»Als deine Mutter von einem Typen schwanger wurde, mit dem sie ein paarmal ausgegangen war, ist Weyant ausgeflippt. Ich habe damals in der Fabrik gearbeitet und am staatlichen College studiert. Deine Mutter hat zwischen ihren Jobs immer wieder zu Hause gewohnt, und Weyant hatte gerade bei der Polizei angefangen. Er ist irgendwann gekommen, als dein Großvater auf der Arbeit war, und sie ist auf die Veranda rausgegangen, um mit ihm zu reden. Er hat so laut herumgebrüllt, dass es die ganze Straße runter zu hören war. Ich habe Großvaters Gewehr aus dem Haus geholt, bin raus auf die Veranda und habe ihm gedroht, ihn zu erschießen. Wenn er tot wäre, könnte er mich schließlich nicht dafür verhaften. Da hat er sich umgedreht, ist in seinen Wagen gestiegen und weggefahren.«

»Und das war's?«, fragte T. L. Er wusste nicht, welchen Reim er sich auf diesen Fetzen Vergangenheit machen sollte. »Und das konntest du mir all die Jahre nicht erzählen?«·

»Nein, mein Sohn«, sagte Myron, während er die Zeitung vor sich auf dem Tisch zerknitterte. »Das war noch gar nichts.

Ein paar Monate danach hat deine Mutter dich zur Welt gebracht, und einen Monat später hatte Weyant schon eine neue Freundin, und zwar nicht die, mit der er verlobt war, und hat sie geschwängert; das war dann Elizabeth. Sie mussten heiraten. Ich hatte damals gedacht, das wäre es dann gewesen zwischen ihm und deiner Mutter, aber er kam immer noch zu ihr, und sie hat sich weggeschlichen, um sich mit ihm zu treffen. Die beiden konnten einfach nicht die Finger voneinander lassen.«

»Moment mal.« T. L. hatte plötzlich Ohrensausen und einen Druck auf der Brust. Aus irgendeinem Grund hatte er immer gedacht, seine Mutter wäre nicht zu starken Gefühlen fähig gewesen. *Liebe*. Sie war auf Droge gewesen, und er glaubte, dass Myron das Beste war, was ihm je passieren konnte, und niemand hatte ihm bisher etwas Gegenteiliges gesagt. »Hat sie ihn etwa *geliebt*?«

»Was auch immer«, erwiderte Myron düster. »Den Rest kennst du ja. Sie hat den Unfall gehabt. Du bist hergekommen. Als ich am Tag ihrer Beerdigung aus der Kirche nach Hause gekommen bin, du hattest einen kleinen roten Schneeanzug an, daran erinnere ich mich noch, stand Weyant mit seinem Privatwagen in meiner Einfahrt, da draußen.« Er wedelte mit der Hand, so als hätte er vergessen, dass sie im Ricky's saßen. »Hackevoll. Er steigt aus, als er mich sieht, und ich denke nur, du Arsch, hast es ja nicht mal zur Beerdigung geschafft. Er hatte eine Flasche in der Hand, in eine braune Tüte gewickelt, und ich konnte seine Fahne drei Meter gegen den Wind riechen. Bevor er den Mund aufmachen konnte, habe ich zu ihm gesagt: *Halt bloß die Klappe, du hast mir überhaupt nichts zu sagen.*«

Myron zitterte regelrecht vor Wut, er hatte rote Flecken auf der Haut, und die Zeitung war inzwischen halb zerfetzt.

»Ich bin reingegangen, hab den Fernseher angemacht, ohne abzuwarten, was gerade lief, hab dich in deinem Schnee-anzug und deinen Handschuhen auf dem Sofa sitzen lassen und bin wieder raus und hab Weyant so heftig eine verpasst, dass er zu Boden gegangen ist. Als er dalag, sah ich, dass er sich in die Hose gepisst hatte. Und die ganze Zeit hat er rum-gejault, er hätte sie geliebt. Er hat überhaupt nicht mehr auf-gehört. Und das hat mich nur noch wütender gemacht. Wenn er ein Mann gewesen wäre, wenn er zu ihr gestanden und sie geheiratet hätte, wie es sich gehörte, dann wäre sie kein Jun-kie geworden und wäre auch nicht gestorben. Er lag auf dem Boden, und ich hab ihn getreten, in die Rippen, und wollte ihm schon gegen den Kopf treten – ich hätte ihn am liebs-ten umgebracht. Aber dann musste ich an dich denken, dass du ja drinnen auf dem Sofa warst. Da habe ich ihn hochge-wuchtet und zu seinem Auto geschleppt. Er hat sich nicht gewehrt. Er ist eingestiegen, und ich habe die Tür zugeschla-gen. Dann bin ich wieder rein, hab den Fernseher laut gestellt und mich zu dir aufs Sofa gesetzt. Nach einer Weile bin ich wieder raus, um nachzusehen, und da war er weg. Das Auto war verschwunden. Es war mir egal, ob er auf dem Weg nach Hause verunglücken würde. Das wäre wenigstens eine Art ausgleichender Gerechtigkeit gewesen. Jedenfalls weißt du jetzt Bescheid.«

T. L. versuchte zu verarbeiten, was Myron ihm da erzählt hatte. Er wusste schon lange, dass Weyant ihn nicht leiden konnte, aber er und Elizabeth hatten sich nie gefragt, warum. Sie hatten immer geglaubt, es läge daran, dass er ihr erster fes-ter Freund war.

»Warum hast du mir das denn nicht gesagt, als ich ange-fangen habe, mit Elizabeth zu gehen.«

Myron lachte verbittert. »Das soll wohl ein Witz sein. Was

glaubst du, was für eine Genugtuung das für mich war, dass er nichts dagegen unternehmen konnte. Aber vor allen Dingen fand ich, dass du ein Recht auf dein eigenes Leben hast, ohne dass all der Mist aus der Vergangenheit über dir hängt.«

T. L. fragte sich, was er wohl getan hätte, wenn er es gewusst hätte. Wahrscheinlich hätte es keine Rolle gespielt. Es wäre trotzdem zu Ende gegangen; irgendwann wäre er ihr langweilig geworden, und sie hätte was mit Paul angefangen. Und wäre schwanger geworden.

Sie musste jetzt im fünften Monat sein, wenn das stimmte, was er so hörte. Er hatte sich die Geschichte aus dem zusammengebastelt, was den Zeitungen zu entnehmen war: Es hatte keinen Prozess gegeben. Niemand war festgenommen worden. T. L. war noch einmal zum Verhör vorgeladen worden, was sie so darstellten, als wäre es seine eigene Entscheidung gewesen zu kommen, was gar nicht stimmte. Er hatte Jack Cook mitgenommen, der Weyants Anwälten gegenüber Platz genommen hatte. Alle Anwälte machten sich Notizen, und alle waren höflich zu ihm. Weyant ließ sich nicht blicken. Als die Vernehmung beendet war, schüttelte der Polizist ihm die Hand und erklärte ihm, sie würden sich melden, wenn es noch Fragen gäbe.

Und das war das letzte Mal gewesen, dass jemand Kontakt zu ihm aufgenommen hatte, bis Andy Mitchell ihm eine E-Mail schrieb mit der Bitte um ein Treffen. »Inoffiziell«, versicherte er T. L. »Bringen Sie mit, wen Sie möchten.«

In den Wochen, seit alles ruhiger geworden war, hatte T. L. den Kopf eingezogen, die Nachrichten ignoriert und sich wieder dem Studium zugewandt. Er hatte das Baseballspielen aufgegeben und wieder angefangen zu malen. Myron hatte ihn gebeten, doch das Studium in Los Angeles in Erwägung zu ziehen, und nach einigen Tagen Bedenkzeit hatte er dort angerufen und erklärt, was geschehen war, jedoch einige Details ausgelassen. Das Stipendium sei noch nicht verfallen, hatte man ihm erklärt. Er habe noch bis zum Ende des Monats Zeit, sich zu entscheiden, ob er es annehmen wolle. Er tendierte zum Ja.

Die Türglocke läutete. Sie blickten beide auf. Andy Mitchell kam in Freizeitkleidung, trotzdem sah er kein bisschen aus wie Myron. Er trug eine Wolljacke mit Lederkragen. Seine Gürtelschnalle glänzte. Er streckte die Hand aus, noch bevor er am Tisch war. Myron, der in der Nische mit dem Rücken zur Wand saß, konnte nicht ganz aufstehen, also musste er sich über den Tisch beugen, um Andy die Hand zu schütteln.

Die Kellnerin kam, während sie noch Höflichkeiten austauschten. T. L. bestellte ein Root Beer. Mit einem Blick auf Myrons Glas mit Eistee bestellte Andy das Gleiche.

»Als Erstes möchte ich Ihnen dafür danken, dass Sie bereit sind, sich mit mir zu unterhalten«, sagte Andy.

»Eine Sache vorweg«, erwiderte Myron. »T. L. kann nicht noch mal über den Tag damals sprechen. Es ist zu viel. Das kann man einfach nicht von ihm verlangen.«

»Natürlich, selbstverständlich.« Andy nickte.

T. L. wunderte sich – darüber hatte er mit Myron überhaupt nicht geredet.

Andy nahm eine mit Unterlagen gefüllte Mappe aus seiner ledernen Tasche. Er legte einen Stapel Blätter auf den Tisch und strich die Kanten glatt. Dann begann er zu reden – über Hunter-Cole Energy.

»Die ständigen Verstöße gegen die Sicherheitsbestimmungen und der Umgang mit Arbeitsunfällen gehen inzwischen über Skrupellosigkeit hinaus und nehmen illegale Züge an.« Er hatte Berichte und Grafiken und Meldungen von Vorfällen gesammelt. Er hatte Zahlen und Statistiken. Er erklärte ihnen, dass das alles vertraulich sei und er seine Quellen nicht preisgeben könne – aber dann zählte er mehrere Namen des Stammesrats für Wirtschaft auf.

»Warum erzählen Sie uns das alles?«, fragte Myron. »Was wollen Sie von uns?«

»Es ist …« Andy schien seine Worte sorgfältig abzuwägen. »Sagen wir, ich tue das aus Höflichkeit. Ich wollte, dass Sie das wissen, bevor es in die Schlagzeilen gerät. Ich glaube, das könnte eine gute Sache für Fort Mercer sein. Das Reservat kann von der Enthüllung nur profitieren. Pachtneuverhandlungen könnten schon in diesem Sommer stattfinden, und jeder Druck, den wir auf Hunter-Cole ausüben können … Na ja, Sie verstehen, was ich meine.«

»Sie wollen sich also mit Hunter-Cole anlegen«, stellte Myron fest. »Da sind Sie nicht der Erste.«

»Nein«, erwiderte Andy ruhig. »Aber ich bringe eine Menge Erfahrung mit – und habe eine Menge Ressourcen im Rücken.«

Myron nickte. »Okay. Angenommen, Sie legen deren Bohrtätigkeit in Lawton still, und die Pachtverträge werden rückgängig gemacht. Das wäre gut für uns, da stimme ich Ihnen zu. Aber was nützt das Ihnen? Was hat Ihr Sohn davon?«

T. L. hatte sich diese Frage auch gestellt. Als Andy um ein Treffen gebeten hatte, hatte T. L. sich schon gedacht, dass es irgendetwas mit einer Klage zu tun haben musste. Dass er womöglich Munition gegen Weyant suchte. Oder um sich selbst gegen eine Zivilklage zu wappnen.

Myron hatte die Frage gestellt, die T. L. bewegte: Was war mit Paul? T. L. hatte ihn seit dem Tag auf dem Eis nicht wiedergesehen. Paul war weg, seit er aus dem Krankenhaus entlassen worden war, wahrscheinlich um den Medien aus dem

Weg zu gehen. T. L. konnte sich gut vorstellen, dass seine Eltern ihn nach Bismarck gebracht hatten und ihm dort bei einer der großen Fluggesellschaften ein Ticket nach Hause gekauft hatten. Wie auch immer, das spielte jetzt keine Rolle.

Andy wirkte gequält. »Es nützt Paul nichts, zumindest nicht direkt«, räumte er ein. »Aber ich wollte einfach ... Ich habe mir in meiner Kanzlei ein paar Tage Urlaub genommen, um einen Überblick über dieses ganze Chaos zu gewinnen. Als alles vorbei war, nachdem wir Paul nach Hause geschickt hatten, war ich noch nicht so weit, hier die Zelte abzubrechen. Ich wollte eine Art ... das Wort, das mir spontan einfällt, obwohl ich es eigentlich nicht leiden kann, ist *Abschluss*. Ich wollte, dass irgendetwas Gutes bei der ganzen Sache herauskommt, wenn es möglich ist. Ganz unabhängig von dem, was geschehen ist, hat es auf den Bohrtürmen offensichtlich Sicherheitsversäumnisse gegeben. Männer wurden verletzt. Die Verantwortlichen müssen zur Rechenschaft gezogen werden.«

Es war keine sonderlich überzeugende Erklärung, und weder Myron noch T. L. gaben sich Mühe, das zu verbergen. Andy sammelte seine Unterlagen wieder ein und schob seine Teetasse, die er nicht angerührt hatte, weg. »Es gibt etwas, das ich Ihnen persönlich sagen möchte.«

Jetzt kommt's, dachte T. L. Jetzt würde er ihm erklären, dass es Paul leidtat, dass er alles darum geben würde, die Zeit zurückzudrehen und alles anders zu machen. Dass er nun wusste, dass T. L. die ganze Zeit unschuldig gewesen war, und dass er selbst die Verantwortung für alles übernahm. Und so weiter.

Andy holte tief Luft und sah ihm in die Augen. T. L. spürte, wie sich sein ganzer Körper anspannte. Er würde das überstehen. Genau auf diesen Augenblick hatte er sich vorbereitet. Er würde nicht wissen, ob es wahr war, bis er die Worte aussprach, aber er hatte sich vorgenommen zu sagen, dass alles verziehen war.

Andy räusperte sich. »Elizabeth wird bei uns wohnen. Sie und Paul werden im Herbst heiraten.«

Während der folgenden Wochen musste T. L. oft an diesen Moment denken. Er schob Extraschichten im Laden, nachdem der Angestellte von der Leiter gestürzt war und sich das Schlüsselbein gebrochen hatte. Er rief beim Immatrikulationsbüro der UCLA an und erklärte, er werde das Stipendium annehmen. Auf Facebook freundete er sich mit seinem künftigen Zimmergenossen an. Myron schenkte ihm die Uhr, die sein Vater zum Schulabschluss geschenkt bekommen hatte – er hatte sie in Minot neu legieren lassen.

Es war nicht allzu schwierig, das Bild zusammenzusetzen. Die Hämatome auf Elizabeths Körper, die Paul dazu provoziert hatten, T. L. zu verfolgen – mittlerweile war es ziemlich offensichtlich, dass sie sich die selbst beigebracht hatte. Vielleicht war T. L. auch zum Teil verantwortlich. Wenn er Elizabeth nicht so bedrängt hätte wegen ihres Kindes, wenn er ihr gleich zu Anfang geglaubt hätte, dass es nicht von ihm war, wenn er nicht so dringend eine Familie hätte gründen wollen, ein Leben, das er sich seit seiner Kindheit erträumt hatte – wenn er sie einfach hätte gehen lassen, als sie ihn darum gebeten hatte, dann wäre all das nicht passiert.

Eigentlich konnte er sich gar nicht mehr richtig erinnern, warum er so wild darauf gewesen war, aber der Weg, der ihn in diese Situation geführt hatte, war sehr lang gewesen. Die ersten Erinnerungen von T. L. waren gefärbt von der nie versiegenden Sehnsucht seiner Mutter nach einem anderen Leben, einem Leben, das ihn nicht miteinbezog. Er hatte sich eine Mutter gewünscht, einen Vater, einen Bruder, einen

Hund – stattdessen hatte er Myron gekriegt. Inzwischen sah er natürlich vieles ganz anders. Wie lange hätte er durchgehalten mit einem Kind, mit einem Mädchen, das er kaum kannte, ein paar beschissenen Jobs, nur um die Miete zusammenzukriegen, während sie so taten, als wären sie eine Familie? Wie lange hätte es gedauert, bis er so wortkarg und resigniert geworden wäre wie Myron?

Der Chief hatte wahrscheinlich seine eigenen Schlussfolgerungen gezogen und war der Wahrheit von selbst ziemlich nahe gekommen. Elizabeth musste ihre Geschichte revidiert haben. Vielleicht hatte sie sogar zugegeben, dass sie sich die blauen Flecken selbst zugefügt hatte. Das würde erklären, warum T. L. nicht angeklagt oder eingesperrt worden war, warum Weyant ihn nicht daran gehindert hatte, das Polizeirevier zu verlassen. Warum die Anwälte der Mitchells auf Distanz geblieben waren.

Es drängte sich T. L. die Frage auf, welche Version der Wahrheit Elizabeth Paul wohl aufgetischt haben mochte. Sie war sicherlich überzeugend gewesen, geschickt präsentiert.

Sie hatte sich sicherlich mächtig ins Zeug gelegt dafür – wie sie die Geschichte zurechtgebogen und welche Versprechungen auch immer sie ihm gemacht hatte –, weil ihre ganze Zukunft davon abhing, ob er ihr glaubte. Seit er sie kannte, war es ihr dringendstes Anliegen gewesen, aus Lawton zu entkommen, und jetzt, mit einer Art Taschenspielertrick, gelang es ihr endlich.

T. L. blieb nur Leere, wo eigentlich die Erinnerung an das vergangene Jahr sein sollte, eingebrannt in sein Gedächtnis, und Geschichten, die er irgendwann seinen Kindern und seiner Frau erzählen würde. In diesem Jahr hatte er ein Stipendium ergattert, war mit einem hübschen Mädchen zusammen gewesen, hatte seinem Baseballteam zum Einzug ins Finale verholfen und hatte seinen Onkel zum ersten Mal alt erlebt. Für einen anderen jungen Mann, an einem anderen Ort hätten diese Ereignisse mit der Zeit eine nostalgische Patina angesetzt: Das Mädchen wäre noch viel hübscher gewesen, der spielentscheidende Triple wäre genial gewesen, die Freunde, mit denen er auf Klassenfahrt nach Bismarck gefahren war, wären legendär. Aber T. L. kamen all diese Dinge vor, als wären sie jemand anderem passiert.

Er erinnerte sich an einen Abend mit Elizabeth, als sie das zweite Mal Sex hatten. In seinem Pick-up. T. L. hatte das benutzte Kondom so diskret wie möglich abgezogen und in die Wal-Mart-Tüte gestopft, die er als Mülltüte benutzte. Er hatte seinen Körper so gedreht, dass Elizabeth nicht gegen den Türgriff gedrückt wurde. Draußen standen die Sterne hell und klar über den sanften Hügeln, der Mond hing voll und schwer am Horizont, und T. L. hatte Elizabeth in den Armen gewiegt, während sie gemeinsam den Himmel betrachtet hatten.

»An so einem Abend habe ich das Gefühl, dass das hier der schönste Ort auf der Welt ist«, hatte er gesagt.

»Das hier?«, hatte sie schläfrig entgegnet. »Aber hier ist doch überhaupt nichts. Meilenweit gar nichts.«

Jetzt begriff er, dass sie da schon weit weg von ihm gewesen war, dass diese Sterne ihr nie gereicht hätten, dass sie immer nur davon geträumt hatte wegzugehen.

Kapitel 36

Die SMS kam Anfang Juni um achtzehn Uhr zweiundvierzig, als Colleen gerade im Fitnessstudio war. Sie sah sie jedoch
erst kurz vor acht, denn nach dem Body-Pump-Kurs war sie
noch geblieben, um sich mit einer der Frauen zu unterhalten, hatte auf dem Heimweg bei Safeway Haferflocken für
Andys Frühstück und drei Flaschen von dem Pinot Noir gekauft, den sie neuerdings trank. Zu Hause hatte sie die Einkäufe ausgepackt, Andy in seinem Arbeitszimmer begrüßt
und einen Moment am Fuß der Treppe verharrt, eine Hand
auf dem Pfosten und wie so häufig abends auf die Fernseh-
geräusche von oben gelauscht.

In der oberen Etage des Hauses wohnten jetzt Paul und
Elizabeth. Schon bald nach ihrem Einzug hatte sich der Lebensrhythmus im Haus geändert: Zum Beispiel konnte Colleen nicht mehr selbstverständlich mit dem Wäschekorb oder
mit einem Paket Klopapier nach oben zum Wäscheschrank
gehen. Elizabeth, die seit fast zwei Monaten bei ihnen wohnte, war inzwischen in der achtundzwanzigsten Woche und
trug einen kugelrunden Bauch vor sich her, der fest war wie
eine Melone. Colleen hatte Elizabeth zu ihrem Friseur mitgenommen, wo man ihr mit pflanzlichen Produkten das vom
vielen Bleichen ganz spröde Haar behandelte und ihm wieder
mehr Fülle verlieh. Sie sah jetzt nicht mehr aus wie einer von
diesen Teenagern, die in den Malls herumlungerten, sondern
eher wie eine junge Frau, die im Herbst an die Universität

von Pennsylvania gehen würde. Eine junge Frau in Cordhose und Angorapulli. Bis einem der Bauch auffiel.

Elizabeth und Paul waren ausgesprochen höflich gegenüber Colleen und Andy, und das war zumindest eine große Erleichterung. Aber sie gingen weder aus, noch nahmen sie Kontakt auf zu Pauls alten Freunden. Auch Colleens Vorschlag, sich die Webseite mit Veranstaltungen des Sudbury Community College anzusehen, das Paul ab dem Herbst besuchen würde, stieß nicht auf großes Interesse. Sie lernten gemeinsam – Paul musste zwei Mathematikkurse nachholen, und Elizabeth bereitete sich auf den Hochschulreifetest vor, da sie nach all den Ereignissen zu Hause die Schule abgebrochen hatte.

Colleen hatte sich vorgenommen, behutsam mit Elizabeth umzugehen, weil das Zerwürfnis mit ihren Eltern noch so frisch war. Sie kannte die Einzelheiten nicht und hatte auch nicht gefragt, jedoch hatte Elizabeth kürzlich wieder begonnen, mit ihrem Vater zu telefonieren, was immerhin ein Fortschritt war, auch wenn ihre Mutter offenbar nach wie vor kaum mit ihr sprach. Colleen hatte gedacht, die Hochzeitsvorbereitungen könnten für Elizabeth eine gute Ablenkung sein, auch wenn die Hochzeit erst an Thanksgiving stattfinden sollte, weil zu der Zeit viele von Colleens und Andys Verwandten zu Besuch in der Stadt sein würden. Pflichtbewusst blätterte Elizabeth durch die Zeitschriften für Brautmode, die Colleen ihr mitbrachte, und begleitete sie zu diversen Restaurants, die für die Hochzeitsfeier in Betracht kamen. Allerdings würde es keine Riesensache werden: eine kleine Kapelle, ein Festschmaus im kleinen Kreis mit fünfzehn bis zwanzig Gästen, als Hochzeitsreise ein Trip nach Cape Cod, während Colleen und Andy das Kind hüteten.

Wenn sie nicht für die Schule lernte, kramte Elizabeth im

Haus herum, telefonierte mit ihren Freundinnen und Schwestern oder schrieb SMS. Sie schien nichts anderes zu essen als Apfelstückchen und Käsesandwiches. Sie machte lange Spaziergänge mit Paul, und manchmal wünschte sich Colleen, sie könnte ihnen folgen, um zu hören, worüber die beiden eigentlich miteinander redeten. An den Abenden sahen sie gemeinsam fern, Paul mit einem Buch auf dem Schoß, und Elizabeth mit dem Sudoku-Buch, das Colleen ihr geschenkt hatte. Ihre Gespräche verliefen ruhig.

Elizabeth hätte die perfekte Schwiegertochter abgegeben, wenn die jungen Leute älter gewesen wären, vielleicht Ende zwanzig. Oder wenigstens Anfang zwanzig. Oder wenn sie schon das College abgeschlossen hätte, obwohl dafür später auch noch Zeit sein würde, wenn das Kind in den Kindergarten ging. Colleen musste sich jeden Tag in Erinnerung rufen, wie viel es gab, wofür man dankbar sein musste, und sie war selbstverständlich bereit, in Zukunft einzuspringen, aber sie hatte nicht vor, die Rolle der Vollzeit-Oma zu übernehmen. Sie fühlte sich dieser Aufgabe einfach nicht gewachsen, zumal sich, wenn das Kind erst einmal da war, die ganze Familiendynamik ändern würde, denn Elizabeth würde sicherlich ihre eigenen Vorstellungen von Kindererziehung haben und diese auch durchsetzen wollen.

Aber all das waren eigentlich nur Ablenkungsmanöver, diese Gedankenspiele, in denen sie so tat, als könne sie es gar nicht erwarten, schon bald eine ganz normale Großmutter zu sein; eine Fantasie, die sie während einer Golfpartie mit Frauen aus ihrer Kirche getestet hatte. Einige der Frauen wussten, was geschehen war, was natürlich bedeutete, dass nach dem neunten Loch und zur Cocktailstunde *alle* Bescheid wussten. Die Damen an ihrem Tisch waren ausgesprochen höflich zu ihr gewesen – vielleicht ein bisschen übertrieben höflich, was auch am Wein gelegen haben konnte –, aber es war klar gewesen, dass sie im Bilde waren.

Schließlich hatte sie jahrzehntelange Erfahrung. Sie war *diese* Mutter: »Sie wissen doch, die mit diesem Sohn …« Colleen hatte ihre gleichmütige Miene seit der Vorschule einstudiert, hatte die Last für Andy mitgetragen, und sollte es einmal einen Oscar für freundliches Nicken und Lächeln geben, als hätte sie keine Ahnung, was die Leute hinter ihrem Rücken redeten, würde sie die Spitzenreiterin sein.

Würde es irgendwann einmal auch für sie so etwas wie Normalität geben? Würde sie irgendwann einfach sie selbst sein können, mit der zukünftigen Schwiegertochter die Liste für die Hochzeitsgeschenke zusammenstellen, im Park sitzen und ihrem Enkel beim Spielen in der Sandkisten zusehen, ohne sich zu fragen, wer sie jetzt schon wieder beobachtete und hinter vorgehaltener Hand über sie tuschelte?

Aber das war noch nicht einmal das Schlimmste, was sich tief in ihrem Inneren wie ein bitterer Samen eingenistet hatte. In Bezug auf Elizabeth hatte Colleen zweierlei Bedenken, die ihr nachts stundenlang den Schlaf rauben konnten. Das erste war natürlich ihr merkwürdiges Verhalten – die blauen Flecken, die Fotos, die sie per MMS verschickt hatte. Diese Information verdankte sie Steve, dem Detektiv, auch wenn er keine Beweise hatte liefern können und ihr für den horrenden Vorschuss, den sie ihm gezahlt hatten, nicht einmal eine Quittung gegeben hatte. Irgendjemand im Polizeirevier, so hatte Steve Andy berichtet, jemand, der dem Chief nahestand, hatte sich bereit erklärt, ein paar Einzelheiten über den Fall preiszugeben, der inzwischen längst abgeschlossen war.

Elizabeth war jung und unreif, und sie war vielleicht auch nicht gerade die Hellste, aber in Pauls arglosen Augen hatte sie die Verheißung einer besseren Zukunft gesehen. Nur

T. L., ihr anhänglicher Freund, hatte dieser Zukunft im Weg gestanden, und Elizabeth hatte irgendwie an ihm vorbei-kommen müssen, und vielleicht hatte sie ja geglaubt, sie hätte eine Lösung gefunden, bei der niemand zu Schaden kommen würde außer sie selbst. Aber zu behaupten, sie sei misshandelt worden? Das war Klatschspaltenniveau, so etwas hörte man vielleicht aus dem Mund eines Partygirls, das sich nach einer Affäre an einem Fußballprofi schadlos halten wollte, so et-was kam vielleicht in Revere oder Swampscott vor, aber doch nicht in Sudbury. Noch war es nicht durchgesickert, und viel-leicht würde es das auch nie, aber Colleen würde es nie mehr vergessen können. Paul zuliebe würde sie es verzeihen, aber nicht vergessen.

Colleens zweite Sorge galt der Reserviertheit, die Elizabeth ihr gegenüber an den Tag legte. Und sie hatte sogar Paul dazu gebracht, es ihr gleichzutun. Immer höflich – so gleichblei-bend freundlich, sodass Colleen manchmal den Impuls ver-spürte, dem Mädchen ins hübsche Gesicht zu schlagen, ein-fach nur, um eine Reaktion von ihr zu bekommen –, aber nie freundschaftlich. Es entstand keine Spur von Nähe, wie Col-leen es sich mit einer Schwiegertochter vorgestellt hatte. Sie lachten nicht gemeinsam, tauschten keine wissenden Blicke über Pauls kleine Marotten und Eigenheiten. Stattdessen setz-ten sich Elizabeth und Paul brav gemeinsam an den Esstisch, machten alle Besorgungen gemeinsam, halfen gemeinsam im Haus. Trafen all ihre Entscheidungen gemeinsam, Entschei-dungen, von denen Colleen ausgeschlossen war.

Zum Beispiel hatten sie sich nach der letzten Ultraschall-untersuchung geweigert, Colleen und Andy mitzuteilen, ob sie einen Jungen oder ein Mädchen bekamen.

Über diese Dinge sann Colleen nach, während sie am Fuß der Treppe stand und lauschte. Der Fernseher, die leisen Stimmen der beiden. Schließlich nahm Colleen, eigentlich eher aus Langeweile, ihr Handy heraus. Und dabei entdeckte sie die SMS:

Sie haben ihn gefunden.

Brittany war sofort am Telefon, wurde jedoch abgelenkt, bevor Shay ihr die Neuigkeit mitteilen konnte. »Ich ruf dich gleich zurück, Mom, ich muss nur schnell eine Rechnung finden, bevor Nan aus dem Haus geht.«

Und so war Shay erst einmal allein mit diesem bedrückenden Wissen, das ihr die Brust einschnürte und das Atmen schwer machte. Sie war gerade dabei, ein geschwungenes Muster aus blasslilafarbenen Kristallen auf ein Kästchen zu kleben, das sie mit winzigen Bildchen von Ballettschuhen verziert hatte. Sie sollte den getrockneten Kleber von ihren Fingerspitzen entfernen; Lösungsmittel und Pflegelotion standen dafür auf ihrem Arbeitstisch bereit. Zumindest sollte sie noch die Kappe auf die Tube mit dem Kleber drehen, damit er nicht eintrocknete.

Aber sie saß wie gelähmt da, das Telefon in der Hand. Durch das Fenster hörte sie, wie die Nachbarskinder den Fußball gegen die Garagenwand knallten, ein sicheres Anzeichen dafür, dass ihre Mutter sie allein zu Hause gelassen hatte.

Shay hatte gewusst, dass dieser Tag kommen würde, dass alles, was der See im Winter verschluckt hatte, wieder an die Oberfläche kam, sobald es wärmer wurde und das Eis schmolz. Sie hatte die Wetter-App für Lawton auf ihr Handy geladen, und jeden Tag – wenn in Kalifornien die wärmende Frühlingssonne aufging – rief sie als Erstes die Wettervorhersage ab und dachte an Taylor, der bald nach Hause kommen würde.

Aber jetzt war es Wirklichkeit, und sie war hier, und er

war dort, und was jetzt zu tun war, erdrückte sie wie eine tonnenschwere Marmorplatte. Sie empfand nicht die Erleichterung, die sie sich erhofft hatte, sondern fühlte sich wie tot. Vielleicht hätte sie damals auch in den See waten sollen, dachte sie, dann wäre sie jetzt bei Taylor in seinem kalten Grab.

Erst gestern hatte Paul ihr ein Gebet geschickt, das er irgendwo im Internet gefunden hatte. Eine Zeile der drei Strophen war ihr beim Spülen am Abend zuvor immer wieder durch den Kopf gegangen: *Lass meine Augen bis in alle Ewigkeit den roten und violetten Sonnenuntergang erblicken.*

Paul hatte es sich angewöhnt, seine E-Mails mit *»In Liebe«* zu unterzeichnen. »In Liebe, Paul und Elizabeth.« Sie hatte das Wort *Liebe* lange betrachtet und sich gefragt, ob sie ein Anrecht darauf hatte. Oder ob sie die Liebe der beiden überhaupt wollte. Neben den Gebeten und aufmunternden Zitaten, die er ihr schickte, schrieb er immer dasselbe. Er bete jeden Tag für Taylor und für sie. Er studiere fleißig – Shay wusste, dass er seinen Eltern versprochen hatte, die Verantwortung für sein Leben zu übernehmen. In seiner letzten Mail hatte er ihr mitgeteilt, dass sie einen kleinen Jungen bekommen würden, und zugleich beteuert, dass das Geschlecht für ihn und auch für Elizabeth keine Rolle spielte, Hauptsache, das Kind war gesund.

Paul war Colleens Sohn, nicht ihrer. Shay hatte ihn nicht von ihr weggelockt, zumindest nicht absichtlich. Sie ergriff nie für ihn Partei, ließ sich nie über seine Eltern aus, sondern bestärkte ihn nur darin, dass er stark genug sei, sein Leben zu meistern. Was konnte Shay dafür, wenn Colleen aus allem, was geschehen war, nichts gelernt hatte. Shay betrachtete es nicht als ihre Aufgabe, andere Leute zu bekehren. Ihre Aufgabe war es gewesen, ihren Sohn zu einem Mann zu erziehen, zu einem guten Menschen; das hatte sie getan, und sie hatte sich ihren Seelenfrieden verdient. Und wenn der Seelenfrieden hin und wieder in Form von Pauls E-Mails kam, würde sie nicht so dumm sein, dieses Geschenk infrage zu stellen.

Als sie am Abend zuvor an der Spüle gestanden hatte und von draußen der Duft nach Sternjasmin hereingeweht wurde, hatte sie den Teller abgetrocknet, den Leila für sie im Kindergarten gemacht hatte. Leilas winziger Handabdruck war umgeben von buntem Gekritzel; eine der Betreuerinnen hatte ihren Namen und »Ich liebe Oma« um den Rand herum geschrieben.

Das, hatte Shay gedacht und den Teller behutsam auf der Anrichte abgestellt, *das ist kostbar. Das ist das, was ich habe.*

Und jetzt wartete sie darauf, dass ihre Tochter sie zurückrief, damit sie ihr von Taylors Leichnam berichten konnte. Wieder eine schwere Aufgabe. Shay würde sie bewältigen, aber sie würde kein Mitleid empfinden. Nicht mit Paul, nicht mit Colleen. Sollte Colleen doch allein in ihrem riesigen Herrensitz hocken, nur in Gesellschaft eines blutleeren Ehemanns und eines Sohns, der endlich eine Möglichkeit gefunden hatte, sich von ihr abzunabeln.

Colleen war bereits dabei, nach Flügen zu suchen, bevor es ihr in den Sinn kam, Andy zu informieren. Seine Reaktion: »Hast du's Paul schon gesagt?«

Er bot an, sich um die Flüge zu kümmern und ihr einen Mietwagen zu reservieren. Ein Hotelzimmer würde nicht so leicht zu finden sein, aber in den vergangenen Monaten seien weitere Häuser gebaut und mehr Unterkünfte für die Arbeiter errichtet worden; außerdem war Andy im Zuge seiner Ermittlungen gegen Hunter-Cole mehrmals in Lawton gewesen und hatte sich eine gute Beziehung zum Geschäftsführer des Hyatt einiges an Schmiergeld kosten lassen.

Colleen ging langsam die Treppe hoch, die Hand auf dem polierten Geländer. Der Fernseher lief nicht, nur Musik. Unsicher räusperte sie sich. Das »Medienzimmer« war im Grunde ein offener Raum, ein überdimensionierter Treppenabsatz, so groß, dass eine Sitzlandschaft, mehrere niedrige Tische und ein gewaltiger Großbildschirm Platz hatten. Als sie das Haus gekauft hatten, hatte Colleen sich vorgestellt, wie Paul und seine Freunde im Teenageralter hier oben Limonade trinken und herumalbern, Football schauen und Videospiele spielen würden. Unnötig zu erwähnen, dass es dazu nie gekommen war.

Paul saß da über seinen Laptop gebeugt. Elizabeth lag ausgestreckt auf dem Sofa, eine Hand auf ihrem Bauch, an den Füßen die flauschigen Hüttenschuhe, die Colleen ihr geschenkt hatte. Trotz allem freute sich Colleen, dass sie sie trug.

»Paul.«

Die beiden erschraken; Paul drehte sich um, und Elizabeth setzte sich hastig aufrecht, als wäre sie bei irgendetwas erwischt worden. Paul wirkte regelrecht genervt, bemühte sich jedoch, es sich nicht anmerken zu lassen. »Tut mir leid, ich hab dich nicht kommen hören.«

»Hör zu, Paul.« Sie holte tief Luft. »Man hat Taylors Leiche gefunden. Shay kann ihn jetzt endlich nach Hause holen.«

Einen Moment lang war seine Miene völlig ausdruckslos. Er blinzelte, dann stützte er sich mit einer Hand auf dem Couchtisch ab, als bräuchte er Halt. »Wann? Und wie?«

»Ich kenne die Einzelheiten nicht. Ich nehme an, durch das Tauwetter, wie zu erwarten war. Er ist wahrscheinlich irgendwo ans Ufer gespült worden.«

»Hast du gar nicht mit ihr gesprochen?« Seine Stimme hatte einen schärferen Klang angenommen.

»Nein, ich … Sie hat mir gerade eine SMS geschickt. Dad will mir einen Flug buchen.«

»Ich komme mit.« Er wandte sich wieder seinem Laptop zu und begann, wie wild auf die Tastatur einzuhacken.

»Paul, das ist keine gute Idee.« Sie straffte sich und wappnete sich für einen Streit. Als er noch jünger gewesen war, hatte sie gelernt, sich körperlich zu stählen – für die Wutanfälle eines Fünfjährigen, das trotzige Aufstampfen eines Neunjährigen, das Türenknallen eines Dreizehnjährigen. Aber jetzt hackte er nur noch wilder in die Tasten.

»Du bist auf so einem guten Weg«, sagte Colleen vorsichtig. »Deine Noten sind hervorragend. Und am Freitag hast du eine Prüfung, oder? Du willst doch deine Noten nicht gefährden und riskieren, dass du im Herbst nicht zu deinen Hauptfächern zugelassen wirst.«

»Kein Problem«, sagte er gepresst. »Alles unter Kontrolle.«

Es stimmte: Paul schien tatsächlich das Schlimmste hinter sich zu haben. Seine Wunde war verheilt, nur eine glänzende, knotige Narbe erinnerte noch an die Entzündung, die ihn drei Tage lang ans Krankenhausbett gefesselt hatte. Er hatte an einem halben Dutzend Therapiesitzungen teilgenommen, um die Andy und Colleen ihn gebeten hatten. Ihr eigener Berater hatte ihnen nahegelegt, diese Richtung einzuschlagen und nicht auf der Vergangenheit herumzureiten, es sei denn, er schneide das Thema von sich aus an. *Lassen Sie ihm die Zeit, alles zu verarbeiten und heil zu werden, während er sich mit den neuen Realitäten seines Lebens auseinandersetzt*, hatte er gesagt.

Aber was würde diese neue Wendung jetzt bei ihm auslösen, wie weit würde sie ihn zurückwerfen?

Während Colleen fieberhaft nach weiteren Einwänden suchte, schaute sie zu Elizabeth hinüber. Der Gesichtsausdruck des Mädchens ließ sie erstarren. Elizabeth betrachtete

Paul mit gerunzelter Stirn und einem kalkulierenden Blick. »Liebling«, sagte sie sanft und legte ihm eine Hand auf den Arm. »Bitte, fahr nicht. Ich brauche dich hier.«

Seine Finger flogen immer noch über die Tasten. Er holte tief Luft, dann atmete er langsam aus. Er hörte auf zu tippen und nahm Elizabeths Hand.

Er würde nicht fahren. Das stand jetzt fest.

Aber Colleen hatte sowieso längst verloren. Paul gehörte ihr nicht mehr.

Es war vier Uhr am Morgen, als sie losfuhren, Andy saß am Steuer. Auf dem Weg zum Flughafen sagte keiner von ihnen ein Wort.

Colleen war Vicki nur einmal begegnet, seit sie wieder zurückgekommen war, und zwar in der Drogerieabteilung im Target; Vicki hatte auf dem Absatz kehrtgemacht und so getan, als hätte sie sie nicht gesehen. Colleen hatte keine Ahnung, ob sie und Andy immer noch taten, was sie getan hatten. Sie wusste ja nicht einmal, ob sie überhaupt etwas getan hatten. Ihr Name tauchte in keinem Gespräch mehr auf, und Andy hatte seinen Krieg gegen Hunter-Cole allein weitergeführt.

Als er vor dem Abflugterminal hielt und sich zu ihr hinüberbeugte, streifte sein Kuss kaum ihre Wange. »Schick mir eine SMS, wenn du gelandet bist.«

Sie stieg aus, ohne etwas zu erwidern.

Das Flugzeug landete um halb zwei in Lawton. Anders als beim letzten Mal hatte Colleen geschlafen und den Anflug mit Blick aus der Vogelperspektive auf die sanften Hügel und die Bohrtürme verpasst.

Andy hatte das kurze Telefonat mit Lisa Weyant geführt, und Colleen war ihm dankbar dafür. Sie hätte lieber die Nacht auf einer Bank auf dem Tankstellenparkplatz verbracht, als sich im Gästezimmer der Weyants einzuquartieren, aber Andy hatte genau den richtigen Ton getroffen. Das Angebot sei sehr freundlich, aber es sei vielleicht besser, wenn Colleen ins Hotel ginge, wo sie bei Shay sein könne. Danach gab es keine weiteren Einwände mehr und auch keine Einladung zum Abendessen.

Sie waren absolut nicht an einer vertraulichen Beziehung mit der Familie der zukünftigen Schwiegertochter interessiert, aber jetzt war nicht der Zeitpunkt, sich damit zu beschäftigen. Vor allem wenn man den Anlass für diese Reise in Betracht zog. Apropos Schuld. Es war schließlich ihre Tochter gewesen, die die ganze Geschichte ins Rollen gebracht hatte.

Colleen hatte keine Ahnung, ob Shay den Weyants Vorwürfe machte. Shay hatte ihre Anrufe und E-Mails ignoriert. Nicht dass es viele gegeben hätte. Denn für jedes Mal, wenn Colleen tatsächlich eine E-Mail geschrieben, etwas zu Papier gebracht oder Shays Nummer gewählt hatte, gab es ein Dutzend Male, an denen sie sich der Herausforderung nicht gewachsen gefühlt hatte.

Gemeinsam mit lauter Männern in Arbeitsstiefeln und verblichenen T-Shirts stieg sie aus dem Flugzeug. Wartete in der Schlange auf ihren Koffer. Ging zum Mietwagenschalter, begleitet nur von ihrer Angst.

Kapitel 37

Der Anschlussflug war mit Verspätung gestartet, und Shay versuchte, ihre Ungeduld durch Ablenkung in Schach zu halten. Robert und Brittany hatten ihr vor drei Wochen bei einem freudlosen Abendessen anlässlich ihres Geburtstags das neueste iPad geschenkt, kleiner und leichter und schneller als das, das sie ihr vor zwei Jahren geschenkt hatten. Robert hatte ein paar Spiele heruntergeladen und sie ihr erklärt, und jetzt ließ Shay auf einer Drehscheibe Blasen platzen, indem sie mit den Fingern darauf tippte, und betete, dass die beiden Frauen, die rechts und links von ihr saßen, sich weiterhin auf ihre *Redbooks* konzentrierten und sie in Ruhe ließen.

Als sie gelandet waren, hatte sie ein halbes Dutzend Textnachrichten. Eine war von Brittany: *Ich liebe dich, Mama, ruf mich an, wenn du ankommst.*

Die anderen waren von Colleen:

13:52 Bin angekommen. Werde einchecken und Sie abholen.

15:11 Sehe, dass Ihr Flug verzögert ist, informiere mich per App.

16:44 Gerichtsmediziner sagt, er bleibt, bis Sie da sind.

17:01 Bin am Flughafen. Habe Auto.

Shay schob das Handy heftiger als nötig zurück in ihre Handtasche. Sie hatte Andy alles erzählt, was sie wusste, dass Chief Weyant jemanden schicken würde, der sie im Leichenhaus erwartete, dass sie Papiere unterschreiben musste, bevor Taylor freigegeben werden konnte. Da Taylor bei einem Unfall ums Leben gekommen sei und der Gerichtsmediziner Ertrinken als Todesursache festgestellt habe, könne sie ihn zur Beerdigung mit nach Hause nehmen.

Sie war völlig verblüfft gewesen, als Andy gesagt hatte, dass Colleen auch kommen wollte. Aber Andys Stimme am Telefon hatte beruhigend und entspannt geklungen, sicherlich ein Vorteil, wenn man Anwalt war. Als er ihr erklärt hatte, er habe bereits ein Bestattungsunternehmen kontaktiert und den Transport zu einem Unternehmen in Kalifornien veranlasst, war klar, dass er damit meinte: Er würde alle Kosten übernehmen. Und da hatten ihr die Worte gefehlt, um ihm zu sagen, Colleen solle nicht kommen.

Während des Telefonats mit Andy hatte sie anfangs das Gefühl gehabt, dass alles einigermaßen würdevoll ablief. Aber als sie erfuhr, dass Colleen mit von der Partie sein würde, war sofort der Groll wieder da, den sie seit jenem Abend im Krankenhaus mit sich herumtrug. Shay wusste, dass es irrational war. Oder vielleicht war *fehl am Platz* der richtige Ausdruck. Aber dennoch, warum musste Colleen sich in alles reindrängen, so als wäre sie zuständig? Auch wenn Colleen sich bemühte zu helfen, auch wenn sie und Andy alles bezahlten – es war schließlich nicht *ihr* Sohn, der auf irgendeinem Edelstahltisch lag.

Sie entdeckte ihren Koffer auf dem Gepäckwagen. Sie schob sich durch die Menge der Passagiere und rupfte ihn herunter. Niemand hielt sie auf. Sie musste sich in Acht nehmen, ihre Gefühle im Zaum halten. Sie kannte die Ursache für die schwelende Wut, aber das Wissen führte nicht dazu, dass sie nachließ.

Sie warf einen Blick zum Terminal. Dort wartete Colleen auf sie. Shay war noch nicht bereit, ihr zu begegnen. Sie blieb im Schatten des Flugzeugs stehen und wählte Brittanys Nummer, aber die meldete sich nicht.

Langsam steckte Shay das Handy wieder ein und machte sich mit ihrem alten Rollkoffer auf den Weg zum Terminal. Im Flughafen herrschte Hochbetrieb. Ein anderes Flugzeug würde bald starten; die Männer standen ungeduldig in der Schlange, konnten es kaum erwarten, nach Hause zu kommen. Sie trugen Pappbecher und Reisetaschen und waren ansonsten mit ihren Handys und iPads beschäftigt. Sie beachteten sie nicht, als sie an ihnen vorbeiging.

Shay brauchte einen Moment, bis sie Colleen erkannte. Als sie sie das letzte Mal gesehen hatte, auf dem Polizeirevier, hatte sie die Haare zu einem nachlässigen Pferdeschwanz gebunden. Ihre Kleidung war zerknittert gewesen und hatte ausgesehen, als hätte sie darin geschlafen. Ihre Lippen waren farblos und rissig gewesen, sie war hohläugig und hohlwangig gewesen.

Die Monate, die inzwischen vergangen waren, hatten Colleen wieder zum Leben erweckt. Ihr Haar, das sie jetzt kürzer trug, glänzte kastanienbraun. Sie hatte sich geschminkt: Lidstrich und Lippenstift und dezentes Make-up. Sie trug einen korallenfarbenen, kurzärmeligen Pullover mit einem runden Halsausschnitt, der ihren langen, schlanken Hals betonte, eine elfenbeinfarbene Caprihose und die gleichen ungeschnürten Leinensneakers wie Brittany, die mit dem kleinen rechteckigen Logo, mit dem Shay ihre Tochter aufgezogen hatte: *Was? Fünfzig Dollar nur für ein Label?* Die Reisetasche sah ähnlich aus wie die, die sie in der Woche, die sie miteinander verbracht hatten, mit sich herumgeschleppt hatte, vielleicht ein etwas helleres Braun. Colleen sah aus, dachte Shay gehässig, wie aus einer Werbung in einer Frauenzeitschrift: kompetent, glücklich, sogar ein bisschen selbstgefällig.

Obwohl, fairerweise musste sie zugeben, dass Colleen nicht wirklich glücklich aussah. Die Stirn in Falten gelegt ließ sie den Blick über die ankommenden Passagiere schweifen, während sie den Griff ihrer Handtasche knetete. Als sie Shay bemerkte, spiegelte sich ein ganzes Bündel von Gefühlen in ihrem Gesichtsausdruck wider, bevor sie zur Begrüßung ein Lächeln aufsetzte: Angst, Schuldgefühle – und Sehnsucht.

Sie eilte mit ausgestreckten Armen auf Shay zu. Shay wusste nicht, ob sie ihr die Hand schütteln oder sie etwa umarmen wollte. In jener schrecklichen Woche hatten sie sich nicht ein einziges Mal umarmt. Sie hatten sich nur berührt, wenn es sich aufgrund der Enge nicht hatte vermeiden lassen. Selbst in jener furchtbaren Nacht, als der Polizist Shay zum Streifenwagen geführt hatte, hatte Colleen abseitsgestanden, erleichtert, Paul lebend wiederzuhaben, und vielleicht war das ja noch verzeihlich gewesen, aber Shay war allein in diesem Streifenwagen weggefahren. Shay war allein gewesen, als der Polizist sie gefragt hatte, ob sie daran dachte, *sich selbst oder anderen etwas anzutun.*

Colleen entschied sich für eine Geste dazwischen. Sie ergriff Shays Hände und hielt sie umklammert. Ihre Hände waren kalt. »Shay, Sie glauben ja gar nicht, wie …«, begann sie und verstummte. Beinahe schüchtern machte sie einen Schritt vorwärts, um die Distanz zwischen ihnen zu überbrücken, aber im letzten Moment zog Shay ihre Hände weg. Sie nahm ihren Koffer und stellte ihn zwischen sich und Colleen. Eine Barriere – eine Notmaßnahme.

»Sie hätten nicht zu kommen brauchen«, murmelte sie. Sie wusste, wie sie klang, und sie wusste, sie würde sich nicht zurückhalten können. Noch nicht. »Sagen Sie Andy Danke für die Flüge, das Hotel – für alles. Wir müssen los.«

Sie warf einen Blick auf ihr Handgelenk, obwohl sie schon seit Jahren keine Armbanduhr mehr trug.

»Ja«, erwiderte Colleen leise. »Natürlich. Wir wollen die Leute nicht warten lassen.«

Jetzt gab sich Colleen nicht mehr so große Mühe. Sie führte Shay auf den Parkplatz und zu einem schmutzigen weißen Auto. In der Frontscheibe war ein Riss, und im Innern stank es nach Rauch. Dreck klebte auf der Konsole. »Ist das ein Mietwagen?«, fragte Shay, ohne ihren Abscheu zu verbergen. »Hoffentlich haben Sie nicht zu viel dafür bezahlt.«

Auf der Fahrt ins Zentrum betrachtete sie Colleens Gesicht aus dem Augenwinkel. Es wirkte vergrämt und angespannt. Gut – das fühlte sich schon wie ein kleiner Sieg an. Wäre Colleen Raucherin gewesen, würde sie jetzt eine Zigarette wollen. Shay hatte das Rauchen aufgegeben, seit sie nach Kalifornien zurückgekehrt war. Sie hatte geglaubt, es würde ihr schwerfallen aufzuhören, aber es war ganz von allein passiert. Die Vorstellung, eine zu rauchen, hatte plötzlich nicht mehr Reiz gehabt, als ein Stück Pappe zu essen. Sie trank auch nur wenig, und Brittany musste sie ermahnen, etwas zu essen, wenn sie vorbeikam. Die einzige Schwäche, die sie sich erlaubte, war Mack: ihn zu treffen, wann immer er es einrichten konnte, mit ihm ohne große Vorrede ins Bett zu gehen, sich die Seele aus dem Leib zu vögeln und sich danach auszuheulen, während er sie bestürzt betrachtete. Aber selbst das hatte sich gelegt. Sie hatte Mack nicht einmal erzählt, dass man Taylor gefunden hatte.

»Hier?«, schnaubte Shay. Sie waren wieder am Polizeirevier. Hinter dem Kasten aus Mauerwerk und Glas befand sich ein Gebäude, das Shay für die Energiezentrale gehalten hatte: hell gestrichene Betonsteine mit einer Rampe am Eingang.

Colleen parkte und ließ Shay zuerst aussteigen. Sie gingen nebeneinander zum Eingang, aber Shay hielt eine gewisse Distanz zu Colleen. Zehn Meter vor der Rampe blieb sie stehen.

»Ich glaube nicht, dass ich Sie mit da drin haben will«, sagte sie, aber dann traf es sie wie ein Schlag, und sie bekam plötzlich Atemnot. In diesem Gebäude befanden sich die armseligen Überreste ihres geliebten Sohns, ihres Lieblingskinds. Sie würde ihn in die Arme nehmen, wenn sie könnte, der Zustand des Körpers wäre ihr egal, das Schlimmste hatte sie längst hinter sich. Aber dann?

Morgen würde sie wieder zurück nach Hause fliegen, und im Flugzeug würde ein verplombter Sarg in einer braunen Kiste mitfliegen, die die Fluggesellschaft zur Verfügung stellte. Das hatte der Angestellte des Bestattungsinstituts ihr erklärt, das Andy beauftragt hatte. Er war geduldig gewesen, hatte seine Worte mehrfach wiederholt, bis Robert ihr sanft den Hörer aus der Hand genommen und alles säuberlich auf einen Zettel geschrieben hatte, den er von einem kleinen Einkaufsblock auf dem Kühlschrank abgerissen hatte. Sie war also im Bilde, was die Logistik betraf.

Aber das war es nicht, was das schreckliche Loch in ihr verursachte. Nur, was war es dann? Nachdem er in den Sarg umgelagert wäre, den Brittany und Robert heute aussuchten, nachdem der Gottesdienst vorüber wäre, wenn er dann in die Erde gelassen würde, in die Grabstätte neben ihrer Mutter – die ihr Vater schon vor langer Zeit gekauft hatte –, nachdem der Grabstein errichtet wäre und die Blumen abgelegt sein würden und alle nach Hause gegangen waren und sie schließlich ihre Trauerkleidung ablegte und Brittany und Robert mit Leila nach Hause gingen – was würde *dann* sein?

»O Gott«, sagte sie und taumelte gegen Colleen. Aber Colleen hielt sie.

Im Gebäude erwartete sie ein Polizist, an den Shay sich schwach erinnern konnte. »Ich habe dafür gesorgt, dass sie warten«, sagte er. »Ich habe mit Ihrem Schwiegersohn gesprochen. Die Dokumente sind alle vorbereitet. Sie brauchen bloß vorne ins Büro zu gehen. Morgen wird alles Weitere für Sie erledigt, Sie können wieder ins Flugzeug steigen, und bei Ihnen zu Hause wird das andere Unternehmen sich um alles kümmern.«

Es dauerte nur zehn Minuten. Das Personal, eine Frau und ein Mann, suchten keinen Blickkontakt, während sie sie in das Büro begleiteten, wo sie ihre Unterschriften leisten musste. Der Polizist stellte sich neben sie. Colleen stand an der Wand, ihre Handtasche so fest umklammert, als hinge ihr Leben davon ab, das Gesicht verzerrt. Als Shay schließlich den Stuhl wegschob und alles unterschrieben war, bemerkte sie, dass Colleen mit den Tränen kämpfte.

»Danke«, sagte sie förmlich auf dem Weg zurück zum Auto. Sie ließ Colleen die Beifahrertür für sie öffnen.

»Sie müssen müde sein«, sagte Colleen zögerlich. »Nach dem anstrengenden Flug.«

Shay zuckte die Achseln.

»Ich dachte, wir könnten irgendwo zu Abend essen, wo es ruhiger ist und man sich ein bisschen unterhalten kann?«

»Wie wär's denn mit dem Swann's?« Shay stieß ein raues Lachen aus. »Das wäre doch wunderbar. Wir laden Kristine ein, sich nach ihrer Schicht noch zu uns zu setzen.«

»Nein, nein, natürlich nicht ...« Shay sah, wie sehr sie Colleen in Verlegenheit gebracht hatte, aber sie hatte jetzt keine Kraft, sich darüber Gedanken zu machen. »Ich dachte nur, dass wir uns ein bisschen Zeit nehmen könnten. Es müsste ja kein Restaurant sein, wir könnten doch im Zimmer bleiben und den Zimmerservice bestellen.«

»Welches Zimmer, meins oder Ihres? Sie haben doch bestimmt zwei reserviert? Nur nebenbei, was kosten die eigentlich? Wie hoch stehe ich inzwischen bei Ihnen in der Kreide?« Sie hatte gehört, dass die Überführung einer Leiche bis an die fünftausend Dollar kosten konnte, eine Zahl, bei der sie einen ganz trockenen Mund bekam. Robert war dabei, sich mit der Versicherung herumzuschlagen, um zu sehen, wie viel die übernahmen, aber Shay hatte sich aus all dem völlig herausgehalten.

Vielleicht war das die Ursache für ihr schlechtes Gewissen: dass Andy und Robert sich um alles kümmerten. Shay war es gewöhnt, für sich selbst zu sorgen, und zwar seit ihrem achtzehnten Lebensjahr. Manchmal vermasselte sie auch etwas, aber normalerweise war sie genauso stolz darauf, dass sie ihre Fehler überlebte, wie auf ihre Erfolge.

Sie wandte sich von Colleen ab, fühlte sich plötzlich unwohl in ihrer Haut. Sie war zu weit gegangen. Es tat ihr leid – zumindest dem zerbrechlichen Teil in ihr, der noch normale Gefühle zuließ, der immer noch an der Welt um sie herum teilhatte, selbst dann noch, wenn der Rest von ihr im Kummer ertrank –, es tat ihr leid, wie sie sich verhielt.

Und sie war auch dankbar. Ja. Sie konnte immer noch Dankbarkeit empfinden, auch wenn dieses Werkzeug eingerostet war, weil sie es so selten benutzte.

Sie sah die Stadt durchs Beifahrerfenster vorüberziehen. Dort – die Tankstelle, wo sie Colleen am Straßenrand zurückgelassen hatte. In den Pflanzkübeln aus Beton blühten jetzt Ringelblumen und Petunien. Ein alter Mann mit einer schmierigen Schürze über seiner Jeans stand draußen und putzte die Fenster mit Windex und zerknülltem Zeitungspapier. Shay kannte den Trick – es war die beste Methode, wie man Glas reinigte, ohne Schlieren zu hinterlassen. Und zur Linken die Holzhandlung. Der Schuppen in der Mitte war abgerissen worden, und an seiner Stelle befand sich ein großes Schild, das verkündete: »Demnächst luxuriöse 1-2-Zimmer-Appartements – Beste Ausstattung – Zur Miete – Ab Herbst«. Es war kaum zu glauben, dass ein Appartementkomplex innerhalb eines halben Jahres hochgezogen werden konnte – in der Gegend von Fairhaven gab es halb fertige, von Unkraut überwucherte Projekte, die nicht weiter verfolgt worden waren nach dem Crash auf dem Immobilienmarkt.

Colleen bog in die Einfahrt zum Hyatt ein.

»In Erinnerung an die alten Zeiten?«, sagte Shay. Der Scherz sollte ein Entgegenkommen zeigen. Ein Friedensangebot sein.

Colleen betrachtete sie mit einem verletzten Blick, sie suchte nach dem Haken. Bereit für den Todesstoß. »Andy wollte einfach, dass Sie bequem untergebracht sind«, murmelte sie. »Also, was auch immer Sie brauchen, ich bin hier. Und wenn alles, was Sie brauchen …« Sie geriet ins Stocken und hüstelte, um es zu überspielen. »Wenn Sie nur Ihre Ruhe haben und allein sein wollen, verstehe ich das. Vielleicht morgen früh, falls Sie reden wollen, Sie haben ja meine Handynummer. Ich bin in meinem Zimmer. Und natürlich fahre ich Sie zum Flughafen. Ich habe Ihre Flugdaten und …«

»Colleen.« Shay fiel ihr ins Wort, doch dann wusste sie nicht, was sie sagen sollte. »Es ist in Ordnung«, brachte sie schließlich heraus. »Lassen Sie mir eine Viertelstunde Zeit, mir ein bisschen Wasser ins Gesicht zu spritzen, vielleicht finden wir dann ja was in dieser Stadt, wo uns niemand kennt.«

Das sollte eigentlich auch ein Scherz sein, aber es war offensichtlich, dass Colleen ihn nicht mitbekam. Sie nickte und senkte das Kinn. Als sie ausstieg, hielt sie sich wie eine alte Frau am Türrahmen fest, um sich abzustützen.

Kapitel 38

Während Colleen auf Shays SMS wartete, inspizierte sie den Inhalt des Minikühlschranks. Es gab, wie sie bereits wusste, einen Sutter Home Chardonnay und einen Riesling. Beide waren nicht ihre erste Wahl, aber sie taten es.

In der letzten Woche hatte sie sich zu drei Abenden ohne Wein durchgerungen. Am Sonntagabend hatte sie sich über sich selbst erschrocken, als sie gewartet hatte, bis Andy ins Bett ging und auch von oben keine Geräusche mehr zu hören waren, und dann den Rest aus einer angebrochenen Flasche und noch eine ganze Flasche Pinot Noir getrunken hatte. Um kurz vor eins, als sie schließlich zum Bett getaumelt war, hatte sie zumindest vorher noch eine leere Flasche in die Garage gebracht und unter einen Stapel alter Zeitungen im Recyclingbehälter geschoben. So gab es nur eine leere Flasche in der Küche.

Nicht dass es irgendwem aufgefallen wäre. Sie trank schließlich unauffällig. Ein Gläschen beim Abendessen oder auch nicht – um diese Zeit brauchte sie den Alkohol noch nicht. Es war die Schlafenszeit, die in ihr das Bedürfnis danach weckte, die Aussicht auf eine lange Nacht, in der Albträume ihre einzige Gesellschaft waren. Zuerst hatte sie sich eingeredet, dass es zumindest besser war, als sich auf die Schlaftabletten zu verlassen, und dass die zwei, manchmal drei randvollen Gläser Rotwein ein vertretbarer Ersatz waren.

Aber am Montagmorgen hatte sie einen gewaltigen Kater gehabt. Andy war bereits unter der Dusche, als sie aufwachte, ihr Kissen war verschwitzt und vollgesabbert, und ihr dröhnte der Schädel. Es war noch nicht einmal sechs Uhr, aber sie wusste, dass es mit dem Einschlafen nichts mehr würde, also stand sie auf, putzte sich gründlich die Zähne, kämmte sich, wusch sich und gelobte, dass es reichte. Der Tag war lang und schwierig, zur Unausgeschlafenheit kamen noch das Zittern und der Schwindel, und die Kopfschmerzen hatten es auch nicht besser gemacht.

An dem Abend war sie schon um zehn ins Bett gegangen und hatte sich einen Stapel Zeitschriften mitgenommen. Andy hatte die Brille auf der Nase und las, und jedes Mal wenn er eine Seite umblätterte, knackte der Rücken seines Buchs. Colleen betrachtete Fotos von Küchen und Wohnzimmern, alles wunderschön dekoriert, und versuchte, nicht an den Wein zu denken, der unten in der vertrauten Flasche war. Daran, wie es sich anfühlte, die kupferfarbene Alufolie zu entfernen, wie der Wein beim Einschenken an den Wänden ihres bauchigen Glases hochschwappte. An den Geschmack auf der Zunge, so weich und köstlich. Die ersten süßen Anzeichen der Benommenheit.

Sie brauchte das nicht. Sie war keine Alkoholikerin. Aber als sie das Licht löschte und mit offenen Augen im Dunkeln lag, bekam sie Herzrasen, und es fühlte sich an wie Angst.

Am Dienstag und am Mittwoch redete sie sich ein, dass ihr der Wein nicht fehlte. Dass es einfach nur ein unüberlegter, selbstzufriedener Rausch gewesen war, ein Ausrutscher, halb so wild, da sie ja meist abends eigentlich nur ein Glas trank.

Aber am Donnerstag waren aus dem halben Glas, das sie sich erlaubte, gleich wieder mehrere geworden, und jetzt war sie schon wieder in Versuchung.

Eine SMS kündigte sich an. *Bin fertig, wir treffen uns in der Lobby.*

Sie schenkte ihrem Spiegelbild ein kurzes, entschlossenes Lächeln und fuhr sich mit den Fingern durchs Haar. *Ich bin hier für sie*, erinnerte sie sich. *Ich kann das für sie tun.*

»Wie haben Sie diesen Laden gefunden?«, fragte Shay, legte die laminierte Speisekarte auf den zerkratzten Tisch aus Kiefernholz und sah sich um. Das Restaurant war klein, das Licht gedämpft, und an den mit Kunststoffpaneelen verkleideten Wänden prangten Schilder mit Bierreklame. Es hieß Honey Do, und sie hatten das blinkende Neonhuhn von der Straße aus gesehen, gut zwanzig Kilometer von Lawton entfernt hinter der Abzweigung nach Turnerville, genauso wie es auf Yelp beschrieben stand. Sie hatten den letzten freien Tisch erwischt.

Colleen spürte, wie sie errötete. »Ich habe ein bisschen recherchiert«, sagte sie, ohne hinzuzufügen, dass sich in ihrer Handtasche ein ordentlich gefaltetes Blatt Papier mit den Namen von einem halben Dutzend Restaurants befand.

Es ging jetzt nur darum, das hier durchzustehen. Für Shay da zu sein. Es würde unangenehm werden. Regelrecht schmerzhaft sogar, aber Colleen war bereit, das Richtige zu tun. Es war ja nicht nur so, dass sie diejenige war, deren Sohn überlebt hatte. Sie redete sich ein, dass sie, selbst wenn ihre Rollen vertauscht wären (Gott, bis dahin durfte sie überhaupt nicht denken, wollte sich nicht vorstellen, dass Paul derjenige gewesen war, der all diese Monate unter dem Eis im Wasser gelegen hatte, Paul, der panisch um sich schlug, während die Dunkelheit sich über seinem Kopf schloss und das eisige Wasser in seine Lunge drang), dennoch etwas empfinden würde wie ...

Ja, was genau? *Blutsverwandtschaft* war das Wort, das ihr

407

einfiel, aber sie und Shay waren sich heute auch nicht verwandter als bei ihrer ersten Begegnung. Sie waren in so vieler Hinsicht verschieden, und ihren Kummer zu teilen hatte daran auch nichts geändert. Colleen senkte den Kopf, tat so, als würde sie die Speisekarte studieren, damit Shay nicht sah, wie ihr Augenlid zuckte. *Freundschaft*. Das war das Wort, das sie die ganze Zeit dachte. Sie wollte glauben, dass Shay ihre Freundin war. Mehr noch hoffte sie jedoch – beinahe verzweifelt –, dass Shay *sie* als ihre Freundin betrachtete.

»Wir könnten uns doch die Platte mit Hühnchen und Wels teilen«, sagte sie strahlend. »Die werden mit gebratenen Maisklößchen und Zwiebelringen serviert.«

»Gott, da können wir doch gleich unsere Arterien panieren und braten«, erwiderte Shay, lehnte jedoch den Vorschlag nicht ab. Als die Kellnerin kam, bestellte Shay eine Karaffe weißen Hauswein, ohne auf Colleen zu warten. »Ich brauche was zu trinken«, erklärte sie und reichte ihr die Speisekarte.

Colleen blieb abstinent, bis das Essen kam, aber als sie das schimmernde Fett sah, sagte sie sich, dass ein Glas Hauswein gegen diesen Kalorienberg nicht die geringste Chance hätte. Sie nippte an dem Glas, das Shay ihr eingeschenkt hatte. Ein scheußliches Gesöff, wie zu befürchten war.

Ihre Unterhaltung war ein einziger Krampf. Colleen wollte wissen, ob Shay wieder neue Aufträge angenommen hatte (hatte sie), wie es Robert und Brittany ging (sie wollten ihr Haus verkaufen und hatten ein neues in einem Neubaugebiet ins Auge gefasst, wo sie näher bei Shay wohnen würden), was Leila im Sommer vorhatte (hauptsächlich Ferienlager und zwei Nachmittage die Woche bei Shay). Shay selbst hatte ihren alten Job wieder angenommen, arbeitete jedoch vier 10-Stunden-Schichten, sodass sie nachmittags Zeit für Leila hatte.

Shay beantwortete alle Fragen mit monotoner Stimme, während sie das Hühnchenfleisch mit Messer und Gabel in winzige Stücke schnitt.

Colleen trank noch mehr von dem scheußlichen Wein. Ließ die saure, kalte Flüssigkeit durch die Kehle laufen. Nach einer Weile fühlte sie sich besser. Stärker. Stark genug, um die Frage zu stellen, die sie so oft eingeübt hatte.

»Ich habe mich gefragt, ob Sie vielleicht gern darüber reden wollen. Darüber, dass Sie es endlich wissen und ihn nach Hause holen können.«

Shay sah sie an, und ihre Augen verengten sich. »Sie wollen wissen, ob ich jetzt damit irgendwie abschließen kann oder so was in der Art?«

»Na ja, oder ...« Shay würde es ihr nicht gerade einfach machen, aber das war in Ordnung. »Ich kann ja nicht wissen, wie es ist. Schon klar. Aber ich habe das Gefühl ...« Sie hatte sagen wollen, dass sie das Gefühl hatte, Taylor ein wenig zu kennen, von der Zeit, die sie mit Shay verbracht hatte, und dem, was Paul erzählt hatte. Nicht dass es viel gewesen wäre; er hatte ihn eigentlich immer nur am Rande erwähnt, im Zusammenhang mit anderen Dingen. Wie: »Diese Band hab ich zum ersten Mal gehört, als ich mit Taylor nach Minot gefahren bin.« Oder am vierten Juli: »Vor einem Jahr haben Taylor und ich ein Feuerwerk abgebrannt, das man da draußen, weit weg von den Lichtern der Stadt, viel deutlicher sehen konnte.«

Und jetzt war sie zögerlich, unsicher, wie Shay reagieren würde. »Ich habe einfach nur gedacht, dass Sie vielleicht gern darüber reden würden.« Sie schluckte. »Ich würde mir wünschen, ich könnte den Tag heute vielleicht ein bisschen weniger schrecklich für Sie machen.«

»Ja. Danke. Aber ich glaube nicht, dass ich im Moment darüber reden kann.« Shay nahm eine Fritte und kaute darauf herum, ohne den Blick von Colleen abzuwenden, in dem weniger Verzweiflung als vielmehr Berechnung lag.

»Sie und Andy müssen ja ziemlich aufgeregt sein«, sagte sie, nachdem sie genüsslich einen Schluck Wein getrunken hatte. Ihr Tonfall hatte sich verändert, und plötzlich lag ein Funkeln in ihren Augen, das Colleen alarmierte.

»Weswegen?«

»Wegen Ihres Enkelkinds. Dass es ein Junge ist.«

Colleen erstarrte, die fettigen Finger im Schoß und einen Salzrand auf den Lippen. »Wir wissen es noch nicht – sie haben es uns nicht gesagt. Sie halten es geheim.«

»Ach so«, erwiderte Shay, und Colleen fragte sich, ob sie einen Anflug von Triumph aus ihrer Stimme herausgehört hatte. »Egal, wahrscheinlich habe ich einfach nur – manchmal hat man so ein Gefühl. Ich hab dabei schon oft richtiggelegen, manchmal aber auch nicht. Ein Mädchen wäre aber auch süß, vor allem wenn es nach Elizabeth käme.«

»Moment mal«, sagte Colleen. Sie hatte plötzlich das Gefühl, von einer Unterströmung mitgerissen zu werden. Ihre Ohren dröhnten, und das Stimmengewirr um sie herum verschwamm zu einem dumpfen Rauschen. »Warum haben Sie eben gesagt, dass es ein Junge ist?«

Shay schürzte die Lippen und schaute über Colleens Schulter hinweg auf die Wand hinter ihr. »Tut mir leid, dass ich was gesagt habe, ich möchte nicht – es ist einfach viel los im Moment, ein einziger Stress, und ich will nicht aus einer Mücke einen Elefanten machen.«

»Shay.« Colleen beugte sich über den Tisch und legte ihre Hand auf Shays. Shay blickte verwundert auf ihre beiden Hände. »Bitte. Tun Sie mir das nicht an. Raus mit der Sprache. Woher wissen Sie das?«

»Sie verstehen das völlig falsch«, sagte sie schließlich und sah Colleen in die Augen. »Sie lesen da was rein.«

»Wo rein?«

Shay seufzte und trommelte mit den Fingern auf den Tisch. »Okay, hören Sie. Ich dachte, Sie wüssten es. Paul hat mir ein paarmal geschrieben. Nur E-Mails, ganz kurze.«

»Wann?« Colleen war wie vor den Kopf geschlagen. Paul hatte Shay nie erwähnt und auch Lawton nicht, und er sprach auch kaum einmal über seine zukünftigen Schwiegereltern; sie und Andy hatten immer angenommen, dass diese Themen für ihn noch zu schmerzhaft waren, und hatten sie daher vermieden. »Wann hat er Ihnen geschrieben?«

»Wie gesagt, nur ein paarmal. Nicht jeden Tag oder so.«

Colleen schwirrte der Kopf, aber das Einzige, was ihr einfiel, war: »Antworten Sie ihm?«

»Manchmal«, erwiderte Shay nach einer Weile. Dann fuhr sie hastig fort: »Also, ich kann mir denken, dass Sie sauer sind, dass ich auf *Ihre* E-Mails oder Anrufe nicht reagiert habe. Und es tut mir auch leid. Aber ich hatte gehofft, Sie würden es verstehen. Ich konnte es einfach nicht. Im Ernst, es hätte mich zurückgeworfen – und ich habe versucht, nach vorn zu schauen, meinen Job wieder aufzunehmen, mich um Leila zu kümmern, und ich hatte nicht genug ...« Sie wedelte mit der Hand, ohne weiter auszuführen, wovon sie nicht genug hatte. Kraft? Zeit? Motivation?

»Aber Paul ...«

»Er war Taylors *Freund*, Colleen«, sagte Shay gereizt. »Taylor hätte nicht gewollt, dass ich Paul jetzt links liegen lasse.«

Colleen schob ihren Teller von sich weg; plötzlich ekelten sie die fetttriefenden Hühnchenstücke, die krümelnden Maisklößchen nur noch an. »Auf einmal ist er also Taylors Freund.«

»Was soll das denn heißen?«

»Die ganze Zeit, als wir die beiden gesucht haben, waren Sie davon überzeugt, dass Paul eine Art Ungeheuer ist. Sie haben ihm die Schuld an allem gegeben. Sie hätten ihn bei der Suchaktion doch am liebsten ausgeschlossen und mich gleich mit.«

»Das war eine ganz andere Situation«, fauchte Shay. »Das ist nicht fair.«

»Nicht fair?« Colleen spürte die Wut in sich, die sie so sorgsam verborgen hatte, die verknäuelten Stränge des Grolls, den sie über all die Jahre gehegt hatte. Ihr größtes Geheimnis, das einzige, das sie erfolgreich zu hüten verstanden hatte. »Nicht *fair*? War an der ganzen Sache etwa irgendwas fair – ganz gleich, für wen von uns beiden? Hat vielleicht eine von uns darum gebeten, dass unsere Jungs hierherkamen? Haben Sie darum gebeten, dass Taylor seinen Vater verliert? War es vielleicht mein Wunsch, dass Pauls Hirn anders tickt als das aller anderen? Haben wir uns etwa gewünscht, dass das Eis an dem Tag bricht?«

»Stellen Sie sich nicht mit mir auf eine Stufe«, zischte Shay. »Ich hatte kein Problem damit, dass Taylor zum Arbeiten hierhergegangen ist. Er war alt genug, einen Männerjob anzunehmen, und das hat er getan. Paul auch. Aber Sie haben einfach nicht kapiert, dass er sein eigenes Ding machen wollte. Wenn Paul das Gefühl hätte, dass Sie und Andy ihn einfach machen lassen, dann würde er Ihnen vielleicht auch mehr von sich erzählen.«

Die aufgestaute Wut brodelte so heftig, dass Colleen kaum Luft bekam. »Sie können nicht einfach …«

»Was kann ich nicht? Sie infrage stellen, Miss Perfect? Sie und Dr. Spock? Wahrscheinlich haben Sie alles brav nach Lehrbuch gemacht. Ihm immer schön die Brust gegeben, bis

er drei war, und natürlich nur selbst gekochte Breichen ge-
füttert. Und seine Windeln haben Sie nur mit biologischem
Waschmittel gewaschen. Aber Sie haben ihn nicht erwachsen
werden lassen. Wenn Sie ihn einfach zu den anderen Kindern
gelassen hätten, anstatt dem armen Jungen all die Betreuer
und Psychologen und Berater auf den Hals zu hetzen, dann
hätte er wie alle anderen Kinder auch gelernt, wie man mit
Frust umgeht.«

»Hören Sie auf!«, rief Colleen beinahe flehend.

»Ich denk ja gar nicht dran. Ich will Ihnen was sagen,
Sie hatten völlig recht: Ich habe ihn tatsächlich falsch einge-
schätzt. Als ich gelesen habe, was er mit dem Jungen gemacht
hat, habe ich voreilige Schlüsse gezogen. Wollen Sie wissen,
was ich mittlerweile glaube? Ich glaube, es war genauso *Ihre*
Schuld wie seine.«

»*Meine* Schuld?« Colleen war so schockiert, dass sie gar
nicht merkte, wie laut sie wurde.

»Ganz genau. Was ist denn passiert, als er hierhergekommen ist? Klar, die ersten Tage waren hart, aber das geht vielen
so. Und dann hat er sich gefangen, und es ging ihm gut – weil
niemand da war, der ihm alles abgenommen hat. Vielleicht
gab es ein paar Typen, die auf ihm rumgehackt haben, aber
zum ersten Mal in seinem Leben war Mama nicht da, um sie
zu verscheuchen. Aber er hat es hingekriegt. Und genau das
nehmen Sie ihm übel, dass er sich allein durchgeschlagen hat,
ganz ohne Ihre Hilfe. Das können Sie nicht *ertragen*.«

»Sie haben doch keine *Ahnung*«, entgegnete Colleen mit
zitternder Stimme. Um sie herum wurden einige Gäste bereits auf ihre Auseinandersetzung aufmerksam. »Sein Kopf
funktioniert anders als bei anderen Leuten, Sie vereinfachen
das alles.«

»Das ist doch ein einziger *Scheiß*, Colleen!« Shay schlug

mit der flachen Hand auf den Tisch, dass das Besteck hüpfte. »Er ist genauso wie alle anderen. Oder er würde es gern sein, wenn Sie endlich aufhören würden, ihm die Luft abzudrücken. Vielleicht hat er ja ADHS oder Aggressionsprobleme oder wie zum Teufel das heißt, aber das hat heutzutage die Hälfte aller Jugendlichen. Ist Ihnen das noch nicht aufgefallen? Im Kindergarten hat ein Logopäde Taylor attestiert, er hätte ein Sprachproblem, weil er die Wörter nicht zu Ende aussprechen konnte. Ich dachte, das würde sich von selbst geben, aber die wollten mir einreden, ich müsste sofort mit ihm zu einem Spezialisten gehen, weil er sonst einen bleibenden Schaden davontragen würde oder was weiß ich für einen Blödsinn. Und wissen Sie was, nach einem Jahr hatten schon alle vergessen, dass er überhaupt mal ein Problem hatte.«

»Wie können Sie es wagen, eine harmlose Sprechstörung mit dem zu vergleichen, worunter Paul gelitten hat?«

»Herrgott noch mal, Colleen, das tu ich doch gar nicht. Ich will nur sagen, wenn Sie ihn einfach in Ruhe gelassen hätten, dann hätte er vielleicht gelernt, ein paar Dinge aus eigener Kraft zu regeln. Man könnte sagen: Vorbei ist vorbei. Aber das Schlimme ist ja, dass Sie es immer noch tun.«

Sie kramte in ihrer Umhängetasche nach dem Portemonnaie. Colleen schob ihren Stuhl zurück und nahm ihre Handtasche. »Es kommt überhaupt nicht infrage, dass Sie mir hier so was auftischen und dann einfach verschwinden«, blaffte sie Shay an. Sie war so wütend, dass sie kurz davor stand, irgendetwas durch die Gegend zu werfen. Sie konnte es sich lebhaft vorstellen – sie sehnte sich danach, ein Glas zu zerschlagen, die Edelstahlkaffeekanne vom Servierwagen zu nehmen und sie gegen die Wand zu schmettern, die Stühle umzuwerfen.

»Dass ich Ihnen *was* auftische? Dass Sie Ihren Sohn immer noch wie ein Kleinkind behandeln? Obwohl er bald Vater wird und dabei ist, eine Familie zu gründen, für die er sorgen muss?« Shay nahm zwei Zwanziger heraus und warf sie auf den Tisch. »Er hätte an dem, was passiert ist, wachsen können. Gott weiß, dass er es versucht. Wollen Sie wissen, was er mir im Krankenhaus gesagt hat?«

Colleen hatte ihr Portemonnaie in der Hand und wollte gerade noch einen Schein auf den Tisch legen, damit es fürs Trinkgeld reichte. Diesen winzigen Vorteil wollte sie nicht einfach aufgeben; sie war diejenige, die bezahlte. Aber Shays Worte ließen sie erstarren. Sie hatte Paul nie nach Shays Besuch gefragt. Wie bei so vielen Dingen, die ihr unangenehm waren, wartete sie darauf, dass ihre Erinnerung daran verblasste.

Shay beugte sich über den Tisch. »Er hat mich gefragt, ob ich es für eine ausgleichende Gerechtigkeit halten würde, wenn er sich umbringen würde.«

Colleen blieb fast das Herz stehen, ihre Knie wurden weich. Sie musste sich auf einer Stuhllehne abstützen. »Hören Sie auf«, flüsterte sie.

»Er war bereit, es zu tun. Ihr Sohn – Ihr *Sohn* – hätte sein Leben gegeben, um alles wiedergutzumachen. Das war allein seine Idee, auf die ist er ganz ohne Ihre Hilfe gekommen. Paul kennt den Unterschied zwischen Richtig und Falsch, und ich wette, schon seit Langem. Aber immer wenn er sich mit seinem Leben auseinandersetzen will, sind Sie schon da, mit dem ganzen Mama-weiß-es-besser-Scheiß. Und mit Ihren *Anwälten*.« Sie spuckte das Wort regelrecht aus. »Mit Ihrem Geld und Ihren Beziehungen. Sie haben alles ausgebügelt. Und jetzt sind er und Elizabeth in Ihrem Haus gefangen und überlegen jede Sekunde, wie sie möglichst schnell da wieder verschwinden können. Er hat's mir geschrieben, Colleen. Dass er Ihnen gesagt hat, die beiden wollten sich eine Wohnung mieten, und dass er Sie um einen Kredit gebeten hat, bis er einen Job findet. Und dass Sie sich geweigert haben.«

»Das war nicht seine Idee. Die stammte von *ihr*. Von Elizabeth.«

Shay schüttelte den Kopf. »O nein, da irren Sie sich. Und ich *weiß*, was ich sage. Das haben Sie sich so zurechtgelegt.«

»Es gefällt ihr nicht bei uns, und sie macht nicht einmal ein Hehl daraus!«

»Paul möchte ihr die Möglichkeit geben, ihr Kind in ihren eigenen vier Wänden großzuziehen! Die beiden haben nichts gegen *Sie*, sie wollen einfach nur ihr eigenes Leben führen.«

»Sie haben das ganze Obergeschoss für sich. Mehr als einhundert Quadratmeter.«

»Wo Elizabeth sich wie in einem goldenen Käfig fühlt. Nur dass sie zu höflich ist, es Ihnen zu sagen, besonders nach allem, was Sie für sie getan haben. Das kann man Ihnen wirklich nicht hoch genug anrechnen, Col. Aber eins verspreche ich Ihnen, wenn Sie noch lange so weitermachen, sind Sie irgendwann die böse Schwiegermutter. Glauben Sie vielleicht, mir gefällt alles, was Robert tut? Denken Sie, ich wäre begeistert gewesen, als meine neunzehnjährige Tochter von einem Siebenundzwanzigjährigen geschwängert wurde? Natürlich nicht. Aber ich habe gelernt, ihn zu mögen, und wenn mir das nicht gelungen wäre, hätte ich ihr Kind nie zu Gesicht gekriegt.«

Shay machte sich auf den Weg zum Ausgang. Colleen musste sich beeilen, um sie einzuholen, nachdem sie schließlich doch noch Geld auf den Tisch gelegt hatte. Shay sprach einfach weiter, so als wäre es ihr egal, ob Colleen sie hörte oder nicht.

»Ich würde jede Wette eingehen, dass sie so oder so spätestens in einem Jahr ausgezogen sind. Wollen Sie eigentlich wissen, wie das Kind heißen soll?«

Sie warf einen Blick über die Schulter zu Colleen, dann drückte sie die schwere Holztür auf.

Colleen folgte ihr. Die warme Abendluft war abgekühlt, und Shays Worte wurden von dem dröhnenden Straßenverkehr verschluckt. Sie ging weiter, und einen Moment lang dachte Colleen, sie würde mitten auf die stark befahrene Straße laufen, aber dann blieb sie stehen und reckte den Daumen hoch. Sofort trat ein Lastwagenfahrer auf die Bremse und hielt am Straßenrand.

»Was?«, schrie Colleen. »Was haben Sie gesagt?«

Shay drehte sich zu ihr um. Ihr Gesicht wurde beleuchtet vom roten Glimmen der Bremslichter. Die Haare standen ihr wild ab vom Kopf.

»Taylor!«, rief sie. »Sie wollen ihr Kind nach *meinem Sohn* nennen!«

Colleen hatte für sie beide den Nachmittagsflug nach Minneapolis gebucht, wo sie sich, wie sie hoffte, vor dem Weiterflug in verschiedene Richtungen mit tränenreichen Umarmungen verabschieden würden. Oder sie würde ihren eigenen Weiterflug stornieren und Shay von dort nach Kalifornien begleiten, um vielleicht bei der Planung des Trauergottesdienstes zu helfen. Sie könnte sich eine Woche freinehmen, da ihre ehrenamtliche Tätigkeit an der Schule wegen der Sommerferien ruhte, und alles andere, das Fitnessstudio und der Kochkurs, zu dem ihre Nachbarin sie beide angemeldet hatte, selbst Elizabeths Lamaze-Kurs, konnte auch ohne sie stattfinden. Sie würde Shay sanft zu den richtigen Entscheidungen lenken und diskret für alles Notwendige bezahlen. Es würde wohl ihr letztes Geschenk für Shay werden, weil sie wahrscheinlich nach Taylors Beerdigung nach und nach den Kontakt zueinander verlieren würden.

Am nächsten Morgen um sechs Uhr, nachdem sie eineinhalb Stunden unruhig wach gelegen hatte, wusste sie, dass nichts davon geschehen würde. Sie hatte beide Fläschchen Wein aus der Minibar geleert und darauf gewartet, dass Shay es sich anders überlegte und sie anrief.

(Gegen dreiundzwanzig Uhr – um Mitternacht in Massachusetts – hatte sie Paul unklugerweise angerufen. Sie konnte sich gerade noch daran erinnern, dass sie Paul gefragt hatte, wann er eigentlich vorhabe, ihr den Namen des Kindes zu verraten. Paul hatte schließlich aufgelegt, aber sie konnte sich nicht mehr an alles erinnern, was sie davor gesagt hatte.)

Sie duschte und föhnte sich die Haare, dann schickte sie Shay eine SMS. Als sie keine Antwort bekam, rief sie in Shays Zimmer an. Schließlich ging sie nach unten und klopfte an ihre Tür.

Aber eigentlich hatte sie es sich schon denken können. Und als Shay ihr um halb zwei am Nachmittag eine SMS schickte mit dem Text: *Bin früher geflogen*, erwartete sie weder eine Entschuldigung noch eine Erklärung.

Sie wunderte sich allerdings, wovon Shay ihren Flug bezahlt hatte.

Kapitel 39

Andy holte sie am Flughafen ab. Colleen hatte insgeheim gehofft, dass Paul gekommen wäre. Sie mussten miteinander reden. Aber es war wahrscheinlich besser so, da sie immer noch verkatert war und die sechsstündige Reise auch nicht gerade zur Verbesserung ihrer Laune beigetragen hatte.

»Wie war's?«, fragte Andy, nahm Colleens Rollkoffer und verstaute ihn im Auto. Er beugte sich vor für einen Kuss, aber sie wandte sich ab, aus Angst, er könnte ihre Fahne riechen trotz des Kaugummis, den sie sich nach der Landung in den Mund geschoben hatte.

Nachdem sie sich angeschnallt hatte, spulte sie die einstudierte Antwort ab.

»Sie war noch nicht so weit, sie konnte noch nicht darüber reden, was ich gut verstehen kann. Aber wenigstens konnten wir zusammen essen gehen und ein bisschen Zeit miteinander verbringen. Robert und Brittany kümmern sich zu Hause um die restlichen Einzelheiten, sodass der Trauergottesdienst wohl am Wochenende stattfinden kann.« All das stimmte, und all das hatte sie sich schon vor dem katastrophalen Abendessen zurechtgelegt.

»Puh, das wird hart. Also müssen wir am Wochenende hinfahren. Sollen wir Paul mitnehmen?«

Wenn Sie ihn einfach in Ruhe gelassen hätten, dann hätte er vielleicht gelernt, ein paar Dinge aus eigener Kraft zu regeln. Colleen wand sich innerlich, als ihr Shays Worte wieder einfielen.

Sie hatten wehgetan, aber jetzt, als sie Andy so reden hörte, kamen ihr auch Zweifel. Sollten sie ihn *mitnehmen* – als wäre er nicht alt genug, diese Entscheidung selbst zu treffen.

»Ich weiß nicht«, erwiderte sie ausweichend. »Ehrlich gesagt habe ich mir überlegt, dass wir vielleicht alle zu Hause bleiben sollten.«

»Und nicht am Trauergottesdienst für Taylor teilnehmen?«, sagte Andy und warf ihr einen Blick zu. »Das meinst du doch nicht ernst. Oder ist irgendetwas zwischen dir und Shay vorgefallen?«

»Wie kommst du denn darauf?« Unwillkürlich ärgerte sie sich über die Frage – warum glaubte Andy sofort, sie hätten sich gestritten?

»Na ja, ihr habt von Anfang an eine schwierige Beziehung zueinander gehabt. Und außerdem waren diese letzten Tage in Lawton doch bestimmt … hart.«

Colleen konnte es nicht leiden, wenn er sie wie ein rohes Ei behandelte. Es bedeutete, dass er alles, was sie sagte oder tat, für ein Zeichen von Schwäche oder Unfähigkeit hielt.

»Ja, es war hart«, sagte sie gepresst. »Sie hatte gerade ihren Sohn verloren, und unser Sohn lag im Krankenhaus. Und dann noch der ganze Zirkus mit den Ermittlungen und den Medien. Und Elizabeths Schwangerschaft. Shay und ich hatten uns doch seitdem nicht gesehen.«

»Das hatte ich doch gemeint«, erwiderte Andy müde. »Du musst mir nicht gleich den Kopf abreißen, Col. Ich wollte nur sagen, dass ihr damals eine sehr intensive Woche gemeinsam erlebt habt, die ein plötzliches Ende gefunden hat, bevor ihr die Möglichkeit hattet, irgendetwas zwischen euch zu klären.«

»Es gibt nichts zwischen uns zu klären. Wir sind zwei Frauen, die versuchen, ihr Leben wieder auf die Reihe zu kriegen und nach vorn zu schauen.« Warum belog sie ihn? Anfangs hatte sie es getan, weil sie zu erschöpft war, um ihm jetzt zu erzählen, wie schmerzhaft die Begegnung gewesen war. Aber nachdem sie die Lüge einmal ausgesprochen hatte, musste sie sie weiterspinnen. »Also, sie will das im engen Kreis ihrer Familie und ihrer Freunde machen. Ich wollte das nicht infrage stellen. Vielleicht kann ich sie ja später im Sommer, bevor Pauls Herbstsemester beginnt, mal für ein paar Tage besuchen.«

Andy schwieg eine Weile, die Zähne zusammengebissen. Er fuhr langsam vom Flughafenparkplatz und fädelte sich auf den Highway ein. So spät am Abend würden sie höchstens eine halbe Stunde bis nach Hause brauchen.

»Selbst wenn wir nicht fahren, sollten wir Paul hinfahren lassen«, meinte er schließlich.

»Was? Eben hast du doch noch gesagt ...«

»Ich weiß, was ich gesagt habe. Aber ich habe darüber nachgedacht. Taylor war sein Freund. Von uns allen hat er am ehesten einen Grund, an dem Gottesdienst teilzunehmen.«

Colleen war im Grunde einverstanden, aber wie sollte das jetzt gehen? Sie hatte nicht vor, Andy oder Paul gegenüber zu beichten, wie die Dinge mit Shay ausgegangen waren. Also musste sie Paul klarmachen, dass Shay nur die Familie dabeihaben wollte.

Und wenn sie immer noch E-Mails austauschten?

»Es ist ja wirklich großartig, dass du dir plötzlich Gedanken darüber machst, was gut ist für Paul«, sagte sie sarkastisch, um Zeit zu gewinnen. »Da du dich doch ansonsten den ganzen Sommer über im Büro verschanzt und Hunter-Cole die Hölle heißmachst.«

Diesmal sah er sie mehrere Sekunden lang fassungslos an. »Ich rede seit Jahren davon, dass ich ein Sabbatjahr einlegen will. Ich dachte, wir wären übereingekommen, dass jetzt der richtige Zeitpunkt ist, da Paul und Elizabeth sich einleben. Und ja, ich finde … Trost und einen Sinn in dem, was ich tue.«

Die Partner in der Kanzlei hatten Andy ermuntert, sich eine Auszeit zu nehmen, um »liegen gebliebene Dinge zu erledigen«. Hinter dieser Großzügigkeit steckte nach Colleens Überzeugung die große Hoffnung seiner Partner, dass Andy nicht den Kopf verlor. Soweit Colleen sehen konnte, hatte Andy seine Arbeitszeiten in der Kanzlei nicht reduziert und arbeitete sogar häufig bis in die Nacht hinein. Zumindest war es das, was er sagte, wenn er erst spät nach Hause kam.

»Ich verstehe dich nicht«, sagte Colleen, obwohl sie es eigentlich doch tat. Hätte sie selbst eine Möglichkeit gesehen, sich von allem, was geschehen war, abzulenken, hätte sie sie auch beim Schopf ergriffen. Nur dazu dienten ihr diese geisttötenden Fitnessstunden – normalerweise hätten keine zehn Pferde sie in dieses lächerliche Studio mit all den schwitzenden Frauen in Yogahosen bringen können. »Taylors Tod hatte überhaupt nichts mit den Arbeitsbedingungen bei Hunter-Cole zu tun. Warum versuchst du also jetzt, sie dranzukriegen? Was bringt dir das?«

Andy antwortete nicht, seine Kiefermuskeln waren immer noch angespannt, und seine Hände umklammerten das Steuerrad. Sowohl in den Lokalnachrichten als auch in Lawton hatte es ein Feature über ihn gegeben; die Sendeanstalten von Bismarck und Minneapolis hatten Reporter geschickt, um ihn zu interviewen. Er war im letzten Monat zweimal zu Ratssitzungen ins Reservat geflogen. Es sah inzwischen schon so aus, als müssten alle Pachtverträge in Fort Mercer neu verhandelt werden, dennoch schien Andy von seiner Mission nicht eher ablassen zu wollen, bis alle Hunter-Cole-Bohrtürme im östlichen North Dakota stillgelegt waren.

»Hast du eigentlich immer noch eine Affäre mit Vicki?«, fragte Colleen fast schon träge.

»Herrgott noch mal, Col«, murmelte Andy.

Es klang nicht sonderlich überzeugend. Aber als sie ins Haus gingen, fragte sich Colleen, ob es sie eigentlich wirklich interessierte.

Paul und Elizabeth waren bereits ins Bett gegangen, aber als Paul am nächsten Morgen um halb neun herunterkam, geduscht und angezogen, war Colleen auf ihn vorbereitet. Sie hatte Kaffee aufgebrüht und bei Bruegger's schon zwei Bagels »komplett« für ihn und einen Vollkornbagel mit Rosinen für Elizabeth gekauft.

Normalerweise setzte er eine desinteressierte, etwas mürrische Miene auf und bekam zum Gruß kaum die Zähne auseinander. Aber heute Morgen war sein Gesichtsausdruck leer und bleich.

»Ich fahre zum Trauergottesdienst, Mom. Elizabeth bleibt hier, ihr Arzt möchte nicht, dass sie so kurz vor der Geburt fliegt, wenn es nicht unbedingt sein muss. Ich breche morgen in aller Frühe auf.«

»Aber wir haben nicht mal ...«

Er hob eine Hand, um sie am Weiterreden zu hindern. »Nicht. Lass es einfach. Ich habe noch Geld übrig von meinem letzten Lohn, weil ihr mich ja für nichts bezahlen lasst. Ich habe den Flug schon gebucht. Wenn du mich nicht zum Flughafen fährst, nehme ich den Zubringerbus.«

Colleen lehnte sich gegen die Kücheninsel und ließ das Geschirrtuch fallen, das sie in der Hand hatte. »Hat Shay dich dazu überredet?«

Seine Augen funkelten gefährlich, während sein Mienenspiel teilnahmslos blieb. »Sie hat mir nur gesagt, wann es stattfindet, und meinte, sie würde es verstehen, wenn du nicht kommst. Was soll das, Mom? Willst du im Ernst nicht mitkommen?«

Colleen atmete hörbar aus. »Das verstehst du nicht.«

»Stimmt, das ist sogar noch untertrieben. Den ganzen Sommer über habt ihr mir damit in den Ohren gelegen, dass ich nicht schuld bin an dem, was passiert ist. Ich darf mir ja auch nicht selbst die Schuld daran geben, wenn es nach euch geht. Und jetzt willst du nicht mal hinfahren, was soll das? Schämst du dich so sehr, dass du nicht mal Taylor die letzte Ehre erweisen kannst?«

Paul verlor seine Fassung, seine Unterlippe begann zu zittern wie früher in solchen Situationen, als er noch klein war. »Er war mein *Freund*. Nicht mal das verstehst du.«

»Ach, mein Schatz, ich …«

»*Nein.*« Paul wich zurück. »Ich bin es so leid, dass du immer alles ausbügeln willst. Ich würde mir wenigstens einmal wünschen, dass du und Dad … ach, vergiss es einfach.« Er ließ den Blick durch die Küche schweifen, konnte aber offenbar nicht finden, was er suchte, und stapfte aus dem Haus.

Noch lange nachdem er gegangen war, stand Colleen reglos mitten in ihrer Küche. Dann schlug sie langsam den Rand der Papiertüte mit den Bagels ein paarmal sorgfältig ein, damit sie nicht austrockneten.

Am Nachmittag stand sie im Schlafzimmer auf einer Trittleiter, um die Gardinen abzunehmen, und löste gerade die Haken einen nach dem anderen von den Ringen an der Stange, als das Telefon klingelte. Es waren nur noch zwei Haken, und sie befürchtete, dass das Gewicht der Gardinen zu viel für die beiden Ringe war, wenn sie sie jetzt einfach losließ, deshalb beeilte sie sich fertig zu werden, als es zum vierten Mal klingelte und die Voicemail ansprang.

Sie stieg vom Hocker und nahm ihr Handy: Shay.

Sie setzte sich neben die Gardinen aufs Bett und starrte das Handy an, bis ein Summton anzeigte, dass eine Nachricht hinterlassen worden war. Sie überlegte, ob sie sich die Nachricht jetzt sofort anhören oder damit noch warten sollte. Aber wenn sie das tat, würde der Tag noch komplizierter und die Last des leeren Hauses noch unerträglicher werden.

Kurz entschlossen drückte sie auf den Anrufknopf.

Shay war nach zweimaligem Klingeln am Apparat. »Haben Sie meine Nachricht gekriegt?«

»Ich habe sie noch nicht abgehört. Ich war gerade dabei, die Gardinen abzunehmen, als es klingelte, und ich konnte nicht schnell genug drangehen. Deswegen ruf ich jetzt direkt zurück.« Vielleicht war das keine so besonders gute Idee gewesen. Ihr Puls raste, ihre Hände waren feucht und rochen metallisch vom Hantieren an der Gardinenstange.

Eine Weile herrschte Schweigen in der Leitung, bis Shay schließlich sagte: »Wie kommen Sie denn auf die Idee, jetzt im Sommer die Gardinen abzunehmen? Ist das an der Ostküste so üblich?«

»Ich ... äh ... Sie sind eingestaubt«, stotterte Colleen. »Wenn man sie in ein feuchtes Handtuch schlägt und in den Wäschetrockner tut, geht der Staub raus. Dann muss man sie nicht so oft in die Reinigung bringen.«

Shay lachte so laut, dass Colleen erschrak. Das Lachen ging mehrere Sekunden, ein tiefes, kehliges Lachen aus dem Bauch. »Meine Fresse, Col, Sie sind vielleicht 'ne Marke. Ich kann mich nicht erinnern, dass ich in meinem Leben schon einmal Gardinen gewaschen hätte. Ich wusste gar nicht, dass das geht. Ich warte immer, bis sie so verdreckt sind, dass ich sie wegschmeißen muss, und dann kauf ich mir neue bei Penney's.«

»Aha. Na ja …« Colleen wusste nicht, was sie als Nächstes sagen sollte. Sie nahm an, dass Shay Bescheid wusste über Pauls Flug und Ankunftszeit. »Übernachtet er bei Ihnen?«, fragte sie kläglich.

»Hören Sie, Colleen.« Plötzlich war Shay ganz geschäftsmäßig. »Das ist doch Blödsinn. Wir haben uns an dem Abend eine Menge an den Kopf geworfen – Sie hatten recht, es war ein schwerer Tag, und meine Gefühle sind hochgekocht. Zu Hause habe ich erst mal vierzehn Stunden geschlafen. Aber ich möchte Ihnen sagen, ich weiß es zu schätzen, dass Sie extra nach Lawton gekommen sind, um mir zu helfen. Kommen Sie zu dem Gottesdienst. Und Andy auch, wenn ihm danach ist. Aber Sie müssen auf jeden Fall dabei sein. Okay?«

Colleen versuchte zu antworten, aber sie hatte einen Kloß im Hals. »Ich möchte nicht, dass wir schon wieder aneinandergeraten. Ich meine … ich nehme das auf meine Kappe, es war meine Schuld. Ich glaube aber, dass es keine gute Idee ist. Sie wollen … Sie wollen sich doch diesen Tag nicht noch, äh, schwieriger machen.«

»Das ist lächerlich, verdammt«, sagte Shay. »Sparen Sie sich die faule Ausrede. Ich bitte Sie um etwas, das Sie mir nicht abschlagen können. Der Gottesdienst findet am Samstag um elf statt. Hinterher wird auf der Ranch von Franks Eltern gegrillt, also machen Sie sich nicht allzu fein. Jedenfalls keine High Heels. Das Wetter soll schön werden, über zwanzig Grad.«

»Also gut. Ich komme«, willigte Colleen schließlich ein. Sie presste eine Hand an die Stirn. Plötzlich war sie hundemüde. Nach dem Telefonat würde sie sich vielleicht einfach nur hinlegen und sich mit den Gardinen zudecken und ein Mittagsschläfchen halten. »Einverstanden.«

»Ich schicke jemand, der Sie abholt. Teilen Sie mir mit,

wann Sie ankommen. Ich muss jetzt los, Colleen. Versprechen Sie mir, dass Sie kommen, okay?«

»Okay«, flüsterte Colleen. Sie legte das Handy auf den Nachttisch und ließ sich langsam aufs Bett sinken. Die Sonne brannte durch die Fenster und wärmte ihren Körper. Eine leichte Brise wehte durch das Fliegengitter herein. Juni war eine schöne Zeit. Genau richtig, um sauber zu machen, den Staub zu entfernen.

Sie schloss die Augen.

Kapitel 40

Sie aßen nicht sehr oft zusammen zu Abend. Andy blieb normalerweise lange auf der Arbeit und aß eine Kleinigkeit in der Stadt. Paul hatte an drei Tagen der Woche bis abends Unterricht. Und Elizabeth hatte erst neulich gesagt, dass ihr um diese Tageszeit beim Anblick und Geruch von Essen schlecht wurde.

Aber heute war der letzte Abend vor Pauls Abreise zu dem Trauergottesdienst für Taylor. Colleen bat Andy per SMS, rechtzeitig zu Hause zu sein. Sie holte bei Stazzo's eine Pilz-Bechamel-Lasagne, die Paul und Andy gern aßen und die Elizabeth wahrscheinlich auch vertragen würde. Am Brotstand kaufte sie ein Vollkornbrot mit Oliven, und aus der Bäckerei holte sie schöne Cupcakes mit Zuckerguss und kandierten Früchten, die wie Juwelen darauf thronten. Den Salat machte sie selbst nach einem Rezept, das sie einmal von ihrer Schwiegermutter bekommen hatte.

Sie ließ sich Zeit damit, den Tisch zu decken. Sie hatte die Vitrine geöffnet und überlegte gerade, ob sie das Lenox-Porzellan benutzen sollte, das normalerweise nur an Weihnachten und zu Pauls und Andys Geburtstagsessen herausgeholt wurde, als ihr eine Idee kam. Sie nahm einen der Teller und ging nach oben.

»Elizabeth«, rief sie vom Treppenabsatz aus. »Kann ich kurz raufkommen?« Sie hörte aus dem Fernseher, der leise lief, Gelächter aus der Konserve. Der Fernseher wurde ausgeschaltet.

Elizabeth saß auf dem Sofa und strickte. Hastig legte sie das Strickzeug weg und schob ein Sofakissen darüber. Sie wollte aufstehen, aber ihr unförmiger Bauch, der so gar nicht zu ihrem mageren Körper zu passen schien, machte es ihr schwer.

»Bleib ruhig sitzen«, sagte Colleen, überrascht, dass Elizabeth strickte. Aber was hatte sie denn gedacht, was das Mädchen hier oben tat zwischen ihren täglichen zwei Spaziergängen und endlosem SMS-Schreiben?

Sie setzte sich vorsichtig auf das Sofa. Zwischen ihnen lugte das Strickzeug unter dem Kissen hervor, ein hübscher lavendelblauer Farbton. *Weil es ein Junge ist,* dachte Colleen automatisch, doch dann gab sie sich einen Ruck und schob den Anflug von Groll beiseite. »Ich habe gar nicht gewusst, dass du stricken kannst.«

»Oh. Ich … Das hat meine Mutter uns Mädchen beigebracht. Besonders gut kann ich es aber nicht.«

»Willst du es mir mal zeigen?«

»Es ist …« Elizabeth berührte den Rand, Zwei-rechts-, Zwei-links-Maschen. Vielleicht das Bündchen an einem Strickjäckchen. »Es sollte eigentlich eine Überraschung werden.«

Zu Colleens Bestürzung begann sie zu schniefen. Colleen sprang vom Sofa auf, nahm die Schachtel mit Papiertaschentüchern vom Tisch und hielt sie Elizabeth hin.

»Also«, sagte sie, »ich war, na ja, schon ziemlich betroffen, weil Shay vor mir wusste, dass das Kind ein Junge ist. Aber natürlich ist es allein eure Sache, wann und wem ihr das erzählen wollt.« Ob sie es wohl ihrer Mutter gesagt hatte? Wusste jeder Bescheid, nur sie nicht?

»Nein, das habe ich gar nicht gemeint. Aber damit du es weißt, ich wollte nicht, dass Paul es ihr sagt. Ich war ziemlich

sauer auf ihn deswegen. Ich dachte … wir würden ein Abendessen machen. Paul und ich. Es war meine Idee. Ich wollte für euch kochen. Als eine Art Dankeschön. Dass ihr uns
hier wohnen lasst und alles. Und bei der Gelegenheit wollten
wir es euch eigentlich sagen. Und das hier …«, sie schob das
Strickzeug ganz unter das Kissen, »sollte für dich sein, ein
Geschenk.«

Colleen brauchte einen Moment, bis sie begriff. Was Elizabeth da strickte, war gar nicht für das Kind. Und dieses wun-
derschöne Blau, genau die Farbe eines Halstuchs, von dem
Elizabeth einmal gemeint hatte, wie gut es Colleen stand –
hatte sie dem Mädchen nicht in dem Moment gesagt, dass es
ihre Lieblingsfarbe war?

»Ach Liebes«, sagte sie.

»Shay hat Paul eine SMS geschickt, als sie Taylor gefunden haben, und ich glaube, er wollte ihr was Gutes tun, um
sie zu trösten. Wir hatten sowieso schon überlegt, dass wir
unser Kind Taylor nennen wollten. Und als Shay ihm dann
gesagt hat, dass sie ihn gefunden haben, da war klar, dass wir
es so machen würden. Wir wollten es beide. Und deshalb hat
er es ihr erzählt.«

Spätestens in einem Jahr sind sie so oder so ausgezogen, hatte
Shay gesagt. Sie hatte sie damit verletzen wollen, und es war
ihr besser gelungen, als sie sich vorstellen konnte.

Colleen hatte sich so sehr bemüht, die beiden in ihrer Nähe
zu behalten. Dabei hatte sie stattdessen so viel verloren. Gott,
wie viel sie verloren hatte …

Sie hatte das Gefühl, als würde sich in ihrem Innern etwas
lösen, ein Schmerz nachlassen, an dem sie so gnadenlos festhielt, dass er sie praktisch von innen her zerfraß.

»Paul«, setzte sie an, aber sie konnte nicht weitersprechen,
weil sie erst ihre Fassung wiedergewinnen musste. Elizabeth

wischte sich die Augen mit einem Papiertaschentuch, und Colleen nahm sich ebenfalls eins und räusperte sich. »Paul ist ein guter Mensch. Im Innern. Das ist er schon immer gewesen. Er hat Fehler gemacht …«

Darren Terry in der Umkleide. So viele Mitschüler, die ihn geschnitten hatten. Die Vorfälle in der Schule. Die Suspendierung in der achten Klasse, die lautstarken Auseinandersetzungen zwischen Paul und Andy nach jedem Zeugnis auf der Highschool. Die Beschimpfungen und die Flüche.

Das zerdepperte Geschirr auf dem Fußboden. Paul auf den Knien, der sie mit einem Blick angesehen hatte, als würde es nie wieder gut werden können zwischen ihnen, und dann mit blutigen Fingern weiter die Scherben eingesammelt hatte.

»Jeder macht Fehler«, sagte Elizabeth. »Ich habe auch was ganz Schlimmes gemacht.« Sie schloss die Augen so fest, als versuchte sie, den Gedanken daran von sich fernzuhalten.

Zögerlich griff Colleen nach ihrer Hand. Sie war klein und kühl, die Fingernägel waren kurz geschnitten und nicht lackiert. Sie nahm sie zwischen ihre beiden Handflächen. »Ich weiß, dass das jetzt schwer zu glauben ist«, sagte sie, »aber nach einer Weile tut es nicht mehr so weh. Man sammelt Erfahrung und begreift mit der Zeit, dass jeder Dummheiten macht, wenn ihm die Ideen ausgehen. Und irgendwann kann man sich selbst verzeihen. Glaub mir.«

War es eine Lüge? Colleen war sich gar nicht sicher, ob sie sich selbst jemals würde verzeihen können für all die falschen Entscheidungen in Bezug auf Paul, für jedes Mal, als sie ihren kleinen Sohn angesehen und als unzulänglich empfunden hatte, für jeden Tag, den sie mit dem Versuch verbracht hatte, ihn zu etwas zu machen, das er nicht war.

Aber jetzt ging es nicht um sie.

Sie drückte Elizabeths Hand etwas fester. »Du liebst meinen Sohn. Stimmt's?«

Elizabeth blinzelte und sah Colleen aus ihren tränennassen Augen überrascht an. »Natürlich liebe ich ihn.«

»Das ist gut.« Wie konnte sie Elizabeth verständlich machen, dass das genug war, ein großes Geschenk, und dass Colleen sie schon allein deshalb niemals im Stich lassen würde? Bis jetzt war es ihr noch nicht gelungen, den richtigen Weg zu finden, um es dem Mädchen zu zeigen. Sie verstand sie ja noch nicht einmal ansatzweise, und noch weniger war es ihr gelungen, sich mit ihr anzufreunden. All die Stunden, die Elizabeth hier oben verbrachte – sie musste sehr einsam sein.

Ihr kam eine Idee.

»Liebes, möchtest du vielleicht deine Mutter zu einem Besuch einladen? Oder ein paar Freundinnen? Ein bisschen Zeit mit ihnen verbringen, bevor das Baby da ist?«

»Ich … ich bin mir nicht mal sicher, dass meine Mom überhaupt kommen würde.«

»Aber warum denn nicht?«

»Sie ist nicht gerade … sie ist total wütend auf mich«, sagte Elizabeth kleinlaut. »Ich hab ihr das Gleiche gestrickt, wie ich gerade für dich stricke. Nur in Rosa. Paul hat es letzte Woche für mich zur Post gebracht, aber sie hat sich überhaupt nicht gemeldet.«

»Aber du sprichst doch regelmäßig mit ihr, oder? Am Telefon?«

»Nein, eigentlich nicht. Manchmal kommt sie kurz ans Telefon, wenn ich mit meinem Dad rede. Und manchmal, wenn mein Dad sagt, sie ist nicht zu Hause, bin ich mir ziemlich sicher, dass er ihr zuliebe lügt. Sie ist … ich weiß nicht. Weil ich genau dasselbe gemacht habe wie sie, weißt du. Sie ist ja auch aus Versehen schwanger geworden, als sie noch viel zu jung dafür war. Und sie meint, wenn Grace und Brookie mich sehen, dann verdirbt es sie irgendwie. Es ist …«

Sie schien das Wort nicht zu finden, das sie suchte. »Ach je.« Colleen seufzte. »Auch das wird sich ändern, da bin ich mir ganz sicher. Wenn sie erst ihr Enkelkind sieht.«

Elizabeth ließ den Kopf hängen.

Colleen nahm den Teller wieder in die Hand. Sie hatte das Geschirr gemeinsam mit ihrer Mutter ausgesucht, elfenbeinfarbenes Porzellan, mit einem zarten Muster in Weiß und Gold um den Rand. *Zeitlos*, hatte ihre Mutter gesagt. *Daran sieht man sich nie satt.*

Es war schon merkwürdig, was für Dinge Frauen seit Generationen für wichtig hielten, wie sie mit leuchtenden Augen vor den Schaufenstern von Porzellan- oder Juweliergeschäften standen, wie sie Diamantringe bewunderten oder ergriffen ein weißes Spitzenkleid berührten, das auf einem mit Seide bezogenen Kleiderbügel hing. Wenn Colleen eine Tochter gehabt hätte, hätte sie das auch mit ihr getan? Wahrscheinlich. Sie hätte sich gemeinsam mit ihr in die Hochzeitsvorbereitungen gestürzt, hätte sie emsig in ein Netz aus silbernen Teelöffeln und diamantenen Armringen und Seidenpumps und Organzaschleiern gesponnen und gebetet, dass es genug wäre. Denn was hätte sie schon zu bieten, wenn es nicht genug war?

»Das ist mein Hochzeitsporzellan«, sagte sie und zeigte Elizabeth den Teller. »Ich schenke es euch, wenn ihr es haben wollt. Aber eigentlich bin ich raufgekommen, um dich zu fragen, ob du nicht Lust hast, mir Gesellschaft zu leisten, während ich den Tisch decke? Ehrlich gesagt langweile ich mich da unten zu Tode. Und ich bin all das traurige Zeugs so leid. Lass uns einfach mal einen Nachmittag lang so tun, als wäre das alles nie passiert, okay? Ich mixe dir einen Virgin

Daiquiri.« Sie lächelte. »Mit Schirmchen. Ich glaube, irgendwo habe ich noch welche vom letzten Sommer. Was hältst
du davon?«

Elizabeth lächelte sie zögerlich an und wischte sich die Augen trocken. »Klingt gut.«

Kapitel 41

Diese Woche war für die Armen, für diejenigen, die aufgenommen worden waren, um die Vielfältigkeitsstatistik der Universität zu beschönigen. Man nannte sie nicht »arm« oder »benachteiligt« – eigentlich gab es gar keinen Namen für sie, was T. L. schon während der Einführungsphase aufgefallen war. Alles war nebulös geblieben. Selbst der Name des Programms bedeutete überhaupt nichts – Berufsbegleitender Studiengang Sonderqualifizierung, und wenn ein Name für sie gebraucht wurde, waren sie einfach nur die »BSSQ-Studis«.

Die Dozenten, die für das Programm zuständig waren, betonten unablässig, dass die Freundschaften, die T. L. und die anderen in dieser Einführungswoche schließen würden, bevor sie für den Rest des Sommers in ihr beschissenes Leben zurückkehrten, bis im August das eigentliche Studium begann, während ihrer ganzen Jahre am College Bestand haben würden und noch darüber hinaus. *Darüber hinaus*, also bis in die Zukunft, die die Erwachsenen nicht müde wurden, als grenzenlos, spektakulär zu bezeichnen und als großartiger als alles andere, was sie bisher kennengelernt hatten.

Man braucht sich die Pfeifen bloß mal anzusehen, dachte T. L. auf seinem Platz ganz hinten im Seminarraum. Männer mit Halbglatze und Wampe, Frauen mit schwabbeligen Armen und potthässlichen Schuhen. War das etwa deren Traum gewesen, die Leistungsschwachen und Unscheinbaren in die heiligen Hallen der UCLA zu holen? War das die grenzen-

435

lose Zukunft, die sie sich für sich selbst vorgestellt hatten, einen Abschluss von einem ehrbaren College und ein Büro in einem Betonsteingebäude mit Minikühlschrank und Blick auf den College-Hof? Die Hälfte der BSSQ-Studis würde sowieso keinen Abschluss machen, und der Universität war es egal, Hauptsache, sie blieben lange genug, dass das Geld für sie hereinkam.

T. L. war zum ersten Mal in seinem Leben in einem Flugzeug gereist, und er war in Los Angeles angekommen mit einem Gefühl der Ungewissheit, unsicher, wie tief er in Myrons Schuld stand. Er vermutete, dass er seinem Onkel die ganzen vier Jahre Studium schuldete, die vor ihm lagen, den Abschluss und einen Job mit Sozialversicherung. In den Koffer, den er sich von Wally Stommar geliehen hatte, hatte er eine Shorts von Abercrombie & Fitch gepackt, die er letzte Woche in Minot gekauft hatte, und ein halbes Dutzend T-Shirts, die er mit Bedacht aus dem Stapel in seinem Kleiderschrank ausgewählt hatte. Boxershorts von Gap und eine neue Flasche Axe. Neue Flip-Flops, die gleichen, die er bei den Jugendlichen in Lawton gesehen hatte in dem Sommer, als er mit Elizabeth zusammen gewesen war.

Elizabeth. Andy Mitchell hatte gesagt, falls er jemals etwas bräuchte, könne er sich an ihn wenden. Aber das Einzige, was T. L. von den Mitchells brauchte, war, dass sie gut auf Elizabeth achtgaben, dass sie sie in ihre ferne, fremde Welt aufnahmen, nachdem sie seine Liebe abgestreift hatte wie eine Schlange ihre alte Haut. Wenn das Kind erst einmal da war, würde sie T. L. ganz vergessen, und dann würde seine Heimat endlich wieder ihm gehören, das ganze westliche North Dakota mit seinen leuchtenden Sternen und raschelnden Gräsern und Vögeln und Wolken und Mäusen und Füchsen. Das Reservat und der See, die Highways und die Sandstürme und die Schneewehen, der Schlamm an seinen Stiefeln und der Sand in den Augen an stürmischen Tagen.

In L. A. war alles glänzend und gezähmt. Es gab keine Feuchtigkeit und keine Moskitos. T. L. wurde alles Mögliche angeboten: Gras, ein Schlafplatz, falls er mal nach East St. Louis kam, eine Mundharmonika, getrocknete Mangos, ein handgeknüpftes Armband aus bunten Schnüren, ein Blow-job, eine Einladung zum Beten. Er nahm einmal an einem Vorbereitungskurs fürs Studium teil, den Rest schenkte er sich. Er ging in einen türkischen Film mit Untertiteln, und bevor er wusste, um was es eigentlich ging, hatte ein Mädchen aus den Bergen der Sierra – T. L. hatte gar nicht gewusst, dass es im Landesinnern von Kalifornien auch Berge gab – schon ihre Hand in seiner Tasche.

In der Nacht, bevor er nach Hause fliegen sollte, stiegen er und das Mädchen auf das Dach des Studentenwohnheims. Sie brachte einen riesigen Plastikbecher mit selbst gemachter Sangria mit, in der Apfelsinenschalen und Eiswürfel schwammen.

Die Lippen des Mädchens waren würzig und kalt, wurden aber schnell warm. Sie hatte ein kleines silbernes Piercing in der Wange, das T. L. an den Fingerspitzen spürte, als sie sich küssten.

Nachts war der Himmel über L. A. kreidig und trüb. Aber nicht weit von hier, hinter den Häusern und Hügeln und dem Highway war das Meer, das T. L. vor drei Tagen zum ersten Mal gesehen hatte. Er leckte sich das Salz von den Fingern und sah den Raddampfern am Santa-Monica-Kai zu. Der Sand unter seinen Füßen gehörte niemandem. Der Tang und die Muschelstücke, das Kindergeschrei und der Geruch nach gebratenem Essen, das war alles seins, wenn er es wollte. Er könnte hierbleiben. Er könnte bleiben.

Kapitel 42

Shay war allein im Brautzimmer der Kirche.

Vor gefühlten tausend Jahren hatte sie hier gewartet, zusammen mit ihrer Mutter und drei Freundinnen, die sich an ihrem Brautkleid zu schaffen machten. Es hatte Puffärmel, in denen man ein Brot hätte verstecken können, und ein über und über mit Pailletten besticktes Mieder. In der Kirche versuchte ihre Tante, Brittany zu trösten, die als Blumenmädchen vorgesehen war, aber beim Anblick des Korbs voller Blütenblätter wie am Spieß geschrien hatte, sodass sie beschlossen hatten, sich etwas anderes für sie auszudenken.

Shay hatte Frank geheiratet. Sie hatte einen Vater für ihre Tochter gefunden, und dann hatten sie noch einen Sohn bekommen. Sie hatte sich große Mühe gegeben, an der Ehe festzuhalten, und als sie sich trennten, hatte sie sich große Mühe gegeben, es freundschaftlich zu tun. Nach Franks Tod hatte sie sich Mühe gegeben, ihren Kindern sowohl Mutter als auch Vater zu sein.

Ihr ganzes verdammtes Leben lang hatte sie sich so viel Mühe gegeben. Sie hatte am Muttertagstee in der Schule teilgenommen, war zu Chorkonzerten und Wohltätigkeitsveranstaltungen gegangen. Sie hatte Extraschichten gearbeitet, um die Beiträge für das Softballteam aufzubringen und das Kleid für den Abschlussball und den Kieferorthopäden bezahlen zu können. Sie sorgte dafür, dass ihre Kinder wussten, wie man das Bad putzte und einen Dankesbrief schrieb und für etwas bezahlte, was man kaputt gemacht oder, wie in einem besonders denkwürdigen Fall, geklaut hatte. Ihre Gelüste lebte sie höchstens spätabends oder an Wochenenden aus, indem sie sich für Kurzreisen nach Leno davonstahl oder zu Verabredungen im Red Lobster in der nächsten Stadt, oder sie hatte flüchtigen Sex auf der Rückbank eines Autos oder in billigen Motelzimmern. Sie hatte nie einen Mann mit nach Hause genommen und sich eingeredet, dass sie sich die Männer nur ein Weilchen ausborgte, und auch nur solche, die von ihren Frauen eigentlich nicht vermisst wurden.

Sie betrachtete sich im Ganzkörperspiegel, vor dem die Bräute ein letztes Mal ihre Garderobe richteten, bevor sie den Gang zum Altar antraten. Sie trug heute ein einfaches schwarzes Top mit rundem Ausschnitt und Schmetterlingsärmeln und dazu ihre Lieblingsjeans und schwarze Sandalen mit aufgenähten Lederblumen. Niemand wusste, nicht einmal Brittany, dass sie die kleine »26« vom Ärmel von Taylors Footballtrikot abgetrennt hatte und schon seit Wochen in ihrer Hosentasche mit sich herumtrug. Sie berührte den weichen Baumwollstoff, um sich zu trösten.

Father Greg war eigentlich schon im Ruhestand, aber für heute kam er extra noch einmal her. Er hatte auch den Trauergottesdienst für Frank gehalten. Als sie vor einer Viertelstunde im Brautzimmer Zuflucht gesucht hatte, war die Kirche schon voll gewesen. Brittany war bei ihr gewesen und war nur kurz in die Kirche hinausgegangen, um mit Father Greg zu bereden, wo sie sich nach dem Gottesdienst aufstellen sollten, um die Kondolenzwünsche der Trauergäste entgegenzunehmen.

Shay hatte Father Greg gebeten, es kurz zu machen. Sie wollte keinen Nervenzusammenbruch riskieren. Eine Viertelstunde lang würde sie sich zusammenreißen können. Es würden keine Trauerreden gehalten werden, das fehlte ihr noch. Später vielleicht, beim Leichenschmaus, wenn alle gegessen und schon ein paar Drinks intus hatten, konnten von ihr aus Leute aufstehen und irgendwas erzählen. Bis dahin wäre sie dem gewachsen. Und falls es ihr zu viel wurde, konnte sie immer noch mit Leila den Ziegen einen Besuch abstatten.

Aber hier ... sie hatte immer einen speziellen Bezug zu Kirchen gehabt, obwohl sie schon seit der Schulzeit nicht mehr religiös war. Sie mochte den kühlen Bohnerwachsgeruch. Sie mochte den Kunstledereinband der Gesangbücher. Sie könnte keinen besseren Platz für all die Blumen ausgesucht haben als den marmornen Altar. Aber Taylor lag da vorne in dem glänzenden schwarzen Sarg, den Brittany und Robert ausgesucht hatten. Und Shay wusste nicht, wie sie es überleben sollte, den Sarg zu sehen, und wenn es nur für ein paar Momente war.

Es klopfte an der Tür. »Britt?«, fragte Shay und wandte sich vom Spiegel ab.

Die Tür wurde nur einen Spalt weit geöffnet. Eine Frau schlüpfte herein und schloss sie hinter sich.

»Der Flieger hatte Verspätung«, sagte sie außer Atem. »Ich bin so schnell gekommen, wie es ging.«

Jetzt erst erkannte Shay Colleen, die schon wieder völlig verändert wirkte. Diesmal trug sie eins der T-Shirts, die Taylors alte Freunde für ihn bedruckt hatten – mit einem Foto seines Footballteams, Taylor breit lächelnd, auf ein Knie gestützt. Shay wusste, dass auf der Rückseite des Shirts die Worte aufgedruckt waren: »Taylor C. immer und ewig in unseren Herzen«, denn die Jungs hatten ihr auch eins geschenkt. Das Shirt war Colleen viel zu groß, und sie hatte es an der Taille über ihrer schwarzen Hose zusammengebunden. Der Rest –

die Pumps mit Blockabsatz, die Perlenohrringe, die glänzende Betonfrisur – war typisch Colleen. Aber ihr Gesichtsausdruck war anders.

Sie wirkte irgendwie schicksalsergeben, als wäre sie bereit für alles, was Shay ihr entgegenschleudern könnte. Ihre braunen Augen waren ernst, aber die tiefen Augenringe waren weg, und die Stirnfalten schienen geglättet zu sein.

»Bleiben Sie nur«, sagte Shay. »Ich bin einfach ... All die Leute.«

»Ich weiß«, sagte Colleen. Sie sagte nicht, dass es ihr leidtat, und sie fragte auch nicht, ob sie irgendetwas tun könne. Und darüber war Shay heilfroh, denn sie konnte es nicht mehr hören. Allen tat es leid – und keiner konnte irgendwas tun.

»Haben Sie Paul schon gesehen?«, fragte Shay.

»Ja, er hat mich Brittany und Robert vorgestellt. Und auch Leila. So ein hübsches Kind.«

Shay entging nicht der Schmerz, der Colleens Blick kurz verdunkelte. Nun ja, sie konnte Brittanys Zustand kaum übersehen haben, nicht in diesem schwarzen Pulli.

»Also werden wir wohl beide im selben Monat Großmutter«, sagte Shay. »Paul meinte, dass Elizabeth am Fünften so weit ist. Brittany erst am Achtzehnten, aber Leila war zwei Wochen zu früh dran, von daher ...«

»Was haben Sie für ein Glück«, sagte Colleen leise, fast schon wehmütig. Dann erschrak sie plötzlich und schlug sich die Hand vor den Mund. »O mein Gott. Das tut mir leid. Ich wollte nicht ...«

»Schon in Ordnung«, sagte Shay. »Kommen Sie. Wir hören jetzt mit all dem Mist auf. Sie und ich – wir haben es doch verdient, meinen Sie nicht auch?«

Nach kurzem Zögern nickte Colleen. »Ich wollte nur sagen ... Brittany und Robert, es ist so deutlich, wie sehr die beiden Sie mögen. Sie haben mir erzählt, dass Sie auf halbe Stelle gehen, damit Sie sich um das Baby kümmern können. Ich … ich würde alles darum geben, dass Paul und Elizabeth … bei uns bleiben würden.«

Shay biss sich auf die Unterlippe und fragte sich, wann Colleen es endlich kapieren würde. »Das hat nichts mit Zauberei zu tun. Wir kommen auch nicht besser klar als andere. Robert ist am Dienstag nach dem Pokerabend betrunken nach Hause gekommen, und Brittany hat bei mir geschlafen. Dann haben sie sich wieder vertragen, und plötzlich ist Brittany sauer auf mich, weil ich Leila *Real Housewives* im Fernsehen gucken lasse, und jetzt reden sie beide nicht mehr mit mir.« Sie musste bei der Erinnerung lächeln. Brittany hatte letzten Donnerstagmorgen einfach aufgelegt, aber am Abend war sie mit Leila vorbeigekommen, weil Robert Spätschicht hatte. Nach dem Abendessen hatten sie sich alle die Nägel lackiert. Shay hatte Leilas gemacht, hatte ihre kleinen Hände gehalten und die winzigen Nägel bepinselt und anschließend mit ihr den Wedel-die-Hand-Tanz veranstaltet, bis sie trocken waren.

»Wir streiten uns nie«, erwiderte Colleen kläglich. Dann holte sie tief Luft. »Ich habe eine Entscheidung getroffen. Wenn wir nach Hause zurückkommen, werfe ich die beiden aus dem Haus. Natürlich erst, wenn sie eine Wohnung gefunden haben. Und wenn Paul das Studium unterbrechen will, werde ich ihn nicht davon abhalten.«

»Mein Gott!«, rief Shay aus und hielt ihre Hand hoch. »Ihr Reichen seid so was von verkorkst.« Colleen klatschte sie ab. Und dann nahm Shay Colleen kurz und heftig in die Arme, ließ sie aber sofort wieder los, bevor Colleen auch auf die Idee kommen konnte, sie zu umarmen.

Colleen stand einen Moment mit offenem Mund da, dann

lächelte sie. Es war noch ein ziemlich verhaltenes Lächeln, aber schon mal ein Anfang.

»Wir sollten jetzt reingehen«, sagte Shay und überprüfte ihre Frisur ein letztes Mal im Spiegel. Es war ihr gelungen, ihre Wimperntusche noch nicht zu verschmieren, aber sie hatte für alle Fälle Spiegel und Abdeckstift in der Handtasche. »Hält Andy Ihnen einen Platz frei?«

»Ich, äh ... ich habe ihn gebeten, nicht mitzukommen«, sagte Colleen. »Er ist bei Elizabeth in Boston geblieben.«

Shay hob die Brauen. Da steckte noch mehr dahinter, aber das würde sie im Laufe des Tages schon noch erfahren, wenn alle nach Hause gegangen waren. Sie würden es sich mit einer Flasche Wein und zwei Gläsern hinten auf der Terrasse bequem machen, wo Franks Vater eine Hollywoodschaukel angebracht hatte, damit man genüsslich den Sonnenuntergang betrachten konnte.

»Also gut, dann wollen wir mal«, sagte sie und legte die Hand auf den Türknauf. »Wollen Sie mich zu meinem Platz begleiten?«

»Es ist mir eine Ehre«, sagte Colleen, und die beiden gingen gemeinsam in die mit Trauergästen gefüllte Kirche.

Danksagung

Ich danke Barbara Poelle, meiner Agentin, und Abby Zidle, meiner Lektorin, die mir während des Schreibprozesses immer Mut zugesprochen haben.

Ein ganz besonderer Dank geht an Heather Baror-Shapiro und Danny Baror, die in all den Jahren nie den Glauben an mich verloren haben.

Außerdem danke ich Rachael Herron, David Kozicki sowie Susan Baker für ihre wertvollen Informationen. Dank auch an Scott Cohen, Vicki Wilson und Shay, dass ich eure Namen benutzen durfte. Und an Kurt Billick, der mir viele Einblicke in die Ölindustrie verschaffte. Und an alle Männer und Frauen in Williston, die dort arbeiten und mit mir ihre Erfahrung teilten, allen voran Shane Sparks, Terry Kellum jr., Joe Mondali und Jason Gartman.

Sophie Littlefield

schreibt schon seit ihrer Kindheit, und ihre Bücher
wurden bereits mit mehreren Preisen ausgezeichnet. Sie
lebt in Nordkalifornien, wo sie bereits an ihrem nächsten
Roman schreibt. Weitere Informationen zur Autorin auf
www.sophielittlefield.com.

GOLDMANN
Lesen erleben

Um die ganze Welt des
GOLDMANN Verlages
kennenzulernen, besuchen Sie uns doch
im Internet unter:

www.goldmann-verlag.de

Dort können Sie
nach weiteren interessanten Büchern *stöbern*,
Näheres über unsere *Autoren* erfahren,
in *Leseproben* blättern, alle *Termine* zu Lesungen und
Events finden und den *Newsletter* mit interessanten
Neuigkeiten, Gewinnspielen etc. abonnieren.

Ein *Gesamtverzeichnis* aller Goldmann Bücher finden
Sie dort ebenfalls.

Sehen Sie sich auch unsere *Videos* auf YouTube an und
werden Sie ein *Facebook*-Fan des Goldmann Verlags!

www.goldmann-verlag.de
www.facebook.com/goldmannverlag

GOLDMANN
Lesen erleben